DIRK HUSEMANN

Die Beute

Weitere Titel des Autors:

Ein Elefant für Karl den Großen
Die Seidendiebe
Die Eispiraten
Die Bücherjäger
Das schwarze Feuer von Byzanz
Die Romanfabrik von Paris

DIRK HUSEMANN

DIE BEUTE

AUF DER FLUCHT MIT DER MONA LISA

ROMAN

lübbe

Die Bastei Lübbe AG verfolgt eine nachhaltige Buchproduktion. Wir verwenden Papiere aus nachhaltiger Forstwirtschaft und verzichten darauf, Bücher einzeln in Folie zu verpacken. Wir stellen unsere Bücher in Deutschland und Europa (EU) her und arbeiten mit den Druckereien kontinuierlich an einer positiven Ökobilanz.

Dieser Titel ist auch als E-Book erschienen

FSC www.fsc.org
MIX
Papier aus verantwortungsvollen Quellen
FSC® C014496

Originalausgabe

Textredaktion: Dr. Ulrike Brandt-Schwarze, Bonn
Umschlaggestaltung: Johannes Wiebel | punchdesign, München
Einband-/Umschlagmotive: © shutterstock.com: zef art | Olena Zaskochenko | Evgeniia Litovchenko | Ysbrand Cosijn; © Lee Avison/trevillion.com
Satz: hanseatenSatz-bremen, Bremen
Gesetzt aus der Minion Pro
Druck und Einband: GGP Media GmbH, Pößneck

Printed in Germany
ISBN 978-3- 404-18489-7

5 4 3 2 1

Sie finden uns im Internet unter: luebbe.de
Bitte beachten Sie auch: lesejury.de

Die Figuren der Handlung

Pierre Delort, *Colonel*
Gérard, *sein Bruder, Soldat*
Marianne, *seine Schwester*
Jean-Auguste, *ihr Sohn*

Henri Verne, *Direktor des Louvre*
Gaston Récine, *Kunsthistoriker*

Floride Harlé, *Automechanikerin*
Der alte Harlé, *ihr Vater*
Spartaco, *Gewichtheber*
Georges Bersonides, *Lehrer*
Ladislas Lemaisier, *Kaufmann und Funker*
Laurent Pataille, *Gefreiter*

Raoul Martín, *spanischer Flüchtling in Cléry-Sainte-Anne*
Celedonio, *sein Vater*
Elsa, *seine Mutter*
Miguel, *sein Bruder*

Pfarrer Gallimard, *Geistlicher in Cléry-Sainte-Anne*
Michel Delapont, *Winzer in Cléry-Sainte-Anne*
Josette, *seine Tochter*
François, *Tischlergeselle*
Madame Denoit

Prudent de Valantin, *Marquis, Schlossherr von Chambord*
Camille und Louise, *seine Töchter*
Serge, *Hausdiener in Chambord*

Curt Hardefust, *Obersturmbannführer und dt. Botschafter in Paris*
Ursula, *seine Frau*
Konrad Heißberger, *SS-Hauptamtsleiter*
Hermann Göring, *Reichsmarschall*
Albert Speer, *Architekt*
Alfred von Vollard-Bockelberg, *General*
Harald Meißner, *Oberleutnant*

Teil I

Drei rote Punkte

Kapitel 1

Madrid, Museo del Prado,
Februar 1939

Wenn Pierre Delort in ein Museum ging, schloss er für gewöhnlich die Augen.

Genauso wie die Schönheit der Gemälde, Artefakte und Skulpturen liebte er ihre Gerüche: das Aroma von Leinöl und Lösungsmitteln, von Holz und Harz, von alten Zeitungen und vom Pfeifenrauch, den die Maler auf ihre Leinwände geblasen hatten. Das war *l'Eau d'Atelier*. Das war *l'Essence de Musée*. Das war der Duft der Kunst.

Doch jetzt hielt sich Colonel Delort ein Taschentuch vor die Nase. Im Prado, Madrids berühmtem Museum, stank es nach Qualm und Flugbenzin. Pierres Augen tränten. Über dem großen Gebäude dröhnten Flugzeugmotoren. Geschosse knallten. Statt der Sterne, die sonst durch das Glasdach funkelten, sah er das Aufleuchten von Explosionen. Der Angriff der Faschisten hatte begonnen. Die spanische Hauptstadt stand unter Beschuss.

Gérard kam auf Pierre zugelaufen. Das Blitzen der Flugabwehrgeschütze riss die vertraute Gestalt aus der Dunkelheit, nur um sie im nächsten Moment wieder darin verschwinden zu lassen. »Hast du endlich alles?«, hörte Pierre ihn rufen.

»Einen Augenblick noch«, antwortete Pierre und steckte das Taschentuch weg. Den Gestank ignorierend, leuchtete er mit der Handlampe auf das Klemmbrett in seiner linken Hand. Darauf waren dicht beschriebene Bögen Papier befestigt. Der Lichtkegel tanzte über berühmte Namen: Albrecht Dürer, Hieronymus Bosch, Francisco de Goya, Rembrandt van Rijn, daneben standen die Titel ihrer Gemälde. Am Ende jeder Zeile hatte Pierre eine Markierung gesetzt, ein kleines »v« mit ungleichen Schenkeln, das ihm verriet: Dieses Bild war bereits aus dem Museum evakuiert worden und rollte auf einem Lastwagen in Richtung der französischen Grenze. Jedes einzelne dieser Häkchen war für Pierre ein Siegeszeichen.

Eine Detonation ließ die Wände erbeben. Pierre blickte sorgenvoll zum Glasdach der Galerie auf.

»Wir verschwinden!«, rief Gérard und zog am schmutzigen Ärmel von Pierres Uniformjacke.

Pierre riss sich los. »Warte doch«, sagte er. Sein Blick flog über die Liste. Die Häkchen standen in Reih und Glied. Alles schien vollständig abtransportiert worden zu sein, Kunstwerke von Weltrang, gerettet vor den deutschen Bomben, die die spanischen Faschisten über Madrid abwarfen.

Er blätterte um. Auf Seite zwei las er die Namen von Michelangelo Buonarotti, El Greco und Fra Angelico. Auch hinter ihren Werken waren die Häkchen gesetzt.

Dann sah er die Lücke.

»Las Meninas ist noch hier im Haus«, sagte Pierre.

Ein berstendes Geräusch war zu hören, gefolgt vom Jaulen überdrehender Motoren. Die Flugabwehr musste einen Bomber erwischt haben.

»Du kommst jetzt mit«, rief Gérard und riss erneut an Pierres Uniform. »Wir haben mehr als tausend Kunstwerke verladen. Auf dieses eine kommt es nicht an.«

Pierre legte eine bebende Hand auf Gérards bloßen Arm. Der untersetzte Soldat hatte die Ärmel seines Militärhemds hochgekrempelt. Seine Haut fühlte sich heiß an, und die dichten Haare auf seinem Unterarm waren aufgerichtet. Er zitterte.

»Aber es ist Las Meninas«, sagte Pierre so ruhig wie möglich. »Ein Velázquez.«

»Na und?« Gérards Augen waren aufgerissen. »Du hast dein Leben heute schon für genug Leinwände aufs Spiel gesetzt!«

Pierre zögerte. Von seiner Stirn fiel ein Schweißtropfen auf das Klemmbrett und verschmierte zwei kleine Siegeszeichen. Es ging ihm ja ebenso wie Gérard, auch in seinem Bauch lag der kalte Klumpen der Angst.

»Wenn wir dieses Bild zurücklassen, sind wir gescheitert.« Pierre klopfte mit der Lampe gegen das Klemmbrett. Der Lichtschein streifte die Wände der großen Galerie. Wo noch vor wenigen Stunden Gemälde gehangen hatten, ragten nur noch Haken und Drahtseile aus dem Putz hervor. Der Prado war ein ausgeschlachteter Kadaver. »Wenn es hier verbrennt, wäre das viel mehr als nur der Verlust eines alten Ölgemäldes. Es wäre der Triumph des Faschismus über den freien Geist des Menschen. Verstehst du? Franco kann Madrid erobern. Er kann sich ganz Spanien nehmen. Aber die Freiheit, Gérard, die bekommt er nicht. Nicht, solange wir beide noch hier sind und darauf achtgeben!«

Das Jaulen wurde lauter und endete in einem Krachen. In der folgenden Stille war das Rieseln von Putz zu hören, der sich aus den Mauern des Museums löste.

Gérard stöhnte. »Du bist zwar mein kleiner Bruder, aber dein Sturkopf war schon immer größer als meiner. Wo finden wir dieses Bild?«

Pierre richtete das Licht wieder auf die Liste. »Saal zwölf«, sagte er in das Platzen einer Detonation hinein. Er deutete auf eine Treppe am Ende der großen Halle. »Dort entlang.«

In Saal zwölf stand Wasser. Es reichte ihnen bis zu den Knöcheln, irgendwo musste eine Leitung geplatzt sein. Das Atmen fiel schwer, denn die Rotunde war voller Rauch. Trotzdem war sofort zu erkennen, dass alle Gemälde entfernt worden waren.

»Wo ist dieses Bild denn nun?«, fragte Gérard ungeduldig. »Hast du dich im Saal geirrt?«

Pierre stapfte durch das Wasser bis vor die Wand. »Unmöglich.« Er tastete über den Putz. »Es war hier. Ich habe es vergangene Woche selbst gesehen, als ich die Liste erstellt habe.«

»Dann hat es wohl jemand mitgenommen«, schlussfolgerte Gérard.

»María Teresa und Rafael waren für diesen Flügel zuständig«, sagte Pierre. Er spürte Zorn in sich aufwallen. »Ich hatte ihnen doch befohlen, sich an die Pläne zu halten und jedes evakuierte Bild abzuhaken.« Kopfschüttelnd watete er zum Ausgang des Saals. »Wenn hier jeder macht, was er will, werden wir hinterher nichts mehr wiederfinden.«

»Wenn wir dann überhaupt noch am Leben sind«, versetzte Gérard.

Diesmal leistete Pierre keinen Widerstand, als sein Bruder ihn durch die dunklen Fluchten des Prado zog. Früher hatte Pierre sich immer gewünscht, eine Nacht allein in einem Museum wie diesem verbringen zu können. Jetzt eilte er durch die gespenstisch leeren Säle und Korridore wie durch ein albtraumhaftes Labyrinth.

Wo war Las Meninas?

Das Bild hatte etwas Geisterhaftes. Es war die Krönung im Werk von Diego Velázquez. Es zeigte die fünfjährige spanische Königstochter Margarita im Kreis ihrer Hofdamen. Und es zeigte den Maler selbst, der sich mit Staffelei und Farbpalette neben der Königstochter in Szene gesetzt hatte. Was Velázquez dabei wohl im Sinn gehabt hatte? Bislang war es noch niemandem gelungen, dieses Rätsel zu lösen. Und wenn das Gemälde jetzt in der Bombennacht von Madrid verschwand, würde sein Geheimnis mit ihm untergehen.

Kühle Nachtluft schlug Pierre und Gérard entgegen, als sie die Stufen zur Plaza Murillo hinabliefen. Der Himmel über den Dächern der Stadt wurde von den tastenden Fingern der Suchscheinwerfer zerschnitten. Am Seiteneingang des Museums hatten sie die Lastwagen geparkt. Um die Plaza war ein kleiner Park angelegt, und Pierre hatte daraufgesetzt, dass die Frühlingsblätter in den Baumkronen den Bomberpiloten die Sicht auf die Wagen nehmen würden. Das hatte offenbar funktioniert. Nur ein einziger Laster wartete noch in der Dunkelheit.

»Miguel, wo bist du?«, rief Pierre.

Unter dem Fahrzeug war eine Bewegung zu erahnen. Kurz darauf kam ein Mann zwischen den Reifen hervorgekrochen. Er war jung, kaum älter als achtzehn, und trug das Barett der Freiwilligenverbände, die Madrid gegen den Ansturm der Faschisten verteidigten.

»Zur Stelle, Señor Coronel«, sagte Miguel. »Die anderen sind schon unterwegs. Ich hielt es für das Sicherste, unter dem Wagen auf Sie zu warten.«

Die Ladefläche des Lasters war geschlossen. Pierre schob die Plane zur Seite. In der Dunkelheit dahinter erkannte er schemenhaft dicht an dicht stehende Bilderrahmen. »Las Meninas. Ist das Bild auf dem Wagen?«

Miguel schaute ihn ratlos an. »Señor. Monsieur. Ich kenne die Gemälde leider nicht mit Namen.« Er deutete ins Innere des Lastwagens. »Aber der Wagen ist voll bis auf den letzten Millimeter. Und wir müssen abfahren.«

»Es ist ein Velázquez. Die Infantin mit Hofdamen. Ein kleines blondes Mädchen.«

Miguel zuckte mit den Schultern.

Pierre spürte, wie er die Nerven verlor. Er versuchte sich zusammenzureißen. Miguel war nicht schuld an der Misere. »Das Bild ist groß«, begann er noch einmal. »Etwa drei mal zweieinhalb Meter.«

»María Teresa und Rafael könnten es herausgebracht haben«, warf Gérard ein. »Waren sie hier?«

Miguel rieb sich eine Wange. Im Aufblitzen eines Geschosses war sein jugendliches Gesicht zu erkennen. Mein Gott, dachte Pierre, als er den Flaum auf der Oberlippe Miguels sah, der hat ja noch nicht einmal einen Bart.

»*Sí, sí, sí*«, beeilte sich Miguel zu sagen. Die Laute klangen wie die Querschläger eines Schnellfeuergewehrs. »María Teresa und Rafael waren hier. Sie haben ein Bild aus dem Museum getragen. Es war so groß.« Er deutete den Umfang mit ausladenden Gesten an.

»Habt ihr es auf diesen Wagen verfrachtet? Oder ist es mit den anderen unterwegs?«, hörte sich Pierre mit erstickter Stimme fragen. Am liebsten hätte er die Antworten aus dem jungen Spanier herausgeschüttelt.

»*No, no, no*«, sagte Miguel und unterstrich seine Worte mit abwehrenden Gesten. »Das Bild war viel zu groß. Die Laster waren alle schon fort, und dieser da ist voll. Es passte nirgendwo rein.«

Pierre spürte, wie etwas in ihm platzte. »Wo ist dieses Bild?«, donnerte er.

Eine Detonation, keine zwei Häuserblocks entfernt, unterstrich seine Worte. Die Abwehrgeschütze husteten.

Miguel deutete auf den Paseo del Prado, die Hauptstraße, keine hundert Meter vom Museum entfernt. »Sie wollten es nicht einfach hier stehen lassen. Da haben sie es mitgenommen.«

»Zu Fuß?«, rief Pierre. »Sie tragen einen Velázquez zu Fuß durch diesen Bombenhagel?« Er schaute zur Hauptstraße hinüber. Dort war alles dunkel. Jede Art von Licht, und wäre es nur das Aufglimmen einer Zigarette, diente den Bomberpiloten als Zielmarkierung.

»Haben sie gesagt, wohin sie das Bild bringen wollten?«, fragte Pierre.

Gérard stellte sich zwischen ihn und Miguel. »Lass ihn in Ruhe, Pierre. Wir haben versucht, deinen Velázquez zu retten. Aber das ist jetzt vorbei. Die Kommunisten werden sich darum kümmern. Da bin ich sicher.«

»Aber ich nicht«, blaffte Pierre. Er spürte, wie eine schmerzhafte Besessenheit von ihm Besitz ergriff. Was er vorhin zu Gérard über den Triumph des Faschismus gesagt hatte, davon hatte er jedes Wort ernst gemeint. »Kommt! Ohne dieses Gemälde werden wir diese verfluchte Stadt nicht verlassen.«

Pierre riss die Tür zur Fahrerkabine des Lastwagens auf. Beim Einsteigen stieß er mit dem Kopf gegen das niedrige Dach und verlor seinen Offiziershut. Die schwarze runde Kopfbedeckung fiel herunter und rollte davon. Pierre scherte sich nicht darum. Der Schlüssel steckte. Er startete den Motor mit pumpenden Tritten auf das Gaspedal. Wie durch einen Nebel bemerkte er, dass Gérard und Miguel auf der Beifahrerseite einstiegen. Dann rammte Pierre den Rückwärtsgang in das Getriebe, wendete den Wagen und fuhr los in Richtung Hauptstraße.

In der Kabine übertönte das Klappern des Dieselmotors den Kriegslärm über der Stadt. Gérard beugte sich über den in der Mitte sitzenden Miguel zu Pierre hinüber. »Du fährst jetzt Richtung Süden. Das ist ein Befehl. Ich bin der Dienstältere.«

Pierre antwortete nicht. Seine Blicke waren auf die Straße gerichtet. In der Dunkelheit war die Fahrbahn kaum zu erkennen. Er bog in den Paseo del Prado ein und steuerte den Laster nach Norden.

»Pierre! Verdammt!« Gérard versuchte, an den Zug der Handbremse zu gelangen. Doch der war unterhalb des Lenkrads angebracht.

Pierre schlug die Hand seines Bruders weg. »Miguel!«, knurrte er. »Wo liegt das Hauptquartier der Kommunisten?«

»Am Ende der Gran Vía«, rief Miguel über den Motorenlärm hinweg. »Hinter dem großen Lederwarengeschäft.«

»Das ist im Herzen der Stadt«, protestierte Gérard. »Was glaubst du, wo die meisten Bomben runterkommen?«

Pierre lachte laut und kalt. »Die Kommunisten haben ihren Sitz ausgerechnet dort, wo die Bourgeoisie ihr Geld ausgibt? Komm schon, Gérard! Das müssen wir uns ansehen.« Er achtete nicht mehr auf die Einwände seines Bruders, die sich in Beschimpfungen verwandelten, und trat das Gaspedal durch. Der Laster rumpelte über den zerstörten Straßenbelag. Das durchgesessene Sitzpolster übertrug die Stöße, und Pierre meinte, sogar das Rütteln der Kunstwerke auf der Ladefläche spüren zu können.

Die Abzweigung vom Paseo del Prado in Richtung der Gran Vía war ausladend. Dennoch hätte Pierre sie in der Dunkelheit um ein Haar übersehen. Die kalte Windschutzscheibe war vom warmen Atem der drei Passagiere beschlagen. Pierre trat auf die Bremse. Er setzte ein Stück zurück und bog links ab. Die Straßenzüge und Wohnblöcke lagen auch hier in Finsternis. Die Bomber luden ihre tödliche Fracht jetzt weiter im Westen ab. Der Widerschein der Feuer wirkte beinahe festlich.

In der Fahrbahn vor ihnen klaffte ein Loch. Eine Bombe hatte einen Krater in die Straße gerissen, so groß, dass die Fassaden der Geschäfte an der linken und rechten Seite hineingerutscht waren. Der Boden des Trichters war in der Dunkelheit nicht zu erkennen. Die Trümmer rauchten noch.

Pierre zog die Handbremse an und schlug auf das Lenkrad, dass es ihn schmerzte. »Daran kommen wir nicht vorbei.«

»Müssen wir auch nicht«, sagte Gérard.

»Hör endlich mit dem Gejammer auf!«, fuhr Pierre seinen Bruder an. »Ich sehe ja ein, dass wir sie nicht mehr finden werden. Aber versuchen mussten wir es wenigstens.« Er keuchte. »Also gut. Raus aus der Stadt!«

»Willst du dein Bild denn nicht mitnehmen?«, fragte Gérard.

Pierre funkelte seinen Bruder zornig an. Wollte Gérard ihn im Augenblick der Niederlage verspotten? Miguel streckte einen Arm aus und wischte mit dem Ärmel seiner Jacke über die Windschutzscheibe. Durch die klaren Stellen auf dem Glas sah Pierre Las Meninas am Rand des Kraters stehen. Das Bild lehnte an einem verbogenen Laternenpfahl. Das goldene Haar von Prinzessin Margarita leuchtete selbst in der Dunkelheit aus der Leinwand hervor.

Die drei Männer sprangen aus dem Wagen.

»Raffa? María?«, rief Gérard.

»Auf und davon«, stellte Pierre fest.

»Und wenn sie getroffen wurden?« Gérard kletterte zwischen den Trümmern umher.

»Dann wäre das Gemälde auch zerstört«, antwortete Pierre. Er trat an das Bild heran. Als er über den Rahmen strich, stellte er an einer Stelle einen Riss fest. Die Leinwand selbst schien jedoch unbeschädigt zu sein.

»Sie sind vermutlich da rüber.« Er deutete über den Krater. Daraus ragten beindicke Kabel hervor wie das zerrissene Gedärm der Stadt. An einer Stelle türmte sich Schutt in dem Loch, hoch genug, um darüberzubalancieren. »Aber sie konnten das Bild nicht mitnehmen.«

Ein Wind zog durch die Straße. Etwas knisterte. An einer der Ruinen baumelte die Leuchtreklame eines Zigarettengeschäfts und flackerte auf. *Tabacos. Efectos Timbrados. Lotería* leuchtete es in roten und gelben Buchstaben.

»Pierre!«, rief Gérard. »Das Licht!« Mit drei Sätzen hatte Pierre das Schild erreicht, packte das baumelnde Kabel und riss es heraus. Die Reklame erlosch.

Für einen Moment standen die Männer still und schauten zum Nachthimmel hinauf. Hatte einer der Bomberpiloten das Leuchten gesehen? Aus Richtung des Linarespalastes war das Blubbern großer Motoren zu hören. Doch es kam nicht näher.

»Schnell jetzt«, rief Pierre und lief mit Gérard zu dem Gemälde. Miguel wollte ihnen folgen, aber Pierre schickte ihn zurück. »Wende den Wagen. Damit wir gleich losfahren können.« Wie sie das großformatige Kunstwerk in dem vollen Laderaum unterbringen sollten, musste sich noch herausstellen.

Pierre postierte sich an einem Ende des Bildes, Gérard am anderen. Unter ihren Stiefeln knirschte der Schutt. »Pass auf, dass du die Leinwand nicht berührst«, sagte Pierre. Sie hoben den Rahmen an. Das Gemälde war leichter, als seine Größe vermuten ließ. Kein Wunder, dass ihre Kameraden geglaubt hatten, sie könnten es auch ohne Fahrzeug in Sicherheit bringen.

Pierre ging rückwärts in Richtung des Lasters. Er hörte den Wagen anspringen. Das dumpfe Tuckern hallte durch die leere Straße. Miguel setzte zurück und würgte dabei den Motor ab. Als er ihn wieder anließ, flammten die Scheinwerfer auf. Die Lichtfinger schnitten Pierre und Gérard mit dem Gemälde aus der Dunkelheit.

»Licht aus!«, brüllte Gérard. Doch nichts geschah.

Miguel stieg aus der Fahrerkabine. »Ich bin an den Schalter geraten, und jetzt finde ich ihn nicht wieder.«

»Links unter dem Blinker«, rief Pierre. Wusste Miguel, wo der Blinker war?

»Was?«, rief Miguel zurück.

»Unter dem Blinker«, rief Pierre noch einmal. Erst da fiel ihm auf, dass er gegen den Lärm eines sich nähernden Flugzeugs anschrie.

Im nächsten Moment war der Bomber über ihnen.

»Weg!«, brüllte Pierre seinem Bruder zu. Er ließ das Bild los. Er bemerkte noch, dass es langsam zur Seite kippte. Dann sprang er in den Bombenkrater hinein.

Er kam hart auf dem Rücken auf. Etwas landete auf seiner Brust, und ihm blieb die Luft weg. Ein Knall war zu hören, dann die sich entfernenden Motoren des Flugzeugs.

Pierre schlug die Augen auf. Über dem Rand des Kraters war Feuerschein zu sehen. Gérard lag auf ihm. Auch er hatte sich in den Bombentrichter geworfen. Hoffentlich war er wohlauf. Hoffentlich hatte das Gemälde keinen Schaden genommen.

»Aufstehen, Gérard«, sagte Pierre. Er schob seinen Bruder von sich herunter. Gérards schlaffer Körper rollte zur Seite und blieb reglos liegen.

»Ich muss dich doch wohl nicht hier raustragen«, witzelte Pierre gegen die Sorge an, die seine Stimme zu lähmen versuchte. Er beugte sich neben Gérard und fasste an dessen Arm entlang zu seiner Schulter, zu seinem Hals hinauf.

Erst jetzt bemerkte er die warme Feuchtigkeit, die sein Hemd durchdrang, an der Stelle, an der sein Bruder auf ihm gelegen hatte.

»Steh auf!«, rief Pierre. Er tastete nach Gérards Hals, um den Puls zu fühlen. Schon bevor seine Finger die Wunde fanden, wusste er, dass sein Bruder tot war.

Kapitel 2

PARIS, LOUVRE,
JUNI 1939

In ganz Paris hörte man den Krieg. Dabei war er noch gar nicht ausgebrochen. Wie gewöhnlich tranken die Menschen ihren Pastis im Café um die Ecke, tauschten Küsse im Jardin du Luxembourg, flanierten an den Modehäusern der Rue du Faubourg Saint-Honoré entlang, gingen ihrer Arbeit nach oder lehnten sich aus dem Fenster, um dem Treiben zuzusehen. Doch unter der dünnen Haut der Normalität brodelte es. Jede Plauderei über die jüngste Theaterpremiere, über die Preise von Fleisch, über die ungewollte Schwangerschaft der Nachbarstochter führte unweigerlich zu dem Thema, das eigentlich alle vermeiden wollten: Adolf Hitler hatte im März das Münchner Abkommen gebrochen und die Tschechoslowakei vollständig besetzt. Was würde als Nächstes kommen?

»Der Krieg«, sagte Henri Verne, »ist unvermeidbar.« Der Direktor des Louvre saß hinter seinem Schreibtisch im Verwaltungstrakt des Museums. Die Wände seines Büros waren mit Bildern tapeziert: Fotografien schneidiger Offiziere, Skizzen von Jünglingen am Sterbebett der Geliebten, Seestücken und barocken Damen mit frivol verrutschten Dekolletés. Dazwischen standen Regale mit orientalisch anmutenden Artefakten und kunstvollen Parfümflakons. An einem Haken hing ein Gewehr mit Steinschloss, das aus dem vorletzten Krieg zu stammen schien. Vernes Büro war ein Museum im Museum. Und der graubärtige Leiter des Louvre, dem alle französischen Nationalmuseen unterstanden, hockte inmitten der Sammlung wie ein Fossil. Ein Fossil, das qualmte.

Henri Verne zog an einer Zigarre, blies Rauch gegen die Decke und ließ die Asche zu Boden fallen. »Ich verstehe immer noch nicht, was Sie an unserem Plan zur Evakuierung des Louvre auszusetzen haben, General Potard.«

»Ihr Plan, Monsieur Verne, ist ganz ausgezeichnet«, sagte der Angesprochene, auch er ein Mann im fortgeschrittenen Alter, mit federigem weißem Haar und rosigen Wangen. Er saß in einem Sessel vor Vernes Schreibtisch. Sein in einer schwarzen Uniform steckender Leib hatte die Form eines Apfels, aus dem Stöcke als Arme und Beine herausragten. »Ich bin sicher, dass all dies 1933 funktioniert hätte.« Potard wedelte den Rauch beiseite, der von Vernes Zigarre zu ihm herüberzog. »Allerdings schreiben wir das Jahr 1939. Und die Zeiten, mein Bester, haben sich geändert, sie sind ungewisser denn je, wie wir gerade erfahren müssen.«

»Dann erklären Sie uns, warum Direktor Verne irren sollte, General«, sagte ein junger Mann, der in einem zweiten Sessel neben Potard saß. Er hatte ein Jungmännergesicht mit aufgekämmtem Stutzbärtchen und kurz geschnittenem lockigem Haar. »Der Plan des Direktors ist ein Meisterwerk. Wenn die Deutschen tatsächlich Frankreich angreifen sollten, könnten wir den Louvre damit im Handumdrehen leer räumen.«

»Das bestreite ich auch gar nicht, Monsieur Récine«, erwiderte Potard. »Was mir daran nicht gefällt, ist das, was nach der Evakuierung kommen soll. Die Orte, an denen Sie die Kunstwerke vor der Wehrmacht verstecken wollen, sind dafür ungeeignet. Wenn die Deutschen Paris besetzen sollten – was Gott verhüten möge – werden sie genauso denken wie Monsieur Verne. Und dann werden Frankreichs Kunstschätze entdeckt und nach Berlin abtransportiert werden. Und zwar im Handumdrehen, wenn Sie erlauben, dass ich Ihren Ausdruck verwende.«

Récine richtete sich in seinem Sessel auf, lehnte sich zu Potard hinüber und holte tief Luft. Doch bevor er etwas sagen konnte, schaltete sich der Direktor ein. »Wo bleibt denn nun ihr Experte, General? Wir haben nicht den ganzen Tag Zeit.« Wieder stieß er eine Rauchwolke aus.

Potard zog eine Taschenuhr hervor, klappte den Deckel auf und schaute auf die Zeiger. »Noch zwei Minuten bis zum vereinbarten Zeitpunkt. Colonel Delort wird pünktlich hier sein. Verlassen Sie sich drauf.«

»Stimmt es, was man sich über ihn erzählt?«, fragte Récine. »Dass er in Madrid gescheitert ist?«

»Colonel Delort ist es gelungen, den Prado vollständig zu evakuieren, bevor die Faschisten Madrid einnehmen konnten«, erklärte Potard mit ruhiger Stimme. »Alle Kunstwerke haben Spanien unbeschadet Richtung Genf verlassen. Bezeichnen Sie das als gescheitert?«

»Er soll Menschenleben aufs Spiel gesetzt haben«, entgegnete der junge Mann. »Wie man hört, war Las Meninas mit Blut gesprenkelt, als das Gemälde in Genf eintraf. Die Restauratoren können die Flecken angeblich nicht mehr entfernen.«

Potard räusperte sich. »Sie sind gut informiert, Monsieur. Allerdings ist das Blut nur auf der Rückseite des Rahmens zu sehen. Die Leinwand ist unbeschädigt. Gérard Delort, der Bruder des Colonels, hat die Druckwelle einer Detonation mit seinem Leib abgefangen und das Bild dadurch vermutlich gerettet. Er selbst ist ums Leben gekommen.«

»Eine tragische Geschichte«, sagte Verne. Die Zigarrenspitze wackelte zwischen seinen Zähnen.

»Wie soll jemand, der andere solche Risiken eingehen

lässt, dabei helfen, die größten Kunstwerke Frankreichs vor den Deutschen zu retten?«, fragte Récine scharf. »Wollen Sie ein Blutbad im Louvre anrichten?«

»Fragen Sie doch den Colonel selbst«, sagte Potard. Er erhob sich aus seinem Sessel und ging zur Tür. Dort blieb er stehen, in der rechten Hand die Türklinke, in der linken seine Taschenuhr. Einen Augenblick wartete er noch, den Blick auf die Zeiger geheftet. Dann zog er die Tür auf und sagte: »Kommen Sie herein, Pierre.«

Im Eingang stand ein Mann mit langem Kinn und dünnem Oberlippenbart. Er trug die Uniform der Offiziere im französischen Heer: schwarze polierte Schuhe, eine rote Hose mit einem schwarzen Streifen an den Seiten, eine schwarze Jacke mit silbernen Aufschlägen und Epauletten auf den Schultern sowie einen runden Hut, der das Rot, Schwarz und Silber der anderen Kleidungsstücke aufnahm. Colonel Delort sah elegant aus, aber unter seinen großen braunen Augen lagen Schatten, und seine Wangen waren eingefallen.

»Messieurs«, sagte General Potard, »ich stelle Ihnen Pierre Delort vor. Colonel im vierten Regiment der Rad fahrenden Dragoner.«

Delort salutierte mit weiß behandschuhter Hand.

Henri Verne erhob sich und winkte den Gast mit der Zigarre in den Raum. Die Männer gaben sich über den Schreibtisch hinweg die Hand.

»Colonel Delort«, hob Verne an. »Ich freue mich, dass Sie Zeit für uns gefunden haben. Wir werden Sie nicht lange aufhalten. Darf ich Ihnen Doktor Gaston Récine vorstellen? Er ist mein Stellvertreter.«

»Freut mich, Sie kennenzulernen, Colonel.« Récine stand auf und schüttelte Pierres Hand. »Rad fahrende Dragoner?«, fragte er. »Was muss man sich denn darunter vorstellen?«

»Unser Regiment war früher mit Fahrrädern ausgestattet«, antwortete Pierre. »Dadurch hatte es eine hohe Marschgeschwindigkeit und konnte sich lautlos bewegen. Außerdem waren die Fahrzeuge leicht zu reparieren und brauchten kein Benzin. Vorteile, die im Feld nützlich sein können.«

Récine schien nach einem Anflug von Ironie in Pierres Worten zu suchen. »Würde sich die Kriegsmaschine der Wehrmacht von Soldaten auf Fahrrädern aufhalten lassen?«

Pierre ließ die Hand los. »Das wäre eine interessante Möglichkeit, Monsieur. Aber das Oberkommando des Heeres hat schon vor Jahren entschieden, unsere Fahrräder gegen Motorräder mit Beiwagen auszutauschen. Nur der Name unseres Regiments ist geblieben. Ich fahre allerdings noch immer mit dem Rad durch Paris.«

»Messieurs«, sagte Henri Verne, »wir wollen über die mögliche Evakuierung des Louvre sprechen. Fahrräder werden dabei gewiss nicht zum Einsatz kommen.« Der Direktor trat zu einer Landkarte an der Wand, die zwischen den Gemälden wie ein weiteres Kunstwerk wirkte. Sie zeigte Frankreich.

»Wie Sie wissen, besteht die Möglichkeit, dass Hitler Frankreich angreifen wird.« Er schaute in die Runde. Die drei Männer nickten und traten näher an die Karte heran. »Wir müssen mit Bomben auf Paris rechnen. Der Louvre könnte in Flammen aufgehen. Und selbst wenn die Wehrmacht die Stadt besetzt, ohne sie in Trümmer zu legen, wird Hermann Göring nichts Eiligeres zu tun haben, als unsere Museen zu plündern, um unseren nationalen Kunstschatz in seine Privatsammlung zu überführen. Berlin, Messieurs, giert danach, endlich den Schlüssel zu unseren Schatzkammern in die Finger zu bekommen. Das müssen wir verhindern.«

»Koste es, was es wolle!«, rief Récine ein wenig zu laut.

Verne fischte eine große Brille mit Hornfassung aus der Brusttasche seines Jacketts und setzte sie auf. Dann deutete er mit der Spitze seiner Zigarre auf die Karte. »Paris und der Louvre«, sagte Verne. »Hier sind Zehntausende Kunstwerke untergebracht. Wir können unmöglich alle retten. Deshalb habe ich eine Auswahl getroffen. Ich glaube, dass es uns gelingen kann, eintausend der wichtigsten Objekte zu evakuieren. Die weniger bedeutenden Werke überlassen wir aber auch nicht einfach den Nazis. Wir verstecken sie unter dem Museum. Wie Sie vielleicht wissen, war der Louvre einst eine Festung. Und die alten Grundmauern und Gewölbe sind noch immer vorhanden. Nur weiß kaum jemand, wie man hineingelangt, am allerwenigsten die Deutschen. Dorthin bringen wir alles, was nicht evakuiert werden kann. Da sind die Kunstwerke vor dem Zugriff des Feindes und sogar vor Bombenangriffen sicher.« In den Augen des Direktors blitzte es. »Und das ist noch nicht alles! Die unbedeutendsten Gemälde verbergen wir so schlecht, dass die Deutschen auf ihre Spur stoßen werden. Göring wird alles daransetzen, dieser Fährte zu folgen. Und am Ende wird er mit einer Handvoll zweitklassiger Kunst dastehen. Zugleich wird ihn die Aussicht auf Erfolg blind machen und von den wirklich bedeutenden Objekten ablenken, die bis dahin für ihn unerreichbar sein werden.«

»Bravo!« Récine applaudierte. »Monsieur Verne, Sie sind ein Genie.«

»Tatsächlich.« Potard nickte zurückhaltend. »Ein formidabler Plan. Was halten Sie davon, Colonel Delort?«

»Unterschätzen Sie die Deutschen nicht«, sagte Pierre. »Die SS wird ein geheimes Magazin unterhalb des Louvre früher oder später aufstöbern, es sei denn, Sie vernichten alle schriftlichen Informationen darüber und bringen jeden zum Schweigen, der davon weiß.«

»Zum Schweigen bringen?«, wiederholte Récine. »Sollen wir unsere Angestellten etwa hinrichten lassen? Wir sind doch nicht im alten Ägypten.«

Pierre lächelte den jungen Mann an. »Wenn die Deutschen erst einmal hier sind, werden Sie sich noch wünschen, im Reich der Pharaonen zu leben, Doktor Récine. Glauben Sie mir. Ich habe in Spanien erlebt, wozu Faschisten fähig sind.«

»Bei allem Respekt vor dem, wozu Sie selbst fähig sind«, erwiderte Récine. »Methoden wie Ihre können wir in Paris nicht dulden.«

»Von welchen Methoden sprechen Sie?« In Pierres Stimme lag ein lauernder Unterton.

»Messieurs«, unterbrach Henri Verne, »bitte bleiben Sie bei der Sache. Doktor Récine, schenken Sie uns bitte Cognac ein.« Er deutete auf ein Wägelchen neben seinem Schreibtisch, auf dem Flaschen und Gläser aufgereiht waren.

Récine schaute seinen Vorgesetzten fragend an. »Monsieur le Directeur?«

»Wir könnten jetzt alle einen Schluck vertragen«, fuhr Verne fort. »So ist es doch, nicht wahr, Messieurs?«

»Ich habe Ihre Flasche Montaubert schon geraume Zeit im Visier«, stimmte General Potard zu.

Récine blieb nichts übrig, als der Aufforderung Folge zu leisten. Während er sich mit klingelnden Geräuschen an dem Cognacwagen zu schaffen machte, sprach Verne weiter.

»Sie glauben also, Colonel Delort, dass die Nazis das Versteck unter dem Louvre finden würden?«

»Das ist keine Frage von glauben,« antwortete Pierre. »Ich bin sicher.«

»Welches Vorgehen würden Sie stattdessen empfehlen?«, wollte Verne wissen.

Récine ging mit einem Tablett voller Gläser herum. Pierre bediente er als Letzten. Die Männer tranken.

»Ich würde den gesamten Louvre evakuieren«, sagte Pierre.

»Alles?«, platzte es aus Verne heraus. »Wissen Sie, wovon Sie da sprechen?«

»Von viertausenddreihundertundachtzehn Gemälden sowie fünfzehntausendvierhundertunddrei Reliefs, Zeichnungen, Skulpturen und Kunstobjekten«, zählte Pierre auf. »Die jüngsten Neuzugänge vom 16. März mitgerechnet.«

»Unmöglich!« Récine lachte freudlos über den Rand seines Glases hinweg. »Niemand kann das schaffen.«

Pierre warf dem jungen Mann einen finsteren Blick zu. »Sie finden den Versuch, Frankreichs Kunst vor den Deutschen zu retten, belustigend?«

»Uns fehlen die Möglichkeiten, alles in Sicherheit zu bringen«, sagte Henri Verne. »Deshalb hatte ich eine Auswahl getroffen.«

»Wohin wollen Sie die tausend ausgewählten Stücke denn bringen, Monsieur Verne?«, fragte Pierre.

»Darüber hat sich Doktor Récine den Kopf zerbrochen.« Verne nickte seinem Stellvertreter zu. »Bitte, zeigen Sie den Herren, was Sie sich überlegt haben.«

Récine stellte sich neben den Direktor und tippte mit einem Finger gegen die Karte. »Wir bringen die Kunstwerke hierher, in den Westen Frankreichs. Dort sind sie so weit wie möglich von den Kampfhandlungen entfernt. Wir gehen nämlich davon aus, dass die Deutschen von Osten her angreifen werden. Außerdem können wir von Westen aus alles rasch nach England bringen, wenn es nötig werden sollte.«

Verne sah Pierre an. »Wie ist Ihre Meinung dazu, Colonel?«

Pierre ging an Récine vorbei zu der Karte und bedeckte den gesamten Westen Frankreichs mit der linken Hand. »Hier im Westen liegt die Küste. Das ist kein Vorteil für Sie, sondern ein Risiko. Was glauben Sie, wird Hitler als Erstes unternehmen, sobald er Frankreich unter Kontrolle hat? Er wird die Westküste sichern. Er wird die Häfen besetzen, um von dort aus den Atlantik beherrschen zu können. Doktor Récine, die Deutschen werden schneller im Westen Frankreichs sein als eine Katze, die einen Kettenblitz überholt. Es tut mir leid, das sagen zu müssen, aber wenn Sie in den Westen evakuieren, können Sie die Louvre-Kunst auch gleich direkt nach Berlin schaffen.«

»Sie sind so impertinent wie uninformiert«, blaffte Récine. »Hitler wird sich mit Paris zufriedengeben. Wenn er überhaupt bis an die Seine kommt, kann er von Glück reden, wenn er die Hauptstadt halten kann. Die Deutschen haben nicht genug Truppen, um ganz Frankreich zu besetzen. Der Westen ist unsere beste Wahl!«

Pierre nahm die Hand von der Karte. »Wie Sie meinen.«

»Wo läge Ihrer Meinung nach ein besseres Versteck?«, fragte Henri Verne.

Pierre trat zu ihm und pflückte ihm die Zigarre aus den Fingern. Dann zeigte er mit der glimmenden Spitze auf die Landkarte, auf fünf Orte, die in einer Reihe in der Mitte Frankreichs lagen.

»Dort«, sagte Pierre, »dort, dort, dort und dort befinden sich die Schlösser an der Loire.« Am letzten Punkt bildete sich ein verkohlter Kreis. Pierre zog die Zigarre rasch zurück. »Bessere Schlupfwinkel für die Kunst des Louvre werden Sie in Frankreich nicht finden.«

»Schlösser?«, fragte Verne und schaute amüsiert auf das glimmende Loch in seiner Landkarte. »Sind die nicht ein bisschen auffällig?«

»Außerdem sind sie doch gerade mal hundertfünfzig Kilometer von hier entfernt«, warf Récine hitzig ein. »Das ist viel zu nah an Paris.«

»Und genau das«, erklärte Pierre, »ist der Vorteil. Sie können die Kunstwerke rasch in Sicherheit bringen. Jeder Kilometer, den die jahrhundertealten Gemälde und brüchigen Statuen zurücklegen müssen, kann ihnen schaden. Überdies müssen die Evakuierungstrupps Kontakt nach Paris halten. Ihre Leute könnten krank werden, während sie die Kunst bewachen. Dann brauchen Sie Medizin und Ersatzkräfte. Je nachdem, wie lange die Deutschen in Frankreich bleiben, werden Sie auch einzelne Werke zurück nach Paris schaffen wollen, um sie restaurieren zu lassen.« Pierre deutete mit der Spitze der Zigarre wieder auf die Landkarte. »Zudem liegen die Schlösser isoliert in der Landschaft. Keine Industrieanlagen in der Nähe, keine wichtigen Straßen oder Brücken. Niemand wird diese Orte bombardieren wollen. Und wenn es doch einen Angriff geben sollte, so können die Mauern einiges aushalten. Schließlich waren das früher Festungen. Sie haben nicht nur feindlichen Armeen, sondern auch der Zeit die Stirn geboten.«

Pierre gab Henri Verne die Zigarre zurück. Der Museumsleiter schaute auf das fast erloschene Ende. »Das sind eine Menge Argumente, die für Ihren Vorschlag sprechen«, sagte der Direktor des Louvre.

»Es sind noch nicht alle«, fuhr Pierre fort. »Jedes der Schlösser verfügt über eine eigene Wasserversorgung.«

»Das bedeutet ja wohl, dass die Mauern feucht sind«, warf Récine ein. »Damit sind die Châteaux zur Aufbewahrung von Gemälden ungeeignet.«

Pierre nickte. »Feuchtigkeit und Temperatur müssten natürlich kontrolliert werden. Aber dafür garantiert die Wasserversorgung, dass Sie Brände löschen können. Wir sprechen von betagten Leinwänden, die so trocken sind, dass sie brennen wie Papier.«

»Einige sind sogar aus Papier zusammengeleimt«, ergänzte Henri Verne, der sich für Pierres Vorschlag zu erwärmen schien.

»Haben Sie auch an die Kastellane gedacht?«, fragte Récine. Er füllte sein Glas zum zweiten Mal. »Die sind doch alle rechtsnational. Was ist, wenn sie mit den Nazis gemeinsame Sache machen?«

»Ein guter Einwand«, gab Pierre zu. »Tatsächlich gehören die Eigentümer der Schlösser eher dem rechten politischen Lager an. Aber das bedeutet nicht, dass sie Hitlers Ziele unterstützen. Im Gegenteil. Sie könnten ebenso gut dabei helfen wollen, das nationale Erbe Frankreichs zu schützen. Das hängt von denjenigen ab, die mit den Schlossherren verhandeln.«

»Oder davon, welchen Druck unsere Regierung auf diese Leute ausübt«, ergänzte General Potard.

Henri Verne starrte auf die Landkarte. Mit einem Finger strich er über das Loch, das Pierre in den Karton gebrannt hatte. »Würden Sie uns helfen, Colonel Delort?«, fragte er schließlich. »Sie scheinen der richtige Mann für diese Aufgabe zu sein. Natürlich würden Sie mit Doktor Récine zusammenarbeiten.«

Die beiden Männer sahen sich an.

»Monsieur Verne«, brach es aus dem jungen Mann heraus. »Ich …«

»Keine Sorge«, versuchte Pierre, den anderen zu beruhigen. »Sie müssen sich nicht mit mir herumschlagen. Ich bin nur als Berater hier. Und das auch nur heute. Als Offizier werde ich gebraucht, um die Landesgrenzen zu sichern. Für die Kultur Frankreichs sind Sie zuständig, Messieurs. Ich bin sicher, es gibt keine besseren Männer für diese Aufgabe.«

Récine schaute Pierre missmutig an.

Henri Verne schüttelte den Kopf. »Das ist schade. Wir könnten jemanden mit Ihrem Weitblick und Ihrer Erfahrung in unserem Stab brauchen, Colonel Delort. Vielleicht kann ich General Potard dazu bringen, Ihnen einen entsprechenden Befehl zu geben?« Der Direktor schmunzelte.

Potard trank den letzten Schluck Cognac. Dann drückte er Récine das leere Glas in die Hand. »Befehle? Damit kann ich Soldaten in die Schlacht schicken. Die Aufgabe, die Sie dem Colonel antragen wollen, ist weitaus schwieriger. Auf den Schultern derjenigen, die die Kunst Frankreichs retten müssen, lastet eine Verantwortung, die selbst Atlas in die Knie zwingen würde.«

»Bedauerlich«, sagte Henri Verne. »Dennoch danke ich Ihnen für Ihre Hilfe. Wir werden eine Liste aller infrage kommenden Schlösser im Loiretal zusammenstellen und dann entscheiden, was zu tun ist. Wie kann ich mich für Ihre Mühen erkenntlich zeigen?«

»Evakuieren Sie so viele Objekte wie möglich«, sagte Pierre. »Jedes Stück, das vor den Deutschen gerettet wird, ist ein Gewinn. Für Sie. Für mich. Für uns alle.«

Potard klopfte Pierre auf den Rücken. »Da sehen Sie es: Unsere Offiziere sind selbstlos. Sie denken immer nur an Frankreich. Aber ich als alter Egoist hätte noch einen Wunsch, den zu erfüllen in Ihrer Macht steht, Monsieur Verne.«

Der Direktor wedelte mit der erkalteten Zigarre. »Raus mit der Sprache, General.«

»Gestatten Sie dem Colonel und mir einen Rundgang durch den Louvre. Es wäre schön, wenn wir einen letzten Blick auf die Kunstschätze unseres Landes werfen könnten, bevor sie auf unbestimmte Zeit verschwinden.«

Kapitel 3

PARIS, LOUVRE,
JUNI 1939

Pierre und General Potard traten ins Freie und überquerten den Innenhof des Louvre. Rings um sie her wuchs die Fassade des einstigen Königspalastes in den Himmel. Die Geräusche der Stadt drangen gedämpft herüber. Ein leichter Sommerregen raschelte in den Bäumen, und die Schritte der Männer knirschten auf dem Kiesweg.

»Sie sollten noch einmal über Vernes Bitte nachdenken, Colonel«, sagte Potard, der nun dieselbe Art Militärkappe trug wie Pierre. »Das Museum könnte Ihre Hilfe gebrauchen. Dieser Récine ist nur ein Emporkömmling. Als Fachmann kann er jemandem wie Ihnen nicht das Wasser reichen.«

»Aber den Cognac«, sagte Pierre. »Das genügt mir.«

Sie betraten den Sully-Flügel mit der Sammlung griechischer und römischer Kunst. Der Saal der Karyatiden empfing sie mit dem Duft von Reinigungsmitteln. Die feuchten Schuhe der Männer quietschten auf den Marmorfliesen. Bleiche Skulpturen säumten die Wände. Pierre kannte sie alle: die Artemis von Versailles, wie sie mit elegantem Griff einen Pfeil aus ihrem Köcher zog, die Nackte beim Bade, die sich die Wade abtrocknete, den Ringer, der mit dem Schabeisen das Öl von seiner Haut kratzte, den Kentauren, auf dessen Rücken ein Putto ritt und den Pferdemann ausgelassen neckte. Alle Figuren waren so lebensecht aus dem Stein geholt, dass man meinen konnte, sie seien angesichts der Besucher vor Schreck erstarrt und würden im nächsten Moment wieder zum Leben erwachen.

Schon als Kind hatte Pierre den Louvre geliebt und sein Taschengeld für den Eintritt ins Museum ausgegeben, während seine Freunde lieber in die neuartigen Kinos gegangen waren. Niemand hatte Pierre damals in die Galerien begleiten wollen, nicht einmal Gérard. Wer wollte schon Bilder sehen, die sich nicht bewegten? Bei der Erinnerung an seinen Bruder spürte Pierre die Wunde des Verlustes brennen.

»Warum sind wir hier, General?«, fragte er. »Sie kennen das Museum genauso gut wie ich.«

Sie hatten das Daru-Treppenhaus erreicht. Über ihnen, auf einem Absatz, erhob sich die Nike von Samothrake. Die Statue der griechischen Siegesgöttin war riesig, hatte aber keinen Kopf. Niemand konnte sagen, wohin ihr Blick einst gerichtet war. Aber in diesem Moment war es Pierre, als schaute die Göttin zu ihm hinunter.

»Warum wir hier sind?«, fragte Potard mit seiner kehligen Altmännerstimme und begann mit seinen Streichholzbeinen die Stufen hinaufzustaksen. Pierre folgte ihm. »Damit wir uns ein Bild davon machen, welche Herausforderungen auf Verne und Récine zukommen werden.« Er blieb vor der drei Meter hohen Siegesgöttin stehen. »Wissen Sie, wie schwer diese Dame ist, Pierre?«

»Dreitausendneunhundert Kilogramm. Etwa vier Tonnen«, antwortete er. »Trotzdem gehört sie für mich zu den schönsten Frauen der Welt.« Als Kunststudent hatte Pierre stundenlang auf den kalten Stufen gesessen und die Nike gezeichnet. Er kannte jede Falte ihres Gewands, das Spiel ihrer darunter erkennbaren Muskeln, ihren Bauchnabel, der durch den eng anliegenden Stoff sichtbar war und den Eindruck erweckte, der Stein habe sich unter den Händen des unbekannten Bildhauers in Gewebe verwandelt. Manchmal hatte Pierre der Statue auf dem Papier einen Kopf gezeichnet. Doch niemals war er damit zufrieden gewesen. Nur der antike Meister, der die Nike geschaffen hatte, hatte ihr ein Gesicht verleihen können, das der Schönheit ihres Körpers angemessen war.

Potard lächelte und fuhr fort. »Können Sie sich vorstellen, was mit der Nike geschehen wird, wenn Doktor Récine für den Transport zuständig ist?«

Das war es also. Der General wollte ihn zur Mithilfe bei der Evakuierung des Louvre überreden, indem er Pierres Sorge um die Kunstwerke schürte.

»Mon Général«, sagte Pierre unverwandt. »Ich stehe für diese Aufgabe nicht zur Verfügung. Ich bin nicht mehr … geeignet.«

Potard sah unter dem schmalen Schirm seiner Kappe zu ihm herüber. »Colonel?«

»Darf ich frei sprechen?«, fragte Pierre.

»Ich befehle es«, sagte Potard. Pierre war nicht sicher, ob der General einen Scherz machte.

»In Madrid habe ich die Kontrolle verloren. Über das Unternehmen und über mich selbst.«

»Das kann passieren«, sagte Potard. »Was zählt, ist, dass Sie den Auftrag erfüllt haben.«

»Leider muss ich widersprechen. Es fehlte ein Gemälde«, sagte Pierre. »Las Meninas.«

»Ich habe gehört, dass Sie dem Bild durch die brennende Stadt hinterhergefahren sind. Und davon, was mit Ihrem Bruder geschehen ist.«

Pierre zögerte, bevor er weitersprach. »Gérard hat versucht, mich zurückzuhalten. Er meinte, dass kein Kunstwerk ein Menschenleben aufwiegt. Er hatte recht. Und ich hätte auf ihn hören sollen.«

»Sein Schicksal ist tragisch. Es tut mir sehr leid, Pierre. Aber in Spanien herrscht Krieg. Und der Krieg tötet nun mal Menschen.« Potard trat näher an Pierre heran. »Eine deutsche Bombe hat Ihren Bruder getötet, Colonel Delort. Nicht Sie. Und bald könnten deutsche Bomben auch auf Paris fallen. Der einzige Unterschied wird sein, dass die Deutschen sie diesmal selbst abwerfen.«

Pierre schaute zu der Nike hinauf. Für einen Augenblick sah er den parischen Marmor bersten und tausend Splitter durch das Treppenhaus fliegen.

»*Alors*, Colonel«, schloss Potard. »Ich will Sie zu nichts zwingen. Obwohl ich es könnte. Begleiten Sie mich noch in die Grande Galerie?«

»Selbstverständlich, General«, sagte Pierre. Die Männer stiegen die Daru-Treppe wieder hinunter und wandten sich nach rechts. Schon nach wenigen Schritten öffnete sich der erste Saal der großen Gemäldegalerie vor ihnen. Bevor sie zu den Hauptwerken der französischen Kunst kamen, durchquerten sie einen kleinen Raum mit einer Sonderausstellung. Darin ging es um maritime Kunst. Ölgemälde von Segelschiffen in schwerer See waren zu sehen, Bronzegüsse von Dreimastern und Flaschenschiffe mit vielen Details. Die Modelle hielt Pierre zwar nicht gerade für Kunst, aber doch für beachtenswerte Exempel menschlicher Kunstfertigkeit.

»Schauen Sie!« Potard führte Pierre zu einem düsteren Bild an der Südwand der Galerie hinüber. Die Grau- und Blautöne auf der Leinwand standen in einem starken Kontrast zum dunklen Rot des Wandputzes. Das Gemälde stellte eine Seeschlacht dar. Ein Schiff in der Mitte stand unter Beschuss und verlor gerade seinen Hauptmast.

»Ein Gudin«, sagte Pierre. »Die Schlacht am Cap Lizard«, fuhr er fort, ohne den Titel des Bildes von dem Messingschild darunter ablesen zu müssen. »Es hängt normalerweise im historischen Museum von Versailles. Ich habe es lange nicht gesehen.«

Potard stellte sich vor das Gemälde und reckte den Kopf in die Höhe. »Imposant«, sagte er. »Ein Seegefecht. Ich wusste gar nicht, dass Sie ein Faible für die Marine haben, Colonel.« Unter Potards grauem Bart zuckte ein Lächeln.

Pierre deutete auf das auseinanderbrechende Schiff. »Sehen Sie die realistische Darstellung der Zerstörung? Das Flattern der Segel? Wie die Leinen schlaff werden, wenn der Mast kippt?«

»Beeindruckend, wirklich«, pflichtete der General ihm bei, »geradezu schaurig, wenn man sich vorstellt, wie …«

»Gudin hat intensive Recherchen betrieben, bevor er anfing, ein Bild zu malen«, berichtete Pierre.

»Hat er selbst an Seeschlachten teilgenommen?«, wollte Potard wissen.

»Nein. Er hat Schiffsmodelle gesammelt. Wunderschöne Miniaturen aus Holz mit so feiner Bemalung, dass sie nur von Kindern vorgenommen werden konnte. Schon das Augenlicht eines Fünfzehnjährigen hätte dafür nicht mehr ausgereicht. Dafür soll Gudin sein letztes Geld ausgegeben haben. Und wenn er genug davon im Atelier hatte, nahm er einen Knüppel und schlug alles zusammen.«

Potard zog die Brauen hoch. »Warum denn das, um Himmels willen?«

Noch einmal deutete Pierre auf das Bild. »Um zu sehen, wie ein zerstörtes Schiff auseinanderfällt.«

Für einen Augenblick schauten die Männer stumm auf die Seeschlacht am Cap Lizard. Dann sagte Pierre: »Der Wahnsinn eines Künstlers steht dem des Krieges bisweilen in nichts nach.«

Als sie in die Galerie italienischer Kunst eintauchten, war Pierre versucht, stehen zu bleiben, die Augen zu schließen und die Gerüche einzusaugen. Doch er hätte General Potard für dieses Verhalten eine Erklärung geben müssen, also begnügte er sich damit, beim Abschreiten der größten Gemälde Frankreichs tief ein- und auszuatmen.

Vor der Hochzeit zu Kana blieben die Männer stehen. Das Gemälde von Veronese war das größte des Louvre. Einige behaupteten sogar, es sei das größte Bild, das jemals auf eine Leinwand gemalt worden war. Mitsamt Rahmen maß es beinahe zehn Meter in der Breite und sieben Meter in der Höhe.

Pierre und Potard zogen sich zur gegenüberliegenden Wand der Galerie zurück, um das monumentale Werk erfassen zu können.

»Jesus verwandelt Wasser in Wein«, beschrieb Potard das Thema des Bildes. »Wenn ich mich recht erinnere.«

Pierre nickte und setzte an, Potard auf Details des Gemäldes aufmerksam zu machen, aber der General sprach schon weiter.

»Wissen Sie, wie das Bild hierhergekommen ist, Pierre?«

»Napoleons Truppen haben es aus einem Kloster bei Venedig mitgenommen, San Giorgio Maggiore. Dort soll es den Speisesaal geschmückt haben.«

»Das meine ich nicht«, erwiderte Potard. »Wissen Sie, wie die Soldaten es transportiert haben?«

Pierre runzelte die Stirn. Darüber hatte er noch nie nachgedacht. Das Gemälde hing hier schon, als er den Louvre zum ersten Mal betreten hatte. Für Pierre war es ebenso Bestandteil des Museums wie dessen Wände und das gläserne Dach der Galerie. »Sie haben es zusammengerollt«, riet er.

»Absurd!«, stieß Potard hervor. »Es wäre immer noch zu groß gewesen.«

»Spannen Sie mich nicht auf die Folter, General. Wie haben Napoleons Männer das Bild nach Frankreich bekommen?«

»Sie haben das getan, was Soldaten am besten können«, antwortete Potard und strich sich über den Bart. »Sie haben das Bild zerstört. Zerschnitten, um genau zu sein. Und dann haben sie es in zwei Teilen nach Paris gebracht.«

»Aber …« Pierre sah das riesige Gemälde an. Er kannte jeden der darauf abgebildeten hundertdreißig Menschen, hatte die Mienen ebenso studiert wie die Gesten: Christus im Strahlenkranz; den Majordomus, der prüfend ein Glas des verwandelten Weins hochhält; die drei Musiker, von denen man glaubte, es seien die Maler Veronese, Tizian und Tintoretto. »… aber das Bild ist doch heil.«

Potard bat Pierre, an die Leinwand heranzutreten. Als die Männer so nah vor dem Bild standen, wie es die Absperrung zuließ, hatte Pierre das Gefühl, in die Szene hineinsteigen zu können. In unmittelbarer Nähe wirkten die Personen darin lebensgroß. Und in dem bunten Gedränge, das an der Hochzeitstafel herrschte, wären zwei schwarz uniformierte Franzosen aus dem 20. Jahrhundert kaum aufgefallen.

»Napoleons Männer haben entlang des Geländers geschnitten, dass sich horizontal durch das Bild zieht. Später hat man die Leinwand auf der Rückseite wieder vernäht. Aber am Rand sieht man noch die Beschädigung.«

Pierre reckte den Hals. Er erkannte die hellen Striche auf den die Szene einrahmenden Säulen. Bislang hatte er geglaubt, es handele sich um Verwitterung.

»Diese Barbaren«, sagte er leise.

»Krieg und Kunst, mein Bester, gehen stets eine schändliche Verbindung ein.« Potard deutete auf einen Durchgang. »Haben Sie noch Zeit für einen Besuch bei unserer schönsten Dame?«

Die Mona Lisa hing in einem kleinen Raum des Denon-

Flügels. Auch das Gemälde war klein, es wirkte nach dem monumentalen Hochzeitsfest von Veronese geradezu winzig. Dennoch füllte die Ausstrahlung des Porträts den Raum bis in den letzten Winkel aus.

Die Offiziere betrachteten das Bild einen Augenblick lang schweigend. Pierre sog die Luft ein. Da! Ein Hauch zog durch seine Nase und berührte seine Sinne. Der Geruch nach vergehenden Lilien. Der Duft der Mona Lisa.

»Wenn alle Gemälde in Europa zerstört werden müssten, und eines dürfte überdauern, so wäre es die Mona Lisa«, sagte Potard.

Pierre sah ihn überrascht an.

»Oh, das ist nicht von mir«, sagte Potard. »Ein Biograf Leonardo da Vincis hat das geschrieben. Aber ich stimme ihm zu.« Er wedelte mit einer Hand. »Natürlich rein hypothetisch. Niemals würden alle Kunstwerke Europas zerstört werden. Nicht, solange Leute wie Sie darauf achtgeben, *non*?«

Pierre beschloss, nicht auf Potards Provokation einzugehen. »Wissen Sie, wie die Mona Lisa von Italien nach Frankreich gekommen ist?«, fragte er stattdessen.

»Ich glaube, König François I. war Kunstliebhaber und hat Leonardo Geld gegeben«, antwortete der General.

»So ähnlich«, sagte Pierre. »Da Vincis vormaliger Mäzen war im März 1516 gestorben, und der französische König sprang in die Bresche. Er bot da Vinci den Posten als Erster Maler, Ingenieur und Architekt am französischen Hof an. Leonardo hat angenommen. Natürlich musste er dafür nach Frankreich kommen. Allerdings reiste man damals recht unbequem. Leonardo da Vinci ist auf einem Esel nach Frankreich geritten. Drei Monate soll er unterwegs gewesen sein.«

Der General schaute zu dem kleinen Porträt hinüber.

»Von all seinen Werken hat Leonardo drei ausgewählt

und mit nach Frankreich gebracht: Johannes der Täufer, Anna selbdritt und die Mona Lisa.«

»Sie meinen …«, brach es aus Potard hervor.

»… dass die Mona Lisa auf einem Esel über die Alpen nach Frankreich gebracht wurde.« Pierre schmunzelte. »Sie sehen, mon Général, Kunst lässt sich auf ungewöhnlichste Art transportieren.«

»Wie wahr!«, stimmte Potard zu. »Und was erkennen wir aus all diesen Geschichten? Es kommt nicht so sehr darauf an, wie man ein Gemälde oder eine Skulptur befördert. Es kommt darauf an, wer darauf aufpasst.«

Zwei Frauen kamen in den Saal und stellten sich vor die Mona Lisa. Eine trug einen runden Hut mit einer Feder. Das kleine Gemälde verschwand dahinter. Und der kaum wahrnehmbare Geruch nach sterbenden Lilien versank unter dem eines aufdringlichen Parfums.

Pierre und Potard sahen sich an. Dann zuckte der General mit den Schultern. »Kommen Sie, Pierre, lassen wir die drei Damen allein.«

Auf den Stufen vor dem Haupttor verabschiedete sich Potard von Pierre. Hinter den beiden Männern lag der stille Tempel der Kunst, vor ihnen die lärmende Stadt.

»Colonel«, sagte der General, »selbst wenn Sie jedes einzelne dieser Kunstwerke auf einem Esel aus Paris bringen müssten, kämen alle unbeschadet am Ziel an. Daran hege ich keinen Zweifel.«

»Danke für das Kompliment«, erwiderte Pierre. »Aber es ist gewiss sicherer, wenn Direktor Verne und Doktor Récine alles auf Lastwagen verladen. Ich sagte ja schon, dass ich für die Aktion nicht zur Verfügung stehe.« Bevor Potard etwas einwenden konnte, setzte er rasch hinzu: »Allerdings erkläre ich mich bereit, weiterhin bei den Planungen zu helfen.«

»Bravo, mein Junge«, stieß Potard hervor. Meinte er damit Pierres Angebot? Oder gratulierte der General sich selbst, weil seine Bemühungen nun doch von einem kleinen Erfolg gekrönt waren? »Kommen Sie am Dienstag um acht wieder zur Besprechung in Henri Vernes Büro«, sagte Potard. »Dann werden wir Doktor Récine zeigen, dass das französische Militär mehr kann als Bilder zerschneiden.«

Kapitel 4

PARIS, PALAIS TALLEYRAND,
JUNI 1939

Der heiße Sonnenuntergang war erloschen und hatte einen violetten Schimmer am Himmel über Paris hinterlassen. Im Palais Talleyrand wurden die Lichter entzündet. Ihr warmer Schein fiel durch die Fenster des Prachtbaus auf die Straße an der Place de la Concorde.

Aus dem Innern des Gebäudes war die Musik eines Streichquartetts zu hören. Beethovens *Allegro* wurde begleitet von zornigen Rufen einer Menge, die sich vor dem Palais versammelt hatte. »Frankreich stellt sich gegen Hitler. Deutsche vor die Tür«, skandierten die etwa fünfzig Demonstrierenden. Einige reckten Fäuste in die Luft.

Pierre war gerade aus dem Palais getreten, um zu sehen, ob die vier Soldaten vor der Tür Unterstützung benötigten, und um dem Vortrag der Deutsch-Französischen Gesellschaft zu entkommen. Ihr Geschäftsführer Curt Hardefust warb vor französischen Diplomaten und Unternehmern für das nationalsozialistische Deutschland und dessen neue, angeblich friedliche Politik gegenüber Frankreich. Pierre hatte den durchsichtigen Lügen nicht länger zuhören wollen und war ins Freie entkommen.

Einen Tumult sah er dort trotz des Lärms nicht aufziehen. Die Menschen standen einfach beisammen und riefen zu den Fenstern des Palais hinauf. Pierre kamen sie vor wie ein

Chor, der die Kirche nicht gefunden und sich nun dazu entschlossen hatte, auf der Straße zu singen. Typisch Pariser: Sie machten allen klar, was ihnen auf dem Herzen lag, lautstark, aber elegant.

Trotzdem waren die Wachen vor der Tür, ein junger Leutnant mit drei Gefreiten, sichtlich nervös. Sie warfen sich rasche Blicke zu und wechselten immer wieder den Griff an ihren Gewehren, die sie sich vor die Brust hielten. Wenn die Lage außer Kontrolle geraten würde, dann eher durch die angespannte Wachmannschaft als durch die Protestierenden.

Pierre bot dem Leutnant eine Zigarette an, um ihn auf andere Gedanken zu bringen.

»Ich kann jetzt leider keine Pause einlegen, Colonel«, sagte der junge Mann gepresst. Sein blonder Schnurrbart leuchtete im Halbdunkel.

»Sie brauchen wohl beide Hände, um ihre Landsleute niederzuschießen«, sagte Pierre, zog eine Zigarette aus der zerknautschten Packung hervor und steckte sie dem überraschten Leutnant zwischen die Lippen. Er ließ sein Feuerzeug aufschnappen und hielt es an die Zigarettenspitze. »Rauchen können Sie allein, *non*?«

Der Leutnant wollte etwas sagen, verschluckte dabei aber Rauch und war nun damit beschäftigt, einen Hustenanfall zu unterdrücken.

Im Palais endete die Kammermusik. Nun würde der zweite Teil von Hardefusts Vortrag beginnen. Pierre nahm sich vor, noch ein Weilchen im Freien zu bleiben und mit den Kameraden zu plaudern.

»Wie lange sind Sie schon im Dienst, Leutnant?«, fragte er.

»Fünf Jahre«, sagte der Angesprochene an seiner Zigarette vorbei. Rauch biss in seine Augen, und er verzog das Gesicht, ließ aber das Gewehr nicht sinken.

»Und wie gefällt es Ihnen?«, wollte Pierre wissen.

»Gut, Colonel«, sagte der Leutnant.

Das würde ja ein anregendes Gespräch werden. Pierre seufzte. Es gab beim Militär zwei Arten von Männern: solche, die auf den Mund gefallen waren, und solche, die nur Witze über Schnaps und Frauen rissen. Im Augenblick wäre ihm die zweite Sorte lieber gewesen.

Er bot auch den drei Gefreiten Zigaretten an. Sie griffen zu und lehnten ihre Gewehre gegen ihre Beine. *Bon!* Die Gefahr, dass einer von ihnen die Nerven verlor und auf die Demonstrierenden schoss, war vorerst gebannt. Zigarettenrauch war besser als Pulverdampf.

Pierres Blick wanderte über die Menge. Die Leute standen im Licht zweier Straßenlaternen und waren gut zu erkennen. Die meisten waren jung, kaum älter als Mitte zwanzig. Die Männer trugen keine Hüte, sie hatten ihre Jacken abgelegt und die Ärmel ihrer Hemden aufgerollt. Die Frauen waren in leichten schwingenden Kleidern gekommen, über denen sie kurze Jacken trugen. Eine hatte einen Hut mit schwarzweißen Federn auf dem Kopf. Während sie Parolen rief, wippte der Kopfputz auf und ab.

»Sehen Sie die mit dem Federhut?«, fragte Pierre. »Welche Art Vogel mag das sein?«

»Hühnchen«, antwortete einer der Soldaten, ein Rothaariger mit Sommersprossen im Gesicht. Die anderen lachten.

Pierre schmunzelte. Gut, die Jungs entspannten sich. Er suchte nach weiteren auffälligen Gestalten. Einer der Männer trug eine rote Krawatte mit weißen Punkten. Pierre nickte in Richtung des Mannes. »Und der mit den Punkten unter dem Hals? Was fällt Ihnen zu dem ein, Leutnant?«

»Ein Fliegenpilz«, entgegnete dieser knapp. Noch immer hielt er das Gewehr vor der Brust. Die Zigarette wippte beim Sprechen zwischen seinen Lippen. Asche fiel auf seine Uniform.

»Nein, nein.« Das war wieder der Rothaarige. »Das ist ein Ausschlag an seinem Hals. Die Krätze. Er hat sie bekommen, weil er sich mit dem Hühnchen eingelassen hat.«

Wieder lachten die anderen. Um den Mundwinkel des Leutnants zuckte es.

Dieser Mann musste doch zu knacken sein. Pierre suchte weiter die Menge ab. Bevor er fündig wurde, kam ihm der Rothaarige zuvor. »Die da!«, rief er und zeigte auf eine junge Frau mit roter Lederjacke, einem grünen Barrett auf dem Kopf und einer ebenso grünen Schultertasche an einem langen Gurt.

»Nicht auf die Leute zeigen!«, zischte Pierre.

Der Gefreite nahm den Arm herunter. Aber es war zu spät. Sein ausgestreckter Finger schien ein Loch in das Gedränge gebohrt zu haben. Wo er hingedeutet hatte, waren die Menschen zurückgewichen. Nur die Frau in der roten Lederjacke war stehen geblieben. Es schien, als wisse sie genau, wen der Soldat gemeint hatte.

Und nun kam sie auch noch auf ihn zu!

Der Leutnant spuckte die Zigarette auf den Boden und zog das Gewehr fester an die Brust. Die Gefreiten wandten scheu die Blicke von der Frau ab und suchten nach etwas Interessantem in der Umgebung. Mein Gott, dachte Pierre, was soll nur aus diesen Burschen werden, wenn dreihundert Landser der Wehrmacht auf sie zustürmen?

»Wer hat hier das Sagen?«, fragte die junge Frau den Gefreiten mit den roten Haaren. Bevor er reagieren konnte, hatte sie bereits die Uniformen studiert und schien zu dem Schluss zu kommen, dass Pierre der Vorgesetzte war. »Sie da!«, sagte sie und stellte sich vor Pierre auf. »Warum zeigen Ihre Männer mit dem Finger auf mich? Wollen Sie mich verhaften? Ich bin Patriotin, Monsieur! Sperren Sie lieber das Ungeheuer ein, das da drinnen Reden schwingen darf.« Sie nickte zu den erleuchteten Fenstern des Palais hinauf. Das Muttermal über ihrem Mund hob sich, wenn sie sprach. Zwischen ihren Schneidezähnen gab es einen kleinen Spalt.

»Mademoiselle«, sagte Pierre, »der Gefreite hat nur ihre Schönheit bewundert. Niemand will Sie verhaften. Seien Sie unbesorgt.«

»Ich soll unbesorgt sein?«, rief sie. Ihre Augen weiteten sich. Pierre stellte fest, dass sie tatsächlich auf eine herbe Art schön war. Nicht so wie eine Blume schön ist, sondern eher wie eine Distel.

Aus der Menge rief eine Frauenstimme: »Halt den Mund, Floride! Mach dich nicht unglücklich!«

»Da oben«, fuhr die Frau namens Floride unbeeindruckt fort, »wird vielleicht gerade über das Schicksal unseres Landes entschieden. Curt Hardefust ist der Feind aller Franzosen. Also benutzen Sie gefälligst Ihre Waffen, und verteidigen Sie Frankreich gegen diesen Unhold!«

»Frankreich ist ein freies Land, Mademoiselle«, versuchte Pierre noch einmal, die Aufgebrachte zu beruhigen.

»Nicht mehr lange«, schnaubte sie. »Ist Ihnen etwa entgangen, dass Hitler das Münchner Abkommen gebrochen hat? Würden Sie den Deutschen jetzt noch Glauben schenken, wenn sie behaupten, sie wollten Frankreich nicht angreifen?«

Sie hatte recht. Hitler brach eine Vereinbarung nach der anderen, die er zuvor scheinheilig mit den Nachbarländern ausgehandelt hatte. »Es ist nicht die Aufgabe der französischen Soldaten, über Politik zu entscheiden und eigenmächtig zu handeln«, sagte Pierre. »Bitte, gehen Sie nach Hause, und nehmen Sie Ihre Freunde mit.«

»Ich bin *hier* zu Hause!«, platzte es aus ihr heraus. »Hier in Paris. Wenn einer nach Hause geht, dann ist es dieser Faschist.« Der Duft ihres Parfüms stieg Pierre in die Nase. Und da war noch etwas anderes. Der scharfe Geruch von Maschinenöl.

In diesem Moment erklangen Stimmen in Pierres Rücken. Er wandte sich um und sah, dass die Tür zum Palais aufgestoßen wurde. Ein Mann in weißem Jackett kam heraus. Männer im dunklen Smoking mit Schärpen um die Hüften folgten ihm, verließen aber das Gebäude nicht. Alle riefen durcheinander. Es schien, als habe die Menge vor dem Palais Verstärkung bekommen. »Antisemit!«, klang es aus dem Palais heraus, »faschistischer Heuchler« und »Kriegstreiber!«

Der Mann im weißen Anzug war Curt Hardefust. Anscheinend hatte er sich für seinen Vortrag das falsche Publikum ausgesucht. Er blieb stehen. Er hatte blondes zurückgekämmtes Haar und ein Gesicht wie eine Kiefernplanke. Die Haut, die sich über seine Wangenknochen spannte, sah trocken aus.

»Das muss ich mir nicht bieten lassen. Ich bin als Freund zu Ihnen gekommen«, rief Hardefust in das Palais hinein. »Habe ich Ihnen keine Geschenke mitgebracht? Habe ich nicht gesagt, Deutschland wolle keine Revanche für Versailles? Wir wollen eine friedliche Veränderung in Europa, und zwar in Abstimmung mit unseren Nachbarn. Das ist alles. Und dafür schimpfen Sie mich einen Sektierer und Tumultanten und werfen mich hinaus? Ich werde Berlin davon berichten, wie Frankreich mit seinen Freunden umgeht, seien Sie gewiss.«

Er stürzte los. Dabei stieß er beinahe mit der jungen Frau in der roten Lederjacke zusammen.

»Lassen Sie mich durch«, rief Hardefust und wollte sich an ihr vorbeidrängen. Sie packte seinen Arm und hielt ihn am Aufschlag seines Jacketts fest. Der Deutsche wollte sich frei machen, doch die Französin schien einen Griff wie ein Schraubenschlüssel zu haben.

»Loslassen!«, rief Hardefust empört.

Die Lippen der jungen Frau bewegten sich. Das Muttermal hüpfte. Was sie sagte, konnte Pierre nicht verstehen.

»Was war das?« Die bleiche Haut des Deutschen verfärbte sich.

Pierre sah Unheil heraufziehen und ging auf die beiden zu. Er hörte noch, wie Hardefust sagte: »Französinnen sollten sich nicht so sehr um die Politik kümmern, sondern lieber um ihr Aussehen sorgen. Sie, Madame, haben allen Grund dazu.«

Ihre Hand löste sich vom Arm des Deutschen und landete mit einem Klatschen auf seiner Wange.

Jubelrufe und Applaus erklangen.

Bevor Hardefust zupacken konnte, sprang Pierre hinzu und drängte die junge Frau zurück. »Verschwinden Sie!«, sagte er so ruhig wie möglich, während er ihre Arme festhielt. Sie versuchte sich zu befreien. Unter dem Leder der Jacke war das Spiel starker Muskeln zu spüren. »Sonst muss ich Sie wirklich noch einsperren.«

Sie sah ihn an. Ihre Augen waren dunkle Teiche voller Zorn. »Sie sind keinen Deut besser als dieser Menschenschinder«, knurrte sie. »Stehen Sie auf der Seite Deutschlands oder auf der Frankreichs? Lassen Sie mich los!«

Pierre versuchte, sie in Richtung der Menge zu schieben. Da tauchte das weiße Jackett neben ihm auf.

»Vielen Dank, Colonel«, sagte Hardefust. Sein Französisch hatte einen harten Akzent. »Wenigstens das französische Militär steht auf der Seite Deutschlands.«

Der Widerstand der jungen Frau erschlaffte. Ihre Blicke flogen zwischen Pierre und Hardefust hin und her. »Sie sind ein Freund dieses Mannes?«, fragte sie ungläubig. »Das französische Heer macht gemeinsame Sache mit den Deutschen?«

»Nein«, warf Pierre rasch ein, »Sie verstehen nicht.« Erst jetzt fiel ihm auf, dass er immer noch ihre Arme festhielt.

»Wenn ich Ihnen einen Rat geben darf?« Das war wieder Hardefust, der nicht von Pierres Seite wich. »Stecken Sie diese jungen Leute ins Arbeitslager. Oder deportieren Sie sie zu uns nach Deutschland. Wir helfen unseren Verbündeten gern.«

Pierre spürte einen kameradschaftlichen Schlag auf die Schulter. Die Stelle brannte wie Feuer. Auch Pierres Wangen glühten vor Empörung. Dieser Deutsche spielte mit ihm. Und wie sich jetzt zeigte, hatte er gerade erst mit der Vorstellung begonnen.

»Adieu, Messieurs!«, rief Hardefust und winkte mit seinem Hut in Richtung des Palais, wo die Diplomaten in der Tür standen und ihm böse Blicke zuwarfen. Dann setzte er den Hut auf und ging davon. Was tat er? Statt den Weg über das Trottoir zu wählen, wo die Limousinen der Gäste geparkt waren, ging er auf die demonstrierenden Menschen zu. Schnellen Schrittes näherte er sich den Leuten, deren Gemüter sich nach dem Vorfall mit der jungen Frau weiter erhitzt hatten. Sie riefen ihre Parolen jetzt wieder lauter. Die Gesichter waren verzerrt.

»Lassen Sie mich endlich los!« Die Frau namens Floride befreite sich aus Pierres Griff und rieb sich die Arme. »Sie Nazifreund.«

Pierre hörte die Worte kaum. Er hatte nur noch Augen und Ohren für Hardefust. Wollte dieser Wahnsinnige wirklich mitten durch die aufgebrachte Menge laufen? Natürlich wollte er das! Mit einem Mal begriff Pierre, was der Deutsche beabsichtigte. Man würde ihn stoßen, womöglich schlagen, einen deutschen Emissär des Friedens und der Freundschaft. Gleich nachdem man ihn aus dem Palais Talleyrand hinausgeworfen hatte. Hitler würde einen Grund bekommen, seine Frankreichpolitik zu verschärfen.

Pierre musste Hardefust aufhalten und schützen. Aber dann würde man ihn, den französischen Colonel, erst recht für einen Unterstützer der Nazis halten. Was sollte er tun? Er war zu einem gesellschaftlichen Anlass hergekommen. Jetzt lagen plötzlich die Geschicke Frankreichs in seinen Händen. Seine Gedanken bewegten sich schnell. Aber nicht so schnell wie seine Füße.

»Warten Sie!«, rief Pierre und schnellte hinter Curt Hardefust her. Er erreichte den Deutschen nicht mehr rechtzeitig – er war bereits in die Menge eingetaucht. Wie das Rote Meer vor Mose wichen die Leute vor ihm zurück und bildeten eine Gasse, deren Eingang sich nun wieder schloss. Hardefust verschwand inmitten der Franzosen.

»Lasst ihn nicht entkommen!«, grölte jemand. »Schlagt das Schwein tot.«

Pierre versuchte, sich einen Weg durch die Leiber zu bahnen, wurde aber zurückgestoßen. »Im Namen Frankreichs!«, rief er. »Lassen Sie den Mann in Ruhe.«

Mehrere Gesichter drehten sich zu ihm um. Einige Männer funkelten ihn an. »Verräter«, fauchte ein Jüngerer mit Brille.

So würde er nichts ausrichten. Pierre lief zum Eingang des Palais zurück. Dem staunenden Leutnant riss er das Gewehr aus den Händen, entsicherte die Waffe und hob sie über den Kopf. Dann schoss er dreimal in die Luft.

Die Leute verstummten. Einige duckten sich. Es war, als hätte die Salve alle Worte vom Himmel geholt, die gerade noch durch die Luft geflogen waren.

»Lassen Sie den Mann durch«, rief Pierre. Als sich niemand rührte, feuerte er noch einmal. Der Rückschlag stauchte seine Schulter und ließ die Waffe tanzen. Endlich kam Bewegung in die Menge. Am Rand lösten sich einzelne Gestalten und gingen in die Dunkelheit davon. Weitere folgten. Allmählich zerstreute sich die Gruppe. Schließlich stand Curt Hardefust allein auf der Straße. In seiner weißen Kleidung sah er aus wie der Engel der Zwietracht, der mitten in der Pariser Nacht zur Erde heruntergeschwebt war und nun nicht mehr wusste, was er hier eigentlich sollte.

Pierre gab dem Leutnant das Gewehr zurück. »Der Abzug hakt«, sagte er. »Sie sollten die Waffe überprüfen lassen.«

Er achtete nicht mehr auf das kriecherische »Jawohl, Colonel!« Pierre fühlte sich, als sei er in den letzten drei Minuten um hundert Jahre gealtert. Er wandte sich vom Palais ab und ging zu seinem Fahrrad hinüber, das an der Wand des Gebäudes lehnte. Als er das Schloss öffnete, spürte er, wie sich Blicke in seinen Rücken bohrten. Es war ihm egal, was die Diplomaten aus dem Palais von ihm dachten. Ja, er hatte den Deutschen gerettet. Aber hier ging es nicht darum, ob seine Landsleute ihn für einen Sympathisanten hielten. Hier ging es um Krieg oder Frieden.

Gerade schwang er sich auf den braunen Ledersattel, als er hörte, wie sich das Klacken von Damenschuhen näherte. Die junge Frau mit dem grünen Barrett kam auf ihn zu.

»Hören Sie …«, setzte Pierre an. Doch sie achtete nicht auf ihn. Stattdessen ging sie vor dem Hinterrad seines Fahrrads in die Knie, nur um kurz darauf wieder aufzustehen. Sie warf ihm noch einen verachtungsvollen Blick zu, dann wandte sie sich ab und ging davon. Pierre sah ihr nach, als ihre Gestalt zwischen den Lichtinseln der Straßenlaternen verschwand, wieder auftauchte, wieder verschwand.

Erst jetzt hörte er das Zischen. Er schaute nach hinten. Aus dem Hinterreifen entwich die Luft. Pierre sprang aus dem Sattel und tastete nach dem Ventil, um es zu schließen. Aber es war nicht mehr da.

Zwischen Missmut und Belustigung schaute Pierre der jungen Frau hinterher.

Kapitel 5

Cléry-Sainte-Anne,
Juli 1939

Das Dorf lag still im Tal des Flusses. Ein schwerer Regen hatte die Sommerhitze vertrieben. Die Wolken waren weitergezogen, aber von den Platanen tropfte es noch. Auf dem Marktplatz vor der kleinen Kirche hatten sich Pfützen gebildet. Die feuchte Luft brachte den Pferdedung auf der Straße zum Dampfen. Ein Hund bellte fröhlich die Hühner im Garten von Monsieur Ricardet an.

Madame Denoit schaute aus der Tür, versicherte sich, dass der Regen vorbei war und begab sich auf den Weg zu ihrer Base, der Witwe Poupet, um mit ihr den Sonntagabend zu verschwatzen.

Madame Denoit liebte ihr kleines Dorf am Ufer des großen Flusses. Hier war sie geboren, aufgewachsen und zur Schule gegangen. Hier hatte sie Albert kennengelernt, ihn geheiratet und begraben. Sie war das Dorf, und das Dorf war sie. Aber seit die spanische Familie in die leer stehende Dachkammer des Pfarrhauses eingezogen war, war nichts mehr wie zuvor.

Wie sich diese Leute aufführten! Der Vater brüllte den ganzen Tag herum, seine Frau schrie um Hilfe, und die beiden Söhne schlichen umher und stahlen das Gemüse aus den Gärten. Sogar eines der Hühner von Ricardet war schon verschwunden. Es war nur eine Frage der Zeit, bis diese Spanier in die Häuser der Dorfbewohner einsteigen würden, um Tafelsilber und Familienschmuck mitgehen zu lassen.

Madame Denoit hatte die Kirche fast erreicht. Der Weg zur Poupet war nicht weit, dennoch machte ihr schon jetzt das Stechen der Krampfadern in ihren Beinen zu schaffen, und der schwierige Teil der Strecke stand ihr erst noch bevor. Auf dem Marktplatz war das Kopfsteinpflaster ausgetreten. Hinzu kamen die Pfützen, die es zu umrunden galt. Auf keinen Fall durften die Sonntagsschuhe nass werden. Auf dem Rückweg vielleicht, dann konnte sie sie zu Hause putzen. Aber mit fleckigen Schuhen bei ihrer Base aufzutauchen war undenkbar. Das gesamte Dorf würde davon erfahren.

Wird schon gut gehen, dachte sie, während sie über die glänzenden Pflastersteine schritt und den Wasserlachen auswich. Die Sonne kam hervor und strich über den Platz. Der Kirchturm warf einen langen Schatten auf Madame Denoit. Der Lichtwechsel war wohl daran schuld, dass sie nicht mehr sah, wohin sie trat, und strauchelte. Ihre linke Fessel bog sich, die Hüfte, nur geringfügig zu füllig vom regelmäßigen Kuchenessen, wurde von der Schwerkraft willkommen geheißen.

Wie in Zeitlupe sah Madame Denoit den Boden auf sich zukommen.

Zwei Hände packten sie unter den Armen und hielten sie fest. Ihre Knie gaben nach, aber die Hände waren stark und verhinderten, dass sie auf das Pflaster stürzte. Madame Denoit ließ sich hochziehen. Als sie wieder festen Boden unter den Füßen hatte, drehte sie sich langsam um. Die Hände lagen jetzt an ihren Schultern und gaben ihr Halt. Sie hielt sich die Arme vor die Brust. »*Mon dieu!* Beinahe wäre ich ...«

»Geht es Ihnen gut, Señora?«, fragte eine Männerstimme. Sie klang schwer und irgendwie weich.

Aber das war ja einer der spanischen Diebe, der sie da festhielt! Das Gesicht des jungen Mannes war ganz nah. Viel zu nah. Er roch nach Tabak und Rasierseife. Gar nicht schlecht. Aber wenn jetzt jemand aus dem Fenster sah!

Sie wich zurück. Der Spanier ließ sie los. Er schaute besorgt. Das war bestimmt ein Trick, um sie in Sicherheit zu wiegen und dann ausrauben zu können. Madame Denoit tastete nach ihrer Handtasche. Sie war noch da, und sie war nach wie vor geschlossen. Sie hatte davon gehört, dass die Trickdiebe ihren weiblichen Opfern die Taschen am Boden aufschlitzten, um so unbemerkt an den Inhalt zu gelangen. Gern hätte sie nachgesehen, aber sie wagte nicht, den Zorn des Spaniers zu wecken. Sie hatte genug über Südländer gehört, um es besser zu wissen.

»Danke«, presste sie hervor. »Es geht mir gut.« Sie ging weiter rückwärts und strauchelte erneut.

Eine Hand des jungen Mannes schnellte vor und stabilisierte sie. »Soll ich Sie begleiten? Wohin wollen Sie?«, fragte er mit dieser Samtstimme. Seine Haut schimmerte olivgrün. Seine Augen hatten in diesem Licht die Farbe von Kastanien. Das Gesicht war eigensinnig, ein Bauerngesicht, und seine Nase war geschwollen, vermutlich von einer Schlägerei mit den Gendarmen.

»Wohin ich unterwegs bin, geht Sie nichts an«, sagte Madame Denoit. Sie erschrak ein bisschen über ihre Schroffheit. Immerhin hatte ihr der junge Mann gerade geholfen. Aber Dieb blieb Dieb. Daran gab es nichts zu rütteln. »Ich komme von hier aus allein zurecht«, setzte sie noch hinzu, bevor sie sich wieder auf den Weg machte. Es war höchste Zeit. Bestimmt hatte Madame Poupet schon die Wärmehaube über die Kaffeekanne stülpen müssen, und das war seit dem Tod von Albert noch nie vorgekommen.

*

Raoul blieb im Schatten der Kirche stehen und sah der Señora nach, bis sie ihr Ziel, ein kleines Haus am gegenüberliegenden Ende des Platzes, erreicht hatte. Sie betätigte den Türklopfer und warf ihm noch einen Blick zu. Dann verschwand sie im Innern des Hauses.

»Bist du vom Schwachsinn befallen? Oder warum stehst du in der Gegend herum und starrst in den Himmel?« Die Stimme seines Vaters donnerte durch den Sonntagabend wie die Hufe eines Stiers bei der Corrida.

Raoul duckte sich unwillkürlich. Die Worte des Alten waren nur die Vorboten der Schläge, die er gleich wieder zu spüren bekommen würde. Da stand er. In der Tür des Pfarrhauses neben der Kirche. Celedonio Martín. Ein Bär von einem Mann. Und ebenso behaart. Zwischen seinem schwarzen Haupthaar und seinem schwarzen Vollbart war kaum Platz für seine Augen und die große Nase. Schwarzes Haar kräuselte sich unter dem Kragen seines schäbigen Hemdes hervor und wuchs aus den Aufschlägen der Ärmel heraus. Die ebenfalls behaarten Hände winkten Raoul ungeduldig heran. Der alte Martín sah aus wie ein Tier, und allzu oft verwandelte er sich in eine Bestie.

Mit schweren Schritten ging Raoul zum Pfarrhaus hinüber. Dort lebte seine Familie auf dem Dachboden. Die Unterkunft war ihnen von der französischen Regierung zur Verfügung gestellt worden. Wie viele andere Spanier waren die Martíns auf der Flucht vor Franco und den Faschisten. Vor zwei Monaten hatte der Bürgerkrieg daheim mit der Niederlage der Republik geendet. Wer aufseiten der Demokraten gekämpft hatte, musste jetzt fürchten, von den Nationalisten bestraft zu werden. Die Martíns hatten sich lange aus dem Krieg herausgehalten. Doch als die Faschisten Madrid belagerten, hielt es Raouls Bruder Miguel nicht länger aus und schloss sich den Verbänden der Republik an. Er vollbrachte

Heldentaten, war dabei, als der Prado evakuiert wurde, und hatte mit eigenen Händen ein wichtiges Gemälde vor den Bomben gerettet. Das war unter dem Kommando einiger Franzosen geschehen. Seit drei Monaten lebten die Martíns jetzt in Cléry-Sainte-Anne und warteten darauf, dass sich die Lage in Spanien wieder beruhigte.

Entweder geschieht das bald, dachte Raoul, oder der Alte schlägt mich zum Krüppel. Er drängte sich neben dem Vater durch die Tür und erhielt einen Schlag auf den Hinterkopf. Schon lange hatte Raoul sich abgewöhnt, Hut oder Mütze zu tragen. Die meiste Zeit wäre er sonst damit beschäftigt gewesen, die Kopfbedeckung vom Boden aufzuklauben.

»Was hast du da draußen gemacht?« Ohne eine Antwort abzuwarten, stieß der Vater Raoul in die Diele des Pfarrhauses und dann die schmale Holzstiege hinauf in die kleine Wohnung. In der Stube, die unter den Dachsparren eingerichtet worden war, saß die Mutter am Tisch und schälte Kartoffeln. Es roch nach nasser Wäsche – die Kleidung hing zum Trocknen über der Zinkwanne, die als Waschgelegenheit für alles und jeden diente. Wegen der Feuchtigkeit fand in der gesamten Kammer ein Karneval der Silberfische statt. Unter der Dachschräge standen vier Koffer, in denen die Habseligkeiten der Familie verstaut waren.

»Schau dir diesen Schweinefraß an«, sagte Celedonio und deutete auf die Kartoffeln.

Raoul musste seinem Vater recht geben. An dem Gemüse waren mehr Keimlinge als Fruchtfleisch. Sie waren reif für den Schweinetrog. Aber die kleine französische Gemeinde war dazu verpflichtet, die spanischen Flüchtlinge durchzufüttern. Also gab man, was man erübrigen konnte – oder wollte.

»Eine Schande, dass deine Mutter sich dazu herablassen muss, daraus etwas Essbares zuzubereiten.« Celedonio schlug mit der flachen Hand auf den Tisch, dass es klirrte. Die Kartoffeln hüpften in der Schüssel.

Die Mutter sah zu ihrem Mann auf. Neben ihrem linken Auge war die Haut violett verfärbt. »Beruhige dich!«, bat sie leise. »Es wird sich alles zum Guten wenden.«

Am liebsten hätte Raoul sie zum Schweigen gebracht. Ihre Versuche, den Vater zu beschwichtigen, brachten diesen erst recht in Wut.

»Zum Guten? Zum Guten? Wer soll denn für dieses Gute sorgen? Die Franzosen verabscheuen uns!« Celedonio griff nach einer Kartoffel und zerdrückte sie in der Faust. Fahler Brei quoll zwischen seinen Fingern hervor. Ein Geruch nach Stärke und Fäulnis stieg auf. »Ich will diesen Dreck nicht. Nicht mal geschenkt. Ich will für mein Essen arbeiten. Meine Söhne sind gesund und kräftig genug für die Feldarbeit. Aber die Bauern wollen uns ja nicht haben. Sie glauben, wir wären Banditen, südländische Lüstlinge, die ihre Töchter verführen und ihre Frauen schänden.«

»Celedonio!«, brach es aus der Mutter heraus. Doch der Vater war nicht zu bremsen.

»Und der Pfarrer hier ist keinen Deut besser. Von der Kanzel predigt er Nächstenliebe und Hilfe für die Armen. Aber was wurde aus der Zeitung, die er uns bringen wollte, damit wir die Nachrichten aus der Heimat verfolgen können? Zweimal haben wir sie bekommen. Dann war Schluss. Man will uns hier nicht haben. Seht das endlich ein!«

Die Mutter legte das Messer weg und faltete die Hände im Schoß. »Das wundert dich hoffentlich nicht, bei dem Krach, den du ständig schlägst. Außerdem solltest du kein schlechtes Wort über Pfarrer Gallimard verlieren. Er legt die Zeitung jeden Tag vor die Tür«, sagte sie zur Tischplatte. »Er ist ein zuverlässiger und guter Mann, der uns helfen will.«

»So?«, stieß der Vater hervor. »Und wo ist diese Zeitung dann? Verbrennst du sie etwa heimlich?«

»Ich habe sie.« Miguel kam von draußen in die Stube. Raoul bewunderte seinen großen Bruder. Während Raoul untersetzt war, ragte Miguel schlank und hoch auf. Sogar den Vater überragte er um einen halben Kopf.

Celedonio starrte Miguel an. »Was hast du gesagt?«

»Dass ich die Zeitung nehme, wenn ich sie vor der Tür finde«, wiederholte Miguel. »Die beiden Male, als du die Nachrichten gelesen hast, hat dich das so aufgeregt, dass ich entschieden habe, die Zeitung vor dir zu verstecken.«

Celedonios Hände schnellten vor und packten Miguel an Hemd und Hosenträgern. Er riss den Sohn zu sich heran. »Du belügst deinen Vater? Weißt du, was ich mit dir machen werde?«

Miguel wehrte sich nicht und schaute auf Celedonio herab. »Zu deiner ersten Frage: Ich lüge nicht. Im Gegenteil. Ich habe dir gerade die Wahrheit gesagt. Nur weil dir etwas nicht gefällt, ist es noch lange keine Lüge. Zu deiner zweiten Frage: Du wirst überhaupt nichts mit mir machen, denn ich verschwinde gleich nach Paris.«

Die Mutter sprang so heftig auf, dass der Stuhl polternd umfiel. Sie legte ihrem Mann die Hände auf den Rücken. »Lass ihn los. Er weiß nicht, was er redet.«

Raoul trat eilig zur Mutter und versuchte, sie vom Vater wegzuziehen. Er konnte Prügel aushalten, aber dass seine Mutter geschlagen wurde, das ertrug er nicht. »Komm, Mama, lass die beiden in Ruhe«, sagte er mit zittriger Stimme.

Einen Augenblick lang standen sie alle da wie erstarrt. Vorn Miguel, vom Vater festgehalten, dahinter ihre Mutter Elsa, die den Vater anfasste, gefolgt von Raoul, der wiederum die Mutter wegziehen wollte. Eine Familie, die für einen Maler posierte.

Wir geben ein Bild des Jammers ab, dachte Raoul. Um ein Haar wäre er in Tränen ausgebrochen. Dieser verdammte Krieg!

In Celedonio kam Bewegung. Er schüttelte Miguel. »Was redest du da von Paris? Du wirst nirgendwo hingehen.«

Miguel legte seine Hände über die Fäuste des Vaters. »Ich melde mich freiwillig zur Armee. Die Deutschen werden Frankreich angreifen. Ich werde helfen, die Faschisten zu bekämpfen, so wie ich es schon einmal getan habe.«

»Und sieh dir an, wohin uns das gebracht hat«, rief Celedonio. Er stieß Miguel von sich, stapfte zur Zinkwanne und riss eines der nassen Hemden von der Leine. Mit raschen Drehungen seines Arms rollte er den Stoff auf. Dann zog er ihn mit beiden Händen straff und deutete auf die Holzdielen vor sich. »Komm her! Dir treib ich die Flausen aus dem Kopf.«

Zu Raouls Überraschung ging Miguel tatsächlich zum Vater hinüber. Doch bevor der mit dem nassen Hemd ausholen konnte, hatte Miguel es ihm entwunden. Er warf es Raoul über den Tisch zu, der es ungeschickt auffing. »Die Franzosen haben uns geholfen«, sagte Miguel. »Jetzt helfen wir den Franzosen. Verstehst du? Die Faschisten beherrschen das Land südlich von uns, in Spanien. Die Faschisten beherrschen das Land nördlich von uns, in Deutschland. Wenn sie jetzt Frankreich auch noch erobern, wohin willst du dann noch gehen?«

»Nach Hause!«, rief Celedonio. Seine Bärenstimme klang mit einem Mal dünn. »Ich will mit euch nach Hause. Nach Madrid. Ich will unseren Laden wieder eröffnen und abends etwas Gutes zum Essen haben.« Er blinzelte. Dann wandte er Miguel den Rücken zu, stemmte die Hände auf den Rand der Zinkwanne und starrte in das trübe Waschwasser.

Raoul wusste nicht, was schlimmer war: die Schläge des

Vaters oder mitansehen zu müssen, wie der stolze Spanier in sich zusammenfiel. Erst jetzt bemerkte er, dass er das kalte, nasse Hemd zwischen den Fingern wrang. »Ich komme mit, Miguel!«, rief er. »Gemeinsam kämpfen wir gegen die Faschisten. Zuerst im Norden, dann im Süden. Wir …«

Er sah den Schlag nicht kommen. Zu überrascht war er, um die Mutter daran zu hindern, ihn auch noch auf die andere Wange zu treffen. »Ihr geht nirgendwohin«, rief sie. »Der Krieg kommt ohne euch aus. Genügt es nicht, dass wir unsere Heimat verlassen mussten? Soll ich auch noch meine Kinder verlieren?«

»Raoul!«, sagte Miguel über den Tisch hinweg. »Mutter hat recht. Du kannst nicht mitkommen.«

»Warum nicht?«, fragte Raoul und rieb sich die Wange. Ihm fiel auf, dass Miguel das flusige Bärtchen über der Oberlippe abgenommen hatte. Er sah jetzt älter aus.

»Du musst auf unsere Eltern achtgeben, solange ich weg bin. Versprich mir, dass du dich um sie kümmern wirst.«

Raoul nickte zögerlich.

»Gut. Es wäre nämlich auch gar kein Platz für dich im Wagen«, fuhr Miguel fort.

»Was für ein Wagen?« Celedonio drehte sich um. Seine Augen waren rot gerändert und verquollen.

»Einige Jungs aus den umliegenden Dörfern fahren gemeinsam nach Paris. Lucien vom Hof der Bidracs konnte sich den Pritschenwagen seines Vaters ausleihen. Er holt alle Freiwilligen ab.« Miguel sah auf die Wanduhr, die, in dunkles Holz gefasst, die Sekunden aufpickte. »In zehn Minuten kommen sie zur Kirche.«

Mit vier schnellen Schritten war Celedonio bei der Tür, drehte den Schlüssel herum, zog ihn ab und ließ ihn in der Hosentasche verschwinden. »Du gehst nicht nach Paris, nicht nach Deutschland, nicht in den Krieg, und schon gar nicht steigst du auf diesen Viehwagen. Du bleibst bei deinen Eltern, und wenn die Zeit gekommen ist, gehen wir alle zusammen zurück nach Spanien.«

Miguel lachte kalt. »Diese Zeit wird niemals kommen, wenn wir nicht kämpfen«, rief er. »Gegen den Faschismus, Vater, nicht gegen uns selbst.« Er streckte eine Hand aus. »Gib mir den Schlüssel. Oder ich springe aus dem Fenster. Die Jungs warten nicht lange.«

»Nein!«, rief die Mutter. »Du bleibst hier. Ihr bleibt alle hier. Wenn auch nur einer von euch die Familie verlässt, tue ich mir etwas an.« Sie griff nach dem Küchenmesser und hielt es hoch.

Es klopfte an der Tür. Alle erstarrten. Elsa legte rasch das Messer in die Schüssel, als habe sie sich daran die Finger verbrannt.

Celedonio stellte sich vor die Tür, öffnete aber nicht. »Wer ist da?«, fragte er auf Spanisch. Dann wiederholte er die Frage in schartigem Französisch.

Eine leise Frauenstimme antwortete. »Ich bin Madame Denoit. Wir kennen uns nicht. Kann ich bitte Ihren Sohn sprechen?«

Celedonio warf Miguel und Raoul einen finsteren Blick zu. Seine dichten Brauen senkten sich tief über seine Augen. »Welchen? Was hat er angestellt?«

»Ich verstehe Sie nicht, Monsieur«, sagte die Besucherin. »Meine Ohren, wissen Sie?«

Celedonio schnaubte. Er holte den Schlüssel hervor und öffnete die Tür. Auf der Treppe stand die ältere Dame, die Raoul auf dem Dorfplatz aufgefangen hatte. Sie hielt eine Platte mit Kuchen fest, lächelte verlegen und lugte neugierig in die Dachbodenkammer hinein. Dann nickte sie Raoul zu. »Ich bin Madame Denoit«, wiederholte sie. »Ihr Sohn hat mir vorhin geholfen. Ich wäre beinahe gestürzt, aber er hat mich aufgefangen. Und ich glaube, ich war so erschrocken, dass ich etwas undankbar gewirkt habe. Deshalb … also … meine Base und ich … wir haben etwas Kuchen für Sie. Es ist doch Sonntag.« Sie streckte Celedonio die Kuchenplatte entgegen. Die Gelatine auf den Teilchen wackelte. Der Duft von Sahne und süßen Früchten zog in den Raum.

Celedonio stand starr da und rührte sich nicht. »Das können wir nicht annehmen«, sagte er. »Wir wollen uns gar nicht erst daran gewöhnen, in Frankreich …«

Raoul ging rasch zu Madame Denoit und nahm ihr die Platte ab. Dann beugte er sich vor und küsste die Luft neben ihren Wangen. Das hatte er bei den Franzosen schon oft gesehen. »Danke. Wir freuen uns sehr über Ihr Geschenk.«

Sie errötete und lächelte ihn an. Dabei glätteten sich die Falten um ihren kleinen Mund.

Jetzt schaltete sich auch die Mutter ein. Mit ausgestreckter Hand ging sie auf die Besucherin zu. »*Bonjour*, Madame. Ich bin Elsa Martín. Das ist mein Mann Celedonio, und dort sehen Sie meinen Sohn Miguel. Raoul haben Sie ja schon kennengelernt. Kommen Sie doch bitte herein und trinken Sie eine Tasse Kaffee mit uns. Ich fürchte allerdings, er schmeckt etwas dünn.«

Kaum war die Französin eingetreten, schnellte Miguel an ihr vorbei und rannte mit polternden Schritten die Treppe hinunter.

»Oh!«, rief Madame Denoit erschrocken. »Hat er etwas gegen Kuchen?«

Raoul hörte noch, wie Miguel das Erdgeschoss erreichte und durch die Tür des Pfarrhauses verschwand. Einen Moment lang klangen seine schnellen Schritte noch auf dem Pflaster vor der Kirche.

Raoul und sein Vater sahen sich über die Kuchenstücke

hinweg an. Dann sagte Celedonio: »Wie schön, Sie kennenzulernen, Madame Denoit. Bitte, nehmen Sie Platz.«

Vom Marktplatz her war ein Automotor zu hören, das Dröhnen hielt einen Moment lang an, dann entfernte es sich rasch.

Kapitel 6

Paris, Haus der Delorts,
Juli 1939

Im Keller der Delorts roch es nach Erde, Mäusen und altem Gemüse. Im Licht einer nackten Glühbirne steckte Pierre das neue Ventil in die hintere Felge seines Fahrrads. Er hatte das Ersatzteil bei Le Chevalier du Boulevard, dem Fahrradladen an der Ecke, gekauft. Wegen des platten Reifens hatte er das ganze Wochenende nicht fahren können, und seine Schwester Marianne und ihr Sohn Jean-Auguste waren allein in den Bois de Boulogne geradelt, um das schöne Wetter in der Natur zu genießen. Derweil hatte Pierre im Café gesessen und diese Floride verflucht, die ihm das Ventil gestohlen hatte.

Er pumpte den Reifen auf, strich Fett auf die Kette und prüfte die Bremszüge. Dann wischte er sich die Hände an einem blau gestreiften Lappen leidlich sauber, faltete den Stoff sorgfältig zusammen und legte ihn wieder an die dafür vorbestimmte Stelle des alten Regals. Hier hatte alles seinen Platz. Ordnung und Sorgfalt halfen, das Leben zu meistern.

Seit Freitagabend hatte Unruhe von Pierre Besitz ergriffen. Curt Hardefust ging ihm nicht mehr aus dem Sinn. Pierre hatte den Deutschen vor aller Augen in Schutz genommen. Er war überzeugt, richtig gehandelt zu haben. Hätten die Demonstranten Hardefust zusammengeschlagen, hätte das Hitler einen zusätzlichen Vorwand geliefert, gegen Frankreich zu marschieren. Pierre hatte sich nicht für Hardefust eingesetzt, sondern für sein eigenes Land. Aber das hatte vermutlich niemand verstanden. Was hingegen alle gesehen hatten, war ein französischer Colonel, der einen deutschen Faschisten verteidigte. Die Öffentlichkeit liebte das Offensichtliche und stellte nicht gerne Fragen.

Pierre hatte Marianne nichts von dem Vorfall erzählt, und er hoffte, dass sie nichts davon erfahren würde. Sie lebten zusammen in dem kleinen Haus, seit Marianne vor acht Jahren schwanger geworden war und der Vater des Kindes sie nicht hatte heiraten wollen. Da hatten auch alle Versuche Pierres nicht geholfen, nicht einmal Handgreiflichkeiten. Marianne musste Jean-Auguste allein aufziehen. Und da Pierre mit niemand anderem verheiratet war als mit der Armee, hatte er die Vaterrolle für den Jungen übernommen. Sein Sold reichte für das Haus in Paris. Seither lebten die drei dort einträchtig beisammen. Doch dann hatte ihnen Gérards Tod eine Wunde zugefügt, die einfach nicht heilen wollte.

»Pierre? Bist du da unten?« Das war Mariannes Stimme. Sie schien vom Einkaufen zurückgekehrt zu sein. »Komm bitte sofort nach oben!«

Pierre sah sich noch einmal im Keller um. Alles lag an seinem Platz. Er drehte den Lichtschalter und trat aus der Dunkelheit in das taghelle Treppenhaus.

Das Haus lag in einem Geschäftsviertel zwischen der Rue Haxo und der Rue des Rosiers. Von hier aus konnte man die Tuilerien und den Louvre in einigen Minuten erreichen. Das Haus war schmal, hatte aber drei Geschosse. Pierre stieg die mit Teppich belegten Stufen zum ersten Obergeschoss hinauf, wo der Salon und die Küche lagen. Neben dem Herd standen zwei Einkaufskörbe. Sie waren leer. Hatte Marianne das Geld vergessen? Wo war sie?

Pierre lauschte und hörte sie weiter oben rumoren. Er folgte den Geräuschen. Schließlich fand er sie in der Bibliothek, die zugleich als Wohnzimmer diente. Zwischen den wuchtigen Buchregalen hingen Gemälde. Davor stand ein astronomisches Fernrohr auf einem Stativ, ein Erbstück von ihrem Vater. Zwar benutzten es die Geschwister Delort nur selten, aber Pierre liebte die Form des Instruments. Für ihn sah es mit seinen schlanken runden Formen aus wie eine Skulptur der Postmoderne.

Marianne schaute aus dem Fenster und hatte die Arme vor der Brust verschränkt. Als Pierre eintrat, drehte sie sich nicht um. Ihre Schultern bebten.

»Marianne?«, fragte er.

»Warum hast du mir nichts davon gesagt?«, fragte sie mit einer fallenden Note in der Stimme.

Hitze kochte in Pierres Magen auf. Er ging auf sie zu, wagte es jedoch nicht, sie zu berühren. Es war nicht nötig, irgendetwas abzustreiten. »Wer hat es dir erzählt?«

Marianne drehte sich um. Sie wischte sich das gerötete Gesicht mit einem Taschentuch. In der anderen Hand hielt sie eine Zeitung. Sie warf das Blatt auf den halbrunden Tisch, auf dem eine Vase mit weißen Orchideen stand. »Erzählt«, sagte sie, »hat mir niemand davon. Aber alle wussten es.«

Pierre griff nach der Ausgabe des *Paris-Soir*. Die Artikel auf der Titelseite beschäftigten sich mit der Deutschlandpolitik Frankreichs. Nirgendwo tauchten die Namen Hardefust oder Delort auf. Eilig blätterte Pierre um.

Während er die Schlagzeilen im Innenteil überflog, sprach Marianne weiter. »Schon auf dem Weg zur Fleischerei hatte ich so ein komisches Gefühl. Madame Rouvier und Mademoiselle Sidon standen auf dem Trottoir beisammen. Als ich sie im Vorbeigehen grüßte, haben sie sich abgewandt. Dabei sind die beiden immer freundlich. Bei Lacroisse ist es dann passiert. Im Laden war es voll wie immer. Ich ging hinein. Ich … Pierre, es war furchtbar!«

Pierre wollte von der Zeitung aufsehen. Da entdeckte er den Bericht auf Seite fünf. Nicht gerade die Seite, die jeder sofort aufschlug. Aber dafür hatten die Redakteure dem Ereignis so viel Bedeutung beigemessen, dass sie es über alle acht Spalten aufgezogen hatten. *Eskalation vor dem Palais Talleyrand*, war in großen Lettern zu lesen, und darunter stand, etwas kleiner: *Französischer Offizier rettet Deutschen vor wütender Menge.*

Der Text begann mit dem Namen Curt Hardefusts. Bald darauf wurde Pierre genannt.

»Hörst du, was ich sage?« Mariannes Stimme klang drängend. »Die Kunden von Lacroisse haben die Fleischerei verlassen, als ich dort ankam. Madame Gady hat mich ausgezischt. Ausgezischt! Sie hätte mir ebenso gut ins Gesicht schlagen können. Vielleicht wäre das sogar weniger schmerzhaft gewesen.« Mariannes Stimme hörte sich an, als hätte sie zuvor eine Flasche Essig getrunken. »Ich möchte gar nicht wissen, was Jean-Auguste heute in der Schule erlebt.«

Pierre ließ die Zeitung sinken. Papier war geduldiger als eine aufgebrachte Frau.

»Marianne«, sagte er, »das ist ein Missverständnis.«

»Ein Missverständnis?« Sie riss die Augen auf. Eigentlich stand es seiner Schwester gut, wenn irgendein Ärger ihren Konturen Schärfe verlieh. Jetzt sah er nur noch den Vorwurf in ihrem Blick.

»Du hast mich hintergangen. Mich angelogen. Ich dachte, wir würden gemeinsam versuchen, Gérards Andenken zu würdigen. Was würde unser Bruder wohl dazu sagen, wenn er wüsste, dass du den Faschisten hilfst?«

Er wollte etwas einwenden, aber Marianne kam ihm mit einer herrischen Geste zuvor. »Das Schlimme daran ist, dass all das schon drei Tage her ist. Die ganze Zeit hast du so getan, als wäre nichts geschehen.«

»So hör mir doch zu!« Seine Stimme wurde lauter. Marianne verstummte. »Es stimmt. Ich habe den Deutschen beschützt. Aber damit habe ich Frankreich vor Schaden bewahrt.« Er sprach jetzt schnell, schilderte die Situation und seine Beweggründe. Nur die junge Französin, die sein Fahrradventil gestohlen hatte, ließ er aus.

Marianne schnaubte durch ihre kleine Nase. »Du spielst also den schneidigen Offizier, der sich für sein Land opfert. Das mag ja gut und ehrbar sein. Aber hast du dabei auch an Jean-Auguste und mich gedacht?«

Pierre biss sich auf die Lippen. »Ich musste mich schnell entscheiden.«

Sie sah ihn an. »Pierre«, sagte sie leise. »Was ist nur los?«

Er spürte einen Kloß im Hals. Wo sollte das hinführen?

Marianne wartete keine Antwort ab. »Ein Teil von dir ist in Madrid geblieben. Und der andere Teil spricht mit mir, während er andauernd nur an Gérard denkt. Unser Bruder ist tot, Pierre. Es tut mir leid. Aber wir sind noch am Leben.«

Pierre wehrte ab. »Gérards Tod hat nichts damit zu tun. Lass Gérard aus dem Spiel.«

»Du bist es, der ihn endlich aus dem Spiel lassen muss. Sein Geist verfolgt uns wie ein Schatten.« Wie zur Bekräftigung ihrer Worte rieb sich Marianne die Arme.

»Ich kann ihn nicht vergessen«, platzte es aus Pierre heraus. »Und ich will es auch nicht.«

Ein Geräusch war zu hören. Jean-Auguste erschien in der Tür. Er trug knielange Hosen, ein weißes Hemd und eine Jacke, die das Jackett eines Erwachsenen nachahmte. Um seine Schultern waren die Riemen seines Schulranzens zu sehen. Auf seiner Unterlippe klebte verkrustetes Blut und auf dem linken Knie ein Pflaster.

Marianne war sofort bei ihrem Sohn.

»Was ist geschehen?«, fragte Pierre. Er kannte die Antwort bereits.

»In der Schule haben sie gesagt, ihr seid Nazis«, berichtete Jean-Auguste, während Marianne sein Gesicht und seinen Kopf nach Wunden absuchte. »Sie haben es im Unterricht immer wieder über die Tische geflüstert. Und auf dem Schulhof haben sie es sogar gesungen.«

»Und dann haben sie dich geschlagen?«, fragte Marianne.

Jean-Auguste schaute zu seinem Onkel auf und ließ das einseitige Lächeln auf seinem runden Gesicht erscheinen, das Pierre stets das Herz aufgehen ließ. »Eigentlich haben die anderen nur gesungen. Aber ich bin dann auf sie los und hab ihnen gezeigt, dass man einen Delort nicht ungestraft beleidigt.«

Pierre ging auf seinen Neffen zu. Der Junge roch nach Kinderschweiß und Straßendreck. Er legte Jean-Auguste die Hand auf die Schulter. »Das war tapfer.« Er fing Mariannes strengen Blick auf. »Aber unnötig. Wir sind keine Nazis. Wer das nicht versteht, dem zeigst du nicht die Fäuste, sondern das stolz erhobene Kinn.«

»Aber in der Zeitung steht, dass du einem Nazi geholfen hast«, sagte Jean-Auguste. »Du hast gesagt, es sei wichtig, die Zeitung zu lesen. Stimmt es denn nicht, was da drinsteht?«

»Doch, es stimmt.« Pierre fuhr sich durchs Haar. Wie erklärte man einem Achtjährigen internationale Politik? »Aber es steht nicht alles in der Zeitung. Und manchmal braucht man erst sämtliche Informationen, um sich eine Meinung bilden zu können.«

»Bist du denn gegen die Deutschen oder dafür?«, fragte sein Neffe.

»Ich bin nicht prinzipiell gegen alle Deutschen. Nur gegen die Nazis. Und ich möchte nicht, dass sie Frankreich angreifen.«

»Warum kämpfst du dann nicht gegen sie?«, wollte Jean-Auguste wissen.

»Das werde ich. Aber erst, wenn Krieg ist.«

»Dann soll der Krieg schnell kommen«, rief Jean-Auguste. »Damit du allen zeigen kannst, dass du gegen die Nazis bist.« Er holte ein Stück angeschmolzene Schokolade aus seiner Jackentasche und biss davon ab. Ein brauner Fleck gesellte sich zu der Blutkruste auf seiner Unterlippe.

Marianne schickte ihren Sohn hinunter ins Bad, damit er sich umziehen und waschen konnte. »Wir können froh sein, dass Jean-Auguste kein Mädchen ist. Er kann sich zur Wehr setzen. Aber du kennst Kinder. Der Nazi wird eine Weile an ihm kleben bleiben.«

»Es tut mir leid, Marianne«, sagte Pierre. »Aber ich konnte nicht anders.«

»Ich weiß«, sagte sie mit weicher Stimme. »Immerhin bist du mein Bruder. Ich hätte genauso gehandelt.« Sie strich sich eine Strähne ihres blonden Haars aus dem Gesicht. »Aber was machen wir jetzt? Willst du eine Erklärung im *Paris-Soir* veröffentlichen?«

»Lieber nicht. Das würde wie eine Rechtfertigung wirken. Wer gegen mich ist, würde sich nur bestätigt fühlen.« Pierre rieb sich die Augenbrauen.

»Aber irgendetwas musst du unternehmen. Oder Jean-Auguste muss die Schule wechseln und ich den Fleischer.« Sie sah ihn prüfend an. »Du hast etwas im Sinn, das sehe ich am Zucken deines Bartes.«

Pierre holte eine Zigarette hervor, entzündete ein Streichholz, hielt die tanzende Flamme an die Spitze der Zigarette und inhalierte tief. Das Streichholz erlosch in blauem Rauch, als er es ausblies. Pierre sah der Wolke nach, die durch die Bibliothek schwebte. »Ich hatte dir ja erzählt, dass ich mit General Potard im Louvre war.«

Marianne nahm Pierre die Zigarette ab und zog daran. »Sie wollten deine Meinung zu den Evakuierungsplänen. Was hat das mit diesem Hardefust zu tun?«

»Sie wollten nicht nur meine Meinung. Ich soll die Aktion leiten.« Er seufzte. »Aber ich habe abgelehnt.«

»Und das ist richtig so. Du hast doch schon den gesamten Prado gerettet. Irgendwann muss es genug sein.«

»Aber ich würde alle Gerüchte sofort zum Schweigen bringen, wenn ich neben dem Direktor des Louvre in der Zeitung abgebildet wäre. Als einer der Männer, die Frankreichs Kunst vor den Nazis retten wollen.«

Sie lächelte bitter in die Ferne. »Und dann? Nach dem Fototermin? Bringst du dann die Mona Lisa in Sicherheit?«

Der Friedhof von Passy war mit goldenem Nachmittagslicht geschmückt. Für Pierre waren Orte wie dieser keine Plätze der Trauer und des Schreckens, sondern der Stille und des Friedens. Gérards Grab lag am Ende einer Reihe von Ruhestätten reicher Familien. Als Pierre die Stelle ausgewählt hatte, war es ihm nicht so sehr um die Nähe zum französischen Geldadel gegangen. Vielmehr wollte er seinen Bruder so nah wie möglich beim Trocadéro und vor allem dem Eiffelturm wissen. Gérard hatte das Wahrzeichen von Paris geliebt. Jetzt fiel in dunklen Nächten das Licht von der Turmspitze auf sein Grab.

Ein schlichter Stein aus poliertem Basalt markierte den Ort. Der kleine Busch, den Marianne gepflanzt hatte, war mit weißen Blüten besternt. Davor brannte in einer Bronzeschale die Ehrenflamme der französischen Streitkräfte. Gérard war mit militärischem Zeremoniell beigesetzt worden. Die französische Flagge hatte auf seinem Sarg gelegen, gleich neben jener der spanischen Republik. Es hatte Ansprachen voller leerer Worte gegeben. Pierre hatte so viele Hände schütteln müssen, dass er die Handschuhe seiner Uniform anschließend in den Müll geworfen hatte.

Er stellte sich vor das Grab. In seinem locker sitzenden Anzug ohne Krawatte kam er sich unpassend gekleidet vor. Aber an diesem Julitag bestimmte die Sommerhitze die Garderobe. Trotzdem achtete er darauf, dass die Spitze des roten Seidentuchs korrekt aus der Brusttasche ragte. Er beugte sich zu seinen braunen Schnürschuhen hinab und wischte Staub von den Kappen. Dann zog er das Jackett stramm und sah zu dem Grabstein hinunter.

Die pathetische kleine Flamme tanzte im Luftzug, der über die Gräber strich. Sie sollte das ewige Leben abbilden. Dabei war das Einzige, das ewig war, der Tod. Menschen werden immer älter, bis sie sterben, dachte Pierre. Aber ein Leichnam war alterslos. Natürlich, der Leib verging. Doch man war nach zwanzig Jahren genauso tot wie nach hundert. Diese Flamme war nichts weiter als Ironie. Sie sollte den Lebenden Trost spenden, brannte aber die ganze Zeit über nur eine Lüge über den Toten ab.

Pierre hörte Schritte und Stimmen. Zwischen den Grabmalen waren Pariser zu sehen, die ihre Toten besuchten. Den meisten war es nicht möglich, reglos vor dem Grab zu stehen und die Gedanken fließen zu lassen. Sie lenkten sich ab, indem sie die Grabsteine putzten und die Blumen arrangierten. Jeder trauert auf seine Art, dachte Pierre. Er aber konnte nicht anders, als mit Gérard zu sprechen. Nicht in Gedanken, sondern mit seiner Stimme.

Er räusperte sich. Dann berichtete er Gérard von den Ereignissen vor dem Palais Talleyrand, davon, wie er Curt Hardefust beschützt hatte, und wie Marianne und Jean-Auguste darunter zu leiden hatten. Es tat gut, nichts verschweigen zu müssen. Gérard war schon zu Lebzeiten sein engster Vertrauter gewesen. Er war es noch immer.

»Und jetzt«, sagte Pierre mit gesenkter Stimme, »soll ich dabei helfen, den Louvre zu evakuieren.« Er hielt inne. »Aber damit wird die Angelegenheit nicht beendet sein.« Er überlegte sich die nächsten Worte genau. »Ich habe Marianne gesagt, dass der Einsatz ungefährlich sein wird: einen Plan erstellen, die Evakuierung überwachen und dann nach Hause gehen. Aber sie weiß nicht, dass die Kunstwerke dort, wo sie versteckt werden, jemanden brauchen, der sich um sie kümmert. Jemanden wie ...«, er zögerte, »dich und mich. Und weil du dich zurückgezogen hast, bleibt diesmal wohl alles an mir hängen. Jetzt stehe ich hier und brauche deinen Rat. Rehabilitiere ich mich und gehe damit eine Verpflichtung ein, die mich für die Dauer des Krieges von unserer Schwester und Jean-Auguste trennen könnte? Oder bleibe ich ein einfacher Offizier der Streitkräfte, und wir müssen unter dem Ruf leiden, Freunde der Nazis zu sein? Vielleicht steckt man uns sogar als Kollaborateure ins Gefängnis.«

Pierre atmete tief ein. Der Geruch von welken Blumen stieg von einem nahen Komposthaufen auf. »Wie entscheide ich mich, Gérard? Welchen Weg wähle ich? Melde ich General Potard morgen, dass ich seine Mission annehme, oder lehne ich den Auftrag weiterhin ab?«

Er suchte das Grab mit Blicken ab. Gab es ein Zeichen, das ihm half, eine Entscheidung zu treffen? Irgendeine Auffälligkeit, die sich dazu eignete, von seinem nach Hilfe suchenden Verstand zu einem Symbol erhoben zu werden, einem Wink aus dem Jenseits? Die Flamme tanzte im warmen Sommerwind. In den weißen Blüten des Busches raschelte es. Gern hätte Pierre geglaubt, dass Gérard auf diese Weise zu ihm sprach. Er konnte es nicht. Er war ein nüchtern kalkulierender Mann und für Aberglauben nicht zu haben.

Er war umsonst hergekommen. Hier gab es keine Antwort und keine Vergebung. Nur ein stummes Grab mit einer lächerlichen Flamme.

Schritte knirschten auf dem Weg. Eine alte Dame näherte sich. Sie trug einen blau gefärbten Strohhut mit runder Krempe und bewegte sich auf die Art alter Leute fort, die die Zahl ihrer noch verbleibenden Schritte und Atemzüge zählen. In einer Hand hielt sie eine Gießkanne, über deren Rand Wasser schwappte.

Als sie an Pierre vorüberkam, nickte er ihr zu. Sie blieb stehen und schaute auf Gérards Grab hinab. »Sie sollten die Triebe an diesem Busch beschneiden, sonst schießt er ins Kraut.« Sie stellte die Kanne ab, holte eine Gartenschere aus ihrem Kittel hervor und begann, an dem Gewächs zu hantieren. »Sehen Sie? So und so und so.« Winzige Knospen fielen auf das Grab. Dann drückte sie Pierre die Schere in die Hand. »Geben Sie die beim Pförtner ab, wenn Sie fertig sind.« Nun hob sie noch einen Zeigefinger und lächelte Pierre mit rot geschminkten Lippen an. »Stehen Sie niemals einfach nur herum. Für untätige Hände findet sonst der Teufel Arbeit.«

Kapitel 7

PARIS, LOUVRE,
JULI 1939

Pierre ging mit General Potard den langen Flur hinunter, in dem die Büros des Louvre lagen. Beide Männer trugen Uniform.

»Ich bin froh, dass Sie es sich anders überlegt haben, Colonel«, sagte Potard.

Vor der Tür zu Henri Vernes Büro blieben sie stehen. »Kennen Sie das Sprichwort, das besagt, dass der Teufel untätigen Händen Arbeit verschafft?«, fragte Pierre und klopfte mit weiß behandschuhter Hand. Er wandte sich dem General zu. »So weit wollte ich es nicht kommen lassen.«

Die Tür wurde aufgezogen, und das Gesicht Récines erschien. Sein Blick blieb an Pierre hängen. »Mit Ihnen haben wir nicht mehr gerechnet«, sagte er kühl. »Die Besprechung ist schon im Gang. Ich fürchte, Sie können nicht ...«

»Reinkommen!«, rief Henri Verne aus dem Hintergrund. »Oder wollen Sie ganz Paris von unserem Vorhaben unterrichten, Doktor Récine?«

Pierre und Potard betraten das Büro. Der Raum wirkte verändert. Zwar hingen die Bilder noch an der Wand, aber Vernes Schreibtisch und die Sessel waren verschwunden. Stattdessen stand ein Prunktisch in der Mitte des Raums. Die Füße waren mit barocken Ornamenten überladen und vergoldet, die Platte war unter den darauf ausgebreiteten Plänen und Papieren nicht zu erkennen. Der Direktor begrüßte die Besucher. Als er Pierres Blick bemerkte, sagte er: »Dieser Tisch gehörte Kardinal Richelieu. Er hat ihn wohl für geeignet gehalten, seine Staatsgeschäfte darauf auszubreiten. Da wir einen Tisch brauchten, dachten wir, dieser würde uns gute Dienste leisten. Was meinen Sie, Colonel? Vielleicht schwebt ja der Geist des Kardinals über unseren Köpfen.«

»Vergessen Sie nur nicht, das Möbelstück zu evakuieren«, erwiderte Pierre.

»Richelieu soll Antisemit gewesen sein«, sagte Récine, der im Hintergrund die Tür schloss. »Da wird sich manch einer an seinem Tisch bestimmt wohlfühlen, nicht wahr, Colonel Delort?«

»Halten Sie sich zurück!«, schnappte Henri Verne. »Wir können froh sein, dass uns der Colonel noch einmal mit seinem Rat zur Seite steht.«

»Nicht nur mit seinem Rat«, sagte Potard freudestrahlend. »Ich habe den Colonel davon überzeugen können, die Evakuierung zu begleiten.« Er sah sich im Raum um. »Haben Sie diesen vorzüglichen Cognac schon forträumen lassen?«

Ein Lächeln erschien auf Vernes Gesicht. »Was für eine gute Nachricht! Darauf müssen wir anstoßen.« Er holte Flaschen und Gläser unter dem Prunktisch hervor und schenkte ein.

Die Männer tranken. Nur Récine hielt sein Glas in der Hand und schwenkte die goldbraune Flüssigkeit, ohne davon zu kosten. »Monsieur le Directeur, wir sollten niemanden in unsere Pläne einweihen, der mit den Nazis zusammenarbeitet und unsere Verstecke verraten würde. Dann können wir die Kunstwerke des Louvre auch gleich an Ort und Stelle stehen lassen.«

»Diese Geschichte in der Zeitung ist gewiss nur ein Missverständnis. Nicht wahr, Colonel? *Paris-Soir* ist ja für seine erfindungsreichen Journalisten berüchtigt. Niemals hätten Sie einen Nazi in Schutz genommen.«

Pierre seufzte. »Ich fürchte, es hat sich alles so zugetragen, wie es in der Zeitung steht. Hätte ich nicht eingegriffen, hätte Hardefust Hitler den Kriegsgrund geliefert, nach dem er sucht.«

Verne schaute Pierre über den Rand seines Glases an. »Und Sie wussten, dass man Sie dafür als Nazifreund beschimpfen würde?«

»Um das vorauszusehen, musste man kein Prophet sein.«

»Trotzdem haben Sie diese Bürde auf sich genommen.« Verne wandte sich Récine zu. »Sie hätten doch gewiss ebenso gehandelt, nicht wahr, Doktor?«

»Natürlich«, entgegnete Récine. Dann presste er die Lippen zusammen. Zu spät hatte er erkannt, dass Verne ihm eine Falle gestellt hatte. Jetzt konnte er nichts Weiteres gegen Pierres Mitarbeit einwenden.

»Was ist eigentlich aus diesem Hardefust geworden?«, wollte Verne wissen.

Potard berichtete, der Deutsche sei am Tag nach dem Vorfall aus Frankreich ausgewiesen worden. Er habe ein rechtes Geschrei angestimmt und damit gedroht, zurückzukehren und sich an denjenigen zu rächen, die ihn verunglimpft hätten. Potard gluckste in leiser Freude. »Dabei war er selbst schuld an seiner Misere. Was nicht in der Zeitung stand, war der Inhalt seines Vortrags. Schließlich haben wir ihn deshalb aus dem Palais geworfen.«

»Worum ging es dabei?«, fragte Henri Verne.

»Er hat uns Vorschläge gemacht, wie Frankreich seine Juden loswerden kann. Anfangs hat er noch verklausuliert gesprochen. Aber im Laufe seiner Rede wurde immer deutlicher, was er meinte. Als die ersten Gäste protestierten, hat er kein Blatt mehr vor den Mund genommen. Oder sollte ich sagen: Er ließ die Maske fallen? Wie auch immer – er sagte, er sei konsterniert und erstaunt darüber, dass wir noch nicht damit begonnen hätten, Juden zu erschießen, aufzuhängen, auszurotten. Entschuldigen Sie, Messieurs, das waren seine Worte. Er sagte: Wenn die Wehrmacht in Paris wäre, würde sie uns Franzosen zeigen, wie man das macht, wie man die Stadt durchkämmt, Viertel für Viertel, Haus für Haus. Wenn man ihm ein Bajonett geben würde, rief er schließlich, würde er uns sofort zeigen, wie das geht.«

Pierre lief es kalt den Rücken hinunter. Diesen Teil des Vortrags hatte er nicht mehr mitbekommen.

»Vermutlich gehörte das zum Plan des Deutschen«, fuhr der General fort. »Er wollte provozieren. Als er merkte, dass seine Umschreibungen nicht genügten, wurde er drastischer. Dass wir ihn vor die Tür setzten, spielte ihm ebenfalls in die Karten. Und die Menge vor dem Palais muss wie ein Geschenk für ihn gewesen sein. Allerdings hatte er nicht mit Colonel Delort gerechnet. Pierre hat ihm rechtzeitig einen Strich durch die Rechnung gemacht.«

»*Bon!*«, sagte Henri Verne und rieb sich die Hände. Dann bat er die Männer an den Tisch und zeigte auf einen Stapel Papiere. »Unsere Inventarlisten. Neunzehntausendsiebenhunderteinundzwanzig Gemälde, Skulpturen und Objekte, verteilt auf zweiunddreißigtausend Quadratmeter Ausstellungsfläche. Wir stehen vor der Aufgabe, über drei Hektar Geschichte durch Frankreich zu bewegen.«

»Haben Sie über meinen Vorschlag nachgedacht, an die Loire zu evakuieren?«, fragte Pierre.

»Das haben wir«, sagte Henri Verne. »Wir glauben, dass sich die Schlösser im Tal des Flusses tatsächlich für unsere Zwecke eignen würden. Und wir haben einen zusätzlichen Hinweis bekommen, der selbst letzte Zweifel beseitigt hat. Von höchster Stelle sozusagen.« Er zog ein Buch unter einigen Dokumenten hervor und ließ es mit einem Knall auf die Tischplatte fallen. »Das Leben Leonardo da Vincis«, sagte Verne. »Wussten Sie, dass er auf einem Esel über die Alpen geritten ist, um den französischen König zu treffen?« Auf dem Gesicht des Direktors breitete sich das Lächeln eines Schuljungen aus, dem ein Streich gelungen ist. Potard spitzte die Lippen, dann sagte er: »Davon habe ich schon mal gehört.«

»Haben Sie auch gehört, wo sich Leonardo und François getroffen haben?«, fuhr Verne fort. »Das war nämlich nicht in Paris. Sie sind in einem der Schlösser an der Loire zusammengekommen. In Chambord, um genau zu sein.« Er entrollte eine Landkarte und beschwerte eine Ecke mit seinem Cognacglas, eine weitere mit einem Aschenbecher. Die dritte und vierte hielten Récine und Pierre fest. Die Karte zeigte Paris und reichte im Süden bis zum Tal der Loire hinunter. Henri Verne tippte auf eine Stelle der Karte. »Hier liegt Chambord, noch heute einer der prachtvollsten Bauten Frankreichs. Und einer der sichersten. Colonel Delort, ich habe Ihre Angaben überprüfen lassen. Sie sind korrekt. Chambord ist nach außen ein Schloss, aber hinter der schmucken Fassade verbirgt sich eine Festung, dafür geschaffen, den französischen König vor Angriffen zu bewahren. Es ist alles so, wie Sie sagten: eigene Wasserversorgung, feste Mauern, viel Platz, und von Paris liegt es nur hundertachtzig Kilometer entfernt. Wenn Leonardo seine Mona Lisa dorthin gebracht hat, warum sollten wir seinem Beispiel dann nicht folgen? Wer könnte ein besserer Ratgeber sein als der große Meister selbst?«

Pierre musterte Récine. Dem jungen Kunsthistoriker war die Abneigung gegen die Worte seines Chefs vom Gesicht abzulesen. Aber er schwieg. Vermutlich hielt er seinen Plan, alles in den Westen Frankreichs zu bringen, noch immer für geeigneter, musste aber jetzt dabei zusehen, wie der Museumsleiter Pierres Vorschlag den Vorzug gab.

Verne fuhr fort: »Wenn wir nach Chambord evakuieren, gelangt die Mona Lisa noch einmal an diesen historischen Schauplatz.« Er deutete auf weitere Punkte auf der Karte. »Natürlich würden wir nur einen Teil unserer Objekte nach Chambord bringen. Sollten die Nazis das Versteck finden, müssten wir dafür sorgen, dass ihnen nicht gleich die gesamte Louvre-Kunst in die Hände fällt. Deshalb werden wir alles auf insgesamt fünf Schlösser verteilen, die möglichst weit voneinander entfernt liegen.«

In der folgenden Stunde berieten die Männer, welche Standorte dafür geeignet waren. Sie prüften die Inventarlisten und einigten sich auf Kriterien, nach denen die Kunstwerke sortiert werden mussten: Welche Stücke brauchten den meisten Platz, welche waren anfällig für Feuchtigkeit, welche waren bedeutender als andere, welche waren so schwer, dass sie nicht ohne Weiteres fortgeschafft werden konnten?

Schließlich waren auf der Karte mit einem roten Fettstift fünf Kreise eingezeichnet. Dort lagen die Schlösser, die für das Unternehmen am vielversprechendsten waren: Cheverny, Valençay, Chambord, de Sourches und Courtalain. Aber noch fehlten die Linien zwischen den roten Kreisen und Paris.

»Wie transportieren wir die Objekte?«, fragte Verne. »Ich plädiere für die Schiene. Immer, wenn wir neue Kunstwerke für den Louvre ankaufen, lassen wir sie mit dem Zug anliefern. Weil das am ungefährlichsten ist. Auf Schienen gibt es keine Unebenheiten, kaum Stöße, die die Kostbarkeiten beschädigen könnten. Zudem fahren Züge so direkt wie möglich von einem Ort zum anderen. Wir könnten Güterwaggons für unsere Zwecke umbauen lassen.« Er stemmte die

Hände in die Hüften und sah die anderen Männer herausfordernd an. »Was halten Sie davon?«

Récine schüttelte vorsichtig den Kopf. »Nicht viel, wenn Sie den Widerspruch erlauben, Monsieur le Directeur. Ihr Vorschlag hat gewiss Vorteile. Doch sind diese, wenn Sie mich fragen, eher vordergründig, und ...«

»Wir steuern auf einen Krieg zu«, unterbrach Pierre den Jüngeren.

»Das weiß ich, Messieurs!« Ein Anflug von Empörung schlich sich in Vernes Stimme ein. »Deshalb sind wir ja hier.«

Potard ging um den Tisch herum und schenkte sich Cognac nach. Seine Nase hatte eine rote Farbe angenommen. »Was der Colonel sagen will«, murmelte er, »ist, dass Schienen und Bahnhöfe ein Hauptziel der deutschen Bomber sein werden.« Er zwinkerte Verne zu. »Wenn man den Gegner schwächen will, legt man zuerst seine Züge lahm. Alte Militärweisheit.« Er nahm einen Schluck.

Verne runzelte die Stirn. »Haben die Herrschaften einen besseren Vorschlag?«

»Messieurs«, hob Pierre an, »wir befinden uns in einer Manege voller Löwen und Tiger und versuchen, den Ausgang zu erreichen, während wir ein rohes Ei auf einem Teller balancieren. Die Frage ist: Wie muss dieser Teller beschaffen sein, damit das Ei nicht hinunterrollt und zerbricht?«

Récine lachte unwirsch. »Unsere nationale Kunst hat in Ihren Augen hoffentlich mehr Schönheit und Bedeutung als ein Hühnerei.«

Pierre ließ sich nicht aus der Ruhe bringen. »Hat nicht schon Botticelli die perfekte Form des Eis bewundert? Aber das wissen Sie gewiss besser als ich. Schließlich sind *Sie* der Kunsthistoriker. Ich würde ein Ei jedenfalls nicht in einen Güterzug legen, der von Bombern angegriffen wird. Ich würde einen Kahn benutzen.«

»Einen Kahn?«, wiederholte Henri Verne. »Warum denn das?«

»Weil es auch auf Flüssen keine Unebenheiten gibt«, antwortete Pierre. »Der Transport auf dem Wasser garantiert die größtmögliche Sicherheit für unsere Schützlinge. Und genügend Wasserwege gibt es auch. Schauen Sie!« Pierre deutete auf die Landkarte. »Das Gebiet südlich von Paris ist durchzogen von Kanälen und Flüssen. Einer davon fließt direkt neben dem Louvre: die Seine. Wir könnten die Boote direkt vom Denon-Flügel aus beladen. Überdies würden Kähne keinen Verdacht bei den Deutschen erregen. Wenn Sie mich fragen, fahren wir auf dem Wasserweg am besten.«

»Viel zu langsam«, warf Récine ein und deutete zum Fenster. »Schauen Sie doch mal auf die Seine. Sehen Sie, wie die Barke da hinten vorüberkriecht? Wir bräuchten eine Ewigkeit, bis wir alles in Chambord hätten.«

»Fünf oder sechs Tage«, sagte Pierre. »General Potard und ich haben das bereits ausgerechnet.«

Henri Verne kratzte sich den Bart. »Ihren bisherigen Vorschlägen stimme ich zu, Colonel. Aber die Louvre-Kunst auf dem Wasser zu transportieren, verursacht mir Bauchschmerzen. Was, wenn eines dieser Boote kentert?« Er schüttelte sich. »Das mag ich mir gar nicht vorstellen.«

»Es sind Lastkähne«, warf Potard ein. »Wenn Sie die zum Kentern bringen wollen, müssen Sie schon einen Elefanten darauf herumtoben lassen.«

»Sie könnten auch leckschlagen«, sagte Récine. »Der Direktor hat recht. Der Wasserweg ist ungeeignet. Eine Schnapsidee. Erlauben Sie, dass ich einen Gegenvorschlag mache.« Auf den glänzenden Wangenknochen des jungen Mannes war der Anflug von Triumph zu sehen. »Wir laden alles in Lastwagen. Das liegt doch nahe, oder? Damit könnten wir jedes Ziel erreichen, und zwar auf jedem Weg, der dafür günstig ist. Und Straßen gibt es viele. Wir wären nicht auf den Verlauf von Schienen oder Flüssen angewiesen. Und schneller ginge das ebenfalls. Sie haben bestimmt auch dazu schon Zahlen parat, Colonel.«

Pierre nickte. Tatsächlich hatte er diese Möglichkeiten in Betracht gezogen. »Die Wagen müssten natürlich sehr langsam fahren, wegen der empfindlichen Fracht. Aber selbst dann könnten sie in spätestens vierundzwanzig Stunden am Ziel sein, vorausgesetzt ...«

Récine unterbrach ihn. »Da sehen Sie es!«, rief er mit mehr Eifer als Umsicht. »Wir können schneller an der Loire sein, wenn wir mit Lastwagen fahren.«

Henri Verne nickte bedächtig. »Was halten die Herren vom Militär davon?«

Pierre spürte, wie sich ein Kopfschmerz ankündigte. Ein Pochen begann sich hinter seinen dunklen Augenbrauen auszubreiten. Nur keine Lastwagen mehr! Das war schon einmal schiefgegangen und hatte Gérard das Leben gekostet. »Der Vorschlag hat durchaus etwas für sich«, sagte er mit schwerer Stimme. »Ich würde zustimmen, wenn die Lage so wäre wie jetzt, im Frieden. Im Krieg aber wird sich vieles ändern. Die Straßen könnten mit Flüchtlingen und Konvois verstopft sein. Panzer werden die Wege aufreißen und unpassierbar machen. Brücken müssen gesprengt werden, um die Deutschen aufzuhalten. Hinzu kommt, dass die meisten Fahrzeuge vom Heer requiriert werden. Ebenso wird jeder verfügbare Tropfen Benzin in die Verteidigung Frankreichs fließen. Vertrauen Sie mir: Der Transport über die Flüsse ist sicherer.«

General Potard nickte schwerfällig, aber bestimmt.

Henri Verne schaute von einem zum anderen. Es war dem Museumsleiter anzusehen, dass er sich bereits entschieden hatte. Dennoch täuschte Verne ein Zögern vor. Er steckte die Hände in die Hosentaschen, ging in seinem Büro herum und schnalzte mit der Zunge. Schließlich streckte er sich und gähnte. »Also«, sagte er, »bleiben wir beim Vorschlag von Doktor Récine. Die Lastwagen scheinen mir das sicherste Transportmittel zu sein.« Er hob einen Zeigefinger. »Jedenfalls im Frieden, wie Colonel Delort betont hat. Deshalb müssen wir dafür sorgen, dass wir alles vor Kriegsausbruch evakuieren können. Dann sind auch die Straßen noch frei, und es gibt genügend Fahrzeuge und Treibstoff.«

Potard lachte ungehalten. »Und wie wollen Sie feststellen, wann das ist: vor Kriegsausbruch? Der Spuk kann doch jeden Augenblick losgehen.«

Verne klappte die Biografie Leonardo da Vincis zu. Der Luftzug, der zwischen den Seiten hervorgepresst wurde, wehte die Inventarlisten vom Tisch des Kardinals Richelieu. Einen Moment lang berührten sich Renaissance, Barock und das 20. Jahrhundert.

»Absolut richtig!«, sagte der Direktor. »Deshalb fangen wir auch sofort an. An die Arbeit, Messieurs!«

Kapitel 8

BERLIN-WITZLEBEN, PENSION ANNELIESE,
JULI 1939

Curt Hardefust lief in Unterwäsche durch das schäbige Hotelzimmer. Er musste sich für die Besprechung ankleiden. Die Koffer, die er und Ursula aus Paris mitgebracht hatten, waren noch nicht ausgepackt. Die Partei hatte ihnen noch keine feste Bleibe in Berlin zugewiesen – bis auf Weiteres würden sie in dieser Absteige leben müssen.

Curt räumte drei Koffer mit Ursulas Garderobe vom Bett. Darunter lag sein eigenes Gepäck. Er zog den Reißverschluss der großen Reisetasche auf. Blauweiß gestreifte Hemden, weite Hosen mit Aufschlägen, grün gemusterter Seidenbinder, alles in französischem Chic. Damit konnte er unmöglich vor den SS-Hauptamtsleiter treten, um sich für seine Ausweisung aus Paris zu rechtfertigen.

Wo war seine Uniform? Ursula konnte er nicht fragen, sie hatte sich zu einem Einkaufsbummel am Ku'damm verabschiedet.

Curt durchwühlte die Tasche. Gürtel, Handschuhe und Seidenschals flogen auf das schmale Bett und boten einen Anblick wie ein expressionistisches Gemälde. Er dachte an Paris.

Die Ausweisung aus der französischen Hauptstadt hatte das Ehepaar schwer getroffen. Drei Jahre hatten sie in Saus und Braus an der Seine gelebt. Ursula hatte sich in eine echte

Parisienne verwandelt. Sie gab Soireen, zu denen Künstler und Millionäre eingeladen waren, und tauchte regelmäßig in den Klatschspalten der Boulevardpresse auf. Vor sechs Tagen hatte Curt ihr beibringen müssen, dass sie Paris verlassen würden. Natürlich hatte er versucht, ihr den Grund zu verheimlichen. Aber Ursula war dahintergekommen, dass er und niemand anderer daran schuld war, dass sie nun nach Berlin zurückkehren mussten, in diesen nasskalten Sumpf, in dem die Menschen Felle trugen und grunzten, wie Ursula immer sagte.

Er ging zu seinem Nachttisch und griff nach dem Wecker. Kurz nach zwei. Um drei musste er in der Neuen Reichskanzlei an der Voßstraße sein. Die Uniform musste her! Sofort!

Er riss die mit Wurmlöchern übersäten Türen des Kleiderschranks auf. Der plötzliche Luftzug blähte die Spinnweben in den Regalnischen. Ein Geruch nach Schuhleder und fauligem Holz drang heraus. Der Schrank war natürlich leer. Ursula hatte sich geweigert, ihre Koffer auszupacken. Sie verlangte eine Villa am Wannsee oder wollte ihre schöne Wohnung in Paris zurück.

Curt schloss die Augen. Er musste bei der heutigen Besprechung eine gute Figur machen. Die Dunkelheit hinter seinen Lidern half ihm, sich zu konzentrieren. Wenn nur der Wecker nicht so laut ticken würde!

Jetzt erinnerte er sich: Er hatte die Uniform in einen von Ursulas Koffern gelegt. In seiner Tasche war kein Platz mehr gewesen, weil er Akten der Deutsch-Französischen Gesellschaft darin hatte verstauen müssen.

Er setzte sich auf das Bett und hob einen der Koffer auf seine Knie. Das dunkle Krokodilleder fühlte sich kühl an auf seiner Haut.

Mit sanftem Druck versuchte er, den Deckel anzuheben.

Der Koffer war verschlossen.

Ursula! Sie hatte die Uniform absichtlich weggesperrt, um

ihm Schwierigkeiten zu machen. Das war ihre Art, ihn für die Ausweisung aus Paris zu bestrafen. Wenn sie ihren Willen nicht bekam, führte sie sich auf wie ein kleines Mädchen.

Curt fuhr sich durchs Haar. Jetzt saß er hier, in Unterwäsche. Seine Finger trommelten auf den Deckel. Der Wecker tickte. Der buckelige Kachelofen war kalt, dennoch lief Curt der Schweiß am Hals hinunter. Die Baumwolle seines Unterhemds klebte an seiner Haut. Das Kofferschloss zu knacken, würde noch die geringste Herausforderung dieses Tages sein.

Eine Viertelstunde später trat Curt Hardefust in der Uniform eines SS-Offiziers aus der *Pension Anneliese.* Er strich sich noch einmal das Haar zurück und setzte die Mütze sorgfältig auf, sodass keine Strähne darunter hervorschaute. Dann öffnete er die Tür seiner Horch-Limousine, startete den Motor und fuhr in Richtung Charlottenburg davon.

Was hatte Ursula nur gegen diese Stadt? Berlin glänzte im Sommerlicht. Vor dem UFA-Palast an der Turmstraße drängten sich die Menschen, um sich in der Nachmittagsvorstellung *Hallo Janine* anzusehen, den neuen Film mit Marika Rökk. Die Straßen sahen aus wie frisch gebohnert. Hitlers Programm zum Ausbau der Hauptstadt lief auf Hochtouren. Unter dem Brandenburger Tor wehten die roten Fahnen mit den Hakenkreuzen, und dahinter erhoben sich die Türme des Berliner Schlosses, der Nicolaikirche und des Französischen Doms am Gendarmenmarkt.

Curt bog in die Hermann-Göring-Straße und von dort in die Voßstraße ein und hielt vor der Neuen Reichskanzlei, einem monumentalen Gebäude, das vor einem halben Jahr fertiggestellt worden war. Vierhundertzwanzig Meter war es lang, neunzig Millionen Reichsmark sollte es gekostet haben. Jetzt stand es wie ein Riegel mitten in der Stadt. »Macht!«, schrie es dem Betrachter entgegen.

Curt hatte gehört, dass die Berliner hinter vorgehaltener Hand spotteten, Hitler habe die monströse Kanzlei in Windeseile hochziehen lassen und wisse nun nicht, was damit anzufangen sei. Eigentlich sollte das Bauwerk Repräsentationszwecken dienen und Besuchern die Stein gewordene Autorität der NSDAP vor Augen führen. Wer die Kanzlei betrat, der sollte sich ducken. Aber seit der Führer das Münchner Abkommen gebrochen hatte, waren nur noch wenige Gäste der internationalen Politik in Berlin zu Gast. Deshalb hatte das SS-Hauptamt die Büros seiner höchsten Offiziere von der nahen Wilhelmstraße in einen Flügel der Kanzlei verlegt.

Curt stieg aus dem Horch und schaute die massige Fassade entlang. Für einen Moment blieb er fasziniert stehen. Wer dieses Gebäude betrat, wurde von ihm verschluckt. Der Besucher war nicht Gast, sondern Beherrschter. Curt wünschte sich zurück nach Paris.

Mit schnellen Schritten stieg er die Treppe zum Eingang hinauf. Die Wachtposten salutierten. Curt schritt durch den Ehrenhof, der für den Empfang von Staatsgästen und für Trauerzeremonien vorgesehen war, und passierte ein weiteres Tor, das von ausgesprochen hässlichen Statuen flankiert war: Die Partei und Die Wehrmacht – zwei nackte Männer, von denen einer eine Fackel und der andere ein Schwert in die Höhe streckte. Bald darauf fand sich Curt vor dem Büro von SS-Hauptamtsleiter Heißberger wieder. Bevor er anklopfen konnte, hörte er eine zornige Stimme hinter der Tür. Er verharrte. Jemand wurde als »Versager« beschimpft. Von einem »Erschießungskommando« war die Rede und von »Arbeitslager«. Dazwischen hörte Curt die Stimme eines Mannes, der offensichtlich um Fassung rang. Anscheinend bekam gerade jemand eine Abreibung. Heißberger war für seine Ausbrüche bekannt, sogar hohe SS-Offiziere sprachen seinen Namen nur leise aus.

Das konnte ja heiter werden! Curt ging zu der Sitzgruppe hinüber, die vor den großen Fenstern zum Ehrenhof aufgestellt war. Auf dem Tisch aus poliertem Kirschholz stand eine Flasche Weinbrand mit Gläsern. Er stellte sich vor, wie er sich einschenkte und sich in einen Sessel fallen ließ.

Das Gebrüll hinter der Tür wollte kein Ende nehmen.

Curt ging in dem mit Marmor ausgekleideten Korridor umher. Sein Blick fiel auf einen Tisch von vier Metern Länge. Wie alles in der Neuen Reichskanzlei hatten auch die Möbel Übergröße. Auf der Tischplatte stand ein Architekturmodell. Weiße Bauten füllten die Szenerie, eine Landschaft voller Großanlagen und protziger Bauwerke. Neugierig beugte er sich zu dem Messingschild hinab, das an der Tischkante befestigt war. *Welthauptstadt Germania*, las er. *Architekt: Albert Speer*, stand darunter.

Allmählich wurde Curt klar, dass er ein Modell Berlins vor sich hatte, eines Berlins, das es noch nicht gab. Zwar erkannte er den Tiergarten und das Brandenburger Tor – gerade war er noch hindurchgefahren –, aber von der Stadtsilhouette mit ihren Kirchen und Palästen war auf dem Modell nichts zu sehen. Stattdessen reihten sich dort gigantische Fassaden aneinander. Curt erkannte einen Triumphbogen, der an jene aus dem Forum Romanum erinnerte und der zugleich eine moderne Form hatte. Unter dem Bogen führte eine Straße zu einem Palast, der einem römischen Kaiser die Schamesröte ins Gesicht getrieben hätte. *Führerpalast* stand in winzigen Buchstaben daran. Am anderen Ende des Modells erhob sich eine Kuppel, die, wenn sie überhaupt gebaut werden konnte, dreihundert Meter hoch sein musste. Daneben wirkte das Brandenburger Tor wie eine Gartenlaube.

Das war mehr als Berlin. Das war die Zukunft. Das war der Mittelpunkt der Welt.

Curt hätte am liebsten Beifall geklatscht. Er stützte die

Hände auf die Knie und beugte sich noch tiefer hinab, sodass sein Blick auf Höhe der Modelle durch die Straßen schweifte. Er stellte sich vor, wie er in einer offenen Limousine die große Allee entlangfuhr. Ursula saß neben ihm, den Wind in den Haaren. Die Straßen würden voll sein von Menschen, die auf sie zeigten und winkten.

Eine Tür wurde aufgestoßen. Gebrüll füllte den Flur. »Lassen Sie sich hier nicht wieder ohne Ergebnisse blicken, Sie wandelnde Hämorrhoide!«

Curt schaute auf. Aus der Tür zu Heißbergers Büro trat ein SS-Standartenführer. Die Augen quollen ihm fast aus dem Kopf, seine Lippen waren zu einem Strich zusammengepresst. Er schien Mühe zu haben, sich zu beherrschen. Vorsichtig schloss der SS-Mann die Tür und verschwand den Korridor hinunter, ohne Curt anzusehen. Dieser ging zum Büro Heißbergers und klopfte. Nicht zu leise, nicht zu forsch.

»Was ist?«, rief der SS-Leiter.

War das eine Aufforderung, hereinzukommen? Curt holte tief Luft und drückte die Klinke herunter. Der Griff war noch warm von der schwitzigen Hand seines Vorgängers.

Curt öffnete die Tür und trat in einen weiten hellen Raum, der mit dicken Teppichen ausgelegt war. An den Wänden standen polierte Regale voller Aktenordner, darüber hingen Gemälde von Rennpferden. Konrad Heißberger saß an seinem Schreibtisch und blätterte in einem Stapel Papiere. Da er nicht aufschaute, blieb Curt in der Mitte des Raumes stehen. Auf einem Regalbrett hinter dem SS-Hauptamtsleiter waren acht verschiedene Uhren aufgestellt, die alle dieselbe Zeit anzeigten. Sie tickten in perfekter Synchronizität. Daneben hing ein Porträt Adolf Hitlers.

Langsam hob Heißberger den Kopf. Er war dünn und blond und hatte graue Augen, die nicht kalt, sondern gleichgültig wirkten. Jedes Mal, wenn Curt seinen Vorgesetzten sah, glaubte er, Heißberger hätte sich alle lästigen Emotionen abgewöhnt. Leider stimmte das nicht.

»Heil Hitler!«, sagte Curt und hob den rechten Arm zum Gruß.

»Hardefust! Sie haben mir noch gefehlt!«, rief Heißberger und stemmte seine Unterarme auf die Schreibtischunterlage. »Was haben Sie da in Paris angerichtet? Zum Speien ist das! Zum Speien!« Tatsächlich hörte es sich an, als spucke er die Worte aus. Dabei wurden seine goldbekronten Zähne sichtbar.

Curt wich unwillkürlich einen Schritt zurück. Heißberger hatte ihm keinen Stuhl angeboten – es war auch keiner da. Die Botschaft war deutlich: Niemand setzte sich vor Konrad Heißberger hin, niemand kam mit diesem Mann auf Augenhöhe.

»Kommandant!« Curt salutierte. Dann nahm er die Dienstmütze ab und klemmte sie unter seinen linken Oberarm.

Heißberger musterte den Besucher von oben bis unten. »Wie Sie wieder aussehen!«, rief er. »Kein Wunder, dass die Franzosen Sie rausgeschmissen haben. Ich verlange einen Bericht.«

»Jawohl!«, sagte Curt, und zwar laut. Er wusste genau: Wer vor einem Mann wie Heißberger in die Knie ging, der kam nie wieder hoch. »Bitte um Erlaubnis, den Bericht mündlich liefern zu dürfen.«

Heißberger funkelte ihn an. »Sie sind wohl zu faul zum Schreiben. Also mal voran! Was war da los in Paris?«

Curt berichtete von den Ereignissen im Palais Talleyrand, von seiner Absicht, durch eine scharfe Rede einen Tumult auszulösen, und von diesem französischen Offizier, der ihm danach in die Quere gekommen war.

»Pierre Soundso, oder?« Heißberger stand auf und ging zu einem Beistelltisch mit einem Stapel Zeitungen hinüber, fischte ein Exemplar heraus und blätterte darin. Curt erkannte, dass es sich um eine Ausgabe des *Paris-Soir* handelte.

»Pierre Delort. So heißt der Wackes«, rief Heißberger und schlug mit dem Handrücken auf das Papier, dass es knallte. »Von so einem lassen Sie sich ins Bockshorn jagen? Sie sind so blöd, dass Sie Wasser anbrennen lassen würden.«

Die Worte gruben sich Curt ins Fleisch. Er spürte, wie sich Schweiß an seinem Haaransatz sammelte. »Hören Sie!«, sagte er. »Es ist mir nicht gelungen, die politische Lage zwischen Berlin und Paris zu verschärfen. Aber das lässt sich nachholen.«

»Ach ja?« Heißberger riss die Augen auf. »Sie kennen sich wohl gut aus in der großen Politik.« Er kam auf Curt zu und atmete ihm heiß ins Gesicht. »Kunstlehrer, nicht wahr? Vom Klassenzimmer an die Seine. Passen Sie bloß auf, dass ich Sie nicht wieder an die Schiefertafel zurückschicke.«

Curt erbleichte. »Bitte um Erlaubnis, einen Vorschlag machen zu dürfen«, brachte er gepresst hervor. Ohne auf die Erlaubnis zu warten, sprach er weiter. »Schicken Sie mich zurück nach Paris.«

Heißberger brach in kaltes Gelächter aus. »Sie haben Nerven, Mann! Ich drohe Ihnen mit Degradierung, und Sie stellen Forderungen. Glauben Sie etwa, Sie könnten mit Unverschämtheit Eindruck schinden?«

Das Telefon läutete. Heißberger nahm den Hörer ab und bellte hinein. Dann lauschte er mit verkniffenem Gesicht.

Die Unterbrechung verschaffte Curt etwas Zeit. Sein Blick flog durch den Raum. Das Porträt Adolf Hitlers sah ihn direkt an und schien einen Geistesblitz von ihm zu verlangen. Curt starrte zurück in die Augen des Führers.

Heißberger legte auf, schrieb etwas auf ein Blatt Papier und wandte sich wieder seinem Untergebenen zu. Bevor der SS-Hauptamtsleiter etwas sagen konnte, kam Curt ihm zuvor.

»Vor der Tür steht ein Modell der Welthauptstadt Germania«, sagte er.

»Na und?«, blaffte Heißberger. »Wollen Sie das etwa nach Frankreich bringen?«

Curt holte ein Taschentuch hervor und tupfte sich den Schweiß von der Stirn. »Im Gegenteil«, sagte er. »Ich schlage vor, Frankreich nach Germania, nach Berlin, zu transportieren. Dieses Abbild unserer zukünftigen Hauptstadt da draußen hat fast alles, was man sich vom künftigen Mittelpunkt der Welt wünschen kann. Nur eins fehlt.«

Heißberger legte die Stirn in Falten. »Und das wäre?«

»Ein Reichsmuseum«, fuhr Curt fort. »In eine Stadt wie diese gehören die größten Kunstwerke der Welt.« Er hatte das Gefühl, die Blicke des SS-Chefs würden durch seine Augen in sein Gehirn dringen, um in seinen Gedankengängen zu forschen.

»Weiter!«, forderte Heißberger ihn auf.

»Der Krieg mit Frankreich wird kommen. Die Wehrmacht ist bis an die Zähne bewaffnet. Wir werden die Franzosen überrennen, sobald sich die Gelegenheit bietet. Und die französischen Museen sind voll mit Kunstwerken, die eigentlich nach Deutschland gehören. Überlegen Sie doch mal, was Napoleon alles von den Deutschen gestohlen hat. Das ist jetzt alles in Paris. Wir holen es uns zurück. Sobald wir Paris besetzt haben, kehre ich an die Seine zurück und organisiere den Transport tausender Gemälde und Statuen nach Berlin.«

Aus Heißbergers Mund schnellte eine kleine Zunge hervor und befeuchtete seine Unterlippe. »Warum sollte ich ausgerechnet Sie mit so einer Aufgabe betrauen?«

»Ich kenne die Kunstwerke, ich kenne Paris, und ich kenne die maßgeblichen Leute dort«, antwortete Curt.

Heißberger legte den Kopf schief. »Sie haben einmal in Paris versagt. Sie würden es wieder tun. Ich habe kein Vertrauen in Sie, Hardefust.«

»Ich bin Kunstlehrer«, erinnerte Curt seinen Vorgesetzten. »Ich habe Kunst studiert. Wollen Sie etwa einen Banausen in den Louvre schicken, einen wie diesen Standartenführer, der gerade hier bei Ihnen war, eine ›wandelnde Hämorrhoide‹? Solche Leute können einen Raffael nicht von der Reklame für Henckel Motorenreinigungsmittel unterscheiden. Sie brauchen einen Experten. Mich!«

Während Heißberger zu überlegen schien, schaute Curt über die Schulter des SS-Mannes wieder auf das Porträt Adolf Hitlers. Er konnte nicht anders: Er lächelte es an.

»Was gibt es da zu grinsen?«, fragte Heißberger. »Sie sind sich Ihrer Sache wohl sehr sicher!«

Curt wischte das Lächeln von seinem Gesicht. »Kommandant!«, sagte er. »Ihre Entscheidung?«

»Beim Afterchrist!«, sagte der SS-Chef. »Reisen Sie von mir aus zurück nach Paris. Derzeit wird man Sie nicht nach Frankreich hineinlassen. Aber bald wird die Wehrmacht gegen Paris marschieren. Wenn wir erst an der Seine sind, nehmen Sie Ihren Platz dort wieder ein, und dann werden wir ja sehen, ob Sie diesmal Ergebnisse liefern oder wieder nur pürierte Fledermauskacke.«

Curt spürte, wie ihm das Herz bis zum Hals schlug. Er unterdrückte den Impuls, sich bei Heißberger zu bedanken. Dankbarkeit, das wusste er, war für den SS-Chef ein Zeichen von Schwachsinn. »Jawohl, Herr Kommandant!«, stieß er zackig hervor, setzte die Mütze wieder auf und salutierte.

»Freuen Sie sich nicht zu früh«, knurrte Heißberger. »Das wird kein Urlaub mit Chichi. Ich erwarte die Ergebnisse innerhalb von zwei Wochen nach Ihrer Ankunft in Paris. Wenn Sie mich zum zweiten Mal enttäuschen, werden Sie sich noch wünschen, wieder vor einer Schiefertafel unterrichten zu können. Ist das klar?«

Als Curt den Wagen wieder vor der *Pension Anneliese* parkte, war es neun Uhr abends. Langsam senkte sich die Dämmerung über die Dächer von Witzleben. Die beiden Fenster links neben der Haustür waren erleuchtet. Ursula war wieder da.

Curt warf die Dienstmütze auf das rote Leder des Beifahrersitzes. Auch die Uniformjacke ließ er im Wagen. Vor seiner Frau wollte er als Mann erscheinen, nicht als Soldat. Ursula verachtete Männer, die sich nur stark fühlten, wenn sie Uniform trugen.

Zum Glück hatte die SS diese geschmacklosen braunen Hemden mittlerweile abgeschafft. In dunkler Hose und weißem Hemd sah Curt beinahe aus wie ein Zivilist. Er klopfte gegen seine linke Hosentasche. Ein leises Klingeln war darin zu hören. Er lächelte. Dann öffnete er die Tür der Pension, ging durch den schmalen Flur, in dem es nach Hund roch, und klopfte an die Tür von Appartement drei.

Ursula riss die Tür auf. Curt stockte der Atem. Sie sah hinreißend aus in ihrem Kleid von Lanvin. Die Taille war so eng geschnitten, dass man meinte, man könne zwischen Rumpf und Unterleib hindurchsehen. Auf die Georgetteseide waren schwarze und weiße Blüten gedruckt, nur an zwei Stellen waren die Blüten rot und zogen den Blick sofort auf die entsprechenden Körperpartien. Das Kleid begann etwas zu knapp über den Brüsten und gab die Demarkationslinie von Ursulas Sommerbräune preis.

Aus dem Raum schlug Curt eine Wolke reichlich verwendeten Parfüms entgegen. Er warf einen Blick ins Zimmer. Ursulas Koffer lagen auf dem Bett. Um den mit dem zerstörten Verschluss hatte sie Nylonstrümpfe geknotet. Daneben waren ihre vier kostbaren Mäntel ausgebreitet.

»Ich verlasse diese Läusehütte«, sagte sie. »Du kannst ja hierbleiben. Oder dahin gehen, wo der Pfeffer wächst. Mir ist das egal.«

Sie starrte ihn wie gebannt an. Am liebsten hätte Curt den Moment für immer in sein Gedächtnis eingebrannt. Wie er sie liebte! Er spürte Erregung in sich aufsteigen und zog Ursula an der Hüfte zu sich heran.

»Es ist dir egal?«, fragte er. »Wirklich?«

Sie wandte das Gesicht von ihm ab. »Lass mich los.«

»Ich habe mit Heißberger gesprochen.«

»Und? Wie lange müssen wir noch in diesem Loch hausen?«

»Wir kehren nach Paris zurück.«

Sie lachte ungläubig und wand sich in seinen Armen. »Du gottverdammter Lügner!«, rief sie. »Glaubst du, darauf falle ich rein? Du hast versagt in Paris. Niemals werden sie dich wieder dorthin schicken.«

Durch die offene Tür war eine Stimme zu hören. Die Wirtin rief aus dem oberen Stockwerk herunter. Curt beachtete sie nicht. »Das ist keine Lüge, Ursel. Sobald die Wehrmacht in Paris ist, kehren wir dorthin zurück. Und zwar als Herr und Frau Hardefust, Botschafterehepaar in Frankreich. Du wirst die wichtigste Frau an der Seine sein. Die Marie-Antoinette des 20. Jahrhunderts. Die deutsche Pompadour. Die neue Königin der Haute Couture.« Bevor sie etwas entgegnen konnte, griff er in seine Hosentasche, holte den Schlüssel hervor und legte ihn in ihre Hand.

Sie schaute auf den Anhänger aus Ebenholz, in den eine goldene Zahl und ein Name eingeprägt waren. »Ein Zimmer im *Adlon*?«, fragte sie ungläubig.

»Eine Suite«, sagte er. »Ganz oben. Mit Blick über Berlin. Gehört der Partei. Nur ganz hohe Tiere dürfen dort wohnen. Die Obstschalen werden alle zwei Stunden gewechselt, und für morgen habe ich einen Schneider bestellt. An der Spree ist es vielleicht nicht wie an der Seine. Aber für den Übergang genügt es vielleicht. Kommst du mit?«

»Hat hier wer um Hilfe gerufen?«, fragte eine dünne Stimme. Anneliese Posalla, die Pensionswirtin, stand in der offenen Tür. Ihr hechtgraues Haar schaute unter einem nachlässig gebundenen Kopftuch hervor. Sie wischte sich die Hände an einer Schürze sauber. »Ich habe doch gerade was gehört.« Sie lugte neugierig ins Zimmer.

»Und wenn Sie noch länger lauschen, bekommen Sie sogar noch mehr zu hören«, entgegnete Curt lächelnd. Dann versetzte er der Tür einen Tritt, sodass sie vor der Wirtin ins Schloss fiel. Er schob die Koffer nicht vom Bett, als er mit Ursula in den Armen auf die Matratze sank.

Kapitel 9

Paris, Louvre,
September 1939

Der Himmel über dem Louvre verdunkelte sich von Ultramarin zu Indigo. Im Innenhof blieb Pierre stehen und bewunderte das Schauspiel. Natur schuf immer noch die größte Kunst – der Mensch war nur ein Nachahmer. Aber darin war wiederum er der Meister.

Der Fetzen einer Zeitung, vom Septemberwind hochgewirbelt, verfing sich an Pierres Wade. Er griff danach, las die Schlagzeilen, die seit vorgestern alle anderen Neuigkeiten verdrängt hatten und die auf Plakaten ebenso zu lesen standen wie auf den Gesichtern der Menschen: Die Deutschen hatten Polen angegriffen. Der Krieg war ausgebrochen.

Pierre ließ die Seite los. Der Luftzug trug das Papier davon. Wie lange würde es dauern, bis eine andere Zeitung das Ende des Krieges verkündete?

Pierre betrat den Louvre durch den Eingang im Denon-Flügel. Zwei späte Besucher verließen das Haus. Er sah ihnen nach. Sie würden für lange Zeit die letzten Gäste des Museums gewesen sein.

Im Treppenhaus von Daru wartete eine Gruppe von zwanzig Männern und Frauen, Freiwillige, die das Museumspersonal bei der Evakuierung unterstützen sollten. An diesem Abend wollte Pierre die Helfer auf ihre Aufgabe einschwören.

Zwei Monate lang hatte er gemeinsam mit Henri Verne und Doktor Récine Inventarlisten durchkämmt. Tausende von Kunstwerken hatten sie in Kategorien eingeteilt. In den meisten Punkten waren sich die drei Männer einig. Schwierig war es bei der letzten Kategorie geworden, die die Kunstwerke des Museums nach ihrer Bedeutung sortierte. Einige Zeit hatten sie ergebnislos diskutiert. Jeder hatte versucht, seinen persönlichen Lieblingen die größte Bedeutung zuzusprechen. Dann hatten sie versucht, sich auf Kriterien zu einigen. War der monetäre Wert eines Gemäldes ausschlaggebend? Oder das, was Wissenschaftler darin erkennen mochten? Schließlich war Récine darauf verfallen, die Bedeutung eines Kunstwerks für die französische Nation als wichtigstes Kriterium zu definieren. Nach eingehenden Diskussionen hatten sich die Männer auf dieses Vorgehen geeinigt und die Liste vervollständigt.

Pierre hatte in dieser Zeit sein Zuhause nur selten gesehen. Er hatte ein Büro im Richelieu-Flügel des Louvre bezogen, dort gelesen, geschrieben, gegessen, getrunken, geatmet. Viele Nächte hatte er auf dem Boden geschlafen, zwischen Stapeln von Aktenordnern, in der abgestandenen Luft durchgearbeiteter Tage. Die Nähe zu den Kunstwerken hatte ihm Kraft und Inspiration gegeben.

Jetzt umrundete er die Menschen, die sich im Treppenhaus versammelt hatten. Jemand hatte das Licht angeschaltet. Die Tage waren kürzer geworden, und es schien Pierre, als senke sich auch eine metaphorische Dunkelheit über die Stadt.

»*Bonsoir, buona sera, good evening, yom tov*«, begrüßte er schwungvoll die Gäste. Er wusste, dass einige von ihnen Italiener waren, ein Brite und einige französische Juden waren ebenfalls dabei. »›Guten Abend‹ muss ich heute nicht sagen«, fuhr Pierre fort. »Es hat zwar eine deutsche Bewerbung für die vor uns liegende Aufgabe gegeben«, er stieg drei Stufen hinauf, damit alle ihn sehen konnten, »aber wir haben Admiral Canaris, dem Chef der deutschen Abwehr, eine Absage geschickt.«

Gelächter hallte durch den Saal. Pierre stellte seine Aktentasche aus schwarzem großporigen Leder ab, öffnete sie und blätterte durch die Papiere. Dann zog er einen dünnen Ordner heraus. Er richtete sich auf und hielt ihn hoch.

»Sie alle sind mit der Aufgabe vertraut, die vor uns liegt. Wir haben Sie als Helfer ausgesucht, weil wir glauben, dass Sie niemandem davon erzählen werden, was Sie hier zu sehen bekommen.« Er räusperte sich. Das Wort ›glauben‹ entsprach nicht ganz der Wahrheit. Pierre war absolut sicher, dass er mit zuverlässigen Leuten arbeiten würde. In den vergangenen Wochen hatte der französische Geheimdienst jeden einzelnen der hier Versammelten auf Herz und Nieren überprüft.

Er klopfte auf den Ordner. »Das sind Ihre Werkverträge. Ich werde Sie gleich mit Namen aufrufen und Ihnen die Dokumente übergeben. Sie müssen die Verträge gleich hier unterschreiben. Aus Sicherheitsgründen können wir es nicht zulassen, dass diese Papiere den Louvre verlassen. Ich weiß, dass das ungewöhnlich ist. Aber wir leben in ungewöhnlichen Zeiten. Lesen Sie alles in Ruhe durch. Drüben im Karyatidensaal sind Tische und Stühle für Sie aufgebaut.« Pierre deutete in Richtung des Saals. Dann zeigte er auf die Tür ins Freie. »Und dort liegt der Ausgang. Den sollten Sie wählen, wenn Sie sich Ihrer Sache nicht hundertprozentig sicher sind. Noch können Sie es sich anders überlegen. Sie werden dabei helfen, französische Kulturgüter vor den Nazis zu verstecken. Solange die Deutschen noch nicht in Paris sind, ist das nichts weiter als schwere Arbeit. Wenn die Wehrmacht aber Paris einnehmen sollte – ich gebe dazu keinerlei Prognosen ab –, wird sie versuchen, die Beteiligten zu finden, zu befragen und zu bestrafen. Wir haben Nachrichten aus Prag, die von Erschießungen durch die SS berichten. Sie müssen sich darüber im Klaren sein, dass Ihre Hilfe für den Louvre dazu führen kann, dass Sie und Ihre Familien in Bedrängnis geraten. Bitte, denken Sie noch einmal darüber nach. Die Türen des Museums sind noch nicht geschlossen. Wenn Sie gehen wollen, habe ich dafür Verständnis. Aber dann gehen Sie bitte jetzt.«

Er holte einen Füllfederhalter aus einer Tasche seines dunkelblauen Jacketts und drehte die Metallkappe des Stifts ab. Er ließ sich Zeit, denn er wollte den Zögerlichen aus der Gruppe Gelegenheit geben, den Louvre zu verlassen. Das Letzte, das er brauchen konnte, waren Helfer, die unter dem Druck der Gefahr zusammenbrachen.

Pierre hörte schnelle Schritte. Da hatte es sich wohl jemand anders überlegt. Doch die Schritte entfernten sich nicht, sie kamen näher. Er schaute in die Runde. Die Freiwilligen standen am Fuß der Treppe. Einige blickten erwartungsvoll zu ihm herauf, andere wandten sich zu dem Geräusch um.

Aus Richtung des Haupteingangs näherte sich jemand. Es war die junge Frau vom Palais Talleyrand. Pierre erkannte sie sofort wieder, obwohl sie statt der roten Lederjacke und des Baretts die tiefblaue, von dunklen Flecken gesprenkelte Montur eines Arbeiters trug. Ihr dunkles Haar, vor zwei Monaten noch zu Wellen gelegt, war straff zurückgebunden. Auch in ihrem Gesicht klebten Spuren von Schmiere. Ihre Blicke trafen sich. Kaum hatte sie gesehen, wer die Aktion im Louvre leitete, blieb sie abrupt stehen. Sie schien zu überlegen, gesellte sich aber dann zu der Gruppe.

Pierre versuchte, sich an ihren Namen zu erinnern. Er blätterte durch die Liste, strich mit dem Finger über die Seiten. Als er den Namen las, erkannte er ihn wieder.

»Nachdem nun auch Mademoiselle Floride Harlé zu uns

gestoßen ist und sonst niemand den Saal verlassen hat, können wir ja beginnen«, sagte er schließlich. Dabei fing er einen finsteren Blick der Nachzüglerin auf.

Er schaute noch einmal auf seine Papiere. Auf der ersten Seite hatte er Notizen für seine Ansprache aufgeschrieben. »Mesdames et Messieurs, vor uns liegt eine große Aufgabe«, stand da.

Was für ein Quatsch! Diese Leute waren gekommen, um ihr Leben für den Louvre zu riskieren.

Pierre ließ den Ordner sinken und blickte den Versammelten in die Augen.

»Wir beginnen heute Nacht damit, die Kunstwerke zu verpacken. Sie werden dem Museumspersonal dabei zur Hand gehen. Dank Ihrer Mitarbeit sollte das nicht länger als neun Wochen dauern. Wir werden nur nach Sonnenuntergang arbeiten, um keine Aufmerksamkeit zu erregen. Ihre eigentliche Aufgabe beginnt aber erst, wenn das Museum leer geräumt ist. Sie werden die Kunstwerke in die Verstecke begleiten und dort auf sie achtgeben. Das bedeutet nicht – und das kann ich gar nicht genug betonen –, dass Sie sie gegen die Deutschen verteidigen sollen. Im Gegenteil. Sollte die Wehrmacht eines unserer Lager aufspüren, ist es Ihre wichtigste Aufgabe, Ihr Leben zu retten. Sie haben strikten Befehl, sich beim ersten Anzeichen von Gefahr in Sicherheit zu bringen. Kein noch so wertvolles Gemälde wiegt ein Menschenleben auf.« Pierre versuchte, das leichte Zittern in seiner Stimme unter Kontrolle zu bringen.

»Wie sollen wir denn die Zeit totschlagen, wenn wir keine Deutschen erschießen dürfen?«, fragte eine Stimme, die Pierre bekannt vorkam. Alle lachten. Es war der rothaarige Gefreite, dem Pierre vor dem Palais Talleyrand begegnet war. Auch er trug Zivil, eine weite modische Hose und ein dunkelgrünes Hemd mit einer grauen Weste darüber.

»Wenn Sie schießen wollen, lassen Sie sich an die Front versetzen«, riet ihm Pierre. »Bei uns werden Sie damit beschäftigt sein, Kunstwerke zu bewachen. Sollte Ihnen etwas auffallen, sei es an den Objekten selbst oder an den Verpackungen, melden Sie das sofort. Wir müssen auf jede Veränderung am Zustand unserer Kunstschätze umgehend reagieren. Deshalb ist das, was diese am nötigsten brauchen, Ihre Aufmerksamkeit, nicht Ihr Todesmut. Habe ich mich klar ausgedrückt?«

Alle nickten ernst. Nur Floride Harlé verschränkte die Arme vor der Brust und schaute missmutig zu Pierre hinauf. »Fordern Sie diese Patrioten wirklich dazu auf, vor den Deutschen davonzulaufen, Colonel Delort?«, rief sie.

Pierre durchfuhr es heiß. »Ich fordere alle dazu auf, sich auf die Kunstwerke zu konzentrieren und das Kämpfen den Soldaten zu überlassen.«

»Das ist feige«, rief Floride. »Wenn noch mehr Franzosen so denken wie Sie, können wir Hitler gleich in einer Sänfte nach Paris tragen. Wir müssen kämpfen, nicht wegrennen. Es gibt Dinge, für die lohnt es sich zu sterben. Für die Freiheit!« Sie reckte eine verschmierte Faust in den Himmel.

Einige der Anwesenden nickten.

Das durfte doch nicht wahr sein! Diese Verrückte war dabei, das ganze Unternehmen zu gefährden, bevor es begonnen hatte. »Mademoiselle Harlé«, sagte Pierre so ruhig wie möglich, »ich glaube ja, dass Sie Frankreich vor den Deutschen beschützen wollen. Das wollen wir alle. Aber unbedachtes Handeln ist hier fehl am Platz. Vielleicht sollten Sie Frankreich besser an anderer Stelle helfen. Beim Lazarettdienst zum Beispiel.«

Trotz des diffusen Lichts sah er, wie Floride Harlé erbleichte und dann errötete. Hätten ihre Augen Blitze schleudern können, hätte sie Pierre auf den Treppenstufen von Daru in einen Haufen Asche verwandelt.

Sie war noch nicht fertig. »Hätte ich gewusst, dass ausgerechnet Sie das Unternehmen leiten, wäre ich nicht hergekommen«, rief sie. »Und ich rate allen, sich noch einmal gut zu überlegen, ob sie hier richtig sind. Dieser Colonel dort hat erst vor Kurzem einen Deutschen in Schutz genommen. Einen Antisemiten und Nazi schlimmster Sorte. So einem folge ich nicht. Nirgendwohin!«

Sie zeigte mit ausgestrecktem Arm auf Pierre, wollte wohl noch etwas sagen, überlegte es sich aber anscheinend anders, denn sie drehte sich um und ging davon. Wo sie gestanden hatte, blieb eine gespenstische Leere zurück. Niemand sagte etwas. Es schien, als hätte Floride Harlé den Kampfgeist der Gruppe mitgenommen.

Die helle Stimme des Rothaarigen schnitt in die Stille. »Schön und gut! Ich finde auch, wir müssen gar nicht so viel arbeiten.« Er nickte zur Nike hinauf. »Wozu hat die Dame da oben Flügel. Kann sie nicht einfach davonfliegen?«

Es war zwar ein ungelenker Versuch, die Stimmung wieder aufzuhellen, aber er gelang. Einige lachten, dankbar für den Scherz. Andere husteten. Niemand folgte Floride Harlé.

Pierre fing den Ball auf und spielte ihn zurück. »Die Nike von Samothrake wiegt so viel wie ein afrikanischer Elefantenbulle. Und einer ihrer Flügel ist nur aus Gips. Der Louvre hat ihn angefügt. Ich glaube nicht, dass die alte Dame sich damit in die Lüfte erheben wird. Es sei denn, wir helfen ihr auf die Sprünge.« Er klatschte in die Hände. »Und genau das werden wir jetzt tun.«

Pierre rief die Namen auf der Liste auf, ließ jeden vortreten und händigte die Verträge aus. Zu seiner Überraschung verließ niemand den Raum, um den Vertrag im Karyatidensaal zu studieren. Laurent Pataille – der rothaarige Soldat – nahm Pierres Füllfederhalter, blätterte sofort bis zur letzten Seite, unterschrieb auf seinen Knien und reichte Pierre den

Vertrag zurück. »Ich vertraue Ihnen, Colonel Delort«, sagte er so laut, dass es alle hören konnten. »Ich war nämlich auch vor dem Palais Talleyrand dabei. Und ich weiß: Sie haben im Interesse Frankreichs gehandelt.«

Ein kleiner Mann in zu weiten Kleidern zog Pataille den Federhalter aus den Fingern und unterschrieb ebenfalls. Der Stift wanderte weiter. Binnen zehn Minuten hielt Pierre einen Stapel signierter Verträge in der Hand. Eine Gänsehaut lief über seinen Rücken. Wenn alle Franzosen so dachten und handelten wie diese Männer und Frauen, mussten die Deutschen mehr gegen Frankreich auffahren als nur Kriegsgerät.

»Danke«, sagte er und schaute verlegen auf seine Uhr. »Wenn alles nach Plan läuft, sollten gleich die Kisten angeliefert werden. Ihre erste Aufgabe wird sein, das Verpackungsmaterial vom Innenhof in die Museumsflügel zu tragen. Dort arbeiten Sie nach den Anweisungen des Museumspersonals. Achten Sie auf die roten Punkte. Die zeigen Ihnen die Bedeutung der Kunstwerke an.« Das hatte sich Henri Verne ausgedacht. Das System war einfach. »Ein roter Punkt auf einer Kiste und an einem Kunstwerk zeigt die geringste Bedeutung an. Zwei Punkte sind für bedeutende Objekte vorgesehen. Sie fassen nur die Kisten mit einem Punkt an. Alles andere erledigen unsere Fachleute.«

»Gibt es auch drei Punkte?«, wollte ein ungewöhnlich großer, massiger Mann wissen. Er trug eine winzige Melone auf dem Kopf.

»Nur in einem einzigen Fall«, sagte Pierre. »Um den kümmere ich mich selbst.«

Bevor weitere Fragen gestellt werden konnten, kam Henri Verne die Daru-Treppe herunter. Er hatte Schatten unter den Augen, und die Wangen hinter seinem weißen Bart waren eingefallen. Die Anstrengungen der letzten Wochen hatten an dem alten Museumsleiter Spuren hinterlassen. Er nickte den Helfern kurz zu und flüsterte Pierre etwas ins Ohr.

»Direktor Verne hat schlechte Nachrichten«, rief Pierre so laut, dass alle aufmerksam wurden. »Die französische Regierung hat an der Seite Großbritanniens dem Deutschen Reich den Krieg erklärt.« Er ließ die Worte wirken, dann fuhr er fort: »Wir packen zusammen, Leute!«

Kapitel 10

Paris, Louvre,
September 1939

Der Louvre verwandelte sich in einen Taubenschlag. Männer und Frauen trugen Holzkisten vom Innenhof herein, einige kaum größer als eine Tischplatte, andere so hoch und schwer, dass vier Helfer mit anfassen mussten. Rollen unbedruckten Zeitungspapiers wurden auf Karren in die Eingangshalle geschoben, gefolgt von langen Bahnen Segeltuch und aufgerollten Teppichen. Pierre stand auf der Treppe und dirigierte jeden Mitarbeitenden in den für ihn oder sie vorgesehenen Flügel des Museums. Dort würden die Angestellten des Louvre alles in Empfang nehmen und zu den jeweiligen Kunstwerken bringen. Sobald die Materialien vollständig im Haus waren, konnte das Verpacken beginnen.

»Sollen wir das Licht löschen?«, fragte Henri Verne. Der Museumsdirektor war in dieser Nacht mit Pierre zum Dienst eingeteilt. Morgen Nacht würde Verne pausieren und Récine an seine Stelle treten. Danach konnte Pierre eine Nacht lang ausruhen. Auf diese Weise waren immer zwei von ihnen vor Ort.

»Lassen wir die Lampen heute noch brennen«, schlug Pierre vor. »So schnell müssen wir keine Bomben fürchten.«

Verne rieb sich die Stirn. »Aber jeder, der am Museum vorbeispaziert, wird sehen, dass nachts die Lichter brennen. Das ist doch verdächtig.«

»Sie haben recht, Henri«, sagte Pierre. »Ab morgen verdunkeln wir und arbeiten mit Handlampen. Geben wir den Leuten heute noch Gelegenheit, sich an das Museum zu gewöhnen. Einverstanden?«

Verne nickte.

Pierre war froh, diese erste Nacht mit dem Direktor zusammenzuarbeiten. Henri Verne hatte ein offenes Ohr für Argumente. Mit Récine gab es meist Reibereien, die Zeit kosteten. Zeit, die sie nicht hatten. Immer wieder kamen Kisten an, Pierre und Verne leiteten sie zu den Kunstwerken weiter. Pierre hätte lieber beim Tragen geholfen, aber er konnte die Neuankömmlinge mit ihren Lasten unmöglich durch das labyrinthische Museum irren lassen.

Ein Mitarbeiter des Louvre brachte eine Notiz von der Banque de France. Verne las aus dem Schreiben vor. »Die Bank bietet an, den Schmuck der Sammlungen in ihren Tresor einzuschließen. Jedenfalls die Stücke, die in die Schließfächer passen.«

Verne senkte den Bogen Papier und schlug sich damit gegen den Oberschenkel. »Was soll das nun wieder? Haben Sie das veranlasst, Colonel?«

Pierre schüttelte den Kopf.

Verne starrte mürrisch vor sich hin. »Wenn Sie es nicht waren, kann es nur Récine gewesen sein«, stellte er fest. »Die Deutschen würden die Banque de France sofort ausräumen, kaum dass sie hier sind. Ich verstehe das nicht. Was bezweckt er damit?«

»Das müssen Sie ihn schon selbst fragen«, sagte Pierre. »Ich kann Ihnen beim besten Willen …« Er stockte. »Marianne?«

Sie stand im Durchgang, der zum Eingang des Museums führte, und hielt ihre Handtasche mit beiden Händen vor den Bauch. Sie trug ein dunkelgrünes Kostüm und einen schräg sitzenden Hut mit breiter steifer Krempe. Frédéric, einer der Museumsmitarbeiter, stand neben ihr. »Diese Dame wollte unbedingt eingelassen werden. Sie behauptet, Sie sei eine Verwandte, Colonel.«

In Pierre rumorten Empörung und Erschrecken. Wenn Marianne hier war, bedeutete das nichts Gutes. Schlimmer aber war, dass hier einfach jeder hereinspazieren konnte. Er versuchte, sich seine Aufregung nicht anmerken zu lassen. »Danke, Frédéric. Das ist meine Schwester. Bitte lassen Sie ab sofort niemanden mehr ins Haus. Sonst muss ich Sie von dieser Aufgabe entbinden.«

Frédéric verzog das Gesicht wie einer, der einem anderen einen Gefallen getan hat und nun dafür gemaßregelt wird.

Pierre entschuldigte sich bei Henri Verne, gab ihm die Listen und bat ihn, seine Aufgabe einen Moment zu übernehmen. Dann eilte er zu Marianne hinüber.

Er küsste sie auf die Wangen. Sie roch nach Puder. »Ist etwas passiert?«, fragte er.

»Der Krieg ist ausgebrochen. Hast du es nicht gehört?« Sie sah ihn mit aufgerissenen Augen an.

»Direktor Verne hat uns die Nachricht gerade überbracht.« Pierres Stimme klang ungeduldiger als gewollt. »Können wir später darüber reden? Ich werde hier dringend gebraucht.«

»Das wirst du zu Hause auch«, gab sie zurück.

»Marianne.« Er setzte ihren Namen immer dann vor einen Satz, wenn es ernst wurde zwischen den Geschwistern. »Die Sicherheit des Louvre liegt in meinen Händen.«

Sie wich einen Schritt zurück. »Wo soll das hinführen? Soll ich jetzt sagen: Unsere Sicherheit liegt auch in deinen Händen? Und dann kommst du als Nächstes wieder mit dem Schicksal des Museums?«

Pierre fühlte sich erschöpft und müde. »Wir waren uns

doch einig darüber, dass ich bei der Rettung der Kunstwerke helfen soll. Hast du das vergessen?«

»Du bist seit zwei Monaten fort, und …« Marianne verstummte, als zwei Helfer aus Richtung des Innenhofs an ihnen vorbeigingen. Pierre fasste ihre Hand und zog sie in den Karyatidensaal. Zwischen den Schreibtischen blieben sie stehen. Marianne lehnte sich gegen eine Tischkante, stellte ihre Handtasche ab und verschränkte die Arme vor der Brust. »Du siehst müde aus, Pierre. Komm mit mir nach Hause. Jean-Auguste wartet auf seinen Onkel.«

»Ich bin hier noch nicht fertig«, sagte er knapp.

»Doch, das bist du. Schon vor Wochen hat in der Zeitung gestanden, dass du für die Sicherheit des Louvre zuständig bist und das Museum im Kriegsfall sichern wirst. Seither ist es mit uns im Viertel wieder bergauf gegangen. Jean-Auguste wird in der Schule von seinen Freunden und Feinden bewundert. Und auf der Straße fragen mich alle, wie es dir geht.«

»Dann ist doch alles in Ordnung, oder nicht?« Er wollte nicht mit Marianne streiten. Er musste zurück ins Treppenhaus. Eine einzige falsch beschriftete Kiste konnte das Schicksal eines jahrhundertealten Gemäldes besiegeln. »Lässt du mich jetzt meine Arbeit erledigen?«

»Das hast du längst getan«, sagte sie. Die Worte klangen trotzig, aber ihre Stimme war sanft. Die Karyatiden, weibliche Statuen, die einen Balkon am Ende des Saals auf den Köpfen trugen, schienen zu ihnen hinüberzuschauen. »Du wolltest bei den Vorbereitungen zur Evakuierung des Louvre helfen. Niemals war die Rede davon, dass du das Museum eigenhändig leer räumst.«

Pierre hatte diesen Moment kommen sehen. »Das Wasser fließt schneller, als das Boot fährt, Marianne. Wenn ich das Ruder nicht festhalte, wird es kentern.«

»Du hättest es gar nicht erst in die Hand nehmen dürfen. Denn dein Boot droht leckzuschlagen. Komm zurück an Land.« Sie zog einen ihrer dünnen Lederhandschuhe aus und streckte ihm eine Hand entgegen.

Er zögerte. Sie standen sich gegenüber. Der Abstand zwischen ihnen war groß. Mariannes Hand reichte nicht mal bis zur Mitte. Pierres Herz schlug schnell. Für seine Schwester. Für seinen Neffen. Für die Kunst.

Ihre ausgestreckte Hand zitterte. Pierre dachte an ihre gemeinsame Kindheit im Quartier Latin, an die Sommerurlaube mit den Eltern im Zelt auf den Apfelplantagen der Cidrebauern in der Normandie, an Gérard, der stets der Dritte im Bund gewesen war.

Er sah ihr in die Augen. »Ich werde die Aktion leiten, bis alles verpackt ist. Danach werde ich mit einem der Konvois nach Chambord fahren.«

Sie zog ihre Hand zurück.

»Gemeinsam mit dir und Jean-Auguste«, fuhr Pierre fort. »Wir werden den Krieg dort in Sicherheit verbringen. Er dauert gewiss nicht lange, und nach einigen Monaten kehren wir nach Paris zurück.«

»Aber Pierre …«, sagte sie.

»Bis es losgeht, hast du genug Zeit, alles vorzubereiten«, fuhr er fort. »Deck die Möbel ab, versteck den Familienschmuck im Keller. Wir nehmen nur mit, was wir unbedingt benötigen. Ein Koffer für jeden von uns, das muss genügen.«

»Jean-Auguste und ich, wir sind keine Museumsstücke, für die du dir eine Logistik einfallen lassen musst«, sagte sie mit leiser, aber fester Stimme. »Wir bleiben in Paris.« Sie schluchzte nicht. Trotzdem konnte Pierre hören, dass ihre Nase verstopft war.

»Marianne, ich bin Colonel der französischen Streitkräfte, und es herrscht Krieg. Soll ich etwa desertieren?«

Jemand räusperte sich. Henri Verne stand im Eingang des Karyatidensaals. »Pardon. Ich muss leider stören.« Er hielt einen Zettel hoch. »Diese Nachricht ist gerade eingetroffen. Von General Potard. Pierre, Sie müssen das sofort lesen.« Er gab Pierre das Papier, nickte Marianne verlegen zu und eilte zurück in das Gewimmel am Fuß der Daru-Treppe.

Pierre faltete den Bogen auseinander. »Bitte! Nur einen Augenblick«, sagte er zu ihr und schaute auf die Zeilen. Er erkannte Potards Handschrift. Normalerweise diktierte der General seinen Sekretärinnen, die seine Worte mit der Schreibmaschine auf Papier hämmerten. Eine handschriftliche Nachricht konnte nur eines bedeuten: höchste Geheimhaltungsstufe.

Der Bogen war mit Tintenflecken gesprenkelt. Potard hatte nicht gewartet, bis die Tinte getrocknet war, bevor er das Papier zusammengefaltet hatte. Während Pierre las, bewegte er stumm die Lippen. Er war so erregt von der Auseinandersetzung mit Marianne, dass die Buchstaben vor seinen Augen tanzten. Wie sollte er gleichzeitig seine störrische Schwester, seinen Neffen und die französischen Kunstschätze retten?

Er drehte Marianne den Rücken zu und stellte sich unter eine der Lampen. *Hitler befiehlt den Bau eines Kunsttempels mitten in Berlin. Hardefust soll deutscher Botschafter in Paris werden.* Das war alles. Pierre las die Worte erneut. Dann noch einmal. Die kalte Schlange der Angst kroch seinen Rücken hinauf. Hitler baute ein Museum, um es mit Kunst zu füllen. Woher diese Kunst kommen sollte, war nicht schwer zu erraten: aus den besetzten Gebieten. Sicher hatte der Führer den Louvre schon ins Visier genommen. Und dass Hardefust befördert worden war, konnte nur eins bedeuten: Der SS-Mann würde nach Paris zurückkehren, um den Louvre eigenhändig zu plündern.

Pierre faltete den Zettel zusammen. Seine letzten Zweifel waren verflogen. Marianne und Jean-Auguste mussten gemeinsam mit ihm die Stadt verlassen. Je früher, desto besser.

Als er sich zu seiner Schwester umdrehte, war sie verschwunden.

Kapitel 11

CLÉRY-SAINTE-ANNE,
SEPTEMBER 1939

Im Tal des großen Flusses war die Zeit der Weinlese gekommen. Raoul stand zwischen den Reben der Delaponts und staunte über die Farben der Trauben. Stets hatte er gedacht, Wein sei entweder blau oder grün. Doch jetzt leuchtete eine ganze Farbpalette zwischen den tiefgrünen Blättern der Rebstöcke hervor. Einige Früchte waren forstgrün, andere schwarz wie Öl, und wenn die Herbstsonne durch die Trauben schien, nahmen sie sogar die Farbe von Honig an.

Raoul bückte sich, um weitere Schattierungen zu entdecken. Er stellte den Eimer ab, der erst zur Hälfte gefüllt war. Der alte Delapont konnte wild werden, wenn einer seiner Erntehelfer heimlich eine Pause einlegte. Aber der Winzer war mit dem Traktor zu seinem Hof unterwegs, um den mit Trauben gefüllten Anhänger zu entleeren.

Delaponts Trauben gehörten zu den Rebsorten Pinot Meunier und Chardonnay, wie Raoul gelernt hatte. Er bewunderte die Lichtsprenkel in den Reben, die Schattierungen von Grün, von den zartesten Sellerietönen bis zum schillerndsten Smaragd. Er streckte eine Hand aus, um die Früchte in der Sonne zu wenden.

Finger schossen durch die Blätter und packten sein Handgelenk. Raoul zuckte zurück, kam frei und fiel zu Boden. Dabei stieß er seinen Sammeleimer um, und die Erntearbeit einer halben Stunde ergoss sich über den Boden.

Auf der anderen Seite der Reben erklang ein helles Lachen. Dann teilten sich die Blätter, und Josette schaute zu ihm herunter. Delaponts Tochter war in Raouls Augen noch viel schöner als die Trauben, die jetzt ihr Gesicht einrahmten. Sie trug wieder das Kopftuch mit den aufgedruckten Blumen, das Raoul so gern an ihr sah.

»Pass auf, dass dich der Geist des Weines nicht erwischt«, sagte sie. Ihre Zähne blitzten, und ihre Haut war mit einem feinen Schweißfilm überzogen. Ihre Augen …

»Was starrst du denn so?«, fragte Josette.

Raoul kam auf die Beine. Das Schönste am Tag war, Josette zu begegnen. Er hatte den Verdacht, dass sie seine Nähe suchte. Immer dann, wenn ihr Vater mit dem Anhänger verschwand, tauchte sie auf. Manchmal sammelte sie an seiner Seite schweigend Trauben. Manchmal plapperte sie drauflos, sodass es Raoul schwerfiel, sich auf seine Arbeit zu konzentrieren. Aber sobald der alte Delapont wieder da war, schien es, als würde Josette Raoul nicht kennen.

»Deine Augen«, wiederholte er, »haben die Farbe von …«

Josette legte eine Hand hinter ihr Ohr und drückte es nach vorn. »Ich höre!«

Was sollte er sagen? Josettes Augen waren schöner als alle Trauben zusammen, die er jemals gesehen hatte. »… dem klaren Himmel über einem rauchblauen See, wenn die Sonne auf einen Baum voller reifer Pflaumen scheint.« Was redete er da?

Das Lächeln auf Josettes Gesicht erlosch. Jetzt schaute sie ihn ernst an. Hatte er sie beleidigt?

»Komm her!«, sagte sie leise.

Raoul kniete sich vor die Wand aus grünen Blättern. Die Wurzel eines Weinstocks drückte schmerzhaft gegen seine

Kniescheibe, aber das störte ihn nicht. So nah war er Josette noch nie gekommen. Er konnte ihre Haut riechen, die Würze ihrer mit Erde, Traubensaft und Blattgrün verschmierten Hände, die sich ihm durch die Blätter entgegenstreckten. Es schien, als wüchse Josette aus den Rebstöcken heraus.

Ein Hupen erklang. Das Geräusch eines Motors wurde lauter. Delapont kam zurück.

Josettes Hände verschwanden.

»Warte!«, rief Raoul. Er war so sehr von Erregung gepackt, dass er glaubte, sterben zu müssen, wenn er die junge Französin nicht sofort küsste.

»Komm heute Abend mit aufs Weinfest«, rief sie, mittlerweile unsichtbar hinter dem Grün. »In Travency auf dem Dorfplatz gibt es Tanz. Alle Erntehelfer sind eingeladen.«

Travency lag zwanzig Kilometer entfernt.

»Wie soll ich dahin kommen?«, fragte er.

»Reite auf einer Maus«, sagte Josette und kicherte. »Oder komm um sechs auf den Hof. Alle, die bei der Weinlese helfen, dürfen im Anhänger mitfahren.«

»Und dein Vater?«, fragte Raoul.

»Der zieht den Anhänger mit seinem Traktor.«

Das Motorengeräusch erstarb. »Josette?« Das war die Stimme des alten Delapont.

»Ich muss los«, sagte sie. »Vergiss nicht: um sechs.« Ein Rascheln war zu hören, gefolgt von dem Geräusch ihrer nackten Füße, die über die weiche Erde liefen. »Ich bin hier, Papa!«, hörte Raoul sie noch rufen.

Dann machte er sich wieder an die Arbeit. Die Trauben ließen sich mit einem Mal viel leichter pflücken.

»Das kommt nicht infrage!« Raouls Vater hieb mit der Faust auf den Tisch. Das Blechgeschirr klapperte. Rasch sammelte Raouls Mutter die Becher und Teller ein. »Du wirst nicht auf dieses Fest gehen. Unter so vielen jungen Leuten gibt es nur Ärger. Hinterher schwängerst du noch eine dieser Französinnen.«

»Celedonio!«, rief Elsa. »Was sind das für Burschikositäten? Unser Sohn ist doch noch ein Kind.«

»Der? Ein Kind? Er wird höchstens eins mit nach Hause bringen. Solche Flausen kann er im Kopf haben, wenn wir wieder in Spanien sind.« Noch einmal schlug Celedonio auf den Tisch, diesmal mit der flachen Hand. »Wenn er Vater wird, werden wir Frankreich womöglich nie wieder verlassen können. Dann wird unser Sohn den Rest seines Lebens als Leibeigener im Weinberg arbeiten müssen, um seinen Balg durchzubringen. Glaub mir, ich weiß, wovon ich rede.«

Es war heiß in der Dachkammer. Raoul saß still über seinen Teller gebeugt und löffelte die dünne Suppe. Er hatte es sich abgewöhnt, mit dem Vater zu streiten. Außer Schlägen brachte das rein gar nichts ein. Es war ein Fehler gewesen, von dem Fest zu erzählen. Aber ohne die Hilfe des Vaters würde er nicht hingehen können.

»Bitte, Vater, leih mir doch deinen Anzug«, versuchte Raoul es noch einmal. »Du bekommst ihn wieder zurück, noch heute Nacht. So, wie ich aussehe, kann ich mich in Travency nicht blicken lassen.« Das stimmte. Raoul trug zu Hause dieselben Hosen und Schuhe wie im Weinberg. Nur das Hemd wechselte er. Es kostete seine Mutter viel Mühe, die Sachen täglich zu säubern. Aber dafür verdiente Raoul endlich ein wenig Geld. Dadurch konnten sich die Martíns jetzt selbst etwas zu essen kaufen und waren nicht länger auf die Almosen der Dorfbewohner angewiesen. Für neue Kleider reichte es allerdings nicht.

»Und was soll das bringen, wenn ich dir den einzigen Anzug gebe, den ich noch habe?«, fragte Celedonio und sah ihn lauernd an. »Glaubst du, damit könntest du bei den Französinnen Eindruck schinden?« Er beugte sich vor und senkte die Stimme. »Ich sag dir mal was, vom Vater zum Sohn: Keine Frau will einen Mann ohne Geld. Schon gar keinen bettelarmen Flüchtling. Da helfen auch keine schönen Kleider. Glaubst du etwa, deine Mutter hätte sich mit mir eingelassen, wenn meine Eltern kein Geschäft an der besten Adresse in Madrid gehabt hätten?«

Elsa lachte kalt. »Das stimmt. Und ich bin immer noch bei dir, weil du so eine gute Partie bist. Sogar hier in Frankreich lebst du an der besten Adresse im Dorf. Gleich neben dem Friedhof.«

Während sich die Eltern anschrien, nahm Raoul die Scheibe Brot, die er zur Suppe bekommen hatte, und verschwand aus der Dachkammer. Er zog die Tür hinter sich zu und ging die Stiege hinunter. Noch auf dem Kirchplatz war das Gebrüll zu hören.

Einen Augenblick lang stand er unschlüssig vor dem Pfarrhaus, kaute auf dem Brot und auf seinen Gedanken. Die Tür öffnete sich hinter ihm, und Pfarrer Gallimard kam heraus. Er trug einen schwarzen Anzug und einen ebensolchen Hut. Er hatte große wasserblaue Augen, war knochig und hatte einen stolzen Gang.

»Gut, dass ich dich treffe, Raoul«, sagte er und suchte nach etwas in der Tasche seines Jacketts. Dabei tat er so, als höre er die Stimmen nicht, die vom Dachgeschoss aus das Haus erbeben ließen. Er zog einen Briefumschlag hervor. »Der ist heute früh angekommen. Für dich. Ich wollte ihn eigentlich zu euch hochbringen, aber der Zeitpunkt erscheint ungünstig.«

Eilig nahm Raoul den Brief entgegen. Der Pfarrer lüpfte kurz den Hut. Dann verschwand er in Richtung Kirche.

Was für ein liebenswürdiger Mann, dachte Raoul. Warum kann mein Vater nicht so sein?

Der Brief war tatsächlich an ihn adressiert. Er war von Miguel. Raoul riss den Umschlag mit dem Fingernagel auf. Die Nachmittagssonne schien auf den Bogen, als er ihn auseinanderfaltete. Er war nur zur Hälfte gefüllt– sein Bruder war noch nie ein Mann vieler Worte gewesen, aber darauf kam es auch nicht an.

Miguel schrieb, er habe die Musterung bestanden und sei in die französische Armee aufgenommen worden. Jetzt diene er in einem Regiment, das ausschließlich aus Spaniern bestand, die schon gegen Franco gekämpft hatten. Weil er in Madrid mit den Franzosen so gut zusammengearbeitet hatte, war er gleich zum Caporal, zum Obergefreiten, ernannt worden. Jetzt leite er eine kleine Gruppe Soldaten, und seinen ersten Sold habe er auch schon bekommen. Er sei in Lille stationiert, weil die Generäle glaubten, die Deutschen würden die Dyle-Breda-Linie im Nordwesten angreifen. Aber da es noch keine Kampfhandlungen gebe, bliebe nichts anderes zu tun, als schöne Mädchen zu verführen.

Im Umschlag lagen zwanzig Franc.

Raouls Herz machte vor Freude einen Sprung. Miguel war auf dem besten Weg, Offizier zu werden. Und er verdiente so viel Geld, dass er zwanzig Franc an seine Familie schicken konnte. Das war großartig. So schnell wie möglich wollte Raoul seinem Bruder antworten.

Was sollte er schreiben?

Dass seine Eltern sich gegenseitig umbringen würden, wenn sich nicht bald etwas änderte? Dass er, Raoul, in denselben Lumpen in die Kirche ging, mit denen er auf dem Weinberg arbeitete? Dass er sein Mädchen nicht ausführen konnte, weil er kein Geld hatte?

Niemals! Der Brief, den Raoul seinem Bruder schreiben würde, musste eine Depesche des Glücks sein. Miguel musste erfahren, dass Raoul alle Zügel fest in der Hand hielt, dass auch er sein Schicksal schmieden konnte, dass die schönste Tochter des größten Weinbauern seine Geliebte war.

Aber so weit musste es erst mal kommen.

Raoul blinzelte gegen die Sonne und schaute zur Kirchturmuhr hinauf. Es war fünf. Wenn er zum Weinfest mitfahren wollte, musste er innerhalb einer Stunde etwas zum Anziehen auftreiben und es darin bis zum Hof der Delaponts schaffen.

Sollte er Miguel etwa schreiben, dass er zu dumm war, sich anständig zu kleiden?

Raouls Blick wanderte von der Kirchturmuhr hinab zum Portal des Gotteshauses. Dort war vor wenigen Minuten der Pfarrer hineingegangen. Tja, der trug einen schicken Anzug, obwohl er kein Mädchen zum Tanz ausführen wollte. Ironie des Schicksals!

Raoul pulte mit einem Finger einen Brotrest zwischen den Zähnen hervor. Wo ein Anzug war, da waren vielleicht auch zwei. Der Geistliche hatte bestimmt einen weiteren im Kleiderschrank.

Würde der Pfarrer seine Kleider verleihen, damit Raoul auf ein Fest gehen konnte? Wohl kaum. Gallimard tat ohnehin schon alles, was in seiner Macht stand, um den Martíns zu helfen. Raoul konnte ihn nicht auch noch um sein letztes Hemd bitten.

Aber vielleicht konnte er es sich ausleihen, ohne dass der Pfarrer etwas davon bemerkte.

Er strich mit der Hand über seinen ausrasierten Nacken und verzog das Gesicht wie vor einer schwierigen Rechenaufgabe. Gallimard war in der Kirche. Und Raoul wusste, dass das Fenster zur Küche des Pfarrers nicht richtig schloss. Er selbst hatte es kürzlich notdürftig repariert. Der Bolzen, den er eingesetzt hatte, ließ sich mit einem Stein wieder herausschlagen.

Was zögerst du noch?, fragte Raoul sich selbst. Du bringst den Anzug doch wieder zurück. Das ist kein Diebstahl. Darfst dich halt nicht erwischen lassen.

Miguel würde nicht so lange zaudern. Der wäre schon längst beim Weinfest. Sein Bruder war tapfer bis zur Tollkühnheit, dickköpfig bis zum Starrsinn und ein gewaltiger Zecher. Und Raoul konnte es ebenso gut. Oder etwa nicht?

Schnell lief er um das Pfarrhaus herum, dorthin, wo im Schatten einer großen Platane das Fenster zur Küche von Pfarrer Gallimard lag.

Der Mond war auf den Kirchturm gespießt, als Raoul vom Weinfest zurückkehrte. Er tänzelte zwischen den Häusern hindurch, bis er den Kirchplatz erreichte. Dann blieb er atemlos stehen und lehnte sich an einen Staketenzaun. Die Holzlatten bogen sich unter dem Gewicht nach hinten.

Raoul hatte weiche Knie von dem vielen Wein, den er getrunken hatte. Er war Alkohol gewohnt. In Madrid hatten er und seine Freunde schon mit zwölf heimlich getrunken. Aber was die Franzosen vertrugen, war unheimlich. Weißer und Roter flossen literweise in diese Leute hinein, ohne dass man ihren Beinen oder Zungen eine Unsicherheit anmerkte. Kein Wunder, dass sie so viel Wein anbauten.

Es gab noch einen zweiten Grund für Raouls weiche Knie. Josette. Die ganze Nacht hatte sie mit ihm getanzt. Noch immer klangen die Töne des Akkordeons und der Mandoline in seinen Ohren. Was für eine Musik! Anfangs war es ihm noch peinlich gewesen, dass er der Einzige war, der die Texte nicht mitsingen konnte. Aber Josette hatte ihm zwei der Lieder beigebracht. In beiden ging es um die Liebe. Als er sie im Arm hielt und im Kreis drehte, sang er ihr ein französisches Liebesgeständnis, das ihre Augen zum Leuchten brachte.

Hinter dem Traktor ihres Vaters hatte er sie geküsst.

Als er daran dachte, schlug er sich die Hand vor den Mund, um nicht laut zu lachen vor Glück. Josette hatte nach Rotwein geschmeckt, nach Brombeeren und Salz. Er hatte sogar eine ihrer Brüste angefasst. Zehn Minuten hatten sie miteinander verbracht, dann hatte der alte Delapont nach seiner Tochter gerufen, und das Stelldichein war vorüber gewesen. Auf dem Rückweg hatte Josette den Platz neben Raoul auf dem Anhänger gesucht und im Dunkeln seine Hand gehalten.

Er konnte es kaum erwarten, sie morgen im Weinberg wiederzusehen.

Doch zuvor lag noch ein anderes Abenteuer vor ihm. Der Anzug musste zurück in den Kleiderschrank des Pfarrers.

Raoul hatte Jacke, Hose und Schuhe unbemerkt aus Gallimards Wohnung herausgeholt. Die Sachen waren ihm zwar etwas zu groß gewesen, aber auf dem Fest hatte sich niemand daran gestört. Am allerwenigsten Josette, und darauf kam es schließlich an.

Jetzt steckte Raoul wieder in seinen Lumpen. Den geliehenen Anzug hielt er zusammengerollt unter dem Arm. Er stieß sich von dem Zaun ab und taumelte um das Pfarrhaus herum. Das Küchenfenster hatte er angelehnt gelassen, aber so gesichert, dass es nicht aufschwingen konnte.

Er fand es so vor, wie er es zurückgelassen hatte. Gut! Gallimard hatte also nichts bemerkt. Es schien auch kein Licht aus der Wohnung. Der Geistliche ging früh zu Bett und stand lange vor Sonnenaufgang auf, um die Morgenandacht vorzubereiten. Normalerweise drang sein Schnarchen bis in die Dachkammer hinauf.

Raoul entsicherte das Fenster und zog es vorsichtig auf. Es knarrte leise. Er lauschte. Aus dem Innern drang nur das Ticken der Küchenuhr. Gallimards Schnarchen wäre ihm lieber gewesen. Er hob ein Bein, um in die Küche zu gelangen. Was ihm am Nachmittag noch leichtgefallen war, erschwerte jetzt der Wein in seinen Adern. Erst nach drei Anläufen war Raoul auf der Fensterbank. Dann glitt er so leise wie möglich in die Wohnung.

Er tastete sich an der Tischplatte entlang durch die dunkle Küche in die Diele. Einmal taumelte er, wurde aber von den Jacken an Gallimards Garderobe aufgefangen. Dann war er im Wohnzimmer, wo der Kleiderschrank des Pfarrers stand.

Geschafft! Noch einmal roch Raoul an dem zusammengerollten Anzug. Frisch war der nicht mehr. Aber da das Fest unter offenem Himmel gefeiert worden war, war auch kein Zigarettenrauch in dem Wollstoff zurückgeblieben. Nur ein Hauch von Parfum.

Etwas klickte. Das Licht einer Stehlampe erleuchtete eine Ecke des Raums. »*Bonsoir*, Raoul. Ich habe lange auf dich gewartet.« Pfarrer Gallimard schaute ihn durch seine großen Brillengläser an.

Raoul sprang zurück. Er wollte davonrennen, aber der Anblick der Gestalt in dem tiefen Sessel lähmte ihn. Wohin sollte er auch fliehen?

Mit zitternden Händen legte er das Bündel auf den Wohnzimmertisch aus poliertem Nussbaumholz. »Ich habe nichts gestohlen«, beeilte er sich zu sagen. »Nur ausgeliehen. Ich wollte den Anzug zurückbringen. Das sehen Sie doch.« Seine Zunge war mit einem Mal gar nicht mehr so schwer, die Worte flogen ihm aus dem Mund. »Bitte, sagen Sie meinem Vater nichts davon. Bitte!«

Der Pfarrer nahm die Kleider vom Tisch und faltete sie auseinander. »Mein Dunkelblauer von Chevria. Du hast einen guten Geschmack, Raoul. Den hat meine Mutter mir geschenkt, kurz bevor sie starb.«

Heiße Beschämung schoss Raoul durch den Kopf und ließ seine Wangen glühen. »Bitte!«, flehte er noch einmal. »Sagen Sie meinem Vater nichts. Vergeben Sie mir!«

»Dir vergeben?«, fragte der Pfarrer. »Das kann nur Gott. Ich bin ein unbedeutender Mann in einem kleinen Dorf. Ich wüsste ja nicht einmal, was ich dir vergeben sollte. Hast du etwa gesündigt?«

»Ich habe ein Mädchen geküsst«, sagte Raoul mit leiser Stimme. »Und ihre Brust angefasst. Dazu habe ich den Anzug ausgeliehen. Gestohlen.« Fühlte er sich wirklich erleichtert, nachdem er die Worte hervorgebracht hatte? Bei der Beichte hatte er noch nie so empfunden.

»Du meinst, du hast die kleine Josette rumgekriegt?« Ein Lächeln umspielte die Mundwinkel des Pfarrers. »Delaponts Tochter?«

Oh Gott! Der Pfarrer und Delapont waren bestimmt Freunde. Und jetzt würde nicht nur Raoul Ärger bekommen, sondern Josette gleich mit dazu. Raoul wollte den Kopf schütteln, um Josette zu verleugnen. Stattdessen nickte er.

»Ich hätte nicht gedacht, dass mein Anzug jemals dabei helfen würde, zwei Menschen glücklich zu machen.« Gallimard hielt das Jackett mit ausgestreckten Armen hoch und sah es mit bewundernden Blicken an. Dann hielt er Raoul den Anzug hin. »Da! Ich schenke ihn dir. Du hast offensichtlich gute Verwendung dafür.«

Raoul rührte sich nicht. Der Pfarrer griff nach seiner Schulter. »Du kannst den Anzug hier bei mir lassen, damit deine Eltern keine Fragen stellen. Deine Mutter begegnet mir ohnehin schon, als sei ich Christus persönlich. Dabei vollbringe ich nur sein Werk.«

Raoul wich zurück. Er fühlte sich benommen. »Danke«, sagte er. Aber das war nur ein Wort. Er fühlte sich von einer so großen Erleichterung durchströmt, dass ihm alles, was er hätte sagen können, zu geringfügig erschien. Er griff nach Gallimards Hand, beugte sich darüber und küsste sie.

Der Pfarrer zog die Hand zurück und lachte laut. »Ich bin

doch kein Bischof! Du gehst jetzt besser, diesmal durch die Tür.«

Raoul drehte sich um. Er fand die Tür im Dunkeln und zog sie auf. Aus der Diele des Pfarrhauses schlug ihm kühle Luft entgegen.

»Eins noch!«, rief ihm der Pfarrer hinterher. Raoul verharrte. »Wenn du den Anzug das nächste Mal brauchst, sag bitte rechtzeitig Bescheid, dann lasse ich ihn von meiner Haushälterin bügeln.«

In dieser Nacht lag Raoul noch lange wach. Er hatte die Arme hinter dem Kopf verschränkt und schaute durch die mit Vogelkot beschmierte Scheibe der Dachluke zu den Sternen hinauf. Er schwor sich, er würde Josette heiraten. Den richtigen Anzug dazu hatte er schon. Und des Segens von Pfarrer Gallimard war er sich sicher. Alles, was er jetzt noch brauchte, war ein wenig Geld, um den alten Delapont davon zu überzeugen, dass seine Tochter in gute Hände kam.

Gleich morgen würde er seinem Bruder schreiben, was sich in Cléry-Sainte-Anne getan hatte. Miguel würde staunen.

Kapitel 12

PARIS, LOUVRE,
DEZEMBER 1939

Er würde bei ihr bleiben, was auch geschah. Bis dass der Tod euch scheidet, fuhr es Pierre durch den Kopf. Langsam hob er die Hände neben ihre Wangen. Dann berührte er den Holzrahmen, der die Mona Lisa einfasste. So dicht an dem Gemälde war der Geruch nach vergehenden Lilien intensiv, aber die anderen konnten ihn vermutlich gar nicht wahrnehmen.

Vorsichtig hob Pierre das Bild von den Haken. Es löste sich sofort von der Wand. Die wichtigsten Gemälde des Louvre waren nur einfach gesichert. Das erleichterte zwar Dieben die Arbeit, aber es half auch denjenigen, die diese Kunstwerke schnell genug abnehmen mussten, wenn ein Feuer im Museum ausbrach.

Pierre drehte sich mit dem Gemälde in der Hand zu Henri Verne und Gaston Récine um. Beide hatten darauf bestanden, dabei zu sein, wenn die Mona Lisa verpackt wurde. Es war Nacht in Paris. Im Museum herrschte Dunkelheit. Récines Handlampe war auf Verne gerichtet. Der Museumsleiter kniete auf dem Boden und hielt den Kasten fest, in dem da Vincis Meisterwerk verschwinden sollte. Aus der Grande Galerie drangen Stimmen herüber und das Quietschen von Kisten, die über Parkett gezogen wurden.

Pierre legte das Bild auf den Boden. Zuvor hatten die

Männer den Raum reinigen lassen und Seidenpapier ausgelegt. Nun war die Kehrseite des Rahmens erkennbar.

»Lassen Sie mich das machen«, sagte Henri Verne und legte den Kasten neben sich ab. »Wenn etwas schiefgeht, sollte ich derjenige sein, der die Mona Lisa zerstört hat.«

Der Direktor trug Baumwollhandschuhe, ebenso wie Pierre und Récine. Er beugte sich über das Gemälde und löste die Verschlüsse des Rahmens. Er hob den Goldrahmen so langsam an wie einen Hochzeitsschleier. Récine nahm ihn entgegen und stellte ihn beiseite.

Vor ihnen lag die Rückseite der Mona Lisa: ein unscheinbares Stück Holz mit einem fingerlangen Riss.

»Was ist das?« Pierre deutete auf die Stelle.

»Das Holz ist gespalten«, antwortete Récine. »Niemand weiß, wann das geschehen ist. Vielleicht bei Leonardos Ritt über die Alpen. Ungefährlich, weil das Holz nicht mehr arbeitet und das Bild nicht bewegt wird. Jedenfalls bis jetzt.«

»Sie meinen, der Riss kann größer werden?«, fragte Pierre erstaunt. Davon hatte er nichts gewusst.

»Nicht, solange Sie es sind, der auf das Bild achtgibt, Colonel«, sagte Henri Verne. »Sie werden es ja transportieren wie ein rohes Ei.«

»Was ist auf der anderen Seite des Risses?«, fragte Pierre.

»Die Stirn der Dame«, antwortete Verne. »Rasch! Legen wir sie in ihr Bett.«

Die Kiste für die Mona Lisa war so klein, dass eine aufgeschlagene Zeitung darin nicht genug Platz gefunden hätte. Das Behältnis war aus poliertem Pappelholz, das Pierre wegen des geringen Gewichts ausgesucht hatte, und besaß einen Griff. Er wollte die Mona Lisa stets bei sich tragen. Jedes zusätzliche Gramm war zu viel.

Der Kasten war mit rotem Samt ausgeschlagen. Verne legte das Gemälde hinein.

»Scheint ihr zu gefallen«, sagte der Museumsleiter, dessen Gesicht im Schein der Handlampe gespenstisch aussah. »Jedenfalls lächelt sie noch immer.«

»Das ist auch besser so«, sagte Récine. »Sie hat nämlich keine Wahl.«

Pierre schaute von einem zum anderen. »Sollen wir?«

Verne und Récine nickten. Pierre legte drei Lagen Seidenpapier über das Bild und schloss den Deckel. Dann ließ jeder der Männer die Verschlüsse an einer der drei Seiten einschnappen. Die Geräusche hallten durch den Saal. Eine feierliche Stille folgte.

»Das wär's dann wohl«, sagte Verne. Seine Stimme klang belegt. »Wird Zeit, dass wir hier fertig werden. Colonel, bringen Sie die Dame nach unten?«

Pierre erhob sich und berührte den mit Goldfarbe lackierten Griff des Holzkastens. Wie leicht das Bild war! Kein Wunder. Das eigentliche Gewicht lag nicht in seiner Hand, sondern lastete auf seinen Schultern. »Natürlich, Monsieur le Directeur«, versicherte er. »Unten wartet schon die Schutzkiste aus Kiefernholz. Darin wird unsere Herzdame zusätzlich gesichert und so schnell wie möglich verladen. Ich fahre im selben Wagen mit. Alles geschieht genau so, wie wir es besprochen haben.«

Der erste Konvoi mit Kunstwerken aus dem Louvre sollte das Château Courtalain ansteuern. Es lag Paris am nächsten. Sollte etwas beim Transport schiefgehen, konnten sie rasch Hilfe aus der Stadt holen. In Courtalain angekommen, sollten die Fahrer und Mitfahrer der fünf Lastwagen die Kunstwerke ausladen. Drei bis vier Tage würden sie dafür benötigen, denn die Schlösser waren weitläufig, und die Objekte mussten tief in die Bauwerke hineingetragen werden. Anschließend sollte der Konvoi wieder nach Paris zurückkehren, um die Fuhre für das nächste Château aufzuladen. Verne, Récine und Pierre würden in jeweils einem der Schlösser bleiben. Der Museumsleiter in Valençay, sein Stellvertreter in Cheverny und Pierre mit den wichtigsten Stücken in Chambord. Verne setzte beim Schutz der Kunstwerke auf Pierres Erfahrung.

»Ich komme trotzdem noch mit runter.« Verne kam ächzend auf die Beine. Je näher der Tag des großen Transports gekommen war, umso unruhiger war er geworden.

Récine lehnte den leeren Rahmen gegen die Wand. »Sie müssen sich an den Gedanken gewöhnen, dass die Mona Lisa nicht länger in Ihrer Reichweite ist, Monsieur le Directeur. Je früher Ihnen das gelingt, desto besser.«

Als Pierre Récine vor einigen Monaten kennengelernt hatte, war der junge Mann gegenüber seinem Vorgesetzten unterwürfig gewesen. Das hatte sich geändert. Seit sie die Kunstwerke verpackten und Henri Verne unter der körperlichen Anstrengung immer kurzatmiger wurde, hatte Récine damit begonnen, auf den alten Museumsleiter hinabzusehen. Verne schien das nicht zu bemerken. Er hatte sich sogar bei Récine entschuldigt, als er die Daru-Treppe nicht im Laufschritt hatte nehmen können, um beim Sichern der Nike von Samothrake Anweisungen zu geben. Hatte zuvor die Hierarchie der Verwaltung die beiden Männer unterschieden, so war es jetzt die körperliche Kraft, die zählte. Von ihr legitimiert hatte sich Gaston Récine zum Chef seines Chefs aufgeschwungen.

Auch diesmal stellte Henri Verne seine eigenen Vorstellungen hinter die Empfehlungen von Récine zurück. »Völlig richtig, Gaston. Ich bleibe hier und schaue, wie es mit dem Floß der Medusa vorangeht.« Das riesige Gemälde von Géricault hatte nicht aufgerollt werden können, weil die Farbe noch nicht getrocknet war. Zwar war das Bild schon hundertzwanzig Jahre alt – alt genug, um vollständig durchzutrocknen –, doch der Maler hatte an einigen Stellen Bitumen auf die

Leinwand aufgetragen, um ein tiefes Schwarz zu erhalten. Das Material trocknete nicht. Da die Leinwand somit nicht gerollt werden konnte, würden die Helfer das fünf mal sieben Meter große Bild aufrecht aus dem Louvre tragen müssen.

»Messieurs!« Laurent Pataille steckte seinen roten Schopf durch die Tür. Er leuchtete mit einer Handlampe in den Saal. Geblendet hoben die drei Männer die Hände. »Pardon!«, sagte Pataille. »General Potard ist unten. Colonel Delort soll sofort zu ihm kommen. Es ist dringend.«

»Schon unterwegs!« Pierre nickte Verne und Récine noch einmal zu. Dann griff er nach dem Kasten aus Pappelholz und folgte Pataille durch die Grande Galerie.

In der Dunkelheit bewegten sich Männer und Frauen durch den riesigen Gang. Die meisten sprachen gedämpft. Die Atmosphäre erinnerte an eine Theaterbühne, kurz bevor sich der Vorhang hebt.

»Hat sich ganz schön verändert, seit wir hier angefangen haben, nicht wahr?«, sagte Pataille, der nun an Pierres Seite durch die Galerie ging und den Lichtstrahl seiner Handlampe umherstreifen ließ.

Der Denon-Flügel des Louvre hatte sich in eine Werkstatt verwandelt. Leitern lehnten an den Wänden. Hämmer, Zangen, Sägen und Nägel lagen im Sägemehl, das den Parkettboden puderte. Mit Staub bedeckte Helfer schliefen auf Füllmaterial aus Watte und Papier. Diesen Männern und Frauen war es nicht nur gelungen, die Kunstwerke des Louvre vollständig zu verpacken. Sie hatten auch noch die Bibliothek des Museums für den Transport vorbereitet. Die Vorstellung, dass die Nazis ein vollständig leer geräumtes Haus vorfinden würden, hatte die Freiwilligen zu Höchstleistungen angespornt.

»Wissen Sie, was ich dachte, als ich zum ersten Mal eine Transportkiste zugenagelt habe?« Patailles Stimme riss Pierre aus seinen Gedanken. »Ich dachte, ich schlage einen Nagel in einen Sarg. Die Gesichter auf diesen Bildern sind so lebendig. Am liebsten würde ich sie alle wieder aus den Kisten befreien.«

Pierre lächelte. Der junge Mann war kunstsinniger, als er ihm zugetraut hatte. »Ich verspreche Ihnen, Pataille, wenn das hier alles vorbei ist, dürfen Sie jede einzelne dieser Kisten persönlich öffnen.« Trotz der Dunkelheit sah Pierre das Grinsen in dem von Sommersprossen übersäten Gesicht des Soldaten.

Alle Bilder des Louvre waren verschwunden, und mit ihnen der Geruch, den Pierre so liebte. Nur die Rahmen waren geblieben. Einige hingen an ihrem Platz, umfassten aber nichts weiter als ein Stück weinrot gestrichene Wand. Andere standen auf dem Boden, zu Stapeln aufgereiht. Überall dort, wo Haken aus den Wänden ragten, waren mit Kreide Ziffern und Buchstaben auf den Putz geschrieben.

»Den Sinn der Kreidezeichen habe ich noch nicht verstanden«, sagte Pataille. »Wozu sind die gut?«

Pierre zuckte mit den Schultern. »Das müssen Sie Doktor Récine fragen«, sagte er. Der Kunsthistoriker hatte ein System ausgeklügelt, das dabei helfen sollte, die Kunstwerke später wieder zurück an die alten Stellen zu hängen. Das war wichtig, da stimmte Pierre ihm zu. Allerdings gefiel ihm die Herangehensweise Récines nicht. Die Zahlen auf der Wand gehörten zu einem Code. Dieser Code war nur Récine bekannt. Wer ihn lesen konnte, dem verrieten die Ziffern, welches Kunstwerk an welcher Stelle gehangen hatte. Mithilfe der Zeichen wollte Récine sichergehen, dass jedes Objekt wieder an seinen alten Platz zurückkehrte, sobald der Krieg vorbei war.

Aber Codes waren dazu da, geknackt zu werden. Und bei der deutschen Abwehr arbeiteten die besten Mathematiker des Deutschen Reichs. Sie würden Récines geheime Zahlen bei einer Tasse Kaffee dechiffrieren können. Obwohl dem Feind damit nur eine Liste der Kunstwerke in die Hände fallen würde, hätte Pierre die Kreidezeichen am liebsten entfernen lassen. »Beeilen wir uns, Pataille«, sagte er stattdessen. »Einen General lässt man nicht warten.«

Über dem Innenhof leuchteten die Sterne. Die Nacht war kühl, aber trocken – gute Voraussetzungen für das Beladen der Lastwagen.

Wo die nur blieben? Alles war vorbereitet. In dieser Nacht sollten die ersten Kunstwerke Paris verlassen. Aber nur die Fuhrwerke, mit denen die letzten Transportkisten angeliefert worden waren, standen im Hof.

»Colonel Delort!« Die Stimme Potards kam aus der Dunkelheit. Die schweren Schritte des Generals folgten. Dann tauchte das vertraute kugelrunde Gesicht auf. Sorgenfalten hatten sich darin eingegraben.

Pierre wechselte den Koffer mit der Mona Lisa von der rechten in die linke Hand und salutierte vor Potard. »General. Sind Sie gekommen, um den großen Moment mitzuerleben?«

»Es wird keinen großen Moment geben, Pierre«, sagte Potard. »Es sei denn, Sie wollen die Louvre-Kunst zu Fuß an die Loire bringen.«

Trotz der Erschöpfung hatte Pierre mit einem Mal das Gefühl, hellwach zu sein. »Was ist los?«

»Der Krieg ist los, Pierre. Er bringt alles durcheinander. Die Armee hat ihre Truppen an die Grenzen verlegt. Generalstabschef Gamelin will die Deutschen in Belgien aufhalten, bevor sie die französische Grenze erreichen.«

»Was hat das mit uns zu tun?«, fragte Pierre.

»Ihre Lastwagen, Colonel, sind auf dem Weg nach Belgien.«

Pierre starrte Potard an. Wenn er keine Lastwagen bekam, war die Arbeit von Monaten umsonst gewesen. Die durchgearbeiteten Nächte, die Mühen der Freiwilligen, der Streit mit Marianne – all das sollte vergebens gewesen sein?

»Unser Generalstab ist ein mit Bordeauxwein und Prahlereien vollgesogener Schwamm«, brach es aus ihm heraus. Er schluckte weitere Beschimpfungen hinunter. »Wir brauchen dreißig Wagen mit geschlossenem Verdeck, sonst wird das hier nichts.«

Potard zuckte mit den Schultern. »Ich habe sie nicht.«

»Lassen sich nicht wenigstens einige besorgen?«, fragte Pierre. »Zwanzig vielleicht?«

»Sie kennen mich, Pierre. Ich überbringe ungern schlechte Nachrichten, ohne nicht wenigstens die Möglichkeit einer Lösung anzubieten.« Potard zupfte sich den weißen Spitzbart. »Ich kann Ihnen sieben Wagen besorgen.«

»Sieben!« Pierre lachte kalt. »Das ist absurd.«

»Ganz recht«, fuhr Potard fort. »Denn die sieben Wagen, die Sie bekommen könnten, fahren nicht. Deshalb hat die Armee sie ja auch zurückgelassen. Der Generalstab hat mir großzügigerweise angeboten, dass ich mit diesem Schrott machen könne, was ich wolle. Es tut mir leid. Mehr kann ich nicht tun. Wollen Sie die Wagen haben?«

Pierres Beine begannen zu zittern. Er ging zu einem der Fuhrwerke hinüber und stützte sich am Kutschbock ab. Der Geruch nach Pferdeäpfeln drang in seine Nase. Übelkeit stieg in ihm auf. Der kleine Kasten in seiner linken Hand schien mit einem Mal zentnerschwer zu sein.

Was sollte er mit Lastwagen, die nicht fuhren? Wer war überhaupt auf die Idee gekommen, den Transport über die Straße abzuwickeln? Das war doch Récines Vorschlag gewesen. Am liebsten hätte Pierre den Doktor am Hemdkragen zu Potard geschleift und verlangt, dass er selbst eine Lösung für diesen Schlamassel fand.

Pierre hieb die rechte Faust gegen das Holz des Kutschbocks. »Wo sind diese Lastwagen?«

Kapitel 13

PARIS, LOUVRE,
DEZEMBER 1939

Pierre sah der Limousine General Potards nach, wie sie durch das Tor des Innenhofs verschwand. Erst als der Wagen den Quai de Louvre erreichte, schaltete der Chauffeur die Scheinwerfer ein. Mit einem tiefen Brummen fuhr der schwarze Peugeot davon.

Der General hatte ihm beschrieben, wo die Lastwagen zu finden waren: auf dem Betriebsgelände der Werke von Renault. Eigentlich hatte der Autohersteller den Auftrag, den Schrott zu zerlegen, um Ersatzteile für die Armee zu gewinnen. Doch Potard hatte sich dafür eingesetzt, dass die Wagen unangetastet blieben. »Beschämend, wie gering der Einfluss eines Mannes ist, dessen Strategie die Beduinenschlacht von al-Mazra entschieden hat«, hatte Potard gesagt und versonnen genickt. »Jedenfalls warten sieben schlafende Riesinnen auf Sie, Colonel. Die Frage ist: Können Sie sie rechtzeitig wachküssen?«

Unter dem kalten Licht der Sterne fühlte sich Pierre mit einem Mal einsam. Gérard – er könnte einen Rat seines Bruders jetzt gut gebrauchen. Pierre schaute zum Nachthimmel hinauf. Ihm war, als sehe er sich selbst hier unten in der Cour Carrée stehen: eine verlassene Gestalt inmitten von umherlaufenden Menschen, die noch nicht wussten, dass sie dabei waren zu scheitern.

In seiner Hand spürte er den Griff des Koffers mit der Mona Lisa.

Er hatte die Verantwortung für die Kunstschätze Frankreichs übernommen. Er würde nicht wegen einiger Lastwagen aufgeben.

»Pataille«, rief er. »Pataille, treten Sie an! Wir haben etwas zu erledigen.«

Eine halbe Stunde später saßen Pierre, Henri Verne und Gaston Récine im Karyatidensaal. Wo vor einigen Wochen noch die Artemis von Versailles die Besucher bezaubert und Marianne ihre Hand nach ihm ausgestreckt hatte, sah es aus wie in einem Schützengraben. Einige hundert Holzkisten standen in der Mitte des Raums. Sandsäcke waren vor den Fenstern gestapelt. Selbst wenn es draußen Tag gewesen wäre, hätte im Louvre Düsternis geherrscht. Über eine Million dieser Säcke hatte Henri Verne angekauft, um die Fenster des Museums zu sichern. Ein Feuer, das ins Innere kroch, würde die uralten Holzbalken des ehemaligen Königspalastes in Flammen aufgehen lassen.

»Sieben Lastwagen, die nicht fahren.« Henri Verne wiederholte die Worte zum dritten Mal. Dabei blickte er auf die Spitzen seiner Schuhe.

Die drei Männer saßen auf Paletten voller Sandsäcke. Pataille stand im Eingang zum Treppenhaus und passte auf, dass niemand hereinkam und die schlechten Nachrichten hörte.

»So geht das nicht«, schimpfte Récine. »Die Armee muss diese Lastwagen für uns reparieren. Die Sicherheit der nationalen Kunstwerke hängt davon ab. Kann das denn niemand in den Renault-Werken erledigen?«

Pierre schüttelte den Kopf. Es lag nahe, die Fahrzeuge direkt in der Fabrik wiederherstellen zu lassen. Aber die Mechaniker waren entweder von der Armee eingezogen worden oder rund um die Uhr mit der Herstellung von Panzern und Geländewagen beschäftigt. Niemand hatte Zeit für einen Haufen Schrott auf Rädern. So hatte es Potard erklärt.

»Wir wären wohl doch besser auf dem Wasserweg gefahren«, sagte Verne. »Es tut mir leid, Colonel. Ich habe die falsche Entscheidung getroffen.«

Récine lief rot an.

Pierre reagierte schnell. »Wir haben uns gemeinsam für die Lastwagen entschieden. Jetzt sorgen wir auch gemeinsam dafür, dass wir sie in Schwung bringen. Messieurs! Statt uns über verschüttete Milch zu ärgern, denken wir lieber darüber nach, wie wir sie aufwischen. Wer kann die Wagen reparieren?«

»Mich dürfen Sie nicht fragen.« Gaston Récine hielt die Hände hoch. »Ich habe an jeder Hand fünf Daumen.«

»Wir brauchen Mechaniker«, sagte der Direktor. »Leute, die aus einem Stück Blech, einer Handvoll Schrauben und ein paar Schläuchen ein Auto zusammenbauen können.«

Pierre nickte und deutete über die Schulter. »Das Haus ist voller Männer, die sich als handwerklich geschickt erwiesen haben. Vielleicht finden wir unter ihnen jemanden. Das wäre das Naheliegende.«

»Aber dann müssen wir vor allen Leuten zugeben, dass die Aktion kurz vor dem Scheitern steht«, wandte Récine ein. »Dann werden vielleicht einige nach Hause gehen.«

Henri Verne stand auf. »Nicht diese Leute. Wir haben in den vergangenen Wochen zusammengearbeitet, gegessen, getrunken und nebeneinander ausgeruht. Wir haben gelacht, geflucht und manchmal sogar geweint. Unser Schweiß hält uns zusammen. Deshalb müssen wir jetzt ehrlich zueinander sein.«

Eine halbe Stunde später blickte der Museumsleiter von der Daru-Treppe auf die unter ihm versammelten Menschen herab und wiederholte seine Worte. Fünfzig Gesichter schauten zu ihm auf. Pierre lehnte mit verschränkten Armen am Treppengeländer und pflückte imaginäre Flusen von seinen Jackenärmeln.

»Jawohl, wir gehen ehrlich miteinander um«, sagte Verne. »Und manchmal tut Ehrlichkeit weh.« Er machte eine Pause. »Die Lastwagen, die uns von der Armee zugesagt wurden, können nicht bereitgestellt werden. Heute nicht und morgen nicht. Überhaupt nicht. Wir können den Louvre nicht evakuieren.«

Einige Helfer erbleichten, andere schüttelten den Kopf. Eine Frau verschränkte die Hände auf dem Haar. Eine weitere löste den Knoten ihres Kopftuchs und fächerte sich damit Luft zu. Ein Mann spie seine Verachtung auf das verstaubte Parkett. Die drei Italiener riefen etwas von *rabbia*.

»Wir geben trotzdem nicht auf«, rief Verne über das Raunen der Enttäuschten hinweg. »Was uns zur Verfügung steht, sind sieben Lastwagen, die nicht fahrbereit sind. Colonel Delort, Doktor Récine und ich hoffen, dass man die Wracks wieder zum Fahren bringen kann. Aber dafür brauchen wir jemanden, der sich mit Motoren auskennt. Ist jemand hier, der Autos reparieren kann?«

Niemand antwortete.

Pierre schaltete sich ein. »Vielleicht hat jemand einen Bekannten, Freund oder Verwandten, der uns helfen kann? Es muss doch jemanden in Paris geben, der Lastwagen instand setzt. Denken Sie nach!«

»Viele Werkstätten haben geschlossen, weil die Mechaniker den Streitkräften folgen mussten«, rief eine tiefe Stimme. Sie gehörte Spartaco, dem Riesen. Er war Gewichtheber und trat in den Varietés am Montmartre auf. Spartaco war sein Künstlername. Wie er wirklich hieß, wusste niemand.

Pierre fluchte im Stillen. Genügte es nicht, dass der Generalstab ihnen die Wagen nahm? Mussten sie auch noch die Mechaniker mitnehmen?

»Aber die Werkstatt des alten Harlé hat noch geöffnet«, brummte Spartaco. »Der ist so tattrig, dass die Armee ihn nicht haben wollte.«

Pierre fühlte sich wie elektrisiert. »Wo liegt diese Werkstatt?«, fragte er.

Die Sonne ging über den Dächern von Paris auf, als Pierre sein Fahrrad an eine Hauswand in der Rue Lamarck lehnte. Die Fahrt nach Clichy hatte seine Müdigkeit vertrieben. Die Herbstluft war kühl und angenehm frisch. *Garage Harlé* stand in verwitterten Buchstaben auf der Fassade. Unter dem Schriftzug öffnete sich die Einfahrt in die Werkstatt wie der Eingang zu einer Höhle.

Pierre betrat eine Halle, die so leer war wie ein Vorortzug um vier Uhr morgens. Auf dem Asphaltboden schimmerten Ölflecken in Regenbogenfarben. Die Wände waren bis auf Brusthöhe mit abwaschbarem Lack überzogen. Allerdings hatte sich noch nie jemand die Mühe gemacht, sie auch tatsächlich abzuwaschen. Eine Zapfsäule mit der Aufschrift *Gazole* war mit schwarzen Handabdrücken übersät. Eine kleine Limousine schwebte auf einer Hebebühne. Niemand war zu sehen.

»Hallo?«, rief Pierre. »Ist jemand hier?« Seine Worte hallten von den Wänden wider.

Hinten in der Werkstatt schlug eine Tür. Schritte näherten sich. Ein Mann in einem zerschlissenen Anzug aus grauer Wolle erschien. Sein Gesicht war vom Alter zerfurcht. Ein Auge hing tiefer als das andere. Nein, dachte Pierre, es ist nicht nur das Auge. Das ganze Gesicht war schief. Erst glaubte Pierre, einen Versehrten aus dem Großen Krieg vor sich zu haben. Dann erkannte er, dass der Mann wohl einen Schlagfluss erlitten hatte.

Der Alte humpelte. Rasch ging Pierre ihm entgegen und

hielt ihm die Hand zur Begrüßung hin. »Ich suche Monsieur Harlé«, sagte er und hoffte, der Alte mochte nur der Großvater des Werkstattbesitzers sein.

»Das bin ich«, sagte der andere und schüttelte Pierres Hand. »Was kann ich für Sie tun, Monsieur?«

»Colonel«, sagte Pierre. »Colonel Pierre Delort. Ich bin im Auftrag des französischen Staates hier, weil ich einen Mechaniker brauche.«

Harlé hob die Schultern. »Sehen Sie einen? Ich nicht. Die Armee hat meine Leute doch schon mitgenommen. Als Entschädigung bekomme ich eine Handvoll Franc und die Ehre, Opfer für Frankreich zu bringen.« Er schnaubte. »Ich habe keine Mechaniker für Sie, Colonel.«

»Pardon, ich habe mich unklar ausgedrückt«, warf Pierre ein. »Ich suche niemanden für den Krieg. Es geht um eine Angelegenheit innerhalb von Paris.« Pierre erzählte von den Lastwagen bei Renault und dass sie für zivile Zwecke gebraucht würden. »Es ist dringend«, setzte er hinzu.

»Ein Colonel braucht sieben alte Lastautos für eine dringende Angelegenheit? Sie machen mich neugierig«, sagte Harlé und legte den Kopf schief.

»Ich kann Ihnen leider nicht erklären, worum es geht. Aber ich würde für Ihre Hilfe mehr bezahlen als nur eine Handvoll Franc.« In Pierres Geist erschien eine absurde Szene, in der Henri Verne dem alten Harlé einen Caravaggio überreichte, um ihn für seine Dienste zu entlohnen.

»Sie müssen wohl noch mehr Truppen nach Norden bringen«, mutmaßte der Werkstattbesitzer. »Sind die Deutschen stärker als wir dachten?«

»Er transportiert Kunstwerke, Papa. Aus dem Louvre.« Die Stimme kam von rechts. Aus dem Fenster der aufgebockten Limousine schaute das Gesicht einer Frau heraus. Einer Frau, die Pierre kannte. Es war Floride, die ihm vor dem Palais Talleyrand das Ventil gestohlen hatte. Floride, die im Louvre beinahe einen Aufstand angezettelt hätte. Floride, die jetzt die Autotür öffnete und von der Hebebühne zu Boden sprang.

Floride Harlé. Wie hatte Pierre ihren Nachnamen vergessen können! Bei der Vorstellungsrunde im Louvre hatte er ihn doch selbst von der Liste abgelesen. Seither war so viel geschehen, dass ein einzelner Name so flüchtig war wie eine Brise, die durch den Innenhof des Museums fegte.

Sie trug wieder den blauen Arbeitsanzug, den Pierre schon im Louvre an ihr gesehen hatte. Jetzt wischte sie sich die linke Hand an einem Hosenbein ab und hielt ihm die schmutzige Rechte entgegen. Dabei lächelte sie herausfordernd. »Colonel Delort. Was für eine Überraschung.«

Pierre griff nach der Hand. Unter der Wärme und dem Schmier spürte er Schwielen. Er packte kräftig zu. Sie erwiderte den Druck. So standen sie sich einen Augenblick lang gegenüber wie Widersacher bei einer Wirtshausrauferei. Schließlich ließ sie als Erste los.

»Weshalb ich hier bin …«, hob Pierre an.

»Ich habe alles gehört«, unterbrach ihn Floride. Sie roch nach nasser Kleidung, Zigaretten und einem merkwürdigen Parfüm. Vielleicht war es auch nur das Maschinenöl an ihrem Hals. »Sie haben wohl auf das falsche Pferd gesetzt, und …«

»Floride«, unterbrach sie der alte Harlé. »Können wir dem Colonel helfen? Er sprach von Bezahlung. Wir könnten das Geld gut brauchen, du weißt ja …«

»Schon gut, Papa. Ich kümmere mich darum.« Sie holte eine Schachtel Zigaretten hervor, zündete eine an und steckte sie ihrem Vater zwischen die Lippen. »Warte im Büro auf mich.«

Harlé nickte Pierre noch einmal zu, kniff die Augen gegen

den aufsteigenden Rauch zusammen und humpelte davon. Floride sah ihm nach. Noch nachdem er nicht mehr zu sehen war, blieb ihr Blick auf die Stelle geheftet, an der er verschwunden war. Erst als sie eine Tür ins Schloss fallen hörte, wandte sie sich wieder zu Pierre um.

»Sie wissen, was ich von Ihnen halte, Monsieur«, sagte sie. Jede Freundlichkeit war aus ihrer Stimme verschwunden.

»Colonel«, verbesserte Pierre.

»Ich kann Ihnen nicht helfen. Sie sehen ja: Unsere Angestellten sind beschäftigt.« Sie deutete mit großer Geste in die leere Halle.

»Und Sie, Floride?« Pierre ließ den Blick an ihrer Montur hinabwandern. »Sie scheinen sich mit Autos auszukennen.«

Sie lachte ein perlendes Lachen. »Auskennen? Ich bin in einem Auto zur Welt gekommen. Und wenn ich irgendwann sterbe, will ich in einem Renault Juvaquatre begraben werden. Durch meine Adern, Monsieur, fließt Benzin, und wenn ich morgens ins Bad gehe, dann mache ich einen Ölwechsel. Trotzdem kann ich Ihnen nicht helfen.«

Pierre sah sie fragend an. In ihrem Gesicht zeichnete sich eine Wildheit ab, die er schon bei ihren vorherigen Begegnungen an ihr bemerkt hatte. »Warum nicht?«

»Das sagte ich doch schon«, blaffte sie. »Sie sind ein Nazifreund. Haben Sie es jetzt verstanden? Sonst wiederhole ich es so lange, bis Sie endlich wissen, wovon ich spreche. Monsieur!«

»Sie halten sich wohl für eine Patriotin«, sagte Pierre mit kalter Stimme. »Was tun Sie denn für Frankreich? Sie verkriechen sich in der Werkstatt Ihres Vaters, statt dabei zu helfen, unsere Kunstschätze vor den Deutschen in Sicherheit zu bringen. Damit spielen Sie den Nazis in die Hände. Vielleicht sind wir uns ähnlicher, als Ihnen lieb ist. Mademoiselle!«

Mit flinken Fingern steckte sie sich eine Zigarette an und

rauchte hektisch. »Warum kommen Sie ausgerechnet zu mir?«, fragte sie.

»Alle anderen Werkstätten sind geschlossen. Wer sich mit Kraftfahrzeugen auskennt, baut in den großen Fabriken Panzer zusammen oder ist auf dem Weg an die Grenze.«

»Dann sind wohl nur noch Alte, Kranke, Frauen und Kinder da«, sagte sie. »Und Sie müssen bei Leuten wie mir betteln gehen.«

»Wenn es das ist, was Sie wollen«, brach es aus Pierre heraus, »dann bettele ich.« Er konnte spüren, wie seine Augen schwer in den Höhlen lagen, als er auf die Knie ging. Etwas Kaltes und Feuchtes drang durch seine Hosenbeine. Er schaut zu Floride auf, mit einer Ernsthaftigkeit, die er zuletzt verspürt hatte, als Gérard begraben worden war.

Sie blickte zu ihm herunter, amüsiert zunächst, doch der Ausdruck in seinem Gesicht ließ ihr Lächeln zerfallen. »Sind Sie verrückt?«, fragte sie. »Was tun Sie da?«

»Ich flehe Sie an, Mademoiselle Harlé, helfen Sie uns!«, sagte Pierre mit fester Stimme. »Hier geht es nicht um mich. Nicht um Sie. Es geht um Frankreich. So wie die Dinge sich entwickelt haben, liegen die Geschicke unseres Landes in Ihren Händen.«

Sie schluckte. Die Zigarette klemmte vergessen zwischen ihren Fingern. »Was für ein Unsinn! Stehen Sie auf, Colonel!«

»Bitte!«, sagte Pierre. Er staunte selbst darüber, wie leicht es ihm fiel, sich zu erniedrigen.

Floride löste den Blick von ihm und schien etwas an der Wand der Werkstatt zu suchen. »Haben Sie gewusst, dass Sie mich hier treffen würden?«, fragte sie.

Pierre schüttelte den Kopf. »Nein«, sagte er. »Das wusste ich nicht.«

Sie schaute wieder zu ihm herunter. »Wenn Sie es gewusst hätten – wären Sie dann hergekommen?«

»Ich wäre sogar dann hergekommen, wenn Sie mein schlimmster Feind wären. Aber ich hoffe, dass Sie das nicht sind.«

Floride zog noch einmal an der Zigarette, dann trat sie sie aus.

»Also gut, ich helfe Ihnen«, sagte sie. »Unter drei Bedingungen. Sie handeln mit meinem Vater einen großzügigen Lohn für die Reparaturen aus. Und Sie kommen für alle Ersatzteile auf, die wir brauchen werden.«

»Was ist die dritte Bedingung?«, fragte Pierre.

»Sie hören endlich auf, den Boden meiner Werkstatt mit ihren Hosenbeinen zu wischen. Los! Suchen wir das Werkzeug zusammen.«

Kapitel 14

PARIS, ÎLE SEGUIN,
DEZEMBER 1939

Die Lastwagen waren nicht schwer zu finden. Sie standen allein auf dem weitläufigen Abstellplatz der Autofabrik von Renault – sieben saharafarbene Elefanten, die sich im kalten Dezemberwind aneinanderdrängten.

Hoffentlich ist es kein Elefantenfriedhof, dachte Pierre.

Die Fabrik lag auf der Île Seguin im Westen von Paris. Auf der Insel in der Seine konnten die Renault-Werke über den Fluss mit Material beliefert werden. Die fertiggestellten Fahrzeuge verließen das Gelände dann über eine der beiden Brücken. Arbeiter schweißten gerade an den Verstrebungen der Übergänge, damit auch Panzer darüber rollen konnten. Funken flogen in hohem Bogen auf wie bei der Probe für ein Feuerwerk.

Floride stellte den Kleinwagen ihres Vaters neben den sieben Lastwagen ab und schaltete den Motor aus. Kaum waren sie und Pierre ausgestiegen, griff der Dezemberwind nach ihnen und ließ ihre Hosenbeine flattern. Hier an der Seine war er kälter als in den Straßen der Stadt. Pierre knöpfte seinen Mantel zu.

Floride schien die Kälte nicht zu bemerken. Sie klappte die Motorhaube eines Lasters auf und inspizierte die Mechanik, ruckelte an Schläuchen und prüfte den Sitz der Verschraubungen.

Pierre ertappte sich dabei, wie er Florides über die Maschine gebeugten Körper betrachtete. Eine Frau in Hosen! So etwas hatte er noch nie gesehen, bis ihm die Mechanikerin begegnet war.

Er lehnte sich neben sie auf das kalte Blech. »Wie lautet die Diagnose?«

»Wenn die anderen Wagen in demselben Zustand sind wie dieser hier, bekomme ich sie wieder flott.« Ihre Stimme hallte aus dem Motorraum des Renault. Sie tauchte daraus hervor und stützte sich auf dem Kühler ab. »Aber wir werden eine Menge Ersatzteile brauchen. Oberon hier hat vermutlich einen Getriebeschaden.«

»Oberon?«, fragte Pierre. »Ist das der Name dieses Modells?« Er schaute auf den Kühlergrill. Darauf war eine Plakette mit der Bezeichnung *AGK1* befestigt.

»Ich gebe Autos Namen«, sagte Floride. »Oder besser: Sie verraten sie mir, wenn wir uns näherkommen. Das hier ist Oberon. Stellen wir uns doch mal bei den anderen vor.«

Eine Stunde später hatte Pierre das Gefühl, in der Kälte erstarrt zu sein. Immer wieder holte er die Hände aus den Taschen und presste sie gegen seine Ohren. Schließlich schlug Floride die Motorhaube des letzten Wagens zu und wischte sich die Hände an den Hosenbeinen ab.

»Den da und den«, sagte sie und deutete auf zwei der Lastwagen, »schlachten wir aus. Mit den Teilen können wir die übrigen fünf zum Fahren bringen.«

»Fünf?«, fragte Pierre erstaunt. »Ich brauche sieben Laster. Eigentlich brauche ich sogar dreißig.«

»Das ist Ihr Problem«, erwiderte Floride. »Wollen Sie die fünf nun oder nicht?«

Am Nachmittag hatte sie den ersten Wagen in Gang gesetzt. Er hieß Dumas, nach dem berühmten Schriftsteller, und war genauso bauchig und voluminös, wie es Alexandre Dumas gewesen sein sollte. Als Floride den Zündschlüssel herumdrehte und Dumas' Motor ansprang, knallte etwas so laut aus dem Auspuff heraus, dass die Arbeiter auf der Brücke für einen Moment innehielten und herüberschauten. Eine blaue Abgaswolke stieg auf und verflüchtigte sich. Floride drehte den Zündschlüssel noch einmal. Diesmal gab es keinen Knall und keine Wolke. Dumas splotzte und tuckerte.

»Schnurrt nicht gerade wie eine Nähmaschine«, sagte sie und schaute Pierre aus dem heruntergelassenen Fenster an der Fahrerseite an. »Aber er läuft.« Sie lehnte einen Arm auf den Fensterholm. »Lust auf eine Probefahrt?«

Eine halbe Stunde später fuhren sie in den Innenhof des Louvre ein. In der Cour Carrée standen Arbeiter in Gräben und schaufelten Erde heraus. Darin sollten die am wenigsten bedeutenden Skulpturen vergraben und mit Grassoden bedeckt werden.

Pierre kletterte aus dem Laster. Die Fahrt hatte ihn durchgerüttelt. Im Innern des Wagens war es so laut gewesen, dass er sich mit Floride nicht hatte verständigen können. Vielleicht war es besser so, dachte Pierre, denn wenn man schwieg, entstanden auch keine Meinungsverschiedenheiten.

Henri Verne und Gaston Récine kamen aus dem Museum. Ihnen folgten Pataille und Spartaco. Die anderen Helfer schliefen vermutlich noch, entweder im Louvre oder in ihren Wohnungen irgendwo in Paris. Es war Nachmittag. Die Arbeit mit den Kunstwerken begann nicht vor Einbruch der Nacht.

Der Direktor überreichte Pierre den Koffer mit der Mona Lisa, über den er vorübergehend die Aufsicht übernommen hatte.

»Ist das alles, was Sie erreicht haben?«, fragte Récine. »Ein einziges Fahrzeug? Noch dazu mit offener Ladefläche?«

Floride ging auf Récine zu und reichte ihm die Hand, die der Kunsthistoriker in einer reflexartigen Bewegung ergriff und schüttelte. Kaum hatte er wieder losgelassen, schaute er angewidert auf seine Finger.

»Ich bin Floride Harlé«, stellte sich die Mechanikerin den Männern vor. »Ich repariere Ihre Lastwagen. Aber dazu brauche ich ein paar Freiwillige, die mir auf dem Gelände der Renault-Werke zur Hand gehen.«

Pierre erklärte die Situation. Die Enttäuschung darüber, dass letztendlich nur fünf Fahrzeuge zur Verfügung stehen würden, war Henri Verne deutlich anzusehen.

»Fünf Wagen in diesem Zustand?« Récine deutete mit der linken Hand auf den gelben Dumas. Die Rechte hielt er abgespreizt, sodass sie seinen Anzug nicht berührte. »Die sind doch nutzlos.«

»Damit können wir zumindest einen Teil unseres Ziels erreichen. Wollen Sie nun evakuieren, oder blasen wir die ganze Sache ab?«, fragte Pierre. Er war müde, schmutzig, durchfroren und von der Mutlosigkeit seiner Mitstreiter enttäuscht. »Muss ich Sie wirklich ununterbrochen davon überzeugen, dass Sie die Zähne zusammenbeißen müssen?«

Henri Verne ging zu dem Lastwagen hinüber und strich über den Kotflügel wie über die Flanke eines Pferdes. »Sie haben recht, Colonel. Wenn der Teufel uns Steine in den Weg legt, räumen wir sie beiseite. Und wenn Gott uns fünf Lastwagen gibt«, er nickte zu Floride hinüber, »und einen schmutzigen Engel dazu, der sie in Bewegung setzt, dann sind wir nicht verzagt. Dann sind wir dankbar. Was benötigen Sie, Madame?«

»Mademoiselle«, verbesserte Floride und schenkte Verne ein Lächeln, bei dem ihre leicht auseinanderstehenden Zähne sichtbar wurden. »Ich brauche drei kräftige Männer, die Auto fahren können. Ich brauche ein halbes Dutzend

Eier, eine Milchkanne aus Blech, einen Stuhl, eine Rolle Seil und eine Tüte getrocknete Erbsen. Wenn jemand Handschuhe hat, vorzugsweise aus Gummi, wäre das hilfreich. Ach ja, und bitte fällen sie einen Baum, eine Kiefer, wenn Sie eine finden können.« Sie machte eine Pause. »Und geben Sie mir drei Tage Zeit.«

Das hatte Floride am Mittwoch gesagt. Es wurde Samstag, Sonntag. Die Helfer des Louvre hockten neben den Kisten, die sie nicht mehr aus den Augen lassen wollten. Wenn einer von ihnen daran zweifelte, dass die Lastwagen kommen würden, so sprach er es nicht aus. Die Zuversicht verlief wie ein unsichtbares Band von einem zum anderen. Sogar Récine schwieg.

Pierre nutzte die Wartezeit, um auszusuchen, wer ihn nach Chambord begleiten könnte. Seine Wahl fiel auf Laurent Pataille und Spartaco, überdies auf den Herrn mit dem flusigen Bart, der, wie sich herausstellte, ein jüdischer Lehrer namens Georges Bersonides war, der mehrere Sprachen beherrschte. Als Fünften in der Runde wünschte sich Pierre den Mann mit dem Krokodilblick. Er hieß Ladislas Lemaisier und unterhielt einen kleinen Kramladen in der Rue de Tournon, wo er auch Radios verkaufte und reparierte. Damit war er wie geschaffen für die Aufgabe, die Funkverbindungen zwischen Chambord und den anderen Schlössern herzustellen.

Pierre suchte seine Mitfahrer auf und fragte jeden, ob er bereit sei, die bedeutendste Kunst Frankreichs in Chambord zu beschützen. Lemaisier stimmte sofort zu. Er wollte seinen Laden ohnehin schließen, wenn die Deutschen kamen. Der Wehrmacht, sagte er mit geschwellter Brust, verkaufe er nicht einen einzigen Bindfaden. Bersonides, der jüdische Lehrer, hatte insgeheim darauf gehofft, in eines der Schlösser fahren zu können. Da er Jude war, wollte er Paris unbedingt verlassen, bevor die Deutschen einmarschierten. Pataille hätte Pierre gar nicht erst fragen müssen.

»Nach Chambord?«, rief er. »Mit Ihnen, Colonel? Mit der Mona Lisa?« Er stand stramm und salutierte. »Zu Befehl, Colonel Delort. Gefreiter Pataille meldet sich bereit.«

In der Nacht zum Montag erklang das Brüllen eines Dinosauriers in der Torzufahrt zum Innenhof des Louvre. Gleich darauf folgte ein weiterer, ebenso schrecklicher Laut. Schließlich polterte eine bellende, hustende Herde gelber Ungetüme in die Cour Carrée. Die Lastwagen hielten in einer Reihe an. Aus den Fahrerkabinen stiegen Floride, Spartaco und Pierre, und Laurent Pataille sprang in hohem Bogen aus dem Fahrerhaus, dass der Kies spritzte. Er putzte sich mit einem Stofftaschentuch die Nase. Der kalte Wind über der Seine hatte allen eine Erkältung verpasst. Aber was war das schon gegen das heiße Hochgefühl, das sie jetzt durchströmte, als die Wagen endlich vor dem Museum standen, bereit, beladen zu werden?

Henri Verne begrüßte die Neuankömmlinge herzlich und erlaubte es sich, die Luft neben Florides Wangen zu küssen. Dann stemmte er die Hände in die Hüften und stolzierte an den fünf Lastern vorbei. »Das ist also unser kleiner Fuhrpark«, stellte der Museumsleiter fest. Er schnalzte mit der Zunge und wandte sich an die Versammelten. »Wissen Sie was? Gut funktionierende Fahrzeuge kann jeder fahren. Wo liegt da die Herausforderung? Was wir hier leisten, ist hingegen einmalig. Davon werden später die Kinder im Schulunterricht erfahren.«

Floride berührte Vernes Arm. »Wir sind noch nicht ganz fertig. Die Wagen sind zwar bis hierhergekommen, aber bevor es weitergeht, müssen wir noch einige Verbesserungen vornehmen. Haben Sie das Material beschafft, um das ich Sie gebeten hatte?«

Pierre schmunzelte. Floride hatte ihm erklärt, was sie vorhatte. Erst hatte er geglaubt, sie wolle Verne und Récine zum Besten halten.

Auf Befehl von Henri Verne rollten zwei Helfer – ein zerzauster Typ mit mächtigem Bart und ein vierschrötiger Kerl mit trägem Blick – einen oberschenkeldicken Baumstamm herbei. Die Kiefer war frisch gefällt, die Äste waren entfernt worden. Die Männer holten noch eine Materialkiste, eine Milchkanne und einen Stuhl herbei und stellten alles vor Floride auf.

»Zuerst kümmern wir uns um Oberons undichten Kühler«, erklärte Floride. Sie öffnete die Motorhaube eines Wagens – obwohl alle ähnlich aussahen, lernte Pierre allmählich, die Fahrzeuge zu unterscheiden – und schraubte den Verschluss des Kühlers ab. Dann befahl sie Pataille mit ihrer hellen, aber energischen Stimme, den Motor anzulassen. Er sprang ins Führerhaus, dass die Karosserie schaukelte. Dafür erntete er einen waschechten Mechanikerfluch von Floride.

Die Helferinnen und Helfer aus dem Louvre hatten sich vor den mit Sandsäcken geschützten Fenstern aufgestellt und warteten gespannt darauf, was Mademoiselle Harlé wohl mit dem ganzen Zeug anfangen wollte, das sie bestellt hatte.

Die Manege gehörte Floride. Prüfend hielt sie eine Hand an Oberons Kühler. Nach einiger Zeit stieg Dampf daraus hervor. Der Motor war warmgelaufen. Floride ließ einen Arm im Motorraum verschwinden und ruckelte an etwas herum. Ein Plätschern war zu hören. Wasser lief unter dem Lastwagen hervor. »Die Eier«, rief Floride und streckte eine Hand aus. Pierre holte die Eier aus der Kiste und gab sie ihr. Eins nach dem anderen schlug Floride am Rand der Kühlers auf, trennte sie und ließ das Eiweiß in das gerippte Gehäuse hineinrinnen. »Jetzt Wasser«, rief sie. »Pataille! Auf mein

Kommando stellst du den Motor ab.« Jemand reichte ihr eine gefüllte Gießkanne aus Zinn. Sie hielt die Tülle über den Kühler. Wartete einen Moment. Noch einen. Mittlerweile quoll eine Rauchfahne aus dem Kühler hervor, deren Geruch Pierre an einen Topf angebrannter Milch erinnerte. Als der Rauch grau wurde, gab Floride das Zeichen. Pataille stellte den Motor ab. Sie goss Wasser in die Öffnung. Es zischte. Der Rauch verfärbte sich grün. Etwas knackte, dann hörte es sich an, als kratze jemand mit den Fingernägeln über Metall.

Der Gestank war entsetzlich. Einige der Beobachter hielten sich die Hände vor die Nase. Pierre wünschte sich die Wohlgerüche einer gut gefüllten Gemäldegalerie herbei. Er sah zu, wie Floride das restliche Wasser in den Kühler goss. Dann ging sie vor dem Auto in die Knie und musterte eine Weile den Unterboden. Schließlich kam sie wieder hoch.

»Dicht«, sagte sie. »Solange wir Oberon keine Bergpässe hinaufjagen, wird das halten. Was haben wir als Nächstes?«

Die Mitarbeiter des Museums verfolgten eine seltsame Vorstellung. In einen der Lastwagen hängte Floride die Milchkanne hinein, füllte sie mit Benzin und verschloss sie wieder mit dem Deckel, in den sie zuvor ein Loch gebohrt hatte. Durch dieses schob sie einen Schlauch, dessen Ende weiter hinten in einem Bodenblech des Lasters verschwand. »So gut wie neu«, kommentierte sie ihre Konstruktion, und Pierre erklärte den Umstehenden, dass damit der durchlöcherte Tank des Wagens ersetzt worden war.

Aus dem Fahrerhaus eines anderen Lasters riss Floride einen zerbrochenen Sitz und montierte mithilfe von Eisenwinkeln und einer Handvoll Schrauben einen einfachen Holzstuhl, der aus einem der Büros stammte. Eine Beifahrertür, die nicht schloss, bekam ein Seil verpasst, dass um das Gestänge der Gangschaltung geschlungen wurde. Es hielt die Tür geschlossen, »solange man nicht im höchsten Gang fährt, dann hängt das Seil durch«, erklärte Floride. Aber das hatte bei der empfindlichen Fracht ohnehin niemand vor.

Als Nächstes war ein schwieriger Fall zu behandeln. Der linke Vorderreifen eines Wagens namens Napoleon verlor ständig Luft. Ein passender Schlauch war nirgendwo aufzutreiben gewesen. Floride steckte ein Stemmeisen zwischen Reifenmantel und Felge und drückte das Werkzeug herunter, bis ein kleiner Spalt entstanden war. Dort hinein schüttete sie die Trockenerbsen, ließ Pierre Wasser aus einer Kanne nachgießen und zog das Stemmeisen wieder heraus. In ein paar Stunden, so erklärte sie, würden die Erbsen zu quellen beginnen. Das würde dem Reifen Halt von innen geben, fast so viel, wie es ein mit Luft aufgepumpter Schlauch getan hätte.

»Woher wissen Sie, dass das hält?«, fragte Récine, der sich eine Hand vor den Mund hielt. Dahinter waren seine Worte kaum zu verstehen.

»Weiß ich nicht«, gab Floride zurück. »Aber wir werden es herausfinden.« Sie schnippte mit den Fingern. »Jetzt die Handschuhe, los, los!« Sie ließ sich die Gummihandschuhe geben, suchte nach dem richtigen Wagen und fand ihn als letzten in der Reihe. Es war Marie Curie, das einzig weibliche Auto in der Runde – nur Floride wusste, wieso. Sie kletterte auf die Stoßstange, steckte die Handschuhe auf die Stäbe der Scheibenwischer und befestigte sie mit Metallklemmen.

»Wollen Sie der SS zuwinken?«, rief einer der Helfer.

»Ich will vor allem sehen, wohin ich fahre«, entgegnete Floride. »Oder wissen Sie, woher wir neue Gummiblätter für die Scheibenwischer bekommen könnten?«

Der Baumstamm kam als Letztes an die Reihe. Spartaco, Pierre und ein weiterer Helfer wuchteten das Stück zum Heck des Lastwagens namens Molière. Dort gab Floride Anweisungen, in welcher Höhe der Stamm an die Karosserie gehalten werden sollte. Die drei Männer versuchten, ihren Aufforderungen nachzukommen, doch das Holz war so schwer, dass sie übereinanderstolperten und es immer wieder fallen ließen. Schließlich winkte Spartaco seine Mitstreiter beiseite, beugte sich über die Kiefer und hob sie allein hoch. Sein Gesicht verfärbte sich, er atmete wie eine Frau in den Presswehen, aber er wankte nicht. Es gelang ihm sogar, mit dem Gewicht auf den Armen in die Knie zu gehen und den Stamm auf zwei Holmen abzulegen, die aus dem Heck des Wagens herausragten. So schnell wie möglich ketteten die anderen das Holz an Molières Hinterteil fest.

Henri Verne betrachtete die Konstruktion und rieb sich die Wange. »Ich verneige mich vor ihrem Einfallsreichtum, Mademoiselle. Aber was soll das sein?«

»Eine Stoßstange«, antwortete Floride und prüfte den Sitz des Kieferstamms. »Die Wagen fahren doch im Konvoi, nicht wahr? Ohne Stoßstange riskieren Sie, dass die Ladefläche bei einem Unfall zusammengeschoben wird.«

Verne schaute auf den Baumstamm, dessen Rinde sich zu hellbraunen Fasern wellte. Er legte eine Hand auf das Holz, so wie ein Arzt es mit der Brust eines Herzpatienten getan hätte. »Eine Stoßstange«, sagte er. »Natürlich.«

Dann lächelte der Museumsleiter in die Runde. Die Männer und Frauen sahen ihn erwartungsvoll an. »Das war es dann wohl«, sagte Verne. »Alles ist bereit, und wir sind erschöpft, erkältet, hungrig und müde.«

Pierre, der auf dem Trittbrett von Dumas saß, musste schmunzeln. Die Stimme des Direktors klang, als kündige er eine Ausstellung im Louvre an. Dabei war genau das Gegenteil der Fall.

»Sie haben Ihr Möglichstes getan«, fuhr Verne fort. »Ich sehe die Anstrengung der letzten Nächte in Ihren Gesichtern. Vermutlich sehe ich ebenso müde aus. Deshalb habe ich schon vor Wochen den Spiegel in meinem Büro von der

Wand genommen.« Aus der Runde drang das langsame Lachen der Erschöpften. »Jetzt muss ich Ihre Kräfte noch einmal in Anspruch nehmen. Danach werden die meisten von Ihnen ausruhen können. Für diejenigen unter Ihnen, die zu den Verstecken fahren, um die Kunstwerke dort zu bewachen, beginnt die nächste Etappe unserer Rettungsaktion. Wenn Gott unserem Land weiterhin zur Seite steht, werden wir es schaffen, den Louvre irgendwann wieder einzurichten. Dafür werde ich beten. *Alors*! Die Kunstwerke sind verpackt, die Wagen stehen bereit. Worauf warten wir noch? Laden wir sie endlich ein!«

Kapitel 15

PARIS, LOUVRE,
DEZEMBER 1939

Napoleon kam als Erster an die Reihe. Pierre setzte den gelben Lastwagen rückwärts an die Museumspforte heran, zog gemeinsam mit Pataille die Bolzen aus der Heckklappe und öffnete die Ladefläche. Sie war voller Mörtelstaub und Sägespäne, die beim Hinaufklettern an ihren Händen und Hosenbeinen haften blieben.

Jemand reichte ihnen Gurte und Seile hinauf. Dann rollten vier Männer eine Kiste aus dem Museum auf einer Sackkarre heran und hievten sie nach oben. Das erste Kunstwerk hatte den Louvre verlassen.

Pierre und Pataille schoben die Kiste über die Ladefläche bis ans Fahrerhaus heran. Dort schlangen sie Gurte darüber und verankerten sie an den Ösen, die in die Ladefläche geschraubt waren. Pierre ruckelte an der Kiste. Sie stand wie eingemauert.

Schon rückte der nächste Behälter heran. Die Männer arbeiteten schweigend. Nach einer Stunde war die halbe Ladefläche voll und Pierre trotz der kalten Nachtluft in Schweiß gebadet. Einer der Helfer reichte ihnen einen Krug Wasser und zwei Gläser hinauf.

Pierre setzte sich neben Pataille auf die Ladefläche. Sie ließen die Beine hinunterhängen und schauten auf den von der Nacht umschmeichelten Louvre.

»Wie lange wird es dauern, bis wir nach Chambord aufbrechen, Colonel?« Der Gefreite trank sein Glas in einem Zug leer.

»Chambord wird als Letztes angefahren«, antwortete Pierre. »Zunächst geht es in die anderen vier Schlösser. Jede Tour dauert eine Woche, alles zusammengerechnet: einladen, hinfahren, ausladen, zurückfahren. Demnach starten wir in einem Monat nach Chambord.« Er sah Pataille an. »Hoffentlich haben Sie dann nichts Besseres vor.«

»Was könnte besser sein, als die Mona Lisa zu beschützen?«, gab Pataille zurück. »Bislang habe ich jedenfalls noch keine Frau getroffen, die ihr das Wasser reichen kann.« Er grinste. »Wie steht es bei Ihnen? Sie haben doch Familie, nicht wahr? War das nicht Ihre Frau vor einigen Wochen hier im Museum?«

»Meine Schwester …«, begann Pierre, vollendete den Satz aber nicht. Im Eingang des Louvre sah er Henri Verne stehen, der ihm zuwinkte. Er stieß sich von der Ladefläche ab und sprang auf den Boden. »Sagen Sie Spartaco, er soll mich hier ablösen«, sagte er im Weggehen.

»Der hat sich seit gestern noch nicht blicken lassen«, mischte sich Ladislas ein, der gerade eine Kiste herantrug. Der Kaufmann mit dem Krokodilblick erklomm die Ladefläche. »Ich übernehme.«

Während Pierre Henri Verne ins Museum folgte, dachte er über Spartaco nach. Hatte der Gewichtheber seine Aufgabe im Louvre als erledigt angesehen und war im Stillen nach Hause zurückgekehrt, wo auch immer das liegen mochte? Auf den Mann mit den Bärenkräften wollte Pierre nicht gern verzichten.

Das Daru-Treppenhaus stand voller Kisten. Sie stapelten sich im Erdgeschoss, auf dem Treppenabsatz und im ersten Stock. Im Schein seiner Handlampe ging Pierre hinter Verne durch eine Landschaft aus Nadelholz und fühlte sich wie ein Zwerg im Architekturmodell eines wahnsinnigen Städtebauers. Zweitausendeinhundertsechzig Kisten. Er kannte die Zahl genau. Einige davon waren klein wie Apfelsinenkartons vom Wochenmarkt in Batignolles, andere so groß, dass vier Männer daran zu tragen hatten. Dazwischen lagen aufgerollte Teppiche, in denen Gemälde steckten. Auf allem prangten die roten Punkte, die nun vor seinen Augen tanzten, wenn die Helfer das Resultat von drei Monaten Arbeit Richtung Ausgang bewegten. Verne führte ihn zu Gaston Récine, der vor ihrem buchstäblich größten Problem stand. Das Floß der Medusa war das einzige Gemälde, das sich nicht hatte aufrollen lassen. Jetzt lehnte es in voller Größe an der Wand. Die schwarzen Flächen mit dem nicht getrockneten Bitumen glänzten im Schein der Lampen. Es war nicht klar, ob das Bild in dieser Form auf einen der Wagen passte, nicht einmal, ob sie es überhaupt aus dem Museum herausschaffen konnten.

»Was fangen wir damit an?«, fragte Henri Verne.

Bevor Pierre etwas sagen konnte, antwortete Récine. »Ist doch klar: Das Bild bleibt hier. Hatten wir nicht von vornherein beschlossen, dass wir nicht alle Kunstwerke mitnehmen können?«

»Wir könnten es ja immerhin versuchen«, versuchte Verne einzulenken.

Récine lachte kalt. »Und das Gemälde dabei zerstören? Ohne mich! Ich sehe das so: Wenn wir es nicht aus dem Museum herausbekommen, werden es die Deutschen auch nicht schaffen. Es ist hier sicher, gerettet durch seine schiere Größe.«

Es war dem Museumsleiter anzusehen, was er von diesem Vorschlag hielt. Hilfesuchend blickte Verne in Pierres Richtung.

»Wenn die Durchgänge des Museums für das Bild zu klein sind, müssen wir sie halt vergrößern«, sagte Pierre.

»Wollen Sie etwa den Louvre beschädigen?«, fragte Récine.

»Besser den Louvre als seine Kunstwerke«, gab Pierre zurück. »Schauen Sie sich mal die Maße an! Das Bild ist hoch, aber schmal. Es würde genügen, eine Rille in den Türsturz zu meißeln. Fünf Zentimeter. Dann können wir es durchschieben.«

In diesem Moment erklang das Dröhnen eines schweren Motors. Pierre ließ die beiden Männer stehen und eilte nach draußen. Unter dem Tor zum Innenhof erschien die Schnauze eines großen dunklen Wagens. Das Fahrzeug blieb mitten in der Durchfahrt stehen, offenbar war der Fahrer nicht sicher, ob es hindurchpasste. Es gab einen Ruck, Metall schrammte über Stein, und kurz darauf kam das Gefährt im Innenhof zum Stehen. Spartaco stieg aus.

Was gab das für eine Begrüßung! Nicht nur Pierre war erleichtert. Helfer strömten herbei, rissen Witze darüber, wo der Gewichtheber so lange gewesen sein mochte, und bestaunten den Lastwagen: ein Ungetüm mit einer Ladefläche, groß genug für einen Wanderzirkus. Und mit einem Verdeck. Pierre hatte das Gefühl, nie zuvor ein schöneres Automobil gesehen zu haben.

Spartaco grinste, und seine großen Augen verengten sich, während er berichtete, dass er die Comédie Française besucht habe. Dort kannte er einige der Schauspieler, die nicht nur in dem berühmten Pariser Theater, sondern auch in Varietés auftraten, dort, wo auch Spartaco seine Kunststücke vorführte. Es habe einige Überredungskunst gekostet, aber schließlich habe man ihm einen Wagen ausgeliehen, eines jener langen Modelle, mit denen die Comédie Française ihre Kulissen transportierte.

Die Rettungsaktion für die Louvre-Kunst verkürzte sich damit um eine Woche, überschlug Pierre rasch. Denn angesichts seiner Größe zählte der Neuzugang so viel wie zwei der kleineren Laster, also standen ihnen jetzt sieben Wagen zur Verfügung.

»Wir wissen, was Sie da treiben«, drang ein Ruf durch die Cour Carrée. Die Stimme kam vom Durchgang her, durch den gerade der Kulissenwagen hereingefahren war. Fünf Gestalten waren dort aufgetaucht. Ihre Silhouetten zeichneten sich unter dem dunklen Torbogen vor den Lichtern der Straßenlaternen ab.

Pierre kniff die Augen zusammen.

»Wenn Sie nicht bei uns registriert sind, muss ich Sie bitten, das Gelände des Louvre zu verlassen«, sagte Henri Verne und ging auf die Gestalten zu.

»Niemand verlässt hier den Louvre«, sagte einer der Männer mit drohender Stimme, »am allerwenigsten Sie mit den Kunstschätzen Frankreichs.«

Pierre überlief es kalt. Waren das Deutsche? Aber die Stimme hatte keinerlei Akzent.

»Diese Gemälde und Skulpturen gehören uns ebenso wie Ihnen«, knurrte ein anderer Mann. »Wer hat Ihnen erlaubt, sie einfach wegzuschaffen?« Jetzt traten fünf Männer aus dem Schatten heraus ins dämmerige Licht der Scheinwerfer. Sie trugen keine Mäntel. Diese Typen sahen nach Ärger aus.

»Wer hat Sie geschickt?«, fragte Pierre.

»Das französische Volk«, antwortete einer, »damit wir euch Semiten zeigen, wer in diesem Land das Sagen hat.«

Faschisten! Es gab sie auch unter den Franzosen. Die PPF, die Parti Populaire Français, hatte seit ihrer Gründung vor drei Jahren viele Anhänger gewonnen. Diese Leute glaubten, dass die Regierung eine Bande von Schwächlingen sei und nur Diktatoren wie Adolf Hitler die Werte der Französischen

Revolution verteidigen konnten. Unter deutscher Führung werde auch das Nationalgefühl Frankreichs wieder erstarken, behauptete die PPF.

»Messieurs«, sagte Henri Verne und breitete die Arme aus. Er hatte die Fremden fast erreicht. »Ihr Interesse am Louvre ist ehrenhaft, und Ihre Sorge um die nationalen Kunstschätze berührt mich. Seien Sie versichert, dass jedes noch so kleine Artefakt aus dem Museum bei uns in besten Händen ist. Wir haben …«

Weiter kam er nicht. Zwei Fäuste packten den kleinen Direktor an den Aufschlägen seines Jacketts und hoben ihn in die Höhe. »Du fasst hier kein Bild mehr an«, rief der Angreifer und schleuderte ihn zu Boden. Verne landete auf dem Pflaster.

Pierre lief zu ihm hinüber. Der Mund des Museumsleiters stand offen, und sein Atem kam stoßweise. »… in vierzig Jahren nicht erlebt«, presste er hervor.

Pierre packte Verne unter den Armen, um ihm auf die Beine zu helfen. Da erhielt er einen Stoß in die Seite, der ihn taumeln ließ.

Zwei der Schläger umkreisten ihn. Pierre ballte die Fäuste und drückte die Ellbogen gegen die Rippen. Er stellte sich schützend vor Henri Verne und duckte sich.

Bevor die Angreifer auf Pierre einprügeln konnten, prallte etwas gegen sie. Handlampen richteten sich auf das Getümmel. Die Unruhestifter stürzten zu Boden, über ihnen stand Spartaco, das weiche Gesicht zu einer Grimasse verzogen.

Jetzt mischten sich auch die restlichen drei Faschisten ein und liefen auf den Riesen zu. Spartaco erwartete die Gegner im Ausfallschritt und verteilte schnelle Faustschläge. Den Hieben der anderen wich er nicht aus. Die Treffer schienen an ihm abzuprallen.

Pierre und Pataille eilten Spartaco zu Hilfe. An ihrer Seite stürzte sich Gaston Récine auf die Faschisten. Schreie hallten durch den Innenhof des Louvre. Wut und Schmerz entluden sich in die kalte Luft.

Schließlich zogen sich die Eindringlinge zurück. Ihnen folgten die Triumphrufe Spartacos und Patailles. Drohungen ausstoßend verschwand der Schlägertrupp unter dem Torbogen.

Pierre fuhr sich mit der Hand über die Haare. Hatte er mithilfe eines Gefreiten, eines Kunsthistorikers und eines Gewichthebers tatsächlich fünf brutale Schläger vertrieben?

»Dieser Spartaco!«, sagte Pataille und wedelte mit der Hand, als habe er etwas Heißes angefasst. »Junge, Junge. Den sollte unser Generalstab mal nach Berlin schicken. Dann wäre der Krieg schnell vorbei.«

Récine hinkte. An seiner linken Wange war die Haut aufgeplatzt. Dennoch lächelte er und strahlte umso mehr, als jetzt die Mitarbeiter des Museums die siegreichen Vier mit Applaus bedachten.

Pierre konnte sich eines Glücksgefühls nicht erwehren. Aber die Faschisten würden wiederkommen. Eine Niederlage wie diese würden sie nicht auf sich sitzen lassen. Die Tore zum Innenhof mussten künftig verschlossen bleiben. Das machte vieles schwieriger.

»Woher wussten diese Leute überhaupt von der Evakuierung?« Récine tupfte sich die aufgeplatzte Wange mit einem Taschentuch. »Hier sind doch alle zum Stillschweigen verpflichtet.«

»Daran bin vermutlich ich schuld.« Floride tauchte zwischen den Wagen auf. »Ich habe meinem Vater erzählt, was hier vor sich geht.« Sie verzog das Gesicht.

»Aber warum sollte Ihr Vater diese Schläger bestellen?«, fragte Pierre. »Ist er ein Faschist?«

»Mein Vater ist krank und ein bisschen verrückt. Mehr

nicht. Aber er plaudert gern mit seinen Freunden beim Pastis. Und einige davon gehören zur PPF.« Ihr Ton war so gelassen wie die Bewegungen ihrer Hände – eine Spur zu gelassen, wie Pierre fand. »Ich fürchte«, fuhr Floride fort, »was hier im Louvre vor sich geht, hat sich herumgesprochen.«

Ein Stöhnen war zu hören. Henri Verne hielt sich mit zitternder Hand an Pierres Schulter fest. »Wenn das so ist, müssen wir den Plan ändern«, sagte der Museumsleiter.

Pierre wusste bereits, was Verne anordnen würde. Es gab nur eine Möglichkeit.

»Der Transport nach Chambord muss als Erster losfahren. Noch vor dem Morgengrauen. Wir müssen die wichtigsten Kunstwerke aus der Stadt schaffen, bevor die Faschisten zurückkehren. Erst danach kümmern wir uns um den Rest.«

Niemand widersprach. Sogar Récine nickte. »Ich sehe da kein Problem, Monsieur le Directeur.«

Ich schon, dachte Pierre. Jetzt blieben ihm nur noch wenige Stunden, um Marianne davon zu überzeugen, Paris mit Jean-Auguste und ihm gemeinsam zu verlassen.

Kapitel 16

PARIS,
DEZEMBER 1939

Pierre lief in den Richelieu-Flügel, wo die Büros untergebracht waren, und stieß die Tür zum Arbeitszimmer Henri Vernes auf. Dort hing ein Telefon an der Wand, dessen schwarzes Bakelit glänzte. Pierre schlängelte sich zwischen Kisten und Papierstapeln hindurch, den Resten der Arbeit der vergangenen Monate. Er befeuchtete seine Lippen und starrte auf die Wählscheibe. Die Ziffern schauten mitleidlos zurück.

Er nahm den Hörer ab, der ein Zentnergewicht zu haben schien, drückte den kalten Kunststoff gegen sein Ohr und wählte Mariannes Nummer.

Dreimal läutete es, dann nahm sie ab.

Sie schien in der Bibliothek gesessen zu haben, dort stand das Telefon. »Pierre«, sagte sie, bevor er sich melden konnte.

»Marianne«, antwortete er. »Es geht los. Wir müssen sofort fahren. Es sind außergewöhnliche Umstände eingetreten.«

Sie lachte kurz auf. »Was für Umstände müssen das denn sein, dass du sie außergewöhnlich nennst?«

Pierre schmunzelte. »Vielleicht geht die Welt unter, zumindest für mich, wenn du nicht mitkommst. Willst du?«

In der Leitung knisterte es. Einen Augenblick lang glaubte Pierre, die Verbindung sei unterbrochen. Dann kehrte Mariannes Stimme zurück.

»Nein, Pierre. Jean-Auguste und ich werden nicht mitkommen. Aber wir werden Paris verlassen, wenn dich das beruhigt. Ich habe mit den Durands telefoniert. Bei ihnen kann ich unterkommen, bis sich alles normalisiert hat.«

Marie und Joseph Durand waren Verwandte der Delorts. Sie lebten auf einem Bauernhof in der Nähe von Limoges und betrieben Milchwirtschaft. Joseph besaß zweihundert Kühe. Marianne und Jean-Auguste würden dort sicherer sein als zwischen Kunstwerken, nach denen die SS suchte.

»Ja«, sagte Pierre schweren Herzens. »Das ist eine gute Idee.« Mehr brachte er nicht heraus.

»Wir sehen uns wieder«, sagte Marianne leise. »Ich schreibe dir nach Chambord.«

»Ich hole dich bei Marie und Joseph ab, sobald die Gefahr vorüber ist«, sagte er und legte so viel Zuversicht wie möglich in seine Stimme.

»Adieu, Pierre«, sagte Marianne wie aus weiter Ferne. Dann kehrte das Knistern zurück.

Pierre spürte etwas in seiner Brust, das heiß war und schwer. Es stieg seine Kehle hinauf und blieb dort stecken. Erst nach einer Weile hängte er den Hörer ein und ging wieder nach unten, dorthin, wo das Herz Frankreichs schlug.

Henri Verne kam auf ihn zu. Der Museumsleiter musterte ihn. Zwar hatte Pierre nie mit ihm über Marianne und Jean-Auguste gesprochen, aber Verne war ein Meister darin, in den Gesichtern von Menschen zu lesen, meist auf Ölgemälden, aber bisweilen auch in denen lebendiger Zeitgenossen. »Alles in Ordnung, Colonel?«, fragte er.

Pierre wollte nicht darauf eingehen. »Das würde ich gern von Ihnen wissen«, sagte er stattdessen und deutete auf Napoleon. Die Ladefläche des Transporters war bis auf den letzten Zentimeter mit Kisten gefüllt. Gerade versuchten einige Helfer, Planen darüber auszubreiten und festzubinden. Pierre mied Vernes Blick. »Was machen wir jetzt mit dem Floß der Medusa?«

»Wir laden es auf den Anhänger der Comédie Française. Wenn das nicht gelingt, besorgen wir uns eine Barke und lassen das Bild auf dem Wasserweg nach Chambord schwimmen. Schließlich geht es um ein Floß.«

»Vorsicht!« »Aufpassen!« Rufe drangen aus dem Eingang des Denon-Flügels. Mehrere Männerrücken waren zu sehen, über ihnen ragte das riesige Bild von Géricault auf. Es war mit Tüchern verhängt und mit Seilen umwickelt. Acht Männer trugen es aus dem Museum heraus. Pierre fasste mit an. Nach zwei Versuchen hatten sie das Gemälde auf dem Anhänger verstaut.

Zum Floß der Medusa gesellte sich die Nike von Samothrake, die mit dreieinhalb Tonnen Gewicht die Kapazitäten der kleineren Lastwagen überstrapaziert hätte. Mehr als zwei Stunden brauchten die Helfer, um die Siegesgöttin, um die ein Bretterverschlag gezimmert worden war, auf den Anhänger zu schaffen. Pierre, dem der Schweiß den Rücken hinunterlief, zog an Seilen, drehte an Kurbeln, schob mit dem Rücken, während seine Füße durch den Kies paddelten.

Die Krönung Napoleons kam auf den Lastwagen namens Dumas – das Gemälde war so groß, dass es selbst aufgerollt kaum zu bewegen war. Dann folgten die Kisten mit den Kronjuwelen und anderen Kostbarkeiten aus der Galerie d'Apollon. Die Truhe mit dem Zepter Karls V. befestigte Pierre neben jener, in der das Reliquiar mit dem Arm Karls des Großen steckte. Eine Reihe von Rubens-Bildern wurde verladen. Maria de Medici hatte die Gemälde im 17. Jahrhundert bei dem berühmten Maler in Auftrag gegeben, um Stationen ihres Lebens für die Nachwelt festzuhalten. Welche Bilder wird man einst von uns finden, fragte sich Pierre, welche Geschichten wird man sich erzählen?

Da Vincis zerbrechliche Kreidezeichnung von Isabella d'Este folgte die Venus von Milo in einer Holzkiste. Für das Gewicht der Statue musste Floride den Flaschenzug verstärken. Zum Schluss luden sie die Fragmente des Athener Parthenonfrieses und das Basler Antependium auf den Wagen, eine goldene Altarverkleidung, die von Kaiser Heinrich II. im Hochmittelalter gestiftet worden war.

Als Pierre die Klappe am letzten Lastwagen zuschlug und sicherte, hatte er den Eindruck, die gesamte Geschichte Europas sei auf den Ladeflächen versammelt. Was würde in Paris zurückbleiben? Ein Loch in der Historie, ein Vakuum, in das sich bald eine neue Geschichte ergießen würde.

Der Moment war gekommen. Laurent Pataille saß bereits hinter dem Lenkrad von Marie Curie und wippte auf dem Sitz. Auch Spartaco und die anderen machten sich bereit, Paris zu verlassen. Sie schüttelten Hände, verteilten Küsse und drückten Schultern.

Récine reichte noch einen Feuerlöscher durchs Seitenfenster von Oberon. Pierre ging zu seinem Fahrrad. In Paris würde er es vorerst nicht mehr brauchen. Aber er war und blieb Colonel der Rad fahrenden Dragoner. Schnaufend wuchtete er das Rad auf die Stoßstange seines Lasters und band es mit Gurten fest. Dann nahm er den kleinen Pappelholzkasten mit den drei Punkten von Henri Verne entgegen. Die Mona Lisa.

»Viel Glück, Colonel Delort«, sagte Henri Verne und drückte Pierres Hand. Récine schloss sich an und verabschiedete Pierre mit ernster Miene.

Pierre winkte den Mitarbeitern zu und schwang sich ins Fahrerhaus von Napoleon. Den Kasten mit der Mona Lisa klemmte er in die Gurte, die unter dem Dach für das Anbringen von leichtem Gepäck gedacht waren. Er prüfte den Sitz des Kastens. Dann drehte er den Zündschlüssel. Der Wagen sprang sofort an. »Napoleon, richtig?«, sagte Pierre zu dem Lenkrad. »Dann zeig mal, ob du wirklich ein Eroberer bist.«

Die Beifahrertür öffnete sich. Floride schwang sich auf die Sitzbank. »Ist hier noch frei?«, fragte sie. »Was schauen Sie denn so? Wollen Sie etwa ohne Mechanikerin auf halber Strecke liegen bleiben? Geben Sie Gas, Colonel Delort!«

Kapitel 17

PARIS,
DEZEMBER 1939

Der Konvoi schlängelte sich durch die Straßen von Paris. Fünf aufeinanderfolgende gelbe Lastwagen und das Ungetüm der Comédie Française rollten nach Osten, so langsam wie die Wintersonne, die bald über der Stadt aufgehen würde. Pierre und Floride fuhren vorneweg. Über Funkgeräte hielten sie Kontakt mit den Fahrern der anderen Wagen.

Das Dröhnen der Laster hallte durch die leeren Straßen. Laternen streuten gelbes Licht auf die Trottoirs. Ein Paar in dicken Mänteln führte einen nassen Dackel aus, der an der Leine zog. Das Trio blieb stehen und staunte dem Zug der gelben Elefanten hinterher.

Pierre wollte die Innenstadt über die Porte de Vincennes verlassen und dann südlich in Richtung Loire abbiegen. Er führte den Konvoi an der Île de la Cité vorbei. Die erleuchteten Türme von Notre Dame grüßten zum Abschied. Vom Beifahrersitz schaute Floride zur Kathedrale hinüber und presste ihren Zeigefinger gegen die von Regentropfen gesprenkelte Fensterscheibe. Weiter hinten, über dem rechten Seine-Ufer, waren die Stände der Bouquinisten zu erkennen, an denen Pierre gern entlangflanierte, um nach alten Drucken Ausschau zu halten. Jetzt waren die Buden unter grünen Planen verborgen und sahen aus wie Schildkröten, die darauf warteten, aus dem Winterschlaf geweckt zu werden.

Noch weiter südlich, den Blicken entzogen, wusste Pierre den Jardin des Plantes, wo er mit Jean-Auguste im Sommer Schmetterlinge gefangen hatte. Und da, vor ihnen im schwachen Licht, ragten die Bronzefiguren an der Place de la Nation auf. Pierre verlangsamte die Fahrt und drehte vorsichtig am Lenkrad. Napoleon legte sich leicht in die Kurve. Schon das war gefährlich. Um keinen Preis durften die Kisten auf der Ladefläche ins Rutschen geraten. Pierre bremste noch mehr ab. Der Lastwagen kroch im Schritttempo um den Platz herum, und schließlich bogen sie auf den schnurgeraden Cours de Vincennes ein.

Der dunkle Laden dort, das war die Patisserie von Rarudée. Pierre kannte sie gut. Denn gleich daneben stand das *Hotel Moderne*, wo er einmal eine Liebesnacht mit einer britischen Fotografin verbracht hatte, die am Tag darauf nach Spanien gereist war, und die er nie wiedergesehen hatte. Die Leuchtreklame des Hotels zog vorüber. Die Erinnerung strich über ihn hinweg wie die Fingerspitzen einer Frau.

»Sie lächeln ja«, sagte Floride. »Das steht Ihnen gut.«

Pierre suchte nach einer Ausrede. »Da im Rückspiegel«, sagte er, und deutete durch das Seitenfenster. »Schauen Sie selbst.«

Weit hinter ihnen reckte der Eiffelturm seine hell erleuchtete Spitze über die grauen Dächer der Stadt. Die zitternden Regentropfen auf dem Spiegelglas verzerrten seine Form zu einem Kaleidoskop. Die Farben der Nacht, des nahenden Morgens und der Lichter von Paris waberten um die schlanke Silhouette herum.

»Wie ein Gemälde, nicht wahr?« Floride schaute auf das Bild, das Paris ihnen bot. »Da möchte man am liebsten sofort wieder umkehren.«

Das rote Licht am Funkgerät leuchtete auf. Von einem

Rauschen begleitet drang Spartacos Stimme aus dem Lautsprecher. »Ich glaube, wir werden verfolgt.«

Pierre nahm das Sprechgerät in die Hand, das an einem Spiralkabel hing, und drückte auf die Taste. »Wie kommst du darauf?« Er schaute in den Rückspiegel. Da war noch immer der Eiffelturm, da waren die Lichter der Stadt und die der folgenden Lastwagen. Das Ende des Konvois konnte er nicht erkennen.

Aus dem Funkgerät rauschte es.

»Vorsicht!«, rief Floride.

Vor ihnen tauchte ein Radfahrer aus der Dunkelheit auf. Pierre bremste vorsichtig ab und blieb stehen. Ins Funkgerät meldete er: »Wir warten einen Moment. Bleibt in den Wagen.« Durch das Tuckern des Motors war der Regen zu hören, der auf das Blechdach der Fahrerkabine fiel. Pierre starrte in den Rückspiegel, wo die Lichter der Scheinwerfer wie an einer Perlenkette hingen. Niemand überholte den Konvoi.

Erneut griff er nach dem Funkgerät. »Spartaco, wie sieht es da hinten aus?«

»Drei Limousinen stehen hinter mir. Sie fahren nicht weiter. Ich kann zwar nicht durch deren Scheibe sehen, aber ich wette, es sind unsere Freunde von der PPF. Sollen wir sie aus den Wagen holen und ihnen noch eine Lektion erteilen, Colonel?«

»Ich bin dabei.« Patailles Stimme krächzte aus dem Lautsprecher.

Pierre schaute Floride an. Sie schüttelte den Kopf. »Wenn es tatsächlich die Faschisten sind, wissen sie inzwischen, mit wem sie sich anlegen. Sie werden Verstärkung mitgebracht haben.«

»Alle bleiben in den Wagen«, rief Pierre in die Sprechanlage. Er schaute durch die Windschutzscheibe auf die dunkle, glänzende Straße. Das Rücklicht des Radfahrers war nur noch ein roter Punkt in der Ferne. Die Scheibenwischer flappten durch Pierres Sichtfeld.

»Was jetzt?«, fragte Floride. »Bei unserem Tempo können wir sie nicht abhängen.«

»Die wollen sehen, wohin wir fahren«, stellte Pierre fest. »Oder dafür sorgen, dass wir gar nicht erst ankommen.«

Oder sie wollen uns dazu bringen zurückzufahren, dachte er. Und das machen wir auch. Aber nicht zum Louvre.

Er griff nach dem Funkgerät. »Georges?«, rief er. »Georges? Sind Sie da?«

»Natürlich, Colonel«, antwortete Bersonides.

»Georges«, sagte Pierre, »hören Sie jetzt genau zu.«

Wenige Minuten später fuhren die gelben Laster wieder los. Pierre führte den Konvoi zu einem kleinen Kreisverkehr an der Porte de Vincennes, fuhr einmal in der Runde und verließ die Rotunde in der Richtung, aus der er gekommen war. Dabei fuhr er an den Limousinen vorbei. Hinter den regennassen Fenstern sah er die bleichen Ovale von Gesichtern, mehr konnte er nicht erkennen. Noch einmal vergewisserte er sich, dass die anderen Lastwagen folgten. Dann trat er aufs Gas und beschleunigte.

Das Marais lag auf halber Strecke zum Louvre. Auch hier waren die Straßen noch unbelebt. Einige Fenster waren erleuchtet. Die Bewohner begannen ihren Tag.

Über Funk ließ sich Pierre von Georges durch das Viertel leiten, bis er auf eine breite Straße gelangte. Dort stellte er den Wagen mitten auf der Fahrbahn ab, zog die Handbremse an und schaltete den Motor aus.

»Sie warten hier«, sagte er zu Floride.

Pierre stieg aus. Er war allein auf der Straße. Den anderen hatte er über Funk befohlen, auf keinen Fall die Fahrzeuge zu verlassen, damit sie im Notfall rasch weiterfahren konnten.

Der Regen durchnässte seine Kleider und lief ihm über

die Stirn. Es war kalt. Pierre hörte seine Schritte in den Pfützen, als er an den Wagen des Konvois vorüberging, und er spürte die Blicke der anderen durch die Scheiben auf sich gerichtet. Trotzdem kam er sich wie der letzte Mensch auf Erden vor, als er an Spartacos Theateranhänger vorbeiging und auf die drei schwarzen Limousinen zuhielt, die dahinter angehalten hatten.

Bei der Ersten angekommen, beugte sich Pierre vor und klopfte gegen die Scheibe. Sie wurde einen Spaltbreit heruntergekurbelt. Das Gesicht dahinter gehörte einem der Schläger aus dem Innenhof des Louvre. Es sah merkwürdig verschoben aus dank einer Schwellung am rechten Auge.

»Verschwinden Sie!«, sagte Pierre drohend. »Wenn Sie uns nicht in Ruhe lassen, werden Sie es bereuen.«

Aus dem Wagen drang Gelächter. Pierre zählte die Stimmen. Fünf Männer. Wenn die anderen beiden Wagen ebenso besetzt waren, hatten sie es mit fünfzehn Faschisten zu tun.

»Was willst du denn machen, Judenfreund?«, dröhnte es aus dem Auto.

»Dasselbe, was wir beim Louvre mit euch gemacht haben. Wir verpassen euch eine Abreibung. Ihr könnt Hitler schreiben, das sei schon mal ein Vorgeschmack auf das, was ihn in Frankreich erwartet.«

Die Fahrertür wurde aufgestoßen. Pierre wich zurück. Fünf Männer stiegen aus. Sie nahmen ihre Hüte ab und warfen sie auf die Sitze der Limousinen. Dann knallten sie die Türen zu. Vier Schläge hallten durch die stille Straße. Auch die Türen der anderen Wagen öffneten sich.

»Ihr wollt euch wohl unbedingt von den Deutschen erobern lassen«, sagte Pierre. Regen lief an seinem Gesicht herab.

»Von dir jedenfalls nicht«, sagte der zuvorderst Stehende. Sein Hemdkragen färbte sich durch die Feuchtigkeit dunkel.

Er zog eine Pistole aus der Jackentasche und hielt den Lauf auf den Asphalt gerichtet.

Pierre versuchte, die Waffe zu ignorieren, und schaute dem Mann trotzig ins Gesicht. »Ihr gehört zu diesen Typen, die sich gern beherrschen lassen, die Befehle brauchen, weil sie selbst nicht denken können.« Er blendete die Vorstellung aus, die Waffe könnte auf ihn gerichtet und abgefeuert werden. »Die Juden werden sich zu wehren wissen.«

Der Schläger hob die Pistole und richtete den Lauf auf Pierres Brust. »Bist du etwa auch einer von denen? He, Michel!«, rief er einem der anderen zu. »Glaubst du, das stimmt? Werden die Juden sich zu wehren wissen?«

Der Angesprochene lachte laut. »Die Juden?«, rief er. »Die wissen ja nicht mal, wo bei ihren Frauen vorne und hinten ist.«

»Die haben doch gar keine Frauen«, rief ein anderer laut. »Nur Ziegen.«

Jetzt näherten sich auch die Männer aus den anderen beiden Limousinen.

»Erschießen wir ihn, oder brechen wir ihm nur die Beine?«, fragte einer.

Pierre schaute zu dem Konvoi hinüber. Hoffentlich verloren die anderen nicht die Nerven. Wenn sie aus den Wagen sprangen, um ihm beizustehen, war alles verloren.

Etwas klapperte. »Was ist denn hier los?«, rief eine Frauenstimme aus einem Fenster der umstehenden Häuser. Im nächsten Moment öffnete sich eine Haustür, und drei Männer traten heraus. Zwei waren vollständig angekleidet, einer trug nur ein Unterhemd. Sie blieben unter einem Vordach stehen und schauten zu den Limousinen hinüber. »Alles in Ordnung da vorne?«, rief jemand.

»Wir sorgen gerade für Ordnung«, rief einer der Faschisten zurück. Es war der Fahrer mit der Prellung im Gesicht. »Zu viele Juden hier in Paris.«

Auch auf der anderen Straßenseite öffnete sich eine Haustür, und einige Männer kamen heraus. Pierre sah die schmächtige Gestalt von Georges Bersonides, der jetzt zur nächsten Tür huschte und darin verschwand.

Die Bewohner der Häuser traten unter den Regenrinnen hervor und näherten sich den Limousinen.

»Was wollt ihr?« Die Faschisten schauten sich um. »Seid ihr etwa nicht gegen Juden?«

»Wir sind Juden«, sagte ein Mann, dessen nachlässig geknöpftes Hemd über einem gewaltigen Bauch spannte. »Oder was glaubt ihr, wer im Marais wohnt?«

»Marais?«, fragte der mit der Pistole und fuhr herum.

Pierre hätte dem Mann die Waffe entreißen können, aber er versuchte, ruhig zu bleiben.

»Wir sind im Marais? Warum sind wir im Marais?«, fragte eine helle Stimme. »Gilbert, du bist doch gefahren.«

»Ich sollte den Lastwagen hinterher«, sagte der Angesprochene schnell. »Das habt ihr andauernd gerufen.«

Die Bewohner der Häuser blieben in einigem Abstand stehen und bildeten einen Kreis um die Faschisten. Niemand sagte etwas, niemand drohte, aber das war auch nicht nötig. Die Schläger von der PPF schauten sich um. Sie waren in der Unterzahl.

Der Rädelsführer hob den Arm mit der Waffe, deren Lauf jetzt in den Himmel zeigte. »Wenn ihr uns nicht in Ruhe lasst, schieße ich«, rief er.

Die Umstehenden rührten sich nicht weiter. Aber sie wichen auch nicht zurück. Stattdessen schauten sie die Faschisten an wie Besucher eines Zoos, die einige besonders interessante Tiere in einem Gehege entdeckt hatten. Die Zeit hielt den Atem an.

»Wir verschwinden«, sagte jemand leise, aber laut genug, dass es alle verstehen konnten. Eine Autotür klappte, dann eine weitere. Die erste Limousine wendete und fuhr in Richtung Innenstadt davon, die zweite folgte. Bevor die dritte startete, kurbelte der Fahrer das Fenster herunter und rief: »Da kann man sehen, wie feige ihr Juden seid. Nur in der Herde fühlt ihr euch stark. Wir werden euch erwischen, wenn ihr allein seid. Von jetzt an schaut ihr besser über die Schulter, wenn ihr durch Paris geht.«

Er ließ den Motor aufheulen, die Kupplung kommen und rutschte im Halbkreis über die nasse Straße. Dreimal plärrte die Hupe, dann preschte der Wagen davon.

Pierre atmete langsam durch. Seine Bauchmuskeln waren verkrampft. Er ging auf die Gruppe der Umstehenden zu. Georges Bersonides war unter ihnen. Alle waren durchnässt. Trotzdem flüchtete sich niemand in die Häuser. Der Triumph hielt warm.

Pierre schüttelte Hände und bedankte sich für die Hilfe. Die Leute waren Nachbarn von Georges, allerdings waren nur vier Juden unter ihnen. Die anderen waren Christen, die das Gepolter der PPF nicht mehr hören konnten und ihre Heimat um keinen Preis an jemanden wie Adolf Hitler ausliefern wollten.

Georges verabschiedete sich von seinen Bekannten und kletterte wieder in den Lastwagen. Pierre kehrte zu Napoleon zurück. Floride saß auf dem Beifahrersitz. Aber auch sie war durchnässt.

»Waren Sie etwa da draußen?«, fragte Pierre, obwohl er die Antwort vor Augen hatte.

»Nur kurz«, sagte Floride.

»Aber ich hatte ihnen doch befohlen, im Wagen zu bleiben. Wenn hier jeder macht, was er will, werden wir niemals in Chambord ankommen.« Pierre merkte, dass er zu derb war, aber er konnte nicht an sich halten. Die Anspannung der letzten Viertelstunde entlud sich.

»Wissen Sie, was wir hier im Wagen haben?«, sagte er laut und klopfte gegen den Kasten aus Pappelholz, der am Himmel der Fahrerkabine hing. »Die Mona Lisa. Und sie war die ganze Zeit allein.« Ihm wurde schwindelig bei dem Gedanken, jemand hätte hereinkommen und das Gemälde mitnehmen können.

Floride funkelte ihn an. Im Morgenlicht wechselten Licht und Schatten auf ihren Zügen. Sie hob einen Schraubenzieher in die Höhe. Nein, das war etwas anderes. Eine Art eiserner Dorn.

»Sie können mich gleich weiter verfluchen«, sagte sie mit drohender Stimme. »Aber erst sollten Sie wissen, wo dieses kleine Werkzeug vorhin gesteckt hat: in jedem einzelnen Reifen der Limousinen unserer Verfolger. Die Luft wird langsam daraus entweichen. Aus dem Marais werden sie noch herauskommen. Aber um uns weiter zu verfolgen, wird es nicht genügen.« Sie ließ den Dorn in ihrem Werkzeuggürtel verschwinden. »Und jetzt können Sie mit Ihrer Standpauke fortfahren, Colonel Delort. Ich bin schon gespannt, was Ihnen noch alles einfällt.«

Kapitel 18

CLÉRY-SAINTE-ANNE,
DEZEMBER 1939

Leblos lag das Dorf im Nebel, der vom Fluss heraufzog. Raoul schloss die Tür des Pfarrhauses hinter sich und ging über den Dorfplatz in Richtung des Wirtshauses *Lion Rouge*. Die Kirche war ein grauer Schemen im Dunst. Nicht einmal den Stand der Sonne konnte er erkennen, aber sie würde ohnehin bald untergegangen sein.

Ebenso wie die Sonne in Raouls Leben. Josette. Bei Tag und bei Nacht dachte er an sie, an ihre vollen Lippen, die zitterten, wenn er sie küsste, an die Sommersprossen auf ihren Wangen und ihren Fingern, an ihre kleinen Zähne und an ihre Augen mit der Farbe von Mondlicht, das auf einen Fluss fällt. Seit dem Weinfest hatten sie sich täglich getroffen, hatten sich im Weinberg einen Schlupfwinkel gesucht, wo sie ungestört waren. Dort hatte er Josettes verschwitzten Leib in den Armen gehalten, und die letzten Trauben waren ihnen in den Mund gefallen. Vor Glück wäre Raoul fast verrückt geworden.

Doch seit einer Woche hatte Josette keine Zeit mehr für ihn. Sie kam nicht mehr zu ihrem Stelldichein im Weinberg. Zunächst hatte Raoul gedacht, ihr sei im Freien zu kalt. Immerhin war es bereits Winter. Wenn er sie aber auf dem Hof ihrer Eltern suchte, war sie auch dort nirgendwo zu sehen. Fragte er die anderen Arbeiter, erhielt er ausweichende Antworten. Irgendetwas war geschehen, und Raoul schien der Einzige zu sein, der nichts davon wusste.

Er suchte nach Erklärungen für Josettes seltsames Verhalten. Eine war, dass Raoul einen Fehler begangen hatte. Vielleicht hatte er sie erschreckt mit etwas, das er gesagt oder getan hatte. Nein, er war sicher, dass eher das Gegenteil der Fall war. Wenn es aber nicht an ihm lag, musste jemand anders dahinterstecken. Ein Rivale? Ausgeschlossen! Josette liebte Raoul, sie war verrückt nach ihm. Also blieb nur ihr Vater. Der Winzer musste dahintergekommen sein, was seine Tochter mit dem spanischen Flüchtling im Weinberg trieb.

Bestimmt hatte der alte Delapont Josette verboten, sich mit Raoul abzugeben. Nur so war ihre plötzliche Zurückhaltung zu erklären. Jetzt blieb Raoul nur eines: Er musste Delapont überzeugen, dass er es ernst meinte mit Josette, dass er nicht der Tagedieb war, für den ihn viele hielten, dass er eines Tages ein wohlhabender Ladenbesitzer in Madrid sein würde – und ein guter Ehemann.

Auf der anderen Seite des Platzes grüßte ihn ein fahles Leuchten: die Laterne des *Lion Rouge*. In dem Gasthaus trafen sich am Freitagabend die Männer des Dorfes und der umliegenden Höfe, um beim Wein über die Ereignisse der Woche zu plaudern. Delapont würde dort sein, mit einem Glas Roten in der Hand, in gelöster Stimmung.

Raoul trug den Anzug von Pfarrer Gallimard. Der Geistliche war der Einzige, der von Raouls Liebe zu Josette wusste, und selbst diesem Vertrauten hatte Raoul nichts von seinem Vorhaben erzählt. Ein Einwand Gallimards hätte seinen schwankenden Mut restlos in sich zusammenfallen lassen.

Aus den Fenstern des *Lion Rouge* drang gelbes Licht. Die Tür wurde aufgestoßen, und zwei Gestalten kamen heraus. Sie riefen Raoul etwas Unverständliches zu und verschwanden schwankend im Nebel.

Bevor die Tür zufallen konnte, hielt Raoul sie fest. Ein schwerer dunkler Ledervorhang trennte ihn von der Gaststube. Er versuchte, seinen Herzschlag zu beruhigen, denn er war sicher, dass die Männer des Dorfes sofort sehen würden, wie aufgeregt er war. Doch der Takt seines Herzens wollte sich nicht verlangsamen, im Gegenteil, er beschleunigte sich noch.

»Tür zu!«, rief jemand von drinnen.

Raoul gab sich einen Ruck und tauchte durch den dunklen Vorhang. In der Gaststube war es ebenso nebelig wie draußen, nur stammte der Dunst im *Lion Rouge* vom Rauch vieler Zigaretten. Sie lagen in den Mulden der Aschenbecher, hingen in den Mundwinkeln der Männer und wippten zwischen Fingern, die Weingläser hielten. Jeder der etwa dreißig Gäste stieß Rauch aus Mund und Nase aus. Raoul hätte es nicht gewundert, wenn auch die Ohren der Männer gequalmt hätten.

Alle sahen ihn an.

Raoul nickte in die Runde, ging zum Tresen und bestellte einen Muscadet. Madame de Chaume, die Wirtin und einzige Frau im Raum, stellte ihm ein Glas hin und lächelte ihm aufmunternd zu. Raoul trank den Wein langsam und schweigend. Als er das Glas geleert hatte, waren die anderen Gäste zu ihren Gesprächen zurückgekehrt.

Ohne zu fragen, schenkte Madame de Chaume nach. Erst wollte er ablehnen, denn das Letzte, für das er sein bisschen Lohn ausgeben wollte, war ein Rausch. Aber da spürte er schon, wie das erste Glas Wirkung zeigte, wie seine Knie aufhörten zu zittern, wie er sich als Teil dieser Dorfgemeinschaft fühlte, wie eine Ahnung in ihm emporwuchs, die Ahnung, dass der alte Delapont Verständnis für ihn aufbringen würde. Schließlich gehörten sie doch beide derselben Spezies an: Sie waren Männer.

Delapont stand mit drei anderen Dörflern weiter hinten an der Theke, redete und trank. Raoul stürzte seinen zweiten Wein in einem Zug hinunter, stellte das Glas ab und ging zu Josettes Vater hinüber.

»Señor Delapont«, sagte Raoul und verbesserte sich sofort. »Monsieur. Kann ich Sie kurz sprechen?«

Delapont schaute Raoul überrascht an. Offenbar fiel dem Winzer nicht sofort ein, wer Raoul war. Dann schien er es wieder zu wissen, denn seine Miene verfinsterte sich. »Du!«, sagte er. »Was willst du hier? Wenn ich dich noch einmal ...« Er verstummte.

»Monsieur Delapont«, begann Raoul erneut und deutete auf einen leeren Ecktisch, »könnten wir unter vier Augen miteinander sprechen?«

Delapont schaute Raoul mit einer Mischung aus Ärger und Belustigung an. Dann griff er nach seinem Rotweinglas und sagte laut, er wolle mal hören, was der junge Stierkämpfer vorzubringen habe. Er ging zu dem Tisch hinüber und ließ sich auf einen Stuhl fallen.

Raoul setzte sich Delapont gegenüber und legte beide Hände auf die verkratzte Tischplatte.

»Also, worum geht es?«, fragte Delapont scharf, stellte sein Weinglas ab und zündete sich eine Ducados an. Ohne Raoul davon anzubieten, steckte er die blau-weiße Zigarettenpackung wieder in seine Hemdtasche.

Raoul atmete tief ein und musste ein Husten unterdrücken. »Um Josette.«

Das Gesicht des Winzers nahm die Farbe des Rotweins an. »Ja?«, fragte er lauernd. Delapont sah aus wie der rote Löwe vom Wirtshausschild draußen.

Raoul wäre am liebsten davongelaufen. Setzte er nicht gerade alles aufs Spiel, was die Martíns in den letzten Monaten erreicht hatten? Die Akzeptanz, das Entgegenkommen, die Freundlichkeit der Dorfbewohner? Jetzt saß er hier, ein Fremder, und begehrte die Tochter des reichsten Mannes in der Gegend. Er war ein Narr!

Ein Narr der Liebe.

»Josette und ich«, sagte er leise, »wir lieben uns. Ich weiß, dass Sie mich für einen armen Schlucker halten. Aber mein Vater ist in Madrid ein bekannter Kaufmann. Und wenn wir dorthin zurückkehren, werde ich irgendwann den Laden übernehmen und Geld haben. Josette würde es gut bei mir haben.«

Grinste Delapont etwa? Jetzt durfte sich Raoul nicht verwirren lassen. So schnell wie möglich sagte er: »Ich halte um die Hand Ihrer Tochter an, Monsieur Delapont.« Ebenso schnell schnappte er sich Delaponts Glas und trank es leer. Dann schaute er, entsetzt von seinem Mut, Delapont aus aufgerissenen Augen an.

Der Winzer starrte zurück, aber nur für einen Moment, dann brach er in schallendes Gelächter aus. »Hört mal alle her!«, rief er so laut, dass Raouls Rippen vibrierten. »Diese abgeschabte Laus will meine Tochter heiraten.«

Jetzt lachte das ganze Lokal. Die Wirtin ließ ihre Goldzähne sehen.

Scham und Zorn keimten in Raoul auf. Aber Delapont war noch nicht fertig.

»Er sagt, sie liebt ihn!«, rief er, um einiges lauter. »Er sagt, sie …« Der Rest ging im Gelächter der Umstehenden unter.

Raoul blieb wie gelähmt sitzen. »Was ist daran so lustig?«, fragte er laut in Delaponts Richtung. »Warum demütigen Sie mich? Können Sie nicht einfach ›Nein‹ sagen?«

Delapont wischte sich die Augen und rief nach mehr Wein. »Mein Junge«, sagte er dann, »du glaubst vielleicht, dass du meine Tochter kennst. Das glauben so ziemlich alle jungen Männer zwischen hier und Orleans. Sie setzt euch

Flausen in den Kopf. Und in die Hose. Und ehe du dichs versiehst, willst du sie zum Altar führen. He! Antoine! Der wievielte Heiratsantrag wäre das für Josette?«

Ein Mann mit einem dunklen Wollschopf hielt vier Finger in die Luft und rief: »Vier. Seit dem Beschnitt der Rebstöcke im März.«

Jetzt hielt Raoul nichts mehr auf seinem Stuhl. Er sprang so abrupt auf, dass er beinahe das Gleichgewicht verloren hätte – oder lag das am Wein? »Lügen! Jeder, der Josette Delapont beleidigt, wird es bereuen.« Er hob die geballten Fäuste.

»Schau an«, rief Delapont zwischen zwei Zügen an seiner Zigarette, »der kleine Torero ist bereit für die Corrida.«

»Der ist doch gar kein Torero«, gab Antoine zurück. »Der ist der Stier. Denn irgendjemand hat ihm Hörner aufgesetzt.«

Raoul hörte das Gelächter nicht mehr, weil er auf Antoine losging.

Das Licht ging aus. Auch die Stimmen erloschen. Plötzlich war es still im *Lion Rouge*. Raoul verharrte in der Dunkelheit.

Die Tür wurde aufgerissen. Ein kalter Luftzug wirbelte durch den Vorhang. Dann rief jemand: »Die Deutschen sind da! Sie greifen das Dorf an!«

Kapitel 19

CLÉRY-SAINTE-ANNE,
DEZEMBER 1939

Alle drängten ins Freie. Es war dunkel und nebelig. Die Laternen auf dem Dorfplatz waren ebenso erloschen wie die Lichter in den umliegenden Häusern.

Nur jenseits des Dorfes, wo die Landstraße verlief, flackerten Blitze auf, von dort waren Rufe zu hören, unterbrochen von dem Geräusch kleiner Explosionen.

»Das ist die Wehrmacht«, rief der alte Delapont. »Holt die Gewehre! Wir treffen uns hier wieder. Dann heizen wir den *Boches* ein.«

Raoul rannte zur Kirche. Er wollte zu seiner Familie. Er hörte mehr, als dass er sah, wie sich die Türen der umliegenden Häuser öffneten und Frauen in den Nebel fragten, was los sei. Rufe erklangen von vorn, Rufe erklangen von hinten, Schritte kamen von allen Seiten.

Raoul legte den Kopf schief und lauschte in die Richtung, in der die Blitze zuckten. Diese Stimmen …

»Franzosen!«, rief Raoul über den Dorfplatz. »Das sind Franzosen, keine Deutschen.«

Kurz darauf war ganz Cléry-Sainte-Anne vor sechs Lastwagen versammelt, die am Rande des Dorfes mitten auf der Landstraße angehalten hatten. Ein Dutzend Männer und eine Frau waren aus den gelben Fahrzeugen ausgestiegen und schauten, ebenso wie die Dorfbewohner, zu den Überlandleitungen hinauf, in denen sich die hoch aufragende Fracht eines der Laster verfangen hatte. Wie sich herausstellte, war der Wagen so unglücklich in die Stromkabel gefahren, dass er weder vor- noch zurückgesetzt werden konnte, ohne die Masten umzureißen.

Was genau sich auf der Ladefläche befand, konnte Raoul nicht erkennen, da große grüne Planen alles bedeckten. Es schienen Kisten zu sein.

»Was transportieren Sie da?«, fragte er einen der Fahrer. Weiter hinten sah er, wie die Dorfbewohner mit den Fremden darüber diskutierten, was mit den Stromleitungen zu geschehen habe.

Der Fahrer, ein ungewöhnlich großer Mann mit einer Melone, schwieg einen Moment zu lange. Er muss erst überlegen, was er mir erzählen soll, dachte Raoul.

»Wilde Tiere«, sagte der Große schließlich. »Wir sind vom Zirkus. Sehen Sie dort die hohe Kiste? Da ist unsere Giraffe drin.«

Raoul hatte schon Wanderzirkusse gesehen. Stets wurden die Tiere in offenen Käfigen transportiert, damit sie Luft bekamen. Über die Kisten auf diesen gelben Lastwagen waren Planen gebreitet. Wären Tiere darunter gewesen, hätten sie Lärm gemacht, und auch der Geruch wäre unverwechselbar gewesen. Welches Geheimnis fuhren diese Leute über die nächtlichen Straßen des Loiretals?

Noch immer sprühten Funken von der Leitung und fielen wie ein Regen aus Licht auf die Straße. Delapont schickte zwei Leute los, um Traktoren von seinem Hof zu holen. Mithilfe der Frontlader hofften die Dorfbewohner, die Leitungen anheben und den Lastwagen befreien zu können, ohne dass die Stromversorgung im Dorf zusammenbrach.

Während alle auf die Traktoren warteten, standen die

Fremden und die Dorfbewohner in Gruppen beisammen und redeten aufeinander ein.

Wollten denn die anderen gar nicht wissen, wer sich hier in der Dunkelheit an Cléry-Sainte-Anne vorbeischleichen wollte? Raoul schaute sich um. Niemand achtete auf ihn.

Er ging zur Rückseite eines der Lastwagen. Die Ladefläche war durch eine Klappe gesichert. Sie zu öffnen würde Lärm verursachen. Raoul stellte sich auf die Stoßstange, um auf die Ladefläche zu klettern. Dabei stellte er fest, dass die Stoßstange durch einen Baumstamm ersetzt worden war. Das wurde ja immer merkwürdiger.

Er schwang sich auf die Ladefläche, fand dort aber kaum Platz, denn die Planken waren bis auf den letzten Zentimeter beladen. Er duckte sich und wollte eine der Planen anheben, doch sie war fest verschnürt. Er holte das Taschenmesser hervor, das Miguel ihm geschenkt hatte und das er stets bei sich trug, und suchte nach einer Leine, die er durchschneiden konnte. Er musste unauffällig vorgehen. Löste er die falsche Verbindung, mochte der Wind die Planen hochheben und den Fahrern signalisieren, dass auf der Ladefläche etwas nicht in Ordnung war.

Während sich Raoul durch die Dunkelheit tastete, konnte er hören, wie sich die Fahrer und Dorfbewohner unterhielten.

»Wir hätten aus dem Vorfall bei der Brücke lernen müssen«, sagte eine Stimme. Das musste einer der Fremden sein. »Eine Stunde ist das her«, fuhr der Mann fort, »da wären wir beinahe in einer Unterführung stecken geblieben.«

»Das wird die Eisenbahnbrücke bei Travency gewesen sein«, sagte Delapont. »Ein Wunder, dass Sie mit Ihrer Ladung darunter durchgekommen sind.«

»Sind wir ja gar nicht,« sagte ein jüngerer Mann. »Colonel Delort hat die Wagen über den Damm geleitet. Als wir über die Schienen gefahren sind, wären die … wäre die Ladung beinahe ins Rutschen geraten.«

»Colonel? Sie sehen nicht gerade aus wie ein Regiment der Streitkräfte«, stellte Delapont fest. »Was haben Sie da eigentlich geladen? Und wohin fahren Sie so spät noch?«

»Wir kommen aus Paris«, sagte der als Colonel Angesprochene.

Delort. Raoul meinte, diesen Namen schon einmal gehört zu haben, konnte sich aber nicht erinnern, wo das gewesen sein könnte. Der Gedanke zerfaserte, als er endlich eine geeignete Leine ertastete. Mit einer Hand zog er daran, mit der anderen schnitt er sie durch. Die Plane erschlaffte.

»Aus Paris«, wiederholte Delapont. Er musste bemerkt haben, dass Delort seine Fragen nicht beantwortet hatte. »Wollen Sie in dieser Erbsensuppe weiterfahren?«, fragte Delapont. »Im Wirtshaus gibt es genug Gästezimmer für Sie und Ihre Leute.«

Während der Colonel ablehnte und die Dorfbewohner über den Zustand der Straße im Osten befragte, tastete Raoul unter der Plane an einer Holzkiste entlang. Was mochte darin verborgen sein? Er suchte nach einem Deckel, nach Scharnieren. Aber da war nichts. Die Kiste schien zugenagelt worden zu sein.

Enttäuscht kletterte Raoul vom Wagen herab. Da fiel sein Blick auf eine Silhouette auf einem der anderen Laster. Im Funkenregen erkannte er, dass etwas Hohes, Schlankes unter der Plane verborgen war. Wie eine Kiste sah das nicht aus.

Er schlich an der Seite der Ladefläche entlang, stieg auf einen Kotflügel und zog sich hoch. Die Plane war direkt vor seinem Gesicht. Vorsichtig setzte Raoul das Messer an und schnitt einen ellenlangen Spalt hinein. Er ließ die Klinge in seiner Hosentasche verschwinden und weitete den Spalt mit den Händen, während er versuchte, auf dem Kotflügel das

Gleichgewicht zu halten. Wenn jetzt jemand um den Wagen herumkam, würde er sich eine gute Ausrede einfallen lassen müssen.

Unter der Plane war es dunkel. Raoul drehte das Segeltuch so, dass das Licht der Leitungsblitze hineinfallen konnte.

Zuerst glaubte er nicht, was er sah. Beim nächsten Blitzen war er sicher, dass ein riesiges Gemälde auf der Ladefläche stand. Das größte Gemälde, das Raoul jemals gesehen hatte. Er beugte sich so weit wie möglich vor, fast steckte er den Kopf durch den Spalt. Brauntöne waren zu sehen und etwas glänzend Schwarzes. Dazwischen – Raoul fuhr zurück – schaute er in das Gesicht einer Leiche, grün angelaufen und mit offenem Mund schien der Tote in den Himmel zu starren. Die Blitze flackerten erneut und tauchten das entsetzliche Antlitz in gespenstisches Licht.

Raoul sprang von dem Kotflügel herunter. Um ein Haar hätte er aufgeschrien. Wer fuhr so spät ein so seltsames Bild durch das Tal der Loire, noch dazu ein Gemälde von solchen Ausmaßen? Was mochte in den Kisten verborgen sein? Auf jeden Fall eine Fracht von Wert. Was sollte sonst die Heimlichtuerei?

Raoul kam ein Gedanke. Wenn er an eine der Kisten, eine kleine vielleicht, herankäme, könnte er deren Inhalt zu einem hohen Preis verkaufen! Bestimmt für zehntausend Franc, vielleicht sogar mehr. Dann würde der alte Delapont ihn als Schwiegersohn akzeptieren und aufhören, Lügen über Josette zu verbreiten.

Ein guter Einfall, aber … Raoul schaute zu dem mehrere Meter hohen Gemälde hinauf. Er brauchte etwas Kleineres. Die Beute musste handlich sein. Und er musste sich beeilen, denn durch den Nebel waren jetzt Motoren zu hören. Die Traktoren kamen. Viel zu früh! Die Zeit würde nicht reichen. An den Inhalt der Kisten kam er so schnell nicht heran.

Aufgeben wollte er seinen Plan aber nicht. Wenn er die Beute nicht mitnehmen konnte, musste er sie halt im Auge behalten. Raoul beschloss, sich zwischen den Kisten auf der Ladefläche zu verstecken. Dann würde er schon herausfinden, was es mit dem geheimnisvollen Konvoi auf sich hatte.

Sein Herz schlug schneller, als er sich wieder auf die erste Ladefläche schwang und unter die losgeschnittene Plane schlüpfte. Der Motorenlärm wurde lauter, dann folgten Rufe, als die Traktoren die Überlandleitungen sicherten, schließlich ein Knacken und Krachen. Nach einiger Zeit – Raouls Füße waren bereits taub von der Kälte – wackelte der Wagen, als Fahrer und Beifahrer sich auf die Sitze schwangen. Die Zündung klackte ein paar Mal, dann startete der Motor. Ein Ruck, und es ging los.

Raoul klammerte sich fest und versuchte, an nichts anderes zu denken als an Josette.

Kapitel 20

BERLIN, HAUS VATERLAND AM POTSDAMER PLATZ,
SILVESTER 1939

Der Mann mit dem Cowboyhut zog seine Colts, wirbelte sie in den Händen herum und ließ sie mit einer fließenden Bewegung ins Holster zurückgleiten. Dann tippte er sich grinsend an die Krempe seines Stetson und fragte die Hardefusts, ob sie noch etwas trinken wollten. Die leeren Champagnergläser räumte er ab und verschwand mit der Bestellung zwischen den tanzenden Paaren.

In der Silvesternacht war das *Haus Vaterland* am Potsdamer Platz bis in den letzten Winkel gefüllt. Zwar gehörte es nicht mehr der jüdischen Familie Kempinski, sondern einem Industriellen und Parteimitglied, aber es war auch nach der Arisierung das geblieben, als das man es seit zehn Jahren kannte: der größte Amüsiertempel Berlins.

In dem riesigen Gebäude mit der markanten Kuppel waren Attraktionen wie eine spanische Bodega, ein japanisches Teehaus und ein türkisches Café untergebracht. Kellnerinnen bedienten je nach Thema eines Lokals als Bauchtänzerinnen, Geishas oder Revuegirls verkleidet. Besonders gefragt war das Restaurant *Rheinterrasse*, durch dessen Scheinfenster die Gäste einen Blick auf eine künstliche Flusslandschaft genossen. Stündlich gingen zu den Klängen einer Wagner-Oper elektrische Wolkenbrüche, Blitz und Donner über der Rheinkulisse nieder.

Die Hardefusts hatten nur noch Plätze in der Wild-West-Bar bekommen. Zwar hatten sie kein Faible für Cowboys und Goldsucher, aber die imperialistischen Amerikaner lagen ihnen eher als die Orientalen mit ihren fliegenden Teppichen. Außerdem wollten Curt und Ursula in der Silvesternacht nicht auf ein gesellschaftliches Ereignis wie das im *Haus Vaterland* verzichten.

Ein überlebensgroßes Bild Adolf Hitlers hing im Girlandenkranz von der Decke. Darunter tanzten die Paare: die Damen in teuren Abendkleidern aus glänzender Seide, die Herren im Frack.

Curt hatte eine Hose aus fließendem Stoff gewählt, eine angenehme Abwechslung zur strammen SS-Uniform. Dazu trug er eine grüne Seidenweste und eine dunkelrote Seidenkrawatte mit weißen Querstreifen. Ursula hatte sich für ein elegantes Kleid aus roter Seide entschieden, das, hätte es einen Wettbewerb gegeben, den Preis für das abenteuerlichste Dekolleté des Abends gewonnen hätte.

Curt genoss die Bewunderung der Männer an den anderen Tischen, die immer wieder versuchten, heimlich zu Ursula hinüberzuschauen, und, wenn sie dabei erwischt wurden, finstere Blicke ihrer Begleiterinnen ernteten.

»Guten Abend«, sagte jemand neben ihnen.

Curt grüßte geistesabwesend. Ihn kannte hier so ziemlich jeder. Er selbst konnte sich oft nicht an die Namen und Gesichter erinnern, die an ihm vorbeizogen.

Jemand räusperte sich geräuschvoll. Jetzt schaute Curt hin.

Dieses Gesicht kannte er nur zu gut.

Albert Speer rückte seiner Frau Margarete einen Stuhl am Nebentisch zurecht und ließ sich dann selbst nieder. Er warf den Hardefusts einen unangenehmen Blick zu.

Ausgerechnet Speer, Hitlers oberster Architekt! Seit Curt

der SS den Vorschlag unterbreitet hatte, das Modell des neuen Berlin um ein internationales Kunstmuseum zu ergänzen, war er im Ansehen der obersten Nazis aufgestiegen. Für Albert Speer aber war er zu einer Unperson geworden, einem Dilettanten, der versuchte, sich in Gefilde aufzuschwingen, in denen er nicht würde atmen können, weil die Luft dort für Sterbliche zu dünn war. Albert Speer war es gewesen, der das Modell von Germania geschaffen hatte. Hardefust hatte seine Arbeit kritisiert – und verbessert.

Curt erwiderte Speers Blick. Freundlichkeit zu heucheln, lag ihm nicht. Hier zählte nur der Stärkere. Höflichkeit war etwas für Befehlsempfänger.

Der Architekt beugte sich zu seiner Frau und sagte etwas zu ihr, während er zu den Hardefusts herübersah. Curt beschloss, sich nicht irritieren zu lassen. Zum Glück setzte gerade die Kapelle wieder ein. Die Sängerin hatte Mühe, sich gegen die Bläser zu behaupten und kreischte mehr, als dass sie sang. Irgendwie passte das zu der Ausgelassenheit im Saal. Curt hatte schon vor seiner Zeit in Paris Silvester im *Haus Vaterland* gefeiert, aber angesichts des Krieges schien es noch hemmungsloser zuzugehen als früher. Vermutlich spürten die Leute, dass jedes Fest ihr letztes sein konnte. Er versuchte, der Situation zu entkommen, indem er Ursula zum Tanz aufforderte. Sie lehnte ab mit dem Hinweis, dass gleich der Champagner serviert werde, und den wolle man doch nicht schal werden lassen.

Die Getränke kamen. Die Hardefusts prosteten sich zu, dann beugte Ursula sich zum Nebentisch und rief einen Trinkspruch zu den Speers hinüber. Was sie sagte, war belanglos. Von Belang war hingegen Albert Speers Blick auf die Tischdame seines Feindes. Er lächelte sie sogar an und hob verlegen sein Glas, um ihr zuzuprosten. Dann sagte seine Frau etwas zu ihm, und er löste den Blick von Ursula.

Curt lachte laut und kniff Ursula verschwörerisch in die Hüfte. Was für eine Frau! Würde sie an Adolf Hitlers Stelle das Reich führen, hätte Deutschland längst die Weltherrschaft errungen.

Sie nippten am Champagner. Dabei drückte sich Ursula eng an ihn und biss in seinen Hals, während ihre Finger durch sein Haar wühlten. Erregung ergriff von ihm Besitz, gepaart mit Scham. Die Speers starrten zu ihnen herüber. Curt klammerte sich an der Tischkante fest, während Ursulas Zunge die empfindliche Stelle hinter seinem Ohr kitzelte. Sie schnaufte: »Ich bin gleich wieder da«, stand auf, nahm ihre Handtasche und verschwand in Richtung Toilette. Er blieb atemlos zurück und schaute ihr nach. Sie hatte den geölten Gang, den Frauen sich schon als Mädchen antrainierten. Wo ihre Zunge gewesen war, spürte er Speichel an seiner Haut. Er wischte ihn nicht weg.

Albert Speer erhob sich und kam zu ihm herüber. Was sollte das werden? Jetzt stemmte sich Hitlers Architekt mit den Händen auf den Tisch. Aus den Ärmeln seines weißen Smokings ragten dunkel behaarte Hände. Sie gehörten einem Künstler, keinem Schläger.

»Sie haben meine Germania verschandelt«, rief Speer über die Musik hinweg. »Mit einem rückwärtsgewandten Museum in einem Entwurf der Zukunft. Wenn ich könnte, würde ich Sie dafür zum Duell fordern. Aber ich werde eine andere Möglichkeit finden, Sie zu vernichten, verlassen Sie sich drauf.«

Curt lehnte sich zurück. »Wollen Sie den Bau etwa verhindern? Der Reichskanzler hat ja schon gesagt, dass er das Museum unbedingt haben will. Glauben Sie etwa, Sie stehen über dem Führer?«

»Den Führer mögen Sie auf Ihrer Seite haben«, fuhr Speer fort. »Aber Hermann Göring nicht. Und wenn es um die

Kunst Frankreichs geht, ist der Dicke der Erste, der seine Hand danach ausstrecken wird. Und wenn die Statuen und Gemälde des Louvre in Görings Privatsammlung verschwinden? Womit wollen Sie Ihr Museum dann bestücken?« Curt nahm sein Glas und hob es an die Lippen. Die Bewegung gelang, ohne dass er vor Zorn zitterte. »Dann wollen wir doch mal sehen, wer zuerst in Paris ist. Göring oder ich.«

Die Replik war schwach, das wusste Curt, aber was sollte er sagen, wenn jemand wie Albert Speer einen der mächtigsten Nazis heraufbeschwor. Curt konnte nichts gegen Hermann Göring sagen, und wenn er es getan hätte, so wäre Speer sofort zum Reichsmarschall gelaufen und hätte ihm davon berichtet.

»Ist sonst noch was?«, fragte er und schaute zu Speer hinauf. »Ich würde jetzt gern Silvester feiern.«

Empört hob der Architekt eine Hand und reckte einen Finger in die Luft. Wie ein Oberlehrer, dachte Curt.

Mit einem Mal stand Ursula neben Speer. »Halten Sie das mal!«, sagte sie und drückte ihm ihr mit Pailletten besetztes Handtäschchen in die Finger. Dann griff sie nach den Trägern ihres Kleides und zog daran herum. Speer schaute nur ganz kurz hin, dann heftete er den Blick an die Decke.

Curt genoss die Unterbrechung.

Speer versuchte, Ursula die Handtasche wiederzugeben, doch sie zupfte noch immer an ihrem Kleid. »Moment noch«, sagte sie.

Warum legt er die Tasche nicht einfach auf den Tisch?, fragte sich Curt. Wäre wohl zu unhöflich für einen so feinen Mann. Er lachte innerlich. Speer war Gefangener seines eigenen Standesdünkels.

»Diese verdammten Strumpfbänder«, fluchte Ursula. »Nur mal kurz die Nase pudern, schon verrutscht alles.« Sie beugte sich zum Saum ihres Kleides hinab und zog es an der

Seite hoch. Ihre perfekten Waden wurden sichtbar, dann ihre muskulösen Schenkel, in rauchblaue Strümpfe gehüllt.

Curt wusste nicht, wohin er zuerst schauen sollte: auf den verwirrten Albert Speer, auf dessen empörte Gattin Margarete, auf die belustigten Gäste an den anderen Tischen oder auf das Bein seiner Frau. Ursulas Strumpf erschien ihm als die beste Wahl. Er verfolgte das Spiel ihrer Finger an ihrer Unterwäsche und stellte sich vor, was er später selbst damit anstellen würde. Er allein.

Alle Macht der Welt würde er dagegen eintauschen. Das Glück der Überheblichen durchströmte ihn und brachte ihn wieder zum Lachen.

Ursula lächelte ihm zu. Dann ließ sie den Stoff fallen und entriss Speer die Handtasche. »Was gibt es da zu glotzen?«, blaffte sie ihn an und ließ Hitlers Stararchitekten stehen.

Erst jetzt schien Speer zu bemerken, dass er allein auf der Bühne war und das Publikum ihn erwartungsvoll ansah.

»Setz dich endlich!«, zischte seine Frau.

Die Kapelle spielte wieder auf. Früher hatte im *Haus Vaterland* Swing auf dem Programm gestanden. Weiße Musiker waren mit Schuhwichse im Gesicht als Louis Armstrong And His Hot Seven aufgetreten. Diese Zeiten waren vorbei. Heute spielte man hier nur deutsche Schlager. »Du lächelst wie die Mona Lisa«, krakeelte die Sängerin verzerrt durchs Mikrofon. Die SS-Offiziere klatschten im Takt und sangen den Refrain mit.

Noch einmal forderte Curt Ursula zum Tanz auf, diesmal erfolgreich. Bevor sie die Tanzfläche erreichten, kam der Cowboy auf sie zu und hielt Curt ein Tablett entgegen, auf dem ein Briefkuvert lag. »Telegramm für Sie, Herr Obersturmbannführer.« Aus dem Mund des lächerlich verkleideten Mannes klang es wie ein Spottname.

»Jetzt?«, fragte Curt überrascht.

Bevor er nach dem Kuvert greifen konnte, hatte Ursula es schon von dem Tablett gefischt. Sie riss es mit der Spitze eines ihrer langen Nägel auf. »Lass mich mal sehen, wer uns einen glücklichen Jahreswechsel wünscht.«

Curt versuchte, ihr das Papier wegzunehmen, doch sie wich zurück und kehrte ihm den Rücken zu. Sollte sie ihren Spaß haben! Es war Silvester. Das Letzte, was er jetzt wollte, war eine verstimmte Gattin.

Sie wandte sich wieder zu ihm um und fächelte sich mit dem Telegramm Luft zu. Sie lächelte, strahlte regelrecht. Curt ging das Herz auf. »Was steht drin?«, fragte er.

»Gute Nachrichten aus Paris« antwortete Ursula. »Von unserem Freund Jacques Doriot.«

Der Faschistenführer hatte sich gemeldet? Ursula und Curt waren zwei Mal bei Doriot zu Gast gewesen. Zwar waren die französischen Faschisten viel zu nachgiebig, um es mit der NSDAP aufnehmen zu können, aber sie eiferten den Deutschen nach, und das war hilfreich. Was wollte Doriot am Silvesterabend von ihm?

»Zehn«, rief die Sängerin durchs Mikrofon.

»Neun«, antwortete der Saal.

»Die PPF war im Louvre«, sagte Ursula. »Sie haben gehört, das Museum sei evakuiert worden.«

»Acht. Sieben.«

»Und?«, fragte Curt, dem mit einem Mal der Schweiß ausbrach. Er warf Albert Speer einen schnellen Blick zu.

»Sechs. Fünf.«

Ursula senkte den Blick und schaute ihm tief in die Augen. »Es ist alles an seinem Platz. Der Louvre wartet darauf, dass du ihn in Besitz nimmst.«

»Vier. Drei«

»Und Paris wartet auf mich«, fuhr sie fort.

»Zwei.«

Mit einer eleganten Handbewegung riss sie das Telegramm in Fetzen und ließ die Schnipsel zu Boden regnen.

»Eins.« Der Saal versank in Getöse.

Ursulas Arme legten sich um Curts Nacken, sie küsste ihn. »Frohes neues Jahr, Herr Botschafter«, hauchte sie.

Teil II

Da Vincis Albtraum

Kapitel 21

Château Chambord,
Neujahr 1940

Das Wasser war so kalt, dass es in den Armen schmerzte, wenn man sich damit wusch. Pierre trocknete sich mit einem steifen Leinentuch ab, das aus mehr Löchern als Stoff bestand. Dann schaute er in den blinden Spiegel, der über dem Waschtisch angebracht war, und sagte zu seinem Gegenüber: »Das Leben in einem Schloss hast du dir wohl anders vorgestellt, mein Guter.«

Er zog sich das Hemd an, ließ die Hosenträger auf seine Schultern schnappen, schlüpfte in die graue Wollweste und warf sich den dunkelblauen, zweireihigen Wintermantel über die Schultern.

Die Silvesternacht in Chambord war kurz gewesen. Als er den Gesellschaftsraum des Gesindehauses betrat, war die kleine Feier zum Jahreswechsel noch immer im Gange. Pataille spielte ein Lied auf seiner Mundharmonika – Pierre erkannte *Le Paradis Perdu* von Lucienne Deyle – und Floride summte die Melodie weinselig mit. Die anderen waren auf ihren Stühlen und in ihren Sesseln zusammengesunken. Aus dem Berg, der Spartaco war, drang ein bedrohlich klingendes Schnarchen hervor, dass sich in Patailles Mundharmonikaspiel mischte.

Pierre lächelte. Dieser Neujahrsmorgen begann friedlich, obwohl alle Zeichen auf Krieg standen.

Drei Tage zuvor hatte der Konvoi Chambord erreicht. Der Zwischenfall auf der Landstraße bei Cléry-Sainte-Anne war glimpflich verlaufen, vor allem dank der Hilfe der Dorfbewohner. Die Lastwagen hatten die letzten fünfzig Kilometer ohne Zwischenfälle zurückgelegt und waren schließlich durch das große Südtor des Schlosses auf den Innenhof gerollt.

Früh am Morgen war das gewesen, zwanzig Minuten nach zwei, doch im Château waren die Fenster erleuchtet. Scheinwerfer strahlten den Hof aus, und der Marquis und seine Bediensteten empfingen die Gäste aus Paris genau so, als sei es helllichter Tag. Das Schlosspersonal, sieben Frauen und zwei Männer, hatte sich vor dem Eingang des Hauptgebäudes aufgestellt. Mit ihnen erwarteten der Marquis und seine beiden kleinen Töchter die Transporter mit der wertvollen Fracht.

Kaum war der Wagen zum Stehen gekommen, hatte sich Pierre gegen die Rückenlehne des Sitzes fallen lassen. Dann hatte er sich Floride auf dem Beifahrersitz zugewandt und ihr die rechte Hand hingehalten. »Danke für die Hilfe«, sagte er. »Ohne Sie wären wir jetzt nicht hier.« Selbst im gedämpften Licht der Hoflampen konnte Pierre erkennen, dass Floride seine Hand spöttisch musterte. Statt sie zu ergreifen, stieß sie sich die Handkante gegen die Stirn. »Colonel Delort!«, rief sie. »Melde gehorsamst: Befehl ausgeführt. Mission erfolgreich abgeschlossen.« Dann lachte sie und streckte die Arme nach ihm aus. Dabei lehnte sie sich zu ihm herüber, denn das Fahrerhaus von Napoleon war groß, und zwischen ihnen ragte ein Metallbuckel auf, unter dem der Motor tuckerte. Pierre erkannte, dass er zu förmlich gewesen war, und beugte sich Floride entgegen. In einer umständlichen Bewegung umarmten sie sich. Pierre spürte ihren Atem an seinem Ohr, und erst jetzt wurde ihm die Bedeutung des Moments vollends bewusst. Sechs Monate hatten sie darauf hingearbeitet, die Kunst des Louvre in Sicherheit zu bringen – jetzt waren sie endlich am Ziel.

Floride löste sich von ihm, und Pierre stellte den Motor ab. In der plötzlichen Stille hörte er eine Autotür schlagen und Pataille etwas mit euphorischer Stimme rufen.

Pierre zog den Kasten mit der Mona Lisa aus der Halterung am Himmel der Fahrerkabine, strich über das Holz, als wäre es der Stoff eines Kleides, und öffnete die Tür. Es wurde Zeit, dass er sich dem Marquis vorstellte. Als er den Kies unter den Schuhen spürte, fühlte er sich wie ein Seemann, der nach langer Reise im Hafen angelandet war.

Seine Mitstreiter hatten ebenfalls die Fahrzeuge verlassen, streckten die Glieder, schlugen sich gegenseitig auf die Schultern und sahen sich neugierig um. Mit der Mona Lisa unter dem Arm ging Pierre auf den Marquis und das Empfangskomitee zu. Vor den wuchtigen Mauern des Schlosses wirkten die Menschen davor klein wie Käfer.

Der Marquis war ein schlanker Mann von mittlerer Größe. Er hatte kleine Augen mit schweren Lidern. Sein Gesicht war vom Alter zerfurcht, doch sein gescheiteltes Haar war noch immer dunkel und zeigte keinerlei Spuren von Grau. Es war unmöglich zu sagen, wie alt der Schlossherr war. Trotz der Kälte empfing er die Gäste im Dinnerjackett und mit einem Lächeln, das eher zu einer Vernissage gepasst hätte als zu einer Geheimaktion in einer Winternacht.

Pierre schüttelte eine harte, trockene Hand, und die Männer stellten einander vor. Prudent de Valantin hieß die Retter der Louvre-Kunst in seinem Schloss willkommen, auch im Namen der Bediensteten und seiner Töchter Camille und Louise. Die Dame des Hauses war nicht zu sehen.

»Sie haben eine Menge Personal«, sagte Pierre, nachdem er auch den Kindern die Hände geschüttelt hatte. »Direktor

Verne muss vergessen haben, mir gegenüber zu erwähnen, dass so viele Leute in Chambord arbeiten.« Und dass jeder Einzelne ein Mitwisser ist, dachte er.

Der Marquis schien die Besorgnis aus Pierres Worten herauszuhören. »Direktor Verne trifft keine Schuld. Bei unseren Verhandlungen im Sommer waren hier nur drei Leute angestellt. Die Köchin, der Gärtner und Serge, unser Mann für alles. Aber vor drei Monaten ist meine Frau gestorben, und sie war es, die sich hier um alles gekümmert hat, was man gemeinhin Alltag nennt. Seither brauche ich einen ganzen Stab von Leuten, der all das erledigt, was sie allein bewerkstelligt hat.«

»Das tut mir leid«, sagte Pierre. »Es muss ein großer Verlust für Sie sein.«

De Valantin lächelte traurig. »Danke für Ihr Mitgefühl. Ich war sicher, dass Sie Verständnis für meine Lage aufbringen. Falls Sie Zweifel an der Loyalität meiner Leute haben, kann ich Sie beruhigen: Jeder der hier Versammelten hat einen Eid darauf geschworen, niemandem etwas von dem zu verraten, was er oder sie hier sieht – mit einer Hand auf der Bibel. Wir alle wissen, was für Frankreich auf dem Spiel steht.« Er wandte sich zu seinem Personal um und fragte mit seiner kehligen Altmännerstimme: »So ist es doch, nicht wahr?«

Einige der Bediensteten nickten, andere murmelten Unverständliches. Den meisten schien der Auftritt in der kalten Nacht zu lange zu dauern. Sie traten von einem Fuß auf den anderen und hielten die Arme um den Leib geschlungen.

Pierre presste die Zähne zusammen und zählte noch einmal die Köpfe. Neun Angestellte. »Leben Ihre Bediensteten hier im Schloss, Monsieur le Marquis?«, fragte er.

»Alle bis auf Serge wohnen in den umliegenden Dörfern. Sie bleiben sieben Tage und Nächte hier, dann gebe ich Ihnen zwei Tage frei. Die meisten kehren dann nach Hause zurück.« Der Marquis hob eine Augenbraue. »Sie haben sicher nichts dagegen, Colonel?«

Pierre spürte die kalte Nachtluft unter seinem Mantel. »Ihr Vertrauen in Ihre Angestellten ist gewiss gut begründet. Aber jeder, der etwas weiß, stellt für mich ein Risiko dar.« Der Marquis wollte sprechen, doch Pierre hob eine Hand. »Keineswegs will ich behaupten, dass Sie«, damit wandte er sich der Gruppe der Angestellten zu, »absichtlich jemandem davon erzählen, was sich hier im Schloss zuträgt. Aber Freiwilligkeit und Absicht haben Grenzen. Sollten Sie in die Hände der Deutschen fallen, werden Sie reden … ob Sie wollen oder nicht.«

Die Mienen der Versammelten verfinsterten sich. Ein Mann mit nach vorn gekämmtem, schütterem weißem Haar und roter Haut sagte mit strenger Stimme: »Dazu müssten die *Boches* erst mal eine Spur zu uns an die Loire finden.«

»Bravo, Serge«, sagte de Valantin, »ein guter Einwand.«

»Der leider nicht greift«, entgegnete Pierre. »Hitler und Göring sind hinter der Louvre-Kunst her. Sie werden alle Verbände, die sie haben, die SS, die Gestapo und die Wehrmacht in Bewegung setzen, um die Beute zu finden. Wir rechnen damit, dass Sonderkommandos Frankreich durchkämmen werden.« Er machte eine Pause und fuhr dann fort: »Die werden irgendwann auch an die Loire kommen und die Menschen in den Dörfern befragen.«

Die Männer und Frauen auf der Freitreppe schauten sich an und flüsterten miteinander, einige schüttelten die Köpfe.

»Es gibt keinen Grund zur Beunruhigung«, sagte der Marquis laut. »Der Colonel vertraut Ihnen. So ist es doch, Colonel Delort, nicht wahr?«

Pierre spürte, dass de Valantin ihm eine Brücke baute. Er gab Pierre Gelegenheit, auf ihn zuzugehen und die vor ihnen liegende Zeit als Verbündete zu verbringen. Nichts wäre Pierre lieber gewesen. Aber die Harmonie wäre teuer erkauft, und die Louvre-Kunst hatte Vorrang vor allem anderen. Sie war wichtiger als Pierres Wunsch, die Monate in Chambord in Eintracht mit seinen Bewohnern zu verleben. Nichts ging über die Sicherheit der Gemälde, Artefakte und Statuen.

»Ich muss Sie leider bitten, das Schloss nicht zu verlassen, solange es die nationalen Kunstschätze beherbergt«, sagte Pierre. Er bemühte sich um einen verbindlichen, warmen Ton, doch seine Worte erkalteten mit dem Atem, der in Wolken vor seinem Mund verwehte.

»Diese Bitte müssen wir Ihnen leider abschlagen«, erwiderte de Valantin.

»Dann sehe ich mich gezwungen, Sie unter das Kriegsrecht zu stellen. Hiermit ordne ich als höchster befehlshabender Offizier des Unternehmens an, dass Sie allesamt auf dem Grundstück des Schlosses Chambord zu verbleiben haben, bis sich die Lage entspannt hat und die Louvre-Kunst nicht länger in Gefahr ist.«

Eine Frau schnaubte.

»Wie stellen Sie sich das vor?«, fragte der Marquis. »Diese Leute haben Familien, um die sie sich kümmern müssen. Was wollen Sie denen sagen?«

Pierre spürte, wie er die Geduld verlor. »Sie haben doch ein Telefon im Schloss. Bitte rufen Sie alle Ihre Angehörigen an und sagen ihnen, dass Sie vorerst nicht kommen. Bitte, lassen Sie sich etwas einfallen. Sie tun es nicht für mich, Sie tun es für Frankreich. Ich verspreche im Gegenzug, dass ich mir etwas einfallen lassen werde, um diese Situation so bald wie möglich zu ändern.«

Nach diesem unglücklichen Anfang war es nicht besser geworden. Der Marquis hatte die Louvre-Retter in den Wohnungen für das Gesinde untergebracht. Fünf Schlafkammern mit Feldbetten, eine kleine Küche, einen Wasch- und einen Gemeinschaftsraum hatte ihnen der Schlossherr zugewiesen. Gegen die Räume selbst war nichts einzuwenden, sie waren ärmlich ausgestattet, aber sauber und – wie de Valantin hervorhob – einfacher zu beheizen als die geräumigen Wohnquartiere im Schloss. Dennoch hatte Pierre Einwände erhoben, denn die Gesinderäume waren an die Außenmauer gebaut, die um das Château herum verlief. Die Kunstwerke hingegen sollten ins Schloss gebracht werden. Als Pierre den Marquis darauf hinwies, dass die Gruppe stets in der Nähe der kostbaren Fracht sein sollte, hatte dieser freundlich gelächelt und Pierre daran erinnert, dass seine Bediensteten ebenso gut darauf aufpassen konnten, denn sie würden Chambord ja nicht mehr verlassen. Dafür habe Pierre selbst gesorgt. »Offenbar in weiser Voraussicht«, setzte der Marquis hinzu.

Pierre hatte entschieden, den Schlossherrn nicht noch mehr gegen sich aufzubringen. Nach einer Verschnaufpause, in der alle ihre Kammern im Gesindehaus bezogen und einen Imbiss mit viel Kaffee zu sich genommen hatten, begannen sie damit, die Wagen auszuladen und die Louvre-Kunst ins Schloss zu tragen.

Erst im frühen Morgenlicht zeigte das Château seine Größe – seine räumliche und die seiner Baukunst. Chambord war ein Traum der Architektur und verzauberte Pierre durch die geometrische Strenge seines hellen Steins und die fantastischen Kurven seiner blauen Ornamentik. Er stellte sich vor das Schloss und legte den Kopf in den Nacken. Beim Blick die Fassade hinauf verschwammen die Grenzen zwischen den weißen Mauern, den blauen Dächern und den Farben des Himmels. Pierre bewunderte den Baumeister für diesen Einfall. Chambord sollte ein Himmelsschloss sein. Vielleicht hatte der französische Schriftsteller Victor Hugo das Château deshalb »die Alhambra Frankreichs« genannt.

Wie Pierre wusste, war Chambord im 16. Jahrhundert errichtet worden und galt als ein für seine Zeit fortschrittliches Gebäude. Dennoch konnte es seine mittelalterlichen Wurzeln nicht verleugnen. In den Burgen jener Zeit war der Wohnturm das zentrale Element gewesen, ein uneinnehmbarer Zufluchtsort für die Bewohner. Auch in Chambord gab es diesen Wohnturm, den Donjon, noch. Allerdings war er hier kein einzelner Turm, sondern ein ausladendes quadratisches Bauwerk, das nun seinerseits vier Ecktürme erhalten hatte. In diesem gewaltigen Bergfried lagen vierundzwanzig Wohnungen auf drei Etagen, jeweils mit Vorzimmer, Garderobe und Kabinett. Weitere Wohnräume gab es in den Zwischengeschossen, und im Dachstuhl lagen noch einmal fünfzehn. Alle Einheiten waren identisch, sodass sich kein Gast benachteiligt fühlen konnte. Chambord war das erste Mehrfamilienhaus für Edelleute des Feudalismus.

Allerdings standen die Räume in den vier Flügeln des Schlosses meistens leer. François I. hatte sich das monumentale Schloss als Jagdhütte bauen lassen. Wenn der König auf die Pirsch ging, kehrte er mit seinem Gefolge in Chambord ein und blieb einige Tage dort. Da François gern spontanen Einfällen folgte, wurden die Bediensteten in Chambord erst kurz zuvor von seinem anstehenden Besuch unterrichtet. Dann eilten sie ins nahe gelegene Schloss von Blois, um von dort Betten, Wandteppiche, Stühle, Tische und alle Arten von Annehmlichkeiten nach Chambord zu bringen. In Windeseile verwandelten sie den kahlen Bau in eine schmucke Residenz, nur um ihn kurze Zeit später, nach Abreise des Königs, wieder auszuräumen.

Auch heute stand das Schloss weitgehend leer. Marquis de Valantin und seine Töchter lebten im Erdgeschoss, der Rest war unbewohnt. Dort sah es noch immer so aus wie vor vierhundert Jahren – es gab nicht einmal Möbel.

Aber genügend Platz für die Kunstwerke.

Von den zweihundertfünfzig Transportbehältern kamen siebzig in der geräumigen Kapelle unter. Die anderen sollten in den Obergeschossen des Schlosses Platz finden, die meisten davon im Grand Salon, einem geräumigen Saal. Um dorthin zu gelangen, mussten die schweren Kisten die Schlosstreppe hinauftragen werden. Und diese Treppe war etwas ganz Besonderes.

Das wundersame Stiegenhaus war der Mittelpunkt von Chambord. Das gesamte Gebäude war auf diese zentrale Wendeltreppe ausgerichtet, sie war das Rückgrat des Schlosses, von dem aus auf allen drei Geschossen Korridore wie Arme abzweigten und zu den Wohneinheiten führten. Der Baumeister hatte die Treppe doppelläufig entworfen, sodass sich zwei Stufensysteme in einer Doppelspirale umeinanderwanden. Zwei Menschen konnten auf den beiden Treppen hinauf- oder hinabgehen, ohne sich zu begegnen. Nur gelegentlich war die zentrale Mittelsäule von kleinen Fenstern durchbrochen und gewährte einen Blick auf die andere der beiden Spiralen. Diese eigenwillige Konstruktion, in Form einer Doppelhelix oder zweigängigen Schraube, konnte Besucher in die Irre führen. Gerüchten zufolge hatte Leonardo da Vinci diesen Aufstieg ersonnen. Der Universalgelehrte war auf Einladung von König François nach Frankreich gekommen – gerade zu der Zeit, als der Bau des Schlosses begann.

Als Pierre mit den anderen die Kisten die Stufen hinaufwuchtete, war er sicher, Leonardo da Vinci lachen zu hören. Die Treppe war eine Herausforderung, aber mit vereinten Kräften nahm die Gruppe auch diese Hürde. Einhundertundzehn Kisten fanden ihren Weg nach oben.

Dann gebot der Marquis den Trägern Einhalt. Er habe nicht gewusst, dass so viele Behälter in sein Schloss getragen werden sollten, gab er Pierre zu verstehen. Dessen Bemerkung, dass doch genügend Platz vorhanden sei, wischte der Schlossherr mit einer herrischen Geste beiseite. Der Platz sei nicht das Problem, erklärte de Valantin, sondern das Gewicht. Das Schloss sei alt, einige der tragenden Mauern seien noch in Holzbauweise errichtet worden. Zu viel Last von oben könne die Balken übermäßig beanspruchen. »Wollen Sie, dass das Château über unseren Köpfen zusammenbricht?«, fragte de Valantin und riss die Augen dabei so weit auf, dass sich seine Stirn in ein Faltenmeer verwandelte.

Der Schlossherr bat Pierre, die letzten siebzig Kisten im Keller unterzubringen. Das sei, so de Valantin, auch viel bequemer, da die Behälter einfach von außen durch die Fenster in das Gewölbe hineingeschoben werden könnten und nicht erst über die Treppe getragen werden müssten. Pierre widersprach. Er gab zu bedenken, dass Keller stets feucht seien. Was nutzte die ganze Rettungsaktion, wenn die Kunstwerke, statt den Deutschen in die Hände zu fallen, durch Nässe zerstört würden?

De Valantin ließ sich nicht umstimmen. Pierre willigte schweren Herzens ein und ließ insbesondere die in Teppich gerollten großformatigen Gemälde durch die Fenster in den Keller schieben. Was ihm Sorge bereitete, war für die anderen eine Erleichterung. Insbesondere Pataille war froh, nicht noch mehr Kisten die Treppe hinauftragen zu müssen. Nachdem alles an Ort und Stelle war, hatte Pierre die Lastwagen mit jeweils einem Fahrer zurück nach Paris zu Henri Verne geschickt.

Das war vor drei Tagen gewesen. Seither schien eine Ewigkeit vergangen zu sein. Aber heute hatte ein neues Jahr begonnen, und Pierre war von Zuversicht erfüllt, als er nun durch die frische Morgenluft über den Schlosshof schritt. Den kleinen Koffer mit der Mona Lisa hielt er fest in der linken Hand.

Allmählich gewöhnte er sich daran, das Bild immer bei sich zu tragen. Sogar bei der kleinen Silvesterfeier hatte er es keinen Moment aus seiner Reichweite gelassen.

Da keiner der Helfer im Schloss wohnen durfte, hatte Pierre die Gruppe dazu eingeteilt, regelmäßig Runden durch das Gebäude zu drehen, um nach den Kunstwerken zu sehen. An diesem Neujahrsmorgen übernahm er selbst den ersten Kontrollgang. Die anderen hatten Ruhe verdient, sie würden in den kommenden Wochen und Monaten noch genug Arbeit bekommen.

Pierre erreichte das Eingangsportal und läutete. Serge öffnete. Das Faktotum trug eine grimmige Miene zur Schau. Sein weißes Haar war wieder nach vorn gekämmt, seine Mundwinkel waren nach unten gezogen, und da er ein fliehendes Kinn hatte, schien es, als verschwänden seine Lippen irgendwo unterhalb seines Kopfes.

Pierre nickte Serge zu und wünschte ein frohes neues Jahr. Der Gruß wurde mit einem Knurrlaut quittiert, dann durfte Pierre eintreten.

»Ich kenne den Weg«, sagte er, als Serge ihm folgte. Doch die Worte schienen keine Wirkung auf den Hausdiener zu haben. Stattdessen trabte Serge stumm hinter Pierre her. Na gut, dachte der, soll er mir halt Gesellschaft leisten. Hintereinander gingen sie den Korridor entlang auf die Treppe zu. Durch eine offen stehende Tür war das Klappern von Geschirr zu hören. Der Duft von warmem Brot und Kaffee zog durch das Schloss. Sie stiegen die Treppe hinauf. Im Vorbeigehen musterte Pierre die Wände und Stufen und fand nicht einen einzigen Kratzer in dem hellen Stein. Der Marquis hätte ihnen Schäden an dem einzigartigen Gebäudeteil gewiss übel genommen, und die Lage war ohnehin angespannt genug.

Weder der Hausdiener noch einer der anderen Bediensteten hatte beim Verfrachten der Kisten mitangefasst. Das war wohl ihre Art zu zeigen, was sie von Pierres Verbot hielten, nach Hause zurückzukehren.

Im zweiten Obergeschoss bog Pierre in einen Korridor ab, der auf ein großes Fenster zulief. Linker Hand führte eine doppelflügelige Tür in den Grand Salon. Dieser Saal ging auf die Westseite des Schlosses hinaus. Er war nicht eingerichtet, abgesehen von einem großen Kamin, über dem ein Ölgemälde mit Fasanen hing. Die Vögel hatten die charakteristischen roten Köpfe, und Pierre hatte den Eindruck, dass sie sich gegenüber den berühmten Kunstwerken aus dem Louvre ein wenig schämten.

Die Kisten waren über die gesamte Fläche des Raumes verteilt, einfache Behälter aus hellem Kiefernholz, in denen die größten Schätze menschlicher Kultur steckten. Auf der höchsten Kiste stand das Hygrometer. Pierre hatte es gestern Abend dort zurückgelassen. Er stellte den Kasten mit der Mona Lisa vorsichtig ab, holte sein Notizbuch samt Bleistift aus der Manteltasche und schlug es auf.

»Was ist das?«, fragte Serge, offenbar neugierig geworden. »Eine Uhr?«

»Ein Hygrometer«, erklärte Pierre. »Es misst die Luftfeuchtigkeit.«

»Hier ist es nicht feucht«, brummte der Hausdiener. »Da brauchen Sie gar nicht zu messen.«

»Wenn Sie das sagen, will ich es gern glauben«, erwiderte Pierre. »Das Hygrometer wird Ihre Worte in wenigen Augenblicken bestätigen, dann verwandelt sich Glauben in Gewissheit.«

Pierre konnte die Luftfeuchtigkeit auf der Haut spüren. Kein Wunder. Wie die meisten Räume des Schlosses war auch der Grand Salon ungeheizt. Es gab zwar Kamine, so wie den dort drüben unter dem scheußlichen Stillleben, aber es brannten darin keine Feuer. Einzig im Wohntrakt des Marquis wurde geheizt, und ein bisschen Wärme stieg von unten in die oberen Stockwerke hinauf. Gegen den Winterwind, der gegen die dünnen Fensterscheiben schlug, war das allerdings praktisch nutzlos. Ebenso gut hätte Pierre versuchen können, den Grand Salon mit einem Streichholz zu erwärmen.

Die Anzeige des Hygrometers stand auf fünfundneunzig Prozent.

Pierre versuchte, ruhig zu bleiben, konnte jedoch nicht verhindern, dass seine Hand zitterte, als er den Wert in die Tabelle seines Notizbuchs eintrug.

»Und?«, fragte Serge hinter ihm.

Pierre winkte ihn heran. »Schauen Sie selbst, Monsieur Serge.«

Der Hausdiener beugte sich über das Messinstrument und las den Wert ab. »Fünfundneunzig«, sagte er.

»Es tut mir leid«, entgegnete Pierre, »aber das sind fünfzig Prozent zu viel.«

Mit einer ausholenden Geste wischte Serge über die Kiste, auf der das Hygrometer stand, und zeigte Pierre seine Finger. »Sehen Sie? Trocken«, bemerkte er.

»Was würden Sie sagen«, fragte Pierre, »wenn wir jetzt einen dieser Behälter öffnen und auf einem mehrere Millionen Franc teuren Bild einen Feuchtigkeitsfilm finden würden?«

Serge schaute auf die Kisten, dann zu Pierre und wieder auf seine Hand. »Ich hole den Marquis«, sagte er und verschwand aus dem Grand Salon.

»Sie wollen heizen?«, fragte kurz darauf Prudent de Valantin mit hochgezogen Augenbrauen. »Ich wüsste nicht, warum.« Der Schlossherr trug einen dunkelroten Morgenmantel mit breiten Samtaufschlägen und eingesticktem Wappen über dem Herzen. Der Geruch eines scharfen Rasierwassers ging von ihm aus. Er schien wenig davon angetan zu sein, dass man ihn beim Neujahrsfrühstück mit seinen Töchtern gestört hatte. Noch weniger gefiel ihm die Nachricht, die Serge ihm hatte überbringen müssen.

»Weil die Luftfeuchtigkeit so hoch ist, dass wir, wenn wir nichts dagegen unternehmen, bald durch diesen Raum schwimmen können«, sagte Pierre.

»Hier ist seit den Tagen von König François nicht mehr geheizt worden«, entgegnete der Schlossherr mit mildem Lächeln. »Und niemand ist dabei ins Schwimmen geraten.«

»Bislang waren ja auch keine Gäste hier, die aus welker Leinwand und verdorrter Farbe bestanden«, sagte Pierre, dem es gelang, das Lächeln zu erwidern. »Monsieur le Marquis«, fuhr er fort, »diese Bilder hier sind so trocken wie eine ägyptische Mumie nach dreitausend Jahren im Saharasand. Und sie sind ebenso durstig. Das kleinste Quantum Feuchtigkeit, das sich ihnen bietet, saugen sie auf. Wollen Sie riskieren, dass unsere Schätze aufquellen?«

»Heizen kostet Geld«, bemerkte der Marquis lapidar. »Was glauben Sie, wie teuer es ist, Wärme in einen Raum wie diesen zu bekommen?«

»Was glauben Sie, wie teuer es ist, die Gemälde restaurieren zu lassen?«, sagte Pierre. »Sofern das dann überhaupt noch möglich wäre. Überdies«, er klopfte mit dem Bleistift auf sein Notizbuch, »haben Sie doch mit Direktor Verne über eine Entschädigung für den Aufwand gesprochen, der Ihnen durch die Unterbringung der Kunstwerke entsteht. Ich bin sicher, Sie haben auch die Kosten für Holzscheite kalkuliert.«

Der Marquis legte den Kopf schief und vergrub die Hände in den Taschen seines Morgenmantels. »Das habe ich tatsächlich«, räumte er ein. »Direktor Verne hat mir auch ein großzügiges Angebot gemacht, als er hier war und sich alles angesehen hat. Es gibt da nur ein Problem. Das Geld ist bislang nicht eingetroffen. Und Sie haben sicherlich Verständnis dafür, dass ich vor Ausgaben zurückschrecke, die ich vielleicht nicht ersetzt bekomme. Insbesondere jetzt, da ich meine Bediensteten in Dauerbeschäftigung halten muss.«

Pierre blätterte durch sein Notizbuch und fluchte innerlich. Tatsächlich stand da, dass der Schlossherr von Chambord für seine Mithilfe einhundertzwanzigtausend Franc erhalten sollte, und zwar für jedes Vierteljahr, das die Kunstwerke und ihre Bewacher in seinem Domizil verbringen würden. Das war großzügig berechnet, selbst wenn man bedachte, dass de Valantin die Lebensmittel für die Gruppe bereitstellen sollte. Pierre schaute auf die nächste Seite und las, das Geld sei de Valantin sofort zur Verfügung zu stellen. Dafür zuständig war Gaston Récine – per Datum vom 10. November 1939.

Das war mehr als sechs Wochen her.

Pierre klappte das Notizbuch zu. »Es muss Verzögerungen gegeben haben«, sagte er, »aber die Abmachung gilt nach wie vor. Ich werde Direktor Verne über Funk kontaktieren, dann wird das Geld in wenigen Tagen bei Ihnen sein. Bis dahin«, Pierre steckte das Notizbuch weg und holte eine Geldbörse aus der Innentasche seines Mantels hervor, »zahle ich das Brennholz selbst.«

Er hielt dem Marquis drei blaue Zehnfrancscheine hin, die dieser in seinem Morgenmantel verschwinden ließ. »Das wird Ihren Gemälden ein wenig Wärme spenden«, sagte de Valantin. »Wir wollen ja, dass unsere Schützlinge sich hier bei uns wohlfühlen, und noch mehr wollen wir, dass sie wohlbehalten nach Paris zurückkehren.« Er verließ den Grand Salon und rief nach seinem Hausdiener. Pierre sah dem Marquis nach. Immerhin wusste er jetzt, dass dessen Wohlwollen käuflich war. Behutsam nahm er den Koffer mit der Mona Lisa und machte sich an den Abstieg, Leonardos große Treppe hinunter.

Kapitel 22

CHÂTEAU CHAMBORD,
MÄRZ 1940

Der Winter war über Frankreich hinweggezogen, und das Frühjahr ließ die Luft allmählich wärmer werden. Noch hatte die Wehrmacht nicht angegriffen. Hitler hatte die kalte Jahreszeit abgewartet und schien jetzt alles für den Marsch auf Paris vorzubereiten. Jedenfalls ließen die Berichte der französischen Abwehr darauf schließen, die Pierre über Funk empfing. Alle Zeichen standen auf Sturm.

Ein Windstoß fegte über den Schlosshof und walkte durch Pierres Haar.

»Wird wieder Unwetter geben«, sagte Spartaco, der neben Pierre in Richtung Château ging.

Im Osten war der Himmel schwarz wie Tinte. Vogelschwärme schossen über die blauen Dächer von Chambord dahin. An den Pferdeställen spielten die Töchter des Marquis mit Streifen von Krepppapier, die sie in die Luft warfen, damit der Wind sie davontrug. Meist landeten sie in den Beeten mit den roten Tulpen, die entlang der Schlossmauer wuchsen.

Es war Punkt acht Uhr, als sie das Château betraten. Pierre und Spartaco wollten ihre Nachtwache mit einem Kontrollgang durchs Schloss beenden. Danach wurden sie von Georges und Ladislas abgelöst, die tagsüber Dienst hatten und Nachrichten über Funk auffingen, und schließlich passten Floride und Pataille bis drei Uhr morgens darauf auf, dass sich nichts und niemand den Kunstwerken näherte.

Noch immer mussten sie läuten und warten, bis Serge sie einließ. Die anfänglich geringe Höflichkeit des Hausdieners hatte in den vergangenen Wochen weiter abgenommen, mittlerweile begrüßte er Pierre und die anderen nur noch mit einem angedeuteten stummen Nicken.

Heute gingen sie zuerst in den Keller. Die Wendeltreppe endete in einem runden Raum mit Strebebögen an der Decke. Pierre drehte den Lichtschalter an der Wand. Glühbirnen flammten auf, einige flackerten müde. Sie waren an Kabeln aufgehängt, die wie Schlangen von der Decke hingen.

Die beiden Männer stapften in jenen Teil des Untergeschosses, der unter dem Südflügel lag. Ihre Schatten wurden von dem unsteten Licht gegen die Steinwände geworfen. Pierre spürte seine Unruhe. Zum ersten Mal, seit sie in Chambord eingetroffen waren, würden sie eines der Kunstwerke aus seinem Versteck holen. Allerdings nicht ganz freiwillig.

Der Marquis hatte keinen einzigen Franc von seiner Entschädigung zu sehen bekommen. Über Funk hatte Pierre schon vor Wochen mit Henri Verne gesprochen, doch der Museumsleiter hatte ihn an Doktor Récine verwiesen. Der wiederum beteuerte, seiner Pflicht nachgekommen zu sein. Allerdings habe er andere Aufgaben für dringender gehalten und die Zahlungen an den Marquis erst spät in die Wege geleitet. Zu spät, wie sich jetzt herausstellte, denn mittlerweile hatten die französischen Behörden alle Hände voll mit den Kriegsvorbereitungen zu tun. Alles, was nicht direkt der Verteidigung Frankreichs diente, stellte die Regierung hintan. Dazu gehörten auch Geldmittel für einen Aristokraten an der Loire. Das Geld kam nicht.

Der Marquis hatte Pierres Entschuldigungen zunächst gelten lassen und sich in Geduld geübt. Aber dann hatte er die Lebensmittelrationen für die Gruppe gekürzt. Statt kräftigen Wein aus dem Schlosskeller gab es fortan nur noch Tafelwein, der nach Korken schmeckte. Fleisch wurde nur noch einmal die Woche geliefert, und das Brot und Gemüse, das im Gesindehaus ankam, war stets mehrere Tage alt und schien bei de Valantin vom Abendbrottisch gefallen zu sein.

Mit all dem hätte Pierre leben können, und auch die anderen fügten sich tapfer in ihr Schicksal – wenn man vom ständigen Murren Patailles absah. Was Pierre jedoch Sorgen bereitete, war das Brennholz. Er hatte seine Barschaft bis auf den letzten Sous dafür hergegeben, dem Marquis Holzscheite abzukaufen. Diese Quelle war erschöpft. Pierre hatte es nicht übers Herz gebracht, die anderen um Geld zu bitten. Aber das war auch gar nicht nötig gewesen, denn die Gruppe reagierte von selbst. Floride hatte als Erste ihre Geldbörse gezückt und drei Fünfzigfrancscheine auf den Tisch im Gemeinschaftsraum gelegt. Pataille war ihrem Beispiel gefolgt, danach Spartaco, Georges und Ladislas. Der kleine Turm zerknitterten Papiers war ein Symbol ihres Zusammenhalts gewesen und hatte – zu Holz verwandelt – eine Weile in Chambord gebrannt.

Danach hatte erneut die Kälte im Schloss Einzug gehalten.

Es war Spartaco gewesen, der eines Morgens mit einer Axt vor Pierre gestanden hatte. Das Werkzeug hatte der Gewichtheber im Geräteschuppen gefunden. Wenn sie kein Feuerholz mehr kaufen könnten, hatte Spartaco gesagt, werde er es eben selbst schlagen. Bäume gab es genug. Chambord lag in einem Waldgebiet, das so weitläufig war wie Paris. Der Marquis erlaubte das jedoch nicht. Die Bäume seien Teil seines Besitzes und Vermögens, erklärte der Schlossherr.

Pierre blieb nur eine Möglichkeit. Er bot de Valantin im Tausch gegen das Holz ein Kunstwerk als Leihgabe an. Pierre hoffte, damit zwei Probleme auf einmal lösen zu können: Er würde Feuerholz bekommen, um die anderen Kunstwerke trocken zu halten. Und er würde eines der empfindlichsten Stücke sofort in das warme Erdgeschoss bringen können, wo de Valantin mit seinen Töchtern lebte.

Der Marquis stimmte zu. Er wollte die Venus von Milo. Doch der marmornen Schönheit konnten Kälte und Feuchtigkeit ohnehin wenig anhaben. Stattdessen schlug Pierre den Teppich von Bayeux vor. Der achtundsechzig Meter lange Wandbehang aus dem 11. Jahrhundert gab in meisterhaft gestickten Bildern die Eroberung Englands durch Wilhelm den Eroberer wieder. Für Historiker waren die achtundfünfzig Szenen eine der wichtigsten Quellen zur englischen und französischen Geschichte, für Kunstfreunde war der Stoff eines der lebendigsten Werke des Hochmittelalters. Beim Verpacken des Teppichs hatte Georges erzählt, er habe seinen Schülern das Werk stets als ältesten Comic der Welt vorgestellt.

De Valantin war begeistert. Er konnte es kaum erwarten, seinen Speisesaal mit der schier endlos langen Stoffbahn auszukleiden und die einzelnen Motive gemeinsam mit seinen Töchtern zu bestaunen. Jetzt mussten Pierre und Spartaco den Teppich bloß noch aus dem Keller holen.

Die beiden Männer zwängten sich durch die alten Möbel, die den Keller füllten, bogen um eine Ecke und erreichten das Depot. In einem dreißig Meter langen Gang waren die Kisten mit den Kunstwerken aufgereiht. Rechts und links an der Wand standen die Transportbehälter und ließen einen Weg in der Mitte frei. Auf ihnen lagen die sorgfältig verpackten großformatigen Gemälde.

Wo war die Truhe mit dem Teppich von Bayeux? Pierre wusste genau, wie sie aussah. Er beugte sich hinab, um die Zeichen auf den Kisten besser erkennen zu können. Spartaco schaltete eine Handlampe ein. Langsam arbeiteten sich die Männer vorwärts.

»Was ist eigentlich dran an diesen Kunstwerken?«, fragte Spartaco.

Pierre schaute zu dem Gewichtheber hinauf. Der massige Körper ragte über ihm auf wie ein Gebirge. Pierre lächelte. »Wieso willst du das wissen?« Das ständige Miteinander im Schloss hatte dazu geführt, dass sich die Kunstretter weniger förmlich anredeten.

Spartaco schien kurz nachzudenken. »Weil für dich diese Kunstwerke wichtiger sind als alles andere, sogar wichtiger als dein eigenes Leben. Das merkt man dir an. Du würdest dich eher erschießen lassen, als ein einziges dieser Bilder an die Deutschen auszuliefern. Das bewundere ich.«

In Pierres Erinnerung tauchte Gérards Gesicht auf. »Das ist nicht unbedingt eine Stärke. Als ich meinen Bruder zum letzten Mal sah, hat er gesagt, ich sei lebensmüde. Vielleicht stimmt das. Aber ich glaube daran, dass man die Kunst und das Leben nicht voneinander trennen kann. Sie sind eins.« Während er sprach, bewegte er sich weiter zwischen den Kisten hindurch.

»Verstehe ich nicht«, sagte Spartaco, der Pierre folgte. »Diese Bilder leben doch nicht. Auf einigen sind Menschen, die längst tot sind. Manchmal, das habe ich beim Einladen gesehen, gibt es auch Szenen aus der Vergangenheit, mit Leuten in Kostümen. Und dann diese halb nackten Statuen. Die sehen zwar aus wie Menschen, aber lebendig sind die auch nicht gerade.«

In diesem Moment entdeckte Pierre die gesuchte Kiste. »Hier ist sie. Lass uns das hier wegräumen, dann kommen wir ran.«

Mit vereinten Kräften schoben die Männer zwei große Behälter beiseite und zogen eine lange Truhe aus dunklem

Holz hervor. Sie hievten sie auf einen Mauervorsprung, und Pierre ließ das Schloss aufschnappen. Er öffnete den Deckel langsam, erst einen Spalt weit, um ihn dann ganz aufzuklappen.

Vor ihnen lag ein zusammengefaltetes helles Stück Stoff, das mit bunten Stickereien bedeckt war. Pierre zog zwei Paar weiße Baumwollhandschuhe aus der Manteltasche, reichte Spartaco das eine und streifte sich selbst das andere über die Finger.

»Wir heben nur die oberen Lagen an, um zu sehen, ob mit dem Teppich alles in Ordnung ist«, sagte Pierre.

Gleich auf der zweiten Schicht des Leinenstoffs leuchteten ihnen Bilder und Farben entgegen, die selbst nach Jahrhunderten kaum etwas von ihrer Strahlkraft eingebüßt hatten. Eines zeigte einen Mann, der mit einer Axt einen gefällten Baumstamm bearbeitete.

Spartaco deutete darauf. »Genau das, was ich im Wald von Chambord tun wollte«, sagte er. »Aber der da ist nur ein Hänfling.«

Die nächste Lage zeigte mehrere Männer in Kitteln und engen Beinlingen, die Pferde auf ein Schiff führten. Pierre hielt kurz inne, um den Stoff nach Stockflecken abzusuchen. Alles war in Ordnung. Als er weiterblättern wollte, legte Spartaco eine Hand auf seinen Arm.

»Moment mal«, sagte der Riese mit vor Aufregung heller Stimme. »Was sind das für Schiffe? Die haben Drachenköpfe.«

»Wikingerschiffe«, erklärte Pierre. »Die Normannen haben im Mittelalter im Norden Frankreichs gelebt und sind von dort nach England übergesetzt, um es zu erobern.«

»Normannen?«, fragte Spartaco und schien auf dem Wort herumzukauen. »Die Normandie«, sagte er schließlich. »Heißt die deshalb so?«

Pierre nickte.

»Da komme ich her!« Spartaco beugte sich tiefer über den Wandteppich. »Meine Familie lebt in Barfleur.«

Pierre ließ ihm Zeit, die Bilder zu betrachten. Spartacos weiche Züge gerieten in Bewegung. Er streckte einen Finger aus und fuhr in respektvollem Abstand die Konturen des Drachenschiffs nach. »Meinst du, meine Vorfahren sind auf so einem Schiff gefahren, Colonel Pierre?«, fragte er.

Pierre nickte wieder. »Vielleicht ist einer der Abgebildeten dein Ururgroßvater.«

Spartaco schaute ihn prüfend an. »Im Ernst?«, fragte er.

Zunächst wollte Pierre zugeben, einen Scherz gemacht zu haben, doch dann besann er sich. »Die Wahrscheinlichkeit ist gering«, sagte er, »aber es gibt sie.«

In diesem Augenblick ging eine Veränderung in dem Gewichtheber vor sich. Spartaco schaute zu Boden, nahm seine Melone ab und rieb sich das dichte schwarze Stoppelhaar. »Ich glaube, ich verstehe, was du meinst, Colonel Pierre. Die Kunst und das Leben. Aber ich muss noch ein bisschen drüber nachdenken.«

Pierre schloss die Truhe und ließ das Schloss wieder einschnappen. Plötzlich hörten sie Rufe. Pierre erkannte Florides Stimme.

»Wir sind hier hinten im Depot«, rief er.

Sie kam in den Gang hineingerannt. »Ihr kommt besser nach oben. Der Sturm hat ein Fenster im Obergeschoss zertrümmert. In den Grand Salon ergießt sich der Regen.«

Kapitel 23

CHÂTEAU CHAMBORD,
MÄRZ 1940

Zu dritt liefen sie die Kellertreppe hinauf. Florides blauer Overall hatte dunkle Flecken, und ihr nasses Haar klebte ihr am Kopf. »Serge hat mich geholt«, brachte sie atemlos hervor. »Er hatte ein Klirren gehört. Gemeinsam haben wir versucht, die Blendläden zu schließen. Aber wir kommen nicht ran.«

Sie erreichten das Erdgeschoss und hasteten weiter nach oben. Pierre rannte so schnell, dass er Floride überholte und als Erster im Grand Salon ankam.

Regen prasselte durch eines der hohen, doppelflügeligen Fenster in den Saal. Nein, dachte Pierre, das ist kein Regen. Das ist eine Sturmflut. Während er im Keller mit Spartaco gesprochen hatte, musste sich der Wind zu einem Unwetter ausgewachsen haben.

Das Glas des Fensters war zerbrochen. Ein armdicker Ast lag auf dem Boden in einer Wasserlache, die sich rasch im Raum ausbreitete. Sie hatte bereits eine der Kisten erreicht und färbte das Holz dunkel.

Serge war dabei, den Kasten zur Seite zu rücken. Pierre lief an dem Hausdiener vorbei. »Helft ihm! Schiebt die Kisten aus dem Raum!«, rief er. »Fangt mit den vorderen an!«

Er selbst stürzte zu dem zerbrochenen Fenster hinüber. Die Scheiben waren in Bleiglas gefasst. Der Ast war mit solcher Wucht hindurchgebrochen, dass er die Verstrebungen zerrissen hatte. Die scharfen Kanten des Metalls waren nach innen gedrückt und ragten Pierre wie Nägel entgegen.

Er hatte das Fenster kaum erreicht, da war er bereits durchnässt. Der Regen schlug kalt in sein Gesicht und lief in seine Augen. Er griff nach dem Riegel des Fensters. Draußen lief so viel Wasser vom Dach herab, dass er meinte, ein Vorhang hinge von der Mauer.

Kaum hatte er den Fensterrahmen geöffnet, schlug dieser ihm entgegen. Eine der Bleistreben riss Pierres Hemd über die Länge des Unterarms auf. Ein stechender Schmerz durchfuhr ihn, und das Wasser, das aus seinem Hemdsärmel lief, färbte sich rot.

Er musste die Fensterläden auf der Außenmauer erreichen. Eigentlich musste man sich dazu nur hinausbeugen und die Arme ausstrecken. Als er das versuchte, drohte ihm der Sturm das Gleichgewicht zu rauben. Er blickte auf den Schlosshof, tief unter ihm.

»Ich brauche Hilfe!«, rief er. Kurz darauf packte jemand seinen Gürtel und hielt ihn fest. Es war Serge. Sein dünnes, nasses Haar wehte im Wind wie Tang in einem reißenden Fluss.

Pierre hoffte, Serge würde ihn gut sichern. Er musste dem Mann vertrauen, wenn er die Kunstwerke retten wollte. »Du stellst das eigene Leben über die Kunst.« Spartacos Worte klangen Pierre im Ohr.

Spartaco hatte recht.

So gut es ging, hielt sich Pierre am Mauerwerk fest und beugte den Oberkörper ins Freie. Seine Hüfte drückte gegen den Fenstersims, Wind und Regen droschen auf ihn ein.

Mit einer Hand löste er die Verriegelung des Blendladens. Kaum war das Hindernis beseitigt, riss der Sturm an der Klappe, doch Pierre hielt sie fest. Er versuchte, sie zum Fenster zu ziehen, aber der Gegenzug war stärker. Wenn er nicht beide Hände zu Hilfe nahm, würde er den Laden niemals zuziehen können. Er spürte, wie die Wunde an seinem Arm brennend aufklaffte.

Pierre ließ den Mauervorsprung los und beugte sich weiter hinaus. Für einen Augenblick kam es ihm vor, als schwebe er in der Luft. Zentimeter um Zentimeter näherte sich der Laden dem Mauerwerk. Dann fiel er zu. Pierre schaffte es, auch den zweiten Fensterladen auf diese Weise zu schließen.

Serge ließ ihn los, und Pierre hakte die Sicherung ein. Augenblicklich versiegte der Regen, bis nur noch ein Rinnsal durch die Ritzen der Blendläden ins Innere drang. Wütend warf der Wind Wasser gegen das Holz und stimmte ein Protestgeheul an.

Spartaco und Floride war es gelungen, ein Dutzend Kisten über den Steinboden aus dem Salon in den trocken gebliebenen Korridor zu schieben. Da die oberen Geschosse von Chambord unmöbliert waren, gab es keinen Teppich. Die Wasserlache auf dem Boden nahm den halben Raum ein, doch die hinteren Kisten standen trocken.

»Ich besorge Eimer und Lappen«, sagte Serge und verschwand, eine nasse Spur hinter sich herziehend.

»Böse Winde wehen weit. Sagt man nicht so?« Floride lehnte sich erschöpft gegen den Kaminsims, und die Fasanen schauten neugierig von dem Gemälde auf sie herab.

Gerade wollte Pierre, der seinen verletzten Arm unter die linke Schulter geklemmt hatte, etwas erwidern, als sich das Geräusch des Regens veränderte. Was zuvor wie ein Prasseln geklungen hatte, verwandelte sich in ein Klopfen.

Es hagelte. Gegen die heil gebliebenen Fenster schlugen Körner, groß wie Taubeneier. Die Scheiben klirrten.

»Alle Kisten müssen raus.« Pierre war bereits beim ersten Behälter und schob. Sein rechter Arm war taub geworden, und er konnte sich nur mit der Schulter gegen das Gewicht stemmen. Spartaco packte sich eine Kiste und trug sie allein aus dem Raum, nur um sofort zurückzukehren. Zu dritt würden sie trotzdem nicht schnell genug sein.

»Floride!«, rief Pierre. »Hol die anderen! Pataille, Georges und Ladislas. Sie müssen sofort herkommen.«

»Aber ihr braucht mich hier«, widersprach Floride. Als Pierre nichts entgegnete, lief sie los.

Beinahe hätte sie Serge umgestoßen, der mit drei Zinkeimern zurückkehrte. Er stapfte durch den Salon zu den Fenstern. Plötzlich ließ er die Eimer fallen, die klappernd über den Boden rollten. »Colonel!«, rief er. »Da unten im Schlosshof! Schauen Sie nur!«

In der Stimme des Hausdieners schwang Panik. Pierre stellte eine Kiste ab und lief zu einem der Fenster hinüber. Zunächst konnte er durch das am Glas hinablaufende Wasser kaum etwas erkennen. Dann sah er es.

Auf dem Schlosshof bildete sich ein See. Wo die Hagelkörner fielen, spritzten kleine Fontänen auf. Das Wasser wäre in den Schlossgraben gelaufen, doch der trat bereits über die Ufer und ließ den Pegel auf dem Hof noch anschwellen. Die Wassermassen suchten sich einen anderen Weg, ein kleiner Bach war an ihrem Rand entstanden, der schnell größer wurde. Er lief auf das Château zu.

»Die Kellerfenster«, rief Pierre. »Wir müssen das Depot unter dem Schloss sichern.«

Als er aus dem Grand Salon rannte, fiel ihm ein, dass er die Mona Lisa im Keller hatte liegen lassen.

Kapitel 24

CHÂTEAU CHAMBORD,
MÄRZ 1940

Im Keller herrschte Dunkelheit. Spartaco wollte den Lichtschalter betätigen, aber Pierre zog ihn zurück.

»Warte! Ich habe das Licht vorhin nicht ausgeschaltet«, sagte er.

Dann hörten sie das Plätschern. Spartaco schaltete die Handlampe ein. Der Boden des Kellergewölbes war überschwemmt. Das Wasser stand knöcheltief. Und es war in Bewegung. Das bedeutete, von irgendwoher floss noch mehr hinein.

»Niemand fasst den Lichtschalter an oder die Kabel mit den Glühbirnen«, rief Pierre seinen Gefährten zu. Floride und Pataille waren ihnen in den Keller gefolgt. Georges und Ladislas hatte er in den Grand Salon geschickt.

Er riss Spartaco die Lampe aus der Hand und watete los. Das Wasser, das durch seine Schuhe drang, war eiskalt. Sein aufgerissener Arm brannte, aber schmerzhafter war die Sorge um die Kunstwerke.

Er bog durch die Gänge, die zum Depot führten. Inständig hoffte er, das Wasser wäre nur in den vorderen Teil des Kellers eingedrungen. Doch je weiter er kam, desto höher schwappte es gegen seine Knöchel und schließlich gegen seine Waden.

Über das Versteck war die Katastrophe hereingebrochen.

Die Kisten standen eine Elle tief im Wasser. Die Flut sah schwarz aus und glitzerte im Licht der Handlampe. Einige der leichteren Kisten tanzten darauf.

Pierre watete weiter nach vorn, schob schwimmende Kisten beiseite, bis er das Fenster erreichen konnte. Das Glas war heil, aber durch die Ränder ergossen sich die auf dem Schlosshof angestauten Wassermassen. Das Depot war zur Kanalisation geworden.

Pierre drückte die Scheibe fester in den Rahmen – der Sturzbach war nicht aufzuhalten. Jedenfalls nicht von hier aus.

»Wir müssen das Fenster von außen abdichten«, rief er den anderen zu. Verzweiflung überkam ihn. Wenn er doch überall gleichzeitig sein könnte!

Da sah er den Pappelholzkasten. Der hölzerne Tresor der Mona Lisa lehnte noch immer dort, wo er ihn zurückgelassen hatte: auf einer der kleineren Kisten, die durch das Wasser dümpelten. Der Koffer rutschte von einem Ende seines Podests zum anderen. Pierre sprang hinzu und riss ihn an sich. Dann hielt er ihn fest an die Brust gedrückt und schloss für einen Moment die Augen.

»Floride und Spartaco arbeiten mit mir im Schlosshof«, rief er. »Die anderen bringen so viele Objekte wie möglich dorthin, wo das Wasser niedriger steht. Dann versucht ihr, einen Damm zu bauen und einen Bereich bei der Treppe trocken zu legen.« Er deutete hierhin und dorthin wie ein Dirigent. »Nehmt zuerst die Teppiche mit den Gemälden, die auf den Kisten liegen. Lasst die Statuen stehen, die bekommen wir wieder hin. Ich bin so schnell wie möglich wieder hier unten und helfe euch.«

Auf dem Schlosshof waren die unteren Stufen der Freitreppe überspült. Floride und Spartaco wateten durch die eisige Flut, um auf die andere Seite des Schlosses zu gelangen. Pierre zögerte. In seinen Armen hielt er die Mona Lisa. Er konnte das Bild unmöglich mit ins Freie nehmen. Einfach im Korridor stehen lassen konnte er es aber auch nicht.

Aus einer der Türen schaute der Marquis hervor. Neben ihm standen seine Töchter, Camille und Louise. De Valantins Blicke trafen Pierre mit der Wucht von Donnerschlägen. Die Kinder lugten neugierig in den Korridor hinein. Der Hausherr zog sich schnell in seine Gemächer zurück.

Pierre hatte keine Zeit zu verlieren. Er hielt den Mädchen den Koffer mit dem Gemälde entgegen. »Wollt ihr mithelfen, die Bilder zu retten? Dann passt einen Moment auf meinen Koffer auf. Es ist wichtig.«

Louise, eine Zehnjährige mit Pagenschnitt, nahm die Mona Lisa entgegen. »Was ist denn da drin?«

»Das ist ein Geheimnis«, sagte Pierre. »Wenn ihr den Koffer gut beschützt, werde ich euch einweihen.« Er setzte Vertrauen in die Ehrlichkeit der Kinder und hastete los, um Floride und Spartaco ins Freie zu folgen.

Der Hagel hatte nachgelassen und sich wieder in Regen verwandelt. Allerorten waren Eisklumpen aufgetürmt. Sobald sie geschmolzen wären, würde noch mehr Wasser ins Schloss eindringen.

Die Flut strömte über den Hof, rauschte und gurgelte. Es roch nach Abfluss. Blitze flatterten über den Himmel, als Pierre das Kellerfenster erreichte. Auch dahinter blitzte es. Im Innern versuchten anscheinend Pataille, Georges und Ladislas im Schein ihrer Handlampen zu retten, was zu retten war.

»Wir brauchen etwas, das wir vor das Fenster schieben können«, rief Pierre Floride und Spartaco zu und suchte mit wilden Blicken nach etwas Brauchbarem. Entlang der Mauern sah er um sich herum nur Blumen und Sträucher.

Pierre spürte den Sog des Wassers an seinen Waden. Unablässig lief es an ihm vorbei auf das Kellerfenster zu, unaufhaltsam wie die Zeit, die ihm unter den Fingern zerrann. Er hatte seine besten Leute bei sich, Spartaco mit seinen Bärenkräften und Floride, die mit ihren Talenten jeden Ingenieur das Fürchten lehrte. Trotzdem konnte er den Kräften der Natur keinen Einhalt gebieten.

Er ballte die Fäuste so fest, dass ihm das Wasser zwischen den Fingern hervorquoll.

»Ein Brett!«, rief Spartaco. »Wenn wir doch wenigstens ein Brett hätten!«

»Der Wagen dort!«, rief Floride und deutete auf den Sportwagen, der an der Innenseite der Schlossmauer geparkt war, ein Bugatti, der allein schon wegen seiner tiefblauen Farbe auffiel. Er gehörte dem Marquis.

»Wir nehmen das Verdeck ab«, schlug Floride vor. »Das ist besser als ein Brett. Es ist wasserfest und flexibel.«

Pierre blickte auf das edle Fahrzeug, dann zu Floride, sah ihre Entschlossenheit, dachte an den Marquis. »Versuchen wir es«, sagte er. Sie liefen los, zu dem Sportwagen hinüber.

Der Hagel hatte dem Bugatti zugesetzt und Dellen in die Karosserie geschlagen. Das Verdeck war heil geblieben. Floride öffnete die Tür an der Fahrerseite, beugte sich hinein und schien nach den Befestigungen des Wetterschutzes zu suchen. Sie machte sich noch im Innern des Wagens zu schaffen, da hielt Spartaco das Verdeck bereits in der Hand. Er hatte es aus den Verankerungen gerissen. Der schwarze Stoff blähte sich im Wind. Doch der Gewichtheber stemmte sich dagegen und presste ihn eng gegen seinen Bauch.

Augenblicke später hockten sie zu dritt vor dem Kellerfenster und versuchten, den Regenschutz davor zu befestigen. Sie pressten das Verdeck gegen das Fenster.

»Wie ist es jetzt da drin?«, riefen alle drei wie aus einem Mund in das Gewölbe hinein.

»Besser, aber es läuft noch immer«, kam Ladislas' Stimme zurück.

»Wir müssen das irgendwie abdichten«, sagte Floride, während ihr der Regen über das Gesicht lief. »Ich schaue mich nach etwas Brauchbarem um.« Sie verschwand mit platschenden Schritten.

Pierre blickte gehetzt umher, während er mit Spartaco das Verdeck festhielt. Weiter hinten stand der ruinierte Bugatti, aus dessen Innenraum jetzt Wasser lief. Es rann unter den Türen hervor.

Linker Hand lag die Kapelle des Schlosses auf einer kleinen Anhöhe. Die darin untergebrachten Kunstwerke waren vorerst sicher. Das Wasser strömte kreuz und quer über den Schlosshof. Etwa in der Mitte des Platzes hatte sich ein Wirbel gebildet.

Pierre schaute genauer hin. Gab es dort ein Strudelloch, in das das Wasser hineinstürzte?

»Da hinten ist ein Abfluss!«, rief er und rannte los. Spartaco würde das Verdeck allein festhalten müssen, bis Floride zurückkehrte. Pierre erreichte die Stelle, griff in den schäumenden Wirbel hinein und tastete auf dem Boden herum. Er spürte Kies zwischen den Fingern. Und Metall – eine Eisenplatte mit Löchern. Pierre griff zu, spürte, wie das Wasser in den Abfluss hineingezogen wurde.

Er steckte die Finger in die Löcher und zog, spannte die Schultern und drückte den Rücken durch. Sein nasses Hemd klebte auf der Haut und behinderte die Bewegung. Er spürte, wie der Stoff entlang der Wirbelsäule riss. Die Wunde an seinem Arm schmerzte. Dann hielt er das Eisengitter in der Hand.

Ein Loch klaffte im Boden, in das sich das Wasser nun ergoss. In wenigen Augenblicken war der Pegel an dieser Stelle bis auf wenige Fingerbreit gesunken. Die Kieselsteine des Hofbelags wurden sichtbar. Sie waren zu bizarren Arabesken zusammengespült.

Pierre stand mit dem Gitter in den Händen über dem Loch. Hatte er es geschafft? Nein. Die Fläche des Schlosshofes war einfach zu groß. Er würde noch mehr solcher Abläufe brauchen. Die Frage war: Gab es die?

Er hielt Ausschau, suchte nach weiteren Wirbeln, blinzelte den Regen weg, doch es war nichts zu sehen. Vielleicht waren die anderen Abläufe mit Kieselsteinen und Blättern verstopft.

Das Loch zu seinen Füßen hatte einen Durchmesser von einem Meter. Noch immer lief Wasser über die Ränder hinein und verschwand in der Dunkelheit. Am Rand des Schachts fiel ihm etwas auf. In der Mauer war eine Leiter verankert, die in der Tiefe verschwand. Sie sah stabil aus.

Er zückte seine Handlampe, schaltete sie ein und klemmte sich den Gurt zwischen die Zähne. Im nächsten Moment war er in dem Loch verschwunden.

Er kletterte nach unten und spürte nach einer Weile Boden unter den Füßen. Hier stand er knöcheltief im Wasser, das stetig von oben nachlief. Im Schein der Lampe sah er, dass er in einem engen Gang angekommen war, der aus Ziegelmauerwerk bestand. Die Decke war gewölbt. Ein Windzug ließ Pierre schaudern. Also musste es weitere Öffnungen geben. Wo lagen die? Der Gang verlief in zwei Richtungen. Nach links schien es in Richtung Schloss zu gehen, während der rechte Weg wohl zur Außenmauer führte.

Er entschied sich für links. Im Schein der Lampe war Moos zu sehen, das sich in den Mauerritzen gebildet hatte. Die Ziegel schimmerten feucht. Es roch nach Waldboden und Pilzen. Von weiter vorn hörte Pierre ein tropfendes Geräusch. Bald darauf erkannte er im Schein der Lampe ein Rinnsal, das von der Decke herablief. Pierre hängte sich die Handlampe in den Gürtel und stellte sich unter den Abfluss. Seine Hände fanden Metall, noch eine Leiter. Er verlor keine

Zeit damit, den Zustand der Sprossen zu kontrollieren, und stieg hinauf.

Mit der rechten Hand spürte er das Ende der Leiter mehr, als dass er es sah. Auch hier gab es eine Luke. Wasser kam hindurch, aber nur wenig. Pierre zog den Kopf ein und drückte mit der Schulter dagegen. Der Deckel rührte sich nicht. Entweder war er festgerostet, oder die Kieselsteine des Schlosshofs lasteten darauf. Pierre versuchte es noch einmal, vergebens. Er würde Verstärkung brauchen.

»Floride!«, rief er. »Spartaco!« Wasser drang in seinen Mund. Wieder versuchte Pierre, den Deckel anzuheben. Er bewegte sich ein wenig. Sofort strömte Wasser hindurch.

Pierre hob den Kopf so weit wie möglich und rief erneut nach den anderen. Dann verließen ihn die Kräfte, und er musste den Deckel wieder einrasten lassen, um den Halt auf der Leiter nicht zu verlieren.

Er hörte ein kratzendes Geräusch, ein Schaben. Im nächsten Moment schoss ihm das Wasser mit Macht auf den Kopf. Er schloss die Augen, bekam keine Luft mehr. Dann riss ihm die Strömung die Leiter aus den Händen und Dunkelheit umfing ihn.

Nach Luft schnappend fand er sich auf allen vieren auf dem Schlosshof wieder. Neben ihm gurgelte die Flut in den Abgrund, und Spartaco ragte über ihm auf. Der Gewichtheber klopfte Pierre auf den Rücken, dass er meinte, seine Rippen würden brechen. Er hustete, bis seine Augen tränten. Dann kam er langsam auf die Beine.

Spartaco hatte Pierres Rufe gehört, den Deckel des Abflussschachtes gefunden und beiseitegeschleudert. Dann hatte er Pierre an den Schultern gepackt und ins Freie gezogen.

Der Regen klatschte weiter auf die glucksende Wasserfläche. Aber jetzt war schon an zwei Stellen der Boden des Schlosshofs zu sehen. Am Kellerfenster schien Floride es geschafft zu haben, das Verdeck zu befestigen. Serge stand neben ihr mit einem Handkarren voller Leinensäcke, auf denen *Farine*, Mehl, zu lesen war. Er warf Floride die Säcke zu, die sie offenbar zum Abdichten verwendete.

»Serge!« Pierre taumelte auf den Hausdiener zu. »Wie viele Abflüsse gibt es hier? Wo liegen sie?«

Serges Gesicht war mit Schlamm bespritzt, der in braunen Schlieren an seinen Wangen herablief. »Auf dieser Seite des Schlosses liegen zwei Abflüsse, zwei weitere auf der Nordseite. Die Gänge gehören zu den alten Toilettenanlagen. Früher lief das Abwasser aus den Wohnungen dort hinein.«

Nur zwei Abflüsse auf dieser Seite! Pierre zerbiss einen Fluch. Was konnte er noch versuchen? Wie konnte er den Regen zum Versiegen bringen? Mit Gebeten? Er hörte ein hässliches Geräusch und stellte fest, dass es von seinem Kiefer kam. Er knirschte mit den Zähnen. Gérard, dachte er. Was hätte Gérard jetzt getan? Wieder einmal wünschte er sich seinen Bruder an die Seite.

Pierre spürte eine Hand an seiner Schulter. Spartacos Gesicht war ganz nah. »Schau nur, Colonel!«, rief der Gewichtheber. »Das Wasser läuft ab!«

Spartaco hatte recht. Die Flut strömte nicht länger in verschiedene Richtungen, sondern teilte sich, um zu einem der beiden Löcher im Boden zu fließen.

Pierre sah hinunter auf seine Füße und beobachtete mit Erstaunen, wie das Wasser Kurven bildete und, sich über den Hof schlängelnd, einem unsichtbaren Sog folgte, bis es in einen der beiden Abflüsse hinabfiel. Erst durch das Öffnen des zweiten Schachtes war ein Druckausgleich in dem Tunnelsystem entstanden, der das Wasser nun mit Macht ablaufen ließ.

Erschöpft stützte er die Hände auf die Knie. Sein Hemd hing ihm in Fetzen von den Schultern herab. Das schien auch Floride nicht entgangen zu sein, die ihn unter einem matten Lächeln unverwandt ansah.

Pierre nickte ihr zu. In die Geste legte er mehr Dankbarkeit, als er hätte mit Worten ausdrücken können.

Floride nickte zurück.

Kapitel 25

Château Chambord,
März 1940

Am Abend versiegte der Regen. Der Schlossgraben war auf das Doppelte seiner üblichen Größe angeschwollen, und von den Tulpen, die das Schloss zu Tausenden gesäumt hatten, waren nur die Stängel übrig. Die roten Blütenblätter sprenkelten den Hof. Sie erinnerten Pierre an Blutstropfen auf einem Schlachtfeld.

Er wandte sich vom Fenster im Obergeschoss ab und legte ein Holzscheit ins Feuer, das in einem riesigen Kamin loderte. Sie hatten sich in einem Raum neben dem Grand Salon niedergelassen. In den Mauern des alten Hauses war das Glucksen von Wasser zu hören, das durch die Regenrinnen und Abflüsse kroch. Das Schloss war weitläufig, und das Wasser musste seinen Weg ins Freie erst finden. Es würde eine Weile dauern, bis die Nässe vollständig aus dem Innern des Gebäudes verschwunden sein würde.

Pierre schloss den obersten Knopf seines Hemdes und stopfte es in die Hose. Der Stoff streichelte seine Haut, und mittlerweile war auch etwas Wärme in seine Gliedmaßen zurückgekehrt. Er spürte Stiche in der Fleischwunde an seinem Arm, doch die Salbe und der Verband, mit denen Floride ihn verarztet hatte, linderten den Schmerz.

Der Raum stand voll mit Behältnissen aus dem Grand Salon. Im Hintergrund rumorten Spartaco, Pataille und Ladislas. Sie hoben einzelne Kunstwerke aus den Kisten und lehnten sie gegen die Wände. So war entlang der kahlen Mauern ein einzigartiger Wandschmuck entstanden – die vermutlich teuerste Tapete der Welt.

Sie alle hatten bis zur Erschöpfung gegen das Wasser gekämpft. Während Pierre in den unterirdischen Gängen nach einem Abfluss gesucht hatte und Floride, Spartaco und Serge das Fenster abgedichtet hatten, waren George, Ladislas und Pataille damit beschäftigt gewesen, so viele Kunstwerke wie möglich aus dem Depot des Kellers zu schaffen. Rasch war ihnen klar geworden, dass sie diese Aufgabe allein nicht bewältigen konnten. Gerade, als Georges' Knie nachgaben und Pataille ihn auffing, hörten sie Schritte auf der Treppe. Viele Schritte. Die Angestellten des Schlosses hatten der Not der Leute aus Paris nicht länger tatenlos zusehen wollen und waren, angeführt von Giselle, der Köchin, mit hochgekrempelten Ärmeln und gerafften Kleidern in den Keller hinabgestiegen. Aus drei Kunstrettern waren elf geworden.

Mit vereinten Kräften war es ihnen gelungen, alle Holzkisten aus dem Wasser heraus in den trockeneren Bereich bei der Treppe zu ziehen. Einige Behälter waren unversehrt geblieben, manche aber zeigten Spuren der Nässe, die das Holz aufgesogen hatte. In jenem Moment hätte Pierre am liebsten die Deckel aufgerissen und alle Gemälde auf einmal aus ihren feuchten Särgen befreit. Aber damit hätte er möglicherweise erst recht Schaden angerichtet. Die Eile und die Kunst waren noch nie gute Freunde gewesen.

Floride kam herein. Auch sie hatte sich umgezogen und ihren blauen Overall gegen eine weite Hose, eine helle Bluse und die rote Lederjacke getauscht. Pierre versuchte, nicht zu lange auf ihre Beine zu blicken. Schon der Overall hatte Florides Figur mehr geschmeichelt als anderen Frauen die teuerste Mode von La Samaritaine. In ihrer normalen Kleidung aber sah sie für Pierre aus, als habe sie ihre irdische Form gegen etwas anderes eingetauscht, etwas, das von innen heraus leuchtete.

Mit beiden Händen schleppte sie einen Drahtkorb voller Feuerholz herbei. Ächzend ließ sie ihn vor dem Kamin fallen. »Wie geht's dem Arm?«, fragte sie und klopfte sich die Holzspäne von den Händen.

»Der ist noch dran, dank deiner Versorgung«, sagte Pierre. »Was mir größere Sorgen bereitet, ist unser Marquis.« De Valantin war nach den Geschehnissen im Schlosshof noch nicht aufgetaucht. Pierre hatte keine Zeit damit verschwendet, den Schlossherrn zu suchen und lange Verhandlungen mit ihm zu führen. Kurzerhand hatte er das Stalltor geöffnet und alle angewiesen, so viel Feuerholz herauszuholen, wie sie hatten tragen können. Jetzt loderten in mehreren Kaminen der Obergeschosse Flammen und verbreiteten die dringend benötigte Wärme.

Pierre kniete vor dem Pappelholzkasten und ließ die Verschlüsse aufschnappen. Louise und Camille hatten ihm den Koffer zurückgegeben, kaum dass er wieder im Schloss gewesen war. Den Fragen der Mädchen, was denn nun in dem Kasten sei, entnahm Pierre, dass sie ihre Neugier gezügelt und tatsächlich nicht nachgeschaut hatten. Er hatte versprochen, das Geheimnis später zu lüften. Jetzt musste er nachsehen, in welchem Zustand das Bild war. Der Behälter war unbeschädigt. Mit klammen Fingern griff Pierre nach dem Deckel und hob ihn an. Das Seidenpapier, das über dem Bild lag, sah trocken aus und fühlte sich auch so an. Darunter kam das Gesicht zum Vorschein, das wie kein anderes die Schönheit des Menschen symbolisierte. Das Porträt Lisa del Giocondos. Die Mona Lisa.

»Sie lächelt noch. Scheint alles in Ordnung zu sein«, sagte Floride, die neben Pierre in die Knie gegangen war.

Doch so schnell wollte die Unruhe Pierre nicht verlassen. Er legte das Seidenpapier um die Ränder des Bildes, hob es heraus und drehte das kleine Gemälde um. Auch die Rückseite sah aus wie zuvor, der Riss im Holz schien nicht länger geworden zu sein, und im Boden des Pappelholzkastens war alles trocken und frei von Insekten. Pierre stieß die Luft aus. Die Mona Lisa hatte das Unwetter unbeschadet überstanden.

Mit einem Mal begannen seine Finger zu zittern. Vergeblich versuchte er, seine Muskeln unter Kontrolle zu bringen. Er hielt Floride das Bild hin. Sie sah ihn überrascht an.

»Halt es bitte für einen Augenblick«, sagte Pierre. Das Zittern übertrug sich auf das Gemälde, und die Züge der Mona Lisa verschwammen. Jetzt bemerkte auch Floride, dass mit Pierre etwas nicht stimmte, und nahm das Gemälde entgegen. Sie hielt es zwischen den Fingerspitzen.

»Alles in Ordnung?«, fragte sie.

»Geht gleich wieder«, antwortete Pierre und atmete mehrmals tief durch. Er hörte das Blut in seinen Ohren rauschen. Nach einer Weile hatte er sich wieder unter Kontrolle.

»Du hast geglaubt, das Bild sei zerstört, *non*?«, fragte Floride.

Pierre nickte, darüber erstaunt, wie leicht es ihm fiel, einer Frau zu gestehen, dass er, ein Soldat der französischen Streitkräfte, Angst gehabt hatte. »Ja«, sagte er, »und die Erleichterung holt mich jetzt gerade von den Füßen.«

Floride hielt die Mona Lisa so, dass etwas Licht aus dem Kamin darauffiel. »Was finden die Leute nur daran?«, fragte sie leise. »Die Dame ist nicht mal besonders hübsch mit ihrer hohen Stirn, den fehlenden Augenbrauen und der komischen Frisur. Mögen Männer so was?« Sie gab Pierre das Bild zurück, löste den Knoten in ihrem Haar und kämmte sich mit den Fingern einen Scheitel, ähnlich dem der Mona Lisa. Dabei legte sie den Kopf schief und sah Pierre herausfordernd an. »Na, Colonel? Wird aus mir auch mal eine Mona Lisa?«

Pierre lachte. »Die Mona Lisa kann es nur einmal geben. Und dich auch.«

Floride schnaubte. »Ich kann auch geheimnisvoll lächeln. Warum will überhaupt jeder den Grund wissen, der diese uralten Mundwinkel nach oben zieht?«

Pierres Blicke wanderten zwischen der Mona Lisa und Floride hin und her. »Das Lächeln der Mona Lisa ist etwas Besonderes. Aber jeder sollte selbst entscheiden, warum sie lächelt. Viel entscheidender ist, dass sie es tut.«

Floride, die ihre Haare wieder zu einem Knoten schlang, runzelte die Stirn. »Sie war also eine griesgrämige Matrone und lächelte nur selten?«

»Sie hat das Lächeln in die Welt gebracht«, sagte Pierre. »Auf früheren Gemälden gab es so etwas nicht. Darauf schauten Menschen stets ernst, bisweilen finster drein. Meist waren nicht einmal individuelle Züge erkennbar. Das änderte sich erst in den Tagen Leonardo da Vincis. Er war es, der Schluss gemacht hat mit der ewigen Miesepeterei, mit zu viel Stolz und Würde. Leonardo hat es gewagt, eine lächelnde Frau abzubilden, und damit die innere Schönheit des Menschen nach außen gekehrt. Danach war die Welt nie wieder wie zuvor. Sie war heiter geworden.«

Floride lächelte nun selbst. »Und deshalb ist dieses Bild so wertvoll, so bedeutend?«, fragte sie.

Pierre sah sie an. »Ich könnte mir keinen besseren Grund vorstellen.«

Sie legten das Gemälde wieder in den Koffer, verharrten noch einen Augenblick, um es gemeinsam anzusehen, und deckten das ewig heitere Gesicht dann mit dem Seidenpapier zu. Das Geräusch der einschnappenden Verschlüsse hatte für Pierre etwas Beruhigendes.

Jetzt war es Zeit, den anderen beim Auspacken der Gemälde zu helfen.

»Was fällt Ihnen ein, sich an meinem Eigentum zu vergreifen, Delort?« Prudent de Valantins Stimme war zuerst im Raum, dann erschien der Marquis unter der Tür. Zorn hatte die Falten in seinem Gesicht zusammengeschoben. Er trug ein graues Dinnerjackett und war wie immer perfekt frisiert. Vermutlich hatte er die Überflutung seines Besitzes aus dem Speisesaal bei einer Zigarre beobachtet.

»Sie bekommen Ihre Holzscheite ersetzt, Monsieur le Marquis«, sagte Pierre so ruhig wie möglich. »Aber für den Augenblick habe ich das Holz requiriert.«

Die Augen de Valantins wurden groß, als er zu dem Kamin hinüberschaute. »Requiriert? Sie haben also auch noch mein Holz gestohlen? Ich verlange vollständigen und sofortigen Ersatz meines Wagens. Sie haben meinen Bugatti ...«, er schnappte nach Luft, »... zerstört. Sie haben dieses einmalige Fahrzeug auseinandergerissen wie Bestien. Hoffentlich hat es Ihnen wenigstens Freude bereitet.«

Der Bugatti! Der Sportwagen war das Letzte, an das Pierre in den vergangenen Stunden gedacht hatte.

Der Marquis war noch nicht fertig. »Außerdem haben Sie sich ohne meine Erlaubnis Zutritt zu den alten Tunneln unter dem Schloss verschafft. Sie haben mein Personal gezwungen, für Sie zu arbeiten, und sogar meine Töchter ...«

Jetzt war es genug. Mit Höflichkeit und Anstand kam man bei diesem Mann offenbar nicht weiter. »Hätte ich Sie etwa erst um Erlaubnis bitten sollen, während die nationalen Kunstschätze Frankreichs versinken? In Schlick und Schlamm, der sich nur deshalb gesammelt hat, weil Sie Ihre Abflüsse nicht frei halten? In ungeeigneten Räumen, obwohl ein ganzes Schloss zur Verfügung steht?«

»Ich ...«

»Nicht Ihre merkwürdige Großzügigkeit ist hier gefragt, sondern Ihre Pflichtschuldigkeit gegenüber Frankreich«, fügte Pierre hinzu. Seine Stimme war ruhig. »Wenn den Gemälden etwas geschehen ist, werde ich die Oberste Heeresleitung davon unterrichten. Dann kommen Sie vors Kriegsgericht.«

Der Aristokrat ließ sich nicht einschüchtern. De Valantins Blut war mit der Überheblichkeit des französischen Adels gesättigt. Und die stellte Leute wie ihn über alle anderen, über alle gesellschaftlichen Schichten, sogar über das Gesetz.

»Und wenn tausend Jahre lang Krieg herrschen sollte«, sagte der Marquis mit lauter, herrschaftlicher Stimme, »bleibe ich doch Herr dieses Schlosses. Dies ist mein Zuhause, es ist das Zuhause meiner Familie seit dreihundert Jahren, und das wird es auch bleiben. Und Sie kommen einfach daher, murmeln etwas von Krieg und vergreifen sich an meinem Eigentum. Ich fordere Sie auf, mein Schloss noch heute zu verlassen und unverzüglich nach Paris zurückzukehren.«

Als Nächstes wird er mich auch noch für den Regen verantwortlich machen, dachte Pierre. »Der Krieg ist eine Tatsache. Die Deutschen werden kommen. Sie können nicht einfach Ihre Familientradition vor die Wirklichkeit schieben.«

De Valantin beugte sich vor. »Wo sind sie denn, Ihre Deutschen? Wann greifen Sie denn endlich an? Seit Monaten hocken Sie hier auf meinem Grund und Boden und fallen mir zur Last. Wegen eines Hirngespinsts. Es wird keinen Angriff auf Frankreich geben. Gehen Sie endlich nach Hause!«

In diesem Moment waren Kinderstimmen zu hören. Louise und Camille rannten in den Raum und blieben neben ihrem Vater stehen. Louise schaute zu ihm hinauf. »Können wir jetzt die schönen Bilder sehen und das Geheimnis entdecken, das in dem Koffer ist?«

Die Mühe, die es de Valantin kostete, seine Töchter nicht zurechtzuweisen, war an seiner Miene abzulesen. Er atmete schwer. »Dann beeilt euch besser«, presste er hervor. »Denn lange werdet ihr keine Gelegenheit mehr dazu haben.« Mit weit ausgreifenden Schritten verließ er den Raum.

»Schaut mal, da hinten«, sagte Pierre zu Camille und Louise und deutete zu seinen Gefährten, die mittlerweile die gesamte Länge des Raums mit Gemälden ausgestellt hatten. »Da ist ein kleines Museum für euch eingerichtet worden. Euer eigener Louvre. Geht schon vor, ich komme gleich nach. Dann lüften wir auch das Rätsel des geheimnisvollen Koffers.«

Bevor Pierre ausgeredet hatte, sprangen die Mädchen schon zu Spartaco, Pataille und Ladislas hinüber.

Floride schaute zur Tür, durch die der Marquis verschwunden war. »Diese französischen Aristokraten«, sagte sie kopfschüttelnd. »Ihre Arroganz wird nur von ihrer Einfalt übertroffen. Kein Wunder, dass die große Revolution sich an ihnen entzündet hat. Was wird er jetzt tun? Kann er uns wirklich rauswerfen?«

Pierre schüttelte den Kopf. »Das kann er nicht. Sogar seine eigenen Leute haben sich heute auf unsere Seite gestellt. Giselle, die Köchin, hat Pataille verraten, dass de Valantin ihnen ausdrücklich verboten hatte, in den Keller hinabzusteigen und zu helfen. Sie haben sich darüber hinweggesetzt und werden auch weiterhin auf unserer Seite sein.« Er knetete sein Kinn. »Aber der Marquis wird andere Mittel finden, uns aus seinem Schloss zu vertreiben.«

»Dir wird schon was einfallen.« Floride boxte Pierre kameradschaftlich gegen die Schulter. »Wer die Sintflut aufhalten kann, der wird auch mit einem aristokratischen Fossil fertig.«

Kapitel 26

PARIS,
14. JUNI 1940

»Halten Sie hier an!« Curt Hardefust tippte dem Fahrer der Mercedes-Limousine von hinten auf die Schulter. Der Mann lenkte den Wagen an den Straßenrand.

Sie hatten Paris fast erreicht. Voraus schwammen die Dächer der Stadt im Morgennebel, der von der Seine aufstieg. Hinter ihnen wartete das deutsche Heer darauf, in die französische Hauptstadt einzumarschieren. Noch fuhren Späher auf Motorrädern durch die Straßen und hielten Ausschau nach Widerstandsnestern. Erst wenn sie zurückkehrten, würden die Divisionen nachrücken.

So lange wollte Curt nicht warten. »Ich steige hier aus«, sagte er zu dem Fahrer. »Sie kehren um und melden Vollard-Bockelberg, dass ich ihn heute Abend in der Deutschen Botschaft an der Rue de Lille treffe.« Auf die Frage des Fahrers, ob er das ernst meine, schlug Curt die Tür des Mercedes zu. Der Knall hallte durch die leeren Straßen rund um La Défense. Das Monument zum Gedenken an die Toten des Deutsch-Französischen Kriegs von 1870/71 war genau der richtige Ausgangspunkt für seinen privaten Eroberungszug. Das Denkmal stand auf der Kuppe eines Hügels und schaute hinab auf die Stadt. Curt postierte sich vor dem Monument, stemmte die Arme in die Hüften und ließ den Blick schweifen. Paris gehörte ihm. Jetzt musste er es nur noch in Besitz nehmen.

Am Fuß des Hügels begann die Avenue des Champs-Élysées, jene Promenade, die den Namen des Elysiums trug, einem Ort, den nur auserwählte Helden betreten konnten. Curt setzte sich in diese Richtung in Bewegung.

Vor vier Wochen hatte Hitler endlich Frankreich angegriffen und im Handstreich erobert. Wieder einmal hatte der Führer alle an der Nase herumgeführt. Zunächst hatte er am 10. Mai seine Truppen in Bewegung gesetzt und war in die Niederlande einmarschiert. Von dort aus, so glaubten die Franzosen, werde die Wehrmacht nach Süden schwenken, Belgien einnehmen, um dann nach Frankreich zu gelangen. Doch das war eine Finte gewesen. Die französischen Generäle Huntziger und Gamelin waren ihr aufgesessen und hatten fast alle Truppen an die Dyle-Breda-Linie verlegt, um der Wehrmacht in Belgien begegnen zu können. In Frankreich selbst waren nur schlecht ausgerüstete Verbände zurückgeblieben, mit Soldaten, die fast alle älter als fünfunddreißig Jahre waren.

Als Curt von dieser Entwicklung gehört hatte, war ihm klar gewesen, dass der Krieg gegen Frankreich gewonnen war. Feldherren wie Huntziger und Gamelin bauten ihre Strategien auf Erfahrungen auf, die sie im Großen Krieg von 1914 bis 1918 gegen die Deutschen gesammelt hatten, die aber im Jahr 1940 keine Patronenhülse mehr wert waren.

Curt sollte recht behalten. Während die Franzosen im westlichen Belgien auf die Wehrmacht warteten, ließ Hitler die deutsche Kriegsmaschinerie umschwenken und durch die dichten Wälder und tiefen Schluchten der Ardennen auf den schlecht verteidigten Sedan-Sektor zurollen. Wie es der Wehrmacht gelang, Soldaten, Panzer und Geschütze in nur zwei Tagen durch diese unwirtliche Region bis nach Frankreich hineinzupressen, war der deutschen Heeresleitung selbst ein Rätsel. Irgendwie schaffte sie es, und die Streitkräfte überquerten am 13. Mai die Meuse. Nach achtstündigem Beschuss durch Stuka-Kampfflugzeuge fiel der Sedan-Sektor. Die Wehrmacht stand auf französischem Boden.

General Gamelin hatte seinen Fehler zu spät erkannt. Zwar versuchte er noch, Streitkräfte gegen die Deutschen zu schicken, aber, von kleineren Gefechten abgesehen, waren keine deutschen und französischen Verbände aufeinandergetroffen. Der Weg nach Paris war frei.

Curt sog die Pariser Morgenluft ein und überquerte die Seine an der Pont Neuilly. Die Brücke und die umliegenden Straßen waren menschenleer. Die Luft schimmerte silbern über dem Wasser. Niemals in den Jahrhunderten zuvor konnte Paris so still gewesen sein. Nur das Gurgeln des Flusses war zu hören.

Die französische Regierung hatte Paris zur offenen Stadt erklärt. Es würde keine Kämpfe geben, keine Ruinen, keine Toten. Die Nachricht hatte Curt eine große Sorge genommen. In den vergangenen Monaten hatte er sich sein geliebtes Paris nach Straßenkämpfen zwischen der deutschen und der französischen Armee ausgemalt, hatte im Traum zerbombte Boulevards und verbrannte Palais gesehen, Einschusslöcher in den Prachtfassaden und den Eiffelturm mit abgebrochener Spitze.

Jetzt sah er das Wahrzeichen der Stadt im Dunst der Ferne aufragen. Curt konnte nicht anders. Er grüßte den Turm mit erhobener rechter Hand.

Die Stufen des Bahnhofs Neuilly waren mit losen Ausgaben der *Nouvelle Revue Française* bedeckt, die vor einem Zeitungsstand abgeladen worden waren, die jedoch niemand abgeholt hatte, niemand, außer dem Wind.

Paris hatte kapituliert. Die französische Regierung hatte zunächst noch in der Hauptstadt ausgeharrt, um eine Massenpanik zu vermeiden. Doch das war nur eine leere Geste gewesen. Premierminister Paul Reynaud und sein Kabinett waren erledigt, handlungsunfähig, schachmatt. Das hatte sich vor allem daran gezeigt, dass die Minister nichts anderes mehr hatten tun können, als zu beten. Am 19. Mai hatte Reynaud sein Kabinett in die Kathedrale Notre Dame de Paris geführt und dort eine Messe für Frankreich lesen lassen. Die heilige Geneviève, den heiligen Michel und Jeanne d'Arc sollten die Politiker angefleht haben, das Land zu beschützen.

Die Nachricht vom betenden Kabinett löste zwei sehr unterschiedliche Reaktionen aus. In Berlin lachte man über die Karikaturen in den Zeitungen, die einen bibbernden Reynaud mit gefalteten Händen vor einer fetten, schnarchenden Jeanne d'Arc zeigten. In Paris hingegen sorgten die Gebete des Kabinetts für Flüchtlingsströme. Aus Angst vor den Deutschen packten viele Pariser ihr Hab und Gut in Autos, auf Karren, Fahrräder und in Kinderwagen und flohen aus der Stadt in Richtung Süden. Die Regierung selbst zog sich am 18. Mai zurück und setzte sich nach Bordeaux ab. Dort berieten die Minister noch immer, ob sie kapitulieren oder mit den letzten verbliebenen Truppen gegen die Deutschen kämpfen sollten. Sie würden sich mit der Entscheidung beeilen müssen. Manchmal ereignete sich Weltgeschichte schneller als man denken konnte.

Curt lächelte, als er den Boulevard erreichte. Die Sonne erhob sich über den Arc de Triomphe und blendete ihn, den einsamen Spaziergänger. Sonst herrschten an diesem berühmten Platz Lärm und Treiben, Autos und Fuhrwerke krochen dicht an dicht über den Asphalt, und Menschen fluchten, riefen und lachten. Jetzt war es so still, dass die Schritte von Curts Uniformstiefeln durch die Straßen hallten.

Sein Puls ging schneller. Er wusste, dass Paris nicht menschenleer war. Schätzungen der deutschen Heeresleitung zufolge hatte etwa die Hälfte der Bevölkerung die Stadt verlassen. Die anderen waren geblieben – aus Trotz, Patriotismus oder Resignation. Sie würden es sein, die die Cafés und Theater bald wieder mit Leben füllen würden, die in den Parks flanieren und auf den Wochenmärkten ihren Einkäufen nachgehen würden. Paris würde wieder so sein, wie Curt und Ursula es kannten und liebten.

Am Rand des Boulevards blühten die Paulownien und warfen einen violetten Zauber auf die Straße. Die Stämme der Bäume erinnerten an Zeremonienleuchter, auf deren Armen lila Lichter angezündet worden waren – Siegeszeichen für Deutschland. Die Schaufenster der meisten Geschäfte, an denen er vorüberkam, waren mit Brettern vernagelt oder leer geräumt worden, nur die kleinen *Hôtels de passe* hatten noch geöffnet. Die Stundenhotels und Bordelle gehörten zu den wenigen Unternehmen in Paris, die von der deutschen Besatzung profitieren würden.

Gespenstisch leer klaffte das Maul der Metrostation Marbeuf-Rond-Point, aus dem sonst Menschenströme hervorquollen. Jemand hatte etwas mit farbiger Kreide auf die Wand neben der Treppe geschrieben. »Deutsche in die Hölle«, übersetzte Curt. Bislang waren Schmierfinken von der Polizei verfolgt und mit Geldbußen bestraft worden. Ab heute waren sie für die Franzosen Helden, ab heute war nichts mehr, wie es war.

Curt hörte das Knattern eines Motorrads. Zwei deutsche Soldaten fuhren in einer BMW mit Beiwagen an ihm vorbei in Richtung Seine. Der Fahrer salutierte. Der Mann im Beiwagen hatte eine Waffe in der Hand und schaute misstrauisch zu den Fenstern der umliegenden Häuser hinauf. Jetzt würde es nicht mehr lange dauern, bis die Truppen die Stadt erreichten.

Die Tür eines Wohnhauses öffnete sich, und eine alte Frau kam heraus. Sie hatte zu viel Schminke im Gesicht und stellte einen Stuhl auf das Trottoir. Als Curt vorbeiging, winkte sie ihm zu und schenkte ihm ein zahnloses Lächeln. Vermutlich wollte sie sich den Einmarsch der Wehrmacht ansehen, weil sie glaubte, es handele sich um eine Militärparade.

Zuerst kam das Dröhnen. Es näherte sich wie das Grollen eines fernen Gewitters. Dann fuhren einige hundert Motorräder in Reih und Glied an Curt vorbei. Grau lackiertes Metall, graue Helme, graue Uniformen, graue Gesichter – eine graue Flut schwappte in die Stadt hinein. Den Motorrädern folgen die Lastwagen, aus denen Landser schauten und staunten. Curt erinnerten sie an Touristen. Paris verändert dich, ob du willst oder nicht, dachte er. Und wenn es dich einmal gepackt hat, lässt es dich nie wieder los.

Er hörte noch das Rasseln der Panzer, die nun folgten und den Asphalt mit ihren Ketten aufrissen. Dann kehrte er dem Spektakel den Rücken und schwenkte nach links in Richtung der Kirche La Madeleine. Der Geruch nach Abgasen hing noch in der Luft. Aber der Lärm klang hier gedämpfter.

Wenige Minuten später lag sein Ziel vor ihm: der Garten der Tuilerien und an seinem Ende der Louvre. Curt musste das Museum sofort sehen. Er konnte nicht länger warten – monatelang hatte er diesem Moment entgegengefiebert. Jetzt war es endlich so weit.

Um von Berlin nach Paris zu gelangen, hatte er von September bis Mai benötigt. Für die letzten hundert Meter bis vor die Pforte des Museums schien er ein ganzes Jahr unterwegs zu sein. Er ging schneller, schließlich rannte er auf das große Tor zu. Es war verschlossen. Er hämmerte gegen das mit Nieten beschlagene dunkle Holz. In seinem Rücken, entlang der Seine, zogen jetzt wieder die Truppen vorbei. Curt öffnete die Pistolentasche an seiner Hüfte und holte die Sauer 38H hervor. Er trat einen Schritt zurück, zielte mit ausgestrecktem Arm auf das Schloss und schoss es entzwei.

Es war vielleicht der einzige Schuss, der bei der Eroberung von Paris fallen würde. Der Knall ging im Getöse der Motoren unter. Niemand schien Notiz davon zu nehmen.

Curt drückte das Tor auf. Es schwang nach innen. Als er eintrat, knirschte das zerstörte Schloss unter seinen Füßen. Vor ihm lag der Durchgang in den Innenhof, er führte in die Cour Carrée und zum Eingang des Denon-Flügels, der Pforte ins prächtigste Museum der Welt.

Curt war am Ziel.

Er versuchte, ruhig zu bleiben. Seine Augen wanderten die Fassade des ehemaligen Königspalasts entlang. Er trat an eines der Fenster und legte die Hände gegen die Scheibe. Sie fühlte sich kühl an. Der Blick hinein blieb ihm verwehrt, denn die Franzosen hatten Sandsäcke gegen das Glas gestapelt. Sie hatten mit dem Schlimmsten gerechnet.

Curt hielt sich auch mit der Tür zum Denon-Flügel nicht lange auf. Noch einmal knallte die Sauer, und das Museum gehörte ihm. Im Innern herrschte Düsternis, da die Sandsäcke nur wenig Licht durch die Fenster ließen. Das Erste, was Curt auffiel, war der Geruch – eine Mischung aus Staub und Sägespänen.

Er wollte den Moment auskosten und ging gemessenen Schrittes los. Allein im Louvre! Wer träumte nicht von einer solchen Gelegenheit? Da war sie: die berühmte Daru-Treppe. Hier hatte er Ursula die Nike von Samothrake gezeigt und ihr die Bedeutung des Kunstwerks erklärt. Ursula hatte höflich zugehört und versucht, seine Begeisterung zu teilen. Überzeugend war ihre Vorstellung nicht gewesen, aber Curt hatte sie umso mehr dafür geliebt, dass sie sich Mühe gegeben hatte.

Die Nike war nicht da. In dem Zwielicht, das ins Treppenhaus fiel, war die leere Stelle auf dem Treppenabsatz zu erkennen. Curt kniff den Mund zusammen und setzte seinen

Weg zur Grande Galerie fort. Er flanierte nicht länger wie ein Museumsbesucher, er lief wie ein Bräutigam, der zu spät zur Kirche kommt.

Seine Befürchtung bestätigte sich. Die Gemälde waren abgeräumt. Alle Wände waren leer. Die Krönung Napoleons: fort. Die Hochzeit zu Kana: verschwunden. Rubens' Gemälde der Maria de Medici: abgehängt und weggebracht. Curt spürte etwas Bitteres auf der Zunge.

Zurückgeblieben waren nur die an den Wänden gestapelten Bilderrahmen. Sie schienen Curt zu verspotten, denn sie verrieten, dass die Franzosen damit rechneten, die Gemälde wieder in ihre Rahmen fassen und an die Wände hängen zu können. Weil sie meinten, die Deutschen seien nur vorübergehend in Paris.

Sie täuschten sich.

Curt griff nach einem der Rahmen, holte aus und zerschmetterte ihn an der Wand. Das Bersten des Holzes hallte durch die leere Galerie wie durch ein Kirchenschiff. Er ließ einen Schrei folgen und wünschte sich, der Ton würde für immer zwischen den Wänden hängen bleiben.

Mit knallenden Absätzen marschierte er durch die nackten Säle, sah Vitrinen ohne Inhalt, Podeste ohne Statuen und immer wieder die leeren Bilderrahmen an den Wänden lehnen.

Im Saal der Mona Lisa blieb er stehen. Die Stelle, an der das Gemälde sonst hing, sah aus wie eine offene Wunde. Curt schloss die Augen. Jetzt sah er das kleine Porträt vor sich. Die Züge der rätselhaften Florentinerin. Ihre Hände mit den auf merkwürdige Art abgespreizten Fingern. Ihr Haar unter dem Schleier.

Curt öffnete die Lider, nur einen Spaltbreit, aber die Stelle war nach wie vor leer. Wo La Gioconda gehangen hatte, prangten hässliche Kreidezeichen. Er trat näher an die Wand heran. Diese Zeichen waren über das gesamte Museum verteilt, sie waren überall dort zu sehen, wo ein Gemälde gehangen oder eine Statue gestanden hatte.

Er zog sein Notizbuch aus der Innentasche der Uniformjacke und schrieb die Kombination aus Zahlen und Buchstaben auf, dann ging er zur nächsten Wand und notierte weitere Zeichenfolgen. Nachdem er eine Seite vollgeschrieben hatte, klappte er das Notizbuch zu und tippte sich mit dem Bleistift gegen die Unterlippe. Was mochte sich hinter der Schrift an der Wand verbergen? Curt musste an das Gastmahl des Belsazar denken, eines biblischen Herrschers aus dem fernen Babylon. Der Sage nach war ihm eine Schrift an der Wand seines Palastes erschienen und hatte den Untergang seines Reiches verkündet. Rubens hatte die Szene in einem großartigen Gemälde festgehalten.

Was stand dort an den Wänden? Ohne Zweifel war es ein Code. Ein Code wofür? Was auch immer es war, es stand mit den Kunstwerken in Verbindung. Auf die Leute von der Abwehr kam Arbeit zu.

Kapitel 27

PARIS,
14. JUNI 1940

Die sinkende Sonne flimmerte durch die Zweige der Pappeln an der Rue de Lille. Vor der Deutschen Botschaft parkte eine Flotte schwarzer Limousinen. Die Fahrer standen beisammen und unterhielten sich. Vom Fenster aus konnte Curt ihre ausrasierten Nacken sehen. In ihren grauen Uniformen erinnerten ihn die Männer an Nagetiere.

Jenseits der Häuserzeile, auf die er blickte, floss die Seine, und dahinter wusste er die Gärten der Tuilerien und den Louvre – mit seinen leeren Galerien.

Curt seufzte, dann wandte er sich wieder dem Salon der Botschaft zu. Das Haus gehörte ihm, die Stadt gehörte ihm. Er war am Ziel, hatte erreicht, was er wollte, für sich selbst und vor allem für Ursula, die sich jetzt bei ihm einhängte.

»Komm«, sagte sie, »wir wollen unsere Gäste begrüßen.« Auf ihren Lidern lag etwas zu viel Puder, sodass die Haut faltig aussah.

Er ließ sich von ihr fortziehen, zu den Offizieren hinüber. Die Spitze des deutschen Heereskommandos war gekommen, um den Sieg über Frankreich zu feiern, die Eroberung von Paris sowie die Zukunft der rassischen Idee und des völkischen Gedankens.

Curt war übel. Seit er gestern im Louvre gewesen war, hatte sich sein Triumph in Unwohlsein verwandelt. Diese leeren Säle! Das war der wirkliche Triumph gewesen, aber er gehörte dem Feind. Die Franzosen hatten obsiegt.

Curt schüttelte den Gedanken an das Museum ab. Damit musste er später fertig werden. Jetzt galt es, mitzuspielen und den Eroberer zu geben, den Sieger, der schon immer gewusst hatte, dass …

»… wir den Franzosen überlegen sind«, begann er kurz darauf seine Ansprache und fuhr mit den neuesten Berichten zur Lage fort. Die französische Regierung sei nach Bordeaux geflohen und müsse nun entscheiden, ob sie kapitulieren oder weiterkämpfen wolle. Auf der einen Seite stehe Premierminister Reynaud, der Frankreich weiter gegen die Wehrmacht verteidigt wissen wollte. Auf der anderen Seite setzte sich der stellvertretende Premierminister Henri Philippe Pétain für einen Waffenstillstand mit Deutschland ein.

»Was glauben Sie, welche Seite gewinnen wird?«, fragte einer der Offiziere.

Curt war auf die Frage vorbereitet. »Pétain natürlich. Er ist derjenige, dem man die größere Sachkenntnis zutraut. Er hat im Großen Krieg Herausragendes geleistet und gilt als einer der größten Helden der jüngeren französischen Geschichte. Überdies«, fuhr Curt mit listigem Blick fort, »ist er vierundachtzig Jahre alt. Und die Franzosen glauben tatsächlich, dass alte Männer weise sind. Kein Wunder, dass sie den Krieg verlieren.«

Die Militärs applaudierten, Champagnergläser klirrten. Für Curt hörte es sich an wie das Fallbeil einer Guillotine. Die war doch in Paris erfunden worden. Er lachte laut auf und erntete fragende Blicke.

»Was amüsiert Sie, Obersturmbannführer?«, fragte Alfred von Vollard-Bockelberg. Der rauhäutige General war ein muskulöser alter Vogel und als Militärbefehlshaber von Paris mit noch mehr Macht ausgestattet als der Botschafter.

Curt setzte ein Siegerlächeln auf. »Ich dachte gerade an ein Bonmot über die Frauen von Paris. Wissen Sie, was man sich über sie erzählt?«

»Dass sie schön sein sollen?«, fragte Vollard-Bockelberg, dessen Gesprächsbeiträge für gewöhnlich den Esprit einer Haubitze hatten.

»Dass sie nichts gegen Männer haben. Wohl aber gegen die Ehe.«

Die Gäste lachten pflichtschuldig. »Willkommen in Paris, meine Herren.« Curt gab das Zeichen, und das Streichquartett begann zu spielen. Er hatte Vivaldi bestellt, den verstanden sogar Soldaten.

»Wo haben Sie denn die Musiker aufgetrieben?«, fragte Vollard-Bockelberg, während das Streichquartett versuchte, den Zauber der *Vier Jahreszeiten* durch den Raum schweben zu lassen. »Sind das Franzosen? Ich dachte, die sind alle raus aus Paris.«

»Wir schätzen, dass etwa die Hälfte der Bevölkerung hiergeblieben ist«, erklärte Curt.

»Woher wollen Sie das denn wissen?«, fragte Harald Meißner. Der schlanke Oberleutnant gehörte zu Vollard-Bockelberg wie ein Hund zu seinem Herrn.

»Sie wissen vielleicht, dass ich einige Jahre in Paris gelebt habe«, sagte Curt und ließ sich von seinem deutschen Diener Champagner nachschenken. »In dieser Zeit habe ich viele Bekanntschaften geschlossen. Haben Sie schon mal von der PPF gehört?«

»Die französischen Faschisten? Gehören die etwa dazu?«, fragte Vollard-Bockelberg und nickte dem Kammerorchester zu.

»Nein, aber es sind Leute, die der PPF einen Gefallen schulden.« Er machte eine Pause. »So was kann nützlich für uns sein.«

Wieder klirrten die Gläser. Allmählich bekam der Abend Schwung. Nachdem die *Vier Jahreszeiten* mit dem Winter ausgeklungen waren, spielten die Musiker Walzer. Curt tanzte mit Ursula. Die Offiziere sahen zu, die meisten hefteten ihre Blicke auf Ursulas Hintern, wie Curt feststellte. Nach dem Tanz küsste er seine Frau auf die Wange. Dann gab er erneut ein Zeichen. Eine Tür öffnete sich, und ein Dutzend Frauen in langen Kleidern schwebte herein. Die Damen waren etwas zu grell zurechtgemacht. Aber in einer besetzten Stadt konnte man nicht wählerisch sein.

»Ihre Begleiterinnen für heute Abend, meine Herren«, stellte Curt vor. »Die schönsten Frauen von Paris wollten es sich nicht nehmen lassen, mit den neuen Herrschern der Stadt bekannt gemacht zu werden. Sie wissen ja: Macht übt eine starke Faszination auf das schwache Geschlecht aus.« Er klatschte in die Hände. »Musik!«

Die Streicher spielten wieder auf. Die Frauen suchten sich je einen der Offiziere aus und zogen die Herren auf die Tanzfläche. Die Männer waren wie betäubt.

Curt schmunzelte. Soldaten, die Eisen fressen konnten, ließen sich von einer warmen Frauenhand in kleine Jungen verwandeln. Das Geld, das ihn dieser kleine Auflauf weiblichen Fleisches gekostet hatte, war gut angelegt. Die Männer hatten seit Monaten keine Frau mehr gesehen, und schon gar keine in solchen Kleidern. Sie würden ihm ewig dankbar sein.

»Der Abend ist dir gelungen«, sagte Ursula. Mit ihrem wallenden Haar über ihrem schwarzen, eng anliegenden Kleid übertraf sie die anderen Damen um Längen. Das war kein Zufall. Curt hatte bei der Auswahl der Prostituierten darauf geachtet, dass keine so schön war wie seine Frau. Dies war Ursulas Abend, und das Letzte, was er gebrauchen konnte, war eine Hure, die ihr den Platz als *Belle de jour* streitig machte.

Er zog sie zur Seite, fort von dem Dunst aus Alkohol und Zigarettenrauch und dem Geruch aufgestauter Geilheit. Vor den Fenstern nahm er sie in den Arm und küsste sie, viel zu lange für einen gesellschaftlichen Anlass wie diesen. Sie drängte sich an ihn.

»Wir sind am Ziel«, sagte er.

»Du hast es geschafft«, flüsterte sie und strich mit der Hand über seinen Nacken. »Jetzt bleiben wir für immer hier.«

»Ja, für immer«, sagte er leise. Dabei war er sich keineswegs so sicher, wie er sich gab.

»Dürfen wir stören?« Vollard-Bockelberg stand mit einem Mal neben ihnen, und hinter dem General tauchte Meißner auf. Die beiden trugen strenge Offiziersmienen zur Schau. Was musste man denn noch anstellen, damit sich diese Leute endlich dem Genuss hingaben?

»Natürlich, General«, sagte Curt. »Entschuldige uns einen Moment«, bat er Ursula, die nach einem skeptischen Blick auf die Militärs verschwand.

»Sagen Ihnen die Damen nicht zu?«, fragte Curt, der schon ahnte, weshalb die beiden Offiziere ihn unter vier Augen sprechen wollten.

»Ich habe keine Zeit für Huren«, sagte Vollard-Bockelberg. »Wir müssen über das weitere Vorgehen beraten.«

»Hat das nicht Zeit bis morgen?«, fragte Curt und deutete mit generöser Geste zu dem Fest. »Entspannen Sie sich doch ein wenig.«

»Wir sind nicht hier, um Spaß zu haben«, sagte Oberleutnant Meißner scharf, »sondern um die Befehle des Führers umzusetzen.«

Curt merkte, wie Zorn in ihm hochstieg. »Natürlich wollen wir Hitlers Befehle befolgen«, bestätigte er Meißners Belehrung. »Am besten sofort, wenn Sie sonst keine Bedürfnisse haben. Worüber also wollen Sie mit mir sprechen?«

Die beiden hatten immerhin so viel Taktgefühl, dass sie erst ein wenig um den heißen Brei herumredeten. Sie fassten die Ereignisse des Tages zusammen, berichteten, dass nach der Besetzung von Paris an allen maßgeblichen Punkten der Stadt Reichsflaggen gehisst worden seien, dass deutsche Truppen das Hauptquartier der französischen Flotte besetzt hätten und ebenso viele Luxushotels entlang der Rue de Rivoli und der benachbarten Straßen unter ihrer Kontrolle ständen. Dort wolle man die Einsatzleitung der Wehrmacht unterbringen. Die Gestapo sei bereits ins Hôtel du Louvre eingezogen, nur einen Häuserblock von dem berühmten Museum entfernt.

Damit kam Vollard-Bockelberg zum Thema. »Was war da heute Morgen los? Ich habe gehört, Sie seien noch vor den Truppen durch Paris spaziert. Man hat Sie gesehen, wie Sie sich gewaltsam Einlass zum Louvre verschafft haben, Hardefust.«

Beinahe wäre Curt zusammengezuckt. Dann waren die Schüsse, die er auf das Tor abgegeben hatte, doch nicht unbemerkt geblieben. »Ja«, sagte er. »Ich war da. Ich wollte keine Zeit verlieren und die Kunstschätze Frankreichs für unser großes Führermuseum sofort sichten.« Unwillkürlich schweifte sein Blick zum Fenster hinüber, in die Richtung, in der das Museum lag. Mittlerweile war die Nacht heraufgezogen, vor den Scheiben war es schwarz. Die Lichter der Kronleuchter spiegelten sich im Glas. »Das Museum ist leer«, fuhr er fort, »komplett ausgeräumt.«

»Wie konnte das passieren?«, fragte Meißner. »Sie hatten schließlich die Aufgabe, die Kunstwerke zu sichern und nach Berlin zu schicken. Wenn ich mich richtig erinnere, sind Sie überhaupt nur deswegen hier.«

Curt schaute hinüber zur Tanzfläche. Dort ließ sich Ursula von einem Offizier im Dreivierteltakt herumwirbeln. Curt fühlte sich vollkommen allein.

»Ich habe die Heeresleitung schon vor Monaten darauf hingewiesen, dass wir uns mit dem Einmarsch in Frankreich beeilen müssen. Aber es ging und ging einfach nicht los. Der Fall Gelb …«

»Stellen Sie etwa die Entscheidungen des Führers infrage?«, zischte Meißner.

»Die Frage, wer Schuld hat, klären wir später«, ging Vollard-Bockelberg dazwischen. »Wichtiger ist jetzt, wie wir an die Kunstwerke gelangen. Welche Maßnahmen haben Sie ergriffen, Hardefust?«

»Ich habe angeordnet, dass die Museumsarchive durchkämmt werden. Vielleicht haben die Franzosen Papiere zurückgelassen, und wenn wir Glück haben, sind Berichte über die Evakuierung der Kunstwerke darunter.«

»Blödsinn!«, blaffte Meißner.

Vollard-Bockelberg schüttelte den Kopf. »Sie glauben doch nicht im Ernst, dass die ein solches Museum ausräumen, um dann Spuren in ihren Aktenschränken zu hinterlassen. Das ist Zeitverschwendung. Was haben Sie noch?«

»Wenn Sie die Kunst nicht finden, sind Sie am Arsch«, kommentierte Meißner. »Dann schickt man Sie zurück nach Berlin. In einem Viehwaggon.«

Das war natürlich übertrieben, verfehlte aber seine Wirkung nicht. Curt schwitzte so stark, dass man es fast hören konnte. Er steckte einen Zeigefinger in seinen Hemdkragen, um ihn zu lockern. »Es gibt Zeichen an den Wänden des Museums«, presste er hervor. »Kreidezeichen. Sie sind chiffriert. Unsere Leute versuchen gerade, sie zu entziffern.«

»Wenn es ein Code ist, schicken Sie ihn nach Berlin«, schlug Vollard-Bockelberg vor. »Die haben da Spezialisten für so was.«

»Ich würd das lieber selbst regeln«, wandte Curt ein. »Canaris und seine Jungs haben Wichtigeres zu tun.«

»Sie wollen nur nicht, dass Berlin jetzt schon von diesem Debakel erfährt«, stellte Meißner fest.

»Es ist doch so, meine Herren«, erklärte Curt. »Wenn ich dem Führer mitteile, das Unternehmen sei gescheitert, wird er enttäuscht sein. Er ist ein Mann der Tat, er wird das neue Museum in Berlin sofort vom Entwurf der Germania streichen. Und jetzt stellen Sie sich vor, was Hitler dazu sagen würde, wenn wir die verschwundenen Kunstwerke dann wiederfänden.«

Vollard-Bockelberg rieb sich das Kinn. »Er würde glauben, dass man ihn zum Narren hält.«

»Genau«, bestätigte Curt. »Und ich wäre nicht allein Zielscheibe seines Zorns. Sie beide sind ebenso in Paris verantwortlich wie ich. Wir sitzen im selben Boot.« Erleichterung erfasste ihn. Diese Kerle vom Militär waren so einfach um den Finger zu wickeln. Man brauchte bloß ein wenig Erfindungsreichtum.

Meißners Gesicht zog sich um seine Nasenwurzel herum zusammen. Sein Mund, seine Augen legten sich in Falten.

»Was meinen Sie, Hardefust?«, fragte Vollard-Bockelberg. »Bis wann können Sie die Kunstwerke wiederbeschaffen?«

»Bis wann?« Curt räusperte sich. »Nun, so schnell wie möglich. Berlin wird nicht lange warten müssen.«

Vollard-Bockelberg nickte. »Das ist gut, denn Ihnen wird auch nicht viel Zeit bleiben. Wie wir vorhin erfahren haben, kommt Hermann Göring nach Paris. Sie wissen ja: Der Dicke ist ein Kunstfreund. Er will den Louvre besichtigen.«

»Wann?«, war alles, was Curt hervorbrachte.

»In zwei Wochen«, antwortete der Befehlshaber.

Auf Meißners Gesicht war schlecht verhohlene Belustigung zu erkennen.

»Zwei Wochen!«, platzte es aus Curt heraus. »Selbst, wenn ich das Versteck der Kunstwerke noch heute fände, bräuchte ich länger als zwei Wochen, um den Louvre wieder einzuräumen, damit Göring alles besichtigen kann.«

»Dann lassen Sie sich was einfallen«, versetzte Meißner.

Curt verspürte den Wunsch, diesem arroganten Gallenkrämer das Champagnerglas zwischen die Zähne zu stoßen. »Göring muss warten. Ich telegraphiere nach Berlin und bitte um Aufschub.« Er wusste, wie absurd das klang. Göring würde misstrauisch werden und noch früher in Paris auftauchen.

»Ich habe einen besseren Vorschlag«, sagte Vollard-Bockelberg mit einem leisen Lächeln. »Wir stellen Ihnen ein Sondereinsatzkommando zur Verfügung. Die härtesten Männer der Gestapo und der SS, die wir in Paris haben. Sie, Hardefust, rufen die Bevölkerung auf, uns Hinweise über den Verbleib der Kunstwerke zu liefern. Sonst statten unsere Spezialisten den Bewohnern der Viertel Besuche ab und durchsuchen die Wohnungen.«

Curt kniff die Augen zusammen. »Ich kenne die Häuser einiger reicher Juden hier in Paris, bei denen gibt es so viel Kunst, dass man sich wie in einem Museum vorkommt. Vielleicht lassen Sie Ihre Männer dort zuerst nachsehen. Die Ergebnisse könnten so reichhaltig sein, dass sogar der Louvre dafür zu klein sein wird.«

Vollard-Bockelberg hob sein Glas. »Ich sehe, wir verstehen uns, Herr Botschafter.«

Kapitel 28

Paris,
Juni 1940

An etwas zu denken ist fast so gut, wie es zu haben. Das hatte Curts Mutter immer gesagt. Seit er im Louvre gewesen war, versuchte er, diesem Leitsatz zu folgen und Ruhe zu bewahren. Doch je länger die Suche nach den Kunstwerken dauerte, desto weniger glaubte er den Worten seiner Mutter. Die bloßen Gedanken an die Gemälde und Skulpturen beruhigten ihn nicht, sie versetzten ihn in Aufruhr. Hermann Görings Besuch rückte näher, und Curt konnte nichts anderes tun, als hinter seinem Schreibtisch in der Botschaft zu hocken und zu warten.

Vor dem Fenster rauschten die Blätter der Platanen. Die Vorhänge dämpften das Licht des Sommertags, das in sein Büro fiel. Der Raum war größer und stattlicher als der von Heißberger in Berlin – aber würde er ihn auch mit so viel Macht ausfüllen können?

Vor Curt stapelten sich Papiere. Er las das zuoberst liegende Schreiben. Berlin forderte Lebensmittel von Frankreich. Siebenhundert Millionen Kilogramm Getreide sollte das besetzte Land jährlich liefern. So viel brauchte die deutsche Armee für ihren geplanten Vorstoß nach Osten. Curt sollte das Dekret unterzeichnen, aber er zögerte. Er kannte Frankreich gut genug, um vorauszusehen, dass die Lebensmittel knapp werden würden. Kurz überlegte er, ob er nach

Berlin telegrafieren sollte, um über die geforderte Menge zu verhandeln. Zwei Drittel, so viel wäre lieferbar, oder besser noch die Hälfte.

Er schüttelte den Kopf. Seine Position war nicht gefestigt genug, um die Entscheidungen der Obersten Heeresleitung zu kritisieren. Nicht, solange die Louvre-Kunst verschwunden blieb. Er schraubte seinen Füllfederhalter auf und unterzeichnete.

Das nächste Blatt: Ausgangssperre von zehn Uhr abends bis fünf Uhr morgens. Wie sich die Stadt innerhalb weniger Tage verändert hatte! Zunächst hatte es gar nicht danach ausgesehen, dass die Pariser überhaupt aus ihren Häusern kommen würden. Drei Tage hatten sie gebraucht, um festzustellen, dass die Deutschen sie nicht gefangen nehmen und deportieren würden. Danach war das Leben in die Straßen von Paris zurückgekehrt, und zwar mit solcher Kraft, dass man es mit einer Ausgangssperre wieder eindämmen musste, damit es kontrollierbar blieb. Curt unterschrieb auch dieses Dokument.

Kaum hatte er die ersten Zeilen des nächsten Schreibens gelesen – es ging um die Einladung von französischen Journalisten nach Berlin – klopfte jemand an der Tür.

»Herein!« Curt hoffte, dass es Ursula war. Manchmal schaute sie von einem Spaziergang herein, um ihm zu zeigen, welches exquisite Kleid oder Einrichtungsstück sie gefunden hatte. Einmal hatte sie sich Curt auf dem Schreibtisch hingegeben. Noch immer meinte er, ihr Parfüm auf der Tischplatte wahrnehmen zu können.

Die Tür öffnete sich. Statt Ursula kam Oberleutnant Meißner herein. Ihm folgten Wehrmachtssoldaten, die Gemälde trugen.

In Meißners Gesicht zuckte es. Der Offizier schien sich ein Grinsen zu verkneifen. Er tippte sich gegen den Schirm seiner Dienstmütze, schlug die Absätze seiner Stiefel zusammen und rief: »Erste Lieferung von Kunstobjekten aus jüdischem Besitz. Botschafter Hardefust! Prüfen Sie das Ergebnis!« Dann löste er sich aus seiner steifen Haltung und schlug sich auf die Oberschenkel. »Hardefust! Sie hätten diese Juden sehen sollen, als wir ihnen ihre Bilder weggenommen haben. Die ganze Familie hat ein Katzengeschrei angestimmt und irgendwas vom Roerich-Pakt gerufen. Sie wissen schon, diese Vereinbarung zum Schutz von Kulturgütern bei kriegerischen Auseinandersetzungen. Es war köstlich. Beim nächsten Mal müssen sie unbedingt dabei sein.«

Curt sprang auf und lief auf den ersten Soldaten zu. Der Mann trug einen Kupferstich in einem schlichten schwarzen Holzrahmen. Curt nahm ihm das Bild ab. Rom. Das Forum Boarium mit dem Herkulestempel. Zwei kleine Gestalten davor, um die Dimensionen des Bauwerks zu verdeutlichen. Curt musste nicht auf die Signatur schauen, um zu wissen, was er vor sich hatte.

»Ein Druck von Rossini«, sagte er und ging zu dem nächsten Soldaten hinüber, der ihm seine Beute entgegenhielt. Ein Ölgemälde. Impressionismus. Das Dach einer Bauernkate ragte aus einer graubraunen Landschaft hervor. Rote Flecken waren über die Szene verteilt. Zuerst dachte Curt, es handele sich um Mohnblüten. Dann erkannte er, woher die roten Spritzer kamen.

»Was soll ich damit, Oberleutnant Meißner?«, rief er dem Offizier entgegen.

Meißner wich einen Schritt zurück. »Der Plan sieht vor, dass wir die Kunst reicher Juden in den Louvre stellen, damit Göring …«

»Das ist keine Kunst. Das sind Gebrauchsgegenstände. Die Sie zudem noch zerstört haben.« Curt zeigte auf die Blutflecken auf dem Ölbild. »Ein Glücksfall, dass Sie nur Plunder erwischt haben, und keinen Giotto oder einen Tizian.«

Meißner deutete auf den Rossini. »Aber das ist doch Kunst, oder nicht? Der Stich sieht sogar alt aus. Das können Sie in den Louvre stellen. Seien Sie nicht so wählerisch, Hardefust!«

Curt verzichtete auf eine Entgegnung. Er befahl den Soldaten, die Gemälde in den Keller zu bringen, und schloss die Tür hinter ihnen. Dann zwang er sich zu einem ruhigen Ton. »Da können Sie Hermann Göring auch gleich die Fotografie einer abgetakelten Pariser Concierge als Mona Lisa verkaufen.«

Meißner schluckte. Die Vorstellung eines erzürnten Reichsmarschalls schien ihm nicht zu behagen. »Ich habe ja sofort gesagt, dass wir Sie dabeihaben müssen, Hardefust. Aber Sie wollten ja lieber in der Botschaft bleiben. Ich kenne auch den Grund: Sie wollen sich bei den Franzosen nicht unbeliebt machen. Die Drecksarbeit sollen lieber andere erledigen.«

Curt hörte nicht länger hin. Meißners Worte verwehten im Raum. Die Aktion gegen die Pariser Juden mochte Vollard-Bockelberg zufriedenstellen, Ersatz für die Louvre-Kunst brachte sie nicht.

Curt griff zum Telefon und bellte in den Hörer, man möge ihn augenblicklich mit der Gestapo verbinden. Nach fünfmaligem Läuten nahm jemand ab.

»Hier ist Botschafter Hardefust. Wieso dauert das so lange?«, rief er in den Hörer.

»Ich war doch sofort am Apparat«, sagte eine Männerstimme.

»Die Entzifferung der Kreidezeichen aus dem Louvre«, brüllte Curt und schickte ein giftiges »Sie Idiot!« hinterher.

Vor ihm erbleichte Meißner und ließ sich in einen Sessel

fallen. Dem Oberleutnant schien allmählich klar zu werden, dass er versagt hatte.

»Wir sind schon recht weit«, sagte der Gestapomann am anderen Ende der Leitung. »Ein recht simpler Code, Amateurarbeit.«

»Warum habe ich dann noch keine Ergebnisse?«, schimpfte Curt.

»Geben Sie uns noch zwei Tage«, kam die Antwort, »aber ohne Garantie von meiner Seite.«

»Dann garantiere ich Ihnen jetzt mal was«, rief Curt, »nämlich, dass ich Sie Göring durch den leeren Louvre führen lassen werde, wenn ich diese Kreidezeichen nicht schnellstens lesen kann.« Er knallte den Hörer auf die Gabel. Die Klingel des Telefons protestierte schwach.

Curt fühlte sich, als habe er literweise Kaffee getrunken. Er kam hinter dem Schreibtisch hervor und begann, auf dem kostbaren Keshan-Teppich im Kreis zu gehen.

»Zwei Tage!«, murmelte er vor sich hin. »Um dann festzustellen, dass sie Küchenrezepte an die Wände des Louvre geschmiert haben.«

Er kam mehrfach an Meißner vorbei, der sich in seinem Sessel still verhielt.

»Es muss jemanden in Paris geben, der etwas weiß, der mir sagen kann, wo diese verfluchten Kunstwerke versteckt sind.« Curt ging in Gedanken seine Kontakte durch. Mit jedem Schritt fiel ihm ein Name ein, den er aber sofort wieder verwarf. Dann blieb er stehen.

»Jacques Doriot«, sagte er zu Meißner. Der Oberleutnant schaute ihn fragend an.

Curt suchte die Nummer aus einem Karteikasten, dann griff er noch einmal zum Telefon.

Eine Viertelstunde später saßen er und Meißner auf der Rückbank des Mercedes und fuhren an der Seine entlang.

»Können wir diesen Leuten von der PPF trauen?«, fragte Meißner.

Curt wiegte den Kopf. »Was ihre Sympathie angeht: ja. Sie begrüßen unsere Ziele und wären gern selbst so wie wir. Aber sie sind einfältig.«

»Und dieser Mann, von denen Ihnen Doriot berichtet hat … dieser Harlé. Der weiß etwas über den Verbleib der Kunstwerke?«

»Das werden wir herausfinden. Doriot war sich nicht sicher. Er sagt, er habe Harlés Tochter beim Louvre gesehen, als er versuchte, die Evakuierung zu verhindern.«

»Das verstehe ich nicht: Wenn Doriot gesehen hat, dass der Louvre ausgeräumt wurde, wieso hat er uns davon nicht in Kenntnis gesetzt?«

Diese Frage hatte sich Curt auch schon gestellt. Er erinnerte sich an das Telegramm aus Paris, das ihn am Silvesterabend im *Haus Vaterland* erreicht hatte. Jacques Doriot hatte die Nachricht geschickt. Und Ursula hatte sie abgefangen. Sie hatte sie gelesen, Curt gesagt, dass in Paris alles in Ordnung sei, und sie dann zerrissen. Curt hatte das ihrer Ausgelassenheit und dem Champagner zugeschrieben und sie gewähren lassen. Was hatte wirklich in dem Telegramm gestanden?

»Fahren Sie schon zu, Mann!«, schnauzte Curt den Fahrer an. Der Wagen machte einen Ruck und schoss über die Rue de Rivoli.

Die Tische vor den Cafés waren wieder besetzt. An einigen tranken Franzosen Weißwein oder Cidre, an anderen genossen deutsche Soldaten Bier.

»Schauen Sie«, sagte Meißner und deutete auf die Szenerie. »Die Besatzer besetzen Stühle in den Cafés.« Er lachte dümmlich. »Haben Sie schon von dem Konzert in der Oper gehört? Gestern Abend haben sie dort Wagner gegeben.«

Curt nickte. Es war Hitlers Wunsch, die französische Kultur so schnell wie möglich zu germanisieren.

»Die französischen Posaunisten«, fuhr Meißner fort, »waren so schwachbrüstig, dass sie das ganze Stück über Schwierigkeiten mit Wagners Partitur hatten. Als sie sich auf dem Höhepunkt noch steigern sollten, ist ihnen die Luft weggeblieben. Eine derart klägliche Vorstellung habe ich noch nie gehört. Der ganze Saal hat gelacht.«

Curt rang sich ein Lächeln ab. Er war sicher, dass die französischen Musiker Wagners Musik absichtlich zerstört hatten. Doch die deutschen Soldaten im Publikum hatten das nicht erkannt, sondern geglaubt, die Franzosen seien Idioten. Die Wehrmacht war blind, wenn sie dem Offensichtlichen gegenüberstand. Curt fasste frischen Mut. Vielleicht würde er die Heeresleitung mit einigen geschickten Ausreden noch etwas hinhalten können.

»Was halten Sie von denen da?«, fragte er Meißner und deutete auf Paare, die in eleganter Kleidung über das Trottoir flanierten.

»Ganz normale Franzosen«, sagte Meißner, »und sie stolzieren herum, als gehöre ihnen Paris noch immer.« Er zuckte mit den Schultern. »Lassen wir sie in dem Glauben, dann gibt es auch keinen Ärger.«

»Schauen Sie genau hin!«, forderte Curt den Oberleutnant auf. »Sehen Sie nicht, dass diese Leute Aufständische sind?«

Sie kamen an weiteren Spaziergängern vorbei, Männern und Frauen, die Arm in Arm den lauen Abend genossen.

»Aufständische«, äffte Meißner ihn nach. »Wie kommen Sie denn darauf?«

»Bei den Frauen sieht man es am besten«, antwortete Curt. »Die Blonde da. Die trägt ein kariertes Kleid in Blau, Weiß und Rot. Und die da hat einen Schal in denselben Farben um den Hals. Vielleicht ist es gar kein Schal, sondern eine Flagge in den Farben der Republik.«

Meißner starrte aus dem Fenster.

»Bei den Männern«, fuhr Curt fort, »ist es nicht so eindeutig. Sehen Sie den da, der sich gerade eine Zigarette anzündet? Achten Sie auf die Farbe seines Streichholzheftes. Und der da trägt blaue Schuhe. Ich wette, er hat weiß-rot gestreifte Socken an, und wenn er im Café sitzt, schlägt er die Beine übereinander, damit sie sichtbar werden.«

»Und wozu das alles?«, fragte Meißner. »Damit werden sie uns wohl kaum aus Paris vertreiben.«

»Jedenfalls nicht sofort«, entgegnete Curt. »Diese Leute müssen nicht die Köpfe zusammenstecken, um eine Verschwörung anzuzetteln. Sie zeigen sich einfach gegenseitig ihre Gesinnung, zeigen sich, dass sie Frankreich lieben und zusammenstehen. Das ist so, als würden sie alle in die Kirche gehen und die Kommunion empfangen. Aber ihre Kirche ist Paris. Verstehen Sie, Meißner?«

Der Oberleutnant grunzte. Er verstand überhaupt nichts, da war Curt sicher. Alles, was man an Meißners Gesicht ablesen konnte, war der Ärger darüber, dass der Botschafter ihm eine Lektion erteilt hatte.

Curt lehnte sich zurück. Er fühlte sich besser, jetzt, da er dem arroganten Kerl gezeigt hatte, dass er die Franzosen nicht unterschätzen sollte.

Sie erreichten die Rue Lamarck in Clichy. So weit ab vom Zentrum waren die Straßen ruhiger. Nur ein einziger Mann auf einem Fahrrad fuhr vorbei. Curt und Meißner stiegen aus dem Mercedes, schlugen die Türen zu und standen vor der Einfahrt zur Garage Harlé. Sie war geschlossen. Ein Gitter war davor heruntergelassen, erlaubte einen Blick ins Innere der Werkstatt und ließ Benzindämpfe heraus. Niemand war zu sehen.

»*Bonsoir!*«, rief Curt durch das Rollgitter. »Ist jemand zu Hause?« Er wartete. Mit den Menschen von Paris musste man Geduld haben, sonst kam man nie ans Ziel.

Meißner schien das nicht zu wissen. »Hier spricht Oberleutnant Meißner von der Kommandantur der Wehrmacht in Paris«, rief er. »Öffnen Sie sofort das Tor.« Zur Verstärkung seiner Worte hämmerte er gegen das Gitter. Das Scheppern hallte durch die leere Werkstatt.

Eine Tür klappte und langsame Schritte waren zu hören. Meißner schaute Curt mit einem spöttischen Funkeln im Blick an.

Aus dem Hintergrund der Werkstatt näherte sich eine gebeugte Gestalt, ein alter Mann mit einem Gehstock. Er musste einmal eine stattliche Erscheinung gewesen sein, doch diese Zeiten waren vorbei. Als der Alte ans Gitter trat und das Abendlicht auf sein Gesicht fiel, schreckte Curt zurück. Die Züge des Mannes waren entstellt. Er sah aus, als sei er schwer verwundet und schlecht zusammengeflickt worden.

»Messieurs?«, fragte er mit heiserer Stimme. Auf seinen Lippen waren Speichelblasen zu sehen. Der Kerl war widerlich.

»Wir suchen Monsieur Harlé«, sagte Curt.

»Das bin ich«, sagte der Alte. Seine Oberlippe fiel beim Sprechen in Richtung des rechten Mundwinkels herab.

»Lassen Sie uns herein!«, verlangte Meißner in gebrochenem Französisch. »Wir haben einige Fragen an Sie.«

Harlé musterte Meißner, dann wanderte sein Blick langsam zu Curt hinüber. »Was hat er gesagt?«

»Wir würden Sie gern einen Moment sprechen«, sagte Curt.

Harlé reagierte nicht. Er schien jetzt auf Meißners Uniform zu schauen, so genau war das nicht festzustellen.

Meißners Hand stieß durch das Gitter, so schnell, dass

Curt erschrak. Mit einem Mal hatte der Oberleutnant das Hemd des alten Harlé gepackt und riss ihn an das Gitter heran. Harlé prallte mit dem Gesicht gegen die Streben und schrie auf.

»Hören Sie zu!«, sagte Meißner und presste sein eigenes Gesicht von außen gegen das Gitter. Die Augen der beiden Männer waren nur eine Handbreit voneinander entfernt. »Wir wissen, dass Ihre Tochter dabei geholfen hat, den Louvre auszuräumen. Wo ist sie?«

Harlés Augen wurden groß. Er schnappte nach Luft und versuchte Meißners Hand abzustreifen, doch seine Bewegungen waren kraftlos. »Ich habe gar keine Tochter.«

Meißner warf Curt einen bedeutungsvollen Blick zu. Dann griff er an seine Seite und öffnete die Lederschlaufe seiner Pistolentasche. Im nächsten Augenblick hielt er dem Alten seine Automatik vor das Gesicht. »Wenn Sie nicht kooperieren«, brüllte Meißner, »erschieße ich Sie. Wo ist Ihre Tochter? Wohin hat sie die Kunst des Louvre gebracht?«

Curt war tatsächlich froh, dass Meißner die Drecksarbeit erledigte. Er beugte sich vor und sagte mit ruhiger Stimme zu Harlé: »Es wäre besser für Sie, wenn Sie uns helfen.«

»Aber ich bin kinderlos«, krächzte der Alte zwischen zwei schnellen Atemzügen. »Sie müssen sich irren.« Dann verdrehte er die Augen und sackte zusammen. Meißner konnte das Gewicht nicht halten und musste Harlé loslassen, der auf dem ölverschmierten Boden zusammenbrach. Sein linker Arm zuckte. Dann lag er still.

Meißner steckte die Hand mit der Pistole durch das Gitter und zielte auf den Werkstattbesitzer. »Aufstehen! Mit uns treibst du keine Spielchen, Froschfresser!« Er spannte den Hebel der Automatik.

Curt legte dem Oberleutnant eine Hand auf die Schulter. »Schon gut, Meißner. Stecken Sie das Ding wieder weg.«

»Warum sollte ich?«, blaffte Meißner. »Glauben Sie dem Krüppel etwa?«

»Nein«, antwortete Curt. »Aber wir werden keine andere Antwort von ihm bekommen. Schauen Sie doch. Seine Augen. Der Mann ist tot.«

Kapitel 29

CLÉRY-SAINTE-ANNE,
JUNI 1940

Raoul erkannte Delaponts Weinberg kaum wieder. Seit der Traubenlese im September waren zwei Jahreszeiten über die Rebstöcke hinweggezogen. Der Winter hatte die Pflanzen entlaubt und nur knorrige Stöcke übrig gelassen, damit der Frühling sie wieder wach küssen, ihnen ein zartes Grün schenken und am Fuß der Rebstöcke einen gelben Teppich aus Löwenzahn sprießen lassen konnte. In all der Zeit hatte es zwischen den Rebzeilen nicht viel Arbeit gegeben. Doch jetzt, in den ersten Wochen des Sommers, brauchte Delapont wieder Hilfe. Die jungen Triebe mussten in die Drahtrahmen eingeschlauft werden, damit sie Halt fanden und nicht abbrachen, wenn sie länger wurden. Die Arbeit war einfach, und selbst ungelernte Landarbeiter konnten sie erledigen.

Raoul war erleichtert, dass Delapont ihn wieder beschäftigte. Nach der unglücklichen Vorstellung kurz vor Weihnachten, bei der Raoul dem Winzer eröffnet hatte, er wolle Josette heiraten, hätte Delapont ihn ebenso gut zum Teufel jagen können. Dass er das nicht getan hatte, mochte bedeuten, dass er Raoul als Schwiegersohn in Erwägung zog. Oder war der Alte einfach nur vergesslich?

Das wäre Raoul auch gern. Aber Josette ging ihm nicht aus dem Kopf. Er musste sie zurückgewinnen. An einem

Sonntag im Februar wäre es ihm beinahe gelungen. Er war zu spät zur Messe gekommen und hatte Josette entdeckt, die mit ihren Eltern in der hintersten Bank der Kirche saß. Raoul drängte sich neben sie. Zunächst beachtete sie ihn nicht und gab vor, der Predigt Pfarrer Gallimards zu lauschen. Der Geistliche bat alle Dorfbewohner, Flüchtlinge aus dem besetzten Paris in ihre Häuser aufzunehmen. Das waren allerdings nur wenige, denn wer vor den Deutschen aus der Hauptstadt geflohen war, der wollte meist viel weiter in den Süden Frankreichs.

Nach einer Weile spürte Raoul Josettes warme Hand auf seinem Bein. Beinahe wäre er vor Schreck aufgesprungen. Während er die Berührung genoss, stellte er sich die Frage, ob Josette so etwas tatsächlich mit jedem jungen Mann des Dorfes – und der umliegenden Dörfer – machte. Das jedenfalls behaupteten die Männer im *Lion Rouge*. Oder war es bei ihm etwas anderes?

Fragen konnte er sie schlecht, also entschied er sich zu glauben, dass sie ihm zugetan war – insbesondere, weil ihre Hand mittlerweile in seine Hosentasche geglitten war. Als er seinerseits versuchte, sie zu berühren, schlug sie seine Finger weg, ging ihrem Vorhaben aber mit ungebrochenem Eifer nach.

An diesem Sonntag war Raoul der glücklichste Mann des Dorfes. Am nächsten Abend lief er zu Delaponts Hof, um Josette zu besuchen, doch da war sie erneut verschwunden. Und das blieb sie auch in den folgenden Wochen. Jedes Mal, wenn Raoul nach ihr fragte, wollte niemand auf dem Hof sie gesehen haben.

Was war nur mit dieser Französin los? Wäre er in Madrid gewesen, so wäre er nach einer so langen Zeit der Tändelei längst verheiratet und Vater eines Kindes. Aber Madrid war weit, und die Winzertochter von der Loire war manchmal süß wie Eiswein und manchmal so kalt wie dessen Trauben im Frost.

Raoul klemmte noch einen Trieb in eine Schlaufe und schaute das Gewächs, das seinen Platz in der Welt gefunden hatte, neidvoll an. Einen spanischen Flüchtling wollte wohl niemand einschlaufen.

»Hier vorne brechen Geiztriebe aus, Vater. Ich schneide sie noch schnell heraus und komme dann nach.«

Josette war in den Reben! Unwillkürlich duckte sich Raoul. Würde sie davonlaufen, wenn sie ihn sah?

Er huschte durch die Rebstöcke. Das Laub war noch nicht vollständig ausgebildet, schon von Weitem schimmerte etwas Rotes durch die Knospen.

Josette war noch schöner als beim letzten Mal, und da war sie noch schöner gewesen als die Male zuvor. »Wenn du nicht aufhörst, immer hübscher zu werden, werde ich noch blind«, rief Raoul ihr entgegen.

»Was willst du?«, fragte sie mit ihrer Glockenstimme und wischte einen Grashalm von ihrer Wange. Ein Streifen Pflanzensaft färbte ihre Haut grün.

»Nur mit dir reden«, sagte Raoul. Er wagte sich keinen Schritt weiter vor, aus Angst, Josette könnte sich in Luft auflösen.

Dabei konnte er ihr gar nicht nahe genug sein.

Sie kehrte ihm den Rücken zu und machte sich mit einer groben Schere an einem Rebstock zu schaffen. »Ich hab keine Zeit«, sagte sie.

Raoul öffnete den Mund. »Du hast seit Monaten keine Zeit«, wollte er sagen. »Ich habe seit dem Weinfest keinen Schlaf gefunden, weil du mir aus dem Weg gehst, aber nicht aus dem Sinn«, wollte er sagen. Er schloss den Mund. Mit Vorwürfen eroberte man keine Frau.

»Willst du eine Abenteuergeschichte hören?«, fragte er.

»Geschichten sind für Kinder«, gab sie über die Schulter zurück und schnitt mit energischen Bewegungen an den Trieben herum.

»Ich war in Chambord«, fuhr Raoul fort. »Im Schloss.« Das stimmte nicht ganz. Er war im Innenhof gewesen. Aber ein bisschen Flunkerei half der Zuneigung vielleicht auf die Sprünge.

Josette fuhr zu ihm herum und prustete. »Ausgerechnet du willst im Château von Chambord gewesen sein? Du weißt ja nicht mal, wie du nach Travency kommen sollst.«

»Es stimmt aber«, beteuerte Raoul. Und dann erzählte er von seinem Erlebnis in jener Winternacht, in der er als blinder Passagier auf der Ladefläche eines gelben Lastwagens einem unbekannten Ziel entgegengefahren war.

Je länger Raoul sprach, desto gebannter lauschte Josette, ohne ihn noch einmal zu unterbrechen.

»Ich hockte also unter dieser Plane«, berichtete er. »Es war stockfinster. Die Ladefläche wackelte. Hoffentlich sind die Kisten gut verschnürt, dachte ich, denn wenn die ins Rutschen kommen, werden sie mich zerquetschen.«

Er erkannte an Josettes Miene, dass er übertrieb. »Eine Stunde lang waren wir unterwegs. Dann hörte ich Bremsen quietschen. Schließlich wurde auch der Laster, auf dem ich saß, langsamer und hielt an. Rufe erklangen. Als ich unter der Plane hervorlugte, hab ich weiter vorne Lichter gesehen und eine Mauer, deren Stein selbst in der Nacht hell leuchtete.«

»Château Chambord«, sagte Josette leise.

»Die Laster fuhren weiter, es ging unter einem Torbogen hindurch auf einen Innenhof. Da bin ich von der Ladefläche gesprungen. Der Wagen, auf dem ich mitfuhr, war der letzte in der Reihe, deshalb hat mich niemand entdeckt. Ich hab mich im Schutz der Mauer gehalten, und vor mir ragte dieses gewaltige Gebäude auf. Lichter erhellten den Hof, und der Mond schien auf die Erker, Türmchen und Kamine. Josette! Es sah aus wie ein Schloss aus einem Märchen.«

»Was ist dann passiert?«, fragte sie mit gepresster Stimme. »Haben sie dich erwischt?

»Mich erwischt?« Raoul lächelte überlegen. Von seiner Angst, die er im Schatten des Torbogens empfunden hatte, erzählte er nichts. »Ich glaube eher, dass ich die Leute auf diesen Lastwagen bei etwas erwischt habe.« Er senkte die Stimme. »Sie haben die Kisten ins Schloss getragen. Und weißt du, was ich glaube? Da waren Kunstwerke drin. Gemälde. Aber auch was anderes. Sie schoben so einen Bretterverschlag, er sah aus wie ein Ziegenkäfig, da schaute der Kopf einer Steinfigur raus, eine Frau mit weißen Haaren. Eigentlich war der ganze Kopf weiß. Halt so, wie Statuen aussehen, du weißt doch.« Er wedelte mit den Händen. Wie beschrieb man so etwas am besten?

Josette nickte. »Solche Statuen habe ich schon mal in einer Ausgabe von *Match* gesehen. Die sind ganz hell, ohne Farbe, irgendwie seltsam. Was war noch da?«

»Die Männer haben einen Teppich ausgeladen, der war zusammengerollt und so lang wie von hier bis zum Ende dieser Rebzeile.«

Josettes Blick folgte Raouls ausgestrecktem Arm.

»Sie riefen immer wieder, dass die Träger die Teppichrolle nicht knicken dürften, wegen der Leinwand, die drinsteckt. Ein Bild, das so groß ist! Wo gibt's denn so was? Ich wurde immer neugieriger. Andererseits wäre ich am liebsten davongelaufen, denn wer was so Geheimes beobachtet und dabei ertappt wird, dem wird bestimmt der Hals umgedreht.«

»Aber du bist trotzdem geblieben«, stellte Josette fest.

»Natürlich! Pass auf: Nach einer Weile kam die größte Kiste vom Laster, diejenige, die vor Cléry-Sainte Anne in der Stromleitung hängen geblieben war. Über drei Meter war die groß. Alle haben mit angefasst und sie von der Ladefläche gewuchtet. Sie wollten sie ins Schloss reintragen, aber der Eingang war nicht hoch genug.«

»Warum haben sie sie nicht einfach gekippt? Dann hätte es vielleicht gepasst.«

»Genau das dachte ich auch. Stattdessen haben sie die Kiste in die Kapelle gebracht, wo sie auch aufrecht reinpasste. Es muss etwas Zerbrechliches darin gewesen sein.«

»Hast du rausgefunden, was es war?« Josette knetete den Saum ihres roten Kleides, ihre Finger hinterließen grüne Flecken auf dem Stoff.

»Zwei der Männer sprachen darüber, was sie mit der Nike anfangen sollten. Ich habe keine Ahnung, was das sein könnte. Du etwa?«

Josette schüttelte den Kopf. »Das ist ja eine tolle Geschichte. Bist du sicher, dass du sie dir nicht einfach ausgedacht hast?«

»Glaubst du, ich würde dir einen Bären aufbinden?«, fragte Raoul.

»Natürlich!«, sagte Josette. »Und jetzt muss ich weiterarbeiten. Von deinen Geschichten wächst der Wein auch nicht schneller.« Sie griff wieder nach einem der Triebe und wollte daran herumschneiden.

»Warte!« Raoul hielt Josettes Arm fest.

Sie fuhr zu ihm herum. »Was denn noch?«

»Das Beste hab ich noch gar nicht erzählt«, sagte Raoul und kam ihr dabei so nah, dass er ihren Atem auf dem Gesicht spürte. »Weißt du, woher diese Kunstwerke kamen? Aus dem Louvre! Das hat einer der Männer gesagt. Ich hab's genau gehört.«

»Aus dem Louvre?«, fragte Josette ungläubig. »Dem großen Museum in Paris? Das ist doch Unsinn. Warum sollten sie all die kostbaren Bilder nach Chambord bringen?«

»Das hab ich mich auch gefragt«, sagte Raoul und bemerkte, dass sie sich gegen seine Berührung nicht länger zur Wehr setzte. »Darauf gibt's nur eine Antwort: Die Regierung hat die Kunstwerke aus dem Louvre herausschaffen lassen, damit sie den Deutschen nicht in die Hände fallen. Und in Chambord haben sie sie versteckt. Josette!« Er drückte ihren Arm fester. »Nur wir beide wissen davon.«

Ihr Blick tastete über sein Gesicht, auf dem sich das Grinsen eines Schuljungen ausbreitete, der dem Lehrer einen Streich gespielt hatte. »Das kann gefährlich sein«, sagte sie. »Ich will davon lieber nichts wissen. Wenn die Deutschen nach Cléry-Sainte-Anne kommen und uns verhören, was soll ich dann sagen?«

Raoul winkte ab. »Die kommen nicht, die haben doch schon Paris erobert. Was sollen sie mit einem Dorf an der Loire? Und mit Weinbergen? Die trinken nur Bier.« Er ahnte zwar, dass diese Einschätzung einfältig war, trug sie aber mit großer Ernsthaftigkeit vor. Die folgenden Worte kullerten einfach aus seinem Mund. »Wir zwei könnten gemeinsam nach Chambord fahren. Dann zeig ich dir all die schönen Bilder.«

»Aber du hast gesagt, diese Leute hätten die Kunstwerke versteckt. Wir können da nicht einfach auftauchen und nach einer Führung fragen.« Josette griff nach seiner Hand. »Oder?«

Raoul drückte ihre Finger ganz fest. »Mich hat auch keiner bemerkt.«

»Aber du hast dich in der Nacht reingeschlichen.« Sie kaute auf ihrer Unterlippe.

Raoul sah ihr fasziniert dabei zu. »Wir kommen vielleicht nicht ins Schloss«, sagte er. »Das wäre wirklich zu gefährlich. Aber die Kapelle ist bestimmt nicht bewacht.«

»Meinst du?« Die Vorsicht war in ihre Stimme zurückgekehrt. »Aber wenn uns jemand ertappt, wird man denken, wir wollten die Kunstwerke stehlen. Vielleicht glauben diese Männer sogar, wir wären Spione der Deutschen.«

»Dann dürfen wir uns eben nicht erwischen lassen«, sagte Raoul mit Überzeugung in der Stimme. »Das haben wir doch schon oft genug geschafft. Weißt du noch? Nach dem Tanz in Travency?« Er beugte sich zu ihr und küsste sie auf den Mund. Sie blieb reglos, schob ihn aber auch nicht zurück.

»Hast du Angst?«, fragte er und meinte damit nicht bloß den nächtlichen Besuch im Schloss Chambord.

»Angst?«, fragte Josette und schob die Ärmel ihres Kleides hoch. Auf ihren gebräunten Armen standen hellblonde Härchen in die Höhe. »Ich bin ein Mädchen vom Ufer der Loire. Ich vertrage mehr Wein als die Trunkenbolde im *Lion Rouge*, und ich küsse jeden Mann, der mir gefällt. Wenn du noch einmal fragst, ob ich Angst habe, werde ich mich heute Abend eben nicht vom Hof stehlen und dich abholen, damit du mir die schönste Kunst Frankreichs zeigst.« Sie küsste ihn auf die Wange. »Triff mich um acht am Fluss. Beim Anleger des alten Jospin.«

Kapitel 30

CLÉRY-SAINTE-ANNE,
JUNI 1940

Hoffentlich will Josette nicht mit dem Ruderboot nach Chambord, dachte Raoul, als er am Abend das Pfarrhaus verließ. Sein Vater hatte ihm noch hinterhergerufen, er solle seinen Lohn nicht ins Gasthaus tragen. Raoul ließ ihn in dem Glauben, er verbringe den Abend im *Lion Rouge*. Das machte Celedonio zwar zornig, aber dafür würde er keine Fragen stellen, wenn Raoul erst spät in der Nacht nach Hause kam.

Und das hatte er vor.

Der Abend war mild. Die Luft roch nach gemähtem Gras. Raoul trug die dunkle Hose und das weiße Hemd, das ihm der Pfarrer geschenkt hatte. Die Hosenträger verbarg er unter einer himmelblauen Weste, und das Jackett hing über seiner Schulter. Er pfiff die Melodie von *Seule ce soir*, um sich Mut zu machen.

Das Ufer des Flusses war dicht mit langem Gras bewachsen. Der Anleger war alt und wackelig. Jospins Boot, mit dem der Bäcker oft zum Angeln hinausfuhr, war daran vertäut und schaukelte sanft in der Strömung.

Raoul wischte den Schmutz von den Holzbohlen, ließ sich darauf nieder und schaute den Fluss hinauf Richtung Osten, wo Chambord lag. Mit dem Boot würden sie gegen die Strömung rudern müssen. Josette war zwar kräftig, aber

Raoul wollte sie ja ausführen, also würde er sich selbst in die Riemen legen müssen. Er sah sich bereits verschwitzt und entkräftet auf dem Dollbord lehnen.

Er dachte an jene Nacht im Dezember, als er in Chambord gewesen war. Nachdem er gesehen hatte, was dort vor sich ging, hatte er sich zurückgezogen, ohne entdeckt zu werden. Dann hatte er sich mitten in der Winternacht allein auf der Landstraße wiedergefunden. Es herrschte ohnehin wenig Verkehr in diesem Teil Frankreichs, und um diese Uhrzeit war erst recht niemand mehr unterwegs gewesen. Er hatte wohl oder übel nach Cléry laufen müssen.

Wenn Raoul daran dachte, wie ihm die Kälte erst in die Haut, dann in die Muskeln und schließlich in die Knochen gedrungen war, schauderte er wieder, sogar jetzt und hier, im letzten Licht des Sommertages, als Insektenpunkte über dem Fluss tanzten.

Ein Dröhnen aus Richtung des Dorfes war zu hören. Es näherte sich rasch. Raoul stand auf, um besser sehen zu können, ob Jospin mit seinem Knatterauto zum Angeln kam. Ausgerechnet jetzt! Allerdings stand Jospin um diese Uhrzeit gewöhnlich längst im *Lion Rouge* und erzählte Geschichten von riesigen Fischen, die er in Pfützen gefangen haben wollte.

Durch das hohe Gras sah Raoul etwas Rotes. Josette! Und sie fuhr auf einem Motorrad.

Er lief ihr entgegen. Sie bremste, schlingerte und kam erst zum Stehen, als sie schon an ihm vorbei war. Dann drehte sie sich um und strahlte ihn an. Sie hatte ihr helles Haar zu Zöpfen geflochten, mit denen der Fahrtwind Karussell gespielt hatte. »Das gehört François. Er hat es mir geliehen«, brach es aus ihr hervor. »Uns geliehen«, verbesserte sie sich.

Bald darauf sausten sie die Landstraße entlang in Richtung Chambord. Josette hatte darauf bestanden, vorn zu sitzen und zu fahren, doch die Schwerkraft hatte sie rasch eines

Besseren belehrt. Es war eine Sache, ein Motorrad allein zu steuern. Mit einem Beifahrer wurde es für eine Anfängerin wie Josette zu einem abenteuerlichen Unterfangen. Jetzt saß sie zwar noch immer auf dem vorderen Sitz, aber Raoul auf dem Sozius hatte seine Arme um sie gelegt, und seine Hände lagen auf dem Lenker, drehten am Gas und legten die Gänge ein. Für entgegenkommende Autofahrer mussten sie ein merkwürdiges Gespann abgeben, und Raoul bemerkte mehr als einmal, dass die Leute hinter den Windschutzscheiben lachten, als sie sie sahen.

Raoul fühlte sich losgelöst von allen Problemen dieser Welt. Wenn ihnen jetzt die Wehrmacht begegnen würde, hätte er den Faschisten in ihren Panzern zugewinkt und wäre lachend an ihnen vorbeigesaust. Was machte es schon, dass er überhaupt nicht wusste, wie er mit Josette in das Château eindringen sollte, um ihr die Kunstwerke zu zeigen! Vielleicht ließ sich ja eine andere Beschäftigung für sie beide finden.

Die Nacht war hereingebrochen, als sie den kleinen Ort Huisseau-sur-Cosson erreichten. Von dort führte die Straße direkt auf das Schloss zu. Sie stellten das Motorrad am Straßenrand ab. Der Himmel war wolkenlos, und der Mond zeigte ihnen ihr Ziel in der Ferne: die hellen Türme von Chambord.

»Schau nur, wie schön das Schloss ist.« Raoul legte einen Arm um Josettes Hüfte und versuchte, sie an sich zu ziehen.

Sie entwand sich ihm. »Deine Belohnung musst du dir erst verdienen.«

»Nur eine Kostprobe«, bat er, aber sie drehte ihren Kopf weg, als er sie küssen wollte.

Josette zog ihn auf das Schloss zu. »Küssen lassen kann ich mich jeden Tag. Aber wie man sich in ein Schloss hineinschleicht, hat mir noch keiner gezeigt.«

Raoul lächelte zuversichtlich. Wenn er nur wüsste, wie er das anstellen sollte! Bislang war er sicher gewesen, dass ihm schon etwas einfallen werde. Doch jetzt, im Angesicht der Festung, die wie ein Berg in den Himmel ragte, schienen die Möglichkeiten begrenzt. Äußerst begrenzt.

»Wir nehmen das Motorrad mit«, sagte er und drückte die Maschine von ihrem Ständer. »Wir schieben sie bis vor das Schloss.«

»Was willst du denn damit?«, fragte sie. »Durch das Tor brechen? Ich dachte, wir schleichen uns an.«

»Tun wir ja auch. Aber wir brauchen eine Leiter, um über die Mauer zu kommen. Und da wir keine haben, müssen wir eben das Motorrad benutzen.«

Kurze Zeit später standen sie vor der Mauer, die das Château umgab. Das Tor war geschlossen, und nirgendwo war ein Wachtposten zu sehen. Raoul schöpfte Mut – Hauptsache, es gab keine Hunde!

Er lehnte das Motorrad gegen die Schlossmauer. Dann stellte er sich auf den vorderen Sitz und hüpfte probehalber darauf herum. Die Maschine stand fest. Er streckte eine Hand aus und zog Josette zu sich herauf. Sie mussten sich an der Mauer abstützen und sich aneinander festklammern, um das Gleichgewicht zu halten.

Bis zur Mauerkrone fehlte noch etwa ein Meter. Raoul hielt Josette seine verschränkten Hände hin. Sie stützte sich an seinen Schultern ab, stieg mit einem Fuß in seine Hände und ließ sich von ihm hinaufheben. Ihr Absatz malträtierte Raouls Hände, aber dafür erreichte sie die Mauerkrone. Halb zog sie sich hinauf, halb schob Raoul sie hoch. Danach sprang er selbst in die Höhe, bekam den Vorsprung zu fassen und saß im nächsten Augenblick neben Josette auf der Mauer.

Unter ihnen lag der Innenhof im gedämpften Licht einiger Lampen. Vor ihnen erhob sich das Schloss, von einem

Saum aus Mondlicht umrandet. Einige Fenster im Erdgeschoss waren erleuchtet.

»Wenn wir da runterspringen«, sagte Josette und deutete auf ein Gebüsch, »wie kommen wir dann wieder rauf?«

Sie hatte ja recht. Aber Raoul wollte wenigstens vorgeben, alles unter Kontrolle zu haben. »In den Ställen gibt es bestimmt Leitern, die schnappen wir uns.«

Bevor Josette weitere Zweifel äußern konnte, näherten sich Schritte. Raoul hörte Stimmen. Weiter links, wo die Kapelle lag, traten zwei Männer in den Schein einer Hoflampe. Der eine war ein hagerer Bursche mit rotem Haar, der andere war der Riese mit der Melone auf dem Kopf, der Raoul schon in Cléry aufgefallen war, als die Lastwagen in den Stromleitungen hängen geblieben waren. Die beiden Männer unterhielten sich. Von den Gestalten auf der Mauer schienen sie nichts zu bemerken.

Noch nicht. Raoul und Josette pressten sich flach auf die Steine. Wenn der Mond doch nicht so hell scheinen würde!

Die Männer schlenderten über den Hof. Als sie näher kamen, hörte Raoul sie miteinander sprechen.

»Meinst du, Colonel Delort wird mit dem Marquis fertig?«, fragte der Rothaarige.

Die Stimme des Großen dröhnte zwei Oktaven tiefer. »Der Colonel schafft alles. Er hat die Louvre-Kunst vor den Deutschen versteckt. Er ist der Beschützer der Mona Lisa. Da wird ihm wohl auch für den Schlossherrn etwas einfallen.«

Der Rothaarige hielt sich kurz die Hand vor den Mund. »Weißt du noch, vor zwei Wochen? Der Marquis hatte sich beim Colonel darüber beschwert, dass der Privatlehrer für seine Töchter nicht mehr nach Chambord kommen durfte. Wegen der Geheimhaltung. Und der Colonel hat ihm vorgeschlagen, dass die Mädchen ebenso gut von Georges unterrichtet werden könnten, weil der Lehrer sei.«

»Stimmt!« Der Große nickte. »Erst war der Marquis ganz zufrieden mit dieser Lösung. Bis er erfuhr, dass Georges Jude ist.« Er wedelte mit seinen Pranken. »Ich will Sie in meinem Schloss nicht mehr sehen!, hat er gesagt. Bra, bra, bra!«

»Und wie er erst danach rumgebrüllt hat, als er erfuhr, dass seine Töchter einfach weiterhin zum Unterricht mit Georges ins Gesindehaus gegangen sind! Ich sage dir: Schon die kleinsten Französinnen hält keiner auf. Diese Lektion hat der Marquis gelernt.«

»Der ist ein schwieriger Zeitgenosse«, sagte der große Mann mit dem kleinen Hut.

»Er muss vorsichtig sein.«, entgegen der Hagere. »Wenn du dich im Krieg einem Befehl widersetzt, wirst du erschossen.«

Die Männer verschwanden außer Hörweite im Schatten des Schlosses.

Raoul spürte den Schweiß auf seinem Rücken. Unter seiner Hand zitterte die Schulter Josettes. »Sie sind weg. Komm«, flüsterte er, »klettern wir die Mauer runter.«

Sie rückte von ihm ab. Im kalten Licht des Mondes sah er Tränen auf ihren Wangen.

»Was ist denn?«, fragte er.

»Ich geh da nicht rein«, zischte Josette. »Hast du nicht gehört, dass sie uns erschießen werden, wenn sie uns erwischen? Und dieser Riese. Hast du den gesehen? Wer weiß, was der mit uns anstellt, wenn wir ihm in die Hände fallen.«

Raoul legte eine Hand an ihre Wange. Er war viel zu aufgeregt, um Angst zu haben. »Die Wachen sind weitergegangen. Jetzt sind es nur noch ein paar Meter. So eine Gelegenheit bekommen wir nie wieder.«

»Wir sollten in ein Museum gehen«, erwiderte sie.

»Da könnten wir aber keines der Gemälde mitnehmen.

Stell dir vor: Wir holen uns eins der Bilder aus dem Château, nur ein kleines, das niemand vermissen wird. Und dann verkaufen wir es für eine Million Franc. Mit so viel Geld könnten wir bis an unser Lebensende glücklich sein.«

»Hast du mich deshalb hergebracht, Raoul?«, fragte sie mit einer Stimme, die nach Übelkeit klang. »Um mich zu einer Diebin zu machen?«

Die Nacht kühlte ab. Trotzdem konnte Raoul nicht aufhören, Josette anzustrahlen. »Nicht zu einer Diebin, sondern zu meiner Frau. Josette, ich liebe dich. Willst du mich heiraten?«

Vielleicht sorgte die Aufregung dafür, dass er zu laut gesprochen hatte. Mit einem Mal war eine tiefe Stimme zu hören.

»Wer ist da? Ladislas, bist du das?«

Raoul erstarrte und duckte sich mit Josette so tief wie möglich, sie wurden zu einem Teil des Mauerwerks. Er spürte, wie ihre Finger in sein Hosenbein krallten, aber diesmal hatte die Berührung nichts Zärtliches, diesmal griff eine Ertrinkende nach einem Stück Holz.

Er biss sich auf die Unterlippe, um nicht aufzuschreien, und klammerte sich an den Rand der Mauer, so fest, dass kleine Steinchen davon herunterfielen. Raschelnd landeten sie in einem Gebüsch.

»Da ist doch jemand!«, rief der Rothaarige. »Hol die anderen, Spartaco! Ich bewache das Tor.«

Raoul sah noch, dass er etwas metallisch Glänzendes aus dem Gürtel zog. Dann war Josette fort. Sie hatte sich einfach von der Mauer fallen lassen.

»Stehen bleiben!«, rief der Wächter.

Raoul schob sich nach hinten, bis seine Beine von der Mauer hingen, dann ließ auch er sich fallen. Dabei stieß er gegen den Lenker des Motorrads und prellte sich den Arm.

So schnell er konnte, startete er die Maschine und wendete sie in Richtung Straße. Josette sprang auf. Mit lautem Knattern rasten sie davon. Erst als sie Huisseau-sur-Cosson erreichten, fiel Raoul auf, dass Josette sich nicht an ihm festhielt.

Kapitel 31

CHÂTEAU CHAMBORD,
JUNI 1940

Der Hof des Schlosses von Chambord hatte sich verwandelt. Kostbare Gemälde lagen auf dem Kies verstreut, zwischen ihnen standen Statuen, die nach Monaten in dämmerigen Fluren in die Sonne blinzelten. Jedenfalls kam es Pierre so vor, als er mit Floride, Spartaco und Ladislas die Schlacht von Eylau aus dem Schloss trug. Sie legten das sieben Meter lange Bild auf den Boden. Der Kies bot einen perfekten Untergrund. Er war sauber und trocken.

Der Tag war geeignet, die Kunstwerke zu lüften. Ein warmer Wind strich über den Hof und ließ den letzten Rest Feuchtigkeit aus Stein und Leinwand verdunsten. Seit dem Hochwasser vor drei Monaten kamen die Kunstwerke regelmäßig ins Freie. Die Katastrophe hatte zwar keines der Objekte schwer beschädigt, aber ein Quäntchen Feuchtigkeit hatten die knochentrockenen Materialien aufgesogen. Jeder Restaurator wäre angesichts dieser Behandlung ohnmächtig geworden. Doch hier konnte man nicht wählerisch sein. Überdies hatte Pierre von Henri Verne gelernt, dass Bilder hin und wieder Licht benötigen, damit die Farben nicht dunkler wurden.

Leider lockten die Kunstwerke den Marquis an. De Valantin kam die Schlosstreppe heruntergeeilt, kaum dass er gesehen hatte, was sich im Schlosshof abspielte. Er manövrierte zwischen den Bildern und Skulpturen hindurch auf Pierre zu.

»Habe ich Sie nicht davor gewarnt, die Objekte aus dem Schloss zu tragen?«, herrschte der Marquis ihn an.

Seit die beiden Männer bei der Überschwemmung aneinandergeraten waren, nahm der Streit zwischen ihnen kein Ende mehr. Dazu hatte auch beigetragen, dass Georges die Mädchen unterrichtete, obwohl de Valantin seinen Töchtern verboten hatte, sich mit dem Juden abzugeben.

Pierre versuchte, ruhig zu bleiben. »Monsieur de Valantin«, sagte er. »Wir sind das Thema schon durchgegangen. Die Kunstwerke müssen weiter trocknen. Und dafür nutzen wir die warme Luft auf dem Schlosshof.«

Floride mischte sich ein. »Hier ist wirklich genug Platz.«

De Valantin beachtete sie nicht. »Richtig, Colonel!«, fuhr er fort. »Wir haben darüber gesprochen. Und ich wiederhole mich ungern.« Er zeigte in den Himmel. »Wenn die Luftwaffe einen Aufklärer herschickt, wird er sofort sehen, was hier los ist. Es kann doch nicht in Ihrem Interesse sein, dass wir die SS anlocken.«

Damit lag der Marquis richtig. Es gab dieses Risiko. Ein einziges deutsches Flugzeug würde genügen, um die Operation auffliegen zu lassen. Aber Schimmelpilz drohte die Gemälde zu zerstören, und diese Gefahr war weitaus realer.

»Wenn Sie uns mit Ihren Einwänden nicht aufhalten würden, wäre alles wieder im Schloss, bevor auch nur eine Tragfläche am Himmel erscheint.« Pierre deutete auf die Bilder. »Noch rascher würde es gehen, wenn Sie mit anfassen würden.«

Das genügte. Der Aristokrat verschwand, Verwünschungen murmelnd, im Château.

Pierre sah sich um. Pataille saß im Kies, lehnte am Sockel der Venus von Milo und genoss mit geschlossenen Augen die Junisonne auf dem Gesicht. Der geschlossene Koffer mit der Mona Lisa stand zwischen seinen Waden. Spartaco ging zwischen den Gemälden umher und schaute sie sich genau an. Der Gewichtheber hatte Interesse an den Bildern entwickelt, seit Pierre ihm erklärt hatte, dass hinter jeder Szene eine Geschichte zu entdecken war und dass besonders die Perspektive des Malers aufschlussreich sei. Gemeinsam hatten sie sich die Schlacht an der Milvischen Brücke angesehen. Auf dem Bild erreichte die Schlacht ihren Höhepunkt. Die feindlichen Heere prallten auf der Brücke aufeinander. Reiter und Fußsoldaten stürzten in den Fluss und ertranken. Pierre hatte Spartaco gezeigt, dass der Maler die Brücke von schräg unten wiedergegeben hatte, von einem Standpunkt im Fluss, und damit die Perspektive eines gefallenen Soldaten eingenommen hatte, eines Ertrinkenden. Der Betrachter des Bildes begab sich ebenfalls in diese Situation.

Diese Vorstellung hatte Spartaco gepackt. Seither nutzte er jede freie Minute, um sich weitere Gemälde anzuschauen. Pierre nahm sich vor, ihm bei Gelegenheit auch die Statuen näherzubringen.

Pierre setzte sich in den Kies zu Pataille und der Venus. Auch Floride kam zu ihnen herüber. Sie trug das grüne Barett und eine helle Bluse. Mit untergeschlagenen Beinen ließ sie sich neben Pierre nieder und sammelte Kieselsteine auf.

»Was waren das nur für Gestalten, neulich Nacht auf der Mauer?«, fragte Pierre. »Hast du was rausbekommen, Pataille?«

Der Gefreite schüttelte den Kopf. »Nichts Neues. Es waren zwei Fremde, die versucht haben, in das Schloss einzudringen. Als wir sie bemerkten, sind sie geflohen. Auf einem Motorrad.«

»Glaubt ihr, es waren Deutsche?«, fragte Floride und rieb zwei Kiesel knirschend gegeneinander. »Oder die PPF?«

Pierre schüttelte den Kopf. »Dann hätten sie Verstärkung geholt und uns längst einen Besuch abgestattet.«

»Vielleicht waren es Leute aus der Gegend, die neugierig geworden sind«, sagte Pataille.

»Und die schleichen sich mitten in der Nacht an?« Floride schnippte einen Stein gegen Patailles Knie.

Pierre bohrte mit der Zunge in seiner Unterlippe. »Ladislas hat über Funk gehört, dass sich Widerstandsgruppen gegen die Deutschen bilden. Möglicherweise gehörten die beiden dazu und wollten die Lage in Chambord auskundschaften.«

»Eine Widerstandsgruppe?«, fragte Floride. »Was genau machen die?«

»Die Nachrichten sind spärlich«, sagte Pierre, »aber es geht das Gerücht, dass sie Sabotageakte verüben. Es sollen zwei Züge entgleist sein mit deutschen Soldaten darin.«

»Die Leute sollten wir einladen«, schlug Floride vor. »Wir könnten ihnen helfen.«

»Wir wollen nur eins: nicht auffallen«, knurrte Pierre. Er bereute bereits, das Thema zur Sprache gebracht zu haben. Es war Öl auf die Flammen von Florides Patriotismus.

»Der Widerstand könnte von Chambord aus operieren«, beharrte sie. »Wenn wir den halben Louvre hier verstecken können, sollte auch noch Platz für ein paar echte Franzosen sein. Machen wir das Schloss zum Hauptquartier der Antifaschisten!«

»Das kannst du ja mal dem Marquis vorschlagen«, entgegnete Pataille.

Schritte näherten sich. Vom Gesindehaus kam Ladislas zu ihnen herüber. Er hielt einen Bogen Papier in der Hand. Seine Miene verhieß nichts Gutes. »Schlechte Neuigkeiten«, rief er ihnen zu. Sein sonst starrer Blick huschte von einem zum anderen. »Die Nazis haben das Versteck im Château de

Sourches entdeckt. Sie räumen es aus. Jetzt! In diesem Augenblick!«

»Unmöglich!« Pierre riss Ladislas die Notiz aus der Hand. »Von wem weißt du das?« Er versuchte, die Zeilen zu lesen, während Ladislas berichtete.

»Doktor Récine war selbst am Funkgerät. Er sagte, dass deutsche Militärlastwagen vor dem Château halten und Soldaten aussteigen würden. Dann wurde die Verbindung unterbrochen.«

»Vielleicht kann er sie abwimmeln«, sagte Pataille und knetete seine Hände.

»Wir können von Glück reden, wenn sie ihn am Leben lassen ...« Pierre runzelte die Stirn.

Floride nahm ihm den Zettel aus der Hand und las. »Können wir irgendwas tun?«

»Die Kunstwerke im Château de Sourches sind nicht mehr zu retten«, antwortete Pierre. Es fiel ihm schwer, es auszusprechen, aber es war die Wahrheit. »Wir müssen herausfinden, wie die Deutschen Récine gefunden haben. Wenn sie eine Spur zu einem der Schlösser entdeckt haben, wird sie das womöglich auch zu den anderen führen. Ladislas, informier Henri Verne in Valençay. Alle müssen in höchster Alarmbereitschaft sein.«

Ladislas rührte sich nicht und starrte Floride an.

»Mach schon, Ladislas!«, rief Pierre. »Jede Minute zählt.«

»Da ist noch was«, sagte der Funker und zog die Worte in die Länge.

»Was denn?«, fragte Pierre barsch.

»Bevor ich mit Doktor Récine gesprochen habe, stand ich mit meinem Freund Alain in Paris in Verbindung. Du weißt ja, er berichtet regelmäßig von der Lage in unserem Viertel.«

»Weiter, Ladislas«, drängte Pierre. Sein Ton war scharf, er

merkte, wie ihm die Nerven durchgingen. Die Deutschen im Château de Sourches!

Ladislas wandte sich an Floride. »Es geht um deinen Vater. Die Deutschen waren bei euch in der Werkstatt.«

Floride griff nach Ladislas Arm. »Sie haben ihn doch nicht etwa festgenommen? Er ist ein alter kranker Mann.«

»Er ist tot, Floride«, sagte Ladislas leise. »Zwei deutsche Offiziere haben ihn umgebracht.«

Floride biss sich auf die Unterlippe und schlug dem Funker ins Gesicht. Ladislas taumelte zurück und hielt sich die Wange.

»Wenn du noch mal versuchst, mich auf diese haarsträubende Weise zu erschrecken, wirst du mich kennenlernen, wie mich noch kein Mann kennengelernt hat«, rief Floride. Ihr Gesicht verzerrte sich vor Wut und Wildheit.

Der Funker schaute Floride mitleidig an.

Florides Lippen bewegten sich tonlos, dann zischte sie »Ihr könnt mich alle!« und ging mit entschlossenen Schritten davon. Nach einigen Metern begann sie zu rennen.

Pierre fand sie in der Kapelle. Florides Barett schimmerte hinter der Kiste mit der Nike von Samothrake. Die Flügel der Statue ragten aus dem Holzverschlag hervor. Floride war unterhalb der Schwingen zu Boden gesunken und stützte den Kopf in die Hände.

»Floride?« Pierre näherte sich vorsichtig, unter seinen Schuhen raschelte das Stroh, mit dem sie den Boden ausgelegt hatten, um Feuchtigkeit aufzufangen.

Sie starrte auf die gegenüberliegende Wand und strich sich mit den Fingern über die Härchen an ihrem Nacken. »Irgendein kluger Mensch hat mal gesagt, das Leben sei ein Gefängnis und der Tod nichts weiter als der erfolgreiche Ausbruch daraus. Glaubst du, das ist wahr?«

Pierre konnte die Trauer und das Entsetzen Florides beinahe körperlich spüren. Er lehnte sich gegen die Nike und berührte ihren linken Flügel. »Manchmal werden Gefangene auch einfach nur entlassen. Danach fangen sie ein neues Leben an.« Pierre ging in die Knie und legte einen Arm um Florides Schultern. Beinah wäre er zu Boden gestürzt, so plötzlich ließ sie sich gegen ihn sinken. Weder hörte er sie weinen, noch spürte er, dass ihre Schultern zuckten. Doch nach der langen Zeit, in der er sie festhielt, fühlte Pierre, dass sein Hemd durchnässt war.

Floride hob den Kopf und sah ihn aus geröteten Augen an.

»Wenn das Leben wirklich ein Gefängnis ist«, sagte Pierre, »dann sollten wir die Wände unserer Zelle mit so viel Farbe streichen wie möglich.« Er bedeckte das Muttermal über ihrem Mund mit seinen Lippen.

Kapitel 32

CHÂTEAU DE SOURCHES,
JUNI 1940

»Aufmachen!« Der Leutnant hämmerte zum fünften Mal mit der Faust gegen die schwere Eichenpforte. Das Château de Sourches gab vor, in einem Dornröschenschlaf zu liegen. Curt Hardefust sah dem Leutnant zu, während er am Kühlergrill seiner Mercedes-Limousine lehnte und sich die stramm sitzenden Lederhandschuhe von den Fingern zupfte. Er würde diese Schönheit schon wachküssen.

Er schaute an der Fassade des Schlosses hinauf. In den Fenstern im ersten Obergeschoss spiegelte sich die Nachmittagssonne. Curt war sicher, dass dahinter die Bewohner standen und verängstigt in den Hof blickten. Und irgendwo dort drinnen war auch die Louvre-Kunst.

Die Kreidezeichen an den Wänden des Museums hatten Curt hierhergeführt. Die Gestapo hatte ganze Arbeit geleistet. So einfach, wie sie zuerst gedacht hatten, war die Entzifferung zwar nicht gewesen, aber nach und nach hatten die Codeknacker herausgefunden, was an den Wänden des Louvre geschrieben stand.

Die Zeichen gaben die Namen der Kunstwerke und ihrer Meister an, was wohl dazu dienen sollte, jedes Werk wieder an seinen angestammten Platz zu hängen, sobald Paris wieder den Franzosen gehörte. Angesichts dieser Arroganz musste Curt noch immer lächeln. Die Froschfresser waren und blieben Romantiker. Aber kämpfen? Davon verstanden sie nichts.

Die Kreidezeichen hatten Curt eine vollständige Liste des Louvre-Inventars geliefert. Aber noch wichtiger war die Information, die in den letzten Ziffern der Codes verborgen lag. Im gesamten Museum gab es fünf verschiedene Kombinationen dieser Zahlen. Eine ließ sich in die Buchstaben CDSRC verwandeln. Damit konnte zwar niemand bei der Gestapo etwas anfangen, aber Curt hatte sofort gewusst, worum es sich handelte: das Château de Sourches. Er war selbst schon einmal dort gewesen, hatte das Schloss mit Ursula besichtigt und erinnerte sich noch gut an die Fassade des Bauwerks. Über dem Portal hing ein Wappen, drei Lilien über einer Burg auf blauem Grund. Darunter waren die Buchstaben CDSRC eingraviert für Château de Sourches. Curt war sich sicher, das Versteck der Louvre-Kunst gefunden zu haben.

»Aufmachen!«, rief der Leutnant wieder und schlug gegen das Tor.

Curt verlor die Geduld. Vielleicht hätte er doch auf das Angebot Vollard-Bockelbergs eingehen sollen. Der Militärkommandeur hatte ihm eine Einsatztruppe zusammenstellen wollen, Männer, die nicht zimperlich zu Werke gingen. Curt hatte abgelehnt. Er wollte keine rauchenden Trümmer, er wollte Frankreich so, wie er es liebte. Vielleicht war das ein Fehler.

»Treten Sie zurück!«, befahl Curt dem Leutnant. »Merken Sie nicht, dass wir so nicht weiterkommen?« Er zündete sich eine Zigarette an und schnippte das Streichholz in Richtung des Schlosses. Den Rauch sog er tief ein und blies ihn in den Himmel. Dann rief er, so laut er konnte, auf Französisch: »Sie da oben! Sehen Sie diesen Rauch? Wenn Sie nicht öffnen, wird hier noch viel mehr davon aufsteigen. Aus den Ruinen Ihres

Schlosses. Ich lasse über Funk ein Bombergeschwader aus Paris kommen. Sobald ich diese Zigarette geraucht habe.«

In dem Moment, in dem er die Kippe auf dem Hof austrat, klackte es hinter der Pforte, und die Tür wurde aufgezogen. »Na also!«, seufzte Curt und stieß sich vom Kühlergrill ab.

Im Innern des Gebäudes war alles dunkel gehalten: Türrahmen, Fensterrahmen, Tische, Stühle, Wandbehänge. »Licht!«, befahl Curt dem Livrierten, der ihm die Tür aufhielt. Hinter Curt kamen fünfzehn Soldaten herein, die aus den vier Lastwagen gestiegen waren. Mit ihren Stiefeln trampelten sie über den Fliesenboden. Hoffentlich gehen sie einigermaßen vorsichtig mit dem um, was wir hier finden werden, dachte Curt.

Im Salon stand eine Gruppe von zehn Personen beieinander. Sechs davon trugen die Kleidung von Bediensteten. Vier schienen die Schlossbewohner zu sein. Einer von ihnen, ein etwa fünfzigjähriger Mann in einer Hausjacke, trat auf Curt zu. »Was wollen Sie in meinem Château? Es gehört Ihnen nicht, und Sie haben kein Recht ...«

Curt kehrte dem Schlossherrn den Rücken zu und befahl seinen Soldaten: »Drei Mann in den Keller, jeweils drei in die oberen Etagen. Zwei bleiben hier bei mir, und einer durchsucht das Erdgeschoss. Und bleiben Sie schussbereit. Vielleicht halten sich irgendwo Partisanen versteckt.« Er wandte sich wieder dem Schlossherrn zu. »Sie können mir auch gleich sagen, wo die Kunstwerke sind, dann müssen wir Ihr Heim nicht beschädigen.«

Der Franzose fuhr fort, Curt zu erklären, welche Rechte er angeblich hatte. Curt kniff die Augen zusammen und musterte die anderen Personen: eine ältere Frau, vermutlich die Gattin des Schlossherrn, im eleganten Kostüm. Sie trug keinen Schmuck, wohl, weil sie fürchtete, dass er ihr abgenommen werden würde; zwei jüngere Frauen, noch keine zwanzig, die ihn mit französischem Trotz anschauten; daneben die Angestellten, eine Köchin mit fleckiger Schürze, ein Mann im grauen Anzug eines Chauffeurs, der Livrierte, der die Tür geöffnet hatte, ein alter Franzose in forstgrüner Arbeitsjacke und …

Curts Blick flog zurück zu dem Chauffeur, einem recht jungen Mann mit gekämmtem Oberlippenbart und kurzem, gelocktem Haar. »Sie da!« Er deutete auf den Chauffeur. »Sind Sie für den Fuhrpark zuständig?«

Der Mann zuckte zusammen und nickte.

»Wie viele Fahrzeuge gibt es im Schloss?«, fragte Curt.

Der Mann zögerte. »Acht«, sagte er mit dünner Stimme.

»Welche Fabrikate?«, fragte Curt. Längst wusste er, dass der Mann kein Chauffeur war. Die Haut an seinen Fingern war zart und glatt. Wer mit Fahrzeugen umging, der musste seine Hände mit scharfen Mitteln und harten Bürsten scheuern. Das rötete die Haut und machte sie rissig.

Der vermeintliche Chauffeur nannte mehrere Automarken, blieb aber die Modellbezeichnungen schuldig. Curt verspürte Lust, den Kerl wegen seiner Lügen zu bestrafen.

Er nickte dem Schlossherrn zu. »Sie und Ihre Familie können gehen. Verlassen Sie das Château. Kehren Sie in vier Tagen zurück. Alles wird so sein wie zuvor. Nur die Kunstwerke des Louvre werden wir mitnehmen. Ebenso wie Ihre Angestellten.« Zur Bekräftigung seiner Worte zog Curt die Pistole, entsicherte sie und richtete die Waffe auf den Chauffeur. Der Mann wich zurück, bis er gegen eine Chaiselongue stieß.

»Machen Sie schon!«, forderte Curt den Schlossherrn auf. »Ich habe Ihnen gerade einen Gefallen getan. Aber meine Geduld hat Grenzen.«

Der Franzose schob seine Familie aus dem Salon und ging hinterher, ohne sich noch einmal umzudrehen.

Curt befahl den Dienstboten, sich auf den Boden zu setzen. Er selbst ließ sich in einen mit Samt bezogenen Fauteuil fallen und wartete. Nach einer halben Stunde kehrten die Soldaten zurück. Der Leutnant erstattete Bericht. Der Keller und das erste Obergeschoss seien voller Transportkisten aus Holz. Beim Aufbrechen eines der Behälter habe sich gezeigt, dass darin Ölgemälde lagerten. Er schätzte, dass sich einhundertdreißig Kisten im Schloss befänden.

Curt sprang auf. Er war am Ziel. Die Louvre-Kunst! Oder wenigstens ein Teil davon. Hundertdreißig Kisten! Das war nicht genug, um Göring zufriedenzustellen, aber es war ein Anfang.

Schwungvoll klopfte er dem Leutnant auf die Schulter. »Sie sind ein guter Mann«, sagte er. »Teilen Sie Ihre Leute zum Ausräumen der Kunstwerke ein. Achten Sie darauf, dass nichts beschädigt wird. Sie transportieren keine Handgranaten, sondern etwas viel Explosiveres.«

Nachdem die Soldaten bis auf zwei Gefreite wieder ausgeschwärmt waren, wandte sich Curt den Gefangenen zu. Er baute sich vor ihnen auf und verschränkte die Hände auf dem Rücken. »Wo sind die anderen Kunstwerke versteckt?«, fragte er in ruhigem Ton.

Stumm schauten die Franzosen auf ihre Füße.

Curt wiederholte die Frage. Erneut kam keine Antwort. »Mein Französisch scheint so schlecht zu sein, dass Sie mich nicht verstehen«, sagte er. »Dann werden wir es verbessern.«

Der angebliche Chauffeur schaute zu ihm hoch. Sein Blick war voller Angst.

»Sie da!«, rief Curt. »Aufstehen!«

Der Mann rührte sich nicht. Curt winkte den beiden Gefreiten. Sie packten den Mann unter den Achseln und zogen ihn auf die Füße.

»Wo haben Sie die anderen Kunstwerke hingebracht?«, fragte Curt gelassen. Die Vorstellung machte ihm Spaß. Er liebte es, mit Gefangenen zu spielen, insbesondere wenn sie glaubten, sie könnten sich widersetzen.

Er schlug dem Chauffeur hart ins Gesicht. Zuerst mit der offenen Hand von rechts, denn mit dem Handrücken von links. Das Klatschen hörte sich an wie Applaus.

»*Donner cinq et quatre*«, sagte Curt. »Fünf und vier austeilen. Spreche ich das richtig aus? So sagt man doch bei Ihnen. Erst ein Schlag mit allen fünf Fingern. So!« Wieder traf er die Wange des Chauffeurs. Sein Ehering riss an der Nase des Mannes die Haut auf. Der Franzose schrie auf. »Und dann«, fuhr Curt fort, »noch einmal mit dem Handrücken, aber diesmal lässt man den Daumen weg, also nur vier, *quatre.*« Er demonstrierte seine Worte und achtete darauf, dass er den Mund des Gefangenen traf.

»Wo sind die übrigen Kunstwerke versteckt?«, fragte Curt und massierte seine Finger.

Dem Franzosen lief Blut über das Kinn.

»Doktor Récine!«, rief eine der Gefangenen, eine ältere Frau. »Sagen Sie ihm bitte, was er wissen will!«

»Doktor?«, fragte Curt. »Hier arbeiten Gelehrte als Chauffeure? Der Schlossherr muss wirklich reich und extravagant sein.« Er trat nahe an den Gefangenen heran. Er konnte den Schweiß des Mannes riechen. »Worüber unterhalten Sie sich denn mit Ihrem Arbeitgeber, wenn Sie ihn durch die Landschaft kutschieren? Über Kunst? Dann können Sie bestimmt meine Frage beantworten.«

Wieder holte er aus und erklärte mit erhobener Hand: »Fünf und vier austeilen. Dazu gibt es noch eine Variante, wie ich gehört habe. *Donner dix-huit*. Jemandem achtzehn geben. Das Prinzip ist simpel: Man verdoppelt die Schläge. Was glauben Sie, Herr Doktor, wie oft wir diese Zahlen multiplizieren können?«

Kapitel 33

CLÉRY-SAINTE-ANNE,
JULI 1940

Der Beichtstuhl war klein wie ein Sarg. Raoul schob den schweren Vorhang beiseite, schaute zögerlich auf die Holzbank im Innern und ließ sich seufzend nieder. Links von ihm war ein Holzgitter zu sehen, und dahinter wusste er Pfarrer Gallimard.

Raoul zögerte. Wollte er wirklich beichten?

»Raoul?«, fragte Gallimard mit dumpfer Stimme hinter dem Gitter hervor. »Bist du bereit?«

»Ja, Monsieur«, antwortete Raoul.

Das Gitter wurde ein Stück zur Seite geschoben, und eine Hand erschien, die einen Briefumschlag hielt. »Der ist gestern bei mir abgegeben worden. Der Name deines Vaters steht drauf.«

Raoul nahm den Brief entgegen. Erst dachte er, es handele sich um eine Nachricht von Miguel. Doch die Schrift auf dem Umschlag war ihm unbekannt und unter den vielen Stempeln kaum zu lesen. Das musste warten. Jetzt ging es um Wichtigeres.

»Lass uns beginnen«, sagte Gallimard.

Raoul bekreuzigte sich und sprach die Worte: »Im Namen des Vaters und des Sohnes und des Heiligen Geistes. Amen.«

Gallimard antwortete: »Gott, der unser Herz erleuchtet,

schenke dir wahre Erkenntnis deiner Sünden und deiner Barmherzigkeit.«

Weiter hinten im Kirchenschiff war ein Rumpeln zu hören.

»Sind wir hier unter uns?«, fragte Raoul. Das Letzte, was er wollte, waren Mitwisser. Schon gar nicht in einem Dorf wie Cléry-Sainte-Anne, wo die Gerüchte schneller herumliefen als der läufige Hund von Monsieur Ricardet.

»Das ist nur Madame Schuman, die macht nach der Sonntagsmesse sauber. Sie kann uns nicht hören.«

»Wie Sie meinen«, sagte Raoul und senkte seine Stimme zu einem Flüstern. »Also, weshalb ich mit Ihnen reden wollte …«

»Du musst erst noch einmal Amen sagen«, unterbrach ihn Gallimard.

Raoul gehorchte. Als keine weitere Aufforderung des Geistlichen folgte, kam er auf sein Problem zu sprechen. »Es ist wegen Josette Delapont«, sagte er, und der Name fühlte sich auf seiner Zunge an wie der erste Wein des Jahres. Er schluckte. »Ich liebe sie.« Der Duft von Weihrauch, der den Beichtstuhl erfüllte, verwandelte sich in den Geruch von Josettes Haut.

»Liebt sie dich auch?«, fragte Gallimard.

»Ja. Ich meine Nein. Das ist es ja«, brach es aus Raoul hervor. »Am Morgen sagt sie, sie liebt mich. Am Abend will sie nichts mehr von mir wissen. Ich bin ganz durcheinander, Monsieur Gallimard, was soll ich tun? Bitte geben Sie mir einen Rat. Mit spanischen Mädchen ist das anders.«

Hinter dem Vorhang herrschte einen Augenblick lang Stille. »Tja«, sagte Gallimard dann und schnalzte mit der Zunge, »ich bin Geistlicher und habe in solchen Dingen wenig Erfahrung. Überdies ist das hier ein Beichtstuhl.«

»An wen soll ich mich sonst wenden?«, fragte Raoul leise.

»An meine Eltern? Mein Vater schlägt mich halb tot, wenn ich ihm erzähle, ich wolle eine Französin heiraten. Es gibt nur zwei Menschen, denen ich mich anvertrauen kann. Der eine ist mein Bruder, aber der ist irgendwo im Krieg. Der andere sind Sie.«

Hinter dem Vorhang war ein Räuspern zu hören. Dann fragte Gallimard: »Bist du unkeusch mit Josette Delapont gewesen?«

Raoul spürte, wie ihm das Blut in die Wangen schoss. »Ja«, gestand er. »Einmal. Im Weinberg. Sie hat ihre Hand einfach …«

»Einzelheiten sind nicht nötig«, unterbrach ihn Gallimard. »Du weißt, dass du damit Schuld auf dich geladen hast, Raoul?«

»Ja, Schuld, gewiss«, stammelte Raoul. »Aber ich hab sie doch gefragt, ob sie meine Frau werden will.«

»Das ist ehrenvoll, Raoul«, sagte der Geistliche. »Hat sie Ja gesagt?«

»Dann säße ich jetzt nicht hier hinten im Beichtstuhl, sondern stände vorm Altar«, erwiderte Raoul und entschuldigte sich sofort für diesen Ausrutscher. »Sie hat es gemacht wie immer: Kein Ja und kein Nein sind von ihr zu bekommen. Ich muss endlich wissen, was ich machen soll.«

»Solange sie dich nicht zurückgewiesen hast, musst du auch nicht verzweifelt sein«, sagte Gallimard. »Wenn du etwas auf den Rat eines Priesters gibst, dann gehst du zu ihr und fragst sie noch einmal. Frag sie so lange, bis sie dir eine Antwort gibt.«

»Als wir uns das letzte Mal gesehen haben, vor drei Tagen, da ist sie wütend weggerannt. Seither habe ich mich nicht wieder in ihre Nähe gewagt.« Die Erinnerung an das Abenteuer auf der Schlossmauer von Chambord stieg in Raoul hoch und ließ ihn erschauern. Warum hatte er Josette nur vorgeschlagen, eines der Gemälde zu stehlen? Hatte er wirklich geglaubt, sie würde sich darauf einlassen?

»Warum war sie denn so zornig?«, drang Gallimards Stimme herüber. »Wegen deines Antrags?«

Raoul atmete tief ein und aus. Sollte er dem Pfarrer erzählen, was er in Chambord vorgehabt hatte? Immerhin saß er in einem Beichtstuhl. Aber er fürchtete, Gallimard werde sich dann von ihm abwenden, von Raoul, dem Dieb, dem man selbst dann nicht trauen durfte, wenn man ihm mit Freundlichkeit begegnete. »Ich weiß es nicht«, presste er schließlich hervor.

»Aber ich«, sagte Gallimard. »Weißt du, Raoul, deine Geschichte von der jungen Frau, die von ihrem Liebsten nichts mehr wissen will, habe ich schon hundert Mal gehört, aus den Mündern der Männer, die freitags im *Lion Rouge* herumbrüllen. Als sie noch jung waren, hockten sie da, wo du jetzt sitzt, sprachen mit kleinen Stimmen und waren nur noch Schatten ihrer selbst. Weil ihre Mädchen ihnen die kalte Schulter zeigten.«

»Sogar der alte Delapont?«, fragte Raoul neugierig. »Ist der auch zu Ihnen gekommen?«

»Namen möchte ich nicht nennen«, antwortete Gallimard. »Eins aber kann ich dir verraten: Sie alle haben am Ende die Frau geheiratet, die angeblich nichts von ihnen wissen wollte.«

»Aber warum sind denn die Frauen in Frankreich so?«, wollte Raoul wissen. In seinem Innern spürte er Hoffnung aufkeimen.

»Ich weiß nicht, ob das nur bei Französinnen der Fall ist«, fuhr Gallimard fort, »aber ein Heiratsantrag kann einer jungen Frau Angst machen. Angst! Verstehst du, Raoul?«

»Vielleicht«, sagte Raoul zögerlich. Ihm fiel auf, dass er immer davon ausgegangen war, es gebe nur zwei Möglichkeiten: Entweder man liebt sich und heiratet, oder man liebt sich nicht und lässt es. Dass für Josette noch andere Aspekte eine Rolle spielen könnten, daran hatte er nicht gedacht. »Was soll ich Ihrer Meinung nach tun?«, fragte er.

»Das, was die anderen Männer des Dorfes auch getan haben. Geh zu ihr und nimm ihr die Angst. Mach ihr klar, dass du der Richtige für sie bist, dass du stark sein wirst, um sie zu beschützen, und sanft, um sie zu lieben.«

Raoul hätte gern etwas zum Schreiben gehabt, um die klugen Worte des Pfarrers zu notieren, denn Gallimard hatte wieder Mut in ihm geweckt. »Sie meinen … das ist alles?«

»Es ist ein Anfang. Ich könnte mir vorstellen, dass Josette Delapont sogar darauf wartet, dass du deinen Antrag wiederholst. Wann, sagst du, hast du sie zum letzten Mal gesehen?«

»Vor drei Tagen«, sagte Raoul.

»Dann wird es höchste Zeit. Sonst denkt sie am Ende noch, du hättest das Interesse an ihr verloren.«

Raoul sprang aus dem Beichtstuhl. »Danke!«, rief er, und seine Stimme hallte durch die Kirche. Im vorderen Teil, beim Altar, drehte sich Madame Schuman nach ihm um und stützte sich auf den Stiel ihres Wischmopps.

»He!«, rief Gallimard hinter ihm her. »Ich habe dich noch nicht losgesprochen.«

»Kann das warten?«, fragte Raoul den geschlossenen Vorhang.

Gallimard zog den Stoff beiseite und trat aus dem Beichtstuhl hervor. Er schlug das Kreuzzeichen über Raoul. »Gott schenkt dir Verzeihung und Frieden. So spreche ich dich los von deinen Sünden. Im Namen des Vaters …«

Raoul war schon bei der Kirchentür, zog sie auf und lief in den Julimorgen hinaus.

So schnell war Raoul den Weg zum Weingut der Delaponts noch nie gelaufen. Die Felder waren in Sonnenlicht gebadet, und der Wind trug einen Geruch von Spreu heran, wie von einer staubigen Tenne. Auf dem Feldweg kam ihm Madame Denoit entgegen, mit einem Bündel Reisig auf dem Rücken. Raoul grüßte freundlich. Erst wollte er eilig weiterlaufen, blieb jedoch stehen, erkundigte sich höflich nach ihrem Befinden und bot an, ihre Last für sie ins Dorf zu tragen. Sie hatte noch nicht ganz abgelehnt und zu einem Schwatz angesetzt, da lief Raoul schon weiter. Um die alten Frauen von Cléry würde er sich später kümmern, jetzt galt sein ganzes Streben einem jungen Mädchen von der Loire.

Das Weingut lag in sonntäglicher Ruhe. Raoul näherte sich dem ausladenden Wohnhaus mit dem hellen Putz und den Streifen roter Ziegel. Die schwere Eichentür ragte vor ihm auf. Beherzt griff er nach dem schmiedeeisernen Türklopfer, hob ihn an und ließ ihn gegen das Holz fallen. Im Haus war ein Knall zu hören, dann folgte Stille, und schließlich näherten sich schlurfende Schritte. Die Tür wurde aufgerissen, und der alte Delapont erschien. Er trug eine grüne Strickjacke, unter der seine Hosenträger zu sehen waren. Der oberste Knopf seiner Hose stand offen, und das Haar auf seinem kugelrunden Kopf war ungekämmt.

»Ja?«, fragte er unwirsch und wischte sich mit einer Hand über das Gesicht. Anscheinend hatte er geschlafen.

»Monsieur Delapont, ich bin Raoul Martín«, hob Raoul an.

»Ich weiß, wer du bist«, blaffte Delapont. »Willst du wieder meine Tochter heiraten?«

Raoul wäre am liebsten davongelaufen, aber mit einem Mal hatte er eine Vision, eine Vorstellung davon, dass er Josette im Brautkleid im Arm hielt und über genau diese

Schwelle trug. »Ja«, sagte er so bestimmt wie möglich. »Kann ich sie sprechen?«

Zu seiner Überraschung lachte Delapont ihn nicht aus. »Wann hast du noch gleich bei mir um ihre Hand angehalten? Letzten Winter war das, wenn ich mich recht entsinne. Du gibst wohl nicht so einfach auf, was? Das gefällt mir.«

»Ich würde tausend Jahre warten, wenn sie mich dann erhört«, wollte Raoul sagen, aber er nickte nur stumm.

»Keine Ahnung, wo sie sich rumtreibt«, sagte Delapont und nestelte an seinen Hosenträgern. »Vorhin war François hier und hat sie abgeholt. Sie wollten in den Fasskeller, um die Füllstandsanzeigen zu prüfen. Vielleicht findest du sie dort.« Delapont deutete in Richtung eines weiß gekalkten Gebäudes. Höflich verabschiedete sich Raoul von Delapont und ging auf das Lager zu. Deutlich spürte er die Blicke des Winzers in seinem Rücken.

Im Innern des lang gestreckten Baus brauchte er erst eine Weile, bevor er zwischen den Tanks, Regalen und Schläuchen die Treppe fand, die in den Fasskeller hinabführte. Am oberen Absatz der ausgetretenen fleckigen Holzstiege blieb er stehen und lauschte. Erst nach einer Weile hörte er Stimmen. Eine gehörte Josette, die andere musste die von François sein, den Raoul von der Arbeit im Weinberg kannte. Er war ein kräftiger Bursche aus Travency, ging bei einem Tischler in die Lehre und verdiente sich auf dem Weingut etwas hinzu.

Raoul war schon halb die Treppe hinuntergestiegen, als er Josette rufen hörte: »Ich lasse mir nicht die Ehre nehmen! Schon gar nicht von dir.«

Bedrängte dieser Kerl Josette? Gerade wollte Raoul die Stufen hinunterstürmen, als er François sagen hörte: »Doch nicht davon. Das ist unmöglich. Glaubst du, ich bin blöd?«

Dann sprang irgendwo im Fasskeller eine Pumpe an, und Raoul konnte nicht mehr verstehen, was gesprochen wurde.

Er ging bis zum Ende der Treppe und schaute sich nach den beiden um. Auf langen Gerüsten aus dunklem Eichenholz ruhten Fässer, so groß, dass er darin hätte wohnen können. Ein säuerlicher Geruch nach vergorenem Wein hing in der Luft, und nach der Wärme des Julitages kam es Raoul in dem Gewölbe kühl vor. Er rieb sich die Arme.

Die Pumpe verstummte, und die Stimmen waren wieder zu hören.

»Das wirst du nicht«, sagte Josette.

»Wirst ja sehen«, entgegnete François.

»Du bist ein Schwein«, rief Josette, sie klang, als wäre sie in Not. Ein klatschendes Geräusch folgte. François schrie auf.

Raoul stürmte los. Josettes Namen rufend lief er zwischen den Fässern hindurch. »Wo bist du?«, rief er, seine Stimme überschlug sich. »Ich helfe dir!« Warum antwortete sie denn nicht? Hielt dieser Kerl ihr etwa den Mund zu?

Als Raoul um ein Regal bog, sah er sie. Josette drückte sich gegen eines der Fässer. François hatte sich vor ihr aufgebaut und stützte sich mit einer Hand an den Fassdauben neben Josettes Kopf ab. Vermutlich wollte der Widerling sie gerade gegen ihren Willen küssen.

Raoul sah rot. »Geh weg von ihr!«, rief er. Die Worte waren noch nicht verhallt, da rammte er François schon den Kopf in den Magen. Der Tischlergeselle war zwar kräftig, reagierte aber zu spät. Er prallte mit dem Rücken gegen einen Tisch mit Eimern und ging in einem Geschepper zu Boden. Raoul baute sich über ihm auf und packte ihn am Kragen seines Hemdes.

»Einmal noch kommst du ihr zu nah, und ich werde dich …«

»Raoul, lass ihn los!«, rief Josette.

Der Klang ihrer Stimme lichtete den Nebel vor seinen Augen. Vor ihm lag François am Boden und blutete am Kopf.

In Raouls Zorn mischte sich Erschrecken darüber, dass er ihn verletzt hatte. Aber das hatte der Kerl sich selbst zuzuschreiben. Niemand fasste sein Mädchen an. Niemand!

»Was fällt dir ein, meine Josette zu bedrängen, he?«, schnauzte Raoul den am Boden Liegenden an. »Ich sollte dich windelweich prügeln.«

François versuchte, auf die Beine zu kommen, aber Raoul drückte ihn zu Boden. »Deine Josette?«, fragte der Tischlergeselle. »Dann sollte sie wohl eher dich zur Rede stellen.«

Raoul zog François auf die Beine. Dabei erklang ein reißendes Geräusch, als dessen Hemd entzweiging. Einen Moment lang standen sich die beiden jungen Männer gegenüber. François wischte sich über die Stirn und schaute das Blut an seinen Fingern an. »Das bekommst du zurück, kannst Gift drauf nehmen.«

Raoul hob die Fäuste vor die Brust. »Komm doch!«, knurrte er.

»Aufhören!«, rief Josette. »Ihr seid ja schlimmer als mein Vater.«

Zu Raouls Überraschung entspannte sich François und schüttelte den Kopf. »Ach was!«, sagte er mit einer wegwerfenden Handbewegung. »Du bist es nicht wert, dass ich mir wegen dir Ärger einhandele. Bist eh schon genug gestraft, wenn du dich mit der da eingelassen hast.«

»Halt deinen Mund«, rief Raoul, »sonst …«

»Viel Spaß noch mit *deiner* Josette.« François drängte sich an Raoul vorbei, versetzte ihm noch einen Stoß und verschwand zwischen den Weinfässern.

Raoul schaute ihm hinterher, bis seine Schritte auf der Holztreppe verklungen waren. Im nächsten Augenblick flog Josette an seine Brust, klammerte sich an seinen Schultern fest und vergrub das Gesicht in seiner Weste. »Gut, dass du gekommen bist«, sagte sie dumpf in den Seidenstoff hinein.

Dann hob sie das Gesicht zu ihm empor, und er sah, dass sie weinte. In seiner Brust vermengten sich Wut und Schmerz zu einem beizenden Gemisch.

»Hat dieses Schwein dir wehgetan?«, fragte Raoul im Niemandsland zwischen Erregung und Zorn.

Josette schüttelte den Kopf und wischte sich die Tränen von den Wangen. »Nein. Du bist gerade rechtzeitig gekommen.« Sie berichtete, dass sie mit François die Füllstände der Fässer hatte prüfen wollen. Normalerweise erledigte das ihr Vater, doch der habe die Sonntagsruhe nötig, und als sie François auf dem Hof gesehen habe, sei sie kurzerhand mit ihm in den Fasskeller hinabgestiegen. »Das muss er wohl falsch verstanden haben. Ich glaube, er dachte, ich wollte hier mit ihm allein sein«, schloss sie.

»Hat er dich vorher schon mal bedrängt?«, wollte Raoul wissen, während seine Hände über ihren Rücken strichen. Er spürte, wie sie sich allmählich beruhigte.

Josettes Schweigen war lauter als jede Anklage, die sie gegen François hätte vorbringen können. Raoul spürte die Wut wieder in sich aufsteigen, Wut und brodelnde Eifersucht. »Es war falsch, mit einem Mann wie ihm hier hinunterzusteigen«, sagte er. »Und es war falsch, mir nicht schon früher von seinen Zudringlichkeiten zu erzählen. Warum gehst du mir überhaupt aus dem Weg?« Er hielt den Atem an und sammelte seinen Mut. »Liebst du mich nicht mehr?«

Sie sah ihn an und wich einen Schritt zurück. Einen bangen Moment lang glaubte Raoul, sie wisse überhaupt nicht, wovon er sprach. Ihre Blicke tasteten über sein Gesicht, wanderten über seine Schultern, dann weiter hinab. Raoul kam sich vor wie eine genau zu prüfende Ware auf dem Pferdemarkt.

»Was ist denn?«, fragte er, als er es nicht länger aushielt. »Sag doch was!«

Josette spitzte die Lippen. Dann holte sie ihr strahlendstes Lächeln hervor und schmiegte sich wieder an ihn. »Doch, Raoul, natürlich liebe ich dich. Wie kannst du so etwas fragen?«

Ihrem Haar entstieg ein Duft, der ihn an jene Nacht auf dem Weinfest in Travency erinnerte, der Duft nach einer Zukunft in ihren Armen. »Ich frage, weil du mir seit Wochen aus dem Weg gehst. Josette, ich muss jetzt wissen, woran ich bin. Jetzt und hier.«

»Spürst du es denn nicht?«, fragte sie. »Muss ich es erst noch in Worte fassen?« Sie drückte sich enger an ihn.

Raoul wurde schwindelig. Er fühlte sich wie Schokoladenkuchen in einem Dampfbad. Wenn es nach ihm ginge, hätten sie den Rest ihres Lebens hier zwischen den Weinfässern stehen bleiben können. »Ich brauche nur ein Wort von dir«, sagte er mit belegter Stimme. »Weißt du noch, was ich dich auf der Mauer in Chambord gefragt habe?«

Sie nickte. »Meine Antwort ist Ja.«

Raoul hob den Blick gelobend in die Höhe, und obwohl da nur die brüchig gekalkte Gewölbedecke des Fasskellers zu sehen war, war er sich sicher, dass Gott im Himmel sehen konnte, wie dankbar er war. Er presste Josette noch enger an sich, bis er meinte, ihre Körper würden miteinander verschmelzen.

Kapitel 34

Cléry-Sainte-Anne,
Juli 1940

Raoul rannte über den Dorfplatz. Die gesamte Strecke vom Weingut war er so schnell gelaufen, wie er konnte, trotzdem war er kaum außer Atem und glaubte, es in diesem Tempo bis nach Paris schaffen zu können, wenn das nötig gewesen wäre.

Josette! Ihr Name flog durch seinen Sinn, ihr Geschmack lag auf seiner Zunge, ihr Geruch hing in seinen Kleidern. Und das würde so bleiben, für immer.

Im Fasskeller hatten sie ihre Hände so fest gedrückt, dass die miteinander verschränkten Finger weiß geworden waren. Dabei hatten sie Pläne geschmiedet. Zuerst, hatte Josette gesagt, sei es wichtig, mit den Eltern zu sprechen. Am Abend wollten sie sich beim Bootsanleger wiedersehen und berichten, was sie erreicht hatten.

Bevor Raoul das Weingut verlassen konnte, hatte Josette ihm ein Versprechen abgenommen. Er dürfe, so ihre eindringlichen Worte, auf keinen Fall versuchen, etwas zu stehlen, um mit ihr glücklich zu werden. Ihr Vater sei wohlhabend genug, und die Gefahr, dass Raoul erwischt werde, ängstige sie. »Was soll ich tun«, hatte sie gefragt, »wenn mein Bräutigam ins Gefängnis muss oder des Landes verwiesen wird?«

»Mich befreien«, hatte Raoul gesagt. »Kein Gefängnis

und kein Gesetz sind stark genug, um gegen uns zu bestehen.« Dabei hatte sein Herz so stark gegen seine Brust gepocht, dass er meinte, Josette könne es hören. Dann hatte er ihr das Versprechen gegeben: Kein Diebstahl sollte je einen Schatten auf ihr Glück werfen.

Er erreichte das Pfarrhaus und setzte die Stufen zur Dachkammer hinauf, stieß die Tür auf und platzte in den Raum. Es roch nach Seife.

»Josette will mich heiraten!«, rief er und spürte, wie ihm das Blut durch den Kopf hämmerte.

Seine Mutter Elsa saß am Küchentisch und putzte Gemüse mit ihrem neuen Messer. Um das Tischtuch zu schützen, das Raoul ihr gekauft hatte, hatte sie Zeitungspapier darüber ausgebreitet.

Sein Vater Celedonio saß auf einem Stuhl und hielt die Füße in die Wanne. Seit einigen Wochen schmerzten seine Zehen, und er versprach sich Linderung von kalten Bädern.

Celedonio runzelte die Stirn. »Was hast du gesagt?«

»Sie will mich heiraten!«, rief Raoul und schaute sich erwartungsvoll um.

»Wer?«, fragte Elsa.

»Josette natürlich!«, sagte Raoul und versuchte, seine Stimme unter Kontrolle zu bekommen. »Josette Delapont. Die Tochter des Winzers. Sie hat sogar gesagt, sie könne es gar nicht erwarten, meine Frau zu werden. So schnell wie möglich soll ich mit ihr vor den Traualtar treten.«

Celedonios Wutausbruch blieb aus. Die Eltern warfen sich einen vieldeutigen Blick zu. »Sie kann es nicht erwarten«, wiederholte Raouls Vater. »Weißt du, was das bedeutet?«

»Dass sie mich liebt wie verrückt«, sagte Raoul, »dass sie jeden Augenblick mit mir zusammen sein will, dass …« Er spürte eine Unsicherheit in seinem Nacken. Konnte sein Vater ihn nicht einfach anschreien? Damit würde er fertig. Aber nicht mit diesem Blick.

»Es könnte sein, dass sie ein Kind erwartet, Raoul«, sagte Elsa. »Hat sie darüber mit dir gesprochen?«

Raoul erschrak. Ein Kind? »Das lasst ihr euch doch nur einfallen, um mein Glück zu zerstören«, fuhr er auf. »Aber daraus wird nichts. Dann bekommt sie eben ein Kind. Wir wollen sowieso welche.« Darüber hatten sie zwar nicht gesprochen, aber Raoul war sich sicher, dass es so sein würde.

»Jetzt hör mal zu, *Muchacho*!« Celedonio zog die tropfnassen Füße aus der Wanne und stellte sie auf einen Bogen Zeitungspapier. »Vielleicht habe ich gar nichts dagegen, dass du dieses Mädchen liebst. Vielleicht erlaube ich dir sogar, sie zu heiraten. Aber nur unter zwei Bedingungen.«

Raoul schöpfte Mut. Das hörte sich schon besser an.

»Erstens«, fuhr Celedonio fort, »muss sie bereit sein, mit dir nach Madrid zu gehen, wenn der Krieg vorbei ist.« Er machte eine Pause.

Raoul rieb sich das Kinn. Davon würde er Josette schon noch überzeugen. »Und zweitens?«, fragte er zögernd.

»Findest du heraus, ob sie schwanger ist …«

»Aber ich sagte doch schon …«, warf Raoul ein.

»… und ob das Kind von dir ist«, vollendete Celedonio den Satz.

»Was sagst du da?« Raoul war mit einem Mal so heiß, dass er meinte, die Dachkammer stehe in Flammen. Sein Vater beleidigte seine zukünftige Frau! »Josette würde mich niemals betrügen«, rief er. Da fiel ihm die Begegnung im Fasskeller ein, Josette und dieser François, sie hatte von Ehre gesprochen. Und der Spott der Dorfbewohner damals im *Lion Rouge*, als man ihm vorgerechnet hatte, wie viele Liebhaber Delaponts Tochter angeblich hatte.

»Josette …«, fing Raoul noch einmal an, schluckte jedoch

den Rest des Satzes hinunter und steckte die Hände in die Hosentaschen, damit seine Eltern nicht sahen, dass sie zitterten.

»Wir wollen dir nichts Böses«, sagte seine Mutter sanft. »Dein Vater ist mal wieder sehr direkt, aber er hat recht. Lass dir nicht den Kopf verdrehen, mein Junge! Sei dir deiner Sache erst sicher, damit du dich nicht ins Unglück stürzt.«

Unglück! Wenn sie nur wüssten, wie es in ihm aussah! Aber das hatte seine Eltern ja noch nie gekümmert. Raoul ballte die Fäuste in den Taschen. Etwas knisterte darin. Er zog den Brief hervor, den Pfarrer Gallimard ihm im Beichtstuhl gegeben hatte.

Den hatte er vergessen! Der Name seines Vaters stand auf dem Umschlag. Raoul warf ihn achtlos auf den Tisch, wo er in einer Lache Gemüsesaft landete. Elsa nahm das Schreiben an sich, bevor es Schaden nehmen konnte, riss es auf und holte einen Bogen Papier hervor, den sie auffaltete und sich vor die Augen hielt.

All das beobachtete Raoul wie durch einen Nebel. Seine Gedanken waren bei Josette. Doch sie waren nicht mehr so ungetrübt wie zuvor. Daran war sein Vater schuld! Raoul stellte mit einem Mal fest, dass er ihn hasste. Und es machte ihm nicht einmal etwas aus.

Ein Schrei riss ihn aus seinen Gedanken. Elsa hielt sich eine Hand vor den Mund. »Miguel!«, kam es undeutlich dahinter hervor.

Der Name seines Bruders klärte Raouls Geist. »Was ist mit ihm?«, rief er.

Da Elsa nicht antwortete, tappte Celedonio zu ihr hinüber und nahm ihr den Brief aus der Hand. Seine Füße hinterließen nasse Spuren auf den Dielenbrettern.

»Ist er tot?«, fragte Raoul leise.

Celedonio las den Brief. »Er lebt«, sagte er. »Aber die

Deutschen haben ihn gefangen genommen. Beim Kampf um den Sedan-Sektor vor vier Wochen. Das Schreiben ist von der französischen Heeresleitung.« Er schluckte. »Sie versuchen, mit den Deutschen zu verhandeln. Aber bislang gibt es keine Antwort.«

»Wir müssen ihn da rausholen«, sagte Raoul, riss ihm das Schreiben aus der Hand und überflog die Zeilen. Miguel habe tapfer gekämpft, stand da, und man sei zuversichtlich, dass er gesund sei. Die Deutschen würden ihre Gefangenen gut verpflegen. Raoul hoffte, dass das stimmte. Er hatte Gerüchte gehört von Hunger und Krankheiten in den deutschen Lagern. Und von Massenmorden mit Gas. Ein Schauer lief ihm über den Rücken. Ein zweiter folgte, als er den unteren Absatz des Schreibens las. Das französische Militär legte der Familie Martín nahe, in die Freie Zone umzusiedeln, die gerade im Südosten eingerichtet wurde. Während die Deutschen künftig die nördliche Hälfte des Landes und die gesamte Atlantikküste beherrschten, sollte der südöstliche Teil als »Freies Frankreich« gelten. Neuer Sitz der Regierung war der Kurort Vichy. Der liege nur drei Autostunden von Cléry entfernt, behauptete der Verfasser des Briefs. Dort würden die Flüchtlinge sicher sein. Blieben die Martíns in der besetzten Zone, müssten sie mit Repressalien der Deutschen rechnen.

Drei Autostunden entfernt? Da könnten sie auch gleich zum Mond fliegen! Jeder Zentimeter, den Raoul von Josette entfernt war, glich einer unerträglichen Endlosigkeit.

»Ihr wollt doch wohl nicht dorthin, oder?«, fragte er und wedelte mit dem Schreiben wie mit der weißen Fahne der Kapitulation.

»Darüber werde ich nachdenken«, sagte Celedonio. »Vielleicht wäre es das Beste, wenn wir sofort in die sichere Zone aufbrächen, bevor uns die SS hier einen Besuch abstattet. Aber wir müssen erst wissen, wie wir Miguel helfen können.«

»Und dann?«, fragte Raoul und ließ sich auf einen Stuhl fallen. »Soll ich etwa meine Braut zurücklassen?« Er stützte den Kopf in die Hände. Das Leben verlangte zu viel von ihm. Gerade noch war er der glücklichste Mensch der Welt gewesen, jetzt verfluchte er sein Schicksal.

Er spürte die warme Hand seiner Mutter auf seinem Rücken. »Wir finden eine Lösung«, sagte sie. »An all dem ist nur der Krieg schuld.«

Raoul starrte auf die mit feuchten Flecken gesprenkelte Zeitung, die Elsa als Arbeitsunterlage diente. *Wehrmacht erneut erfolgreich*, stand da in breiten schwarzen Lettern. Seit der Besetzung von Paris mussten die französischen Redakteure jedes Ereignis als Triumph der Wehrmacht darstellen. Unter der Schlagzeile stand, etwas kleiner: *Deutsche Soldaten bergen Louvre-Kunst aus dem Château de Sourches*. Raoul runzelte die Stirn. Die Kunst des Louvre war in Chambord versteckt, das wusste er genau. Hier stimmte etwas nicht! Die Stimme seines Vaters drohte, ihn von dem Gedanken abzulenken. Raoul sperrte Celedonios Gerede aus seinem Geist aus und vertiefte sich in den Artikel. Der berichtete davon, dass französische Diebe den Louvre ausgeräumt hätten, als Frankreich für kurze Zeit regierungslos gewesen war. Dem deutschen Botschafter Curt Hardefust – Raoul formte den Namen mit den Lippen, fand aber nicht heraus, wie man ihn aussprach – sei es mithilfe seiner Einsatztruppe gelungen, die Beute im Château de Sourches aufzustöbern. Deutschland, so hieß es im Text, habe Frankreich damit einen großen Dienst erwiesen. Raoul runzelte die Stirn und las weiter.

Noch sei nicht alle Kunst wieder aufgetaucht. Im Château de Sourches habe man nur einen Teil entdeckt. Viele Werke würden nach wie vor fehlen, darunter die Mona Lisa. Botschafter Hardefust bitte alle aufrechten Franzosen um Unterstützung. Wer einen Hinweis zum Versteck der Kunstwerke gebe, könne gewiss sein, dass er von der deutschen Besatzungsbehörde belohnt werde. Überdies sei es jedermanns Pflicht, das nationale Erbe Europas zu schützen.

Raoul schaute auf. Die Dachkammer hatte sich verändert. Sie sah mit einem Mal gar nicht mehr so düster aus, sondern war erhellt vom Licht einer strahlenden Zukunft. Einer Zukunft mit Josette und mit Miguel.

Die Deutschen suchten die Mona Lisa. Und Raoul wusste, wo sie war. Er hatte es von den Wachtposten in Chambord gehört. Er würde das Bild holen und nach Paris bringen zu diesem Hardemann, dem Botschafter. Als Gegenleistung würde er verlangen, dass man Miguel freiließ. Die Mona Lisa gegen seinen Bruder, ein Gemälde gegen einen Menschen, das galt als Geschäft.

Was würde Josette dazu sagen? Raoul hatte ihr versprochen, keine Diebstähle zu begehen. Aber da wusste sie noch nicht, dass Raoul damit Miguel retten könnte.

Er schaute zu Celedonio hinüber. Die Lippen seines Vaters bewegten sich, doch noch immer hörte Raoul kein Wort. Wäre es Verrat an Josette, wenn er ein Gemälde aus Chambord stahl? Ja, dachte er. Wenn ich es stehlen würde, wäre mein Versprechen Josette gegenüber keinen Sous wert. Aber ich werde die Mona Lisa nicht stehlen, sondern retten. Wenn es stimmt, was in der Zeitung steht, dann ist sie ja bereits gestohlen worden. Und wie nennt man denjenigen, der einem Dieb die Beute abnimmt? Raoul fiel das richtige Wort nicht ein. Aber er war sicher, dass er rechtschaffen handeln würde.

Raoul stand auf und ging zur Tür. Sein Vater sagte gerade »… führt der Weg nach Madrid durch das freie Frankreich … wo willst du hin?«

»Ich weiß genau, wohin ich will«, antwortete Raoul,

»weißt du es auch?« Er schlug die Tür hinter sich zu und lief die Stiege hinunter. Chambord lag fünfzig Kilometer entfernt. Ein weiter Weg, wenn man ihn auf einem Motorrad zurücklegen musste, um einem Mädchen zu imponieren, aber eine lächerlich kurze Strecke, wenn man zu Fuß ging, um den eigenen Bruder zu retten.

Kapitel 35

CHÂTEAU CHAMBORD,
JULI 1940

»Verflucht!« Die Verbindung zu Henri Verne war unterbrochen. Pierre hämmerte auf den Schalter am Mikrofon, entlockte dem Lautsprecher aber nur Rauschen und Knacken.

In dem kleinen Gemeinschaftsraum im Gesindehaus von Schloss Chambord war es grabesstill. Spartaco, Pataille, Georges und Ladislas waren mit Pierre um das Funkgerät versammelt. Nur Floride fehlte.

»Ich bekomme ihn bestimmt gleich wieder rein.« Ladislas rückte seine Kopfhörer zurecht und drehte an den Reglern.

»Lass nur!«, sagte Pierre und reichte dem Funker das Mikrofon aus olivgrünem Kunststoff zurück. »Die Zeit drängt, und wir wissen genug.«

Mehr als genug, dachte Pierre. Sie hatten Henri Verne noch einmal erreichen können und von ihm die Bestätigung erhalten: Das Depot im Château de Sourches war verloren. Die Deutschen hatten die Kunstwerke gefunden und nach Paris gebracht, vielleicht wurden sie in diesem Augenblick schon auf einen Zug nach Berlin verladen. Das hatte Verne, der sich selbst in Valençay aufhielt, von Anna erfahren, einer der Helferinnen im Château de Sourches. Sie hatte sich dort als Küchenhilfe ausgegeben und berichtet, dass die Deutschen Gaston Récine misshandelt und abgeführt hätten. Man vermutete ihn in einem Folterkeller der SS.

Pierre schlug mit der Faust auf den Tisch. Am liebsten hätte er seine Dragoner zusammengerufen und wäre mit ihnen nach Paris gestürmt, um den Kunsthistoriker zu befreien. Pierre betete darum, dass Récine noch am Leben war.

Es war nur eine Frage der Zeit, bis der junge Akademiker der SS verriet, wo die übrigen Kunstwerke versteckt waren. Wenn er es nicht schon getan hatte. Récine hatte einen klugen Kopf, aber er war zerbrechlich.

Jetzt zählte jede Minute. Die grauen Uniformen eines deutschen Rollkommandos konnten nun jederzeit in Chambord auftauchen. Die Kunstwerke mussten hier verschwinden, sofort. Fragte sich nur, wohin und womit? Sie hatten nur einen einzigen Lastwagen, Napoleon, die übrigen waren auf die anderen Schlösser verteilt. Mit nur einem Fahrzeug würden sie Wochen brauchen, um Chambord leer zu räumen.

»Ihr habt es gehört«, sagte Pierre in die Runde. »Wir müssen evakuieren.«

»Aber wir haben bloß einen Wagen«, stellte Georges fest.

»Ich kann viel tragen«, sagte Spartaco. »Und schnell bin ich auch.«

Pierre nickte dem Gewichtheber zu. »Du bist ein wahres Wunder, Spartaco. Aber um alles rechtzeitig fortzuschaffen, bräuchten wir zwanzig von deiner Sorte.«

»Das würde ich nicht ertragen«, raunzte Pataille.

»Gibt es andere Möglichkeiten, andere Fahrzeuge hier aus dem Schloss?«, fragte Georges.

»Den Bugatti des Marquis«, sagte Pataille. »Aber der ist kaputt.«

»Es gibt da noch den Fluss«, warf Pierre ein, »die Loire fließt in der Nähe.«

»Stimmt,« sagte Ladislas. »War nicht mal der Transport über den Wasserweg im Gespräch?«

Pierre nickte. »Wir müssten uns nach Booten umsehen. Und wir bräuchten ein Versteck in der Nähe des Flusses.«

»Wohin könnten wir fahren?«, fragte Georges.

Spartaco schaltete sich ein. »Es gibt verlassene Gehöfte. Einige Bauern haben sich auf den Weg in den Süden gemacht.«

»Ich habe von einem Kloster östlich von hier gehört«, sagte Pataille. »Vielleicht ist der Prior gegen die Deutschen und hilft uns.«

»Für Vermutungen haben wir keine Zeit«, sagte Georges. »Wir müssen so schnell wie möglich raus aus Chambord.«

Das Schweigen der Ratlosen füllte den Raum.

»Vielleicht nicht«, murmelte Pierre. »Vielleicht können wir uns im Schloss vor den Deutschen verstecken.«

»Im Château?«, fragte Spartaco und verzog das Gesicht. »Und die Kisten?«

Pierre trat ans Fenster und deutete auf die weite Kiesfläche des Schlosshofs. »Die Überschwemmung vor vier Monaten. Wir haben das Wasser in die Tunnel unter dem Schlosshof ablaufen lassen. Die Gänge dort unten sind schmal, aber weitläufig. Da wäre genug Platz. Die Deutschen würden nichts finden, und sobald sie wieder weg sind, bringen wir die Kunstwerke zurück ins Château. Wir müssen allerdings darum beten, dass es nicht regnet.«

»Nicht genug, dass wir diese Kisten durch Frankreich tragen, jetzt sollen wir auch noch beten«, seufzte Pataille. »Aber der Plan ist gut. Das könnte funktionieren. Was meinst du, Großer?«

Spartaco nickte. Ladislas zog ein Gesicht, dem Zustimmung zu entnehmen war.

Nur Georges schüttelte den Kopf. »Wie sollen wir das ganze Zeug denn dorthin schaffen? Wenn ich mich recht erinnere, gibt's nur enge Schächte unter Gullydeckeln. Da kriegen wir nie auch nur eine der Kisten durch.«

»Wir könnten durch die Toiletten hinein«, sagte Pierre.

Die anderen schauten ihn verständnislos an.

»Während der Überschwemmung hat Serge mir erklärt, dass die Tunnel Reste eines alten Abwassersystems sind. Damit waren früher die Aborte im Schloss verbunden.« Mit jedem Wort, das er sprach, verstärkte sich das Gefühl, auf einen Ausweg gestoßen zu sein.

»Durch die Toiletten?« Pataille sah zu Spartaco hinüber und kräuselte die Oberlippe.

»Mag sein, dass es da eine Verbindung gibt«, sagte Georges, »aber das sind doch bestimmt nur Fallrohre. Das Problem wäre dasselbe. Es würde sich nur an einen anderen Ort verlagern.«

Pierre verscheuchte eine Fliege, die sich nicht davon abbringen lassen wollte, auf seiner Wange zu landen. Sie war wie der Gedanke an die Tunnel, der sich jetzt festgesetzt hatte. »Vielleicht hast du recht, Georges. Vielleicht gibt es dort nur schmale Rohre. Aber in den Schlössern des Mittelalters und des Barock soll es doch so unglaublich gestunken haben, trotz allen Prunks. Wegen der Abwässer. Die Wasserspülung war ja noch nicht erfunden. Deshalb mussten Diener die Schächte säubern. Und dafür muss es Zugänge gegeben haben, durch die ein Mann hindurchpasste, ein Mann mitsamt Ausrüstung. Sie werden Eimer, vielleicht Zuber voller Fäkalien hinausgeschleppt haben. Diese Zugänge könnte es noch geben.«

»Vielleicht weiß der Marquis etwas darüber.« Ladislas nahm die Kopfhörer ab und legte sie auf das Funkgerät. »Man müsste ihn bloß fragen.«

»Stimmt«, sagte Pierre mit Ironie in der Stimme. »Nichts leichter als das.«

»Tunnel? Unter meinem Schloss?« Prudent de Valantin verzog die dünnen Lippen zum Zerrbild eines Lächelns. »Wovon reden Sie überhaupt, Colonel Delort?«

Pierre hatte den Marquis in seinem Büro angetroffen und ihm von den Neuigkeiten berichtet. Jetzt lehnte der Schlossherr an seinem Schreibtisch, hatte ein Bein angewinkelt und schaukelte damit hin und her.

Er ist nervös, stellte Pierre fest und beschloss, sich nicht abwimmeln zu lassen. »Ich habe die Baupläne von Chambord studiert«, sagte er. »Es gibt die Fallrohre, also muss es auch die Wartungsanlagen geben, und irgendwo müssen auch die alten Zugänge zu finden sein.«

»Wenn es so etwas hier geben sollte, dann wüsste ich davon«, entgegnete de Valantin. »Meine Vorfahren haben die Kloaken vermutlich zumauern lassen. Das hätte ich jedenfalls getan.« Die Augen des Marquis blitzten. Dies war seine große Stunde, endlich konnte er sich rächen, und er genoss es, wie Pierre unschwer erkennen konnte.

»Marquis«, sagte er eindringlich. »Sie haben sich dazu verpflichtet, die Kunst Frankreichs zu retten. Stehen Sie zu Ihrem Wort!«

Die Selbstzufriedenheit verschwand aus dem Gesicht des Schlossherrn. »Als ich Ihnen mein Wort gab, herrschten noch andere Umstände. Da war noch nicht klar, dass die Deutschen hierherkommen würden. Sie und Direktor Verne haben so tiefe Spuren in Frankreich hinterlassen, dass die SS Ihnen mühelos folgen kann. Das ist nicht meine Schuld. Trotzdem würden mich die Deutschen bestrafen. Mich und meine Familie. Sie werden verstehen, dass ich das verhindern muss.«

»Was haben Sie vor?«, fragte Pierre.

»Die Frage ist, was *Sie* vorhaben. Ich biete Ihnen zwei Möglichkeiten: Entweder Sie schaffen die Kunstwerke sofort von meinem Besitz herunter, oder ich werde Sie und die Kunst den Deutschen aushändigen.«

Pierres Rücken versteifte sich. »Damit verraten Sie Ihr Land.«

»Aber ich rette meinen Besitz und meine Familie«, fuhr de Valantin ungerührt fort. »Das ist meine Entscheidung. Und Ihre?«

»Wir können nicht evakuieren, weil wir keine Lastwagen haben«, sagte Pierre. »Aber wir können die Objekte in den Tunneln verstecken. Die Deutschen werden sie dort niemals finden. Und wenn sie die Kisten nicht entdecken, wird Ihnen und Ihren Töchtern auch nichts geschehen, Monsieur le Marquis.«

Der Schlossherr spitzte genüsslich die Lippen. »Mein lieber Colonel, Ihr Vorhaben muss scheitern, denn ich weiß wirklich nicht, wo es diese Zugänge geben sollte.« Er schaute auf seine Armbanduhr. »War das dann alles? Hier wartet Arbeit auf mich.«

Pierre verließ das Schloss und machte sich auf den Rückweg zum Gesindehaus. Vor der Unterkunft erwartete ihn Floride. Sie lehnte neben der Tür, die Hände in den Taschen ihrer roten Lederjacke vergraben. Unter ihren Augen lagen Schatten. Zwei Tage lang hatte er sie nicht gesehen. Nachdem sie die Nachricht vom Tod ihres Vaters erhalten, nachdem Pierre sie in seinen Armen gehalten hatte, war Floride nicht wieder im Gesindehaus aufgetaucht.

»Spazieren war ich«, entgegnete sie auf seine Frage, wo sie gewesen sei. Ihr herbes Lächeln erblühte vor Pierres Gesicht.

Er sah ihr den Schmerz an. Sie hatte allen Grund gehabt, sich zurückzuziehen. »Ich bin froh, dass du wieder da bist«, sagte er und hauchte etwas befangen Küsse auf ihre Wangen.

»Ich musste allein sein und über Papas Tod nachdenken«,

sagte sie. »Vielleicht wäre ich gar nicht zurückgekommen, wenn du nicht hier wärst.«

Pierre genoss den Blick aus ihren Augen. Er war ihr so nah, dass er die goldenen Farbtupfer in ihrer Iris zählen konnte. Es schien, als drehe sich der Schlosshof um den Fleck, auf dem sie beide standen. Das Château, das Gesindehaus, die Kapelle, der Stall, sogar die weite Kiesfläche verloren ihre Ankerpunkte auf der Erdoberfläche und kreisten um sie beide. Pierre stand im Mittelpunkt des Universums.

Er nahm den schwachen Geruch von Maschinenöl an Floride wahr. Der war ihm schon in Paris aufgefallen. Hatte sie im Fahrerhaus von Napoleon übernachtet?

»Ich habe darüber nachgedacht, ob ich nach Paris zurückgehe«, fuhr sie fort, »zu Papas Beerdigung.«

»Und zu welchem Ergebnis bist du gekommen?«, fragte Pierre. »Wirst du hingehen?« Insgeheim überlegte er, wie er Floride helfen konnte, ohne Passierschein in die besetzte Stadt zu gelangen.

»Nein«, antwortete sie. »Ich habe noch nie viel von Beerdigungen gehalten. Die Leute, die da hingehen, sind mehr mit dem Leichnam beschäftigt als mit dem Tod.« Sie schaute zur Seite und blinzelte. »Dorthin gehe ich erst, wenn ich mit meinem Vater allein sein kann.«

Pierre erinnerte sich an Gérards Beerdigung, an die vielen Hände, die er hatte schütteln müssen, während er sich am liebsten auf den Sarg geworfen und geweint hätte. »Ja«, sagte er. »Ich weiß genau, wovon du sprichst. Der Verlust ist wie eine Wunde.« Er machte eine Pause. »Aber eine Wunde, durch die das Licht eintritt.«

Im Gesindehaus wurde Floride stürmisch begrüßt. Alle hatten befürchtet, sie sei nach Paris unterwegs, und sie würden sie nicht wiedersehen. Georges öffnete eine Flasche Wein, und die Gläser klirrten. Dann kehrte das Gespräch zum Ernst der Lage zurück. Pierre berichtete, dass er beim Marquis nichts erreicht habe und dass de Valantin das Unternehmen an die Deutschen verraten wolle.

»Dieses Schwein!«, rief Floride. »Ich habe es gleich gewusst, als ich seine Visage zum ersten Mal sah.«

»Ich könnte ihn mir mal zur Brust nehmen«, schlug Spartaco vor. Niemand hatte etwas dagegen einzuwenden, aber Pierre hielt es für das Beste, das Gespräch wieder auf die Abflussanlage zu bringen.

»Wo sollen diese Schächte liegen?«, fragte Floride.

Pierre holte die Baupläne des Schlosses aus seiner Kammer. Henri Verne hatte sie ihm in Paris gegeben, doch Pierre hätte nicht gedacht, dass er sie einmal brauchen würde. Jetzt war es so weit. Er schob im Gemeinschaftsraum den Tisch beiseite und rollte die Zeichnungen auf dem Teppich aus.

»Das hier sind die Wohnanlagen«, er deutete auf die Zimmer in den Obergeschossen. »In jedem Gemach gibt es zwei Schlaf- und Gesellschaftszimmer sowie ein Bad, das immer an der Außenwand zu finden ist. Und im äußeren Winkel ist der Abfluss angebracht, ein Fallrohr.«

Floride nahm das Barett vom Kopf und beugte sich über die Pläne. Ihr Haar fiel ihr ins Gesicht, und sie knotete es nachlässig im Nacken zusammen. Dann blätterte sie durch die Dokumente, verlangte nach einem Bleistift und einem Lineal und zog mausgraue Linien über das Papier. Während sie sich durch die raschelnden Bögen arbeitete, murmelte sie unverständliche Worte, die Verwünschungen oder Beschwörungen sein mochten. Als sie sich schließlich aufrichtete, hatten die anderen die nächste Flasche Wein geleert.

»Wenn wir davon ausgehen, dass alle Fallrohre zu den Tunneln unter dem Schlosshof führen …«, sie zeigte auf die Striche, die sie auf einem Plan eingezeichnet hatte, »… und es zwischen diesen Punkten eine Verbindung geben muss –

einen Durchfluss, in den die Rohre münden –, dann müsste er hier entlangführen. Moment mal!« Sie wühlte durch die Pläne, bis sie den Grundriss des Kellers gefunden hatte, und strichelte mit dem Bleistift eine Fläche aus, in der festes Mauerwerk eingezeichnet war.

Pierre beugte sich über die Stelle und berührte dabei flüchtig Florides Hand. »Dann muss irgendwo an dieser Wand dort der Zugang liegen.« Er schaute zu den anderen hoch. »Also los! Sehen wir nach!«

Kapitel 36

CHÂTEAU CHAMBORD,
JULI 1940

Der Zugang zum Abwasserschacht war zugemauert, genau so, wie der Marquis de Valantin gesagt hatte. Doch die Stelle in der Kellerwand war gut zu erkennen: eine Wölbung im Putz, etwa so groß wie eine niedrige Tür. Pierre räumte den Platz davor frei, er schob eine massive Anrichte beiseite und trug einen Stapel blauer Dachschindeln sowie zwei Säcke Mörtel fort. Mit den Fingern strich er über die Wand, dann holte er zwei Spitzhacken aus dem Werkzeugschuppen und machte sich gemeinsam mit Spartaco an die Arbeit. Die Schläge hallten durch das Kellergewölbe, Putz und Gestein polterten zu Boden. Schließlich kippte der erste Ziegel nach hinten und verschwand in einem Loch in der Mauer. Dahinter herrschte Finsternis, ein Luftzug drang daraus hervor.

Nach einer Weile war eine Öffnung entstanden, durch die Georges, der Kleinste der Gruppe, den Kopf und einen Arm samt Handlampe zwängen konnte. Wie er mit hallender Stimme vermeldete, hatten sie tatsächlich einen geräumigen Tunnel gefunden. Alle drängten sich um die Öffnung, um nacheinander einen Blick hineinzuwerfen.

Spartaco verbreiterte den Zugang, bis Georges hindurchschlüpfen konnte. Kurz darauf bestätigte sich, was Pierre vermutet hatte: Der Gang führte zu den Tunneln unter dem Schlosshof. Und er war groß genug, um die Kunstwerke des

Louvre hindurchbewegen zu können. Patailles Befürchtung, dass uralter Unrat auf sie wartete, erwies sich als unbegründet. Wände und Boden der Anlage waren zwar voller Staub und Spinnweben, aber einigermaßen trocken. Einzig die niedrige Zugangstür war ein Problem, das Spartaco jedoch mit der Spitzhacke aus der Welt schaffte.

»Was geht hier nun schon wieder vor sich?« Die Stimme des Marquis hallte durch das Kellergewölbe. De Valantin starrte entgeistert auf das Loch in der Wand, vor dem sich ein Haufen Gestein türmte. Dann heftete sich sein Blick auf Spartaco, der sich auf den Stiel der Spitzhacke stützte. »Sie haben mein Schloss zerstört!«, empörte sich de Valantin in die Runde.

»Ich habe Ihnen gesagt, dass wir diesen Tunnel suchen«, sagte Pierre. »Wir haben ihn gefunden. Mit Ihrer Hilfe wäre das einfacher gewesen.«

»Raus!«, rief der Marquis. »Sie alle verlassen augenblicklich mein Schloss.« Sein Arm schlug in Richtung Treppe aus.

»Niemand verlässt Chambord, bevor unsere Mission nicht erfüllt ist«, gab Pierre zurück. Er versuchte, einen ruhigen Ton anzuschlagen. »Nicht einmal Sie selbst.«

»Das werden wir ja sehen!«, sagte der Marquis. »Ich stamme in indirekter Linie von den Königen Frankreichs ab. Wissen Sie, wie meine Vorfahren mit Leuten wie Ihnen umgesprungen wären?« Er zog eine Pistole aus der Tasche seines Jacketts und richtete sie auf Pierre. »Zum letzten Mal: Verschwinden Sie! Und die Kunstwerke lassen Sie hier.«

Pierre sah, wie die Waffe in de Valantins Hand zitterte. Er hatte sie nicht einmal entsichert. Pierre landete einen Schlag auf dem Handgelenk des Schlossherrn. Die Pistole fiel zu Boden. Pataille klaubte sie auf. Der Marquis hielt sich das Handgelenk und warf Pierre wütende Blicke zu.

»Das ändert überhaupt nichts«, sagte er. »Wenn die Deutschen kommen, werde ich ihnen dieses Versteck zeigen. Und wenn sie nicht kommen, rufe ich selbst in der Besatzungsbehörde in Paris an.«

Jetzt war es genug. »Prudent de Valantin«, sagte Pierre kalt, »im Namen der französischen Streitkräfte und des französischen Staates setze ich Sie wegen Landesverrats fest.«

Der Marquis lachte auf. »Gefangener in meinem eigenen Heim? Wie stellen Sie sich das vor?«

»Sie werden sich in einen der Wohntrakte verfügen und dort bleiben, bis die unmittelbare Gefahr für die Kunstwerke abgewendet ist.«

De Valantin schaute Pierre mit vor Zorn geweiteten Augen an. Er trat einen Schritt auf ihn zu. »Ich habe keine Angst vor Ihnen!«

»Das müssen Sie auch nicht«, erwiderte Pierre. »Aber Ihre voreiligen Entschlüsse, die sollten Sie fürchten. Spartaco! Begleite den Marquis nach oben in einen der Wohntrakte, in dem keine Kunstwerke sind. Und spendiere ihm ein wenig Feuerholz, damit er es sich gemütlich machen kann. Wir haben ja jetzt genug davon.«

Die Kisten mussten so rasch wie möglich in den Tunnel gebracht werden. Pataille schlug vor, die Bediensteten des Schlosses um Hilfe zu bitten. Sie hatten schon bei der Überschwemmung mit angefasst. Pierre war dagegen. Die Deutschen würden die Angestellten befragen. Umso weniger die Leute aus Chambord wussten, umso besser – auch für sie selbst.

Sie standen zu fünft vor einer gewaltigen Last. Mehr als siebzig Kisten mussten aus der Kapelle in den Keller getragen werden, einhundertzehn standen im Obergeschoss. Siebzig waren bereits im Keller und konnten bis zum Wartungsschacht geschoben werden. Pierre entschied, dass jeweils einer der Gruppe vom Dach des Schlosses nach deutschen Lastwagen Ausschau halten sollte. Hoffentlich, dachte Pierre, bleibt uns genug Zeit.

Floride und Georges kümmerten sich um die leichteren Kisten. Spartaco, Pataille und Pierre schleppten die Boxen mit den schweren Statuen, legten die Treppe mit Bohlen aus und ließen die Last an Seilen in die Tiefe.

Es war nach Mitternacht, als Ladislas in den Keller gelaufen kam. »Wir bekommen Besuch«, rief er in den Wartungsschacht hinein, wo Pierre gerade die Kiste der Venus von Milo von Stricken befreite. Wir sind hier noch nicht so weit, durchfuhr es Pierre. Dann fügte Ladislas hinzu: »Es ist nur ein einzelner Mann. Er steht vor dem Südtor.«

Hin und wieder kamen Landstreicher nach Chambord. Normalerweise hätte Pierre angeordnet, dem Besucher etwas zu essen und eine Flasche Wein zu geben und ihn wegzuschicken. Doch ein unbestimmtes Gefühl riet ihm, sich den Gast näher anzusehen.

Das Klopfen an der Pforte hallte über den Schlosshof. »Einen Augenblick«, rief Pierre. Er öffnete einen Metallkasten neben der Toranlage und legte einen Schalter um. Zwei Lampen leuchteten auf. Er zog drei Riegel zurück und den linken Torflügel auf. Vor ihm stand ein junger Mann, fast noch ein Knabe. Er hatte dichtes, gewelltes Haar und trug einen Anzug, der ihm etwas zu groß war. Also doch ein Landstreicher?

»Was wollen Sie?«, fragte Pierre und lugte über die Schulter des Fremden in die Dunkelheit. Lagen dort deutsche Soldaten auf der Lauer?

»Mein Name ist Raoul Martín«, sagte der Besucher. »Ich bin hier, weil ich helfen will, die Kunstwerke Frankreichs vor den Besatzern zu beschützen.«

Keine Landkarte ist so aufschlussreich wie das menschliche Gesicht. Pierre saß dem jungen Mann im Gesindehaus gegenüber und studierte seine Züge. Sie wirkten offenherzig und ein wenig verlegen.

»Woher wissen Sie von den Kunstwerken?«, fragte Pierre. Er hatte den Fremden namens Raoul durchsucht und keine Waffe gefunden.

Raoul ließ sich auf seinem Stuhl zurückfallen und massierte seine Beine. »Ich komme aus Cléry-Sainte-Anne. Das ist das Dorf, in dessen Nähe Sie damals mit Ihren Lastwagen in den Stromleitungen hängen geblieben sind.«

Pierre erinnerte sich an das Missgeschick und an die Hilfsbereitschaft der Dorfbewohner. Er forderte den jungen Mann auf weiterzusprechen, und erfuhr, dass dieser Raoul als blinder Passagier auf einem der Lastwagen nach Chambord gefahren war. Dabei hatte er herausbekommen, welche Art Fracht in das Château geliefert worden war. Später sei er mit seiner Freundin noch einmal hergekommen, berichtete Raoul, weil er ihr die Kunstwerke zeigen wollte, aber die Wachen hätten sie vertrieben.

Pataille und Spartaco hatten erst kürzlich von zwei Gestalten auf der Schlossmauer berichtet, die auf einem Motorrad davongefahren seien. »Sie waren mit dem Fahrrad hier, nicht wahr?«, fragte Pierre.

»Mit dem Motorrad«, antwortete Raoul.

Pierre entspannte sich ein wenig. Damit hatte sich die Frage nach den unbekannten nächtlichen Besuchern geklärt, und der Bursche schien die Wahrheit zu sagen. »Warum sind Sie zurückgekommen?«

»Weil ich die Deutschen hasse. Ich stamme aus Madrid. Meine Familie musste vor den Faschisten fliehen. Jetzt drohen Faschisten, uns schon wieder zu vertreiben. Lassen Sie mich etwas dagegen tun, Señor.«

Madrid! Pierre spürte eine Gänsehaut in seinem Nacken, als die Bilder jener Nacht zurückkehrten, in der er Gérard verloren, aber die Kunstwerke des Prado gerettet hatte. Dann dachte er an all die Kisten, die, jetzt und hier, in den Keller getragen werden mussten. Er konnte die Hilfe dieses Mannes gut gebrauchen. Nebenan im Château mühten sich die anderen nach Kräften. Sie waren erschöpft, und Pierre spürte ebenfalls, dass ihm die Müdigkeit Zentnergewichte an Arme und Beine hängte. Überdies wusste dieser Raoul so viel, dass er ihn nicht einfach wieder gehen lassen durfte.

»*Por favor*, lassen Sie mich helfen!« In den Augen Raouls lag ein Flehen, so eindringlich, dass Pierre den Blick senkte.

Als er wieder aufschaute, beugte sich der andere zu ihm herüber und griff nach seinem Arm. »Señor, bitte! Es geht nicht nur um mich. Es geht auch um meinem Bruder. Er hat tapfer für Frankreich gekämpft, aber jetzt haben ihn die Deutschen gefangen genommen. Ich weiß nicht, ob er lebt oder tot ist. In meinem Herzen brennt es! Geben Sie mir Gelegenheit, etwas dagegen zu tun. Bitte!«

Wieder dachte Pierre an Gérard. Er konnte diesen jungen Mann gut verstehen.

»Die Deutschen sind bereits nach Chambord unterwegs«, sagte Pierre.

Auf dem Gesicht des Spaniers erblühte ein Lächeln. »Die Deutschen kommen? Stimmt das?«

Pierre nickte. »Was ist daran so komisch?«

»Sehen Sie, Señor, ich bin zu Fuß von Cléry-Sainte-Anne bis hierher gelaufen. Das ist eine gute Strecke Wegs. Viele Schilder wiesen in Richtung Chambord. Aber jetzt zeigen sie alle in die Wälder im Süden. Es kann sein, dass sich die Ankunft der SS noch etwas verzögert.«

*

Raoul Martín sollte recht behalten. Es dauerte noch die Nacht und den halben Tag, bis Motorenlärm auf der Zufahrtsstraße zu hören war. Lautes Klopfen am Tor riss das Schloss aus der Mittagsruhe. Serge schlurfte durch die Julihitze über den Hof und öffnete. In der Durchfahrt erschienen eine schwarze Mercedes-Limousine und sechs graue Militärlastwagen.

Pierre und die anderen standen am Fenster und beobachteten, hinter Gardinen vor den Blicken der Eindringlinge verborgen, das Geschehen auf dem Hof.

»Wir machen alles wie besprochen«, sagte Pierre. »Ihr bleibt im Wartungsschacht, vor den Durchgang schieben wir den alten schweren Schrank. Sollten die Deutschen die Öffnung trotzdem finden, versucht, durch die Tunnel über den Schlosshof zu entkommen. Dann überlasst ihr ihnen die Kunstwerke. Ich will keine Heldentaten, verstanden?«

»Du vollbringst ja selbst welche«, sagte Pataille. »Aber wir sollen uns verstecken und die Füße stillhalten.«

»Und den Mund«, entgegnete Pierre und schob Pataille aus der Tür. Die anderen folgten. Floride kehrte noch einmal um, küsste Pierre und drückte seine Finger. Er spürte die Schwielen an ihren Händen. Sie hatte unzählige Kisten, Statuen, Gemälde und jedes noch so kleine Artefakt in das Versteck unter dem Schloss gebracht.

»Ich würde gern bei dir sein, wenn du den Deutschen gegenübertrittst«, sagte sie.

»Du *bist* bei mir.« Pierre umarmte sie so fest, dass beide schwankten. »Wir sehen uns heute Abend, wenn die *Boches* weg sind. Und dann wird gefeiert.« Er lächelte zuversichtlich, war sich jedoch keineswegs sicher, dass sie sich wiedersehen würden.

Die Gefährten würden im Tunnel bei den Kisten darauf warten, dass die Deutschen wieder abzogen. Die Bediensteten des Schlosses hatten sich bereit erklärt, einfach ihrer Arbeit nachzugehen. Das war am unauffälligsten. Ihren Dienstherrn, der seit gestern im Arrest war, vermissten die Angestellten jedenfalls nicht.

Nachdem Floride gegangen war, prüfte Pierre noch einmal den Sitz seiner Kleidung. Er trug einen grauen Nadelstreifenanzug von Christiani, den er im Kleiderschrank des Marquis' gefunden hatte und der ihm halbwegs passte. Nur die Ärmel des Jacketts waren etwas zu kurz, doch die hatte die Köchin umarbeiten können, indem sie die Säume aufgetrennt und den Stoff umgeschlagen hatte. Geblieben waren die alten Zierknopflöcher am Jackett, aber Pierre setzte darauf, dass den Deutschen diese Kleinigkeit nicht auffallen würde. Überdies hatte er sich erlaubt, die Luxusuhr von Bernheim & Weil auszuleihen, die auf dem Schreibtisch des Schlossherrn gelegen hatte. Im Ziffernblatt war das Wappen der Familie de Valantin zu sehen. Jetzt glitzerte das goldene Prunkstück an Pierres Handgelenk. Er mochte die protzige Uhr nicht, doch sie würde ihn als das ausweisen, als das die Nazis ihn erkennen sollten: den Herrn von Schloss Chambord. Und als solcher würde er die Eindringlinge schon davon überzeugen, dass sie einem Irrtum aufgesessen waren und dass sie hier keine Louvre-Kunst finden würden.

Pierre zog das Jackett zurecht. Noch einmal schaute er aus dem Fenster. Die Wagen hatten sich im Schlosshof verteilt. Aus den Lastwagen sprangen Soldaten der Wehrmacht. Gewehre und Maschinenpistolen blitzten in der Sonne. Zwei Soldaten liefen zum Tor, wohl um zu verhindern, dass jemand entkommen konnte. Die anderen bauten sich hinter dem Mercedes auf. Ein Mann in Zivil stieg aus dem Fond der Limousine. Er trug eine helle Hose zu einem weißen Sakko, strich sich die schmutzig-blonden Haare zurück und setzte einen hellgrauen Fedora auf.

Genau wie damals vor dem Palais Talleyrand.

Curt Hardefust war nach Chambord gekommen.

Pierre wich zurück und stieß gegen den Schreibtisch. Ein Stempelkarussell fiel um, und die Stempel klackerten zu Boden. Warum musste es ausgerechnet Hardefust sein? Pierres Gedanken rasten. Jetzt erinnerte er sich. Es war an einem Abend im Louvre gewesen. Henri Verne hatte ein Telegramm erhalten, das den geplanten Bau des Führermuseums in Berlin gemeldet hatte. In der Nachricht hatte auch gestanden, dass Curt Hardefust zum deutschen Botschafter in Paris befördert worden war. Verne, Récine und Pierre hatten daraus geschlossen, dass Hardefust mit der Beschaffung der Kunstwerke beauftragt worden war. Dann war die Zeit über sie hinweggezogen, und Pierre hatte diese Information angesichts tausender zu rettender Kunstwerke in den Hintergrund gedrängt. Ein Fehler, wie sich jetzt herausstellte! Hardefust stand keine zwanzig Meter von ihm entfernt, nur durch eine dünne Scheibe Fensterglas und einen Vorhang von Pierre getrennt, der Unglücksbote eines missgünstigen Schicksals.

Pierres Blicke flogen durch den Raum. Was konnte er tun? Um den Plan zu ändern, war es zu spät. Schon hämmerte Hardefust gegen die Tür. Seine Rufe drangen ins Innere des Schlosses.

Pierre blieb nichts übrig, als dem Deutschen entgegenzutreten und darauf zu vertrauen, dass er ihn nicht erkannte. Damals in Paris hatte Pierre Uniform getragen. Jetzt war er in die feinen Stoffe eines Schlossherrn gekleidet. Vielleicht genügte das?

Auf einem Stapel Papier lag eine Brille. Ihre breiten Ränder aus Horn mochten helfen, sein Aussehen ein wenig zu verändern. Pierre griff danach und setzte sie auf. Vor seinen Augen verschwammen die Konturen des Raums.

Das Hämmern wurde lauter, fordernder.

Was konnte er sonst noch tun? Seinen Bart auf die Schnelle entfernen? Fünf Minuten im Badezimmer würden genügen. Er strich sich über die Oberlippe. Er trug ihn seit zwanzig Jahren im Stil von Duke Ellington, dessen Jazz er liebte. Sollte er ihn abnehmen?

Nein!, entschied Pierre. Der Bart blieb dran! Er gehörte zu ihm, so wie seine Erinnerungen an Gérard. Er würde Hardefust schon davon überzeugen, dass er der Schlossherr war. Hier kam es nicht nur auf Äußerlichkeiten an, sondern darauf, wer man war. Oder zu sein vorgab.

Pierre rückte die Brille zurecht und ging durch den verschwommenen Korridor zur Haustür. Er legte die Hand auf das kalte Schmiedeeisen der Klinke, hielt noch einmal inne, wünschte sich und den anderen Glück und zog die Tür auf.

Ein Gewehrkolben raste auf sein Gesicht zu. Im letzten Moment riss der deutsche Soldat die Waffe zurück. Offenbar hatte er damit gegen die Tür hämmern wollen.

Pierre schaute den Uniformierten entrüstet an, dann heftete er den Blick auf Curt Hardefust, der danebenstand. Hoffentlich sah ihn der Nazi so undeutlich wie Pierre ihn.

»Was soll das?«, rief Pierre. »Wollen Sie mein Schloss besetzen? Ich dachte, die Deutschen seien die Freunde des französischen Adels und würden uns vom Joch der Republik befreien. Aber anscheinend löst die eine Misere bloß die andere ab.«

Hardefust schaute ihn an und runzelte die Stirn. »Sie …«, begann er.

»Bringt man Ihnen in Deutschland keine Manieren bei?«, unterbrach ihn Pierre. »Stellen Sie sich gefälligst vor und erklären mir, was dieser Zirkus auf meinem Schlosshof zu bedeuten hat.« Er hatte genügend Streitgespräche mit dem echten Marquis geführt, um dessen Tonfall nachahmen zu können.

»Ich bin Curt Hardefust, deutscher Botschafter in Paris. Wir haben erfahren, dass ein Teil der verschollenen Kunstwerke aus dem Louvre in diesem Schloss versteckt sein soll. Ich bin vom deutschen Militärbefehlshaber in Frankreich, General Vollard-Bockelberg, dazu bevollmächtigt …«

»Eine halbe Million Franc«, ging Pierre dazwischen. »Wissen Sie, wie viel Geld das ist?«

Hardefust hielt inne.

»So viel Geld, dass Ihr Führer sich die Finger danach geleckt hat. Ich habe Hitler mit meinem Vermögen unterstützt, als der noch ein unbedeutender Aufrührer war und sich vor den Reichen Europas als Reformer aufgespielt hat. Verstehen Sie mich? Ich habe Ihrem Chef mein Geld gegeben. Und wozu? Damit dessen Schergen mich heimsuchen und behaupten, ich hätte Kunst aus Paris gestohlen?«

Ein Teil von Pierre schwitzte vor Nervosität, ein anderer Teil genoss das Theater. Eine halbe Million für Hitler! Es war ihm egal, ob Hardefust das glaubte, solange es ihn nur genug beschäftigte, um seine Erinnerung an das Palais Talleyrand verschwimmen zu lassen.

Tatsächlich löste der Deutsche den Blick von Pierre und schaute an der Fassade des Schlosses hinauf. »Wenn Sie dem Deutschen Reich so wohlgesinnt sind, werden Sie wohl nichts dagegen haben, dass wir uns in Ihrem Schloss umsehen. Es geht um die verschollene Kunst des Louvre und …«

»Das sagten Sie schon. Halten Sie mich für taub? Oder schwachsinnig?« Pierre spürte, dass er dabei war, den Bogen zu überspannen. Jetzt war der Zeitpunkt, sich kooperativ zu zeigen. Sonst würde ihm Hardefust niemals abnehmen, dass er ein Freund der Deutschen war. »Ich weiß zwar nicht, wie Sie ausgerechnet auf Chambord kommen. Aber ich erlaube Ihnen, sich umzusehen. Unter gewissen Voraussetzungen.«

Hardefust runzelte die Stirn. »Was für Voraussetzungen?«

»Sie und Ihre Leute ziehen die Stiefel aus, bevor sie das Château betreten. Die Holzfußböden in meinem Schloss sind fünf Jahrhunderte alt. Könige sind darauf gewandelt. Darauf stiefelt man nicht herum.«

Der Deutsche verzog die Oberlippe. Er schien in Erwägung zu ziehen, den unverschämten Marquis zur Seite zu stoßen und das Schloss zu stürmen. Dann glätteten sich seine Züge. »Wir durchsuchen das ganze Gebäude«, rief er seiner Truppe zu. »Gründlich, aber vorsichtig. Der Marquis ist ein Freund der deutschen Regierung.« Er machte eine Pause. »Lassen Sie Ihre Stiefel vor der Tür zurück, und richten Sie keinen Schaden an.«

Kapitel 37

CHÂTEAU CHAMBORD,
JULI 1940

Raoul rieb den Apfel an seiner Hose sauber und biss hinein, dass es krachte. Der Laut hallte von den Tunnelwänden wider.

»Psst!«, zischte der dünne Mann mit der Brille. Er hieß Georges. »Sie werden uns hören.«

Raoul kaute mit langsam mahlendem Kiefer und warf einen Blick zu dem Loch in der Wand hinüber, dem Durchgang zum Keller. Eine mannshohe Anrichte war von außen davorgeschoben worden. Sie war das Einzige, was die sechs Menschen in ihrem Versteck davor bewahrte, von der Wehrmacht entdeckt zu werden.

Der Rothaarige namens Pataille presste sein Ohr gegen die Rückwand des Schranks. »Nichts bisher«, sagte er. »Sie sind wohl noch oben.«

Raoul biss noch einmal in den Apfel, vorsichtiger diesmal. Er saß auf einer Holzkiste, in der er Gemälde im Wert mehrerer Millionen Franc vermutete, und fühlte sich wie der König Frankreichs. Er konnte kaum glauben, dass er sein Ziel tatsächlich erreicht hatte. Nach so vielen Rückschlägen, nach all dem Streit mit seinem Vater, dem Elend seiner Familie, der Armut und Verzweiflung war ihm, Raoul Martín, das Unmögliche gelungen. Er war in den Kreis der Louvre-Retter aufgenommen worden und nur noch wenige Armlängen von der Mona Lisa entfernt, mit der er seinem Bruder das Leben retten würde. In welcher Kiste war das Gemälde wohl versteckt?

Er sah sich in dem Tunnel um. Eine winzige Handlampe unter Georges' Jacke spendete gerade genug Licht, um Umrisse erkennbar werden zu lassen. Dutzende Kisten waren in dem Tunnel zusammengestellt. Weitere hatten sie in die schmaleren Gänge weiter vorn verfrachtet, doch das meiste stand hier. Jetzt hockten die Retter der Louvre-Kunst – Raoul konnte kaum glauben, dass es nur eine Handvoll Leute war – auf und zwischen den Kisten und hofften, dass die Deutschen unverrichteter Dinge wieder abziehen würden.

Gleich neben dem Riesen namens Spartaco saß ein Mann, dessen Hände auf dem Rücken zusammengebunden waren. Ein Knebel steckte in seinem Mund. Das war der Schlossherr. Er habe das Unternehmen an die Deutschen verraten wollen, hatte man Raoul erklärt. Jetzt musste der Marquis gefesselt ausharren, bis die Wehrmacht fort war. Danach wollte man beraten, wie mit dem Gefangenen zu verfahren sei.

Raoul war froh, dass der Verrat des Marquis hatte verhindert werden können. Die Mona Lisa durfte nicht verloren gehen! Mit dem Gemälde würde er Miguel auslösen können. Wenn er sich vorstellte, was sein Bruder in dem deutschen Lager aushalten musste, zog sich Raouls Brust zusammen.

»Wo ist eigentlich die Mona Lisa?«, fragte er so leise und beiläufig wie möglich zwischen zwei Apfelstücken.

»Pierre hat sie bei sich behalten«, sagte Floride. Raoul bewunderte die Französin. Nie zuvor hatte er eine Frau so hart arbeiten sehen.

»Was hat Pierre?«, fragte Georges ungläubig.

Floride zuckte mit den Schultern. »Er sagte, wenn wir hier unten entdeckt würden, wolle er wenigstens dafür sorgen, dass die Mona Lisa nicht in deutsche Hände fällt.«

»Aber wo will er sie denn verstecken?«, flüsterte Georges. »Es gibt keinen sichereren Ort als diesen.«

Raouls Mut sank. Insgeheim hatte er gehofft, das berühmte Gemälde hier unten in der Dunkelheit unbemerkt an sich bringen und damit verschwinden zu können. Nun gut! Dann würde er eben warten. Die Gelegenheit würde schon noch kommen.

»Immer noch nichts zu hören«, meldete Pataille vom Schrank her.

»Was treiben die so lange da oben?«, fragte Floride. Ärger und Besorgnis mischten sich in ihrer Stimme.

Der Marquis regte sich. Er strampelte mit den Füßen und trat gegen eine der Kisten, anscheinend in dem Ansinnen, sie umzustürzen und die Deutschen durch den Lärm auf das Versteck aufmerksam zu machen. Spartaco drückte dem Gefangenen die flache Hand gegen die Brust. Das genügte, um den Schlossherrn davon zu überzeugen, still zu sein.

»Ich gehe nachsehen«, sagte Floride und erhob sich.

»Auf keinen Fall!«, zischte Georges.

»Zu gefährlich«, raunte Ladislas, der auf dem Kasten saß, in dem sein Funkgerät verpackt war. Sie hatten ihre gesamte Ausrüstung aus dem Gesindehaus in den Keller geschafft.

»Ich steige durch die Schächte im Süden des Schlosshofs ins Freie. Die Deutschen sind auf der Nordseite. Macht euch keine Sorgen.« Sie verschwand in den Schatten.

*

Der Mann, der keine Schuhe trägt, ist der geringere Mann. Pierre sah zu, wie die in aller Welt gefürchteten deutschen Soldaten auf Socken durch das Schloss tappten. Ihre Füße hinterließen feuchte Stellen auf den Holzbohlen, doch die warme Luft ließ die Spuren sofort wieder verschwinden. Pierre hoffte, dass in Chambord bald nichts mehr an Hardefust und seine Männer erinnerte, dass nichts von ihnen bleiben würde außer einer schwachen Erinnerung, die sich nach und nach in Luft auflöste – wie der Abdruck eines feuchten Strumpfs.

Neben Pierre stieg Curt Hardefust die Treppe hinunter in das Kellergewölbe. Zwei Unteroffiziere folgten ihnen. Die anderen waren in den Obergeschossen ausgeschwärmt – den leeren Obergeschossen!

»Neulich ist uns im Château de Sourches ein Fischzug gelungen«, berichtete Hardefust im Plauderton. Seine Stimme war voller Stolz. »Wir konnten einen Teil der Louvre-Kunst retten. Ihre Landsleute hatten sie im Keller des Schlosses versteckt.«

Pierre schüttelte den Kopf. »Wie unklug. Die Schlösser entlang der Loire haben Probleme mit den Abflüssen. Die Bauweise des Mittelalters. Da lief das Regenwasser ungehindert in die Keller. Sehen Sie das hier?« Er deutete auf eine Stelle an der Wand, wo die Überschwemmung vom März Spuren hinterlassen hatte. Auf dem hellen Putz waren rostbraune Flecken zu sehen.

Hardefust ging in die Knie und strich über die verfärbte Stelle. »Wie lange ist das her?«, fragte er.

»Drei Monate etwa. Der Frühling hat uns schwere Stürme beschert.« Pierre hoffte, dass der *Boche* die Geschichte glauben und den Keller bald verlassen würde, weil er ihn für ungeeignet hielt, Kunstwerke darin zu verstecken.

»Scheint wirklich zu feucht zu sein für die Aufbewahrung von Kunstgegenständen.« Hardefust kam wieder hoch und drehte sich zu seinen Männern um. »Sie beide gehen einmal die Gänge des Kellergewölbes ab und stellen sicher, dass hier wirklich nichts herumsteht, was in den Louvre gehört. Aber halten Sie sich nicht zu lange auf. Wenn die anderen im

Obergeschoss auch nichts finden, ziehen wir ab.« Er wandte sich an Pierre. »Wir können nach oben gehen, Marquis.«

Pierre deutete eine Verbeugung an. »Was halten Sie von einem Cognac? Unter Parteifreunden.« Die Worte kamen ihm nur schwer über die Lippen. Aber es wäre ein Fehler, Hardefust so rasch wie möglich aus dem Château zu drängen. Der Deutsche gab sich freundlich, doch hinter der Fassade lauerte ein Raubtier, das nach Beute suchte.

Sie gingen den Weg zurück Richtung Treppe, duckten sich unter den durchhängenden elektrischen Leitungen hindurch und zwängten sich an Truhen und Schränken vorbei. Auf einer Kommode lag ein Haufen Bilderrahmen. Es sah aus, als steckten noch Gemälde darin. Der Stapel war mit einer dicken Schicht Staub überzogen.

»Was haben wir denn hier?«, fragte Hardefust, griff nach dem zuoberst liegenden Bild und hielt es hoch, um es zu betrachten.

Für einen Augenblick blieb Pierres Herz stehen. Hatte einer der anderen versehentlich Gemälde hier abgelegt und vergessen? Dann erkannte er, dass es sich nur um Gebrauchskunst handelte. Er musste an das Stillleben mit den Fasanen im oberen Stockwerk denken. Anscheinend gehörten mehrere derartige Gemälde zum Besitz de Valantins.

»Die Louvre-Kunst!«, sagte Hardefust scherzhaft. »Jetzt habe ich Sie ertappt, Marquis.«

Pierre klebte ein Lächeln auf sein erschrockenes Gesicht. »Touché, Herr Botschafter! Ihnen entgeht aber auch nichts.«

Der Deutsche ging die Gemälde durch. Nach dem Vierten hörte er auf. »Sie sind rehabilitiert«, sagte er. »Diesen Schrott würde sich nicht mal ein Blinder an die Wand hängen. Am besten, Sie verbrennen das Zeug.«

»Bitte behalten Sie, was Ihnen gefällt«, führte Pierre einen Streich auf den Kunstgeschmack seines Gegenübers.

Dafür erntete er einen finsteren Blick. »Danke für das Angebot. Ich verzichte. Aber wie steht es damit?« Er deutete auf das entfernte Ende des Ganges. »Diese Anrichte da hinten ist mir vorhin schon aufgefallen. Ein echtes Schmuckstück. Wissen Sie, meine Frau liebt alte Möbel. Sie ist die eigentliche Expertin. Aber ich habe ein bisschen von ihr gelernt. Darf ich mir das Stück näher ansehen?«

Pierre erstarrte. Hinter dem Schrank lag der Zugang zum Wartungstunnel, der Eingang zum Versteck der Louvre-Kunst, das Tor des Schicksals. Er zwang sich, normal weiterzuatmen. »Das ist nur ein billiges Imitat, Pressspan. Hat auch schon im Wasser gestanden.«

Hardefust war nicht aufzuhalten. Schon eilte er auf die Stelle zu. Pierre blieb nichts anderes übrig, als ihm zu folgen. Während er hinter dem Deutschen herlief, entsicherte er die MAB, seine Pistole, die er im Hosenbund trug. Sollte Hardefust den Eingang entdecken, wollte Pierre einen Warnschuss abgeben, damit die anderen rechtzeitig die Flucht ergreifen konnten. Ob der Warnschuss Hardefust treffen würde, wusste Pierre noch nicht.

Der Deutsche erreichte die Kommode und wischte den Staub von der Oberfläche. »Schauen Sie doch! Das ist bretonischer Stil.« Er ging in die Knie und öffnete die beiden unteren Schranktüren. Jetzt war er nur noch durch die Rückwand des Möbels von dem Versteck getrennt. Pierre meinte, den Geruch der Kunstwerke durch das Holz hindurch wahrnehmen zu können.

Hardefust steckte den Kopf in den Schrank und klopfte gegen die Rückwand. »Wie kommen Sie auf Pressspan? Das ist massiv. Kastanie würde ich sagen.« Seine Stimme klang hohl in dem Schrank. Er tauchte wieder daraus hervor. »Und erst diese Schnitzereien. Kein Wurmbefall, keine Schwundrisse. Dafür eine warme Patina. Um 1800 oder 1820 herum, schätze ich.« Er wandte sich zu Pierre um. »Erlauben Sie, dass ich Ihnen dieses Prachtstück abkaufe? Meine Frau würde mich in alle Ewigkeit vergöttern.«

Pierre spürte den Druck der Waffe an seinem Bauch. Was sollte er tun? Wenn er Hardefust den Schrank verkaufte, würde der diesen auf einen der Lastwagen laden wollen. Und dann wäre alles vorbei. Das Schicksal der französischen Kunstwerke hing von einer geschmacklosen Antiquität ab.

Seine Gedanken rasten, seine Worte kamen langsam. »Das Stück ist unverkäuflich.«

»Aber Sie sagten, es sei nur aus Pressspan. Zudem verkommt es hier unten. Marquis! Ich biete Ihnen zwanzigtausend Franc. Schlagen Sie ein?«

»Ein anderes Mal«, entgegnete Pierre. »Wir wäre es jetzt mit dem Cognac?«

»Dreißigtausend«, fuhr Hardefust fort. Als Pierre nicht reagierte, setzte er hinzu: »Oder ich nehme die Anrichte einfach so mit, um zu prüfen, ob sie nicht doch zu den verschollenen Kunstwerken des Louvre gehört.« Er schaute Pierre herausfordernd an.

»Ich gestehe, ich wäre froh, wenn das Altholz endlich weggeschafft würde«, sagte Pierre. »Aber meine Frau hängt daran.«

»Ihre Frau?«, hakte Hardefust nach. »Ist sie auch im Schloss?«

»Verreist«, erwiderte Pierre knapp. »Aber sie würde mich hassen, wenn ich diesen Schrank einfach weggeben würde für nichts weiter als Geld. Sie würde mir monatelang Vorwürfe machen, dass ich zu wenig dafür genommen hätte.«

»Vierzigtausend«, bot Hardefust an. »Höher gehe ich nicht.«

»Sie verstehen nicht. Vielleicht liegt es an der französischen Sprache, *non*? Sie sollen Ihr Geld behalten. Ich schenke Ihnen die Anrichte. Wie sagt man auf Deutsch? Umsonst, ja?«

Curt Hardefust spitzte genüsslich die Lippen. »Wenn das so ist …«

»Aber auch diesmal gibt es eine Bedingung«, fuhr Pierre fort.

Der Deutsche lächelte. »Sollen wir jetzt vielleicht unsere Hosen ausziehen, um den Schrank zu bergen?«

»Die Anrichte bleibt noch ein paar Tage hier«, antwortete Pierre. »Bis meine Frau zurückkehrt. Ich möchte ihr Gelegenheit geben, sich davon zu verabschieden. Danach lasse ich das Stück nach Paris liefern.«

Hardefusts Gesicht sah aus, als taste er mit der Zunge einen schmerzenden Zahn ab. »Dazu müsste ich Ihnen vertrauen, Marquis.«

»Oh, nein!«, brachte Pierre heraus. »Vertraue niemals einem Franzosen! Das hat Blücher gesagt, und der musste es wissen. Deshalb stelle ich Ihnen ein *Certificat* aus, eine Urkunde.« Pierre hoffte, den Deutschen damit überzeugen zu können. Hieß es nicht, dass die *Boches* für alles und jeden ein offizielles Dokument besaßen, und dass sie ohne ein solches Papier nicht mal fähig wären, die Toilette zu benutzen?

»Also gut«, sagte Hardefust. »Das genügt mir. Aber wenn die Anrichte nicht in zwei Wochen in Paris ist, komme ich zurück und hole sie. Und das wollen Sie nicht erleben.«

»Kein Grund zur Besorgnis«, sagte Pierre. »Gehen wir doch nach oben ins Büro, damit ich das Schreiben aufsetzen kann.«

Im Vorbeigehen klopfte Hardefust noch einmal auf die Anrichte.

Ein dumpfes Pochen kam zurück.

Der Deutsche blieb stehen. »Was war das?«

Pierres Herzschlag drohte auszusetzen. »Ratten. Sie leben in den Wänden, manchmal lockern sie den Mörtel in den Fugen, und Steine fallen heraus.« Er ging einfach weiter.

Hardefust schien sich mit der Erklärung zufriedenzugeben. Er folgte Pierre die Treppe hinauf ins Erdgeschoss.

Während sie die Stufen hinaufstiegen, bewunderte der Botschafter da Vincis Treppenhaus. Pierre gab zum Besten, was er darüber wusste. Mit dem Feind zu plaudern, fühlte sich falsch an, doch war das allemal besser, als weiter über diese verdammte Anrichte zu sprechen. Als Nächstes musste Pierre einen Weg finden, das Schreiben aufzusetzen. Durch die Brille konnte er nicht genug sehen, aber ohne sie würde ihn Hardefust möglicherweise erkennen.

Im Flur kam ihnen Serge entgegen. Der Hausdiener trug eine Kiste mit Gemüse, das er aus dem Schlossgarten geerntet hatte. Grüne Stängel und Blätter lappten daraus hervor. Serge war, wie alle Bediensteten des Schlosses, in die Maskerade eingeweiht. Alles, was die Angestellten beizutragen hatten, war, den Mund zu halten.

Nur war das Serge anscheinend nicht möglich. Die Höflichkeit zwang ihn, die Höhergestellten zu begrüßen. »Monsieur!« Serge nickte Hardefust und Pierre im Vorbeigehen zu. »Colonel!« Damit verschwand der Hausdiener in der Küche.

»Colonel?«, fragte Hardefust und blieb stehen. »Warten Sie mal! Hat er gerade Colonel zu Ihnen gesagt?«

»Mein Mann war bei der Armee«, sagte eine rauchige Stimme. »Alte Familientradition.«

Im Korridor stand Floride. Nein, dachte Pierre, das ist nicht Floride. Jedenfalls nicht die Floride, die er kannte.

Sie trug ein eng anliegendes weißes Kleid, das wie für ihre tief gebräunte Haut gemacht war. In einer Hand hielt sie eine

Zigarette, die in einer Spitze aus Elfenbein steckte. Floride sog daran und lehnte sich gegen den Türrahmen, durch den es in den Speisesaal des Schlosses ging.

»*Ma puce!*«, rief Pierre. »Du bist schon zurück!« Er hoffte, dass Floride den Hinweis verstand. An Hardefust gewandt, sagte er: »Meine Frau, die eigentliche Herrin von Schloss Chambord.«

»Bezaubernd!«, sagte der Deutsche und küsste Florides Hand.

Über den gebeugten Rücken des Mannes sah Pierre die kalte Lust der Rache in Florides Augen aufblitzen. Er war sicher: Hätte sie einen Dolch gehabt, sie hätte ihn Hardefust in den Hals gestoßen.

Der Besatzer richtete sich wieder auf, so lebendig wie zuvor. »Ich bin Curt Hardefust, deutscher Botschafter in Paris. Ihren Namen habe ich leider nicht verstanden.«

»Marianne«, sagte Pierre schnell, bevor Floride in die Versuchung kommen konnte, ihren richtigen Namen zu benutzen.

»Ein zutiefst französischer Name«, schmeichelte Hardefust, »für eine zutiefst französische Frau. Wissen Sie, dass ich Frankreich liebe?«

Machte er ihr etwa den Hof? Pierre spürte Eifersucht in sich aufsteigen. Dafür schien der Deutsche vergessen zu haben, ihn weiter nach dem Titel des Colonels zu fragen. Floride war gerade im rechten Moment aufgetaucht. Doch Pierres Erleichterung war von kurzer Dauer.

»Ich habe Ihre Anrichte unten im Keller bewundert«, sagte Hardefust zu Floride. »Sie haben einen exquisiten Geschmack.«

»Die Anrichte«, sagte Floride und warf Pierre einen fragenden Blick zu.

Wie sollte er ihr erklären, worum es hier ging, ohne sich

zu verraten? Er rieb Daumen und Zeigefinger gegeneinander – die Geste des Geldzählens.

»Sie ist sehr wertvoll«, sagte Floride zu Hardefust.

»Das steht außer Frage«, entgegnete er. »Umso tragischer, dass sie im Keller ihres Schlosses verrottet.«

Floride runzelte die Stirn, zögerte. »Man muss die Anrichte nur ein wenig aufpolieren, dann wird sie wieder.«

»Ganz meine Meinung«, sagte Hardefust. »Ihr Mann und ich haben gerade darüber gesprochen, was damit geschehen soll. Ich würde das Schmuckstück gern mitnehmen.«

Pierre schüttelte vorsichtig den Kopf und strich sich mit dem Finger den Hals entlang.

»Das geht nicht«, übersetzte Floride. »Denn ich … ich …«

»Ja bitte?«, fragte Hardefust.

Pierre schüttelte den Kopf heftiger und hielt sich einen Zeigefinger gegen die Schläfe.

Diesmal verstand Floride. »Die Anrichte bekommen Sie nur über meine Leiche.«

»Es wäre die schönste Leiche, die ich je gesehen habe«, sagte Hardefust.

»Und das war das entsetzlichste Kompliment, das mir jemals gemacht wurde«, gab sie zurück.

Schritte waren zu hören, ein Schlurfen und Tapsen. Die Soldaten kehrten aus den oberen Stockwerken zurück.

Hardefust fuhr fort: »Über die Zukunft der Anrichte sprechen Sie besser mit Ihrem Mann. Das ist ungefährlicher.« Er wandte sich an seine Truppe. »Was haben Sie zu berichten, Feldwebel?«

Der Angesprochene meldete, dass das Schloss weitläufig sei, aber leer. »Nicht mal Möbel stehen drin. Keine Möglichkeit, etwas zu verstecken, Herr Obersturmbannführer.«

Floride schaute erstaunt auf die Füße der Eindringlinge.

»Also gut, wir ziehen ab. Nehmen Sie Ihre Stiefel und

dann los!« Hardefust wischte mit der Hand durch die Luft, um die Soldaten anzutreiben. Auch die beiden Männer aus dem Keller tauchten auf. Ihre Suche war ebenso ergebnislos verlaufen wie die ihrer Kameraden.

Während die Deutschen aus dem Château strömten, hielt Hardefust Pierre eine Hand hin. »Bei Ihnen gab es zwar nichts für Adolf Hitler zu holen. Aber immerhin für meine Frau. Im Grunde genommen ist das sogar noch besser. Danke, Marquis de Valantin. Oder soll ich Sie mit Colonel anreden?«

»Nicht nötig.« Pierre schüttelte die Hand.

Er stellte sich neben Floride auf den obersten Absatz der Freitreppe und verfolgte, wie die Soldaten in die Lastwagen kletterten. Pierre hatte das Gefühl, seit Stunden die Luft anzuhalten. Er gierte danach, sich der Rolle des Marquis zu entledigen und wieder frei atmen zu können. Aber noch waren die Deutschen auf dem Hof.

Hardefust öffnete die Tür des Mercedes, aber bevor er einsteigen konnte, waren die Rufe von Kindern zu hören. Aus Richtung der Ställe kamen Louise und Camille über den Kies gelaufen. Die Mädchen hielten auf das Schloss zu. Camille hielt den Koffer mit der Mona Lisa gegen ihre Brust gedrückt.

Pierre spürte, wie sich Florides Hand in seinen Arm krallte. Die Mädchen sollten eigentlich in den Ställen sein. Pierre hatte ihnen gesagt, dass sie ihren Vater ein oder zwei Tage lang nicht sehen würden und sich stattdessen die Köchin Giselle um sie kümmern würde. Darüber waren Camille und Louise hocherfreut gewesen. Endlich konnten sie im Schloss tun und lassen, was sie wollten. Und dazu gehörte, nach Herzenslust in den Heuhaufen der Ställe herumzutoben, doch jetzt hatten die Soldaten sie anscheinend von dort vertrieben. Hinter Camille und Louise verließen drei Uniformierte die Ställe, zwei weitere kamen aus dem Gesindehaus.

Pierre hatte den Mädchen die Mona Lisa gegeben. Bei ihnen war das Gemälde schon einmal gut aufgehoben gewesen, als er bei der Überschwemmung alle Hände voll zu tun gehabt hatte. Wenn die Nazis das Versteck im Keller gefunden hätten, wäre ihnen La Gioconda trotzdem entgangen.

Mit schnellen, kurzen Schritten rannten die Kinder auf das Schloss zu. Sie liefen an den Lastwagen vorbei und schauten verängstigt zu den Soldaten auf.

»Wer ist denn das?«, fragte Hardefust in Richtung von Pierre und Floride. »Sie haben mir gar nicht erzählt, dass sie Kinder haben. Hallo, ihr zwei Schönheiten! Kommt mal her!«

Wieder spürte Pierre den Pistolenlauf gegen seinen Bauch drücken. Langsam stieg er die Außentreppe hinab und ging auf Hardefusts Wagen zu.

Camille und Louise blieben vor dem Mercedes stehen und warfen Pierre ängstliche Blicke zu.

»Ihr wart wohl zusammen mit eurer Mutter verreist«, sagte Hardefust.

Die Kinder schüttelten die Köpfe, sagten aber nichts.

»Nein?«, fragte Hardefust. »Aber ihr habt doch einen Koffer dabei.« Er deutete auf den Kasten.

»Das ist kein Reisekoffer«, stellte Louise fest. »Reisekoffer sind viel größer.«

»So?«, fragte Hardefust. Dabei schaute er zu Floride hinüber und kniff ein Auge zu. »Was ist es denn dann? Habt ihr eure Puppen da drin?«

»Das ist ein Geheimnis«, sagte Camille und schlang die Arme noch enger um das Köfferchen. »Wir dürfen es niemandem verraten.«

Louise suchte mit den Augen Hilfe bei Pierre, offenbar verunsichert von dessen Auftreten mit Brille.

»Ein Geheimnis?« Hardefust klopfte gegen das Pappelholz. »Jetzt werde ich aber neugierig.«

Pierre strich den Mädchen über die Pagenfrisuren. »Camille und Louise wollen den Inhalt des Koffers einfach nicht preisgeben. Das hat irgendwas mit einem Versprechen zu tun.«

Die Kinder schauten zu ihm auf und nickten.

»Frauen sollte man ihren Willen lassen«, setzte Hardefust hinzu, »ob es dabei um Koffer, Kleider oder Möbelstücke geht. Damit fahren wir Männer am besten.« Er ließ sich auf den Rücksitz des Mercedes fallen. Die Federung der Sitzbank quietschte. »Übrigens: Irgendein Scherzbold hat die Wegweiser in Richtung Ihres Châteaus verdreht. Das sollten Sie richten lassen, wenn Sie Besuch erwarten.«

Es sei denn, er soll gar nicht erst herfinden, dachte Pierre.

»War mir ein Vergnügen, Marquis!«, rief Hardefust. »Vergessen Sie die Anrichte nicht.«

Der Motor des Wagens startete.

Pierre zwang sich zu einem Lächeln. »Natürlich nicht. Und den Cognac gebe ich noch dazu.«

Hardefust legte einen Arm auf die Rückenlehne und tippte sich zum Abschied gegen die Stirn. Der Wagen fuhr an, schnarrte im Kreis durch den Kies und hielt auf das Schlosstor zu. Die Lastwagen folgten.

Gemeinsam mit Floride und den Kindern schaute Pierre der Kolonne hinterher. Nachdem die Motorengeräusche in der Ferne verstummt waren und die blauen Abgasfahnen sich verflüchtigt hatten, nahm er die Brille ab. Dann ließ er sich zu Boden sinken.

»Ist alles in Ordnung, Colonel Pierre?«, fragte Louise und strich ihm über die Wange.

»Willst du deinen Koffer zurückhaben?« Camille hielt ihm den Kasten mit der Mona Lisa hin, und er griff vorsichtig danach, um ihn dann ebenso wie Camille an seine Brust zu drücken. Pierre lächelte die Mädchen an. Er spürte, dass seine Mundwinkel zitterten.

Kapitel 38

Château Chambord,
Juli 1940

Im Keller des Schlosses rückten Pierre und Floride die Anrichte von der Wand. »Hast du mich vorhin wirklich ›mein Floh‹ genannt?«, fragte sie.

Es gefiel Pierre, von ihren hellen Augen betrachtet zu werden. »Ich weiß noch viel mehr Namen, die ich dir geben könnte.«

»Verdammte Höllenbrut!« Verwünschungen ausstoßend kroch Pataille aus dem Loch in der Kellerwand hervor. Ihm folgten Ladislas, Georges, Raoul und Spartaco, der den gefesselten Marquis vor sich herschob.

Pierre berichtete den anderen, was sich zugetragen hatte. Pataille hielt sich eine Hand gegen die Stirn. »Und ich dachte, die Klopfzeichen seien von dir, Colonel. Ich habe sogar darauf geantwortet.«

»Das war unüberhörbar, auch für den deutschen Botschafter«, sagte Pierre. »Zum Glück konnte ich ihm etwas von Ratten vorflunkern, die Mörtel fressen. Beim nächsten Mal wirst du es sein, der sich die Zähne an dem Mann ausbeißt.« Pierre schaute in die Runde. »Danke!«, sagte er mit ernster Stimme. »Ohne euch wären wir jetzt Gefangene der SS, und die Kunst des Louvre wäre auf dem Weg nach Berlin.« Er sah die Erleichterung in den Augen der anderen.

»Jetzt kennen die Deutschen die Wahrheit«, sagte Georges feierlich. »Und die Wahrheit ist dies: Sie konnten Frankreich erobern, aber die französischen Maler bekommen sie nicht. Und das wissen sie ebenso so gut wie wir.« Alle schüttelten einander die Hände. Bis zu diesem Moment war Pierre alles wie ein Albtraum vorgekommen. Doch jetzt ließen die Gesten der Verbundenheit ihn deutlich spüren: Sie waren noch einmal davongekommen.

»Woher hast du eigentlich das Kleid?«, fragte er Floride. »Hast du das hier im Haus gefunden?«

Sie schaute an sich herab, anscheinend überrascht, dass sie noch immer in dem eleganten Gewand steckte. »Das gehört mir. Ich habe es aus Paris mitgenommen. Ich mag ja eine Autoschlosserin mit öliger Arbeitsmontur sein. Aber ich bin immer noch eine Frau.«

Und was für eine, dachte Pierre und wünschte sich, dass Floride in seinen Gedanken lesen konnte.

»Wie geht es jetzt weiter?«, fragte Pataille. »Wir müssen doch nicht sofort wieder alles nach oben tragen, oder?«

»Zunächst mal müssen wir wissen, wie es Henri Verne geht«, antwortete Pierre. »Ladislas! Bau das Funkgerät wieder auf. Versuch, Verne zu erreichen, berichte ihm, was hier vorgefallen ist. Und frag ihn, ob er etwas von Récine gehört hat. Danach sehen wir weiter.«

Ladislas verschwand die Treppe hinauf.

»Sie nehmen mir jetzt sofort diese entwürdigenden Fesseln ab!« Prudent de Valantin hielt Pierre die Hände entgegen. »Ihr Gefangener zu sein! Wie demütigend! Wenn ich jemals dazu Gelegenheit bekommen sollte, werde ich Sie vor Gericht stellen lassen.«

»Auch wenn es ein deutsches Gericht ist?«, fragte Pierre und gab Pataille ein Zeichen. Der Gefreite zog ein Taschenmesser hervor, klappte es auf und schnitt die Stricke durch, die um die Handgelenke des Marquis geschlungen waren.

Pierre schaute de Valantin finster an. »Wenn Sie weiterhin versuchen, uns zu sabotieren, werde ich Sie an den Füßen in die Freie Zone schleifen und dort vor ein Gericht bringen, das nach französischem Recht urteilt.«

Der Marquis lachte unwirsch, zwängte sich an Spartaco vorbei und lief die Stufen hinauf.

Floride griff nach Pierres Arm. »Das war voreilig! Er wird diesen Hardefust in Paris anrufen.«

Pierre schüttelte den Kopf. »Ich hatte das Telefonkabel durchgeschnitten, bevor die Deutschen ankamen. Wenn jemand mit der Außenwelt in Kontakt treten will, muss er das persönlich erledigen oder einen Brief schreiben. Überdies hat sich de Valantin noch keiner Verbrechen schuldig gemacht. Ich kann ihn nicht länger einsperren. Es wäre gegen …«

Seine Worte wurden unterbrochen von dem Aufheulen eines Motors.

»Der Bugatti«, flüsterte Floride.

»Der Marquis«, sagte Georges.

»Ich dachte, der Wagen sei unbrauchbar«, rief Pierre.

»Ich habe ihn repariert«, erklärte Floride. »Zwischendurch.«

»Was hast du?« Pierre beugte ihr den Kopf zu wie ein Schwerhöriger.

»Ihn re-pa-riert«, wiederholte Floride mit Trotz in der Stimme. »Wann bekomme ich sonst schon Gelegenheit, an einer solchen Maschine zu schrauben?«

Pierre presste die Lippen zusammen.

»Der fährt jetzt direkt nach Paris«, murmelte Pataille. »Und wir müssen doch alles wieder nach oben schleppen und das Schloss verlassen.«

Damit standen sie wieder vor demselben Problem wie zuvor. Sie brauchten Lastwagen. Nur ein einziges Fahrzeug war in Chambord geblieben. Napoleon. Er stand im nahen Wald, wo er vor Blicken aus der Luft getarnt war. Die anderen Wagen waren auf die Schlösser verteilt worden. Und wie es dort aussah, das wusste nur Henri Verne.

Ladislas kehrte zurück. Da er die schlechten Neuigkeiten noch nicht erfahren hatte, lächelte er. Henri Verne, berichtete der Funker, sei in Sicherheit. Ebenso die meisten Kunstschätze aus den anderen Schlössern, abgesehen natürlich von denen aus dem Château de Sourches. Verne hatte es geschafft, die fünf Lastwagen zusammenzubringen und die Kisten aus den Schlössern herauszuholen, bevor die Deutschen dort aufgetaucht waren. Zunächst habe er alles in einem nahen Stollen versteckt. Jetzt sei er dabei, die Kunstwerke aus der Loire-Region abzutransportieren. In diesem Augenblick war er in Richtung Süden zu einem alten Kloster namens Loc Dieu unterwegs. Der Prior habe sich bereit erklärt, die Louvre-Kunst aufzunehmen. Verne sagte, er könne die Wagen sofort nach Chambord schicken, sobald er in Loc Dieu ausgeladen habe.

Loc Dieu? Pierre kannte das Kloster von den gemeinsamen Beratungen mit Verne und Récine. Es lag fünfhundert Kilometer weiter südlich in der Nähe von Montpellier. Dorthin, so hatten die Männer damals beschlossen, sollten die Kunstwerke gebracht werden, wenn die Verstecke in den Châteaux nicht länger sicher waren. Verne handelte nach Plan. Aber bis die Lastwagen in Loc Dieu ausgeladen wären und in Chambord sein könnten, würden längst Schilder der Wehrmacht mit dem Wort *BESCHLAGNAHMT* auf den Kisten prangen.

Ladislas wusste noch eine Neuigkeit zu berichten. Wie Henri Verne ihm mitgeteilt hatte, war das Geld für Marquis de Valantin in der Zwischenzeit von der französischen Regierung der freien Zone angewiesen worden. Es könne sich nur noch um ein oder zwei Tage handeln, dann werde der Marquis es in Händen halten.

Ladislas schaute in die betretenen Gesichter der anderen. »Was ist denn?«, fragte er. »Das sind doch gute Nachrichten, oder nicht?«

Pierre gab den anderen zu verstehen, dass er einen Moment allein sein wollte, um zu überlegen. Er trat auf den Schlosshof hinaus. Der Abend senkte sich auf Chambord. Die Sonne flimmerte durch die Zweige der Platanen. Das Schloss warf seinen riesigen Schatten, aber noch hatte der Julitag nichts von seiner Hitze eingebüßt. Pierre holte ein Taschentuch hervor und wischte sich den Nacken.

In einer Hand hielt er den Koffer mit der Mona Lisa. Die Nähe des Gemäldes wirkte nicht nur beruhigend auf ihn, auf eine besondere Weise half ihm da Vincis Meisterwerk beim Nachdenken.

Sie konnten nicht fort von Chambord, aber bleiben konnten sie auch nicht. Er seufzte. Ein einziger Lastwagen, das war alles, was ihm blieb. Sollten sie ihn nun doch mit einer Auswahl von Kunstwerken beladen, verschwinden und den Rest zurücklassen? Pierre schüttelte den Kopf. Das kam nicht infrage. Entweder er rettete all das, was ihm anvertraut worden war, oder er verteidigte die Kisten gegen die Deutschen, bis sie seinen leblosen Körper davon herunterzerren würden.

Denk nach!, befahl er sich immer wieder, es muss einen Ausweg geben.

»Señor?« Raouls Stimme war leise von der Freitreppe her zu hören.

Pierre drehte sich um. »Nur einen Augenblick, Raoul. Ich komme gleich zurück ins Schloss.«

»Señor«, sagte der junge Spanier wieder. »Ich weiß, wie Sie die Kunstschätze von hier wegbringen können. Und ich weiß auch, wohin.«

Kapitel 39

PARIS,
AUGUST 1940

Curt ließ den Mercedes durch die abendliche Rue de Rivoli fahren und schaute auf die Straßen, in denen die Menschen den Sommerabend genossen. Paris wirkte unverändert, doch er fühlte sich ausgeschlossen. Von der Stadt – vom Leben selbst.

Am Morgen, als er sich auf den Weg nach Chambord begeben hatte, war Hermann Göring in der französischen Hauptstadt eingetroffen. Eigentlich hatte dieser erst in einer Woche in Paris ankommen sollen. Im Fond der Limousine ballte Curt eine Faust und drosch auf sein rechtes Bein. Er hatte in Chambord lediglich Zeit vergeudet. Das Château war leer. Und jetzt war er mit ebenso leeren Händen und Lastwagen nach Paris zurückgekehrt, nur um sofort die nächste schlechte Nachricht zu erhalten: Der Reichsmarschall – Göring trug diesen Titel seit der Eroberung Frankreichs – wollte schon morgen früh den Louvre besichtigen.

Daran war nichts mehr zu ändern, und immerhin hatte Curt die Kunstwerke aus dem Château de Sourches gesichert. Sie mussten genügen, um Göring milde zu stimmen. Jetzt kam es darauf an, dass die Gemälde und Skulpturen ansprechend präsentiert wurden. Als der Mercedes vor dem Louvre hielt, stürmte Curt in das Museum. Eigentlich hatte er mit Ursula zu einem Vaudeville-Abend im *La Cigale* gehen wollen. Stattdessen hatte er Oberleutnant Meißner gebeten, seine Frau zu begleiten, was Ursula mit einer Miene quittiert hatte, die einen Ehestreit noch in dieser Nacht vorausahnen ließ.

Seit seiner Ausweisung aus Frankreich war Curt nicht so missgestimmt gewesen. Er hetzte durch das Daru-Treppenhaus in die Grande Galerie und blieb wie angewurzelt stehen.

Eine Kompanie deutscher Soldaten war dabei, das Museum wiederherzustellen. Die Männer hatten ihre Uniformjacken abgelegt. Aber … das durfte doch nicht wahr sein! Nicht ein einziges Gemälde hing an der Wand. Stattdessen versuchten diese Idioten, die für die Bilder passenden Rahmen zu finden. Aber davon gab es Hunderte, und jeder hatte eine andere Größe.

»Aufhören!«, brüllte Curt so laut, dass er sein Gaumenzäpfchen an seinem Oberkiefer spürte.

Als die Männer ihn erkannten, standen sie stramm.

»Was glauben Sie, was Sie hier tun?«, polterte Curt.

»Wir versuchen, die Gemälde in die Rahmen …«, sagte einer der Soldaten, dessen Rang ohne Uniformjacke nicht erkennbar war.

»Schnauze!«, schrie Curt. Ihm blieb der Atem weg. Nach all dem Chaos hatte er damit gerechnet, dass wenigstens die Präsentation im Louvre in einem fortgeschrittenen Stadium war. Doch was hier vor ihm lag, war keine Ausstellung für einen der mächtigsten Männer des Dritten Reichs, sondern ein Abfallhaufen – der Unrat auf der Ruine seines Lebens.

Er versuchte, sich zu beruhigen. Diese Männer waren Soldaten. Man hatte ihnen gesagt, sie sollten den Louvre herrichten, und als Soldaten taten sie, was man ihnen befahl. Allerdings war das in diesem Fall zu wenig.

»Denken Sie doch mal nach!«, rief Curt, seine Stimme hallte durch die Galerie. »Morgen früh kommt der Reichsmarschall. Wenn Sie nicht sofort anfangen, die Bilder aufzuhängen, wird Herr Göring sehr ungehalten sein. Sie wissen hoffentlich, was das zu bedeuten hat. Für mich, für Sie, für die Dauer Ihres Aufenthalts in Paris.« Er funkelte die Männer an. Einige schauten betreten zu Boden.

»Sie räumen jetzt sofort alle Kisten aus und hängen die Gemälde ohne Rahmen an die Wände. Nutzen Sie die Haken und Seile, die noch vorhanden sind. Verlieren Sie keine Zeit! Und dann kehren Sie hier aus und polieren das Parkett! Die Rahmen stapeln Sie im Richelieu-Flügel. Stehen Sie nicht länger herum! An die Arbeit!«

Die Männer salutierten – eine grotesk wirkende Geste für Soldaten in Hosenträgern – und setzten sich in Bewegung. Curt stapfte die Grande Galerie entlang. Dort standen die Kisten aufgereiht, die er im Château de Sourches gefunden hatte, von jeder war der Deckel abgenommen. Hier und dort ragten noch Nägel aus dem Holz hervor. Einhundertdreißig Behälter voll mit Gemälden, Drucken, Plastiken und Artefakten. Curt beugte sich über eine der Kisten und blätterte durch die Bilder. Er fand die Jungen Damen am Ufer der Seine von Courbet und ließ das Bild mit den verführerischen Frauen nach vorn tragen. Göring liebte Kunstwerke, die dem weiblichen Körper huldigten. Je mehr er davon zu sehen bekam, desto besser. In einer weiteren Kiste steckte Caravaggios Wahrsagerin. Curt legte den Kopf schief und schaute das Gemälde prüfend an. Die Frau auf der linken Seite hatte viel Kleidung am Leib, aber sie strich ihrem Kunden in einer frivolen Geste über die Innenfläche der Hand. Curt ließ auch dieses Stück nach vorn bringen. Jetzt fehlte noch eine Heilige mit dem flehenden Blick der Märtyrerinnen, am besten eine Statue, die Göring mit seinen Fingern befühlen konnte. Das würde den Dicken besänftigen und ihn vielleicht darüber hinwegsehen lassen, dass die Mona Lisa fehlte.

Curts Gedanken kehrten nach Chambord zurück. Dieser Récine hatte unter der Folter verraten, dass die Louvre-Kunst dort zu finden sei. Er hatte auch andere Schlösser genannt. Doch bis auf das Château de Sourches waren alle Razzien ergebnislos verlaufen. Entweder hatte Récine gelogen – so viel Schneid traute Curt dem zerbrechlichen Franzosen allerdings nicht zu –, oder die Schlösser waren rechtzeitig gewarnt und leer geräumt worden.

Curt riss Füllmaterial aus einer Kiste. Darunter lag Maria Magdalena. Die bemalte Holzfigur war nackt. Ihre Haut schimmerte elfenbeinfarben, ihr langes blondes Haar bedeckte ihre Reize nur notdürftig. Perfekt! Göring würde das Stück sofort mit in sein Hotelzimmer nehmen wollen und den Rest des Louvre vergessen.

Während zwei Soldaten die Heilige davontrugen, stemmte Curt die Hände auf den Rand der Kiste und schaute auf den leeren Grund des Behälters. Hatte der Marquis von Chambord gelogen? Nein, dazu war der Mann zu forsch gewesen. Wer etwas zu verbergen hat, verhält sich anders. De Valantin aber war selbstbewusst aufgetreten. Das war ein Mann, der nicht sofort vor einem Trupp bewaffneter Soldaten einknickte. Aber er war ja auch selbst beim Militär gewesen. Ein Colonel, ein Oberst. Und dann erst seine Frau! An ihr war etwas, das Curt nicht mehr losließ, etwas Graziöses und zugleich Ordinäres. Curt dachte an ihre muskulösen Waden, die aus ihrem Kleid herausgeschaut hatten. Er liebte Ursula, aber diese Französinnen versprühten eine Erotik, der kein halbwegs normaler Mann widerstehen konnte. Curt nahm sich vor, noch einmal nach Chambord zu fahren. Unter dem Vorwand, die Anrichte selbst abholen zu wollen, würde er

Gelegenheit finden, der Dame des Hauses den Hof zu machen.

Schritte näherten sich. Als Curt aufblickte, stand eine Sekretärin aus der deutschen Botschaft vor ihm.

»Was machen Sie denn hier zu dieser späten Stunde?«, fragte er.

Ihrem Gesicht war anzusehen, dass sie sich diese Frage wohl selbst stellte. »Da ist ein Mann, der sie unbedingt sprechen will. Er hat sich nicht abwimmeln lassen und ist recht energisch geworden. Ich konnte Sie telefonisch nicht erreichen, dachte mir aber, dass ich Sie hier finden würde, Herr Botschafter.«

Hatte das etwas mit Görings Besuch morgen früh zu tun? »Was will er denn? Ich bin beschäftigt.«

»Er sagt, er sei Marquis de Valantin von Chambord und habe Ihnen etwas zu sagen.« Sie spitzte angewidert die Lippen. »Er benutzte das Wort ›Offenbarung‹.«

Curt war versucht zu fragen, ob der Marquis seine Frau mitgebracht habe, besann sich aber eines Besseren. »Schicken Sie ihn herein. Und dann machen Sie endlich Feierabend, Mädchen! Ich brauche Sie morgen ausgeruht und munter, wenn Göring kommt.«

Die Sekretärin lächelte knapp und verschwand.

Kurz darauf stand ein Mann vor Curt Hardefust, den er nie zuvor gesehen hatte. Er hatte ein zerfurchtes, altersloses Gesicht, eine stolze Haltung und sah aus wie ein Bankdirektor. Mit gepresster Stimme stellte er sich als Prudent de Valantin vor.

Curt begrüßte ihn förmlich, aber eilig. »De Valantin?«, fragte er. »Sind Sie ein Bruder des Marquis von Chambord?«

»Ich *bin* der Marquis!«, donnerte der Fremde. »Wenn alle Deutschen so dumm sind wie Sie, wie konnten Sie dann Frankreich erobern?«

Im ersten Moment war Curt versucht, den Mann aus dem Louvre werfen zu lassen. Doch etwas an seinem Verhalten ließ ihn innehalten. Das war kein Verrückter. Hier stimmte etwas nicht.

»Beruhigen Sie sich! Und dann erklären Sie mir, was Sie zu mir führt.«

Nachdem der Fremde seine Geschichte erzählt hatte, spürte Curt, wie der Schweiß an ihm herunterlief wie Wasser an einer Ente. »Wieso sollte ich Ihnen glauben? Sie könnten von der französischen Regierung geschickt worden sein, um mich in die Irre zu führen.«

Der Mann, der sich als Marquis ausgab, griff in die Brusttasche seines Jacketts. Für einen Moment glaubte Curt, er wolle eine Waffe ziehen, aber stattdessen holte er eine Brieftasche aus schwarzem Leder hervor, klappte diese auf und zückte ein rosafarbenes Stück Papier, auf dem die Worte *République Française, Passeport Numero 79, de Valantin* und darunter *Prudent* zu lesen waren. Er klappte das Dokument auf und hielt Curt das im Innern festgenietete Foto vors Gesicht. »Genügt Ihnen das, mein Herr?« Er sprach die deutsche Anrede voller Spott aus.

Curt starrte auf das Dokument. Ausweise konnte man fälschen. Er musterte den aufgebrachten Knilch. Konnte der ein Marquis sein? Der Colonel in Chambord hatte so viel souveräner gewirkt. Curt schloss die Augen und rief sich die Begegnung ins Gedächtnis. Der Marquis mit dem Bärtchen, wie es Jazzmusiker trugen, mit seinem vollen dunklen Haar und der Brille, durch die seine Augen aussahen, als seien sie auf die doppelte Größe angewachsen.

»Sind Sie eingeschlafen, Sie Narr?«, zischte der Fremde.

Curt hob abwehrend die Hand und hielt die Augen weiterhin geschlossen. Da war etwas, ein Fetzen Erinnerung, er konnte es nicht genau benennen. Der Mann war Colonel, hatte er gesagt. Nein! Nicht er hatte es gesagt. Das war einem der Bediensteten herausgerutscht. Und die Frau hatte Curt im nächsten Moment abgelenkt. Ein Mann der französischen Streitkräfte, der sich als Marquis ausgegeben hatte? Curt stellte sich den schlanken Mann in der schwarzen Uniform eines Colonels vor.

Das Palais Talleyrand. Der Kerl, der dafür gesorgt hatte, dass er Frankreich hatte verlassen müssen. Pierre Delort!

Das konnte doch nicht sein!

Curt riss die Augen auf. Noch immer stand der Marquis direkt vor ihm, mit dem Unterschied, dass Curt jetzt sicher war, es wirklich mit dem Marquis von Chambord zu tun zu haben.

Er drehte sich zu den Soldaten um und rief in die Grande Galerie hinein. »Sie alle! Lassen Sie diesen Unfug und ziehen Sie sich an. Sie fahren mit mir aufs Land. Und vergessen Sie Ihre Waffen nicht, wir müssen auf Gefechte eingestellt sein.«

Kapitel 40

CHÂTEAU CHAMBORD,
AUGUST 1940

Das Château ragte in der vor Hitze zitternden Dunkelheit auf wie die Burg des Grafen Dracula. Die Türmchen und Schornsteine erinnerten Curt an Finger, die eine riesige aus dem Erdreich ragende Hand in den Himmel streckte. Jetzt fehlten bloß noch die Fledermäuse.

Er sprang aus dem Wagen, auf der anderen Seite stieg de Valantin aus. Sie hatten die Fahrt von Paris schweigend zurückgelegt. Curts Gedanken krampften sich um die Vorstellung, wie Hermann Göring ihn zur Schnecke machen und nach Berlin zurückschicken würde.

Curt hatte etwa dreißig Männer mitgebracht, in der Eile aber nur zwei Lastwagen bekommen können. Er befahl den Soldaten, das Schloss zu umstellen und die Waffen zu entsichern. Niemand dürfe das Gelände verlassen.

Dann ging er, von de Valantin und einigen seiner Männer begleitet, zum Haupteingang. Sie stiegen die Freitreppe hinauf. Das Schloss schwieg. Alle Fenster waren dunkel. Unmöglich zu sagen, ob Delort und seine Truppe da drin auf der Lauer lagen.

De Valantin schloss die Tür auf und schaltete das Licht ein. Der Korridor dahinter war leer. Curt winkte vier seiner Männer herbei und schickte sie voraus. Diesmal zog niemand die Stiefel aus. Die Soldaten stießen Türen auf und drangen mit angelegten Gewehren in die dahinterliegenden Räume ein. Aus einem waren die Stimmen der beiden Mädchen zu hören, anscheinend hatten die Männer sie aus dem Schlaf geweckt. Schließlich erhielt Curt die Meldung, dass die Räume im Erdgeschoss leer seien.

Der Marquis wollte davoneilen, in die Richtung, aus der die Rufe der Kinder gekommen waren. Doch Curt hielt ihn zurück. »Bringen Sie mich erst in den Keller und zeigen Sie mir, wo Sie gefangen gehalten wurden«, befahl er. De Valantin führte ihn und mehrere Männer die Treppe hinunter und durch die Gänge, bis sie vor der Anrichte stehen blieben. Sie war zur Seite gerückt, dahinter klaffte ein Loch in der Wand.

»Hier ist es«, sagte der Marquis. »Da drin liegt ein alter Versorgungstunnel. Dort hinein haben sie die Kisten gebracht. Und mich selbst. In Fesseln.«

Curt schob den Mann zur Seite. An genau dieser Stelle hatte er neben Delort gestanden und die Anrichte bewundert. Dieser verfluchte Franzose! Er musste Blut und Wasser geschwitzt haben. Wenn Curt daran dachte, dass er nur hätte darauf bestehen müssen, das Möbelstück mitzunehmen, damit ihm die Louvre-Kunst in die Hände fiel, kochte sein Blut. Delort hatte Curt davon überzeugt, die Anrichte stehen zu lassen. Was hatte er gesagt? Seine Frau wolle sich erst davon verabschieden. Seine Frau! Wer auch immer diese Kokotte gewesen war, Curt schwor sich, sie zu finden und gemeinsam mit Delort zur Rechenschaft zu ziehen.

Den Soldaten, die ihn in den Keller begleitet hatten, befahl er, die Anrichte auf den Schlosshof zu tragen und zu verbrennen.

»Aber das ist mein Eigentum«, protestierte der Marquis. »Sie können nicht einfach meinen Besitz beschlagnahmen. Ich dachte, die Deutschen würden mich von dieser Plage befreien, die mein Château befallen hat. Ich komme ja vom Regen in die Traufe!«

»Passen Sie bloß auf, dass Sie nicht ertrinken«, gab Curt zurück, warf dem tobenden Adeligen einen Blick voller Geringschätzung zu und duckte sich durch das Loch in den dahinterliegenden Tunnel hinein.

Er war leer, wie Curt im Licht einer Stablampe feststellte. Er durchsuchte den Tunnel, hob eine leere Flasche Wein auf und ließ sie wieder fallen. Er leuchtete die Wände ab und ging bis zum Ende, dorthin, wo der Tunnel in einen schmaleren Gang mündete. Auch diesen durchsuchte er. Der Hort und seine Bewacher hatten keine Spuren hinterlassen.

Gerade kehrte Curt in das Kellergewölbe zurück, als jemand von oben rief, man habe Kisten in einer der oberen Etagen entdeckt. Curt stürmte die Treppe hinauf. Im Korridor des zweiten Obergeschosses erwartete ihn ein Leutnant, der ihm freudestrahlend berichtete, eine Kiste gefunden zu haben, auf der *Vorsicht! Wertvolle Kunst!* geschrieben stand.

Curt ließ sich von dem Mann in eines der leeren Gemächer führen, die er schon von seinem ersten Besuch kannte – keine vierundzwanzig Stunden war das her. Da stand sie! Eine Kiste, in Form und Größe denen aus dem Château de Sourches ähnlich. Sie war zugenagelt.

Curt rief nach Zange und Hammer. Da sah er die Worte *Vorsicht! Wertvolle Kunst!*, die mit Kreide auf das Holz gekritzelt waren. Auf Deutsch!

»Sie sind so dämlich, dass man Sie für Geld auf dem Jahrmarkt zeigen sollte.« Curt stieß den Mann gegen die Brust und riss ihm die Maschinenpistole aus den Händen. Er brauchte nicht länger auf Hammer und Zange zu warten, um die Kisten mit Fingerspitzengefühl zu öffnen. Er jagte eine Garbe Kugeln in das Holz. Die Schüsse hallten von den leeren Steinwänden wider. Die Kiste war durchsiebt, stand aber noch. Curt trat dagegen, das Holz fiel entzwei und gab den Inhalt preis: Gemälde in barocken Rahmen, von Schüssen durchlöchert. Sie klapperten zu Boden und fächerten auseinander wie Spielkarten, die von glückloser Hand auf den Spieltisch geschleudert worden waren.

Es waren die Gemälde aus dem Keller des Schlosses, jener Tand, über den Delort und Curt Witze gerissen hatten.

Curt spürte, wie ihm die Augen aus den Höhlen traten. Versagen, dachte er, schmeckt nach Hundekotze.

Der Franzose hatte ihn überlistet und gedemütigt. Pierre Delort! Dieser Mann war sein Erzfeind, seine Nemesis. Er würde ihn sich schnappen, zusammen mit der Louvre-Kunst. Curt öffnete und schloss die Fäuste. Die Luft zwischen seinen Fingern fühlte sich zähflüssig an.

Der Marquis lachte wie eine Hyäne. »Wenn ich diesen Delort nicht genauso verabscheuen würde wie Sie, Monsieur, dann würde ich sagen: Der Franzose hat den Deutschen an der Nase herumgeführt.«

Curt sprang auf de Valantin zu und packte ihn an den Aufschlägen seines Jacketts. »Sie haben recht, mein Herr!«, sagte er mit gesenkter Stimme. »Die Frage ist, von welchem Franzosen wir hier sprechen. Wie lange waren die Kunstwerke in Ihrem Schloss versteckt? Einige Monate? Ein halbes Jahr? Haben Sie in dieser Zeit versucht, uns zu kontaktieren? Nein! Sie haben mit den Kunstdieben gemeinsame Sache gemacht. Sie sind ein Feind des Deutschen Reichs, de Valantin.«

»Das stimmt nicht!« Die Stimme des Marquis fiel zum ersten Mal in sich zusammen. »Ich war von Anfang an dagegen, die Louvre-Kunst aufzunehmen. Aber ich brauchte das Geld.«

Curt lachte und stieß de Valantin von sich. Der Marquis taumelte. Curt befahl den Soldaten, ihn nach unten in den Speisesaal zu bringen.

Noch einmal schaute er auf den Stapel zerschossener Gemälde. »Ich bringe dich zur Strecke, Delort«, zischte er und spie auf die Leinwände.

Im Speisesaal waren alle Lichter angeschaltet. Von der Decke hing ein Kristallleuchter von protzigem Ausmaß. Sein Licht spiegelte sich auf der polierten Fläche des Esstischs. Die Wände waren mit Tapeten geschmückt, die zwischen rosa und grünen Streifen die französische Lilie zeigten. Dicke Teppiche schluckten hier das Geräusch der Stiefel, als die Soldaten die Bediensteten in den Raum brachten. Die Leute waren vollständig angekleidet. Auch die beiden Mädchen waren dabei. Der Marquis stand am Kopfende der langen Tafel und hielt sich an der Rückenlehne eines Stuhls fest.

Curt musterte die Angestellten. Es waren hauptsächlich Frauen, ein einziger Mann war darunter. Im Château de Sourches hatte es eine ähnliche Szene gegeben, bei der es Curt gelungen war, diesen Récine zu enttarnen. Er wandte sich an den Leutnant. »Die Leute kommen mit uns nach Paris. Ich will, dass sie verhört werden. Schaffen Sie sie auf die Lastwagen. Lassen Sie mich mit dem Marquis und seinen Töchtern allein.«

Wenige Augenblicke später waren die Bediensteten verschwunden. Curt hatte mit Genugtuung beobachtet, dass einige der Frauen vor Angst gezittert hatten, als sie an ihm vorbeigeführt wurden. Der Marquis und seine Töchter blieben zurück. Die Kinder versteckten sich hinter ihrem Vater.

»Setzen!«, befahl Curt und nahm am gegenüberliegenden Kopfende der Tafel Platz. Er zog die Sauer aus der Pistolentasche und legte sie vor sich auf den Tisch, daneben den Ehrendolch, und schaute auf seine Armbanduhr. »Es ist kurz nach Mitternacht. Um vier Uhr morgens muss ich zurück in Paris sein. Ihnen bleibt eine Stunde Zeit, um sich daran zu erinnern, wohin Delort die Kisten bringen wollte.«

»Das ist impertinent«, rief der Marquis über die Länge des Esstisches hinweg. Curt hatte den Eindruck, an einem bizarren Gastmahl teilzuhaben – mit einem bizarren Besteck vor ihm auf dem Tisch. Er schwieg und schaute de Valantin herausfordernd an. Der Mann musste etwas wissen. Er musste einfach!

Doch alles, was von dem Schlossherrn kam, waren Verwünschungen und danach Schweigen. Die Zeit verstrich. Eins der Mädchen fing an zu weinen, das andere schlief einfach ein. Erst am Vormittag waren die Kinder ausgelassen über den Schlosshof gelaufen.

»Was war in dem Koffer, den ihr heute Morgen bei euch hattet?«, fragte Curt mit kalter Stimme. Er hatte kein Mitleid mit den Mädchen. Sie hatten ihn ebenso getäuscht wie ihr Vater.

»In dem Koffer …«, begann die Ältere der beiden. Die Jüngere hob verschlafen den Kopf, schaute zu ihrer Schwester hinüber und hielt sich einen Finger vor die Lippen. »… war ein Geheimnis«, vollendete die Ältere den Satz und hob in aristokratischer Manier das Kinn.

Curt legte eine Hand auf die Pistole.

Die Pose des Mädchens fiel in sich zusammen. Sie fing wieder an zu weinen.

»Die Mona Lisa war drin«, sagte die Jüngere jetzt. »Colonel Pierre hat uns gesagt, wir sollen darauf aufpassen und niemandem was verraten.« Sie warf ihrer Schwester einen ängstlichen Blick zu. »Werden wir jetzt bestraft?«

Curt nahm die Hand von der Waffe. »Nicht, wenn ihr mir sagt, wohin der Colonel verschwunden ist.«

»Das wissen wir nicht. Wirklich nicht«, flennte die Ältere. Tränen und Rotz liefen ihr über das verquollene Gesicht. Curt verabscheute diese Kinder.

»Dann muss ich euch wohl doch bestrafen«, fuhr er fort.

»Wir haben nur gesehen, dass Leute mit Treckern gekommen sind. Viele Leute. Sie haben die Kisten aufgeladen und sind wieder abgefahren.«

»Wann war das?«, setzte Curt nach.

Die Kinder schauten sich an. »Kurz bevor Sie hier angekommen sind. Wir sind davon aufgewacht.«

Curt wollte aufspringen und die Bälger schütteln. Er hätte die Traktoren sehen müssen. Es gab nur eine Zufahrtsstraße zum Schloss.

Jedenfalls wenn man einen normalen Wagen hatte …

Traktoren wühlten sich auch durchs Gelände. Delort und die Kunst mussten über die Felder verschwunden sein. Das bedeutete, dass sie irgendwo in der Nähe waren. Mit Landmaschinen legte man keine längeren Strecken zurück.

Die alte Standuhr im Speisesaal schlug eins. Die Zeit war um.

»Haben Sie noch etwas dazu beizutragen, Marquis de Valantin?« Curt erhob sich, steckte den Dolch ein und griff nach der Pistole.

»Was haben Sie vor?«, fragte der Marquis. Seine Töchter sprangen auf und klammerten sich an die Arme ihres Vaters.

Curt öffnete die Tür des Speisesaals und rief zwei seiner Soldaten herein. Er befahl ihnen, die Kinder aus dem Raum zu schaffen. Die Männer packten die Mädchen an den Armen und im Genick und drängten sie zur Tür hinaus. Die Jüngere kreischte.

De Valantin erhob sich. »Was machen Sie mit meinen Töchtern?«, fragte er und versuchte, den Soldaten zu folgen.

Curt schlug die Tür zu und richtete den Lauf der Sauer auf den Schlossherrn. »Ich schicke sie nach Deutschland in ein Erziehungslager. Da wird es ihnen gefallen. Wir werden gute Nazis aus ihnen machen.«

»Geben Sie mir meine Kinder zurück!«, rief de Valantin.

Sein faltiges Gesicht wurde dunkler, seine Augen heller, er zog die dünnen Lippen zurück und entblößte seine Zähne. »Oder Sie werden es bereuen!«

Curt schoss zweimal. Die erste Kugel traf de Valantin in den Bauch und ließ ihn zusammensinken, die zweite drang ihm in den Kopf. Der Marquis fiel polternd auf den Teppich.

»Kein Froschfresser nennt mich einen Idioten und bleibt länger am Leben als nötig«, erklärte Curt dem Körper zu seinen Füßen. »Und ich bereue überhaupt nichts.«

Kapitel 41

PARIS,
AUGUST 1940

»Hardefust? Hatte man Sie nicht aus Frankreich rausgeschmissen?« Hermann Görings breiter Mund verzog sich zu einem spöttischen Lächeln. »Aber Sie sind zurückgekehrt. Sie sollten Ihren Namen ändern. Nicht Hardefust, sondern Hardenacken.« Görings Hand krachte auf Curts Schulter. »Also, Obersturmbannführer Hardenacken. Dann wollen wir mal!«

Es war zehn Uhr am Vormittag. Reichsmarschall Göring war mit zwei Stunden Verspätung im Innenhof des Louvre aufgetaucht. Curt hatte gewartet, übernächtigt und erschöpft von den Ereignissen in Chambord. Doch sein Zorn und seine Verzweiflung waren verflogen, ihm schien es, als seien sie mit den beiden Kugeln aus der Sauer im Leib des Marquis von Chambord verschwunden.

Curt war nach Paris zurückgekehrt und hatte dafür gesorgt, dass die Arbeiten im Louvre weitergingen. Dann hatte er es gerade noch geschafft, eine frische Uniform anzuziehen, bevor der hohe Besuch erschien.

Göring hingegen trug Zivil, einen Fedora mit breiter Krempe und ein sportliches hellbraunes Jackett. In seiner Rechten hielt er sein Markenzeichen, einen vergoldeten Marschallstab. Das war ein eher zurückhaltender Auftritt für den in jeder Hinsicht mächtigen Mann. In seinem Gut Carinhall in Brandenburg sollte Göring Gäste im Kostüm eines indischen Maharadschas, römischen Konsuls oder mittelalterlichen Fürsten empfangen haben.

Jede Maskerade wäre Curt lieber gewesen als das, was sich ihm jetzt offenbarte. Göring liebte große Auftritte, und auch diesmal war er nicht allein gekommen. Er hatte die Presse mitgebracht. Ein Pulk von Journalisten, zu erkennen an den Presseausweisen in ihren Hutbändern und den Balgenkameras in ihren Händen, drängte sich hinter Göring zusammen.

Curt hätte sich am liebsten auf- und davongemacht. Es war schon schlimm genug, dem Reichsmarschall eine notdürftig zusammengebastelte Ausstellung zu präsentieren. Zu allem Überfluss würde dieser peinliche Auftritt auch noch in den Zeitungen erscheinen. Hermann Göring würde nicht als Held von Paris dastehen, sondern als das Gespött Frankreichs.

Noch war Göring guter Dinge. Breitbeinig postierte er sich vor dem Eingang zum Denon-Flügel und zog den Bauch ein. »Dies ist eine große Stunde!« Die Stimme des Reichsmarschalls donnerte über die Cour Carrée. »Die Stunde des Deutschen Reichs in Frankreich! Sedan, Versaille, Compiegne. Das sind die Schandmale des französischen Verrätertums. Wir, das deutsche Volk in der Gestalt des tapferen Soldaten, haben die Bedeutung dieser Orte umgekehrt. Und damit fahren wir jetzt fort. Der Louvre …«, er machte eine Pause, schaute visionär in den Himmel über Paris und gab den Reportern Gelegenheit, ihn zu fotografieren, »… wird deutsch. Ich weiß: Manche halten uns für Diebe«, fuhr Göring fort, und sein Gesicht lief rot an, vermutlich, weil er die ganze Zeit versuchte, seinen Bauch einzuziehen, »aber das ist eine Lüge der französischen Kommunisten. Wir holen die Louvre-Kunst nach Berlin. Das stimmt. Aber wir nehmen uns nur, was uns zuvor von Frankreich gestohlen wurde. Der Verbrecher Napoleon Bonaparte hat die Kunstwerke von deutschem Boden entführt, aus deutschen Häusern geraubt, deutschen Familien entrissen. Weitere Kunstwerke mussten nach dem Großen Krieg als Lösegeld an Frankreich geliefert werden. Jetzt kehren diese verlorenen Söhne und Töchter der deutschen Kunstgeschichte endlich heim.« Er schnaufte. »Die meisten Objekte in diesem Museum sind urdeutscher Herkunft. Entweder haben deutsche Künstler sie geschaffen, oder Künstler aus anderen Ländern haben den deutschen Stil kopiert. Seien Sie versichert: Die Kunst des Louvre wird bald die Kunst des Führermuseums in Berlin sein.«

Die Ansprache war beendet. Statt Beifalls war das Klacken der Kameras zu hören. Niemand wagte, eine Frage zu stellen.

»Kommen Sie, Obersturmbannführer«, sagte Göring zu Curt. »Öffnen Sie den Hort der Musen für uns.«

Curt hielt für Göring und die Journalisten die Tür auf. Er zwang sich zu lächeln, wusste aber, dass ihm im besten Fall eine Grimasse gelang. Ihm war übel.

»Eine mittelalterliche Maria Magdalena.« Curt präsentierte die halb nackte Heilige mit dem Schwung eines Zirkusdirektors. Den Namen des Bildhauers hatte er vergessen. Ebenso das Jahr der Entstehung oder sonstige Details. Wichtig war nur, dass die Libido des Dicken in Wallung kam.

Auch diesmal war darauf Verlass.

Göring strich mit den Fingern über einen Schenkel der Holzschnitzerei. Curt stellte sich vor die Journalisten und gab ihnen mit Gesten zu verstehen, dass sie keine Fotos des lüsternen Reichsmarschalls schießen sollten. Unterdessen war Görings Hand weitergewandert. Dann ließ er den Arm sinken.

»Schicken Sie dieses Stück in mein Quartier. Ich muss mich näher damit befassen, bevor es nach Berlin kommt.«

Ein Adlatus Görings kritzelte in ein Notizbuch.

»Appetitanregend«, befand der Reichsmarschall. »Womit werden Sie meinen Hunger stillen?«

Curt führte die Gruppe hastig durch das Daru-Treppenhaus, in dem die Nike von Samothrake fehlte. Anscheinend war Göring mit den Kunstwerken und ihren Plätzen im Louvre nicht vertraut genug, um die monumentale Skulptur zu vermissen. In der Grande Galerie hingen die Gemälde, zwar ohne Rahmen, dafür aber mit viel Abstand, um den Platz einigermaßen zu füllen.

»Hier haben wir einen Caravaggio«, sagte Curt.

Göring folgte ihm nicht. Der Reichsmarschall war wie angewurzelt stehen geblieben und starrte den Gang der Galerie hinunter. »Wo sind wir hier?«, fragte er. »Im Archiv?«

Curt überlief es eiskalt, zugleich schwitzte er. »In der Grande Galerie, im Herzen des Denon-Flügels.«

»Das soll eine Galerie sein?«, fragte Göring düster. »Ist das alles, was Sie haben?«

»Wir haben überdies noch acht Statuen und das goldene Tafelgeschirr Ludwigs XIV. Weiter hinten.«

Göring spitzte die Lippen und stieß den Atem aus. Er wandte sich den Journalisten zu. »Schießen Sie ein Foto von mir und diesem Caravaggio. Die Wahrsagerin, wenn mich mein Kunstverstand nicht täuscht. Das passende Motiv für einen Eroberer. Nur das Schicksal kennt die Zukunft des normalen Mannes. Aber der Deutsche, der nimmt es selbst in die Hand.« Er griff nach dem Gemälde und pflückte es von der Wand. Das Bild vor seinen Bauch haltend, posierte er für die Kameras. Nachdem das letzte Blitzlicht erloschen war, wies er den Adlatus an, die Reporter hinauszubegleiten.

Eine unangenehme Stille folgte. Dann brüllte Göring los. »Sind Sie geisteskrank, Hardefust? Das soll ein Museum sein? Da sind ja in meinen Eingeweiden größere Schätze zu finden. Erklären Sie mir das, bevor ich Sie barärschig ins Arbeitslager schicke.«

Curt stand stramm. Darin war er noch nie besonders gut gewesen. Wohl aber darin, sich aus solchen Zwickmühlen herauszulavieren. Am besten war es, man sagte die Wahrheit. Also begann er bei seinem Besuch im Louvre am Tag der Eroberung von Paris. Er berichtete von den leeren Gängen, den Kreidezeichen und dem anschließenden Requirieren von Kunst aus jüdischem Besitz. Göring hörte zu mit in die Hüften gestemmten Fäusten und einem Blick, dem Curt nur mit Mühe standhielt. Er erzählte von dem Erfolg im Château de Sourches und seinem Versuch, den Louvre wenigstens einigermaßen für den Besuch des Reichsmarschalls herzurichten. Das Debakel in Chambord und den anderen Schlössern ließ er aus.

Görings Reaktion kam so unerwartet, dass Curt glaubte, das Parkett unter seinen Füßen sei in Bewegung geraten. »Leiden Sie an Altersschwäche, Mann? Sie wussten doch schon vor einem halben Jahr, dass die Franzosen den Louvre evakuiert haben. Und da haben Sie nichts unternommen, sondern bis zum Tag der Eroberung gewartet, um dann seelenruhig unter dem Schutz der Wehrmacht durch Paris zu spazieren. Sie sind nutzloser als ein Furz in der Kirche!«

»Herr Generalfeldmarschall … Reichsmarschall Göring … ich bitte um Entschuldigung, wenn ich Sie korrigiere, aber davon, dass der Louvre leer ist, wusste ich bis vor einigen Tagen nichts.«

»Sie wissen aber doch, wer Jacques Doriot ist?« Das war keine Frage, sondern blanker Hohn. »Er sagte mir gestern Abend, er habe Sie schon im Dezember davon unterrichtet, dass die Kunstwerke weggeschafft würden. Und er sagte, er habe sich gewundert, dass er keine Antwort von Ihnen erhielt. Hardefust! Sie hätten diesem Mann Geld schicken müssen, damit er Waffen, Fahrzeuge und Spitzel kaufen und sich den Kunsträubern an die Fersen heften kann. Aber alles, was von Ihnen kam, war Schweigen.«

Curt wusste nicht, wohin mit seinen Händen. Am liebsten hätte er sie sich vors Gesicht geschlagen und die Welt ausgesperrt. Stattdessen nahm er den rahmenlosen Caravaggio, der an der Wand lehnte, und hängte ihn wieder an die Haken. Er trat einen Schritt zurück, um zu prüfen, ob das Gemälde im Lot war. Ursula hatte ihn verraten. Das Telegramm zu Silvester. Es war von Doriot gewesen. Ursula hatte es vor seinen Augen zerrissen. Es sei alles in Ordnung in Paris, hatte sie gesagt. Warum hatte sie gelogen?

Die Wahrsagerin verschwamm vor seinen Augen. Curt blinzelte. War Ursula eine Agentin der Alliierten? Unsinn! Sie war eine Frau, die gern teure Möbel kaufte und sich mit den oberen Zehntausend traf. Und genau deshalb musste sie ihm das Telegramm vorenthalten haben. Sie hatte gelesen, dass der Louvre leer war, und gewusst, dass Curts Aufgabe in Paris damit sinnlos wurde. Die Hardefusts wären in Berlin geblieben. Alles hätte Ursula auf sich genommen, um an die Seine zurückzukehren. Alles! Was wog da schon eine kleine Lüge an einem beschwingten Silvesterabend? Ursula! Wenn das herauskam, würde man sie vors Kriegsgericht stellen. Sie beide!

Curt wandte sich wieder Göring zu. »Ich dachte schon, Sie wären im Stehen gestorben«, sagte der Reichsmarschall.

»Ich habe nur nachgedacht«, sagte Curt. »Es gibt da einen Hinweis auf das Versteck der Kunstwerke. Dem gehe ich gerade nach. Bitte um Erlaubnis, in zwei Wochen noch einmal Meldung machen zu dürfen.«

»Ich soll zwei Wochen warten?« Göring schaute Curt erstaunt an. »Mann, Sie sind kaltblütiger als meine Frau.« Er runzelte die Stirn. »Ich gebe Ihnen eine Woche. Weil Sie diese herrliche Maria Magdalena für mich gefunden haben. Aber ich sage Ihnen was: Ich will die Mona Lisa. Nicht für das Führermuseum, sondern für Carinhall. Wenn Sie mir das Gemälde nicht innerhalb einer Woche liefern, sind Sie am Arsch!«

Kapitel 42

PARIS,
AUGUST 1940

Die Hitze in der Botschaft war unerträglich. Curt spürte, wie der Schweiß seinen Hemdkragen durchnässte. Sogar der Telefonhörer, den er gegen sein Ohr hielt, war heiß und feucht.

»Sind Sie taub?«, rief er matt in die Sprechmuschel. »Sie bringen sofort alle Kunstwerke von dieser Liste in die Tuilerien. Und dann beordern Sie ein Dutzend unserer Jungs in Uniform dorthin und informieren die Presse. Um acht Uhr heute Abend will ich alles vor Ort wissen.«

Sein Gesprächspartner versuchte, noch einmal darzulegen, warum er nicht ohne Weiteres fünfhundert Gemälde aus dem Keller der Botschaft in den Palastgarten bringen konnte.

Curt ließ den Mann nicht ausreden. »Das ist ein Befehl von Reichsmarschall Göring. Erklären Sie ihm doch selbst, wie unfähig Sie sind.« Er knallte den Hörer auf die Gabel.

Göring! Eine Frist von einer Woche hatte er für die Wiederbeschaffung der Louvre-Kunst gewährt. Curt wusste, dass er dankbar sein sollte. Stattdessen schäumte er vor Wut: auf Ursula, weil sie ihn angelogen hatte; auf Delort, weil er Curt ausmanövriert hatte; auf sich selbst, weil er die Zügel nicht besser hatte in der Hand halten können.

Das Höllenspektakel am Abend würde ihn seinem Ziel

gewiss nicht näherbringen. Göring wollte einen Scheiterhaufen in den Tuilerien auflodern lassen, auf dem fünfhundert Kunstwerke vernichtet werden sollten, die er als entartet bezeichnete. Vor der Presse, vor den Augen der Welt. Damit wollte der Reichsmarschall von seinem peinlichen Auftritt am Vormittag im Louvre ablenken. Curt musste dem barbarischen Akt ebenfalls beiwohnen. Einen kostbaren halben Tag seiner Wochenfrist würde ihn das kosten.

Er hatte das Gefühl zu ersticken und riss die Fenster auf, doch von der Rue de Lille wehte nur heiße Luft herein, und mit ihr der Geruch von Staub und vertrocknenden Blättern.

Wieder griff Curt zum Telefonhörer und wählte eine Nummer. Es klingelte dreimal, dann meldete sich Vollard-Bockelberg im Hauptquartier der Militärführung. »Hardefust? Was wollen Sie? Ich habe keine Zeit.«

»Ich will das Sondereinsatzkommando, das Sie mir angeboten haben«, sagte Curt. Bislang hatte er auf die SS-Männer verzichtet, weil er geglaubt hatte, er könne die Louvre-Kunst auch ohne diese brutal vorgehende Truppe zurückgewinnen. Ein weiterer Fehler! »Geben Sie mir fünfzig Mann unter Waffen, Leute, die Türen eintreten und Köpfe weichklopfen können.«

»Können Sie haben«, sagte Vollard-Bockelberg mit amüsierter Stimme. »Göring hat Ihnen wohl Feuer unterm Hintern gemacht.«

Curt schwieg und kniff die Augen zusammen.

»Wohin soll ich die Männer schicken?«, fuhr der Oberbefehlshaber fort.

Wenn ich das wüsste, wäre ich längst selbst dort, dachte Curt und presste die Finger um das schwarze Bakelit des Hörers. Er keuchte und versuchte, sich zu beherrschen. »Wir müssen die Dörfer entlang der Loire durchkämmen. Die Männer sollen sich heute Abend im Hof des Invalidendoms bereithalten. Ich komme gegen zehn Uhr mit weiteren Anweisungen.«

»Zehn Uhr?«, fragte Vollard-Bockelberg. »Das wird die Jungs nicht grad fröhlich …«

Curt legte auf, ließ sich in seinem Stuhl zurückfallen und strich mit beiden Händen das verschwitzte Haar zurück. Bis Görings Freudenfeuer brannte, blieb ihm noch genug Zeit für einen Abstecher in die Rue de Saussaies, die »Küche«, wie sie von allen genannt wurde, obwohl das, was dort angerichtet wurde, nichts mit Essen zu tun hatte.

Curt ließ den Mercedes am Straßenrand halten, stieg aus und ließ die Uniformjacke im Wagen liegen. Es gab keinen Grund, korrekt gekleidet in der Küche zu erscheinen. Sein Hemd klebte ihm am Leib und wies dunkle Flecken auf. Er flüchtete in den Schatten der Einfahrt von Hausnummer elf, durchquerte den Innenhof und passierte die beiden Wachtposten, die ihn auch ohne seine Rangabzeichen erkannten und salutierten.

Im Innern des Hauses empfing ihn erholsame Kühle. Sofort entspannte er sich. Es roch nach Scheuermitteln. Der Fliesenboden war staubfrei. An der Wand des Korridors hingen Ansichten von Paris und Berlin, und aus einem kleinen Büro drang das beruhigende Tackern einer Schreibmaschine. Nichts deutete darauf hin, was in diesem Gebäude wirklich vor sich ging.

Curt hielt auf die Treppe zu, die in den Keller führte. Seine Schritte hallten von den Wänden wider. Im Untergeschoss gelangte er in eine lang gestreckte Halle, einen alten Schießstand. Verstaubte Glühbirnen hingen von der Decke. Ein Scheinwerfer leuchtet das ferne Ende des Schießstands aus, wo drei Holzpfosten in den Boden aus Stampflehm eingelassen waren. Früher einmal, bevor die Deutschen gekommen waren, hatten Sportschützen Zielscheiben aus Pappe daran befestigt. Jetzt dienten die Pfosten als Hinrichtungspfähle für jene Gefangenen, aus denen keine Informationen mehr herauszupressen waren.

Sechs Türen an der Rückwand der Halle führten in die Zellen. Curt ging auf Tür Nummer drei zu und winkte den beiden Männern, die in einem Winkel des Raumes ein Loch gruben. »Aufmachen!«, befahl er.

Einer der »Küchengehilfen« rasselte mit einem Schlüsselbund, das Schloss klackte schwer, und die Tür ging auf. Der SS-Mann drehte den Lichtschalter, der außen neben der Zellentür angebracht war, und im Innern flammte grelles Licht auf.

Das Erste, was Curt wahrnahm, war der Gestank. Er kannte Orte wie diesen, und an jedem roch es gleich: nach Schweiß, Blut, Kot und Urin. Das ließ sich aushalten. Was ihn jedes Mal erschütterte, war die Tatsache, dass er die Furcht der Häftlinge riechen konnte, ein Geruch, der sich in sein Gemüt brannte und ihn noch begleitete, wenn die Erinnerung an die anderen Ausdünstungen längst vergessen war. Aber diesmal war etwas anders. Er schreckte nicht vor dem Aroma der Angst zurück, er hieß es willkommen.

»Aufstehen!«, bellte der Wärter.

Auf dem Boden des kahlen Raums lag eine zusammengekrümmte Gestalt. Der Gefangene war nackt und von Blutergüssen bedeckt. Er zitterte.

Der Wärter verlieh seinem Befehl mit einem Fußtritt Nachdruck.

Der Chauffeur schrie auf.

Curt wusste, dass der Franzose Gaston Récine hieß, er bevorzugte es jedoch, ihm die Bezeichnung seiner Tarnung zu geben, die im Château de Sourches aufgeflogen war.

Der Mann richtete sich auf, bis er auf den Knien hockte.

Weiter kam er nicht. »Lassen Sie mich gehen.« Er lallte wie ein Betrunkener.

Curt blickte angewidert auf ihn hinab. »Sie haben uns noch immer nicht gesagt, wohin die Kunstwerke des Louvre gebracht worden sind.«

Der Kopf mit den strähnigen Locken, deren Länge die Dauer der Haft anzeigten, zuckte. »Die Schlösser. Ich habe doch …«

»Die, die sie uns genannt haben, waren leer. Entweder waren ihre Freunde schneller als wir, oder Sie haben uns zum Narren gehalten.«

»Nein … Nein. Das war die Wahrheit«, stammelte der Gefangene. »Die Kunst ist dorthin gebracht worden.«

»Ich versuche, Ihnen zu glauben«, fuhr Curt fort. »Aber das ist nicht einfach. Helfen Sie mir dabei?«

Der Chauffeur nickte.

»Sie haben also die Louvre-Kunst in die Schlösser gebracht. Dafür muss es einen Plan gegeben haben. Und ich wette, dieser Plan sah auch vor, was in dem Fall geschehen sollte, dass die Verstecke auffliegen. Es muss einen Ort geben, an den Ihre Spießgesellen ausgewichen sind. Wo liegt er?«

Récine kippte vornüber und stützte sich mit den Händen auf dem Boden ab. Curt blickte voller Verachtung auf den zerschundenen Rücken des Mannes. Er erinnerte ihn an ein Tier, das in der Werkstatt eines Kürschners darauf wartet, abgezogen zu werden.

»Es gab keine weiteren Absprachen«, brachte der Chauffeur hervor.

Curt seufzte. »Was, glauben Sie, damit erreichen zu können? Sie kommen hier sowieso nicht mehr raus. Die Frage ist: Wollen Sie sofort erschossen werden, oder wollen Sie lieber noch eine Weile die Sonderbehandlung genießen? Glauben Sie mir: Es ist besser, auf den Füßen zu sterben als auf den Knien.«

Die Muskeln an den Armen des Gefangenen zitterten, als er versuchte, mithilfe seiner Hände das Gleichgewicht zu halten. Langsam hob er den Kopf und schaute auf. Curt musste sich beherrschen, um mit ungerührter Miene in das Gesicht zu blicken – oder das, was davon übrig geblieben war.

»Loc Dieu«, brabbelte der Chauffeur. »Eine alte Abtei im Süden.«

»Der Ort Gottes?«, fragte Curt. »Wie weit ist das von Paris?«

Récines Kopf senkte sich wieder. Er pumpte Atem. »Sechshundert, siebenhundert Kilometer. Durchs Gebirge. Bei Toulouse.«

»Sie lügen«, platzte es aus Curt hinaus. »Ich habe bereits erfahren, dass die Kunstwerke irgendwo an der Loire versteckt sind. Die Frage ist, wo? Reden Sie endlich!«

Doch aus dem Gefangenen war nichts weiter herauszubringen. Immer wieder beteuerte der Chauffeur, die Wahrheit gesagt zu haben und dass dies auch für Loc Dieu gelte. Er wisse nichts von Verstecken in der Loire-Region.

Curt polkte die Haut von einem Sonnenbrand an seinem Handrücken ab und ließ die kleinen Fetzen zu Boden schweben. Die Finger des Gefangenen lagen vor seinen Stiefelspitzen. Er erinnerte sich an den Moment im Château de Sourches, als er den Chauffeur entlarvt hatte. Es waren diese Finger gewesen, die ihn verraten hatten, die Finger eines Studierten, die selten etwas Schwierigeres zu bewerkstelligen hatten, als die Seiten eines Buches umzublättern.

Mit einer kleinen Bewegung seines Fußes trat Curt auf eine Hand des Chauffeurs. Der Mann schrie auf und versuchte, sie zurückzuziehen. Curt spürte das Rucken durch die Sohle seines Schuhs. Er verstärkte den Druck.

Ein Strom von Gedanken floss durch sein Bewusstsein. Finger. Hände. Das Château Chambord. Die falsche Schlossherrin. Curt sah sie vor sich, wie sie im Türrahmen lehnte. In diesem verführerischen Kleid. Sein Blick war von ihrem Gesicht hinabgewandert auf ihre appetitlichen Brüste, ihre Hüften, ihre Hände und weiter hinab, dorthin, wo ihre Waden in rauchblauen Strümpfen seine Blicke willkommen geheißen hatten. An ihren Händen hatte er flüchtig etwas wahrgenommen. Was war das gewesen? Die Haut hatte rau ausgesehen, aufgescheuert und rötlich. Die Fingernägel waren kurz gewesen, einer schien eingerissen zu sein. So sahen die Hände von jemandem aus, der regelmäßig mit schweren Werkzeugen arbeitete.

Floride Harlé! Curt erinnerte sich an den Vorfall in der Autowerkstatt. Meißner und er hatten nach der Tochter des alten Harlé Ausschau gehalten, weil die etwas über die Louvre-Kunst zu wissen schien. Bei der Befragung war der Werkstattbesitzer ums Leben gekommen. Kurz vorher hatte er noch behauptet, er habe gar keine Tochter.

Curt ahnte, dass es sie doch gab, und dass er ihr in Chambord begegnet war.

Wenn er ihr das nächste Mal begegnete, würde er sie hierher in die Küche bringen. Da gehörten Frauen schließlich hin.

Bevor er den Keller an der Rue de Saussaies verließ, nahm er die beiden Küchengehilfen zur Seite. »Wenn eine Frau hergebracht wird mit einem Schönheitsfleck über dem Mund, etwa an dieser Stelle«, er tippte sich gegen das Gesicht, »dann sind Sie beide dafür verantwortlich, dass niemand sie anrührt. Niemand außer mir selbst.«

Bevor er wieder in den Mercedes stieg, wischte er sich gründlich die Schuhe sauber.

Flammen locken Menschen an. Das Lodern und Prasseln, die aufsteigenden Funken und die herumfliegende Asche waren Signale an einen Urinstinkt des Menschen, davon schienen auch Franzosen nicht ausgenommen zu sein. Eine Menschenmenge hatte sich in den Tuilerien versammelt und stand, regungslos und schweigend, am Fuß einer Säule aus graublauem Qualm.

Göring war schon da. Der Dicke stand, diesmal in weißer Paradeuniform, in einiger Entfernung des etwa drei Meter hoch lodernden Feuers.

Wieso schwitzte der nicht? Curt schob sich in großem Abstand an dem Feuer vorbei. Er hatte das Gefühl, schon allein durch die Sommerhitze zerschmelzen zu müssen. Dass er sich jetzt auch noch vor einem Scheiterhaufen postieren sollte, darauf hätte er gut und gerne verzichten können.

Aber das war nicht möglich. Curt musste Göring gnädig stimmen – und das ging nur in Uniform.

Er wünschte sich einen Schneider, einen Pariser Couturier, der ihm SS-Garderobe aus luftiger orientalischer Seide nähen konnte.

Er grüßte Göring mit erhobener rechter Hand. Der Reichsmarschall nickte ihm mit dem Wohlwollen eines mittelalterlichen Fürsten zu. Dann trat er vor und begann mit donnernder Stimme eine Rede zu halten. Auch diesmal zog er den Bauch ein. Die Kameras der Presseleute klackten.

In einiger Entfernung standen Wehrmachtssoldaten neben Lastwagen. Die Verdecke waren heruntergeschlagen, darunter verbargen sich die von Göring bestellten Werke entarteter Kunst, die in wenigen Minuten ein Raub der Flammen werden sollten.

Zwischen den Wagen tauchte eine violett gekleidete Gestalt auf. Ursula! Sie trug ein neues Kleid mit abgesetzten Schulterpolstern, eine dreireihige Perlenkette und einen schmalen, aber hohen Hut, der schief auf ihrem Kopf saß und dessen Krempe ihr linkes Auge beschattete. Das rechte wirkte dadurch umso eindrucksvoller. Es sprühte vor Zorn.

Sie stellte sich an seine Seite, hängte sich in seinen Arm ein und lächelte den Fotografen zu. »Was soll das?«, zischte sie Curt zu. »Warum hast du mich herbestellt? Willst du mich auf dem Scheiterhaufen verbrennen?«

Gar keine schlechte Idee, dachte Curt. Laut sagte er: »Hör auf zu lächeln! Wir sind hier nicht auf einer Modenschau.«

Ursula lächelte weiter in die Kameras und rückte ihren Hut zurecht. »Du weißt genau, dass ich auf einer Soirée in der Rue des Grands-Augustins Nummer sieben erwartet werde. Und zwar in zehn Minuten. Und du weißt hoffentlich auch, wer dort wohnt.«

Görings Stimme donnerte durch das Prasseln der Flammen. Eine perfekte Inszenierung, dachte Curt. Jetzt müsste man dem Dicken nur noch einen Pferdefuß, einen Schwanz und Hörner verpassen. Die richtige Gesichtsfarbe hatte der Reichsmarschall inzwischen schon.

Ohne den Blick von Görings bebendem Doppelkinn zu nehmen, sagte er zu Ursula: »Ich habe erfahren, was wirklich in dem Telegramm stand.«

»Welches Telegramm?«, fragte sie. Das Zögern in ihrer Stimme verriet Curt, dass sie genau wusste, wovon er sprach.

»Du hast uns in Schwierigkeiten gebracht«, raunte er ihr zu.

Göring beendete seine Ansprache und gab den Soldaten ein Zeichen. Die Männer schlugen die Planen von den Ladeflächen zurück. Darauf waren Gemälde gestapelt. Sie standen nicht aufrecht, sondern lagen übereinander, waren achtlos in die Laster hineingeworfen worden. Jetzt zogen die Soldaten sie hervor und trugen sie zu ihrer letzten Ausstellung.

»Da wohnt Picasso«, sagte Ursula und entzog Curt ihren

Arm. »Und ich hoffe, unter den Bildern dort ist keines seiner Werke.«

Erst verstand Curt nicht, was seine Misere mit Picasso zu tun hatte. Dann begriff er, dass Ursula das Thema einfach beiseiteschob, so wie es ihre Art war, wenn sie in einem Streit zu unterliegen drohte.

Diesmal würde sie damit nicht durchkommen. »Wenn du mir gesagt hättest, was wirklich in dem Telegramm von Doriot stand, müssten wir jetzt nicht darum fürchten, aus Paris abberufen zu werden.« Er hielt sie am Ellbogen fest.

Ein Soldat warf das erste Gemälde in die Flammen. Während sich die Leinwand in der Hitze wellte, meinte Curt, ein Bild von Paul Klee erkennen zu können.

Ursula versuchte vergebens, sich aus seinem Griff zu befreien, schaute aber weiterhin lächelnd in die Kameras. »Heißt das, du wirst schon wieder versagen?«, fragte sie. »Wenn sie dich noch einmal nach Berlin zurückschicken, werde ich nicht mitkommen. Hörst du? Dann verlasse ich dich und bleibe in Paris. Hier gibt es genug andere erfolgreiche Männer im Dienst des Führers.«

Curt spürte einen Stich. Der Rauch des Feuers wehte herüber, nahm ihm den Atem und biss in seine Augen.

»Lass mich gehen«, knurrte Ursula.

Er schaute zu ihr hinüber, wollte etwas Verbindliches sagen, etwas, das die Kluft, die er zwischen ihnen spürte, überbrückte. Doch alles, was ihm einfiel, hätte ihn wie einen Schwächling dastehen lassen. Nicht er, sondern Ursula war es, die eine Lektion verdiente.

»Adieu«, sagte Curt und ließ sie los.

Ursula blickte ihn an, als sähe sie ihn zum ersten Mal. Vielleicht war das tatsächlich der Fall.

Curt ließ sie stehen. Er ging zu den Soldaten hinüber, die sich mit einem mehrere Meter großen Gemälde abmühten, packte zu und trug den Kunstkoloss hinüber zu den Flammen. Er zählte eins, er zählte zwei und warf das Bild bei drei auf den Scheiterhaufen. Der Rahmen brach mit einem Knacken entzwei. Funken stoben in den Himmel. Auf der anderen Seite des Feuers, durch tanzendes Rot und Hitzeschleier, sah Göring mit maliziösem Lächeln zu Curt herüber.

Teil III

Das gestohlene Lächeln

Kapitel 43

Cléry-Sainte-Anne,
August 1940

Delaponts Fasskeller drohte überzulaufen. Alles war voller Beine, Arme, Köpfe und Stimmen. Holzspäne tanzten zum Fauchen von Sägen durch die Luft. Fässer wurden durch die Gänge gerollt und Kisten herumgetragen. Im Hintergrund fluchte Pataille, und Spartaco pfiff einen Schlager aus Paris.

Pierre setzte ein Brecheisen an und hebelte einen der Behälter auf. Die Nägel lösten sich quietschend aus dem Holz. Gemeinsam mit Delapont zog Pierre den Deckel ab und holte das zuvorderst stehende Bild heraus: Der Frieden bringt den Überfluss, von Élisabeth-Louise Vigée Le Brun. Er reichte es Delapont. Der Winzer starrte einen Moment auf die barbusige Dame mit dem Füllhorn, riss sich von dem Anblick los und schob das Bild in eines der leeren Weinfässer hinein.

Die Verpackungen der Louvre-Kunst hatten durch das ständige Umräumen gelitten, viele Kisten hatten an Stabilität verloren und mussten ersetzt werden. Delaponts Weinfässer waren dafür bestens geeignet – jedenfalls die leeren.

Delapont gab Pierre zu verstehen, dass noch Platz in dem Fass sei. Pierre zog zwei weitere Bilder aus der Kiste hervor, eines zeigte Marie-Louise von Österreich, die spätere Kaiserin der Franzosen. Delapont schaute sich auch dieses Bild neugierig an, dann schob er es mit sanftem Druck in das

Weinfass hinein. »Was an dieser Kunst so besonders sein soll, habe ich noch nie verstanden. Wein ist mir lieber.«

Pierre reichte ihm das nächste Gemälde. »Wein ist auch ein Kunstwerk. Man muss nicht auf das eine verzichten, wenn man das andere genießen will«, sagte er.

Der Winzer schaute auf die Leinwand. »Wer soll denn das sein?«

Das Gemälde zeigte eine bizarre Szene. Ein korpulenter nackter Mann hockte auf einem Fass, hielt einen Kelch in die Höhe und und ließ sich von einer Frau einschenken. Zu seinen Füßen versuchte ein Kind, die herunterfallenden Tropfen mit der Zunge aufzufangen. Im Hintergrund ließ sich eine Gestalt mit kleinen Hörnern auf dem Kopf Wein aus einer Karaffe in den Mund laufen, während unten rechts ein weiteres Kind auf den Boden pinkelte. Das Ganze machte einen ausgelassenen, fröhlichen Eindruck und schien in einem Wald stattzufinden, denn die zentrale, beleibte Figur saß unter Bäumen.

»Das ist Bacchus«, erklärte Pierre, »der römische Gott des Weines. Wenn es den nicht gäbe, hätte der Mensch vielleicht niemals so viel Wein getrunken. Das Bild hat ein flämischer Maler namens Rubens geschaffen.«

Delapont schaute Bacchus an und kratzte sich das Kinn in einer Geste tiefster Konzentration. »Man sieht, dass es ihm schmeckt. Muss ein guter Tropfen sein. Und wohl auch ein guter Maler.« Er schob auch dieses Bild in das Weinfass. »Was meinen Sie, Colonel, wird meine Ernte besser ausfallen, wenn ich dabei helfe, Bacchus vor den Deutschen zu retten?«

»Sie ernten auf jeden Fall meinen Dank dafür, dass Sie dieses und die anderen Bilder bei sich unterbringen«, sagte Pierre.

Während er dem Winzer dabei zur Hand ging, das Fass zuzunageln, dachte er an Chambord. In seiner Erinnerung tauchte der kleine Gemeinschaftsraum im Gesindehaus auf. Dort hatte er vor zwei Tagen die anderen zusammengerufen, damit Raoul Martín seinen Vorschlag zur Rettung der Louvre-Kunst unterbreiten konnte.

Der junge Spanier hatte ihnen eröffnet, er wisse einen Ort, an dem die Kunstwerke vor den Deutschen sicher seien, ein Weingut in der Nähe, dessen Eigentümer nicht nur Raouls künftiger Schwiegervater sei, sondern der überdies die Deutschen hasse. Er habe den nötigen Platz, die richtige Gesinnung und außerdem Fahrzeuge, um die Kisten aus Chambord zu holen und in den Ort Cléry-Sainte-Anne zu bringen.

Alle äußerten Bedenken. Georges zweifelte Raouls redliche Absichten an und sprach sich dagegen aus, einen Teil des nationalen Kunstschatzes in die Hände von Fremden zu legen. Pataille war der Meinung, sie seien viel zu erschöpft, um alles noch einmal aus dem Schloss zu tragen. Spartaco zuckte mit den mächtigen Schultern – seine Art, Skepsis zu zeigen. Bei Pierre zog sich die Kopfhaut zusammen, wenn er sich vorstellte, die Kunstwerke an einen Ort zu schaffen, den er nicht kannte. Und Floride wandte ein, dass die Zeit ohnehin nicht ausreiche, um den Winzer anzurufen, ihn zu überzeugen und darauf zu warten, dass er nach Chambord kam. Zu allem Überfluss funktionierte das Telefon nicht. Pierre hatte ja das Kabel durchgeschnitten, damit der Marquis de Valantin keinen Alarm in Paris schlagen konnte.

Nie zuvor hatte Pierre seine Kameraden so entmutigt erlebt. Doch er hatte ihre Niedergeschlagenheit nicht akzeptiert. Die rettende Brücke, hatte er gesagt, wächst unter dem, der geht. Er bat Floride, Napoleon aus dem Wald zu holen, damit sie mit dem Lastwagen ins nächste Dorf, Huisseau-sur-Cosson, fahren konnten. Dort gab es eine Gastwirtschaft, und die besaß ein Telefon. Von dort aus konnte Raoul mit seinem Schwiegervater, dem Winzer Delapont, sprechen.

Der Abend wurde lang, denn weder tauchte Delapont auf, noch kehrten Raoul und Floride zurück. Über dem Schloss ging bereits ein kalter, bleicher Mond auf, als ferne Motorengeräusche zu hören waren. Bald darauf fuhren zehn Traktoren mitsamt Anhängern auf den Schlosshof.

Raoul war erfolgreich gewesen. Er hatte Delapont am Telefon dargelegt, dass es nie wieder eine bessere Gelegenheit geben würde, sich gegen die deutschen Besatzer zur Wehr zu setzen. Daraufhin hatte der Winzer die Bauern auf den benachbarten Gehöften verständigt und sich auf den Weg nach Chambord gemacht. Dreißig Mann und ein Fuhrpark, groß genug, um den halben Montmartre auszuräumen, standen Pierre mit einem Mal zur Verfügung.

Auch die Bediensteten des Schlosses hatten mit angefasst. Die Köchin hatte die Töchter des Marquis ins Bett geschickt und dann Suppe und belegte Brote zur Stärkung der Kunstretter aufgetragen. Als die Trecker abfahrbereit waren, fand Pierre alle Angestellten des Hauses vor der Freitreppe aufgereiht, wie in jener Nacht vor über einem halben Jahr, als die Lastwagen in Chambord angekommen waren. Er verabschiedete sich von allen. Dann fiel ihm auf, dass Serge fehlte. Der Hausdiener saß auf einem der Traktoren. Er wollte sich dem Unternehmen anschließen. Jetzt half Serge im Fasskeller dabei, die Kunstwerke zu verstecken.

Delapont schlug den letzten Nagel in das Fass. »Wie haben wir es den Deutschen gezeigt! Ich hätte gern das Gesicht von diesem Hardefust gesehen, als er nach Chambord zurückgekommen ist.«

»Besser nicht«, sagte Pierre. »Sie sind schon genug Risiken eingegangen, Monsieur Delapont. Wir können von Glück reden, dass die Deutschen nicht schneller am Schloss waren.«

»Gegen einen französischen Traktor von Babiole können kein Mercedes und kein BMW bestehen.«

»Und einem Franzosen, der sein Land und dessen Leute kennt, ist jeder Besatzer unterlegen«, sagte Pierre.

Delapont grunzte zustimmend.

Der Winzer und die andern Bauern waren nicht über die Straße zurück nach Cléry gefahren, sondern hatten Feldwege genommen. Das hatte zwar dazu geführt, dass die Kisten hin- und hergerutscht und aus dem Gefüge geraten waren, aber dafür waren sie Hardefust entwischt. Während Pierre auf einem der Anhänger durchgeschüttelt worden war, hatte er in der Ferne die Scheinwerfer einer Kolonne von Fahrzeugen gesehen, über die Distanz wirkten sie nicht größer als Glühwürmchen und waren genauso flink in Richtung Chambord geflogen. Hardefust war zu spät gekommen.

Trotzdem war die Gefahr nicht vorüber. Pierre wusste, dass er auf dem Weingut nur einen Aufschub gewonnen hatte. Hardefust würde weitersuchen, vielleicht energischer als zuvor.

»Kommt mal alle her«, rief Pierre durch den Weinkeller. Die Arbeitsgeräusche verstummten, die Helfer versammelten sich. Floride, Pataille, Spartaco, Georges und Ladislas waren da, seine treuen Gefährten. Neben ihnen stand der alte Delapont mit zwei Knechten. Raoul und seine Verlobte Josette waren da, Raouls stämmiger Vater Celedonio sowie der Pfarrer des Dorfes, ein Mann namens Gallimard. Pierre ließ den Blick über die Gesichter schweifen, und ein Gefühl tiefer Dankbarkeit überkam ihn.

»Was alle hier für dieses Unternehmen getan haben«, begann Pierre, »ist so überwältigend, dass ich kaum weiß, wie ich Ihnen und euch danken soll.«

»Dann lassen Sie's einfach«, rief Raoul. »Wir sind ja froh, dass alles so gut funktioniert hat, das ist doch genug.« Er schaute in die Runde. »Oder etwa nicht?«

Pierre mochte den jungen Spanier. Der Eindruck, Raoul

schon einmal gesehen zu haben, verfolgte Pierre seit ihrer ersten Begegnung vor einigen Tagen. Er nickte Raoul zu und bemerkte, dass sein Vater ihm einen anerkennenden Blick zuwarf, dann aber rasch wieder die Augen senkte.

»Die Kunstwerke sind gut bis hierher gekommen«, fuhr Pierre fort. »Aber sie müssen noch weiter.«

»Weiter?«, wiederholte Pataille und stützte sich auf seine Knie. »Wir sind doch hier in Sicherheit.«

»Leider nicht«, entgegnete Pierre. »Hardefust wird nicht aufhören nach uns zu suchen. Jeder Tag, den wir hier verbringen, kann damit enden, dass die SS in Cléry aufkreuzt. Wenn das geschehen sollte, wäre nicht nur die Louvre-Kunst in Gefahr, sondern auch das Dorf. Dieses Risiko will ich nicht eingehen.«

»Wegen uns machen Sie sich mal keine Sorgen«, brummte Delapont und verschränkte die Arme vor der Brust. »Mit den *Boches* werden wir schon fertig.«

»Ich habe gesehen, wozu die Faschisten fähig sind, Monsieur Delapont«, erwiderte Pierre. »Vielleicht würden Sie und die anderen Dorfbewohner Ihren Mann gegen deutsche Soldaten stehen. Aber gegen schwere Geschütze und rohe Gewalt würde sogar jemand, der so tapfer ist wie Sie, unterliegen.«

Delapont schaute auf seine mächtigen Arme, schob die Unterlippe vor und murmelte: »Das müsste sich zeigen.«

»Darauf lassen wir es nicht ankommen«, fuhr Pierre fort. »Ladislas hat Kontakt zu Henri Verne aufgenommen.« Er beschrieb den Dorfbewohnern kurz, wer Henri Verne war. »Er schickt uns die Lastwagen nach Cléry. In Chambord hatten wir dafür nicht genug Zeit, hier schon, wenn wir ein wenig Glück haben.«

»Wann sollen die Wagen denn hier sein?«, wollte Floride wissen.

»In fünf Tagen«, sagte Pierre, »das hängt davon ab, wie gut die alten Mühlen durch die Berge kommen.«

»Und dann?«, fragte Delapont.

»Dann laden wir alles wieder auf und fahren nach Süden, unser Ziel liegt in der Freien Zone. Die Deutschen bräuchten die Erlaubnis aus Vichy, bevor sie dort nach uns suchen dürfen.«

»Gut«, sagte Delapont. »Wie Sie wollen, Colonel Delort. Ich lasse Sie zwar nur ungern wieder gehen, aber Sie scheinen von Ihrem Vorhaben überzeugt zu sein. Die Weinfässer können Sie mitnehmen. Passen Sie bloß auf, dass Ihre Freunde nicht allzu enttäuscht sind, wenn Sie versuchen, Muscadet daraus zu zapfen.«

Raoul trat einen Schritt vor und deutete auf den Koffer mit der Mona Lisa, der hinter Pierre an der Wand lehnte. »Verraten Sie mir eins, Colonel: Was ist eigentlich in diesem Köfferchen? Ich habe Sie nicht ein einziges Mal ohne dieses Ding gesehen.«

»Raoul!«, zischte Josette. »Das geht uns nichts an!«

Pierre wandte sich um und schaute auf das polierte Pappelholz. Er hatte die vergangenen Monate stets in direkter Nähe des Koffers und des darin verborgenen Bildes verbracht, manchmal, wenn er allein war, hatte er La Gioconda hervorgeholt und bewundert. Ihr Lächeln hatte ihm Zuversicht geschenkt und ihn ermutigt weiterzumachen. Nur das Lächeln Florides hatte eine noch größere Wirkung.

»In dem Koffer«, sagte er, überlegte einen Augenblick und entschied, dass er vor seinen treuen Rettern keine Geheimnisse haben sollte, »liegt …«

In diesem Moment drangen Rufe von der Treppe herüber. Eine alte Dame näherte sich, sie war außer Atem und humpelte etwas. Der Pfarrer lief ihr entgegen und stützte sie.

»Madame Denoit«, sagte Delapont. »Sie sollten in ihrem Alter nicht ...«

»Travency!«, stieß sie hervor, dabei flogen ihre Blicke von einem zum anderen, bis sie schließlich an Gallimard hängenblieben. »Die Deutschen haben Travency überfallen. Es hat Tote gegeben.« Dann folgte ein Bericht von einer Razzia, deren brutale Härte zwei Franzosen das Leben gekostet hatte. »Zwei Häuser sollen in Flammen aufgegangen sein«, endete Madame Denoit ihren Bericht und schluchzte.

»Wie weit liegt das von hier entfernt?«, fragte Pierre.

»Es ist das Nachbardorf«, erklärte Delapont.

»Das war Hardefust«, sagte Pierre. »Jetzt wird es nicht mehr lange dauern, bis er nach Cléry kommt. Auf jeden Fall wird er hier sein, bevor wir nach Süden aufbrechen können.« Er schaute in die Runde. »Dann sollten wir jetzt besser nach dem Bären suchen, den wir den Deutschen aufbinden können.«

Kapitel 44

Travency,
August 1940

Curt starrte auf das Feuer, das aus dem Dach des kleinen Wohnhauses aus Bruchsteinen schlug. Der Wind drehte und blies ihm den Rauch ins Gesicht. Er schloss die Augen und atmete den scharfen Geruch von zerstörtem Hab und Gut und verbrannten Erinnerungen ein.

Er saß in einem Sessel, den seine Leute mit anderem Mobiliar aus einem Fenster geworfen hatten und den Curt zum Thron für die kurze Dauer seiner Herrschaft über dieses Dorf auserkoren hatte.

Wie hieß das Nest noch gleich? Curt schlug die Beine übereinander und schaute auf die Liste. Travency. Diese Orte sahen alle gleich aus, ebenso wie die etwa einhundert Einwohner, die sich jetzt auf dem Dorfplatz zusammendrängten, untersetzte Burschen mit Nagetiergesichtern und plumpe Trinen mit der Eleganz von Kürbissen. Einige waren in die kleine Kirche geflüchtet. Zwei junge Männer lagen tot auf dem Pflaster. Sie hatten versucht, die Männer des SS-Einsatzkommandos daran zu hindern, die Häuser in Brand zu stecken.

Diese Franzosen vom Lande waren allesamt Idioten. Sie wussten nicht, wann sie eine Niederlage zu akzeptieren hatten. Da starben sie lieber. Das war keine Tapferkeit, das war Degeneration, ausgelöst durch Inzest. Am besten, man schickte die Leute in das Lager, das Vollard-Bockelberg gerade in Drancy nördlich von Paris aufbauen ließ.

Das Prasseln der Flammen erinnerte Curt an den Scheiterhaufen in den Tuilerien. Dort hatte die Lunte angefangen zu brennen. Seither hatte sich Curt mit Feuereifer durch die Dörfer entlang der Loire gearbeitet. Er hatte eine Spur aus Enteigneten, Entehrten, Verletzten und Toten hinter sich hergezogen. Die Leute des Sondereinsatzkommandos machten keine halben Sachen. Behaupteten die Franzosen, nichts von der Louvre-Kunst zu wissen, traten sie Türen ein und fegten durch die Räume. Brachte auch das keine Geständnisse zutage, schlugen sie die Dorfbewohner zusammen und steckten Gebäude in Brand. Wer sich wehrte, wurde verhaftet oder erschossen.

Trotzdem wollte niemand etwas von den Museumsstücken gehört haben. Curt hätte wetten können, dass einige dieser Bauern nicht mal wussten, was der Louvre überhaupt war.

Oberleutnant Meißner kam durch den Qualm auf Curt zu. »Die wissen nichts. Vielleicht ist die Spur kalt. Delort könnte längst in der Schweiz sein.«

Curt hätte Meißner am liebsten Feuer ins Gesicht gespien. Der Offizier widerte ihn an, seine tumbe Art, sein Mangel an Geist und Esprit. Wenn er daran dachte, dass er diesen Mann darum gebeten hatte, an seiner statt mit Ursula auszugehen, wurde ihm schlecht.

»Delort ist nicht in der Schweiz«, knurrte Curt. »Der ist hier in der Nähe. Ich kann ihn riechen.«

»Es ist schwer, einen Verdacht zu vergessen, wenn man ihn einmal gehabt hat, nicht wahr?« Meißner glotzte ihn an, offenbar glaubte er, etwas Kluges gesagt zu haben.

Curt lächelte kalt. Er hatte tatsächlich einen Verdacht, aber der betraf nicht Delort, sondern Meißner und Ursula.

Laut sagte er: »Ich weiß, dass die Kunst hier in der Nähe ist.« Er schaute auf die zusammengetriebene Menge. So sahen keine verzweifelten Menschen aus, die so sehr um ihr Leben fürchteten, dass sie alles und jeden verraten würden. So sah eine Mauer des Starrsinns aus. Er würde sie einreißen.

»Befehlen Sie unseren Leuten, dass sie sich einige der jungen Frauen vornehmen sollen«, sagte Curt. »Gleich hier auf dem Dorfplatz. Wir brauchen mehr Erregung, wenn wir diese Leute zum Sprechen bringen wollen.«

Meißner starrte ihn an. »In Paris wollten Sie doch die Bevölkerung nicht gegen sich aufbringen.«

»Paris liegt da hinten.« Curt deutete mit dem Daumen über die linke Schulter. »Und wenn wir hier nicht bald erfolgreich sind, werden wir dort nicht länger willkommen sein.«

Meißner steckte zwei Finger in den Mund und stieß einen schrillen Pfiff aus. Einige Männer des Sondereinsatzkommandos kamen herbei, vierschrötige Kerle, denen die Macht über andere die Röte in die Wangen getrieben hatte. Von seinem Sessel aus hörte Curt zu, wie Meißner den Männern befahl, das letzte bisschen Anstand zu vergessen. Dann rutschte er bis auf die Kante des Polstermöbels vor, krallte die Hände in die Armlehnen und schaute angespannt zu.

Eine Viertelstunde später wusste Curt, wo er nach Delort zu suchen hatte. Er hielt sich in Cléry-Sainte-Anne versteckt, keine zwanzig Kilometer von Travency entfernt. Einer der Bauern gestand, selbst dabei geholfen zu haben, die Kisten aus Chambord abzuholen.

Dummerweise brach bereits der Abend herein. Eine Suchaktion im Dunkeln war sinnlos. Er würde bis zum Sonnenaufgang warten müssen, bevor er Cléry einen Besuch abstattete. Curt war sich sicher: Zwischen ihm und der Louvre-Kunst lag nur noch die Nacht.

Kapitel 45

Cléry-Sainte-Anne,
August 1940

Über Delaponts Weingut senkte sich die Dunkelheit. Pierre schloss die Tür von innen ab, verstaute den Schlüssel in der Hosentasche und stieg im Licht der Handlampe die Treppe zum Fasskeller hinunter. Er war allein im Weinlager, der einzige lebende Mensch zwischen all den menschlichen Abbildern auf Leinwänden und in Stein. Der einzige lebende Mensch auf dem Planeten – so kam es ihm vor, als er zwischen den Regalen zu dem großen Weinfass ging, das leer geblieben war, und in dem Pierre ein Lager eingerichtet hatte. Ihn erwarteten Wolldecken, ein Paket mit Hühnerbraten, Käse und Brot, eine Flasche Wein und eine kalte Nacht. Denn obwohl die Sommerhitze draußen das Land dampfen ließ, war es hier unten kühl.

Die anderen waren im *Lion Rouge* untergekommen, die Wirtin hatte die Zimmer der Herberge zur Verfügung gestellt. Seit Frankreich besetzt war, sagte sie, kamen keine Gäste mehr nach Cléry, allenfalls Flüchtlinge, doch die blieben nie lange. Pierre war froh, Floride, Spartaco, Pataille, Georges und Ladislas in guten Händen zu wissen, denn nicht nur würden sie bei Madame de Chaume ausruhen können, auf sie wartete auch ein opulentes Abendessen in der Gesellschaft der Dorfbewohner.

Gern wäre Pierre dabei gewesen und hätte mit den anderen noch einmal getrunken, gesungen und gelacht, bevor die Deutschen kamen. Aber die Sorge um die Kunstwerke hatte ihn zurück zu Delaponts Weingut getrieben. Er kroch in das Weinfass und schlug die Decke um die Schultern. Der Stoff war schwer, roch nach frischer Wäsche und ein klein wenig nach Pferd.

Von Pfarrer Gallimard hatte Pierre eine Ausgabe des *Paris-Soir* bekommen. Er stellte die Handlampe so auf, dass ihr Licht auf die Zeitung fiel, biss von einem Hühnerbein ab und widmete seine Aufmerksamkeit den Nachrichten. Ein verwaschenes Foto zeigte Hermann Göring vor einer Flammensäule, die für Pierre aussah wie Luzifers Leuchtturm. Vielleicht lag es an seinem Entsetzen über den Scheiterhaufen in den Tuilerien, über die einzigartigen Kunstwerke, die Opfer der Flammen geworden waren, dass er die Schritte nicht hörte. Vielleicht lag es auch an seiner Erschöpfung oder einfach daran, dass das Weinfass die Geräusche im Fasskeller schluckte. Mit einem Mal stand Floride vor ihm, mit einer Kerze in der Hand.

»Wie hieß noch dieser alte Grieche, der in einem Fass lebte?«, fragte sie. »Delort?«

Pierre erschrak. »Wie bist du hier hereingekommen? Ich habe doch abgeschlossen.«

»Wenn du das abschließen nennst, wundert es mich, dass von unseren Schützlingen überhaupt noch etwas übrig geblieben ist. Willst du mich nicht in deinen Salon einladen?«

Pierre rückte zur Seite, und Floride stieg zu ihm in das Fass. Sie lehnte sich mit dem Rücken gegen die Dauben und streckte die Beine aus. Pierre ließ sich neben sie fallen. Ihre Körperwärme wehte zu ihm herüber. Er sog den Geruch ein, den sie mitgebracht hatte, feuchtes Gras und Mimosen im Wind.

»Wieso bist du hier?«, fragte er und wünschte sich sofort, den Mund gehalten zu haben.

»Ich habe Geburtstag«, antwortete Floride, »und wollte, dass du mir gratulierst.«

»Wirklich?«, fragte Pierre.

»Nein. Aber eine dumme Frage verdient eine dumme Antwort.« Sie lachte ein perlendes Lachen.

Er nahm ihr die Kerze ab, ließ Wachs auf den Fassboden tropfen und klebte das Licht darauf fest. Die Handlampe schaltete er aus.

Floride entkorkte den Wein.

»Ich habe leider nur ein einziges Glas«, sagte Pierre und beobachtete, wie sie die Flasche an ihren Mund setzte und an ihn weiterreichte. Er tat es ihr gleich, meinte, den Geschmack ihrer Lippen durch den Muscadet hindurch zu spüren, und trank noch einen Schluck mehr. Dann hielt er Floride einen Hühnerschenkel hin, von dem sie genussvoll abbiss.

»In einem Weinfass hatte ich bislang noch kein Rendezvous«, sagte sie mit vollem Mund.

Auch Pierre kaute. »Die schönsten Momente kommen unerwartet.«

Sie nahm ihm die Flasche ab und lehnte sich gegen seine Schulter. Pierre wünschte sich, ein Leben lang mit ihr zwischen den Fassdauben sitzen bleiben zu können – oder noch besser zwei Leben lang.

»Erinnerst du dich noch an unsere erste Begegnung?«, fragte Floride.

»Vor dem Palais Talleyrand? Natürlich«, sagte Pierre. »Du bist mir sofort aufgefallen in der Menschenmenge.«

»Als ich sah, dass du diesem Deutschen geholfen hast, da hätte ich dich erwürgen können«, fuhr Floride fort.

»Stattdessen hast du deine Wut an meinem Fahrrad ausgelassen.«

An ihren zuckenden Schultern merkte Pierre, dass sie leise lachte.

»Ich hab was für dich«, sagte Floride. Sie wühlte in ihrer Hosentasche und hielt ihm ihre Hand entgegen. Darauf lag ein kleiner Gegenstand. Pierre griff danach und hielt sich das Ding vor die Augen.

»Dein Ventil«, sagte Floride. »Ich habe herausgefunden, dass du gar kein so schlechter Kerl bist. Deshalb bekommst du es zurück.«

Pierre drehte das Ventil in den Fingern, er konnte das Gewinde spüren und den Flansch aus Gummi, es erschien ihm schöner und wertvoller als der Koh-i-Noor, der größte Diamant der Welt. »Wie kommt das hierher?«

»Was glaubst du denn? Ich habe es bei mir getragen, seit damals.« Sie drückte sich enger an ihn.

»Du hast was?«, fragte Pierre überwältigt.

»Stell nicht so viele Fragen, Colonel. Heb das Ventil gut auf, und wenn ich dir fehle, wird es dich an mich erinnern. Und an diesen Moment.«

Pierre hatte das Gefühl, eine Weihe zu empfangen. Floride glaubte an ihn. Er umschloss das Ventil mit der Faust, und für einen Augenblick meinte er, es leise pochen zu spüren.

»Was wird morgen aus uns?«, fragte Floride. In ihrer Stimme lag mit einem Mal eine ungewohnte Ernsthaftigkeit.

Pierre spürte die Angst durch den Fasskeller herankriechen, die Angst vor dem, was der nächste Tag bringen mochte. Doch in ihren Unterschlupf, in das Weinfass, gelangte die Furcht nicht. Etwas hinderte sie daran. »Morgen wird sich zeigen, ob unser Plan gegen die Deutschen funktionieren wird. Wir haben fast alles vorbereitet«, sagte er. »Den letzten Rest erledigen wir kurz vor Sonnenaufgang.«

»Noch einmal wird sich Hardefust nicht so leicht täuschen lassen«, sagte Floride. Sie rieb mit dem Daumen über die Öffnung der Flasche, dass es leise tönte.

»Er kennt nur dich und mich«, sagte Pierre. »Solange wir uns im Hintergrund halten, wird schon nichts passieren.«

»Wir könnten sterben«, sagte Floride.

Pierre wollte ihr widersprechen. »Ja, das könnte passieren«, sagte er stattdessen.

»Aber vielleicht sterben wir gemeinsam«, wehte ihre Stimme herüber.

»Vielleicht leben wir gemeinsam«, erwiderte er, »wenn alles vorbei ist.«

Floride beugte sich vor. Im flackernden Kerzenlicht bewunderte Pierre ihren Rücken. Dann hörte er, wie der Stoff ihrer Bluse über ihre Haut glitt. Im nächsten Augenblick sah er ihre nackten Schultern und erschrak über die Verletzlichkeit in ihrem Blick, als sie sich ihm zuwandte.

Er drückte sie an sich. Sie war fest und schön. Während ihre Finger sein Hemd aufknöpften, tastete Pierre in der Dunkelheit umher, bis er den Kasten mit der Mona Lisa fand. Er versetzte ihm einen Stoß, und das Köfferchen rutschte tiefer in das Weinfass hinein.

»Was war das?«, fragte Floride und legte Pierres Oberkörper frei.

»Ein Kunstwerk, das alle bewundern, das aber doch nur eine mäßige Kopie dessen ist, was ich gerade vor mir sehe.«

»Willst du die Mona Lisa eifersüchtig machen?«, flüsterte Floride.

Pierre legte sie sanft auf die Decken und küsste ihren Bauchnabel. »Ich verspreche, mir alle Mühe zu geben.«

Kapitel 46

CLÉRY-SAINTE-ANNE,
AUGUST 1940

Die Wirtshaustür schlug hinter Raoul und Josette zu. Die Vorbereitungen für die Razzia der Deutschen waren abgeschlossen. Jetzt lag das Dorf still in einer Pfütze Augustmondschein. Leuchtkäfer summten in den Gräsern, als sie den schmalen Weg zum Hof der Delaponts einschlugen. Ihre Schritte knirschten leise.

Raoul hätte glücklich sein können. Endlich war er wieder mit Josette vereint. Nur stand zwischen ihnen ein unausgesprochener Verdacht.

»Schau doch, die Sterne!« Josette blieb stehen und legte den Kopf in den Nacken.

Noch vor vier Tagen hätte Raoul für einen Moment wie diesen all seine Tage gegeben. Er ging weiter.

»Warte!«, rief Josette hinter ihm her. Er hörte ihre schnellen Schritte, spürte ihre kleine Hand an seinem Hemd, als sie versuchte, ihn festzuhalten. »Was ist los mit dir, Raoul?«

»Was soll schon sein?« Er zuckte mit den Schultern und zog Josette hinter sich her.

»Hör mal, du feiner Herr!«, sagte sie mit einem Vorwurf in der Stimme. »Was ist das für ein Benehmen? Erst willst du mich heiraten. Und kaum sage ich Ja, da verschwindest du einfach für ein paar Tage. Nicht mal eine Nachricht hast du hinterlassen. Jetzt bist du endlich wieder da und so missgestimmt, dass unsere gesamte Weinernte zu Essig würde, wenn du dich dem Weinberg auch nur nähertest.«

Raoul spürte einen kühlen Hauch von den Feldern heranwehen, auf denen ein dünner Nebel lag. Wie sollte er seinen Verdacht bloß zur Sprache bringen? Er fürchtete, Josette könne so beleidigt sein, dass sie ihre Verlobung auflösen würde. Andererseits musste er die Wahrheit wissen. Aber alles, was er herausbrachte, war: »Ich hatte zu tun in Chambord. Hast ja gesehen, um was es ging.«

Ihre Finger schlossen sich fester um seinen Arm. »Das habe ich. Und ich bin stolz auf dich, Raoul. Erst wolltest du Bilder stehlen, jetzt rettest du sie vor den Deutschen.«

Sie ließ seinen Arm los und lief ein Stück voraus, tänzelte zwischen den Sträuchern voll wilder Bougainvilleen und wirkte auf eine gezwungene Art unbeschwert. »Wenn wir morgen gegen die Wehrmacht bestehen, gehen wir gleich danach zu Gallimard und sprechen mit ihm über die Hochzeit.«

Da war sie wieder, diese verdächtige Eile. Raoul meinte, François' Gesicht im Mond zu sehen, das hämisch lachte. Er steckte die Hände in die Taschen. Seine Schuhe drückten. »Na klar, wir müssen uns ja auch unbedingt beeilen«, sagte er falsch freundlich.

Das Tänzeln endete abrupt. Josette blieb stehen, versperrte den schmalen Weg. Raoul blieb nichts anderes übrig, als ebenfalls anzuhalten, wollte er sie nicht einfach beiseitedrängen. So standen sie einen bangen Moment lang im Sternenlicht. Raoul spürte, dass er an einem entscheidenden Punkt seines Lebens angekommen war. Er musste sich zusammennehmen, um nicht in Tränen auszubrechen.

»Was meinst du damit?«, fragte Josette. Ihre Stimme war hell und klar, ihre Gestalt auf dem Feldweg ein dunkler Schatten.

Raoul schwieg.

»Du weißt es also schon, nicht wahr?«

»Ja«, sagte er. Etwas drängte ihn, auf sie zuzustürzen und sie festzuhalten. Aber da war auch dieses Gefühl, das ihm sagte, er sollte besser das Weite suchen und nach Cléry zurücklaufen, nach Madrid und vielleicht noch weiter.

»Raoul«, sagte Josette, »ich bekomme ein Kind. Ist das nicht wunderbar? Wir werden eine Familie sein. Wir können auf dem Hof meiner Eltern leben und als Winzer Geld verdienen. Wir werden ohne Sorgen sein, wir …« Sie verstummte.

Ein Nachtvogel schrie.

»Es ist vielleicht nicht von dir«, sagte sie, ihre Stimme war nur ein Flüstern. »Es gab noch jemand anderen.«

Raouls Magen rebellierte. »François«, presste er hervor.

»Ja«, sagte Josette. »Aber das ist jetzt vorbei. Ich will nur dich.«

»Aber ich will dich nicht mehr«, platzte es aus Raoul heraus. Er erschrak über die Heftigkeit seiner Worte, darüber, dass er es fertigbrachte, dem Leben mit Josette den Rücken zu kehren. »Du hättest es mir sagen müssen. Stattdessen …«, er schnappte nach Luft, »… hast du erst mal versucht, François zur Ehe anzustiften, und als der dich nicht wollte, war ja immer noch ich übrig. Das war es doch, was im Fasskeller vor sich gegangen ist. Sag, dass ich mich irre.«

Josette drehte sich um und lief davon.

Raoul spürte einen Stich. Als sie mit der Dunkelheit verschmolz, sah er mit einem Mal ihr Gesicht vor sich, wenn die Sonne darauf schien, schauten ihre hellen Sommersprossen hervor.

»Josette! Warte!« Raoul rannte hinter der kleiner werdenden Gestalt her.

Er holte sie nicht mehr ein, hörte nur noch, wie die Tür

zum Haus der Delaponts ins Schloss fiel. Das Geräusch hatte etwas Endgültiges. Raoul hob den schweren Türklopfer, ließ ihn dann wieder sinken. Vielleicht ist es besser so, dachte er und versuchte, seinem wild schlagenden Herzen eine Dosis Vernunft zu verabreichen. Vielleicht ist sie wirklich nicht die richtige Frau für mich.

Er schaute zu dem Gebäude hinüber, in dem der Fasskeller lag. Dort hatte er Josette mit François überrascht. Jetzt waren da unten einige hundert Kunstwerke aus Chambord versteckt.

Und die Mona Lisa.

Raoul hatte im Aufruhr seiner Gefühle beinahe vergessen, dass er eine Aufgabe zu erfüllen hatte. Er musste Miguel befreien. Der Schlüssel zum Gefängnis seines Bruders lag direkt vor ihm.

Er näherte sich dem Gebäude. Zwar hatte er die Mona Lisa noch nicht gesehen, und der Gedanke, dass sie in irgendeiner Holzkiste verborgen war, hatte Raouls Mut in sich zusammensinken lassen. Wie sollte er sie da drin finden? Aber dann hatte er gestern im Fasskeller wieder diesen kleinen Koffer aus glänzend poliertem Holz bemerkt, den Pierre Delort niemals aus den Augen ließ. Ganz gleich, wo der Colonel war, stets war der Kasten in seiner Nähe. Delort trug bestimmt nicht sein Rasierzeug darin herum.

Und jetzt war er dort unten allein und schlief vermutlich längst, um sich für den morgigen Tag auszuruhen.

Vor der Tür blieb Raoul stehen. Wenn er das Gemälde in die Finger bekommen könnte, würde er nicht nur Miguel, sondern auch das Dorf vor den Deutschen retten können. Die Soldaten würden die Dorfbewohner in Ruhe lassen, wenn er ihnen im Tausch das Bild auslieferte. Er rieb sich die Stirn. Was er vorhatte, war rechtschaffen. Delort würde es verstehen.

Vermutlich würde Raoul ohnehin gar nicht an das Bild herankommen. Er drehte den Knauf. Die Tür ließ sich öffnen. Dahinter lag Finsternis. Er streckte eine Hand aus und tastete sich an der Wand entlang. Vorsichtig setzte er einen Fuß vor den anderen. Er kannte den Weg gut genug, um ihn auch im Dunkeln zu finden. Ein Streifen Mondlicht fiel durch ein Fenster herein. Das genügte, um den Einstieg in den Keller zu beleuchten.

Raoul fühlte sich an den Abend im Pfarrhaus erinnert, als er sich den Anzug von Pfarrer Gallimard ausgeborgt hatte. Jetzt würde sich zeigen, ob er seitdem etwas dazugelernt hatte.

Er verharrte am oberen Rand der Treppe und schaute hinab, suchte nach einem Lichtschein, der verriet, dass der Colonel noch wach war. Doch alles war dunkel. Raoul vernahm Geräusche. Waren das Stimmen? Zuerst glaubte er, Delort genieße dort unten ein gutes Essen. Aber da war noch eine andere Stimme. Sie erinnerte ihn an die Laute, die seine Mutter ausstieß, wenn sie, von Rückenschmerzen geplagt, von ihrer Matratze aufstand.

Raoul wurde heiß, und das Blut schoss ihm ins Gesicht. Colonel Delort hatte Gesellschaft. Und eingeschlafen war er auch nicht.

So langsam, als manövriere er zwischen rohen Eiern hindurch, tappte er zurück zum Eingang und schlich hinaus in die Dunkelheit. Die Mona Lisa war für diese Nacht außerhalb seiner Reichweite.

Er zog sich von dem Lagerhaus zurück. Als er am Wohnhaus der Delaponts vorüberkam, sah er zum ersten Stock hinauf. In Josettes Zimmer brannte Licht. Raoul drehte sich noch einmal zum Fasskeller um. Dann raufte er sich das Haar und machte sich auf den Rückweg ins Dorf.

Kapitel 47

Cléry-Sainte-Anne,
August 1940

Der Mercedes war ein Backofen. Curt ruckte auf dem Sitz des Wagens herum. Er hatte das Gefühl, auf dem Leder zu rösten. Meißner saß neben ihm und schien die Hitze nicht zu bemerken. Vielleicht genoss er sie sogar. Sonnenlicht funkelte auf der Windschutzscheibe, als die Limousine unter Stieleichen hindurchfuhr. Das Geräusch der Reifen änderte sich. Jetzt ging es über Kopfsteinpflaster. Sie erreichten Cléry-Sainte-Anne.

Curt ließ vor der kleinen Kirche anhalten. Der Dorfplatz lag verlassen im Licht des jungen Tages. Er befahl Meißner, die Bewohner zusammenzutrommeln und ihre Häuser zu durchsuchen.

Meißner stieg beschwingt aus, stemmte die Fäuste in die Hüften und sah sich um, ein kleiner Eroberer, der sich mit wenig zufriedengab. Sollte er mit den Dorfbewohnern doch machen, was er wollte. Curt hatte ein höheres Ziel vor Augen, und es lag ganz in der Nähe.

Zwei der drei Mannschaftswagen blieben bei Meißner. Der dritte Opel Blitz folgte Curts Limousine.

»Da vorn!«, sagte er zu seinem Fahrer. »Das muss der Weg sein, von dem die Bauern in Travency berichtet haben. Da geht es zum Weingut. Geben Sie Gas!«

Der Wagen bog auf eine mit Schlacke ausgestreute Fahrspur ein und holperte zwischen Feldern dahin. Die Reifen von Traktoren hatten tiefe Rillen in den Boden gedrückt, und der Mercedes schaukelte heftig und riss die Blüten der wilden Bougainvilleen am Wegrand mit sich. Curt drehte sich um. Rote Blüten zerstoben in einer blauen Abgaswolke.

Auf dem Weingut wies er die Männer des Einsatzkommandos an, auf dem Gehöft auszuschwärmen. Er selbst ging in Begleitung zweier Bewaffneter zum Wohnhaus hinüber. Bevor er es erreichte, wurde die Tür aufgezogen, und ein untersetzter Mann mit einem kugelrunden Kopf und vollen Wangen erschien. Curt fand, dass seine Augen zugleich einfältig und verschlagen dreinschauten.

»Was wollen Sie?«, fragte der Mann.

»Ihr Gehöft durchsuchen«, antwortete Curt. »Ich bin Obersturmbannführer Hardefust, deutscher Botschafter in Paris. Sind Sie Delapont?«

Der Franzose nickte.

Curt musterte den Mann eindringlich. Delort? Nein, das war unmöglich. »Uns wurde gemeldet, dass Sie Eigentum des Deutschen Reichs auf ihrem Hof verstecken. Wir müssen das überprüfen. Ich rate Ihnen, keinen Widerstand zu leisten.« Bei diesen Worten trat er etwas zur Seite, damit Delapont freien Blick auf die beiden Uniformierten hatte, die sich schussbereit hinter Curt aufgestellt hatten.

»Fassen Sie nur keine meiner Anlagen an«, sagte der Winzer. »Der Wein darin stellt die Arbeit eines ganzen Jahres dar.«

»Was wir anfassen und was nicht, bleibt uns überlassen«, raunzte Curt. »Machen Sie Platz!«

Eine halbe Stunde später kam er wieder aus Delaponts Wohnhaus heraus und blinzelte ins Sonnenlicht. Nach der Durchsuchung des kühlen Gebäudes erschien ihm die Hitze noch unerträglicher. Er fuhr sich mit der Hand über das Gesicht und wischte die Finger am Jackenaufschlag ab. Im Haus hatten sie nichts gefunden, nicht mal Delaponts Familie. Ein Soldat der Einsatztruppe meldete, dass sie auch auf dem Gehöft erfolglos gewesen seien. Einzig ein weiß gekalktes Gebäude hatte noch niemand in Augenschein genommen. Der Eingang war von einem Traktor versperrt.

Auf Curts Frage, was in dem Gebäude sei, antwortete Delapont, dass sein Fasskeller darin liege und dass er niemanden dort hinunterlasse. Er redete noch etwas von der Schatzkammer des Weinguts und der Zukunft seines Hofes, doch Curt unterbrach ihn unwirsch und befahl ihm, den Traktor beiseitezufahren.

Delapont zögerte. Er bat darum, den Fasskeller unbehelligt zu lassen und beteuerte, dass er nirgendwo etwas versteckt habe, was dem Deutschen Reich gehöre, was auch immer das sein mochte.

Curt glaubte, einen Hinweis auf boshafte Ironie in der Stimme des Franzosen zu hören. »Den Trecker weg!«, rief er. »Oder ich lasse das Gebäude einreißen.«

Delapont ging noch einmal ins Haus, kehrte mit einem Schlüsselbund in der Hand und einem Hut auf dem Kopf zurück und stapfte über den Hof. Er stieg behände auf die Landmaschine, startete den Motor und fuhr den Traktor beiseite. Die dahinterliegende Tür schloss Delapont erst nach einigem Zögern auf. Curt beobachtete die Bewegungen des Winzers genau. Etwas daran gefiel ihm nicht. Zunächst war ihm Delapont furchtsam begegnet, jetzt stellte er Selbstsicherheit zur Schau.

Curt blieb vor der Tür zum Weinlager stehen und schickte vorsichtshalber fünf seiner Männer hinein. Was auch immer Delapont glaubte, mithilfe des Traktors schützen zu können, mochte sich wehren. Nachdem der Stoßtrupp zurückgekehrt war und Entwarnung gegeben hatte, betrat Curt das

Gebäude. Im Innern herrschte Dämmerlicht. Die Fenster waren schmal und mit Spinnweben verklebt. Zwischen den Geräten war nichts zu sehen außer den Hinterlassenschaften der Feldarbeit: Spaten und Hacken, Hanfseile, Eimer, verschmierte Handschuhe und geflickte Arbeitsjacken.

Curt ließ sich von Delapont den Einstieg zum Fasskeller zeigen. »Vorwärts!« Er stieß den Winzer in den Rücken, sodass dieser beinahe die schiefe Treppe hinuntergefallen wäre, sich aber noch rechtzeitig am Geländer festhalten konnte. Der Franzose murmelte etwas Unverständliches.

Der Keller wurde von Glühbirnen spärlich erleuchtet. Fässer stapelten sich auf dem Boden, auf Böcken und in Regalen. Die meisten lagerten horizontal, sodass der Winzer am Zapfhahn den Zustand der Gärung prüfen konnte. Kisten mit Kunstwerken waren nirgendwo zu sehen.

»Sehen Sie, Monsieur Obersturm«, sagte Delapont und zeigte Curt seine leeren Handflächen. »Bei mir gibt es nichts für Adolf Hitler. Aber, bitte«, er griff hinter sich und hielt Curt eine Flasche Wein entgegen, »schicken Sie doch eine Flasche meines Melon de Bourgogne nach Berlin. Mit einem Gruß von Michel Delapont.«

Curt starrte das Geschenk an, als hielte der Winzer einen Dolch in der Hand. Dann entriss er dem Mann den Wein und schmetterte die Flasche zu Boden. Der Knall rief sofort zwei seiner Männer auf den Plan, die ihre Maschinenpistolen im Anschlag hatten. »Sie können selbst Grüße in Berlin ausrichten«, brüllte er, »wenn ich Sie nach Sachsenhausen schicke.«

Delapont schaute zu Boden, wo der Rotwein eine Pfütze bildete. »Ich wollte Ihnen eine Freude machen«, sagte er.

Curt drohte zu explodieren. Er wusste, dass dieser Franzose ihn verspottete, es war wie in Chambord. Delapont war genauso unverfroren wie Delort. Aber diesmal würde Curt nicht darauf hereinfallen. Diesmal nicht!

»Was ist in den Fässern?«, donnerte er.

»Na, Wein, Monsieur.«

Curt ging zu dem ihm am nächsten stehenden Fass, es war fast mannshoch und aus dunklem Eichenholz, die Kristalle des Weinsteins glitzerten darauf. Der Zapfhahn war aus Holz, das von jahrelanger Benutzung schwarz geworden war. Curt drehte den Mechanismus, und ein Strahl Wein ergoss sich auf seine Schuhe. Er sprang zurück und fluchte. Der Wein rauschte ungehindert aus dem Fass. Delapont schloss den Hahn. Von irgendwoher holte er ein graublaues Tuch und wischte die Pfütze auf.

Curt schritt durch die Gänge, klopfte gegen die Fässer. Keines hörte sich hohl an. Aber auch das mochte eine Täuschung sein. Er blieb vor einem leeren Fass stehen, dessen Deckel abgenommen war. Im Innern lagen Decken, eine leere Flasche und eine heruntergebrannte Kerze.

»Was ist das hier?«, fragte er.

Delapont schaute in das Fass. »An heißen Tagen ruhe ich hier unten ein bisschen aus«, sagte er. »Dann erzählt mir der Wein seine Geschichten.«

»Sind die so gut wie Ihre Lügen?« Curt schob Delapont zur Seite und ließ sich von einem seiner Männer die Maschinenpistole geben. Er suchte nach der Sicherung. Dann drückte er die MP40 in die Armbeuge, legte auf eines der weiter entfernt stehenden Fässer an und zog durch.

Der Rückstoß ließ ihn gegen Delapont taumeln, dennoch jagte er mit kurzen Feuerstößen Garbe um Garbe in das Holz. Aus den Löchern sprudelte Rotwein, klatschte gegen das benachbarte Fass und floss auf den Boden.

»Monsieur!«, schrie Delapont und fasste Curt an der Schulter.

Er stieß seinen Ellbogen nach hinten und traf etwas Weiches. »Halten Sie mir den Mann vom Leib«, rief Curt. Die

Waffe schmiegte sich in seine Hand. Sein Zeigefinger zuckte, und der Lauf stotterte. Curt bewegte die Lippen im Rhythmus der Schüsse. Sie hallten von der Decke wider, bis die Waffe zu heiß wurde, um sie weiter festhalten zu können. Curt ließ sie einfach fallen und vernahm wie von weit her das Plätschern des Weins und das Zischen des Metalls, als die MP40 in die Weinlache fiel, die jetzt den gesamten Keller ausfüllte.

Acht Fässer waren zerstört, von Einschusslöchern durchsiebt. An vielen Stellen hatte der Innendruck des Weins die instabil gewordenen Dauben bersten lassen. Hunderte Liter ergossen sich auf den Kellerboden. Der Geruch nach Gegorenem genügte, um einen Mann betrunken zu machen.

Nirgendwo war etwas von den Kunstwerken zu sehen.

»Ich sagte Ihnen doch …«, kam Delaponts Stimme von weiter hinten.

Der Mann war ein Lügner! Es musste einfach so sein!

»Sie da!« Curt zeigte auf einen seiner Schergen. »Sie schauen jetzt in jedem einzelnen Fass nach. Aber Beeilung! Wenn Sie nichts finden, will ich Sie in zwanzig Minuten in Cléry auf dem Dorfplatz sehen.«

*

Die Dachziegel waren so heiß, dass sie bald Löcher in Pierres Hemd und Hose brennen würden. Er lag auf dem Dach des Pfarrhauses, auf der dem Dorfplatz abgewandten Seite, und stemmte seine Füße gegen einen Luftauslass, um nicht abzurutschen. Neben ihm hatten sich Floride, Raoul, Spartaco und vier weitere Männer aus Cléry postiert. Jeder hielt eine schussbereite Waffe in der Hand, Jagdgewehre, die jedoch nur zum Einsatz kommen sollten, wenn die Deutschen dort unten auf dem Dorfplatz die anderen Bewohner misshandelten. In einem Feuergefecht mit der gut ausgebildeten Truppe der SS würden sie allerdings unterliegen. Gewalt hing in der Luft.

Die Dachpfannen rochen nach Vogelmist und heißem Lehm. Pierre schob sich nach oben, bis er über den First spähen konnte. Vor der Kirche standen die beiden Mannschaftswagen. Die SS-Männer hatten die Leute aus den Häusern geholt und bewachten sie mit gezückten Waffen. Pistolen, Gewehre und Maschinenpistolen waren auf die kleine Gruppe gerichtet, die sich im langen Schatten, den der Kirchturm im Vormittagslicht warf, zusammendrängte. Pierre erkannte Pataille, Georges, Ladislas und Serge neben Pfarrer Gallimard, Raouls Vater Celedonio und weiteren Männern aus Cléry. Frauen waren nicht zu sehen. Sie hatten, gemeinsam mit den Kindern, den Ort in der Nacht verlassen und hielten sich in den Fischerhütten am Ufer des Flusses versteckt.

Gut verborgen waren auch die Kunstwerke. Noch am Tag zuvor hatte Pierre geglaubt, es werde ausreichen, alles in Delaponts Fasskeller einzulagern, so lange bis Henri Verne mit den Lastwagen eintraf. Dann hatte die Nachricht vom Überfall in Travency alles verändert. Die Kisten waren wieder aus dem Keller herausgebracht worden, auch jene Weinfässer, in welche die Kunstwerke umgezogen waren, die meisten sofort, einige erst in den frühen Morgenstunden. Jetzt standen die Behälter mit den Statuen im Weinberg, zwischen Blättern und Trauben verborgen. Ob die Schlupfwinkel der Gemälde und Artefakte unentdeckt blieben, würde sich in wenigen Augenblicken zeigen.

»Es geht los«, flüsterte Floride neben ihm.

Ein Mann in der Uniform eines Offiziers bellte einen Befehl, der von den Häusern widerhallte, seine Männer verschwanden in den Gebäuden. Pierre schloss die Augen und drückte die Stirn gegen das warme Holz am Schaft seines Gewehrs. Er versuchte zu beten. Das hatte er zuletzt getan, als seine Mutter an Tuberkulose erkrankt war. Damals war er noch ein Kind gewesen. Das war so lange her, dass ihm jetzt die richtigen Worte nicht mehr einfielen.

Eine Tür schlug zu. Pierre stellte sich vor, wie die SS-Leute durch die Wohnungen liefen, wie sie die Stuben durchkämmten, Sofas zur Seite rückten und Schranktüren aufrissen, wie sie Stühle umstießen und durch Schubladen wühlten. Danach würden sie in die Keller hinabsteigen, verfolgt von den Blicken der Figuren auf den Gemälden. Auf der geblümten Tapete im Haus von Madame Denoit hing, zwischen zwei ihrer Familienporträts, seit gestern ein Bild, das von einem gewissen Tizian stammte und eine junge Frau bei der Toilette zeigte. In der einen Hand hielt die Dame eine Haarflechte, in der anderen einen Tiegel. Auch im Schlafzimmer des Hauses waren seit Neuestem Bilder zu sehen, eins über dem Bett und eines neben dem Frisiertisch: die lesenden Mädchen von Renoir und ein Porträt Rembrandts. Das Frühstück im Grünen von Manet hatte sich Madame Denoit verbeten, wegen der nackten Frauen, die darauf zu sehen waren. Das Werk hing jetzt im Haus der Witwe Poupet, die ein bisschen frivol gelächelt hatte, als sie Pierre gezeigt hatte, wo er es aufhängen sollte: über dem Lieblingssessel ihres verstorbenen Mannes. Auf ihrem Esstisch, an dem sich die Frauen des Dorfes sonst zu Kaffee und Kuchen trafen, lag das Tafelsilber Heinrichs des Achten, und auf dem Fensterbrett standen Statuetten aus dem alten Ägypten. Sogar einige der größeren Werke hatte Pierre unterbringen können. Der Teppich von Bayeux hing, nur zu einem Viertel ausgefaltet, in der Kirche über dem Altar. Die Dame mit dem Einhorn, ein Wandteppich aus dem Mittelalter, schmückte die Gaststube des *Lion Rouge*. Die Hochzeit zu Kana war nirgendwo unterzubringen gewesen.

Das Bild war größer als die Wände der Wohnhäuser. Pierre hatte es eingerollt im Teppich belassen und diesen in den Keller des Pfarrhauses gebracht. Denn die Deutschen wussten nicht, dass die Gemälde auf diese Weise transportiert worden waren. Und wem fielen schon alte Teppiche auf, die in einem staubigen Keller verschimmelten? Bestimmt niemandem, der nach Kisten suchte.

Pierre presste die Augen fest zusammen. Es musste funktionieren! Soldaten waren so brutal wie eifrig, wenn es darum ging, ihre Befehle auszuführen, das wusste Pierre von seinen eigenen Kameraden. Aber die meisten verstanden nur wenig von Kunst. Hinzu kam, dass sie hier nach etwas Verborgenem suchten. Niemand achtete dabei auf das Offensichtliche.

Hoffentlich.

Er streckte die Hand aus. Der Koffer mit der Mona Lisa stand neben ihm, an einen Kamin gelehnt. Pierre hatte La Gioconda nicht allein lassen wollen, selbst dann nicht, als er durch die Wohnung von Raouls Eltern auf das Dach gestiegen war. Seit Beginn der Evakuierung, seit Henri Verne ihm die Mona Lisa anvertraut hatte, waren Pierres Gedanken nur in einer einzigen Situation nicht bei da Vincis Meisterwerk gewesen – gestern Nacht im Fasskeller. Er öffnete die Augen und schaute zu Floride hinüber. Ihren Geruch hatte Pierre noch in der Nase, den Geruch nach Früchten und Salz und darunter der Geruch ihrer Haut selbst. Er atmete tief ein.

Motorengeräusche erklangen. Der schwarze Mercedes kehrte von Delaponts Weingut zurück. Das Sonnenlicht blitzte auf dem Lack. Dahinter fuhr der dritte Mannschaftswagen heran. Das Rumpeln des Opel Blitz ließ das Pfarrhaus erbeben. Die Dachpfannen unter Pierre vibrierten.

Aus der Limousine stieg Curt Hardefust. Unwillkürlich duckte sich Pierre hinter den Dachfirst. Er hörte Hardefust mit dem anderen Offizier sprechen. Die Durchsuchung von Delaponts Gehöft hatte nichts ergeben. Bloß auf Wein seien sie gestoßen, und der sei zum Teufel. Pierre griff fester um den Schaft des Gewehrs. Er war Delapont eine Menge schuldig, eine ganze Weinernte und noch viel mehr.

Nach und nach klappten Türen. Die SS-Leute kehrten aus den Häusern zurück. Pierre hielt den Atem an und versuchte, die Berichte zu verstehen, die sie den beiden Offizieren gaben. Im Haus mit dem grünen Staketenzaun: nichts. Das Gebäude hinter der kleinen Bruchsteinmauer: leer. Das Anwesen neben dem Ziehbrunnen: alles voller Kitsch, aber keine Kisten. In der Kirche: nur der übliche katholische Krempel.

Hardefust brüllte etwas, das Pierre nicht verstand. Sein Gegenspieler schien allmählich die Nerven zu verlieren. Das bedeutete, er war gefährlicher als je zuvor.

»Ziehen die jetzt ab?«, flüsterte Raoul.

»Scht!«, machte Floride.

Pierre hätte Raoul gern gesagt, dass die Gefahr vorüber sei. Aber das wäre falsch gewesen. Er selbst hätte an Hardefusts Stelle nicht so einfach aufgegeben.

»Wo sind die Frauen?«, bellte der Deutsche »Oder sind die Franzosen allesamt schwul?«

Der Ruf alarmierte Pierre. Er rutschte wieder nach oben, bis er über den Dachfirst spähen konnte.

Die Männer von der SS lachten. Einer trat vor, zupfte Georges an der Hose und machte einen Kussmund.

»Oder sind sie etwa gewarnt worden? Hat vielleicht jemand aus Travency hier angerufen und gemeldet, dass wir kommen?« Hardefust nickte und ging vor den Dorfbewohnern auf und ab. »Sie schweigen? Dann gehe ich davon aus, dass es so gewesen ist. Deshalb haben Sie Ihre Frauen und Kinder in Sicherheit gebracht, und mit denen vielleicht auch einige hundert Kisten aus Kiefernholz.«

Pierre erstarrte, als er Patailles Stimme hörte. »Wir haben einen Anruf erhalten. Das stimmt. Aber von Kisten voller Kunst wissen wir nichts.«

Hardefust winkte Pataille heran. Als dieser sich nicht rührte, trat ein SS-Mann auf ihn zu und zog ihn aus der Gruppe heraus. »Von Kunstwerken habe ich gar nicht gesprochen. Sie sagten, dass Kunstwerke darin seien? Was denn für Kunstwerke?«

Pierre beobachtete erstaunt, wie Pataille einen Schritt auf Hardefust zu machte und so dicht vor dem Deutschen stehen blieb, dass dieser einen Schritt zurückwich. »Kunstwerke aus dem Louvre«, sagte Pataille, ohne zu zögern. »Das weiß doch jedes Kind an der Loire, dass Sie hinter den Bildern und Statuen her sind. Und was der Colonel in Chambord mit Ihnen gemacht hat, weiß auch jeder.«

»Ist der wahnsinnig?«, flüsterte Floride.

Von unten erklang ein Schrei. Hardefust hatte Pataille einen Schlag versetzt, und der Gefährte war zu Boden gegangen. »Delort!«, brüllte Hardefust jetzt. »Ich weiß, dass Sie hier sind. Kommen Sie raus, oder ich stecke das Dorf in Brand.« Auf ein Zeichen holten zwei SS-Männer eine Art Paket von der Ladefläche eines Opels. Pierre erkannte mit Schrecken, dass es ein Flammenwerfer war. Einer der Männer half dem anderen, den Tank wie einen Rucksack auf die Schultern zu setzen. Dann reichte er ihm das Rohr und drehte an dem Rucksack ein Ventil auf. Ein Knacken war zu hören, gefolgt von einem Bellen, dann züngelte eine kleine blaue Flamme aus dem Rohr hervor. Der Mann mit dem Rucksack betätigte den Abzug probeweise, und eine Flammenzunge fauchte heraus, die sich sofort wieder in ihr Gehäuse zurückzog.

Hardefust drehte sich im Kreis. »Wie entscheiden Sie sich, Delort? Wenn Sie sich stellen, verschone ich das Dorf und seine Bewohner.«

Zu Hardefusts Füßen krümmte sich Pataille und versuchte, von dem Deutschen fortzukriechen.

Pierre sah die Bewegung des Gewehrlaufs neben sich. Bevor Floride die Waffe über den Dachfirst schieben konnte, griff er danach und hielt sie fest. Er schaute Floride an und schüttelte langsam den Kopf. Die Geste galt nicht nur seiner Geliebten, sondern auch ihm selbst. Was er vorhatte, ließ seinen Selbsterhaltungstrieb protestieren. Er beugte sich zu Floride hinüber und küsste sie. Ihre Augen waren ganz nah, sie schaute ihn erstaunt an. »Pass gut auf die Mona Lisa auf«, flüsterte Pierre. Er löste sich von ihr und kletterte die Dachschräge hinab in Richtung Fensterluke und ließ sich in die Dachkammer hinab. Er landete auf dem Tisch, der unter die Luke geschoben worden war, und stieg leise hinunter.

»Pierre!«, sagte Floride hinter ihm. Sie war ihm gefolgt. »Was hast du vor?«

»Ich stelle mich«, sagte Pierre knapp. Seine Beine drohten, ihm den Dienst zu versagen, als er auf die Tür zuging. Er griff nach dem Knauf und sprach weiter, ohne sich umzudrehen. »Ich kann nicht zulassen, dass die Häuser in Brand gesteckt werden. Die Leute von Cléry würden ihren Besitz verlieren und die Kunstwerke in Flammen aufgehen. Das alles kann ich verhindern, indem ich Hardefust auf eine falsche Spur bringe.«

»Dein Leben für die Kunst«, sagte Floride mit blasser Stimme. »Dabei hast du mir selbst gesagt, das Leben sei wichtiger als alle Kunstwerke des Louvre zusammen. Gilt das etwa nicht für uns beide?«

Bevor Pierre etwas erwidern konnte, waren auf dem Dorfplatz wieder Rufe zu hören. Floride zog ihn zu der Dachgaube mit dem Fenster, das auf die Kirche hinausging. Durch die Gardinen bot sich ein verschwommener Blick auf das Geschehen.

Raouls Vater war aus der Gruppe der Dorfbewohner hervorgetreten. Er half dem auf dem Boden hockenden Pataille auf die Beine, klopfte ihm den Schmutz vom Hemd und führte ihn außer Reichweite von Hardefust. Dann baute er sich selbst auf dem Dorfplatz auf. Nein, dachte Pierre, er steht einfach nur da. Aber im Fall von Celedonio Martín war das wirkungsvoller als jede Pose eines deutschen Offiziers.

»Sie verlassen jetzt das Dorf, Señor!«, rief Celedonio.

Hardefust wandte sich dem Soldaten mit dem Flammenwerfer zu und sagte etwas zu ihm.

»Sie!«, rief der Spanier. »Hören Sie mir zu, wenn ich mit Ihnen rede!«

Die Worte knallten über den Dorfplatz, dass Pierre meinte, die Fensterscheiben in der Dachkammer würden erzittern. Hardefust drehte sich zu Celedonio um. Diesmal ging der Deutsche nicht gegen einen schmächtigen Aufrührer vor, diesmal stand ihm ein spanischer Berg gegenüber.

»Ruhe!«, brüllte Hardefust.

Doch Celedonio war nicht aufzuhalten. Er erklärte lauthals, dass er ein spanischer Flüchtling sei, dass die Faschisten ihn aus seiner Heimat vertrieben hätten und er hier in Frankreich ein neues Zuhause gefunden habe, dass die Männer, die hinter ihm standen, ihn wie einen Freund aufgenommen und ihm und seiner Familie eine zweite Chance gegeben hätten.

Pierre fragte sich, woher der Mann den Atem nahm, um so pausenlos und so laut zu sprechen – und die Courage.

»Und jetzt«, fuhr Celedonio fort, »kommen Sie und wollen diese Leute ins Unglück stürzen, in dasselbe Unglück, das ich erlitten habe. Sie wollen ihnen ihr Zuhause nehmen. Schämen Sie sich, deutscher Soldat! Und überlegen Sie sich gut, was Sie tun. Denn solange ich noch meine Fäuste ballen kann, wird in Cléry kein Haus in Brand gesteckt.«

Zur Antwort erklang Gelächter. Der zweite Offizier trat vor, ein schlanker, hochgewachsener Mann mit einem Gesicht wie eine Geige. »Aus Spanien? Unsere Freunde dort unten werden froh sein, wenn wir ihre Probleme für sie lösen und die Feinde Francos für sie ausschalten. Ihr Spanier seid doch genauso blöd wie die Franzosen. Anstatt einfach die Schnauze zu halten, machst du hier so ein Aufhebens.« Er schüttelte den Kopf in gespielter Verständnislosigkeit. »Ihr Idioten geht lieber zugrunde, als uns zu helfen. Das erinnert mich an diesen Kerl in Paris, der uns weismachen wollte, er habe keine Tochter. Wissen Sie noch, Hardefust? Der alte Harlé?« Er machte eine Pause und schaute zu den Häusern hinüber. »Jawohl, ich sagte Harlé. Hören Sie, Delort? Wir haben den Vater Ihrer Freundin in die Mangel genommen. Ist sie jetzt auch da? Floride Harlé, können Sie mich hören? Ihren Vater zu töten war einfach. Ich musste ihn nur packen und ihm die Pistole unter die Nase halten, dann ist er schon vor Schreck gestorben. So einfach geht das mit euch Franzosen. Sie hätten sein Gesicht sehen sollen! Er hat ausgesehen wie ein Fisch, den man ausnimmt. Ein bisschen gezappelt hat er auch.«

»Floride, nein!« Pierre versuchte sie festzuhalten, aber sie war schon an der Tür und sprang die Stiege hinunter. Er eilte hinterher, polterte über die Holzstufen. »Floride!« Sie rannte durch die Diele auf die Tür zu. Ihr Haar schwang bei jeder Bewegung. Pierre hatte das entsetzliche Gefühl, sie zum letzten Mal zu sehen. »Geh nicht da raus!«

Sie riss die Tür auf und trat in den hellen Sonnenschein hinaus, das Gewehr hielt sie im Anschlag.

In Pierre verkrampfte sich alles. Er stürzte hinter ihr her. Dann wurde er zurückgerissen. Mächtige Arme umschlossen ihn und hielten ihn fest. Er versuchte, sich zu befreien, schlug um sich. »Nein, Colonel Pierre«, hörte er Spartacos

Stimme dicht an seinem Ohr. »Wenn du rausgehst, ist alles vorbei.«

Draußen krachte ein Schuss.

*

Curt hörte den Knall und sah Meißner taumeln, sah ihn zusammenbrechen. Er sprang zur Limousine, duckte sich hinter den Kotflügel und zog die Sauer aus dem Halfter. Keine drei Meter entfernt lag Meißner auf dem Rücken und schnappte mit aufgerissenen Augen nach Luft. Ein Blutfleck breitete sich auf der rechten Seite seiner Brust aus.

Curts Leute waren in die Knie gegangen, einige lagen auf dem Pflaster und zielten mit ihren Waffen auf die Französin, die vor dem Pfarrhaus stand und ein Gewehr hielt. Die junge Frau drehte es im Halbkreis, offenbar unentschlossen, was sie weiter damit anstellen sollte. Floride Harlé! Die falsche Gräfin vom Schloss Chambord. Sie war der Schlüssel zu Delort und damit zum Versteck der Louvre-Kunst.

Curt brauchte sie lebend.

»Niemand schießt!«, bellte er und kam langsam hinter dem Kotflügel in die Höhe. »Werfen Sie die Waffe weg!«, sagte er zu Floride. Sie rührte sich nicht. »Wir kennen uns doch von Chambord«, fuhr er so ruhig wie möglich fort, auch wenn in seinem Innern Aufruhr herrschte. Die Kunstwerke, seine Zukunft, all das war nur zwanzig Schritt von ihm entfernt. Langsam ging er auf Floride zu. »Schauen Sie, Mademoiselle Harlé«, sagte er und warf die Sauer in hohem Bogen von sich. Die Pistole klapperte über das Kopfsteinpflaster. »Ich biete Ihnen einen Waffenstillstand an.«

Sie starrte ihn an, Hass stand ihr ins Gesicht geschrieben. Wieder hob sie das Gewehr, die Mündung auf Curt gerichtet. Ihre Schultern hoben sich, als sie den Atem anhielt. Sie drückte ab. Die Kugel verwandelte die Windschutzscheibe des Mercedes in ein Spinnennetz. Hatte sie absichtlich daneben geschossen? Langsam, mit erhobenen Händen, ging Curt weiter. In Florides Rücken tauchten jetzt SS-Männer auf, die Maschinenpistolen im Anschlag. Curt zeigte ihr seine leeren Hände.

»Nehmen Sie Vernunft an«, sagte er. »Sie haben Ihre Rache gehabt. Meißner hat es verdient. Lassen Sie uns jetzt wie normale Menschen miteinander umgehen. Dann muss niemand leiden.«

Verstand sie, dass er damit auf die anderen Dorfbewohner anspielte? Ein weiterer Schritt, dann noch einer. Er streckte eine Hand aus, legte sie auf den Lauf des Gewehrs und schob ihn zur Seite. Mit der Waffe senkten sich auch die Augen Floride Harlés.

Curt riss ihr das Gewehr aus der Hand, packte es mit beiden Händen und stieß ihr den Kolben in den Bauch. Der Stoß blies ihr die Luft aus dem Körper, Curt konnte es hören. Er zog das Gewehr an sich und hob es hoch, bereit, sofort wieder zuzuschlagen, sollte es sich Delorts Hure noch einmal anders überlegen. Doch zum Nachdenken war es längst zu spät. Alle Farbe war aus ihrem Gesicht gewichen, sie hielt sich den Bauch und wich mit unsicheren Schritten vor ihm zurück. Zwei seiner Leute fingen sie auf, als sie zur Seite kippte.

»In den Lastwagen mit ihr!«, rief Curt. »Wir bringen Sie nach Paris.«

Er schaute zu den Dächern der umliegenden Häuser hinauf. »Hören Sie, Delort? Ihre Freundin fährt mit uns. Wenn Sie sie wiederhaben wollen, kommen Sie in die Rue de Saussaies Nummer sechzehn. Ich warte nicht lange.«

Es gab keine Antwort. Die Dächer schwiegen, das gesamte Dorf war still. Nur das Keuchen Meißners war zu hören. Zwei SS-Leute beugten sich über den Oberleutnant. Curt trieb sie mit dem Gewehrkolben auseinander. »Lassen Sie den Mann in Ruhe sterben! Durchsuchen Sie lieber das Pfarrhaus. Die Harlé hat sich dort versteckt gehalten, und Sie haben das nicht einmal bemerkt. Vielleicht ist Delort noch dort. Los, los!«

Die Männer standen zögerlich auf und gaben den Blick auf Meißner frei. Sein Gesicht war grün, aus seinem Mund lief Blut über seine Wangen. Seine Lunge füllte sich damit, er ertrank, und er wusste es. Meißner bewegte stumm die Lippen, brachte jedoch nur ein leises Gurgeln hervor.

»Beeilen Sie sich mit dem Sterben, Meißner«, flüsterte Curt, »damit ich Ihre Leiche mit nach Paris nehmen kann. Oder wollen Sie, dass diese Bauern Sie einfach auf den nächsten Misthaufen werfen?« Angewidert wandte er sich ab.

Es war Zeit, das Dorf zu verlassen, bevor Delort mit Verstärkung anrückte. Wer konnte wissen, was diese Ratte als Nächstes ausheckte?

Ein Fenster des Pfarrhauses wurde aufgerissen, und einer seiner Männer schaute heraus. »Wir haben Spuren auf dem Dach gefunden«, rief er. »Aber jetzt ist niemand mehr da.«

»Alle Mann in die Wagen«, rief Curt, »wir haben, was wir brauchen.« Wenn Delort auf einem der Dächer gelegen hatte, zielte womöglich einer seiner Kumpane von einem anderen gerade auf Curts Kopf. Er ging nervös umher, sah zu, wie der sterbende Meißner auf eine Bahre aufgeladen wurde. Er warf der Gruppe der Dorfbewohner noch einen misstrauischen Blick zu, dann winkte er seinen Fahrer herbei, ließ sich auf den Rücksitz des Mercedes fallen, und kurbelte das Fenster herunter. Der Motor startete, der Wagen fuhr an. Da sah Curt, wie sich eine Gestalt aus dem Schatten der Kirche löste. Durch die zerschossene Windschutzscheibe zerfiel der Mann in Dutzend Einzelteile. Delort!, fuhr es Curt durch den Kopf. Nein, das war nicht Delort. Das war der Rothaarige, den er vorhin zusammengeschlagen hatte. Der Kerl lief doch tatsächlich auf den Mannschaftswagen zu, in den seine Männer gerade die sich wehrende Gefangene stießen.

»Für Frankreich!«, schallte es über den Hof. Curt griff an seine Seite, um die Sauer zu ziehen, aber die Pistolentasche war leer. Die Waffe lag noch auf dem Platz, genau dort, wohin der Rothaarige jetzt lief. Er steuerte direkt auf die Pistole zu, pflückte sie vom Boden auf, ohne langsamer zu werden, und rannte auf den Lastwagen zu.

»Fahren Sie den Mann über den Haufen!«, rief Curt dem Fahrer zu. Der trat das Gaspedal durch. Der Mercedes bockte, die Reifen drehten durch, dann griffen sie, und der Wagen schoss nach vorn. Die Strecke war lang genug, um Geschwindigkeit aufzunehmen. Der Mercedes erwischte den Rothaarigen im Rücken. Der Körper prallte auf die Motorhaube und flog in hohem Bogen zur Seite.

Der Wagen schoss unter den Eichen hindurch. Im Rückspiegel sah Curt, dass alle drei Mannschaftswagen folgten. Die Dorfbewohner blieben in einer Staubwolke zurück. Wie hieß dieses Nest noch gleich? Cléry irgendwas. Curt nahm sich vor, es niederreißen zu lassen. Doch zuerst wollte er sich um Floride Harlé kümmern.

*

Spartaco hatte Pierre in ein Gebüsch hinter dem Pfarrhaus gezogen. Auch die anderen Männer vom Dach waren da. Nur Raoul fehlte.

Als der zweite Schuss knallte, versuchte Pierre noch einmal, dem Griff des Gewichthebers zu entkommen, aber Spartaco ließ ihn nicht los. Seine mächtigen Finger bohrten sich schmerzhaft in Pierres Oberarme. »Du kannst nichts tun außer sterben«, flüsterte Spartaco, »und das wirst du nur über meine Leiche.«

Pierre wusste, dass sein Gefährte recht hatte. Wenn er auf den Dorfplatz hinausliefe, würde er Hardefust in die Hände fallen. Aber das war immer noch besser, als Floride alleinzulassen.

»Hören Sie, Delort?« Die Stimme des Deutschen dröhnte vom Dorfplatz herüber. »Ihre Freundin fährt mit uns. Wenn Sie sie wiederhaben wollen, kommen Sie in die Rue de Saussaies Nummer sechzehn. Ich warte nicht lange.« Motoren wurden angelassen. »Für Frankreich!«, rief jemand – Patailles Stimme.

»Oh nein!«, brach es aus Spartaco hervor. »Was macht dieser Dummkopf?«

Für einen Moment war der Gewichtheber unaufmerksam. Pierre ließ sich nach vorn fallen, kam frei und lief los, um das Pfarrhaus herum auf den Dorfplatz zu. Dort roch es nach Autoabgasen. Unter den Stieleichen sah er die Lastwagen verschwinden. Auf der Ladefläche des letzten Fahrzeugs meinte er, Florides helle Bluse zu erkennen. Ihr Barrett lag auf dem Pflaster. Er hob es auf.

»Floride!«, schrie Pierre und rannte hinter den Wagen her. »Floride!«

Seine Schritte knirschten über den Schotter des Zufahrtswegs, er tauchte in den Schatten der Bäume ein. Sein Herz schlug seinen Beinen den Takt. Pierre wusste, dass er die Wagen nicht einholen würde, aber er konnte nicht anhalten, nicht, bevor er Floride in den Armen hielt.

Hinter ihm näherte sich ein weiteres Motorengeräusch, ein Knattern. Pierre wandte den Kopf, ohne die Geschwindigkeit zu verringern, beinahe wäre er über seine Füße gestolpert. Da kam Raoul, und er saß auf einem Motorrad. Raoul! Der Junge brachte die Rettung. Pierre spürte, wie ihm die Brust weit wurde, als er ihn herankommen sah. Er blieb stehen, bereit, aufzuspringen und die Verfolgung aufzunehmen.

Raoul fuhr an ihm vorbei. Er warf Pierre einen Blick zu, in dem tiefes Bedauern lag.

»Raoul!« Pierres Schrei ging im Lärm des Vierzylinders unter. Raoul fuhr einfach weiter! Sein Hinterreifen schleuderte Steinchen in die Luft. Auf dem Gepäckträger der Maschine war etwas festgebunden: der Kasten aus Pappelholz. Raoul Martín hatte die Mona Lisa gestohlen.

Die Erkenntnis raubte Pierre die Sicht. Alles vor ihm verschwamm, die Bäume wurden zu einer Fläche aus ekelerregendem Grün. Er fiel auf die Knie und presste die Hände auf den Kopf. Die Zeit brach in Stücke.

Kapitel 48

CLÉRY-SAINTE-ANNE,
AUGUST 1940

Pierre rannte zum Dorfplatz zurück. Der Pfarrer, Georges, Spartaco und Ladislas knieten neben Pataille, der auf dem Pflaster lag. Sein rechtes Bein stand in einem unnatürlichen Winkel vom Körper ab. Er rührte sich nicht. Pierre ließ sich neben ihm nieder und legte eine Hand auf das rote Haar des Verletzten.

»Was ist mit ihm passiert?«, stieß er atemlos hervor.

»Dieses Schwein hat ihn überfahren!« Ladislas schrie Pierre die Worte ins Gesicht.

»Gibt es einen Arzt im Ort?«, fragte Pierre Pfarrer Gallimard.

»Der nächste ist in Travency«, sagte der Geistliche und warf Pierre einen sorgenvollen Blick zu. »Aber der wird ihm nicht helfen können. Ihr Freund muss in ein Krankenhaus.«

Pierre konnte die unausgesprochenen Worte Gallimards hören: Pataille stand an der Schwelle zum Tod. Was sollten sie nun tun? Floride war verschleppt worden. Und die Mona Lisa fuhr mit Raoul auf dem Motorrad Gott weiß, wohin. Pierre spürte eine schmerzhafte Erschöpfung. Wie konnte er sich um den einen kümmern, ohne die anderen zu opfern?

»Paul-Brousse«, sagte Georges. »Das Hôpital Paul-Brousse liegt südlich von Paris.«

Pierre schaute zu Gallimard hinüber. »Ist es das nächste?«

Gallimard nickte.

Augenblicke später hetzte Pierre den Weg zum Weingut entlang. Er bog in den Weinberg ab, brach durch die Rebstöcke, wühlte sich durch die Blätter, stolperte über Wurzeln und Kisten, aus denen die Gliedmaßen von Statuen ragten. Schließlich sah er etwas Gelbes zwischen dem Grün aufleuchten. Napoleon! Pierre riss die Fahrertür auf und sprang auf den Sitz. Der Schlüssel steckte. Die Zündung kam sofort. Floride sei dank! Sie hatte den Laster in Schuss gehalten. Pierre rammte den Schalthebel nach vorn. Napoleon machte einen Satz und fuhr brummend los, quer durch den Weinberg. Als Pierre auf dem Dorfplatz ankam, hingen Trauben an den Scheibenwischern, Blätter bedeckten die Windschutzscheibe.

Die anderen schnallten gerade Gurte um die Trage, auf die sie Pataille gelegt hatten. Gemeinsam hievten sie den Bewusstlosen auf die Ladefläche des Wagens, polsterten ihn mit Kissen, Decken und Verpackungsmaterial aus und zurrten ihn fest. Statt Kunstwerke transportierte der Lastwagen jetzt den Mann, der sie hatte retten wollen.

Pierre saß im Fahrerhaus, den Fuß über dem Gaspedal. Er hörte, wie Spartaco die Ladeklappe zuschlug. Im Rückspiegel sah er den erhobenen Daumen des Gewichthebers. Er trat aufs Gas.

Napoleon schoss unter den Eichen hindurch. Der Motor brauchte lange, um auf Touren zu kommen, doch schließlich sauste der Wagen die Straße entlang.

Der Weg war voller Schlaglöcher. Napoleon holperte. Pierre versuchte, ihn so ruhig wie möglich zu halten und trotzdem mit Höchstgeschwindigkeit zu fahren. Immer wieder drehte er sich um, um durch das kleine Fenster an der Rückwand der Kabine nach Pataille zu sehen. Der regte sich nicht, sein Gesicht hatte alle Farbe verloren, sogar seine Lippen waren weiß. Pierre umklammerte das hölzerne Lenkrad, es war rutschig unter seinen Fingern. Kurz darauf erreichte er die ebenmäßig asphaltierte Straße nach Paris. Bis zum Krankenhaus waren es etwa einhundert Kilometer. Pierre lehnte sich mit seinem Gewicht nach vorn, bis er glaubte, das Gaspedal durch das Bodenblech zu treten. Napoleon flog mit dem Dröhnen eines zu Tode beleidigten Drachen über den Asphalt.

*

Die Reifen surrten über die Straße. Der warme Fahrtwind drückte gegen Raouls Gesicht. Insekten prallten gegen seine Haut. Er kniff die Augen zusammen, bis er fast nichts mehr sah. Hätte er doch eine Schutzbrille!

Sein Herz schlug schneller als die Kolben in den vier Zylindern. Er meinte, es knattern zu spüren. Jetzt war er ein doppelter Dieb. Er hatte das Motorrad von François gestohlen, das an einer Hauswand gelehnt hatte – und die Mona Lisa.

Erst hatte Raoul sein Glück kaum fassen können. Die ganze Nacht lang hatte er überlegt, wie er an das Bild gelangen könnte, obwohl Colonel Delort es ständig bei sich trug. Dann hatte Fortuna ihm zugelächelt. Delort hatte Raoul gebeten, mit ihm auf das Dach des Pfarrhauses zu steigen. Auch diesmal hatte er den kleinen Koffer bei sich getragen. Die ganze Zeit, die sie dort oben auf der Lauer gelegen hatten, war die Mona Lisa in Raouls Reichweite gewesen. Dann hatten die Ereignisse den Colonel gezwungen, vom Dach hinunterzusteigen. Das Gemälde hatte er zurückgelassen. Danach war alles ganz schnell gegangen. Als die anderen ebenfalls vom Dach kletterten, um sich zu verstecken, hatte niemand an das Bild gedacht. Raoul hatte nicht lange gezögert.

Seine Gewissensbisse verwehten mit dem Fahrtwind. Bald würde Miguel frei sein.

Jetzt war Raoul Paris schon ganz nah. Die Dächer der Stadt waren zu sehen, und da hinten, das musste der Eiffelturm sein. In einiger Entfernung sah er etwas auf der Straße. Er ließ den Gashebel los, die Maschine wurde langsamer, sodass er die Augen weiter öffnen konnte. Ein Stück vor ihm war ein Kontrollposten aufgebaut, ein rot-weißer Schlagbaum und rechts daneben ein primitives Häuschen mit Streifen in denselben Farben. Zwei Soldaten, über deren Schultern Gewehre hingen, traten heraus. Auf dem Feld dahinter stand ein offener Geländewagen.

Was war das? Paris war doch nicht etwa abgeriegelt? Raoul hielt vor den Männern an. Die vorderen Stoßdämpfer der Maschine sanken ein.

Einer der Deutschen sagte etwas, das Raoul nicht verstand. Er zuckte mit den Schultern. Der Soldat streckte eine Hand aus, während der andere etwas aus dem Häuschen holte und es Raoul hinhielt. Papiere, Dokumente. Er sollte sich ausweisen. Oder wollten die einen Passierschein?

Die Maschine tuckerte im Leerlauf und übertrug ihre Vibrationen in Raouls Beine.

Der eine Soldat redete auf ihn ein, der andere tippte Stakkato auf die Bögen in seiner Hand.

Raoul schüttelte den Kopf.

Einer der Soldaten ging um das Motorrad herum, Raoul verfolgte ihn mit seinen Blicken. Der Deutsche notierte sich das Nummernschild. Dann klopfte er auf den Koffer. Das Pochen war so laut wie Maschinengewehrfeuer, und es durchbohrte Raouls Herz.

»Aufmachen!«, befahl der Soldat. Auch ohne Deutschkenntnisse verstand Raoul, was der Mann wollte. Er drehte den Gashebel auf. Der Motor reagierte sofort, schlang das

Benzin-Luft-Gemisch wie ein verhungerndes Tier in sich hinein und scheuchte die Maschine auf das Feld. Raoul steuerte um den Schlagbaum herum und war wieder auf der Straße, bevor die Wachtposten ihn zu fassen bekamen.

Nach einer Weile drehte er sich um. Der Geländewagen folgte ihm. Und er holte auf.

Raoul duckte sich über der Lenkstange. Der Fahrtwind zischte über ihn hinweg. Rechts und links flogen die ersten Häuser vorbei. Dazwischen lagen noch immer Felder, doch wurden die immer spärlicher. Schließlich bekam das Knattern der Maschine einen anderen Klang, weil es von einer ununterbrochenen Reihe von Hauswänden zurückgeworfen wurde. Raoul hatte Paris erreicht.

Die Wachtposten folgten dichtauf. Der eine steuerte den Wagen, der andere stand darin und versuchte schwankend, sein Gewehr anzulegen.

Raoul bog scharf nach links ab. Er glaubte zwar nicht, dass der Soldat ihn bei voller Fahrt über Kopfsteinpflaster treffen würde, aber eine verirrte Kugel mochte die Mona Lisa beschädigen.

Er schlug Haken, fuhr nach links, nach rechts, eine Weile geradeaus, bog wieder ab. Dabei versuchte er, sich ungefähr Richtung Norden zu halten, wo er das Stadtzentrum vermutete. Raoul war nie zuvor in Paris gewesen. Erst jetzt fiel ihm ein, dass er gar nicht wusste, wohin er die Mona Lisa bringen sollte, wo dieser Deutsche aus Cléry zu finden war. Unsinn! Er schüttelte die Besorgnis ab. Er kam aus Madrid, er war ein Kind der Großstadt. So anders als in der spanischen Hauptstadt würde es in Paris auch nicht zugehen.

Fieberhaft dachte Raoul nach. Der Louvre. Da kam das Gemälde doch her. Dorthin würde er es bringen. Wo lag das Museum? An der Seine, wie Raoul von Colonel Delort gehört hatte. Also musste er den Fluss finden.

Er spürte einen Stoß. Der Hinterreifen verlor Halt. Das Motorrad schlingerte. Er fing sich, musste sich nicht umdrehen, um zu wissen, dass seine Verfolger versuchten, ihn zu rammen. Er sauste an einem Haus vorbei, hinter dem eine Abzweigung auftauchte. Raoul zog beide Bremshebel, stemmte den Fuß aufs Pflaster und ließ die Maschine um ihn herumkreiseln. Er schaffte es, die einmündende Straße zu nehmen, ließ die Bremshebel schnappen und gab wieder Vollgas. Die Verfolger würden wenden müssen. Er hatte einen Vorsprung herausgeholt.

Kurz darauf sah er die Seine. Träge floss sie hinter den Häusern entlang, an denen Raoul vorbeiraste. Im nächsten Augenblick führte die Straße neben der Uferpromenade her. Sein Herz hämmerte. Weiter vorn war eine Brücke über den Fluss zu sehen, und auf der anderen Seite standen die Häuser dicht an dicht.

Raoul hielt auf die Brücke zu. Dann erkannte er, dass sie blockiert war. Auf dem höchsten Punkt des Brückenbogens stand etwas, das Raoul bislang nur von den Schilderungen seines Bruders und von Bildern kannte: ein Panzer, eines dieser Ungetüme aus Stahl. Es war riesig und füllte die Brücke fast vollständig aus. Und davor war ein weiterer Posten aufgebaut: zwei Soldaten, die an dem Panzer lehnten und rauchten. Sie unterhielten sich mit ihrem Kameraden, der aus dem Turm des Panzers herausschaute.

Raoul wollte einfach weiterfahren, die nächste Brücke nehmen. Da begriff er, dass der Panzer eine Gelegenheit bot.

Er bremste ab und blickte nach hinten. Seine Verfolger tauchten auf und riefen den Posten auf der Brücke etwas zu.

Raoul wartete noch einen Augenblick, ließ den Wagen herankommen. Dann drehte er das Gas auf und schoss mit dem Motorrad auf die Brücke zu.

Die Wachtposten sprangen auf, als sie die Maschine

mit voller Geschwindigkeit auf sich zukommen sahen. Der Mann im Turm des Panzers verschwand in der Luke. Die Mündungen von zwei Gewehren und das Rohr des Stahlungeheuers blickten Raoul entgegen.

Hinter ihm bog auch der Geländewagen auf die Zufahrt zur Brücke ein.

Als Raoul direkt auf die Sperre zuhielt, tauchte Josettes Gesicht vor ihm auf. Er wollte alles mit ihr teilen, was vorher gewesen war, zählte nicht. Nur die Zukunft war wichtig. Er versuchte, den Gashebel weiter aufzudrehen, aber der Schieber war bereits am Anschlag. Die Soldaten riefen etwas. Einer versuchte, Raoul mit erhobener Hand aufzuhalten. Das Rohr des Panzers ruckte, als der Schütze im Innern des Tanks Raoul anvisierte.

Jetzt würde sich zeigen, ob die Deutschen wirklich solche Ungeheuer waren, wie alle behaupteten, und ihre eigenen Kameraden in Gefahr brachten. Denn Raoul zog den Geländewagen mit den beiden Wachtposten darin hinter sich her.

Rufe erklangen. Doch niemand schoss. Raoul hielt auf die Stelle zwischen Panzer und Brückengeländer zu. Der Spalt war schmal. Raoul rauschte hinein, schrammte am Sandstein der Brücke entlang, seine Hose ging in Fetzen, sein Knie stand in Flammen. Er schrie. Dann war er durch.

Er hörte das Quietschen von Bremsen, Rufe, die im Getöse des Motorrads untergingen. Sein Rücken verkrampfte sich, er wartete auf die Kugel. Er hörte zwar keinen Schuss, aber plötzlich spürte er etwas Feuchtes an seinem Bein, und das Brennen in seinem Knie wurde schlimmer. Er wagte nicht hinzusehen, tauchte am anderen Ende der Brücke in eine kleine Straße ein. In Sicherheit! Der Geländewagen würde ihm hier nicht hinterherfahren können. Bis der Panzer von der Brücke herunter war, würde Raoul längst im Louvre sein. Er hatte es geschafft.

Das Motorrad wurde langsamer, beschleunigte wieder, wurde langsamer. Raoul warf einen Blick auf sein in Schmerzen gebadetes Knie. Er erwartete, Knochen zu sehen. Stattdessen war sein Knie bis auf eine Abschürfung heil geblieben. Nur die Hose war nass. Die Deutschen hatten ein Loch in den Tank des Motorrads geschossen. Daraus sprudelte in einem daumendicken Strahl Benzin heraus. Das war es, was in seiner Wunde brannte. Er verlor kein Blut, sondern Treibstoff. In dieser Situation war das genauso schlimm.

Raoul ließ die Maschine ausrollen, stieg ab und lehnte sie an eine Hauswand. Vom Gepäckträger schnallte er den Koffer ab. Der war unversehrt. Humpelnd machte er sich auf den Weg und folgte dem Fluss tiefer ins Herz der Stadt hinein.

*

Pierre hielt das Ende der Trage fest und lief so schnell und zugleich so vorsichtig wie möglich durch den Flur des Krankenhauses. Pataille war schwerer, als er gedacht hatte. Am vorderen Ende der Trage lief ein stämmiger Krankenpfleger. Überall standen Betten mit Verwundeten, den Opfern der deutschen Besetzung von Paris. Diese Menschen hatten versucht, die Stadt vor dem Einmarsch der Wehrmacht zu verlassen. Sie hatten die Ausfallstraßen verstopft, und die Deutschen hatten die Notlage der Flüchtlinge genutzt und sie aus der Luft angegriffen. Kampfflugzeuge waren über die Kolonnen hinweggeflogen und hatten sie mit Maschinengewehrfeuer niedergemetzelt. Hunderte waren gestorben, die Verwundeten lagen in den Krankenhäusern am Rand der Stadt, auch im Hôpital Paul-Brousse.

Der Pfleger bog nach links ab, und sie kamen in ein Krankenzimmer, das anscheinend notdürftig zu einem Operationssaal umfunktioniert worden war. Ein Arzt und zwei

Schwestern erwarteten den Patienten. Als sie ihn von der Trage auf den Tisch hievten, wackelte Patailles Kopf durch die Bewegung. Pierre vermochte nicht zu sagen, ob er noch am Leben war.

»Raus!«, bellte der Arzt.

Im nächsten Moment lief Pierre den Flur entlang wieder in Richtung Ausgang. Für Pataille konnte er nichts weiter tun, für Floride schon. Er musste weiter nach Paris hinein, zur Rue de Saussaies. Er würde sich Hardefust stellen, Florides Leben gegen seines tauschen, vielleicht sogar gegen die nationalen Kunstschätze Frankreichs. »Du hältst die Kunst wohl für wichtiger als dein Leben.« Ihre Worte klangen Pierre im Ohr. Er würde ihr beweisen, dass sie es war, die für ihn über allem anderen stand.

Vor dem Krankenhaus wartete Napoleon. Die Fahrertür stand noch offen, Pierre sprang hinein, drehte den Zündschlüssel. Etwas klackte, aber der Motor sprang nicht an. Er versuchte es wieder und wieder. Die Zündung rührte sich nicht. An der Batterie konnte es nicht liegen, denn dann hätte der Motor wenigstens geröchelt und Pierre hätte den Wagen mit einigen Helfern anschieben können. Aber dieses Klacken … Ließ sich das auf die Schnelle reparieren? Floride hätte es gewusst.

Pierre schrie und schlug auf das Lenkrad, das es schmerzte. Napoleon protestierte mit wütendem Hupen. Draußen schauten sich Patienten und Pfleger zu dem gelben Lastwagen um. Pierre sprang hinaus und riss die Motorhaube unterhalb der Windschutzscheibe auf. Er sah ein Durcheinander aus Vergaser, Zündkerzen, Verteilerkappe, Kabeln, Schläuchen, Schrauben, alles glänzte schwarz und war voller Öl.

Er schlug die Klappe wieder zu und rannte um den Wagen herum. Auf der Ladefläche, dort, wo Pataille gelegen hatte, waren noch Polster und Gurte zu sehen. Und ganz hinten, unterhalb des schmalen Fensters zur Fahrerkabine, lag das Fahrrad. Es war dort festgebunden und von einer Plane geschützt gewesen, seit sie Paris im Winter verlassen hatten. Pierre hatte es damals in letzter Minute auf den Wagen gehoben, es aber dann in Chambord nie benutzt.

Er kletterte auf die Ladefläche, die Holzbohlen zitterten unter seinen Schritten, dann zog er die Plane weg. Das Fahrrad sah aus, als habe er es erst gestern dort abgelegt. Auf der Kette glänzte das Fett, und die Reifen waren stramm aufgepumpt. Das musste Floride gewesen sein. Sie hatte Napoleon in Schuss gehalten und sich dabei anscheinend auch um das Zweirad gekümmert. Sie gab Fahrzeugen Namen. Sie konnte es nicht ertragen, sie in schlechtem Zustand zu sehen.

Pierre befreite das Fahrrad von den Stricken und ließ es vom Wagen herab. Er setzte sich auf den Sattel und dachte an seine Einheit, die Rad fahrenden Dragoner. Jetzt würde sich zeigen, ob ein Fahrrad wirklich ein Vorteil für einen Soldaten war.

Er stellte einen Fuß auf das linke Pedal und trat an. Das Fahrrad setzte sich in Bewegung, schlingerte durch den Kies der Krankenhauseinfahrt. Es ging leicht bergauf. Trotzdem nahm Pierre Fahrt auf. Als er auf die Landstraße einbog, hieß er den Fahrtwind willkommen.

In der Ferne sah er den Eiffelturm in den tiefblauen Sommerhimmel ragen. Rechts und links seiner Spitze pufften Wölkchen auf. Das war kein Wetterphänomen. Das waren Explosionen von Flugabwehrgeschützen. Paris stand unter Beschuss.

Kapitel 49

PARIS,
AUGUST 1940

Curt ging die Treppe zur »Küche« hinunter und rückte seine Krawatte zurecht. Nachdem er aus Cléry zurückgekehrt war, hatte er seine verschwitzte Uniform gegen eine frische getauscht, Ursula nach einem weiteren kurzen Streit gesagt, er habe noch etwas in der Rue de Saussaies zu erledigen, und sich dorthin fahren lassen. Jetzt stieg er in den Folterkeller der SS hinab und hatte ein Stelldichein mit einer Französin.

Unten angekommen, blieb Curt einen Augenblick lang stehen. Die verbrauchte, ausgelaugte Atmosphäre des Ortes gab ihm das Gefühl, selbst ausgelaugt und verbraucht zu sein. Die Ereignisse in Chambord und den Dörfern an der Loire hatten seine Nerven in Brand gesetzt. Das Zusammentreffen mit Floride Harlé würde ihn erfrischen.

Er ließ sich die Zelle zeigen, in die man Floride gesperrt hatte. Dann verlangte er den Schlüssel und schickte die beiden Küchengehilfen weg. Als sie zögerten, verlieh er seinem Befehl mit Schweigen Nachdruck. Das funktionierte immer.

Curt entriegelte die Tür. Bevor er sie öffnete, zog er die Pistole. Seine Sauer war in Clery zurückgeblieben, doch er hatte sich eine Ersatzwaffe von einem der Soldaten geben lassen, eine Mauser mit schwachen Patronen. Um die Harlé einzuschüchtern, würde das genügen.

»Rauskommen!«, rief Curt in das stockdunkle Rechteck hinein, das hinter der Tür lag.

Etwas raschelte, zwei langsame Schritte waren zu hören, dann erschien die Französin im Türrahmen.

Selten hatte Curt eine Frau wie sie getroffen. Floride Harlé war keine Schönheit wie Ursula, aber ihr Selbstbewusstsein ließ sie von innen heraus strahlen. Sie trug Hosen und eine helle Bluse, die durch die Behandlung der SS-Männer schmutzig geworden war. An einer Stelle war einer der Puffärmel aufgerissen. Das letzte Mal, als Curt sie gesehen hatte, war ihre Frisur aufgelöst gewesen, aber jetzt trug sie das Haar zu einem Knoten geschlungen. In ihrem Gesicht prangte ein Bluterguss. Curt hätte sie lieber makellos gesehen, aber das hier war ein Folterkeller, kein Tanzlokal.

Sie versuchte, ihm mutig gegenüberzutreten. Doch ihr Blick glitt von ihm ab und flog durch den Raum, über die Blutspritzer an den Wänden, die drei Pfosten am Ende des Schießstands, die Stricke, die davon herabhingen.

»Ich kann Sie hier herausholen«, begann Curt. »Oder ich kann Sie meinen Gehilfen überlassen. Das liegt bei Ihnen.«

Sie ging einen Schritt auf ihn zu, entdeckte die Waffe in Curts Hand und blieb stehen. »Ich brauche Ihre Gefälligkeiten nicht. Pierre wird mich holen«, sagte sie.

Curt lächelte überlegen. »Der war bereits hier. Wir haben ihn gefangen genommen. Er wird gerade verhört.«

Daran, dass Floride den Raum absuchte, erkannte Curt, dass sie seine Lüge glaubte, jedenfalls ein bisschen. »Sie hatten Ihre Hoffnungen auf ihn gesetzt, nicht wahr? Jetzt hängt Ihr Wohlergehen einzig und allein von mir ab. Ich rate Ihnen, mir zu gehorchen.«

»Ich weiß nicht, wo die Kunstwerke versteckt sind«, sagte sie mit leichtem Ächzen.

»Oh, um die Kunstwerke geht es gar nicht. Die wird uns

Delort schon ausliefern, wenn ich ihm beschreibe, was wir alles mit Ihnen anstellen werden, sollte er nicht reden.«

»Was wollen Sie dann von mir?«, fragte Floride. Curt trat einen Schritt zurück und ließ seinen Blick über ihren Körper streichen. Floride schlang die Arme um die Schultern. »Wissen Sie noch, als wir uns das letzte Mal begegnet sind?«, fragte Curt. »In Chambord war das. Sie trugen ein elegantes Kleid und ich …«, die Erinnerung machte ihn wütend, »… stand auf Socken vor Ihnen.« Noch immer spürte er die Beschämung. »Diesmal drehen wir den Spieß um. Die Schuhe sind das Einzige, dass Sie anbehalten werden.« Er lachte ein derbes Metzgerlachen. Das war ein Einfall, der Applaus verdiente.

Floride stand stocksteif da und blinzelte. Curt wünschte sich, dass dieses Treffen an einem lauen Sommerabend auf der Terrasse des *Restaurant Maire* stattfände. Er würde Burgunder empfehlen und die riesigen Fische mit knusprig gebratener Haut. Dann würde er einen Arm um ihre Schulter legen und die Wärme unter dem dünnen Stoff spüren.

»Fangen Sie an!«, keuchte Curt, die Stimmbänder vor Erwartung fast gelähmt. »Oder ich binde Sie da hinten an einen dieser Pfähle und ziehe Sie eigenhändig aus.«

Florides Hände lösten sich von ihren Schultern. Sie begann, sich die Bluse aufzuknöpfen. Langsam. So versuchte sie wohl, den Moment der Entblößung hinauszögern. Curts Erregung steigerte sich.

Die Bluse klaffte auseinander und gab den Blick auf ein Unterhemd mit schmalen Trägern frei. An den Rändern war es mit Spitze besetzt. Unter der glänzenden Seide zeichneten sich Florides Brüste ab. Curt konnte nur einen kurzen Blick darauf werfen, denn sofort verschränkte Floride wieder die Arme und wich einen Schritt zurück, bis sie gegen die Wand stieß.

»Weiter«, presste Curt hervor. Sein Blut rauschte in den Ohren, ihm war, als hielte er Meeresmuscheln dagegen. Er steckte die Pistole weg, war mit zwei Schritten bei Floride und packte ihre Handgelenke. Sie war kräftig, ihre Haut war heiß, und er konnte die Härchen auf ihren Armen spüren. Jetzt hatte er sie unmittelbar vor sich. Ihr Busen bebte. Vor Angst? Curt beugte den Kopf vor und presste seine Lippen auf ihren Hals.

»Du Hurenbock!«

Sie beschimpfte ihn. Lustvoll? Curt biss in ihre Haut. Dann erst bemerkte er, durch den Nebel seiner sich auflösenden Sinne, dass der Ruf hinter ihm erklungen war. Er drehte den Kopf, die Brust an Florides halb nackten Oberkörper gepresst, den Unterleib zwischen ihre Beine gezwängt.

In der Tür stand Ursula. »Du hast immer gesagt, ich sei deine Göttin«, versetzte sie scharf, »aber wie ich sehe, betest du stattdessen die Gelegenheit an.«

»Was machst du hier?« Curt löste sich von Floride, sah noch, wie sie die Bluse zusammenpresste und sich von ihm abwandte. Er strich sich das Haar zurecht.

»Die Frage ist, was *du* hier machst.« Ursulas Stimme wurde lauter, hallte klirrend von den Wänden wider. »Offenbar vergehst du dich an deinen Gefangenen wie einer dieser Sadisten von der SS.« Sie kam näher. »So bist du nicht. Oder zumindest kenne ich dich so nicht. Ich hätte dich sonst nicht geheiratet.« Sie blickte an ihm hinab. »Diese Uniform hat dich verändert. Sie hat ein Ungeheuer aus dir gemacht, Curt.« Auf Ursulas Gesicht zeichnete sich Ekel ab.

Curt wollte etwas erwidern, doch sie ließ ihn nicht zu Wort kommen.

»Ich bin hergekommen, weil ich meinen Mann brauche. Meinen Mann, der mich beschützt. Hast du es nicht gehört? Paris wird angegriffen. Die Engländer werfen Bomben auf die Stadt. Alles, was Beine hat, rennt in die Luftschutzräume. Ich dachte, das Erste, was mein Mann in so einer Situation unternimmt, wäre, seine Frau zu retten. Und stattdessen …« Tränen liefen über ihre Wangen.

Ein Luftangriff? Auf Paris? Für einen Moment wusste Curt nicht, was schlimmer war: dass die Stadt bombardiert wurde oder dass Ursula ihn mit der Französin erwischt hatte. Er lauschte. Da waren tatsächlich Explosionen zu hören, von weit her, dumpf und nicht lauter als das Knallen von Champagnerkorken.

»Ich gehe«, sagte Ursula mit spitzer Stimme. »Du weiß ja: Es gibt genug Männer, die mir hinterherlaufen und die mir mit Freude geben, was ich will.« Ihre Stimme klang verächtlich, etwas, das Curt noch nie an Ursula gefallen hatte. Er spürte, dass er sie hasste, so dumpf und glühend, wie er sie liebte.

»So wie Oberleutnant Meißner?«, fragte er scheinheilig.

Er kannte Ursula gut genug, um das kurze Zucken um ihre Augen richtig zu deuten. Sie hatte ihn mit Meißner betrogen. Er selbst hatte die beiden zusammengebracht, Meißner mit Ursula ins Varieté geschickt, weil er den Kunstwerken hinterhergejagt war.

»Du weißt gar nichts«, erwiderte sie.

»Ich weiß genug«, sagte er, »zum Beispiel, dass Meißner tot ist. Heute Morgen hat er in einem französischen Dorf eine Kugel in die Lunge bekommen. Von der da!« Er zeigte auf Floride, die sich in einer Ecke zusammengekauert hatte.

Ursula wollte etwas sagen, doch ihr Mund blieb offen stehen, ohne dass ein Laut herauskam. Sie kennt mich gut genug, um zu wissen, dass ich die Wahrheit sage, dachte Curt. Er sah noch mehr Tränen in ihren Augen schimmern. Er wusste, es waren keine Tränen der Trauer um Meißner, sondern Tränen der Wut. Er ging zu ihr, legte einen Arm um ihre Schulter und hielt sie fest, als sie zurückweichen wollte. Dann streckte er die Hand mit der Pistole aus und zielte damit auf Floride.

»Leg deine Hand auf meine«, sagte er, beinahe zärtlich.

Langsam, wie eine Schlafwandlerin, hob Ursula den Arm und umfasste Curts Finger mit ihrer schwitzigen Hand. Jetzt hielten sie beide die Mauser auf die Französin gerichtet. Floride Harlé barg den Kopf in den Armen.

»Siehst du?«, sagte Curt. »Ich wollte sie nur bestrafen. Für das, was sie dir und mir angetan hat.« Das süße Gefühl der Versöhnlichkeit spülte über ihn hinweg. Mit einem Mal war er sicher, dass er Ursula zurückerobern würde. Sie würde Floride erschießen und damit einen Schritt gehen, der Ursula dorthin brachte, wo er schon lange war. »Steck deinen Finger in den Abzugsring. Gut so. Jetzt musst du nur noch den Finger krümmen. Es ist ganz leicht. Danach werden wir wieder zusammen sein, so wie früher. Willst du das?«

Er spürte Ursulas Nicken mehr, als dass er es sah.

Kapitel 50

PARIS,
AUGUST 1940

Pierre fuhr über den Boulevard St Michel auf das Zentrum der Stadt zu. Seine Beine pumpten in die Pedale des Fahrrads, sein Hemd klebte auf der Haut, sein Atem ging stoßweise.

Paris war in eine Sinfonie des Schreckens getaucht. Flugzeuge brummten über den Himmel, Bomben explodierten, die Flugabwehr schoss, Autos voller Soldaten knatterten durch die Stadt, Menschen rannten über die Trottoirs und riefen nach ihren Angehörigen. Madrid! So war es auch in der spanischen Hauptstadt gewesen.

Dann erkannte Pierre, dass die Gefahr für die Bevölkerung ebenso von den aufgebrachten Wehrmachtssoldaten ausging wie von den britischen Bombern. Die flogen nicht gegen das Herz von Paris, sondern nach Südwesten. Dort lagen die Renault-Werke auf der Île Seguin, wo Pierre gemeinsam mit Floride die Lastwagen gefunden hatte.

Floride! Der Gedanke an sie ließ seine Beine und Lunge noch schneller arbeiten. Vom Krankenhaus, in dem die Ärzte um Patailles Leben kämpften, bis in die Stadt hatte er nur eine Stunde gebraucht. Kontrollposten auf der Landstraße und die Wachtposten in der Stadt waren unbesetzt. Die Deutschen waren offenbar mit der Verteidigung der Industrieanlagen beschäftigt, in denen sie Waffen bauen ließen, oder sie waren in die Luftschutzkeller geflohen.

Pierre fuhr über die Place de la Concorde, wo der Obelisk von Luxor seine Spitze in den Sommerhimmel streckte. Darüber pufften die Wolken der Luftabwehrgeschosse auf, und britische Flugzeuge zogen dröhnend und in erschreckend geringer Höhe über Pierre hinweg.

Er erreichte die Rue de Saussaies. Warum hatte Hardefust ihn ausgerechnet hierher bestellt? In der Straße hatten im 19. Jahrhundert einige berühmte Persönlichkeiten gewohnt. Hatten die Deutschen hier Quartier bezogen? Pierre schaute auf die Hausnummern. Die Sechzehn war ein unscheinbares Gebäude mit einem grünen Kassettentor zwischen zwei Säulen aus Sandstein. Einer der Torflügel stand offen, zwei Frauen rannten heraus, sie hielten Kartons in den Armen, aus denen lose Blätter segelten. Die Deutschen brachten ihre Akten in Sicherheit.

Pierre hielt an und schaute in den Durchgang, hinter dem ein kleiner Innenhof lag. Nirgendwo waren Wachen zu sehen. War Floride noch da drin?

Er ließ sein Fahrrad fallen und zog die Pistole aus dem Gürtel, entsicherte die Waffe und lief durch das Tor auf den Innenhof zu. Drei Türen führten in das Gebäude hinein, alle standen offen. Die Papiere aus der Kiste der fliehenden Damen zogen eine Spur, deren Ursprung in der mittleren Tür lag. Pierre trat ein und lauschte, schaute in ein verlassenes Büro, dahinter lag ein zweites, ebenfalls leer. Hatte Hardefust die Flucht ergriffen und Floride mitgenommen?

Eine Treppe führte ins Obergeschoss, eine andere in den Keller. Gerade setzte Pierre einen Fuß auf die erste Stufe, die nach oben führte, da krachte ein Schuss, gefolgt von einem Schrei. Das war aus dem Keller gekommen.

Er fasste die MAB mit beiden Händen und rannte die Treppe hinunter. Die Stufen waren von schwachen Glühbirnen notdürftig beleuchtet, trotzdem erkannte Pierre die

Blutflecken auf den Fliesen. Er verspürte den überwältigenden Wunsch, anderswo zu sein, und sprang mit weiten Sätzen die Stufen hinab.

Am Ende der Treppe lag ein lang gezogener Raum, darin stand Curt Hardefust mit einer Frau an seiner Seite. Beide hatten je einen Arm ausgestreckt und umfassten die Hand des anderen, wie beim Tango. Zwischen ihren Fingern schaute der Lauf einer Waffe hervor, er war auf eine zusammengesunkene Gestalt gerichtet.

»Floride! Nein!« Pierre hastete quer durch den Raum zu ihr hinüber und ließ sich auf die Knie fallen. Wie aus weiter Ferne hörte er Hardefusts Gelächter und irgendetwas, das der Deutsche ihm zurief. Er legte die MAB zu Seite, um Floride mit beiden Armen festhalten zu können, sie atmete, sie bewegte den Kopf, sie sah ihn an.

»Pierre!«, sagte sie matt.

Er tastete ihren Kopf ab, ihren Hals. Blutete Sie? War sie getroffen worden?

»Meine Frau ist eine miserable Schützin.« Hardefusts Stimme war jetzt ganz nah. Pierre nahm kaum wahr, dass der Deutsche die MAB beiseitetrat. Umso deutlicher spürte er die harte Mündung einer Waffe an seinem Kopf. Er blickte auf. Das Erste, was er sah, war der beinahe fröhliche Ausdruck auf Hardefusts Gesicht, das Zweite war das Loch in der Wand, wo die Kugel eingeschlagen war, statt Floride zu treffen.

Pierre atmete aus. Alles, was jetzt folgen mochte, würde er mit Floride gemeinsam durchstehen.

»Hoch mit dir, Delort!«, rief Hardefust. »Jetzt gibt es keine Tricks mehr, keine Verkleidungen, keine Verstecke. Du sagst mir jetzt sofort, wo die Kisten sind. Die nächste Kugel trifft ihr Ziel.«

Pierre stand auf. Er spürte, wie sich Floride an seinem

Bein festklammerte, und senkte eine Hand auf ihr Haar. Schweiß bedeckte seine Stirn wie eine dünne Schicht Eis.

»Wo sind die Kunstwerke, Delort?«, brüllte Hardefust. Speichel sprühte von seinen Lippen.

Pierre atmete tief ein. Er spürte, wie Floride zu seinen Füßen den Kopf schüttelte. »Nicht, Pierre!«, sagte sie. »Er wird uns so oder so töten.«

»Die Kunstwerke sind dort, wo Sie sie niemals erreichen werden«, hörte Pierre sich sagen, »im Herzen der Franzosen.« Die Worte flogen aus ihm heraus. Er spürte Florides Haar zwischen seinen Fingern. Nichts konnte sie jetzt noch trennen, nicht einmal der Tod. Er fühlte sich unendlich erleichtert.

Über Hardefusts Mund zuckte ein Muskel. Er spannte den Finger um den Abzug.

Ein Telefon läutete. Es hing an der gegenüberliegenden Wand, dort, wo ein Tisch mit Operationsbesteck aufgebaut war.

»Geh ran, Ursula!«, bellte Hardefust.

Die Frau hob den Hörer ab. »Ja?« Eine Pause folgte. Hardefusts Blick wanderte zwischen Pierre und dem Telefon hin und her. Pierre überlegte, ob er einen Angriff wagen sollte, entschied sich aber dagegen. Alles, was Hardefust tun musste, war, den Finger zu krümmen.

»Es ist der Louvre«, berichtete die Telefonierende. »Sie sagen, jemand wolle dich sprechen, ein junger Mann. Er sagt, er habe die Mona Lisa für dich.«

»Irgendein Verrückter«, rief Hardefust. »Ich habe keine Zeit für so was.«

Raoul! Pierre wusste sofort, um wen es sich handelte. Raoul hatte ihn verraten, die Mona Lisa gestohlen und war auf einem Motorrad verschwunden. Aber warum war er ausgerechnet nach Paris gefahren, um das Gemälde den Deutschen auszuliefern? Hatte Raoul gelogen, als er behauptet hatte, die Deutschen zu hassen?

»Ja, ich höre, ich sage es ihm.« Die Frau namens Ursula legte auf. »Das war einer der Wachtposten im Museum. Er sagt, der junge Mann habe einen kleinen Koffer dabei. Es ist wirklich die Mona Lisa drin. Du sollst schnell hinkommen, denn der Wachmann ist auf dem Weg in den Luftschutzkeller und wird nicht mehr lange warten.«

»Der soll das Bild sicherstellen!«, brüllte Hardefust, erst da schien er zu bemerken, dass das Gespräch schon beendet war. »Also gut, ich fahre hin.«

Er schaute auf Pierre und Floride. War der Moment gekommen? Sie waren Hardefust im Weg. Allerdings hatte Pierre das Versteck der Kunstwerke noch nicht preisgegeben.

»In die Zelle da!« Der Deutsche deutete auf eine der offen stehenden Türen an der Wand.

Pierre half Floride auf die Beine und stützte sie. Gemeinsam gingen sie zur nächsten Tür. Dahinter lag undurchdringliche Finsternis. Er drehte sich noch einmal um. »Die Briten werden Paris erobern«, sagte Pierre. »Lassen Sie uns gehen, und fliehen Sie aus der Stadt.«

Hardefust lachte bellend. »Eher lasse ich mich rösten.«

»Das Feuer unter ihnen ist klein, noch können Sie es austreten«, versuchte es Pierre weiter. »Wenn Sie es brennen lassen, werden es selbst Flüsse nicht mehr löschen können.«

»Ich kann schwimmen«, entgegnete Hardefust und deutete mit dem Lauf der Waffe in die Dunkelheit hinter der Tür. »Los jetzt!«

Pierre und Floride gingen in die Zelle, hinter ihnen schlug die Tür zu. Das Geräusch eines Schlüssels, der sich im Schloss drehte, war zu hören, dann, dumpf, die Stimme der Frau.

»Wo willst du denn jetzt hin?«, hörte Pierre sie erregt rufen.

Er legte ein Ohr gegen die Stahltür.

»Curt, lass mich hier nicht allein!«

Jetzt erklang Hardefusts Stimme, undeutlich und von weiter entfernt, er schien bereits auf der Treppe zu sein.

»Ich fühle mich hier aber nicht sicher«, das war wieder ihre Stimme. »Bring mich nach Hause. Du hast versprochen, dass wir wieder zusammen sein werden.«

Dann folgte Stille. Waren beide gegangen? Zweifellos war Hardefust unterwegs zum Louvre. Danach würde er hierher zurückkehren, um seine Gefangenen zum Reden zu bringen.

Pierre klopfte gegen die Tür. »Ursula«, rief er. »Sind Sie noch da?«

»Pierre«, keuchte Floride hinter ihm, »hier ist noch jemand in der Zelle.«

»Was?« Pierre fuhr herum. Er tastete nach einem Lichtschalter, fand aber keinen. Er holte sein Feuerzeug aus der Hosentasche und ließ es aufschnappen, die kleine Flamme züngelte gegen die Dunkelheit an. Die Zelle war nicht groß, von Wand zu Wand waren es drei Schritte. Floride hockte auf dem Boden über einer ausgestreckt daliegenden Gestalt, einem nackten Mann. Seine Hände und Füße waren an Pflöcken festgebunden, die in den Boden eingelassen waren. Sein Körper war zerschunden, das Gesicht entstellt, die Augenlider waren zugeschwollen.

»Mein Gott, Récine!« Pierre ging neben Floride in die Knie und tastete nach einem Puls. Er spürte ihn schwach. »Récine! Hören Sie mich? Ich bin es, Delort.«

Floride machte sich an den Pflöcken zu schaffen. Récine war mit Draht gefesselt worden, die Schlingen hatten sich in sein Fleisch gegraben. Florides Versuche, ihn zu befreien, ließen den Gefangenen aufstöhnen. Der Schmerz schien ihn das Bewusstsein wiedererlangen zu lassen.

»Delort?« Die Stimme war kaum mehr als ein Gurgeln.

»Wir holen Sie hier raus, Récine«, sagte Pierre und legte dem Verletzten eine Hand auf die Schulter. Aber wie sollten sie das anstellen?

»Ursula! Helfen Sie uns!«, rief Pierre auf Deutsch und hämmerte gegen die Tür. War sie noch da?

Die Stille auf der anderen Seite war lang, tief und entsetzlich. Dann waren Schritte zu hören, die sich näherten. »Was wollen Sie?«, fragte Ursula. Sie sprach Französisch.

»Haben Sie die Schlüssel für die Zellen?«, rief Pierre.

Sie antwortete nicht.

»Lassen Sie uns gehen, bitte.« Jetzt sprach auch er Französisch. »Ursula. Ich weiß nicht, wer Sie sind, nicht einmal, ob Sie Deutsche oder Französin sind. Aber Sie sind gewiss ein Mensch. Helfen Sie uns! Hier drin liegt ein schwer verletzter Mann, und wenn Hardefust zurückkehrt, wird es noch mehr Leid geben. Sie können doch …« Pierre versagte die Stimme. In der nun folgenden Stille war nur sein schnelles Atmen zu hören.

»Französin«, kam es energisch von der anderen Seite der Tür. »Ich bin Französin.« Etwas klimperte, dann war Ursulas Stimme ganz nah. »Ich will nicht länger zu den Deutschen gehören. Ich liebe Frankreich, und ich werde dabei helfen, es zu retten.«

Der Schlüssel drehte sich im Schloss. Das Geräusch klang wie Glockengeläut in Pierres Ohren.

Kapitel 51

PARIS,
AUGUST 1940

Der Anblick des Louvre raubte Raoul den Atem. Er kannte das Museo del Prado in Madrid. Dort waren die Ausstellungsstücke in einem lang gestreckten, monumentalen Gebäude untergebracht. Das Pariser Museum sah dagegen aus wie aus einem Märchen, die Fassaden des ehemaligen Palastes waren überall um ihn herum, schlossen den Innenhof ein und ragten bis in den Himmel.

Im Inneren, in das ihn ein Bewaffneter hineinführte, setzte sich der Eindruck unermesslicher Größe fort. Die Galerie, in der Raoul jetzt stand und auf die Rückkehr des Wachtpostens wartete, schien sich bis in die Unendlichkeit fortzusetzen. Die weinrot verputzten Wände waren bis auf wenige, rahmenlose Gemälde leer. Hier also war das Zuhause all jener Kunstwerke, bei deren Rettung Raoul geholfen hatte.

Draußen dröhnten die Motoren großer Flugzeuge, und Explosionen waren zu hören, einige weit entfernt, andere jedoch beunruhigend nah. Raoul hielt den Kasten mit der Mona Lisa fest umklammert.

Der Wachtposten kam zurück und berichtete etwas auf Deutsch. Dabei deutete er auf Raoul und dessen Füße. Anscheinend sollte Raoul an dieser Stelle warten. Dann verschwand der Soldat aus der Galerie. Kurz darauf sah Raoul durch eines der Fenster, wie der Uniformierte über den Innenhof rannte und rasche Blicke in den Himmel warf.

Er wäre selbst auch gern davongelaufen und hätte Schutz in einem Keller gesucht. Warum musste der Bombenangriff ausgerechnet jetzt losgehen, in dem Moment, in dem er kurz davor war, Miguel zu befreien? Wieder einmal wandte sich das Schicksal gegen die Martíns. Aber diesmal hielt Raoul die Rettung für sie alle in den Händen, diesmal würde er das Glück seiner Familie selbst schmieden. Er würde Miguel retten und Josette heiraten. Und von da an würde sein Leben so verlaufen, wie er es für richtig hielt.

Jemand rief etwas, es klang ungehalten und hart. Kurz darauf erschien ein Mann in einer schwarzen Uniform. Das schmutzigblonde zurückgekämmte Haar, die stechenden Augen – erst auf den zweiten Blick erkannte Raoul, dass es sich um jenen Deutschen handelte, der Cléry hatte durchsuchen lassen. Hardefust.

Er war derjenige, der Floride gefangen genommen, der Pataille zusammengeschlagen, der befohlen hatte, das Dorf anzuzünden.

Mit einem Mal war Raoul nicht mehr so sicher, das Schicksal wirklich in der Hand zu halten.

»Zeig mir das Gemälde!«, schnauzte Hardefust auf Französisch.

Raoul wich zurück und drückte den Pappelholzkasten an seinen Leib. »Ich bin gekommen, um Ihnen einen Tausch vorzuschlagen.«

»Gib mir das Bild«, sagte Hardefust und streckte eine fordernde Hand aus.

Raoul schüttelte den Kopf. »Mein Bruder«, sagte er. »Miguel Martín. Er ist Spanier. Hat für die Franzosen gekämpft. Jetzt wird er in einem deutschen Lager gefangen gehalten. Lassen Sie ihn frei.«

Hardefust schien zu überlegen, legte den Kopf schief. »Zeig mir erst das Bild.«

Umständlich öffnete Raoul die Verschlüsse des Köfferchens mit einer Hand, während er es mit der anderen festhielt. Um keinen Preis durfte der Deutsche ihm das Bild entreißen, die Mona Lisa, die für Raoul mehr wert war als für jeden anderen Menschen. Er klappte den Deckel ein wenig auf. Das Seidenpapier, das das Gemälde schützte, schwebte zu Boden wie eine Feder aus einem Nest. Die Frau auf der Leinwand schaute aus dem Spalt hervor. Raoul hatte das Gefühl, sie lächelte ihn an.

»Sie ist es wirklich.« Hardefusts Stimme war leiser geworden. Dafür klangen die Explosionen jetzt lauter.

Rasch klappte Raoul den Koffer wieder zu und ließ die Verschlüsse einschnappen. »Sie bekommen das Bild, wenn Sie meinen Bruder freilassen. Er heißt Miguel Martín.«

Hardefust schien gar nicht zuzuhören. »Woher hast du das?«, fragte er und ging einen Schritt auf Raoul zu.

»Miguel Martín«, wiederholte Raoul eindringlich.

Der Deutsche schien aus einer Trance aufzuwachen. Er schaute Raoul an, als sähe er ihn erst jetzt. »Ja. Dein Bruder. Ich kümmere mich darum. Gib mir die Mona Lisa.«

»So einfach geht das nicht«, stotterte Raoul. »Erst will ich einen Beweis dafür, dass Miguel freikommt.«

»Einen Beweis?« Hardefust lachte sinnlos. Sein Blick war heiß genug, um ein Loch in eine Zeitung zu brennen. Schweißperlen standen auf seiner Stirn. »Was soll das für ein Beweis sein? So etwas braucht Zeit. Ich muss einen Antrag stellen.«

»Dann komme ich in ein paar Tagen zurück«, sagte Raoul, ein wenig stolz darauf, sich nicht überrumpeln zu lassen.

»So viel Zeit habe ich nicht«, sagte Hardefust.

Was meinte er damit? Raoul wurde die Situation immer

unheimlicher. Vielleicht war es doch ein Fehler gewesen, mit der Mona Lisa herzukommen.

»Her damit!« Hardefust langte nach dem Koffer und streifte ihn mit den Fingern, aber Raoul sprang rechtzeitig außer Reichweite.

»Wenn du mir das Bild nicht gibst, rufe ich bei der Verwaltung der Gefangenenlager an und lasse deinen Bruder erschießen. Wie hieß er noch gleich? Miguel Martín?«

Raoul spürte eine Gänsehaut auf seinen Armen. Was war das nur für ein Mensch? War das der Grund, aus dem die Deutschen so viele Schlachten gewannen? Ihre Skrupellosigkeit? Raoul stellte fest, dass er Hardefust hasste.

Miguels Leben lag in der Hand dieses Mannes. Er würde ihm das Bild aushändigen müssen. Langsam streckte Raoul die Arme aus. Das Köfferchen zitterte zwischen seinen Fingern. Es schien, als käme das Beben aus dem Innern.

»Nicht, Raoul!«

Der Schrei ließ ihn zusammenzucken. Hardefusts Hand griff ins Leere. Der Deutsche fuhr herum. Mit einem Mal hatte er eine Pistole in der Hand.

Im Eingang zur Galerie, dort, wo eine gewaltige Treppe nach oben führte, stand Pierre Delort. »Bring sie her zu mir«, sagte der Colonel.

Raoul zögerte. Täuschte er sich, oder lag auch in der Stimme Delorts etwas Fiebriges? »Nein«, sagte Raoul. »Das Bild kann meinem Bruder das Leben retten. Ich kann es Ihnen nicht geben.«

»Das Leben deines Bruders …«, setzte Delort an, doch dann verstummte er plötzlich. In seiner Miene arbeitete es. »… ist bedeutsamer als dieses Bild«, fuhr er dann fort, »bedeutsamer als alle Kunstwerke des Louvre. Aber das weiß dieser Mann dort nicht. Raoul! Er wird dich betrügen. Gib mir die Mona Lisa.«

Wieder schüttelte Raoul den Kopf. »Ich muss meinen Bruder retten, auch wenn das Risiko hoch ist.«

Hardefust nickte. »Richtig«, sagte er. »Miguel Martín. Ich habe mir den Namen gemerkt. Ich werde mich um ihn kümmern.«

Raoul sah Pierre zusammenzucken. »Miguel?«, fragte der Colonel. »Miguel Martín ist dein Bruder? Miguel Martín aus Madrid?«

»Ja«, sagte Raoul. »Aus Madrid, wir …« Er erstarrte. Mit einem Mal wusste er, wo er den Namen Pierre Delort gehört hatte. Der Colonel war der Mann, mit dem sein Bruder den Prado evakuiert hatte, von dessen Mut Miguel geschwärmt hatte, dessen Liebe zur Kunst ihn so tief beeindruckt hatte. Der Held seines Bruders! Ausgerechnet Colonel Pierre Delort war derjenige, den Raoul die ganze Zeit über zu betrügen versucht hatte, den er bestohlen und belogen hatte. Hitze wallte durch ihn hindurch. So musste sich Judas gefühlt haben, nachdem er Christus verraten hatte und die Pharisäer ihm die Silberlinge vor die Füße geworfen hatten.

Allerdings hatte sich Raoul noch nicht nach der Belohnung gebückt.

»Fangen Sie!«, rief er und schleuderte die Mona Lisa zu dem Colonel hinüber.

Er hörte einen Schuss und spürte, wie er auf dem Parkett aufschlug. Im nächsten Moment schaute er zum Glasdach hinauf. Darüber zog die Tragfläche eines Flugzeugs hinweg, sie verwandelte sich vor Raouls verschwimmendem Blick in den Flügel eines Engels.

*

Der Koffer flog durch die Luft. Pierre sprang vor und streckte die Arme danach aus. Ein Schuss krachte. Aus dem Augenwinkel sah er Raoul zu Boden fallen.

Er fing die Mona Lisa auf. Eine Ecke des Kastens prallte schmerzhaft gegen seine Lippen, dann hatte er das Gemälde im Griff. Er wollte zu Raoul. Unter dem jungen Spanier lief ein Rinnsal Blut hervor.

»Halt!«, schrie Hardefust.

Pierre blieb stehen. Der Deutsche hatte die Waffe auf ihn gerichtet. Er brauchte bloß abzudrücken. Warum tat er es nicht?

»Das Bild!« Hardefust zeigte auf den Boden. »Leg es dorthin!«

Pierre zögerte. Dann begriff er. Die Mona Lisa war sein Schutzschild. Hardefust würde nicht schießen, solange er das Gemälde treffen konnte. Nach all der Zeit, in der Pierre La Gioconda beschützt hatte, war jetzt sie es, die ihn am Leben erhielt.

»Sie haben schon genug angerichtet«, sagte Pierre. »Rufen Sie einen Arzt für den Jungen.«

»Warum sollte ich?« Hardefust bewegte den Lauf seiner Pistole ein wenig nach links, dann nach unten. Er schien zu überlegen, ob er seinen Widersacher treffen konnte, ohne den Koffer zu beschädigen.

Pierre blieb in Bewegung, um kein Ziel abzugeben. Dabei näherte er sich Raoul.

»Wie bist du aus der Zelle entkommen, Delort?«, fragte Hardefust. »Du hast doch meiner Frau nichts angetan?«

»Das haben Sie bereits selbst erledigt. Ihre Frau hat genug von Ihrer Barbarei. Sie hat uns die Freiheit geschenkt.« Er bemerkte eine Unsicherheit in Hardefusts Zügen.

»Wo ist Ursula?«, fragte der Deutsche, und seine Stimme klang, als rufe er aus einem Abgrund heraus.

»Sie und Floride bringen Récine in ein Krankenhaus.«

Hardefust lachte gekünstelt. »Unsinn! Niemals würde Ursula sich mit Leuten wie euch verbünden. Das wäre Verrat am Führer!«

»Dann muss sich Ihr Führer wohl eine neue Untertanin suchen.« Pierre hatte Raoul erreicht und ging neben dem Spanier in die Knie. Er legte eine Hand auf Raouls Brust. Sie hob und senkte sich kaum merklich. Raouls Lider flatterten.

»Leg das Bild hin, Delort. Dann rufe ich einen Sanitäter für deinen Freund.«

Pierre schaute zu Hardefust hinauf. Er spürte die Wärme von Raouls Körper unter seiner linken Hand und die glatte Oberfläche des Köfferchens in seiner rechten. Das Leben gegen die Kunst. Er hatte keine Wahl, wenn er Raoul retten wollte. Tat er es nicht, würde auf dem Lächeln der Mona Lisa für alle Zeiten Raouls Blut kleben.

Pierre legte den Koffer behutsam auf das Parkett und gab ihm einen Stoß. Der Kasten rutschte zu Hardefust hinüber, der ihn mit einem Fuß aufhielt. Seine Augen glitzerten vor zynischem Entzücken. »Weißt du, was auf deinem Grabstein stehen wird?«, fragte Hardefust. »Hier ruht Colonel Pierre Delort. Das französische Volk vertraute ihm seine Schätze an. Doch das französische Volk irrte. Wie immer!« Hardefust streckte den Arm mit der Pistole aus. »*Au revoir*, Colonel.«

»Wollen Sie gar nicht mehr wissen, wo die anderen Kunstwerke versteckt sind?«, fragte Pierre. »Wenn Sie mich erschießen, werden Sie es niemals erfahren. Dann hat Frankreich Sie besiegt.«

Hardefust zögerte. Bevor er etwas sagen konnte, krachte und splitterte etwas, ein Poltern war zu hören. Hardefust fuhr herum. Ein großer runder Gegenstand hatte ein mannshohes Fenster durchschlagen. Er rollte über den Boden und blieb unter Caravaggios Wahrsagerin liegen: die Sprengpatrone eines Flugabwehrgeschützes – ein Blindgänger.

Hardefust war einen Moment lang abgelenkt. Pierre stieß sich vom Boden ab und sprang auf den Deutschen zu. Wieder krachte ein Schuss. Pierre spürte einen Schlag an der Schulter, wirbelte herum und verfehlte sein Ziel. Dennoch bekam er Hardefusts Arm zu fassen, bevor dieser noch einmal feuern konnte. Gemeinsam gingen die Männer zu Boden. Pierre fiel auf seinen linken Arm, den die Kugel getroffen hatte. Der Schmerz ließ ihn aufstöhnen. Hardefust versuchte, sich aufzurichten, aber Pierre riss ihn zu sich herunter und stieß ihm die Stirn ins Gesicht. Der Deutsche schrie auf, fasste sich ins Gesicht und presste die Augen zusammen. Aus seiner Nase lief Blut, aus seinen Augen quollen Tränen.

Pierre kam auf die Beine, und trat Hardefust gegen das Knie. Der Deutsche fiel zu Boden – doch er drückte noch einmal ab.

Die Kugel erwischte Pierre in der Hüfte, er glaubte, in zwei Stücke gerissen zu werden, taumelte rückwärts, seine linke Seite drohte einzuknicken.

Hardefust stand nun wieder, wischte sich durch das Gesicht und drehte sich mit der Waffe im Halbkreis. Wieder feuerte er, und wieder. Die beiden Kugeln sausten über Pierre hinweg durch die Grande Galerie. Dann war das Klicken des leeren Magazins zu hören.

Hardefust schrie Pierres Namen und warf die Pistole in seine Richtung. Die nutzlose Waffe schlitterte an Pierre vorbei. Die Männer standen sich abwartend gegenüber. Pierre schwankte. Seine linke Seite fühlte sich an, als sei sie mit gemahlenem Glas gefüllt, in seine Schulter schien jemand rostige Nägel getrieben zu haben. Aber auch Hardefust war angeschlagen. Er blinzelte, schien nur allmählich wieder etwas sehen zu können.

»Verschwinden Sie, Hardefust«, sagte Pierre keuchend, »solange Sie noch können.« Er spürte Blut aus seinen Wunden in seine Schuhe fließen. Seine Knie zitterten. Bald würden ihn die Kräfte verlassen. »Wissen Sie, was Ihre Frau zu mir gesagt hat, nachdem sie die Zellentür geöffnet hatte?«

»Halt die Schnauze!« Der Deutsche schaute ihn aus glasigen Augen an. Sein Haar hing ihm in Strähnen ins Gesicht.

Ein Krampf lähmte Pierre, ein Schatten fiel über seine Augen. Er schüttelte energisch den Kopf. Noch nicht! Er brauchte noch etwas Zeit. »Ursula hat gesagt, dass sie auf Sie wartet, Hardefust. Und dass sie Sie liebt.«

»Liebe und aufeinander warten«, schrie Hardefust, »ist etwas für Franzosen.« Er taumelte vorwärts. Pierre erwartete den Aufprall, doch der Deutsche lief an ihm vorbei, auf die Granate zu. Er bückte sich danach und hob sie mit beiden Händen hoch, bereit, den Aufschlagzünder auf das Parkett fallen zu lassen.

Pierre sah den Wahnsinn in Hardefusts Augen. Er warf sich gegen den Deutschen. Diesmal erwischte er ihn mit voller Wucht, stieß ihn nach hinten, auf das zerstörte Fenster zu, durch das die Granate hereingeflogen war. Hardefust hämmerte das Geschoss auf Pierres Kopf. Pierre hörte ein hässliches Knacken in seinem Gesicht. Im nächsten Augenblick war da das Knirschen von Glas unter seinen Schuhen. Noch ein Schritt. Er rammte Hardefust die heil gebliebene Schulter gegen die Brust, sah verschwommen, wie der Deutsche über den Rand des Fensters kippte und ließ sich selbst auf den Boden der Grande Galerie fallen.

Pierre hörte die Explosion in der Cour Carrée wie aus weiter Ferne. Der letzte Rest seines Bewusstseins registrierte, dass unter seinen Händen der Parkettboden der Galerie vibrierte. Dann wurde die Wirklichkeit, das größte und farbenprächtigste Kunstwerk von allen, schwarz.

Kapitel 52

CLÉRY-SAINTE-ANNE,
SEPTEMBER 1940

Das Dorf lag still im Tal des großen Flusses. Ein schwerer Regen hatte die Spätsommerhitze vertrieben, und die Blätter an den Platanen hingen tropfend von den kräftigen Ästen. Die Sonne ließ das Kopfsteinpflaster vor der Kirche dampfen.

Madame Denoit schaute aus der Tür, versicherte sich, dass der Regen vorbei war, und trat aus dem Haus. »Hast du alles?«, fragte sie und beobachtete aufs Genaueste, ob der Mann neben ihr die Brotlaibe, den Kuchen und die großen Stücke Käse gut festhielt. In den Augen von Madame Denoit war Serge ein Herkules, er konnte einfach alles, war zudem mutig und auch ein klein wenig gut aussehend.

»Keine Sorge«, sagte Serge, als er ihren Blick bemerkte. »In Chambord habe ich noch viel mehr getragen, ohne auch nur einen Krümel fallen zu lassen.«

Ein Gefühl der Wärme durchströmte Madame Denoit. Sie konnte nicht anders, hob eine Hand und strich Serge über den Rücken. Sollten die anderen Dorfbewohner doch denken, was sie wollten! Sie würden ohnehin bald erfahren, dass im Haus von Madame Denoit wieder ein Mann verkehrte. Und was für einer!

Der Weg zum Pfarrhaus war nicht weit, aber das Kopfsteinpflaster war rutschig. Sie hängte sich bei Serge ein, um das Gleichgewicht nicht zu verlieren. Beim letzten Mal, als sie gestrauchelt war, hatte Raoul Martín sie aufgefangen. Wie lange das her war! Damals hatte noch niemand im Dorf geahnt, was auf Cléry zukommen würde.

Sie drehte die Klingel an der Tür des Pfarrhauses. Pfarrer Gallimard ließ sie und Serge ein und führte sie in seine Wohnung, die sich in den letzten Stunden verwandelt hatte. Das Wohnzimmer war leer geräumt worden, um Platz für ein Krankenlager zu schaffen. In einem großen Bett, links an der Wand, lag Raoul Martín. Seine Augen waren umschattet, er war abgemagert, und seine Haut sah aus, als sei sie mit Kerzenwachs überzogen.

Neben Raouls Bett saß Josette Delapont. Ihr Stuhl war sehr nahe an die Matratze herangerückt. Madame Denoit wollte dem Mädchen einen strafenden Blick zuwerfen, brachte jedoch nur ein Lächeln zustande.

»Wir haben gehört, dass du endlich wieder in Clery bist, Raoul, und bringen dir etwas zu essen, damit du rasch zu Kräften kommst«, sagte sie und bedeutete Serge, die Lebensmittel auf dem kleinen Tisch unter der Stehlampe abzulegen. Natürlich war die Versorgung Raouls nur der eine Grund, aus dem Madame Denoit hergekommen war, der andere war ihre Neugier. »Wie geht es dem Patienten?«, fragte sie.

Raoul, von Kissen gestützt, nickte ihr zu und sagte etwas, viel zu leise, als dass Madame Denoit ihn hätte verstehen können. Pfarrer Gallimard, der das zu bemerken schien, erklärte ihr, dass Raoul schwer verletzt worden sei in Paris, dass er eine Kugel in die Brust bekommen habe, dass er aber wieder auf die Beine kommen werde. Er habe Glück gehabt.

Madame Denoit bemerkte, dass sich die Augen von Josette Delapont mit Tränen füllten. Die Hände der beiden jungen Leute waren so eng miteinander verschlungen, dass die Knöchel weiß hervortraten.

Wenn sie darüber nachdachte, dass diese deutschen Unholde das junge Glück beinahe zerstört hätten, wurde Madame Denoit blümerant. »Der Herrgott stellt unsere Zuversicht bisweilen auf eine harte Probe«, stellte sie fest.

Gallimard, der Käse, Kuchen und Brot aus dem Papier auswickelte, nickte ihr zu. »Ganz recht, Madame. Allerdings hat Gott Gerechtigkeit walten lassen. Der deutsche Offizier, der Raoul so schwer verletzt hat, ist tot.«

»Wie ist Raoul denn eigentlich nach Clery zurückgekommen?«, fragte Serge. »Wir haben bloß gehört, dass er seit heute wieder hier ist.«

»Das haben wir wohl Mademoiselle Floride zu verdanken«, sagte jemand hinter Madame Denoit. »Sie war es, die Raoul gefunden hat.« Celedonio Martín war in der Stube aufgetaucht, zusammen mit seiner Frau Elsa, beide hielten Verbandszeug in den Händen.

*

Während die Stimmen der anderen über ihn hinwegschwappten, schloss Raoul die Augen. Alles, was er wollte, war weiterzuatmen, damit er Josettes Hand in seiner spüren konnte. Sie streichelte seine Finger, er drückte die ihren, es war wie eine Zeichensprache, die nur sie beide verstanden.

Als Raoul in Paris das Bewusstsein wiedererlangt hatte, war da ebenfalls eine Hand in seiner gewesen. Floride Harlé hatte sich über ihn gebeugt und ihm mit einem ernsten Lächeln zu verstehen gegeben, dass er am Leben war. Nach und nach hatte sich Raouls Blick aufgeklart, er hatte seine Umgebung wahrgenommen und wäre vor Schreck fast aufgesprungen, wenn sein Zustand das erlaubt hätte. Er war nicht im Louvre, von einer Kugel niedergestreckt, sondern in einem Lazarett oder Krankenhaus, und um ihn herum waren deutsche Uniformen zu sehen, die Uniformen von SS-Offizieren.

Floride legte ihm einen Finger an die Lippen. Sie berichtete ihm in knappen Worten, wie sie ihn im Louvre gefunden hatte. Dorthin war sie gekommen, um nach Colonel Delort zu suchen. Begleitet worden war sie von Ursula Hardefust, die wiederum nach ihrem Mann Ausschau hielt. Die Frauen hatten Raoul gefunden und aus dem Louvre gebracht. Floride zwinkerte, als sie erzählte, dass sie eines dieser riesigen Gemälde von der Wand genommen, Raoul daraufgelegt und aus dem Museum gezogen hatten.

Raoul konnte kaum glauben, was er hörte, am wenigsten, dass diese Ursula darauf bestanden haben sollte, ihn, den spanischen Flüchtling, in ein von den Deutschen besetztes Hospital mitten in Paris zu bringen. Dort würden ausschließlich hochrangige SS-Angehörige behandelt, sollte sie erklärt haben. Sie selbst sei immerhin die Gattin des deutschen Botschafters und Raoul ab sofort ein entfernter Verwandter.

Der Bericht sickerte nur langsam in Raouls Verstand ein, drang durch den Nebel, der sich über seine Sinne legte. Der letzte Gedanke, den er hatte fassen können, bevor er wieder in der Schwärze versunken war, galt Colonel Delort. Doch die Frage nach seinem Verbleib kam nur noch als Brummen über Raouls Lippen und Florides Antwort, wenn es eine gab, hörte er nicht mehr.

Raoul schreckte aus den Kissen hoch. Josette schaute ihn sorgenvoll an. Die Gespräche im Raum verstummten. »Wo ist der Colonel?«, fragte Raoul, so laut, dass die Wunde in seiner Brust in Flammen aufging. Er hustete, das machte alles noch schlimmer. Josette reichte ihm ein Glas Wasser. Er trank, keuchte.

Die anderen sahen sich an. Niemand antwortete. Kalter Schrecken ergriff von Raoul Besitz. Dann trat Pfarrer Gallimard ans Fenster und zog die Gardinen beiseite. Der Blick ging durch den Garten des Pfarrhauses auf den Weg zum Weingut der Delaponts hinaus. Dort stand eine Kolonne gelber Lastwagen, Stoßstange an Stoßstange, auf den Ladeflächen grüne Planen, unter denen sich die Formen von Kisten und Weinfässern abzeichneten.

Raoul bat Gallimard, das Fenster zu öffnen. Über die Entfernung erkannte er Spartaco in einem Fahrerhaus, neben ihm saß ein älterer Mann mit weißem Bart. In den Wagen dahinter stieg gerade Ladislas ein. Auch Georges war da. Raouls Blick flog zu dem vorderen Lastwagen. Darin machte er Florides Gestalt aus, die aus dem Fenster lehnte und ihm zulächelte. Der Sitz neben ihr war leer.

»Wo ist der Colonel?«, flüsterte Raoul.

In diesem Moment klingelte es an der Tür. Gallimard ging in den Korridor und öffnete. Schritte waren zu hören, ein Schlurfen, dann erschien Pierre Delort. In seinem Gesicht waren die Spuren von Blutergüssen zu sehen, er stützte sich auf Krücken, zog das linke Bein beim Gehen an. Unter seinem Bärtchen versuchte er, ein Lächeln zuwege zu bringen.

»Da bist du ja endlich«, sagte Delort. »Ich dachte schon, ich müsste fort, ohne mich von Raoul Martín zu verabschieden.«

»Und ich dachte schon, ich hätte keine Gelegenheit, Sie um Vergebung zu bitten«, sagte Raoul. Ihm wurde heiß und kalt.

Eine unerwartete Stille füllte den Raum. Alle Blicke waren auf Pierre Delort gerichtet. »Wieso solltest du um Vergebung bitten? Du hast um das Leben deines Bruders gekämpft«, sagte der Colonel nach einer Weile. »Das hätte ich auch getan.«

Raoul schüttelte den Kopf. »Sie vergeben mir? Aber sehen Sie sich doch an! Das ist allein meine Schuld.«

Der Colonel verlagerte das Gewicht seiner Arme auf den Stützen. »Raoul, auch wenn deine Absicht eine andere war, hat dich der Himmel geschickt. Wärst du nicht mit der Mona Lisa im Louvre aufgetaucht, wären wir Hardefust in der Folterkammer zum Opfer gefallen. Allein dein Erscheinen, dein Versuch, das Leben deines Bruders zu retten, hat dafür gesorgt, dass Hardefust von uns abgelassen hat.«

»Da … davon hatte ich gar keine Ahnung«, stammelte Raoul. Er runzelte die Stirn. »Aber vielleicht die Mona Lisa.«

»Ohne die Kunst«, sagte Pierre, »wären wir nichts.«

»Ich wusste immer, dass unser Raoul ein Held ist«, platzte es aus Madame Denoit heraus.

»Müssen Sie wirklich in den Süden?«, fragte Pfarrer Gallimard. »Hier gibt es doch genug Verstecke für die Kunstwerke. Und es sind auch keine Deutschen mehr in den Dörfern ringsum aufgetaucht.«

»Die Gefahr scheint tatsächlich kleiner zu werden«, sagte der Colonel. »Ohne Hardefust gibt es wohl niemanden, der die Spur so verbissen verfolgt. Überdies hat sich seine Witwe auf unsere Seite geschlagen. Sie hat die Papiere ihres Mannes vernichtet, während wir im Krankenhaus waren.«

Celedonio lachte. »Das ist eine Geschichte, die ich meinen Enkeln erzählen werde.« Er verstummte abrupt und schaute verlegen zu Josette hinüber.

Delort blickte die anderen im Raum an. »Sie und die anderen Dorfbewohner hätten beinahe ihr Leben verloren, um die Kunstwerke Frankreichs zu schützen. Noch einmal werde ich ein solches Risiko nicht eingehen.«

Draußen startete ein Motor, und eine Autotür schlug zu. Der Colonel schaute zum Fenster hinüber. »Ich glaube, es ist so weit.«

»Wann werden Sie wiederkommen?«, fragte Raoul.

»Das hängt davon ab, wie lange der Krieg dauert. Aber ich schwöre: Sobald Paris wieder den Franzosen gehört, werde ich eigenhändig die Mona Lisa an die Wand des Louvre hängen.«

»Dann werde ich hinter Ihnen stehen und prüfen, ob das Bild auch gerade hängt«, sagte Raoul.

Kapitel 53

CHÂTEAU DE MONTAL,
26. AUGUST 1944

Liebe Marianne, liebe Schwester,

dies ist der erste Brief, den ich Dir seit Langem schreibe. Und es ist zugleich der, den ich in der fröhlichsten Stimmung beginne. Frankreich ist befreit, bald wird es ganz Europa sein. Das Deutsche Reich steht kurz vor der Kapitulation, und wir können endlich wieder nach Hause zurückkehren und nachsehen, was von unserem alten Leben übrig geblieben ist. Ich bin sicher, es wird nicht so viel sein, wie wir wünschen, aber doch genug, um damit etwas Neues beginnen zu können.

Jeder Deiner Briefe, der mich in Südfrankreich erreichte, war ein Geschenk. Ich danke Gott, dass Du und Jean-Auguste verschont geblieben seid von dem Albtraum, der Frankreich vier Jahre lang im Griff gehalten hat. Leider gilt das nicht für alle Franzosen. Viele gute Frauen und Männer sind gestorben. Doktor Gaston Récine, von dem ich dir mehrfach berichtet habe, ist den Verletzungen erlegen, die er in einem Folterkeller der SS erlitten hat. Er war ein tapferer Mann und wäre gewiss einer der bedeutendsten Kunsthistoriker Frankreichs geworden, wenn der Krieg nicht über ihn hinweggerollt wäre. Ich bin noch immer erschüttert über diesen Verlust. Trauer erfasst mich auch, wenn ich an einen anderen jungen Mann denke, der sein Leben für Frankreich gegeben hat. Miguel Martín hat mir in Madrid zur Seite gestanden, als ich gemeinsam mit unserem Bruder Gérard den Prado ausräumte. Miguel war dabei, als Gérard starb. Marianne! Dieser junge Mann hat den Schrecken des Krieges in Spanien hautnah erlebt, und doch hatte er nichts Eiligeres zu tun, als für Frankreich gegen die Deutschen zu kämpfen. Er wurde verletzt, gefangen genommen und in ein Lager verschleppt. Erst vor wenigen Tagen erreichte mich über Funk eine Nachricht von General Potard. Miguels Name wurde auf einer Liste in einem befreiten Gefangenenlager gefunden. Er hat die Zeit seiner Inhaftierung nicht überlebt.

Die Schicksale dieser Männer lassen mich an Gérard denken. Unser Bruder ist gestorben, aber er gab sein Leben für den Kampf gegen die Barbarei. Ich glaube, dass der Tod eine andere Bedeutung hat, je nachdem, ob der Narr ihn erleidet, der nicht weiß, wofür er stirbt, oder der Mann, der sich bei vollem Bewusstsein mit ihm einlässt, mit einem klaren Ziel vor Augen.

Auch meine Gefährten bei der Operation Louvre haben dem Tod oftmals ins Gesicht geblickt, allen voran Laurent Pataille. Du hättest sehen sollen, wie er der SS entgegengetreten ist, obwohl eine Waffe auf ihn gerichtet war. Du hättest ihn hören sollen, als er »Für Frankreich!« rufend versucht hat, eine Kameradin zu retten. Es fällt mir schwer zu berichten, dass der kleine Pataille für seinen Mut bezahlen musste. Aber er ist von seinen Verletzungen genesen, nach einer langen, langen Zeit. Stell Dir vor: Kaum durfte er das Krankenhaus verlassen, hat er nach uns, nach dem Versteck der Louvre-Kunst gesucht, weil er seine Aufgabe wieder übernehmen wollte. Und trotz aller

Vorsichtsmaßnahmen ist ihm gelungen, was die SS nicht geschafft hat: Er hat uns in Südfrankreich gefunden.

Nachdem wir die Loire-Region verlassen hatten, konnten wir die Kunstwerke einige Zeit in einem Kloster im Süden unterbringen, Loc Dieu mit Namen (was für eine Erleichterung, dass ich Dir endlich alles offen schreiben kann). Die Deutschen haben weiter nach uns gesucht, doch nach dem Tod von Curt Hardefust sind sie uns nie wieder gefährlich nahe gekommen. Wir waren ihnen immer einen Schritt voraus. Das bedeutete allerdings, dass wir noch einige Male den Standort wechseln mussten. Von Loc Dieu ging es nach Montauban bei Toulouse, wo wir in einem Museum unterkamen. Und schließlich sind wir hier ins Château de Montal im Dordogne-Tal gezogen. Manchmal denke ich, dass all diese Orte in meiner Erinnerung zu einem einzigen Ganzen verschwimmen. Der Louvre ist überall.

Jedes einzelne Ereignis aus dieser Zeit des Wahnsinns niederzuschreiben, würde selbst die Geduld von Papier strapazieren. Viel lieber will ich Dir alles erzählen, von Angesicht zu Angesicht. Ich möchte Dir berichten von den deutschen Deserteuren, die eines Tages in Loc Dieu anklopften und darum baten, eingelassen zu werden. Sie wurden von der Wehrmacht gesucht und wären entdeckt und hingerichtet worden, wenn wir sie nicht aufgenommen hätten. Und dann erst der Transport aus der Anstalt für Geisteskranke. Die Insassen waren evakuiert worden, weil man befürchtete, die Deutschen würden sie in ein Lager verschleppen. Wir zögerten natürlich, sie bei uns unterzubringen. Aber der Fahrer überzeugte uns, indem er sagte, wir bräuchten keine Angst vor den Leuten zu haben. Die gefährlichen Verrückten seien längst entkommen. Da haben wir sie zwischen den Kunstwerken versteckt, gemeinsam mit den deutschen Deserteuren. Und es ist nicht ein einziges Kunstwerk verloren gegangen, abgesehen von einem mumifizierten Schaf aus dem alten Ägypten. Aber das ist eine Geschichte für sich.

Marianne, ich sehne mich nach einem Wiedersehen mit Dir und Jean-Auguste, der in der Zwischenzeit zu einem jungen Mann herangewachsen sein muss. Und ich möchte Dir so bald wie möglich meine Frau vorstellen. Floride ist der Grund, aus dem ich sagen kann: Auch in der Zeit der Schrecken gibt es etwas, das stärker ist als unsere Angst.

Jetzt gebe ich diesen Brief auf und hoffe, ihm bald folgen zu können. Ich umarme Dich und Jean-Auguste, derzeit noch mit Worten und Gedanken, doch bald auch mit allem, was ich bin.

Dein Dich vermissender Bruder
Pierre

Kapitel 54

Paris, Louvre,
3. Oktober 1944

»Und dann hat der Colonel vor dem Palais Talleyrand in die Luft geschossen.« Pataille untermalte seinen Bericht mit ausladenden Gesten. Kameraverschlüsse klickten, Bleistifte tanzten über Notizblöcke. Der Denon-Flügel des Louvre war mit Menschen gefüllt, mehr Menschen, als auf den Kunstwerken des größten und schönsten Museums der Welt zu sehen waren. So jedenfalls erschien es Pierre.

Er stand inmitten von Honoratioren der Stadt, schüttelte Hände und nahm Glückwünsche entgegen. Es war der Tag der Wiedereröffnung des Louvre, Frankreich hatte seine Schätze zurück. Noch waren nicht alle Kunstwerke wieder an Ort und Stelle – es würde Jahre dauern, bis das Museum wieder vollständig eingerichtet war. Doch die ausgewählten Gemälde und Statuen vermittelten schon jetzt einen Eindruck von der Pracht des zukünftigen Louvre.

Gerade berichtete Henri Verne den Stadtvätern und Regierungsvertretern von den Gefahren bei der Evakuierung und ließ dabei nicht aus, dass die Lastwagen, die ihnen damals zugesichert worden waren, in der größten Not nicht zur Verfügung gestanden hatten. Pierre nutzte die Gelegenheit und wandte sich ab. Er schloss die Augen und sog die Luft durch die Nase ein. Da war das Aroma von Zigarrenrauch, von Rasierwasser, Parfüm und von frischer Wandfarbe. Er atmete tiefer ein, bis er es spürte: *l'Eau d'Atelier*, den Geruch von Lösungsmitteln, von alten Zeitungen und Ölfarbe – den Duft der Kunst. Und da war noch ein anderer Geruch, schwach wehte er heran, wurde intensiver.

»Du lächelst ja«, sagte Floride.

Pierre öffnete die Augen. Sie stand ganz nah bei ihm in einem lila Leinenkleid und mit dezentem Silberschmuck. Seine Frau.

»Warum auch nicht«, sagte Pierre. »Immerhin sind wir gerade bei einer Beerdigungsfeier.« Er griff nach ihrer Hand. »Wir begraben unsere Sorgen.«

Seit zwei Monaten waren Pierre und Floride wieder in Paris. Sie lebten in dem kleinen Haus mit Marianne und Jean-Auguste, die ebenfalls in die Stadt zurückgekehrt waren. Marianne hatte während des Krieges im Lazarett gearbeitet und einen verwundeten Soldaten kennengelernt. In seiner Heimatstadt in der Bretagne wollten die beiden gemeinsam mit Jean-Auguste glücklich werden.

Die französischen Streitkräfte hatten Pierre zum Brigadegeneral befördert. Er hatte die *Médaille de la Reconnaissance Française* und den *Ordre de la Libération* aus der Hand von General Potard entgegengenommen. Heute war er jedoch in Zivil erschienen. Paris hatte in den vergangenen Jahren genug Uniformen zu sehen bekommen.

»Wo haben Sie denn Ihre Auszeichnungen, Général? Ich habe in der Zeitung gelesen, dass man Sie dekoriert hat.« Raouls Stimme war etwas tiefer geworden, trotzdem erkannte Pierre sie sofort. Er drehte sich um und hielt die Hand ausgestreckt, doch Floride gab ihm von hinten einen Stoß, und er griff nach Raouls Schultern und zog ihn an sich.

Der junge Spanier war stämmiger geworden, seit sie sich vor vier Jahren zum letzten Mal gesehen hatten. Das war in Cléry gewesen. Jetzt erkannte Pierre weitere vertraute Gesichter aus dem Dorf an der Loire. Hinter Raoul standen seine Eltern, Elsa und Celedonio, und daneben Pfarrer Gallimard. Weiter entfernt war der alte Delapont zu sehen, er schaute sich ein Gemälde an und hatte die Stirn in Falten gelegt.

Das Geschrei von Kindern übertönte für einen Augenblick die Gespräche, bis es unter einem Zischen verstummte. Josette Delapont – oder hieß sie jetzt Martín? – drängte sich zwischen den anderen hindurch. Auf dem Arm trug sie ein Kind, ein kleines Mädchen, kaum älter als zwei Jahre, und an der anderen Hand zog sie einen nur wenig älteren Jungen hinter sich her. »Sagt Guten Tag zu General Delort«, flüsterte sie. Die Kinder blickten Pierre misstrauisch an. Pierre lächelte entgegenkommend. Der Junge fing an zu weinen, riss sich los und rannte davon.

»Tut mir leid«, sagte Josette. »Sie kommen nach ihrem Vater.«

»Dann stehen Ihnen beiden einige ereignisreiche Jahre bevor«, erwiderte Pierre.

»Wir haben unseren Sohn Miguel genannt«, erklärte Raoul. »Wir glauben, dass der Name für Tapferkeit steht.« Raoul schaute hinter dem Jungen her. »Allerdings weiß er das noch nicht.«

»Und wie heißt du?«, wollte Pierre wissen und schaute in die Kinderaugen von Josettes und Raouls Tochter.

»Lisa«, antwortete Josette. »Wie sonst?«

»Messieurs Dames«, erklang eine wohlbekannte Stimme. »Wir sind so weit. Wenn wir um Ihre Aufmerksamkeit bitten dürfen.« Es war Spartaco, der sich an der Rückwand des kleinen Saals aufgebaut hatte. Er trug die tiefblaue Uniform eines Museumswärters, vor allem die Mütze mit dem gelben Streifen stand ihm hervorragend. Auf dem kleinen Schild an seiner Brust war sein richtiger Name zu lesen: Hippolyte-

Abraham Deviolaine. Für Pierre würde er immer Spartaco bleiben, einer der ungewöhnlichsten Männer, die ihm jemals begegnet waren. Ebenso wie Ladislas und Georges, die viel zu weit am Rand der Gesellschaft standen. Diese Männer waren es, die es möglich gemacht hatten, dass an diesem Tag wieder Kunst im Louvre zu sehen war.

Jetzt löste sich Henri Verne aus der Traube der Gratulanten und trat vor die frisch gestrichene grüne Wand, an der kein einziges Gemälde hing. Nur zwei Haken ragten aus dem Putz hervor. Während Verne noch einmal die Gäste offiziell begrüßte und eine Ansprache hielt, flog Pierres Blick zu den Fenstern hinüber. Seine Nackenhaare stellten sich auf, als er daran dachte, was dort drüben geschehen war, an den Schmerz in seinem Leib, als Hardefusts Kugeln ihn getroffen hatten. Pierre schüttelte den Kopf. Würde er das jemals vergessen können? Die Vergangenheit, dachte er, ist wie ein großer, schwerer Stein. Niemand, der sie festhält, kann schwimmen.

Beifall riss ihn aus seinen Gedanken. »Bitte, General Delort«, sagte Henri Verne. »Tun Sie uns allen den Gefallen.«

Der Moment war gekommen. Pierre bückte sich und griff nach dem kleinen Kasten aus poliertem Pappelholz, der zwischen seinen Füßen stand. Er war so leicht, dass Pierre sich fragte, warum er in all den Jahren nicht mit dem Wind davongeflogen war. Er ging nach vorn. Es war so still in dem Saal, dass er das Parkett unter seinen Füßen knarren hörte. Er legte den Koffer auf das Rednerpult und ließ die Verschlüsse aufschnappen. Dann hob er den Deckel an, so wie er es schon unzählige Male getan hatte. Doch diesmal war etwas anders.

La Gioconda schaute ihm aus ihrem Bett aus rotem Samt entgegen. Mit ihrem Lächeln schaffte sie es auch diesmal, dass Pierre unwillkürlich zurücklächelte. Er zog die weißen

Baumwollhandschuhe aus der Tasche seines Jacketts und streifte sie sich über. Dann hob er die Mona Lisa aus dem Kasten und zeigte sie der jubelnden Menge. Henri Verne reichte ihm den Rahmen, der wie so vieles im Museum repariert worden war.

Seltsam, dachte Pierre. Wie viele Jahre habe ich diesen Augenblick herbeigesehnt, und jetzt würde ich das Bild am liebsten wieder in dem Kasten verschwinden lassen, um es weiter bei mir zu haben. Ihn überkam eine pazifische Ruhe, als er sich umdrehte, dem Publikum den Rücken zuwandte und das Meisterwerk Leonardo da Vincis auf die beiden Haken hängte.

Ein Geruch nach vergehenden Lilien strömte aus dem Gemälde hervor und drohte, ihn zu überwältigen. Pierre schloss die Augen.

»Wir schließen gleich«, sagte eine Frauenstimme.

Pierre hob die Lider. Der Saal war leer. In der Tür klimperte eine Aufseherin mit einem Schlüsselbund.

Neben ihm stand Floride. Er sah sie an und staunte, so wie er es in den vergangenen dreißig Jahren jeden Morgen getan hatte, wenn er neben ihr aufgewacht war. Pierre hob eine Hand und strich ihr eine Strähne ihres silbrigen Haares zurück. Der Schönheitsfleck über ihrem Mund war zum Teil in einem Fältchen verschwunden.

Er beugte sich zu ihr hinunter und küsste sie auf die Lippen. Sie legte die Hände gegen seine Wangen.

»Hören Sie«, sagte die Aufseherin und seufzte. »Ich bin hier für die Sicherheit der Kunstwerke verantwortlich. Das ist ohnehin schon keine einfache Aufgabe. Machen Sie es mir nicht noch schwerer.«

»Wir sollten gehen«, sagte Floride. »Es wird gleich dunkel, und die Kunst des Louvre muss vor uns beschützt werden.«

Pierre nickte. Er hielt Floride einen Arm hin, und sie hakte sich ein. Bevor sie den Saal verließen, warf er La Gioconda einen letzten Blick zu. »Schau nur, wie jung sie geblieben ist«, sagte er.

»Ja. Und sie lächelt uns immer noch zu«, sagte Floride. »Dafür muss es irgendeinen Grund geben.«

Nachwort

Die Evakuierung des Louvre ist eine wenig bekannte Episode des Zweiten Weltkriegs. Meist steht die Rettung der Kunstwerke aus dem berühmten Pariser Museum im Schatten der Berichte über die Résistance, den paramilitärischen Widerstand jener Menschen in Frankreich, die sich gegen die Deutschen zur Wehr setzten.

Die Frauen und Männer des Louvre operierten nicht mit Waffengewalt, sondern mit Esprit, Geschick und Voraussicht – einer zutiefst französischen Melange, der die deutschen Faschisten letztendlich nichts entgegenzusetzen hatten. Schon 1933, gleich nach Hitlers Ernennung zum Reichskanzler, hatte Henri Verne, der Direktor des Louvre, damit begonnen, die Evakuierung der nationalen Kulturgüter zu organisieren. Verne sah – ebenso wie sein Kollege Jacques Jaujard – den Angriff der Deutschen kommen und wollte einen Plan haben, um die Kunstwerke vor den Nationalsozialisten in Sicherheit bringen zu können.

Wie recht Verne damit hatte und was der Kunst durch den Vormarsch der Faschisten drohte, zeigte sich sechs Jahre später in Spanien. Dort geriet die Hauptstadt Madrid unter Beschuss der Nationalisten unter Franco. Mitten im Bombenhagel: der Prado, das größte Kunstmuseum der Iberischen Halbinsel. Mithilfe eines internationalen Teams gelang es, Gemälde, Statuen und Artefakte aus der brennenden Stadt zu retten, durch Frankreich zu fahren und vorübergehend in der Schweiz in Sicherheit zu bringen.

Verne, Jaujard und ihre Helfer hatten beschlossen, die

Louvre-Kunst in die Schlösser entlang der Loire zu bringen und dort vor den Deutschen zu verstecken. Einige der bedeutendsten Werke sollten im Château Chambord untergebracht werden – darunter die Mona Lisa. Die Evakuierung des Museums begann im Spätsommer 1939.

Die Verpackung und der Abtransport der Kunstschätze sind auf Schwarz-Weiß-Fotografien dokumentiert. Darauf ist zu sehen, wie viel Erfindungsreichtum und Muskelkraft nötig waren, um die Museumsstücke zu retten. Meisterwerke der Bildhauerarbeit wie die Venus von Milo und die Nike von Samothrake, beide im 2. Jahrhundert vor Christus geschaffen und tonnenschwer, wurden mit Gurten, Tüchern, Holzlatten und Flaschenzügen durch Säle, über Flure und steile Treppen hinunterbewegt. Das riesige Gemälde Floß der Medusa verluden die Helferinnen und Helfer auf einen Transportwagen für Kulissen der Comédie Française, um es aus Paris herausbringen zu können. Die Fotografien, die der Louvre im Jahr 2009 in einer Ausstellung zeigte, erinnern auch an das, was nach der Evakuierung im Museum blieb: leere Bilderrahmen und Sockel.

Viele Schilderungen im Roman sind der Wirklichkeit entnommen. Dazu zählen auch die Schwierigkeiten, mit denen die Louvre-Retter zu kämpfen hatten – wie die Hiobsbotschaft, dass von dreißig Lastwagen nur eine Handvoll für die Evakuierung zur Verfügung stehen werde, weil das französische Heer die Fahrzeuge benötigte. Die Kunstwerke sind unterwegs zu ihren Verstecken in Überlandleitungen hängen geblieben, und einige Fahrer verloren im Nebel, der von der Loire aufstieg, den Anschluss an den Konvoi und fanden sich inmitten von Feldern wieder. Eine ausführliche dokumentarische Darstellung der Begebenheiten liefert Gerri Chanel in ihrem Buch *Saving Mona Lisa*, das 2014 erschien.

In den Châteaux hatten die Retter der Louvre-Kunst nicht nur mit Kälte und Feuchtigkeit zu kämpfen. Das Tonnengewicht der Statuen sorgte dafür, dass die Stützlast der Gebäude überschritten wurde und Mauern und Fußböden einzustürzen drohten. Auch der Umgang mit den Schlossherren barg Probleme. Manche arbeiteten eng mit der Direktion des Louvre zusammen, andere verlangten zu einem kritischen Zeitpunkt, dass ihr Schloss der Eintritt zahlenden Öffentlichkeit zugänglich gemacht werden sollte.

Zwischen Mai und Juni 1940 überrannte das deutsche Militär Frankreich in wenigen Wochen. Der Angriff des Deutschen Reichs kam nicht überraschend, wohl aber der Triumph der Wehrmacht über die französischen Streitkräfte. Nazi-Deutschland triumphierte, die westlichen Demokratien waren vor Schreck gelähmt. England und die USA hatten einen langen Verteidigungskrieg in Frankreich vorhergesagt und geglaubt, der Stellungskrieg des Ersten Weltkriegs würde sich wiederholen. Sie hatten sich getäuscht.

Als die Wehrmacht am 14. Juni 1940 in Paris einmarschierte, waren die Kunstwerke des Louvre schon in Sicherheit. Kaum waren die Deutschen in der Stadt, durchsuchten sie den Louvre und andere Museen, aber auch Wohnhäuser, um möglichst viele Kunstobjekte aus jüdisch-privatem oder staatlichem Besitz ins Deutsche Reich zu schaffen. Adolf Hitler wollte die Gemälde, Statuen und Artefakte für sein geplantes Führermuseum. Das sollte allerdings nicht, wie im Roman geschildert, in der Welthauptstadt Germania entstehen (deren Pläne es wiederum gab), sondern in Linz, jener Stadt in Österreich, in der Hitler seine Jugend verbracht hatte.

Die Jagd auf Frankreichs Kunstwerke begann. Eine Rolle bei der Suche nach der Louvre-Kunst spielte Otto Abetz, deutscher Botschafter in Paris. Im Roman sind Aspekte seines Lebens in die Figur des Curt Hardefust eingeflossen. Auch Abetz war Kunstlehrer, bevor er bei der SS Karriere machte, und lebte vor Ausbruch des Krieges mit seiner Frau in Paris, wo das Paar in den Salons der Reichen und Berühmten zu Hause war. Abetz wurde zu Kriegsbeginn aus Paris ausgewiesen – der Eklat am Palais Talleyrand hat jedoch niemals stattgefunden – und befahl nach seiner Rückkehr in die französische Hauptstadt Razzien in den Häusern jüdischer Familien. Auch fahndete er, flankiert von dem deutschen Stadtkommandanten in Paris, Alfred von Vollard-Bockelberg, nach der Louvre-Kunst, ohne auf internationale Abkommen zu achten.

Der Held des Romans, Pierre Delort, ist von mehreren Personen inspiriert: jenen Menschen, die ihr Leben für die Rettung der Kunstwerke aufs Spiel gesetzt haben – allen voran Jacques Jaujard. Er war Nachfolger von Henri Verne als Direktor des Louvre ab 1940 und schon im spanischen Bürgerkrieg für die Evakuierung des Prado verantwortlich gewesen. Seine Erfahrungen konnte er beim Schutz der Louvre-Kunst gegen die Deutschen einbringen. Jaujard kümmerte sich intensiv um den Teppich von Bayeux, der deshalb im Roman eine Rolle spielt, obwohl er nicht zum Bestand des Louvre gehört. René Huyghe, Direktor der Gemäldeabteilung im Louvre, organisierte das Leben in den Verstecken; Pierre Schommer leitete das geheime Depot in Chambord; Luzie Mazauric und ihr Mann André Chamsom, zuständig für das Archiv des Louvre, beschützten in Chambord die Kunstwerke vor der SS.

Einige Ereignisse des Romans wurden für die Geschichte

um Pierre Delort angepasst, darunter der Bombenangriff der Briten auf die Industrieanlagen von Paris, der von 1942 auf 1940 verlegt wurde. Gefährliche Wirklichkeit war hingegen der Blindgänger, der bei dieser Gelegenheit im Louvre landete, glücklicherweise aber keinen Schaden anrichtete, abgesehen von einem zerstörten Fenster.

Nach Abzug der Deutschen öffnete der Louvre am 3. Oktober 1944 erstmals wieder seine Pforten unter französischer Leitung. Zwar waren vorerst nur einige wenige Kunstwerke zu sehen. Doch das Ereignis galt in Paris als ein Markstein der Befreiung Frankreichs. Bis alle Kunstwerke aus den über das Land verstreuten Verstecken geholt waren, dauerte es noch einmal zwei Jahre. Den Louvre-Rettern war es ohne fremde Hilfe gelungen, die Museumsstücke vor dem Zugriff der Deutschen zu bewahren.

Mithilfe der Alliierten wurden bei Kriegsende schließlich auch viele Kunstwerke wiederbeschafft, die von der Wehrmacht aus Kirchen, Galerien und Privatbesitz gestohlen und in verlassenen Bergwerken und Sammlungen versteckt worden waren. Dieses Kapitel der Kunstrettung ist in einem Hollywood-Film über die *Monuments Men* berühmt geworden, der nach dem gleichnamigen Buch von Robert M. Edsel und Bret Witter aus dem Jahr 2009 entstand.

Alle Kunstwerke, die im Roman auftauchen, sind der Wirklichkeit entliehen. Sie sind die Motoren der Geschichte, denn sie halten Pierre, seine Freunde und seine Feinde in Bewegung und sind bis heute Höhepunkte menschlichen Schaffens. Darunter die Mona Lisa, die auch im wahren Leben mit ihren Rettern im Château Chambord und später in Verstecken wie der Abtei Loc Dieu, dem Musée Ingres in Montauban und im Château de Montal landete – ständig auf der Flucht vor den Faschisten. Schließlich kehrte sie unversehrt in den Denon-Flügel des Louvre zurück. Dort lächelte sie laut einem Bericht der *New York Times* im Jahr 2018 zehn Millionen Besucher an.

Dank

Der Geschichte über die Jagd nach der Mona Lisa ging eine Jagd nach Informationen voraus. Dabei standen mir viele aufmerksame Menschen zur Seite, die ihr Wissen und ihre Zeit freigebig mit mir teilten.

Peter Freudenthal, Architekt, warf einen fachmännischen Blick auf die Dokumente zur Neuen Reichskanzlei und fand Worte für eine Bauweise, die sprachlos macht. Details über Berlin und seine Gebäude vor Ausbruch des Zweiten Weltkriegs konnten Vera Jansen-Cornette und Thomas Weber anhand historischer Aufnahmen identifizieren. Für Ortsbeschreibungen in Frankreich und Paris stellte Ralf Redemann seine wohl einzigartige Sammlung historischer Michelin-Reiseführer und -Landkarten zur Verfügung – ebenso wie sein umfangreiches Wissen über die Fahrzeuge jener Zeit. Lukas Redemann steuerte einen historischen Stadtplan von Paris bei und half bei der französischen Sprache. Christian Wegmann wusste Antwort auf alle Fragen zur Automechanik. Ohne seine Fähigkeiten, ein Autowrack mit einer Handvoll Schrauben und Schläuchen wieder fahrbereit zu machen, hätte es Floride Harlé schwer gehabt. Susanne Schulte wies als Testleserin nach, dass im Manuskript des Romans noch nicht alles in Stein gemeißelt war. Sollten dennoch Fehler oder Ungenauigkeiten im Text auftauchen, sind diese einzig und allein auf den Autor zurückzuführen.

Lektorin Dr. Ulrike Brandt-Schwarze hat den Ereignissen um die Louvre-Kunst als Restauratorin zur Seite gestanden und das Manuskript mit feinen Pinselstrichen bearbeitet.

Stefanie Zeller und Stefan Bauer verschafften dem Roman einen Platz in der Grande Galerie des Lübbe Verlags.

Immer dann, wenn die Staffelei Schlagseite bekam und die Palette auszutrocknen drohte, brachte Jutta Wieloch frische Farben in die Geschichte und erinnerte mich daran, dass das größte Kunstwerk von allen immer noch das Leben ist.

Euch allen: Danke!

Wer nach Gott sucht, wird den Tod finden

Reinhard Kleindl
DIE GOTTESMASCHINE
Thriller

416 Seiten
ISBN 978-3-404-18417-0

Als Gefallen für einen guten Freund reist der römische Weihbischof Lombardi in ein abgelegenes Kloster im Montblanc-Gebiet. Hier erforschen Wissenschaftler aus aller Welt mit einem leistungsfähigen Supercomputer die Geheimnisse der Schöpfung. Aber der Frieden wird zerstört, als Lombardi den Mönch Sébastien, den er treffen sollte, tot im Computerraum findet. Die Leiche weist Spuren eines grausamen Rituals auf und ist mit rätselhaften Symbolen übersät. Gemeinsam mit der Physikerin Samira Amirpour findet Lombardi heraus, dass Sébastien eine folgenschwere Entdeckung gemacht hat. Und dieses Wissen wird nun auch für Lombardi und Amirpour lebensgefährlich …

Lübbe